대입-편입 논술에 꼭 나오

개념은 사고의 출발점이자 생각의 기본 단위로
인간의 인식 과정에서 중요한 의미를 갖는다.

대입-편입 논술에 꼭 나오는

핵심 개념어 110

김태희 지음

이 책으로 이렇게 공부하라

이 책의 part1과 part2에 실린 개념어는 고등학교에서 공부하는 전체 교과 내용을 포괄함은 물론, 그것도 가급적 교과서 지문을 그대로 발췌하여 요약함으로써 학생들의 수준에 눈높이를 맞췄다. 따라서 이것을 읽는 것만으로도 충분히 기대한 효과를 얻을 수 있을 것이라 확신하지만, 그렇더라도 가능하면 교과서의 관련한 내용을 추가하여 지식을 넓히기 바란다.

아울러 part3의 철학적 주제를 담은 개념어는 논술 시험으로 빈번하게 다루는 개념어이자 교과 내용을 통합해서 묻는 주제이다. 또한 part4의 사고 실험과 관련한 주요 개념과 이론은 논제를 뒷받침하는 사례로 자주 출제되거나 출제될 것이 예상되는 중요한 내용이다. Part5는 '인공지능'으로 대표되는 21세기 철학은 앞으로 논술 주제로 자주 출제될 것이어서 새롭게 추가했다.

이때 개념어 공부의 효율성을 높이려면, 논술 기출문제를 풀고 개념어를 찾아가며 공부할 때 각각의 개념이 어떻게 서로 유기적으로 연계성을 갖는지를 살펴야 할 것이다. 이를 테면, part3의 '인간 본성'과 관련한 개념과 part1의 '자유의지' 그리고 part4의 '죄수의 딜레마 게임'을 한데 묶어 살피면, 그것이 곧 대입 통합논술에서 다루는 핵심 주제이자 사례, 그리고 이

를 담은 제시지문을 구성함을 이해하고, 그것에 맞춰 사고를 열어가며 공부하기 바란다.

끝으로 한 가지를 더 밝힐 게 있다. 필자는 이 책에 실린 개념어 설명의 많은 부분을 교과서는 물론 관련한 이론서를 최대한 원문 그대로 차용

하거나 인용하려고 노력했다. 물론 여기에는 필자의 지적 수준의 일천함도 크게 작용했다. 분야의 일가를 이룬 전문가 및 집단지성이 각고의 노력으로 쌓아올린 뛰어난 지식을 마치 내 것인 양 사용하는 것 같아 죄송함이 앞서지만, 한창 배움의 일로에 있는 학생들의 지적 향상을 위한 목적에 따른 것이라 양해하여 주실 것이라 믿고, 대신 출처를 명확히 밝히는 것으로 감사함과 경의를 보탠다.

학생들은 이 책으로 공부하는 과정에서 모르는 부분이 있거나 좀더 지식의 깊이를 더하고자 할 경우, 그 원본을 구해 공부하기 바란다. 그 과정에서 개념에 대한 이해는 물론 그 내용적 깊이, 그리고 올바르고 정확한 문체와 표현 등등 많은 것을 부수적으로 얻을 것이라 확신한다.

개념어란 이렇듯 '사유의 형식'이자 '사고(思考)의 언어'로써 중요한 역할을 담당한다는 사실을 인식한다면, 그리고 적어도 논술전형을 뚫고 대학에 들어갈 요량인 학생들이라면, 결코 그 공부에 소홀하지는 못할 것이다. 일례로 필자가 이 머리말을 쓰는 데 있어서, 이를 마땅하고 적절한 개념어를 구사해가며 서술하지 못했다면 그만큼 내용적으로 충실하지 못했을 것임은 물론, 이 글을 읽고 있는 독자와의 소통 또한 상당 부분 제한받을 수밖에 없다. 물론 판단은 어디까지나 이 글을 읽는 독자 몫이겠지만, 이것을 논술 시험에 응시하는 학생 자신의 처지에서 생각해본다면, 필자가 말하고자 하는 의도를 간파할 수 있을 것이다. 개념어란 그런 것이다.

모쪼록 이 책이 논술을 공부하는 학생들에게 조금이나마 도움이 되기를 바라며, 학생 모두의 건승을 기원한다.

저자 김태희

Part 1 교과서에 실린, 반드시 비교하며 공부해야 할 핵심 이론과 쟁점 35

Part 3 논술문제로 자주 출제되는 철학적 개념 35

Contents

Part 6 논술 지문에 자주 나오는 용어 110

논술 공부의 포인트1
: 배경 지식으로 사고력을 높여라

1

지식이란 무엇인가? 뇌과학에 따르면, 기억은 이미 저장된 머릿속 정보를 다시 불러오는 두뇌 활동으로, 그 과정에서 뇌 신경세포의 연결 패턴이 활성화되면서 정보는 체계화·개념화되고, 그에 따라 머릿속 정보는 **'의미 있는'** 기억으로 거듭난다. 그 의미 있는 **'기억'**이 지식이다.

지식이 만들어지려면 먼저 새로운 정보가 뇌로 들어와야 한다. 새로운 정보를 습득하면 뇌 신경세포의 연결 패턴이 바뀌면서 '새로운 지식'을 만들어낸다. 뇌는 새로운 정보와 머릿속 기억을 서로 조합하여 하나의 새로운 기억, 즉 체계화되고 개념화된 의미 있는 기억인 **'지식'**을 추가로 만들어 내는데, 이것이 곧 **'학습'**이다. 이미 우리 뇌 속에 프로그램화되어 있는 수많은 뉴런(뇌 신경세포)을 서로 연결하여 점점 더 강력한 뉴런 네트워크의 결합 패턴, 즉 의미 있는 기억이자 체계화된 지식으로 만들어가는 과정이 곧 학습이다.

학습의 기본 원리는 뇌 신경세포를 **'동시에 활성화하면서 서로 연결'**하는 데 있다. 지식, 곧 의미 있는 기억이란 학습을 통해 형성된 신경세포(뉴런) 사이의 새로운 관계를 활발히 유지하는 과정에서 형성된다. 학습을 통해 뇌 신경세포의 신경망이 활성화될수록, 학습한 내용은 기억하기 쉬워진다. 뇌 신경망의 발달은 신경세포를 지속해서 활성화한 결과로, 학습은 새로운 정보(지식과 경험)를 더 쉽고 더 의미 있게 기억하게 만든다.

따라서 학습, 특히 논술 공부에서 지식의 습득은 다음과 같은 중요한 의미를 지닌다. 첫째, 기억이 또 다른 '기억'을 낳듯이, 지식은 새로운 '지식'을 **생성하고 확장**한다. 머릿속에 기억된 그 무엇(사전 지식)이 있어야 학습한 내용은 비로소 의미 있는 새로운 기억(확장된 지식)으로 거듭난다. 즉, 학습을 위해서는 신경회로의 발화점이 있어야 한다. 우리가 익숙하지 않은 어떠한 것을 학습하기 위해서는 익숙한 것의 신경회로가 우리 뇌 속에 들어 있어야 한다.

우리는 모르는 것을 이해하기 위해 이미 알고 있는 것을 사용한다. 즉, 우리는 익숙하지 않은 어떤 것을 익숙한 것을 이용하여 이해한다. 우리는 무언가를 배울 때 머릿속에 이미 형성된 뇌 신경회로를 이용하여 새로운 연결을 추가한다. 지식과 경험으로 이미 형성한 머릿속 뇌 신경망이 계속해서 활성화될 때, 새로운 신경회로를 만드는 것은 한결 더 수월해진다. 학습에서 **배경 지식** 습득과 반복 훈련이 중요한 이유가 여기 있는데, 눈앞에 제시된 글 내용과 머릿속 배경 지식을 연결해서 생각하는 과정에서 뇌는 활성화되고, 그런 의식적인 노력 과정에서 새로운 지식이자 의미 있는 기억으로 머릿속에 각인된다.

둘째, 지식은 '기억된' 것의 결과물이 아니라, '기억된 것을 활용할 수 있는' **'능력'**이다. 글을 읽거나 무언가를 학습할 때 뇌 신경세포는 외부의 새로운 정보(또는 지식)를 익숙한 머릿속 정보(또는 지식)와 연결한다. 새로운 지식을 머릿속 기성 지식과 통합하는 것은 마치 뇌 안에 길을 하나 새로 내는 것과 같다. 이때 방금 배운 지식을 머릿속 기억으로 저장하기 위해 형성한 새로운 시냅스(뇌 신경세포)가 지적 통로 역할을 한다. 우리가 나중에 그 정보를 기억해낼 수 있는 이유가 이 때문으로, 뇌의 타고난 가소성(머릿속 기억으로 붙잡아 두려는 성질)이 이것을 가능하게 만든다. 뇌 신경 가소성은 신경회로의 연결을 바꾸는 뇌의 능력으로, 이는 학습하여 기억한 정보를 새로운 경험에 활용(사고)할 수 있어야 발화를 한다.

기억은 활용할 수 있어야 지식으로 거듭난다

그 과정에서 새로운 연결의 조합, 즉 새로운 **'맥락'**이 생긴다. 새로운 맥락이란 글을 읽어 머릿속에 유입되는 정보와 머릿속 기억으로 이미 잘 자리 잡은 기존 지식, 즉 유의미한 기억과 체계적으로 연결하는 과정에서 형성된다. 이를 두고 미국의 심리학자 윌리엄 제임스는 "기억의 연결은 진정한 사고다"라고 했다.

글을 읽고 내용을 이해하기 위해서는 머릿속의 의미 있는 기억을 단서로 하여 **맥락으로 사고**할 수 있어야 한다. 이를 위해서는 무엇보다 머릿속에 저장한 관련한 의미 있는 지식을 **'끄집어내 활용하는'** 능력이 뛰어나야 하는데, 이를 **'사고력'**이라고 한다.

그렇기에 기억하는 뇌는 기억을 처음 형성하는 그 뇌가 아니다. 오래된 기억을 현재의 뇌가 이해하기 위해 기억은 매번 '맥락'으로 업데이트되는 것이다. 새로운 기억을 의미 있는 기억으로 머릿속에 저장할 때 기억은 강화되고, 강화된 기억은 더욱 확장한다. 기억을 확장할 때마다 우리의 지적 활용능력은 높아진다. 학습한 지식은 시간이 지나면서 머릿속 기억에서 사라진 것 같지만 사실은 우리 뇌의 깊은 곳에 숨어 암묵적 지식(유의미한 암묵기억)으로 작동한다. 읽기 능력이 뛰어난 학생과 그렇지 않은 학생은 사실상 이 지점에서 갈리는데, 그 점에서 지식은 곧 '생각하여 기억해낸' 지적 사고의 결과물이라 할 수 있다.

셋째, 지식은 **'이해'**의 산물이다. 글을 읽어 내용을 기억하여 이를 지식으로 축적하는 방법에는 두 가지가 있다. 하나는 이해 없이 반복 암기하여 기억하는 방법이고, 다른 하나는 새로운 정보를 머릿속 배경 지식과 연결해서 의미 있는 기억으로 만드는 방법이다.

단순 암기는 정보의 이해와 기억이 이루어지는 연결 흐름을 깨뜨려 학습의 본질인 '이해→기억→지식'의 선순환을 가로막는다. 글 내용에 대한 충분한 이해 없이 특정 문장이나 핵심 개념, 중심 사상을 단순 암기하는 학습과 맹목적으로 읽는 습관화된 글 읽기는 자칫 미성숙한 사고의 **'도식(스키마)'**을 강화하는 부정적인 결과를 초래할 수 있다. 경직된 도식은 기억의 왜곡을 불러오고 잘못된 기억을 소환함으로써, 지식과 정보를 통합하고 조직화하는 능력을 갖추는데 필수적인 이해력과 사고력을 낮출 뿐이다.

언어력, 특히 독해 능력은 '지식이 아닌 능력'이란 사실을 깨닫는다면, 언어 능력을 높이는 것은 단순히 지식을 습득하는 것과는 다른 것이다. '이해' 없이 암기하여 외운 지식의 단점은 머릿속 기억으로 오랫동안 저장되지 못할 뿐 아니라, 의미 없는 기억이 되어 적시에 올바르게 활용하기 어렵게 만든다.

말했듯, 지식과 사고의 확장은 어떤 새로운 지식이나 정보가 주어진 환경하에서, 그것을 머릿속 유의미한 기억으로 입력된 지식 및 정보와 새롭게 결합하는 과정에서 일어난다. 그 핵심은 **기억력과 이해력** 향상에 있다. 이해는 머릿속 읽기 신경회로가 효율적·효과적으로 작동한 결과로, 글을 유창하게 읽으면서 글 내용의 핵심을 빠르게 간파하려면 두뇌 속 읽기 경로가 발달해야 한다. 이때 두뇌 속 읽기 경로를 넓히고 강화하려면 무엇보다 정보를 체계화·개념화한 '의미 있는 기억'으로써의 풍부한 배경 지식이 뒷받침되어야 한다. 글을 통해 처음 마주한 지식이 이해를 통해 의미 있는 기억인 기성 지식과 결합하여 새로운 지식으로 거듭나는 것이다. "많은 것을 알수록 더 많은 것이 보인다"라는 의미가 이를 두고 하는 것이다.

2

확실히 논술 공부에서 **배경 지식** 학습은 무척 중요하다. 배경 지식은 일종의 **'마중물'**과도 같아서, 지문에서 다루는 **핵심 개념**에 대한 지식을 머릿속에서 떠올리는 것만으로도 글 내용의 이해는 한결 수월해지고, 글의 중심 생각이 단박에 눈에 잡힌다. 지문에 실린 핵심 개념을 잘 알고 있는 것만으로도 글의 중심 생각은 어렵지 않게 포착할 수 있으며, 글의 중요한 부분에 집중하면서 빠르고 정확하게 정보를 처리할 수 있게 한다.

배경 지식이 풍부하면 이해도 빠르고 기억 효과도 크다. 반대로 배경 지식이 부족하면 이해가 어렵고 기억 효과도 덜하다. 어휘력과 배경 지식은 이해력과 사고력 향상에 필수적으로, 사용하는 어휘의 양이 많고 또 배경 지식이 폭넓을수록 글을 더 쉽고 더 잘 이해할 수 있다.

배경 지식 학습을 놓고서 이것이 중요하다거나, 또는 필요하지 않다는 식으로 의견이 팽팽하게 갈리는데, 이런 논의는 무의미하다. 앞서, 배경 지식은 '글 내용의 이해를 바탕으로 체계화한 의미 있는 기억'이라고 했다. 이것은 글을 읽어 내용을 '이해'하였기에 머릿속 '기억'으로 붙잡아둘 수 있다는 것이고, 그렇게 해서 축적된 지식, 즉 의미 있는 기억을 끄집어내 새로운 지식과 정보에 활용할 수 있다는 뜻이다.

결국, 지식(우리 눈앞에 제시된 글 내용)과 지식(머릿속 의미 있는 기억을 구성하는 배경 지식)이 결합하는 사고과정에서 하나의 의미체계를 이루는 새로운 지식이 형성되면서 다시 머릿속 의미 있는 기억으로 거듭나고, 이것이 사고의 발화를 일으키면서 새롭게 마주하는 글의 이해를 높인다. 이렇듯 비문학 독해에서 지식의 역할은 **절대적**이며, 지식이 딸리면 글 내용은 그만큼 이해하기 어렵게 된다.

3

그렇다면 대입·편입 논술을 위해 필요한 배경 지식은 어디까지이고, 얼마만큼 공부해야 할까? 어떤 식으로 배경 지식을 학습하는 것이 글 읽기에 효과적일까? 크게 다음 세 가지를 염두에 두고서 꾸준히 공부해나가면 된다.

첫째, 배경 지식 학습의 본질을 명확히 알고서 그것에 맞게 공부해 나가야 한다. 많은 학생이 배경 지식은 '암기'하는 것이라는 통념으로 공부하려 드는데, 이것은 대단히 위험한 생각이자, 오히려 글 읽기를 방해하는 잘못된 공부 방법이다. 배경 지식 학습에서 암기할 내용은 극히 제한적이며, 무조건적 암기가 오히려 '스키마(고정관념, 선입견)'로 작용하면서 글 내용의 올바른 이해를 가로막는다. 말했듯, 배경 지식 학습의 핵심은 **'이해'**에 있다. 인류 지식의 보고(寶庫)라고 할 수 있는 핵심 개념은 단순 암기로 얻을 수 있는 성질의 지식이 아니다. 그만큼 심오한 내용을 담고 있거나, 세계를 구성하는 근본 원리를 다루고 있기에, 그 중심 사상을 올바르게 이해하는 것만으로도 의미 있는 기억이자 활용 가능한 지식으로 거듭나게 할 수 있다.

둘째, 배경 지식, 특히 핵심 개념이나 중심 사상과 관련한 배경 지식은 서로 긴밀히 관계한다는 사실을 절대 명심해야 한다. 하늘 아래 새로운 지식은 그리 많지 않다. 핵심 개념은 위대한 사상가나 과학자가 생애를 바쳐 이룩한 위대한 사상을 후세 학자들이 이어받아 이를 강화하거나, 체계화하거나, 반박하면서 다른 사상에 접목하고, 비판적으로 계승·발전해 나가면서 켜켜이 쌓아 올린 지식의 총체라 할 수 있다. 사상과 지식은 개념을 통해 그렇게 발전해 나가는 것이다. 개념을 단순 암기하는 것만으로도 모든 것을 다 안다는 식의 오만한 태도를 버리고, 개념에 담긴 '의미'를 읽어낼 수 있도록 노력을 기울여야 한다. 그것이 올바른 개념 학습이자, '나'의 것으로 만드는 확실한 방법이다.

셋째, 개념 이해와 더불어 개념이 어떤 식으로 확장해 나가면서 사상과 지식의 지평을 넓히는지를 파악할 수 있어야 한다. 지식과 지식, 개념과 개념, 원리와 원리, 사상과 사상은 서로 **'긴밀하게 관계'**하면서, 그리고 영역을 넘나들면서 생각과 사고를 확상한다. 바로 이 부분에서 논술 지문이 집중적으로 출제된다는 사실에 주목한다면, 그리고 지문에 실린 내용 및 개념을 확장하여 지문 내용을 구성한다는 것에 집중한다면, 이 책에 실린 핵심 개념이나 중요한 서술에 대한 배경 지식은 빠짐없이 챙겨야 한다. 지문에 실린 핵심 개념은 물론이고, 그것과 관계하는 중요한 관련 개념이나 사상까지 빠짐없이 익힐 필요가 있다.

논술 공부의 포인트2 : 잘 쓴 논술 답안은 개념어를 통해 구현된다

4

논술 주제로 다루는 개념어는 인류의 축적된 지혜와 사상이 담겨있는 핵심 용어로, 당대 사상가들의 치열한 사고가 집약된 결과물이다. 이것을 **'근본 개념'**이라고 규정해도 무리가 없는데, 근본 개념은 당대 사상가들, 곧 뛰어난 개별지성은 물론 집단지성이 일생을 바쳐 이룩한 체계화된 지식의 결정체다.

논술 기출 제시문에 실린 내용이 바로 이 근본 개념에 대한 설명과 그것에 담긴 물음이다. 따라서 학생들은 논술 공부를 통해 이 근본 개념들을 배우면서 인간의 인식이 불러오는 근본적인 물음에 대한 상호 일치와 불일치를 발견하고, 이를 다양한 시각에서 비판적으로 사고해가며 논리를 전개해 나갈 수 있다. 이때, 해당 개념에 대해 생각을 조금 더 깊게 밀어 올릴 경우, 직면하는 질문들과 쟁점, 문제점들은 더욱 명확하게 인식된다. 그것들은 인간이 이를 둘러싸고 수 세기 넘게 논쟁을 벌이는 과정을 통해 오늘날까지도 생생하게 살아 숨 쉬고 있는 근본적인 질문과 쟁점이기에, 오늘을 사는 우리가 삶의 지표로 정하고 세상을 헤쳐나갈 수 있는 혜안과 사고력을 길러 준다.

이것이 대입 논술 시험에서 근본 개념을 공통된 주제로 다루고 이를 논제로 하여 출제하는 이유인데, 실제 답안을 작성할 때 항상 논제로써 사용된 주된 개념어, 이를테면 **주제어**에 담긴 핵심 개념을 올바르게 파악하고 정의하여 이를 압축적으로 표현할 수 있어야 한다. 즉 논제를 체계적으로 분석하고 제시문을 구체적으로 해석하기 위해서는 논제 물음의 핵심을 담은 핵심 개념, 즉 '중심 주제'와 하위 주제인 **'관점(쟁점·논점)'**을 찾아 이것을 효과적으로 잘 활용해야 하며, 그것을 집약한 사실적·객관적 글이 답안의 도입부(서론)부터 확실하게 정리, 기술해야 한다.

이런 이유로 답안을 쓸 때 문제가 지시하는 전제조건이 곧 논제에 대한 개념 규정을 일컫는 일련의 요구사항으로 보면 되는데, 그런 점에서 볼 때 답안 구성은 철저하게 두괄식을 지향한다. 만약 논제에 대한 명확한 개념 정의 없이 글의 서론을 전개해 나갈 경우, 이를 평가하는 교수들은 그만큼 답안의 완성도가 떨어지는 것으로 간주하고 낮게 평가하게 된다. 다시 말해, 답안에 주제 개념이 명확히 정의·서술되지 않았을 때, 평가자는 학생들이 관련한 개념적 의미와 내용을 제대로 이해하지 못했기에 그리된 것이라고 받아들이고 만다.

논제에 대한 올바른 개념 이해와 개념 정의는 또한 잘된 논증을 위한 방향타 역할을 한다. 논제의 개념이 명확히 정의되지 않으면 지문 안에 담긴 세부 관점 또한 올바로 파악되기 어려우며, 이어지는 문제의 요구를 해결하기란 그야말로 요원하게 된다. 그렇기에 논제의 주요 개념이 무엇이며, 그 개념들이 어떤 의미로 사용되고 또 어떤 관점을 지향하고 있는지를 이해하고 정의하는 것은 제시 지문의 내용을 구체적으로 파악하기 위한 핵심 전제로써의 중요한 사전 작업이 된다.

개념을 잘못 이해한 때는 답안이 전혀 다른 내용을 담고 있는 글로 흐르게 되는데, 이것이 곧 **'논점 이탈'**이다. 따라서 개념에 대한 올바른 이해를 토대로, 각각의 제시문이 어떤 관점에서 어떤 사실적 정보를 담고 있는지를 이해하고 분석하여 정리하면, 제시문의 내용을 구체적으로 파악할 수 있음은 물론, 논점 이탈도 피할 수 있다. 논제가 묻는 개념을 정확히 이해하고, 이를 적확한 단어로 명료하게 표현하는 연습의 중요성은 아무리 강조해도 지나침이 없다. 이로써 이 책을 집필한 의도와 목적은 분명해 졌다.

5

핵심 개념어 및 관련 개념어만 떠올릴 수 있을 정도의 공부면 충분히 책은 철저하게 대입 논술에 눈높이를 맞췄다. 시중의 많은 개념어 사전과는 달리, 대입 논술 시험에서 자주 출제되는 주제 개념과 연결된 핵심 개념어에만 집중했다. 그 내용적인 깊이 또한 철저하게 논술 합격을 위한 정도만큼의 수준을 지향한다. 즉 대입 논술 시험에서 다루는 논제를 여하히 잘 이해하고 분석할 수 있도록 돕는 정도의 수준으로 내용을 구성했으며, 그것도 교과서에 실린 내용을 중심으로 실음으로써 공부에 부담을 줄였다.

그렇기에 이 책에 실린 개념어에 대한 내용적인 설명이 다소 미흡하고 때로는 깊이가 없어 보일 수도 있다. 하지만 말했듯이, 이는 다분히 의도적인 목적에 따른 것이다. 중요하기에 무슨 뜻인지를 거듭 설명하면 이렇다. 현행 대입 논술은 제시 지문의 내용만 가지고도 충분히 답안을 작성할 수 있을 정도로 내용 면에서 충실을 기하고 있다. 다시 말해, 현행 대입 논술 시험은 논제(주제)에 대한 개념을 담은 지문, 그것이 지향하는 쟁점이자 이를 설명하는 하위 개념을 담은 지문, 논제에 대한 해결 과제를 담은 지문 등 여러 제시문을 주고 그 안에서 모든 것을 읽고 이해하고 파악하여 답안을 작성할 것을 주문한다. 답안 작성에 필요한 모든 것을 학생들에게 던져주고 일련의 요구에 맞춰 문제를 풀어나갈 것을 요구한다.

이때 논제에 담겨야 할 개념어는 마치 서술형 수학 문제를 풀 때의 공식과도 같이 작용하며, 따라서 개념어는 논술 **문제 해결**을 위한 주요 관**건이자 핵심적인 포인트가 된다. 즉, 답을 유도하는 일련의 장치로써의 주제 개념을 마치 수학 공식처럼 문제와 제시 지문 곳곳에 배치해 놓았기에, 학생들은 그것을 찾아낸 후 이를 논제의 물음에 맞춰 적절하게 서술하면 된다.** 당연히 그 답안은 개념어를 중심으로 체계적으로 구성되고 논리적으로 서술될 수밖에 없으며, 이런 탓에 학생들은 지문을 읽고 이를 기를 쓰고 찾아내야만 한다.

그러함에도 불구하고, 학생들은 워낙 개념과 개념어에 대한 기본 지식이 달리는지라, 글을 읽어도 논제가 묻는 핵심 개념을 올바로 찾아 밝히지 못함은 물론, 그 개념어에 담긴 의미를 이해하고 파악할 수 있을 정도까지 사고를 확장하지 못한다. 개념 공부에서의 추가적인 부분이란 바로 여기까지인데, 말하자면 지문을 읽고 그 안에 담긴 개념을 제대로 떠올리고 이를 **개념화**해서 생각할 수 있을 정도의 수준만큼은 온전히 학생들이 안고 가야 할 몫이자 반드시 해결해야만 하는 과제다.

이때 개념과 관련한 배경 지식을 최소한으로 설정하고 그것만 공부해도 큰 어려움 없이 답안을 작성할 수 있으며, 실제로도 그렇게 공부하는 게 더 적절하다. 즉 철저히 의도된 논술 공부에 맞춰 딱 추가적인 부분만 공부하더라도. 그것으로 충분히 합격할 수 있다.

이런 이유로 많은 논술학원에서 굳이 배경 지식을 외우느라 힘을 뺄 필요가 없다고 똑같은 목소리를 내고 있는데, 이는 맞는 말이다. 하지만 이는 또한 틀린 말이기도 하다. 왜냐면, 대학에서는 논술 문제로 다루는 논제를 학생들이 충분히 이해하고 있다고 가정하면서 관련한 개념을 끌어오기 때문인데, 그런데도 정작 학생들은 그것에 무지하다. 특히 요약 식의 학원 수업에 길들은 학생들의 처지에서 볼 때, 고등학교 전 과정을 통합해가며 그 많은 개념을 이해하고 파악하기란 말이 쉽지 절대 만만치 않다.

대학이 생각하는 평가 기준과 학생들이 체감하는 난이도 간에 불일치를 보이는 이유가 이 때문인데, 그렇더라도 그 간격을 좁히는 노력은 온전히 학생 몫이다. 논술 시험을 치르는 학생의 처지에서 생각하면 다소 억울할지 모르겠지만, 그 속내를 볼라치면 반드시 그렇지만은 않다. 요점는 논술 시험으로 제시되는 지문 안에 담긴 내용을 이해하고 이를 적절한 개념어로 풀어쓰거나(지문 해석을 말한다), 또는 그 개념어에 맞게 효과적으로 압축(지문 요약이 그것이다)할 수 있을 정도의 관련한 배경 지식만 갖춘다면, 대학이 요구하는 답안을 작성하기는 그리 어렵지 않다. 이것도 안 하고 날로 먹으려 든다면, 대학은 이를 절대 좌시하지 않으려 들 것이기에, 그 결과가 곧 불합격이라는 쓰디쓴 잔으로 돌아올 수 있음을 깨달아야 한다.

Part 1

교과서에 실린,
반드시 비교하며 공부해야 할
핵심 이론과 쟁점 35

대입-편입 논술에 꼭 나오는

핵심 개념어 110

001 자유의지와 결정론

_ 도덕, I-1. 〈자유와 자율〉(천재교육)

- **인하대 2024 인문 수시 [문제 1]**(책임의 두 입장에서 인간의 '자유의지'는 행위에 대한 책임을 물을 수 있는가 논술)
- **숙명여대 2022 인문 모의 [문제 2]**(자유의지를 가진 존재 관념에서 드러난 공통적인 인간상 설명 및 비판적 평가)
- **연세대 2022 인문사회 모의**(양립론의 관점에서 자유의지와 결정론 고찰)
- **서울시립대 2018 인문 모의 [문제 3]**(범죄 행위의 근원을 결정론적 입장에서 A씨의 주장에 대한 찬반 입장 서술)
- **건국대 2015 인문(1) 모의**(자유의지와 결정론 관점에서 개인 가치와 공동체적 가치 비교 및 사례 적용 · 평가)
- **이화여대 2014 인문(2) 모의 [문제 3]**(인간의 마음과 몸에 대한 다양한 관점 비교분석을 통해 근대 인간관 비판)
- **이화여대 2013 인문(2) 모의**(감정에 대한 시각 차이와 역할: 자유의지의 문제)
- **서울대 2012 인문 정시 [문제 3]**(손금은 나폴레옹에게 어떠한 의미를 갖는가: 자유의지와 결정론)

인간은 자유로운가 : 필연인가, 선택인가?

인간에게는 자유의지가 있는가, 아니면 환경의 노예인가? 또 인간은 얼마만큼 자유로운가? 이러한 물음은 크게 다음 두 견해를 따른다. 인간의 행위뿐 아니라 모든 현상이 어떤 원인에 따라 필연적으로 정해져 있다고 보는 견해를 '결정론'이라고 하며, 인간의 자유로운 선택에 따른 것이라고 보는 견해를 '자유의지론'이라고 한다. 그렇기에 결정론과 자유의지론은 서로 대립되는 것으로 보인다.

자유의지론에 따르면, 인간의 행위는 자신의 자유의지로 선택한 것이다. 자연의 법칙에 지배되는 다른 일들과 달리 인간의 행위는 인간 스스로가 그 원인이 되며, 따라서 인간은 자신의 행위에 대해 도덕적 책임을 진다. 물론 자유의지론이 결정론을 완전히 거부하는 것은 아니지만, 그렇더라도 자유의지론은 우리의 삶과 세계가 우리의 의지로 변화될 수 있으며, 인간은 자유롭게 선택할 수 있는 의지의 자유와 행동의 자유를 가지고 있다고 주장한다.

이처럼 자유의지는 외부의 제약이나 구속을 받지 않고 어떠한 목적을 스스로 세우고 실행할 수 있는 의지를 말한다. 인간은 옳지 못한 행동을 분별할 수 있는 능력을 가지고 있으며, 의식적으로 그와 같은 행위를 자제할 수 있다. 즉 인간만이 자유의지를 가지고 있으며, 자유의지가 전제되어야만 윤리가 성립한다. 인간이 자유의지를 가지고 있다는 것은, 주어진 본성에 따라 기계적으로 행동하지 않음을 뜻한다. 인간은 전적으로 선하지도 않고 악하지도 않지만, 적어도 인간을 선하게 하거나 적어도 덜 악하게 할 수 있으므로, 우리는 자유의지에 따라 선한 행동을 하기 위해 항상 노력해야 한다는 것이다.

이에 비해 **결정론**은 이 세상의 모든 일은 일정한 인과관계에 따른 법칙에 의해 결정된다는 생각이다. 결정론을 주장하는 입장에서는 인간이 의지나 행위의 자유를 가지고 있다는 것을 부정하기 때문에, 인간의 행위 역시 그 행위를 일어나게 하는 조건들에 따라 이미 인과적으로 결정되어 있다고 본다. 예를 들면, 예외가 없는 자연법칙, 사회화, 유전자의 특성 등이 그러한 조건들이다.

결정론을 강하게 주장하는 입장에서는 인과관계는 인간의 어떠한 의지나 노력으로도 바꿀 수 없다고 생각한다. 이 입장에 따르면, 우리가 자유의지를 가지고 어떤 일을 선택하는 것은 사실상 불가능하다. 결국, 우리가 하는 모든 행동은 우리 자신의 의지에 따른 것이 아니기 때문에 모든 행위에 대한 책임도 없게 된다.

자유의지론의 관점에서 본다면, 인간의 행위는 **도덕판단**의 대상이 되며, 도덕적인 자유는 도덕적 신념에 순응하여 행하는 자유다. 그럼에도 우리는 어떤 행위를 판단함에 있어 결정론에서 말하는 인과적 사고를 전적으로 거부하려 들지는 않는다. 어떤 행위를 선택할 때 우리는 그 결과를 미리 예측하려 드는 성향이 강한데, 이때 인과적 사고가 거부된다면 어떠한 예측도 불가능해져 그만큼 선택에 어려움을 겪기 때문이다.

반면 결정론적 관점에서 본다면, 인간의 행위는 이미 결정되어 있는 것이고, 따라서 그것에 대한 도덕적 비난은 의미가 없어진다. 내가 남을 도왔다거나 거짓말을 했다는 것은 모두 나의 성격 탓인데, 나의 성격은 결국 내가 물려받은 유전인자와 내가 자라온 환경에 의해서 형성된 것이기 때문이다. 나의 유전자와 환경은 인과적으로 나의 의지와는 아무 상관없이 결정되어 있으므로, 나의 성격과 도덕성도 결정되어 있다고 보는 것이다.

여기서 **결정론과 자유의지론의 양립**이 필요함을 확인할 수 있다. 자유의지와 결정론이 양립할 수 있다고 보는 관점에 따르면, 자유의지는 원인과 결과로 이어지는 필연성을 부정하는 것이 아니라, 원인을 찾아내고 문제가 되는 원인을 취사선택하여 행위를 하도록 하는 것이다. 그에 따라 우리는 어떠한 선택에 대해 도덕적 책임을 지게 된다는 것이다.

(고등학교 도덕, 천재교육)

■ 자유의지의 문제

자유의지는 자신의 행동을 자신 밖의 어떤 외적 힘에 의존하지 않고 자율적으로 결정하고 행동할 수 있는 인간의 내면적인 힘을 말한다. 그렇기에 인간 행위의 문제는 어디까지나 자신의 자유로운 결단에 달려있다. 만약 어떠한 개별적인 사물이나 현상들이 인과관계라는 엄격하고도 정밀한 기계적 법칙에 의해 완전히 지배된다는 유물론적 또는 형이상학적 결정론에 따른다면, 오로지나 스스로의 내적인 힘, 즉 자유의지는 실재할 수 없다.

■ 유전자결정론

인간을 포함한 모든 생명들은 유전자에 따라 만들어진 기계다. 유전자는 생물을 통해 다음 세대로 계속 전달되기를 원하며, 모든 생물은 유전자를 위한 생존 기계다. 우리가 친척을 돕는 것은, 사실 여러 친척에게 퍼져있는 어떤 유전자를 돕기 위한 작용이다. 친족관계가 멀수록 같은 유전자를 가지고 있을 확률은 적어지며, 친밀감도 당연히 낮아진다. 유전자는 생물의 특성을 정하며, 각 생물의 행동은 본질적으로 유전자의 필요에 따라 정해진 것이다(리처드 도킨스, 『이기적 유전자』).

■환경결정론

미국의 심리학자인 스키너는 지렛대가 있는 상자에 쥐를 넣고, 쥐가 지렛대를 누르면 먹이를 주는 실험을 고안해 냈다. 스키너는 먹이를 주는 간격을 조절하여 쥐가 먹이를 위해 지렛대를 누르는 행동을 학습하게 하였다. 스키너에 따르면 인간의 행동도 쥐의 행동과 마찬가지다. 인간의 행동은 잘했을 때 상을 주고, 못했을 때 벌을 주는 과정을 거치면서 형성되는 것으로, 어떤 환경을 제공하느냐에 따라 인간의 행동이 결정되는 것이다. 결국 인간의 행동이 차이를 보이는 것은 순전히 환경의 차이 때문이다(로렌 슬레이터, 『스키너의 심리상자 열기』).

(고등학교 도덕, 천재교육)

'자유의지'는 인간 본질 및 인간 행위의 특성과 관련한 아주 중요한 개념어다. 이런 이유로 대입 논술문제의 공통 주제(대주제)는 물론 그 주제가 지향하는 핵심 쟁점이자 세부 주제어(소주제)로 자주 다루고 있으며, 또한 주제를 막론하고 '자유의지'에 관한 내용을 담은 제시지문이 자주 출제되고 있다.

관련 개념어 자유의지, 결정론(유전자결정론 · 환경결정론), 리처드 도킨스의 '이기적 유전자', 스키너의 '조작적 정의', 도덕판단

002
소극적 자유와 적극적 자유

_ 도덕, I-1. 〈자유와 자율〉(천재교육, 비상교육)

- **서강대 2013 인문 모의**(자유의 양면성 비교 분석 및 이에 기초한 해석적 관점 분석)
- **성균관대 2012 인문(3) 수시**(적극적 자유와 소극적 자유의 개념 분류·요약 및 자료 해석)
- **중앙대 2011 인문(1) 수시**(자유에 대한 다양한 입장 및 관점 차이 고찰)
- **성신여대 2010 인문 수시**(예술의 자율성과 타율성을 통해 고찰하는 소극적 자유와 적극적 자유)
- **고려대 2009 인문 수시**(자유에 관한 담론_ 적극적 자유와 소극적 자유)

소극적 자유 : 내적 자유와 외적 자유

자유는 어떤 구속이나 간섭도 없고, 아무런 제약도 없이 마음대로 할 수 있는 상태를 말한다. 그런 상태의 자유를 '**소극적 자유**'라고 하는데, 이는 아무런 외부의 제약이 없음을 의미한다. 소극적 자유가 있으려면 달리 행동할 수 있는 가능성이 있어야 한다. 소극적 자유는 제약이 없어 어떤 행동을 마음대로 할 수 있으면서 동시에 그것을 하지 않을 가능성도 열려 있어야 한다. 어떤 행동을 하는데 제약이 없지만, 그것을 하지 않을 자유가 없다면 자유가 없는 것이다. 예를 들어 종교를 갖지 않을 자유가 없다면, 즉 누구나 종교를 가져야 한다면 종교의 자유가 있는 것이 아니다. 다른 가능성도 열려 있는 상태라야 진정한 자유가 있다고 볼 수 있다.

영국의 철학자 로크는 다른 사람이나 국가로부터 개인의 자유를 방해받지 않을 권리, 즉 '**자유권**'이 있다고 주장한다. 자연 상태에서 누구나 자유권을 갖게 되는데, 자유권에는 생명, 자유, 재산에 대한 권리가 포함된다. 국민은 그러한 자유를 누릴 권리가 있으며, 정부는 그런 자유를 함부로 침해하거나 간섭해서는 안 된다. 다른 사람이나 국가가 그러한 자유를 침해할

 가능성이 있기 때문에 현대 자유민주주의 사회에서는 그것을 '**기본적 인권**'으로 정해 보장하고 있다.

개인은 자신을 얽매었던 구속으로부터 벗어날 때 해방감을 느낀다. 그러면서도 한편으로는 독립적인 삶을 살아야 한다는 생각에 불안감과 공포감을 느낀다. 노예였던 사람이 자유를 얻어 독립적인 삶을 살아가려고 할 때의 심정과 같은 것이다. 자율적인 인간이 되기 위해서는 그러한 불안감과 공포감을 극복하고 스스로 자신의 삶을 개척해 나갈 수 있는 능력을 기르는 것이 중요하다. 프롬이 말한 것처럼, 적극적 자유를 실현하기 위해서는 행위자가 자기 목적을 실현시킬 수 있는 수단을 갖고 있지 않으면 안 된다.

적극적 자유 : 의지의 자유와 행위의 자유

'**적극적 자유**'의 의미는 두 가지로 나눌 수 있다. 첫 번째 의미의 적극적 자유는 적극적으로 어떤 것을 할 수 있는 능력으로서의 자유를 말한다. 어떤 것을 적극적으로 선택하고 행동할 수 있는 능력, 즉 적극적 자유를 가지려면 먼저 다른 사람의 간섭이나 방해가 없어야 한다. 그렇기에 적극적 자유를 가지려면 소극적 자유가 먼저 보장되어야 한다. 사람들이 적극적 자유를 갖기 위한 능력을 갖추도록 하기 위해 현대사회에서는 '**복지권**' 보장을 위해 노력하고 있다. 이것은 인간으로서 최소한의 삶을 유지할 수 있는 권리이며, 국가가 적극적으로 이를 지원해야만 보장될 수 있다. 복지권이 보장될 때 비로소 인간은 적극적으로 어떤 것을 할 수 있는 능력으로서의 적극적 자유를 누릴 수 있다.

적극적 자유의 두 번째 의미는 합리적으로 선택하고 행위를 할 수 있는 능력으로서의 자유다. 합리적으로 선택할 수 있는 능력이 없으면 스스로 결정할 수 있는 능력이 없다. 예를 들면 어린이나 청소년들은 합리적으로 선택하고 행동할 수 있는 능력이 부족하다. 때문에 보호자가 나서서 그들이 해야 할 것들을 도와줌으로써, 스스로 적극적 자유를 누릴 수 있도록 해야 한다.

이와 같이 자유는 소극적 의미와 적극적 의미를 지니고 있다. 소극적 자유는 국가나 다른 사람들이 개인의 행동을 방해하거나 간섭하지 않으면 그것만으로도 보장된다. 그러나 적극적 자유는 소극적 자유가 전제되는 동시에 개인이 자유를 누릴 수 있는 여러 가지 수단을 국가가 지원해야만 보장될 수 있다. 따라서 적극적 자유에는 국가의 적극적 의무가 따르게 된다.

(고등학교 도덕(비상교육, 천재교육)의 내용 요약)

■ 자유론

밀(J. S. Mill)은 『자유론』 서문에서 자유의 본질은 의지의 자유가 아니라 시민적 혹은 사회적 자유임을 밝히고, 자본주의 사회의 진전과 함께 정치적 권위로부터의 자유는 획득했지만, 반대로 다수자와 개인의 대립 과정에서의 다수자의 횡포가 새롭게 문제된다고 말한다. 따라서 개인의 행복과 다수자의 행복을 어떻게 조화시킬 것인가가 밀의 자유론의 사상적 핵심 과제였다. 밀은 인간의 자유에 고유한 영역을 설정하고, 인간의 생활과 행위 가운데 개인에게만 관계되는 부분을 사상과 양심의 자유, 직업 및 취미의 자유, 단결의 자유로 들었다. 그리고 이것이 존중되지 않는 사회는 어떤 정치 형태라 할지라도 자유가 없다고 보았다.

제2장에서 그는 '사상과 토론의 자유'가 인류의 정신적 행복에 필요함을 네 가지 근거를 들어 주장한다. 제3장에서는 개인의 자발성은 내재적 가치를 가지고 있으며, 그것 자체가 존중되어야 하며, 만약 이것이 습관이나 전통에 의해서 억압되면 개인이나 사회의 진보가 정체되고 만다고 기술한다. 제4장에서는 인간의 생활 가운데 개인에 속하는 영역과 사회에 속하는 영역 간의 관계

를 논하고, 타인의 행복을 해치는 행위에 대해서 사회적 권력이 행사되는 것은 좋으나, 이때 권력의 원천인 다수자의 의지가 소수자의 이익 혹은 행복을 억압해서는 안 된다고 말한다. 특히 여론이라는 형태로 나타나는 다수자의 전제는 배제되어야 한다고 하여, 민주주의가 확대되어갈 때 경계해야 할 것은 교육받지 못한 다수자가 수적 우세를 이용하여 소수자의 의견을 억압하는 이른바 여론의 압력이라고 말한다. 끝으로 제5장에서는 이상의 원리를 실제 문제와 결부시켜 예증한다.

(고등학교 도덕, 비상교육)

밀의 '자유론'은 논술 제시지문으로 매우 빈번하게 출제되기에, 그 안에 담긴 핵심 사상을 이해하고 있어야 한다(그렇더라도 기출지문을 통해 살피면 된다). 참고로 밀의 자유론은 그 내용은 물론 문체, 그리고 사고의 논리성에 있어 단연 최고봉인 사상서이기에, 반드시 시간을 갖고 전문을 읽어볼 것을 권한다.

관련 개념어 적극적 자유, 소극적 자유, 기본권적 자유권, 복지권

003
자유와 평등

_ 도덕, I. 〈인간과 자유〉 개념 확장_ 경제적 자유주의와 평등적 자유주의 간의 대립

- **서울여대 2024 인문 모의 [문제 2-1]**(법적 자유의 세 관점 요약 및 사례 적용 비교 서술)
- **동국대 2024 인문(2) 모의**(자유주의와 공동체주의 관점에서 개인과 공동체 간의 관계 설명)
- **동국대 2024 인문(1) 모의 [문제 1]**(평등, 자유, 공존의 관점에서 '시'에 드러난 의미 해석)
- **홍익대 2023 인문(1) 수시 [문제 2]**(전체의 규율과 개인의 자율 간의 합리적 관계 설명 및 분석)
- **한국외대 2023 사회(2) 수시 [문제 2 · 3]**(자유주의 관점에서 개인주의 평가)
- **한국외대 2023 사회(1) 수시**(평등 관점인 '절대적 평등'과 '상대적 평등' 분류 · 요약 및 적용 평가)
- **경희대 2023 인문 모의 [문제 1]**(자유의 개념을 적용하여 사례 및 상황 적용 평가)
- **숙명여대 2020 인문(1) 수시 [문제 2]**(자유에 대한 두 관점〈소극적 자유와 적극적 자유〉 설명 및 사례 적용 평가)
- **이화여대 2020 인문(2) 모의 [문제 1]**(자유에 대한 상반된 관점 비교 및 사회에 적용 평가)
- **경희대 2019 사회 모의(2)**(평등의 두 관점〈기회의 평등과 결과의 평등〉 분류 · 요약 및 적용 평가)
- **한국외대 2018 사회(2) 수시**(자율권의 두 시각〈긍정적 측면과 부정적 측면〉을 중심으로 제시문 분석 및 적용 평가)
- **숙명여대 2018 인문(3) 수시 [문제 2]**(자유에 기반한 인간 행위의 준칙)
- **경희대 2016 인문 수시**(자유와 자율 개념 적용 제시문 분류 · 요약 및 적용 평가)
- **동국대 2015 인문(2) 수시 [문제 1]**(기본권적 자유권이 갖는 한계 논술)
- **서울시립대 2015 인문 모의**(자율과 타율, 순리와 법치)
- **고려대 2014 인문(1) 수시**(평등에 관한 다양한 관점 고찰)
- **서강대 2014 인문(1) 수시**(자율성과 타율성을 통해 드러나는 삶의 방식 고찰)
- **숙명여대 2013 인문(3) 수시**(자유와 평등의 양립 가능성에 대한 논리적 조건 제시)
- **국민대 2013 인문 수시**(자유와 자율을 규정하는 신뢰와 책임 한계)
- **성신여대 2011 인문(3) 수시**(자유주의적 평등에 대한 관점 비교분석 및 관련한 타당성 검토)
- **경희대 2012 인문 수시 [문제 1]**(자유경쟁 사회에서의 개인의 경제적 자유 추구를 바라보는 시각)
- **성신여대 2011 인문(1) 수시**(공익과 사익의 대립문제 및 개인과 공동체 간의 선택의 자유)

자유와 평등은 양립할 수 없는가 : 경제적 자유주의와 평등주의 간의 대립

자유와 평등이라는 가치는 그 성격상 불가피하게 충돌한다. 자유만을 추구하면 홉스가 말한 것처럼 '만인의 만인에 대한 투쟁' 상태가 발생하고, 그렇게 되면 강자가 약자의 자유를 침해하게 되어 결국에는 소수의 강자만이

 자유를 누리게 된다. 반대로 평등만을 지나치게 추구하면 개인의 자유는 없어지고 독재자가 사회를 좌지우지하게 된다.

역사적으로 볼 때 **자유주의**는 자본주의가 정치적으로 승리하는 시민혁명기인 18세기에 등장했고, **평등주의**는 19세기에 자본주의의 문제점을 극복하기 위한 사회주의 운동과 더불어 등장했다. 상반되는 두 정치 개념 간의 차이는 무엇일까? 이는 정치사상적으로 자유와 평등에 대해 근본적으로 견해를 달리한데서 비롯된다.

먼저 자유의 원리를 중시하는 사람들은 개인의 자유를 철저하게 보장할 때 사회는 발전한다는 입장이다. 이들은 개인주의의 옹호자들이기도 하다. 그럼에도 자유주의 내에서도 자유를 극단적으로 옹호하는 '적극적 자유주의자들'과 정의의 원칙을 중심으로 강자의 자유를 어느 정도 제한하려는 '평등적 자유주의자들'로 갈린다. 이는 특히 **경제활동의 자유**와 관련해서 그렇다.

적극적 자유주의자들은 개인의 자유를 최대한 보장하는 것이 국가의 역할이라고 생각한다. 또한 개인의 평등은 형식적 평등으로서의 **기회 균등**에 그쳐야지, 실질적 평등까지 보장하려는 것은 다른 사람의 자유를 침해하는 것이라고 생각하기에 이에 반대한다. 경제적인 측면에서는 국가 개입의 축소와 시장의 자율을 중시하는데, 그 결과 양극화와 실업 같은 사회적 문제가 발생한다.

반면, **평등적 자유주의**자들은 기본적으로는 개인의 자유를 보장해야 하지만, 분배 정의와 같은 경제문제에 있어서는 국가가 적극 나서 **실질적인 평등**을 이뤄야 한다는 입장이다. 하지만 모든 사람이 같은 몫을 분배받아야 한다는 식의 지나친 평등의 강조는 근로 의욕을 떨어뜨리고 경제적 생산성을 약화시키는 결과를 낳게 된다.

다음으로 평등의 원리를 중시하는 사람들은 사회적 평등을 달성하기 위한 목적으로 사회를 운영할 것을 주장한다. 그렇기에 이들 가운데 상당수는 **공동체주의**를 옹호하는 사회주의적 성향을 띤다. 아울러, 이들 사이에서도 평등을 극단적으로 옹호하느냐, 또는 개인의 자유를 어느 정도까지 허용할 것이냐에 대한 입장 차이를 보인다.

기회의 평등과 결과의 평등

이상을 고려할 때, 대체로 적극적 자유주의는 **기회의 평등**을 추구하고, 평등적 자유주의는 **결과의 평등**을 중시한다고 볼 수 있다. 그렇더라도 자유주의와 평등주의 모두 각각의 폐해를 경험하고 또 상호 간에 영향을 주고받으면서 어느 정도는 사회적으로 혼합된 성격을 갖는다.

이 같은 자유와 평등의 역사적 경험은 수정자본주의나 사회민주주의 같은 제3의 이념을 탄생시켰다. 이는 소수에게 집중되었던 자유가 많은 사람에게 확대되고, 소극적 의미의 자유가 적극적 의미의 자유로 발전해나간 결과이기도 하다. 그 결과 자유와 평등이 서로 모순되는 개념이 아니라 상호보완적 관계에 놓여 있다는 것을 전제로 하여, 두 가치 간의 조화로운 공존을 끊임없이 추구한다. 하지만 이는 결코 쉽지 않기에, 둘이 완전한 조화에 이르기까지는 앞으로도 수없이 많은 시행착오를 겪게 될 것이다.

지금 세계는 자유민주주의를 이념으로 하는 정치체제를 중심으로 살아가고 있다. 오늘날의 자유민주주의 사회는 자유주의를 기본 원리로 하고 평등을 보완적 원리로 하여 운영되는 경우가 대부분이다. 당연히 개인 간의 자유로운 경쟁을 경제활동의 기본 원리로 채택하는 **자본주의적 경제체제**가 강조된다. 하지만 이는 빈부격차, 불평등 등 현대 자본주의 사회의 문제점을 필연적으로 야기한다. 더군다나 신자유주의 경제체제가 갈수록 심화되고 있는 지금, 적지 않은 사회문제가 발생하고 있다. 특히 기업 경쟁력 강화를 명분으로 한 경제 성장주의는 노동자의 고용 안정을 심각하게 훼손해왔다. 그리고 이는 사회적 불평등 현상의 고착화로 연결됐다.

이런 이유로 적어도 경제 문제에 국한해서 생각한다면, 개인 간의 자유와 평등은 양립하기 어렵다. 어느 한쪽을 강조하면 다른 한쪽의 가치가 훼손되는 경우가 발생한다. 따라서 이런 딜레마를 어떻게 극복하고 해결할 것인가가 관건이 되는데, 이는 **성장과 분배** 문제라는 경제·사회적 담론을 필연적으로 끌어들인다.

이는 앞서 말했듯이, 자유와 평등을 민주주의의 가장 중요한 이념적 원리로 규정해 놓았음에도 불구하고, 자유의 원리를 중시하는 사람들과 평등의 원리를 중시하는 사람들 사이에 문제를 인식하고 해결하는 방법이 본질적으로 다르기 때문에 발생한 결과다.

따라서 경제성장, 시장원리, 지적재산권, 경제활동의 자유 등을 요구하는 자유주의적 입장에서의 가치와 고용안정, 노동권, 사회복지, 공동체적 삶을 부르짖는 평등주의적 입장에서의 가치가 충돌하고 있는 지금, 이 둘을 어떻게 조화시키느냐가 현대 사회가 당면한 과제다.

분배 정의와 관련한 자유와 평등의 양립 가능성을 묻는 문제로 자주 출제되며, 관련한 내용을 지문으로 빈번하게 구성한다.

관련 개념어 기회의 평등과 결과의 평등, 경제적 자유주의(노직의 공리주의적 자유지상주의 관점)와 경제적 평등주의(롤스의 평등적 자유주의의 관점), 분배 정의, 공정

004
결과적 정의와 절차적 정의

_ 도덕, II-1. 〈사회제도와 정의〉(천재교육) 개념 확장

- **단국대 2024 인문 모의 [문제 3]**(정의의 관점에서 빈부격차의 원인 설명 및 해결방안 서술)
- **단국대 2024 인문(1) 수시 [문제 2]**(정의의 다양한 관점 서술)
- **이화여대 2024 인문 모의 [문제 2]**(롤스의 절차적 공정성의 관점에서 사례의 학급 운영방식 비판)
- **동국대 2024 인문 모의 [문제 3]**(소유권을 바라보는 자유주의적 정의관과 공동체주의적 정의관의 상반된 입장 고찰)
- **단국대 2023 인문(1) [문제 2]**(공리주의 입장에서 인간중심주의와 공동체주의 비판)
- **홍익대 2022 인문(1) 수시 [문제 2]**(자유주의적 정의관과 공동체주의적 정의관의 두 관점을 적용하여 사례 적용 설명, 비교, 비판)
- **경희대 2022 인문 모의**(자유주의적 정의관과 공동체주의적 정의관) 분류 · 요약 및 적용 평가)
- **동국대 2021 인문 모의 [문제 2]**(정의론의 두 관점(평등적 자유주의와 자유 지상주의)에서 우리 사회의 '부정의' 사례 평가 및 비판)
- **경희대 2018 사회 모의**(자유 지상주의와 평등적 자유주의 분류 · 요약 및 적용 평가)

정의를 보는 두 시각 : 결과적 정의와 절차적 정의

플라톤은 『국가론』에서 개인의 보편적인 덕(德)으로서의 정의와 사회적 삶과의 조화를 꾀하였다. 즉 지혜, 용기, 절제의 덕이 서로 조화를 이룰 때 '선(善)의 이데아'는 완성되며, 이러한 상태가 곧 '정의'라고 말한다. 아리스토텔레스는 『니코마코스의 윤리학』에서 정의의 개념을 '어떤 한 정치 공동체를 위해 행복을 창출하거나 보존하는 행위를 하려드는 경향성'으로 정의했다. 이렇게 볼 때, 정의로운 사회란 그 구성원들이 자기 역할과 의무를 다한 후, 마땅히 받아야 할 몫을 온전히 받는 사회를 말한다.

정의는 크게 공동체의 이익을 목적으로 하는 넓은 의미에서의 정의와 개인의 복지를 목적으로 하는 좁은 의미의 정의로 구분된다. 좁은 의미의 정의는 다시 '**분배적 정의**'와 '**교정적 정의**'로 구분된다. 어느 경우에나 정의의 최종적인 지향점은 평등의 원칙을 기초로 한 **공정성**의 확립에 있다.

분배적 정의는 이익과 부담을 공정하게 분배하는 것을 말한다. 교정적 정의는 주로 국가가 법을 집행함으로써 실현되는 정의로, '**배상적 정의**'와 '**형벌적 정의**'로 나뉜다. 교정적 정의는 정해진 기준, 즉 법에 따라 공평하게 판결을 내린다면 견해 차이가 없겠지만, 분배적 정의는 그 기준을 놓고 사람들 간에 서로 견해가 다를 수 있다.

분배적 정의에서의 분배의 대상은 부, 권력, 기회 등 개인적·사회적 이익과 납세, 국방의 의무 같은 부담이다. 그것들의 응분의 몫을 사회구성원에게 분배할 때 공정하거나 정의로운 분배라고 말할 수 있다. 그 응분의 몫은 능력에 따라 또는 필요에 따라 결정될 수 있다. 그러나 어떤 기준에 따라 분배의 몫이 결정되건, 그 모든 기준들은 반드시 충족되어야 할 원리가 있다. 그것은 "같은 경우에는 같게, 다른 경우에는 다르게 대우해야 한다."는 **형식적 정의**의 원리다. 분배 대상을 특정 기준에 따라 분배하는 경우, 같은 경우인데도 다르게 대우하거나 다른 경우인데도 똑같이 대우한다면, 이는 불공정하다고 할 수 있다.

형식적 정의의 원리는 공정한 분배가 이루어지기 위한 필요조건이지만, 충분조건은 아니다. 공정한 분배가 이루어지기 위해서는 개인의 특성이나 분배 상황을 고려하는 **실질적 정의**의 기준 또한 충족되어야 한다. 사회적 이익의 분배를 위한 실질적 정의의 기준으로 제시되어 온 것 중 대표적인 것으로는 평등, 필요, 능력, 업적 등을 들 수 있다.

인간은 능력과 신분 차이가 있음에도 불구하고 이성적이고 자율적인 존재로서 누구나 똑같이 존엄하다. 모든 사람은 인간 존엄성에서 비롯된 평등한 권리를 누려야 한다. 따라서 사회제도는 기본적인 인권인 생명권, 자유권, 행복추구권 등을 모든 사람이 평등하게 누릴 수 있도록 보장해야 한다.

이처럼 평등과 필요의 분배 기준을 따르는 경우에는, 이는 인간이 모두 존엄하고 동일한 기본 욕구를 갖고 있음을 전제한다. 그러나 능력이나 업적의 분배 기준을 따르는 경우에는, 이는 인간의 개별 특성 차이가 고려되어야 함을 전제한다. 실질적 정의의 기준들은 모든 상황에 적용될 수 있는 일반적인 원리가 아니다. 평등이나 필요의 기준은 인간의 기본권을 보장하는 법률체계와 정치제도에는 잘 적용될 수 있으나, 회사에서 보수를 책정하는 것과 같은 사적 기준에는 적용되기 어렵다.

정의의 원칙이 보편적으로 적용될 수 있는 일반적인 원리로 '최대 다수의 최대 행복'의 원리인 **공리의 원리**가 있다. 공리주의자인 존 스튜어트 밀에 따르면, 정의는 공리의 원리에 의해 설명될 수 있다. 밀에 따르면, 정의로운 행위나 제도는 최대 다수에게 최대 행복을 가져다주며, 결국 옳음과 그름, 정의로움과 정의롭지 않음을 구별하는 기준은 사람들이 실제 소망하는 것, 즉 행복뿐이다. 다시 말해, 공리주의에서 행복의 기준은 개인의 최대 행복이 아니라 전체의 최대 행복의 합이다. 하지만 이러한 공리주의 관점을 따를 경우, 개인은 다른 사람이나 전체의 선(즉 '**공동선**'으로서의 행복)을 위해 자신의 행복을 포기할 수 있음은 물론이다.

이렇듯 사회 전체 이익의 총량을 위해 개인의 희생을 정당한 것으로 몰아가는 공리주의적인 정의관은 극단적인 자유주의를 추구했지만, 그 결과는 참담했다. 사회의 물질적인 총량은 증가했지만, 다른 한편으로는 빈부격차의 확대, 대공황 등 많은 사회문제를 낳은 것이다.

관련한 주제의 하위 개념어이자 세부 관점으로 자주 출제된다.

관련 개념어 분배 정의, 실질적 정의, 공리의 원칙, 공동선(공공선), 공정, 효율성과 형평성

005
공정(公正)_ 분배 정의와 소유권적 정의

_ 도덕, II-2. 〈사회윤리의 제 문제〉(천재교육)

- **한양대 2023 인문(2) 수시**(원리 적용을 통한 '공정' 개념 고찰)
- **숙명여대 2023 인문 모의 [문제 1]**('공정한 기회균등 원칙'의 관점에서 사례의 차이 설명 및 '능력주의 쿠데타' 적용 평가)
- **연세대 2022 인문사회 수시**(성취와 보상에서의 공정성의 판단 기준 논술)
- **경희대 2022 사회(2) 수시**(분배적 정의의 실질적 기준을 가르는 두 관점〈업적·능력에 따른 분배와 필요에 따른 분배〉 논술)
- **경희대 2020 사회(2) 수시**(정의에 대한 두 관점〈공정으로써의 정의와 소유권리로써의 정의〉 분류·요약 및 적용 평가)
- **시립대 2019 인문 수시 [문제 1]**(공정성에 기반을 둔 정의의 관점에서 '천부적 재능'은 개인의 것인가 사회적 공동 자산인가)
- **숙명여대 2018 인문(3) 수시 [문제 1]**(절차적 공정성 논술)
- **성균관대 2018 인문(2) 수시**(사회 정의를 바라보는 두 관점〈공리주의 정의관, 공정으로써의 정의관〉 적용 논술)
- **동국대 2017 인문 모의 [문제 1]**(롤스의 '공정으로써의 정의' 이론 적용하여 소수자 불평등 제거 근거 제시)
- **한양대 2016 상경 수시 [문제 1]**(공정으로써의 정의관에 근거하여 성장과 분배에 관한 견해 제시)
- **경희대 2015 사회 편입 모의 [문제 2]**('공정으로써의 정의' 실현 방안 논술)

평등적 자유주의가 정의로운 사회를 만든다 : 롤스의 분배 정의

정의를 '최대 다수의 최대 행복'의 원리에 의해서 설명하는 결과론적 정의 이론에 반대하여 절차적 정의 이론을 제시한 존 롤스는 특히 분배적 정의 개념에 대한 현대적 해석 문제를 집요하게 파고들었다.

롤스는 사회계약론을 현대적 관점에서 재해석하면서 공리주의와 자유방임주의의 한계를 지적하고 새로운 사회 정의의 원리를 수립하고자 했다. 그는 공리주의가 '최대 다수의 최대 행복'을 통해 공적 이익, 사회적 이익을 도모한다는 명목으로 소수자의 권익은 물론 개인의 권리를 유린할 수 있는 전체주의적인 의미를 내포하는 이론으로 보았다.

롤스의 절차적 정의 이론에 따르면, 절차가 공정하면 그 절차에 따른 분배 결과는 공정하다고 본다. 절차적 정의는 사람들이 일정하게 규정된 조건 아래에서 공정한 절차적 규칙에 합의했다면, 그 절차를 통해 나온 결과 또한 정의롭다고 보는 관점이다.

롤스에 의하면, 한 사회 내에서 모든 개인들이 완전하게 평등할 수는 없다. 개인 간의 신천적·후천직 차이가 존재할 수밖에 있고, 사회구조적으로도 불평등은 불가피하기 때문이다. 따라서 이런 불평등을 억지로 평등하게 만드는 대신, 전체 구성원들에게 불평등을 일으키는 요인, 즉 이익 충돌과 사회 갈등을 제도적 원리를 통해 해결하는 절차를 확립해야 한다고 그는 주장한다. 이것이 바로 '**공정으로서의 정의**(justice as fairness)'다.

롤스는 사회계약론에서의 '자연 상태'를 '원초적 입장'이란 개념으로 차용한다. 이 원초적 입장에서 사회구성원들은 자신과 타인에게 주어진 조건, 예컨대 지적·체력적·배경적 조건을 모르는 입장에 놓였다고 가정하고 정의의 기준을 결정하게 된다. 이것이 '무지의 장막(veil of ignorance)'이다. 이렇게 설정하는 까닭은, 예를 들어 자신을 자본가로 타인을 노동자로 인정하고 기준을 결정하면 자본가인 자신에게는 유리하고 노동자인 타인에게는 불리한 쪽으로 기준이 채택될 우려가 있기 때문이다. 그 반대의 경우 역시 마찬가진데, 그렇게 되면 공정으로서의 정의가 되지 못하는 것이다. 물론 각자에게 무지의 장막을 둘렀다고 해도 합의에 참여하는 구성원들이 도덕, 권리, 기회, 자유, 평등 같은 사회의 기본 가치에 대해 잘 알고 있다고 가정한다.

결국 이런 상황에서 구성원들이 체결하는 계약의 목표는 개인의 이익을 극대화하기보다 피해를 극소화하는 원리를 추구한다는 결론에 도달하게 된다. 즉 어쩔 수 없이 불평등을 택하게 될 때, 가장 불리한 사람이 가능한 한 이익을 많이 보는 불평등을 선택하게 되는 것이다. 왜냐하면 누구든 가장 불리한 사람이 되어 피해를 입는 상황에 처할 수 있음을 예상할 수 있기 때문인데, 그렇게 되면 공리주의에서 발생하는 소수의 피해자를 줄일 수 있게 된다. 즉 어떤 한 개인의 원초적 무기력·무능력으로 인해 그가 다수로부터 피해를 입을 가능성을 최소화할 수 있는 규제들을 마련하게 된다. 다른 사람의 번영을 위해서 일부가 손해를 입는다는 것은 편의적인 것일지는 모르나 정의로운 것은 아니라고 보는 것이다.

이러한 원리를 바탕으로 두 원칙이 도출될 수 있는데, 사람들은 자기가 어떤 사람인지 모르는 공정한 입장에서 다음과 같은 정의의 원칙에 합의하게 될 것이라고 롤스는 주장한다.

• 첫째 원칙

모든 사람은 동등한 기본적 자유를 최대한으로 누려야 한다(동등한 자유 극대화의 원리).

• 둘째 원칙

①소득과 권력 등 사회·경제적 불평등은 최소 수혜자에게 최대의 이익이 되도록 조정되어야 한다(차등의 원리).

②그리고 공직과 지위가 불평등할 수 있지만, 그것들이 공정한 기회 균등의 조건하에서 모두에게 열려있어야 한다(공정한 기회 균등의 원리).

첫째 원칙인 '동등한 자유 극대화의 원리'는 헌법에 적용된다. 이 원리에 따라 모든 사람은 언론, 사상, 집회, 결사, 신체의 자유와 같은 기본적인 자유를 누구나 평등하게 그리고 최대한으로 누릴 수 있도록 이를 헌법으로 명문화한다. 기본적인 권리로서의 자유권은 그렇게 해서 보장된다. 즉 헌법이나 법률 같은 사회제도가 그러한 정의의 원리에 따라 결정되면, 그 제도는 공정하다고 본다.

첫째 원칙이 충족됐다면 다음으로 둘째 원칙인 '공정한 기회 균등의 원리'에 따라 모든 사람에게 공직과 지위에 접근할 수 있는 기회가 균등하게 열려있도록 이를 법이 보장한다. 이를테면 농어촌에 사는 청소년들에게 대학에 입학할 수 있는 공정한 기회를 열어주기 위한 제도인 농어촌자녀특례입학제도가 그것이다.

그럼에도 불구하고, 비록 사람들에게 자신이 원하는 지위를 얻을 수 있는 공정한 기회를 부여한다 할지라도, 사회에는 여전히 기초생활이 어려운 사람들이 있게 마련이다. 이에 **'차등의 원리'**는 그러한 사람들에게 최소한의 복지를 누릴 수 있도록 그 권리를 법으로 보장해준다. 그렇게 해서 복지권이 보장되는 것이다.

이러한 롤스의 정의론은 자유방임주의와 공리주의의 윤리관과 대척점에 서되, 로크와 루소 그리고 칸트에 의해 제시된 사회계약의 전통적 이론을 좀 더 일반화하고 추상화한 것으로 볼 수 있다. 즉 롤스는 자유주의 철학의 오랜 전통의 연장선상에서 로크보다는 좀 더 평등적이고 마르크스보다는 자유주의적인 '자유주의적 평등' 이념을 옹호하고 있다. 그런 점에서 롤스의 정의의 두 원칙은 **평등적 자유주의** 원칙의 이념적 틀을 형성한다. 이런 이유로 롤스의 정의론은 절차와 합의의 역할을 강조하고, 자유주의와 평등주의의 장점을 결합한 제3의 사회철학 모델로서 **복지국가의 이념적 토대**를 제공한 이론으로 평가받고 있다.

문제는 이러한 평등적 자유주의에 입각한 정의론이 얼마나 현실적인 설득력을 갖느냐는 점이다. 현실에서 평등적 자유주의는 수정자본주의나 복지국가의 형태로 나타나지만, 이들 국가가 과연 정의로운 사회질서의 전형인가에 대해서는 여전히 많은 사람들이 의문을 제기하고 있다. 수정자본주의 체제 또는 복지국가가 여전히 자유와 평등을 조화시키는 데 어려움을 겪고 있기 때문이다.

그렇기에 롤스의 정의론은 인간과 제도, 정치와 경제의 관계에 따른 제반 문제를 극복할 수 있는 실천 방안을 제시하지 못하고 단순히 규범적 구상에 그치고 말았다는 비판을 받고 있다. 바로 그 점에서 롤스의 정의론을 통해 사회의 변혁을 추구하려는 평등적 자유주의는 그만큼 한계를 갖는다고 봐야 할 것이다.

사적 소유권은 절대적 자유권이다 : 노직의 소유권적 정의

롤스와는 달리 로버트 노직은 전형적인 자유주의의 관점에서 롤스의 분배 정의를 비판한다. 그는 저서 『아나키, 국가, 유토피아』에서 '공정성으로서의 정의'란 견해에 반대하는 유명한 주장을 펼쳤다. 즉 부의 특정한 배분이 '최선' 혹은 '공정'한 배분이라고 생각하는 관점에 이의를 제기했던 것이다.

노직은 소유권적 자유에 대한 개인의 권리는 절대적인 권리이자 배타적인 권리이기 때문에 국가가 나서서 이를 제한해서는 안 된다는 입장이다. 물론 개인의 자유 추구를 중시한다는 점에서는 노직과 롤스의 견해가 같다. 하지만 국가가 나서 개인의 복지를 확대해야 한다는 롤스의 주장을 노직은 결코 받아들이지 않는다. 오히려 이에 대한 국가의 역할 때문에 정의의 문제가 발생한다고 보고 있다.

노직에 따르면, 개인은 그 자체로서 목적이며, 특정한 자연적 권리를 가지고 있다고 말한다(노직의 이 같은 생각은 칸트의 사상에서 빌려 온 것이기도 하다). 따라서 만일 우리가 개인의 자유를 존중한다면, 국가가 나서서 분배 정의를 실현하는 것은 정의롭지 못하다고 주장한다. 그는 개인의 권리를 보호하기 위한 방안으로서의 제한적인 정부의 역할을 강조하는 '최소

국가론'을 펼침으로써, 개인의 자유를 최대한으로 보장하는 자유방임적인 고전주의 사상을 이어가고 있다.

이처럼 노직의 자유주의적 정의론은 정의를 **소유권적 정의**의 문제로 설정하고 있는 점에서 로크의 재산권 이론을 계승하고 있다. 즉 타인에게 직접적인 피해를 입히지 않고 정당한 노동을 통해 재화를 축적했다면, 그 소유물에 대해서는 배타적인 권리를 갖는다는 것이다. 이와 같은 소유권직 이론을 기초로 하여, 재화에 대한 소유를 전제로 발생하는 교환 행위가 시장메커니즘을 통해 공정하게 이루어지는 것이 곧 '정의'라고 말한다.

노직의 소유권적 정의관은 미국 중심의 신자유주의 경제의 사상적 기반으로 작용하면서 빈부격차의 확대와 불평등의 고착화, 국가 간 경제 불균형 심화 현상 등, 많은 문제를 초래했다. 결과적으로 롤스와 노직의 정의에 대한 상반된 관점은 21세기 인류를 지배할 담론으로서의 '분배' 문제를 중요한 사회적 화두로 끌어냈다는 점에서 의의를 갖는다.

특히 롤스의 정의관인 '공정으로서의 정의'는 단독 주제(대주제)로도 빈번하게 출제되는 것이기에, 관련한 핵심 내용을 정확히 파악하고 있어야 한다.

관련 개념어 공정으로서의 정의, 분배 정의, 롤스의 정의의 원칙, 노직의 소유권적 정의, 공리주의

006
경제적 효율성과 사회적 형평성

_ 도덕, II-2. 〈사회윤리의 제 문제〉(천재교육) 개념 확장

- **홍익대 2024 인문(1) 수시 [문제 2]**(개인의 경제활동을 위한 국가의 역할 설명 및 사례 적용 분석)
- **건국대 2023 인문 모의**('사회 자본' 개념을 활용하여 자료 분석 및 사례 적용 평가)
- **동국대 2023 인문 모의 [문제 1]**(자유무역주의와 보호무역주의 개념을 활용하여 '브렉시트'로 대표되는 보호무역주의 비판)
- **서강대 2022 인문(1) 수시 [문제 1]**(기업가 정신 추구 과정에서 발생하는 문제와 해결방안 설명 및 사례 적용 평가)
- **서강대 2021 인문(2) 수시 [문제 1]**(경제 및 사회 활동에서의 효율성 추구의 타당성과 필요성, 한계점 고찰)
- **동국대 2017 인문(1) 수시 [문제 1]**(분업과 특화의 공통점과 차이점 설명 및 분업의 장단점 서술)
- **홍익대 2017 인문 수시 [문제 2]**(고전적 자본주의와 수정자본주의 경제체제 적용하여 '기업의 사회공헌 방식' 설명)
- **서강대 2017 인문(2) 수시 [문제 2]**(선진국의 보호무역주의 원인 추론 및 보호무역 정책의 정당성 평가)
- **단국대 2014 인문 모의 [문제 2]**(개인의 경제적 자유와 정부의 시장규제)
- **한국외대 2013 인문(3) 수시**(기업의 사회적 책임은 영리추구에 있는가, 공동체의 이익증대에 있는가)
- **서울대 2010 인문 정시 [문제 2]**(국가 경제성장 특성 비교 설명 및 문화 경쟁력을 높이기 위한 방안 제시)
- **성균관대 2013 인문(1) 수시**(효율성과 형평성)
- **이화여대 2013 인문(2) 모의 [문제 2]**(자본주의 문제점과 그 해결방안 설명)

경제적 효율성과 사회적 형평성 : 경제구조에 대한 선택의 문제

경제적 자유주의는 자유 시장경제 체제와 궤를 같이 하는 이념으로, 개인의 자유로운 경제활동을 보장할 것을 주장한다. 직업 선택의 자유, 사적 재산권 및 이익 추구의 자유, 계약의 자유 등을 주요 내용으로 하며, 이를 통해 개인은 자유의지에 따라 무한히 경제적 이익을 추구할 수 있다고 본다.

경제적 자유주의의 효율성을 강조한 대표적인 사람이 바로 애덤 스미스다. 그는, 인간은 모두 자기 이익을 극대화하려고 노력하기 때문에, 국가가 개인의 경제활동을 자유롭게 보장하면 결과적으로 사회에 이익을 가져다준다고 주장한다.

■ **스미스의 『국부론』에서 보는 시장 경제**

18세기 영국의 애덤 스미스(A. Smith)는 국가 통제형의 상업주의인 중상주의를 철저히 비판하고 경제에 대한 정부의 자유방임을 주장했다. 인간은 기본적으로 자신의 이익을 추구한다. 사리를 추구해도 전체 경제는 효율적으로 운영된다. 생산자들이 비록 개인의 이익을 추구하는 경제행위를 하더라도 결국은 '보이지 않는 손(invisible hand)'의 인도를 받아 사회 전체의 이익은 증진된다. 시장경제가 이러한 기능을 할 수 있는 것은 경제를 구성하는 부분들, 즉 생산자나 소비자들이 상호 경쟁을 하기 때문이다. 이 '경쟁이라는 장치'가 어떤 규율이나 질서에 대한 상호 감시 체제를 만들어 낸다. 따라서 이와 같은 감시 체제가 존재하는 시장경제에 대하여 정부가 별도로 감시하거나 감독할 필요는 없다.

(고등학교 경제, 천재교육)

하지만 그러한 스미스의 믿음과는 달리, 자본주의 시장경제 체제는 비록 소수 기업가들의 부는 무한히 늘려주었지만, 그 과정에서 다수를 빈곤과 불평등에 시달리는 무산대중으로 전락시켰다. 그리고 빈부격차의 심화는 사회 안정을 심각하게 위협하게 되었다

평등주의는 이 같은 자유 시장경제 체제의 폐해에 주목한다. 평등주의는 경제적 성장보다 사회적 평등, 즉 '분배'를 중시한다. 개인 간의 자유로운 경쟁에 맞춰 경제 체제를 운영하게 되면 결국엔 강자의 논리가 세상을 지배하게 되고, 그 결과 약자의 자유는 희생될 수밖에 없으며, 따라서 자유(물론 여기서의 자유는 경제활동의 자유를 의미한다)의 제한이 불가피하다는 주장이다.

대표적인 사회주의 사상가인 칼 마르크스에 따르면, 경제적 불평등은 종국엔 정치·사회적 불평등으로 이어지고, 이는 필연적으로 실업과 빈부격차 등의 모순과 병폐를 낳는다고 말한다. 따라서 그 해결책으로 생산수

단의 소유와 관리를 사회적 관리 체제로 전환할 것을 주장한다.

이처럼 경제적 자유주의와 평등주의 간에는 시장경제 체제의 문제점을 바라보는 시각차가 뚜렷하다. 전자는 시장 실패에서 그 문제점을 찾는 반면, 후자는 이를 자본주의 경쟁 논리에서 찾는다. 그럼에도 자유주의적 시장경제 체제나 평등주의적 시장경제 체제는 둘 다 실패했다고 봐야 할 것이다. 경제성장과 사회 분배, 즉 효율성과 형평성을 동시에 달성하는데 실패했기 때문이다.

성장과 분배의 상호작용에 대한 최초의 경험적·이론적 연구로 노벨경제학상을 수상한 쿠즈네츠(Simon Kuznets)에 따르면, 성장과 분배는 상호작용하며, 국가의 역할이 중요하다고 말한다.

바로 여기에 '**정부 개입**'이 정당화될 수 있는 여지가 있다. 시장경제 체제의 문제점을 시장의 실패에서 찾는 관점을 따를 경우, 그것에 대한 대책은 시장 기능을 보완하는 주체의 활동, 즉 정부 개입에서 찾는 것이 적절하다. 이를테면 독점금지법 제정, 최저임금제 도입, 고용안정법 시행, 사회보장제도의 확대 등 시장에 맡겨둘 수 없는 분야가 그것이다.

그리고 정부 개입을 전제할 때, 그 개입은 시장실패 극복을 넘어 분배 정의를 실현하는 방향으로 추진되어야 한다. 이는 성장과 분배를 위한 경제구조를 어떻게 가져갈 것인가 하는 문제와도 상응한다. 이때 이론적으로 '고성장-균등 분배', '고성장-불균등 분배', '저성장-균등 분배', '저성장-불균등 분배'라는 네 가지 경우의 수가 가능해진다. 이들 유형을 경제모형이라 부를 때, 특정 사회 및 국가가 어떤 경제모형을 갖게 되는가는 경제구조의 성격과 정치적·사회적 조건 등 국가가 처한 상황에 의해 결정될 것이다.

결국 '성장이냐 분배냐, 혹은 성장과 분배 중 어느 것을 우선할 것이냐'하는 문제는 좀 더 엄밀하게 말한다면, **어떤 경제모형을 선택**할 것인가에 대한 선택의 문제로 제기되는 것이 바람직하다.

그렇더라도 이것 하나만은 분명하다. 경제적 효율성은 필요조건이지 결코 충분조건이 되지 못한다. 경제성장은 개인의 삶을 더욱 풍요롭게 하기 위한 수단이 될 뿐이지, 그 자체가 목적이 될 수는 없기 때문이다.

국가정책으로서의 경제적 효율성 추구는 고용 증대, 빈곤 퇴치, 불평등 해소, 보다 나은 인간적인 삶을 위한 도구로써 작용할 때에만 그 정당성을 부여받는다. 전체 개개인의 삶의 조건을 개선하는 새로운 경제 패러다임, 다시 말해 효율성과 형평성, 경제성장과 평등사회를 함께 추구할 수 있는 방향으로의 사회적 합의가 필요한 이유가 이 때문이다.

자유와 평등, 정의와 공정, 성장과 분배 등의 관점과 연계하되, 이를 효율성과 형평성의 측면에서 고찰하기 위한 세부 주제로 자주 출제된다.

관련 개념어 경제적 효율성과 사회적 형평성, 성장과 분배, 보이지 않는 손

007
성장과 분배

_ 도덕, II-2. 〈사회윤리의 제 문제〉(천재교육) 개념 확장

- **이화여대 2022 인문(1) 수시 [문제 2]**(지속 가능한 발전에 관한 관점 대비)
- **동국대 2021 인문 모의 [문제 3]**(시장 경제의 원리를 공정무역 운동 사례에 적용하여 그 정당성 여부 논술)
- **서강대 2021 인문(1) 모의 2차**(정부의 책임과 역할 수행이 국가 경제에 미치는 영향 분석)
- **홍익대 2020 인문 수시 [문제 2]**(공유 경제의 긍정적 측면과 부정적 측면을 중심으로 사례 비교 분석가)
- **서강대 2020 인문(1) 수시 [문제 2]**(다국적 기업의 생산과 투자 전략이 개도국에 미치는 경제적 영향력)
- **이화여대 2020 인문(1) 수시 [문제 2]**(공정무역을 바라보는 상반된 인식 비교 설명)
- **서강대 2020 인문(2) 모의 2차**(경제 상황 대응 관련 정부 정책 설명 및 타당성 평가)
- **동국대 2020 인문 모의 [문제 2]**(정부의 소득재분배 정책에 따른 중산층 변화 및 누진소득제 제도 효과로 나타나는 계층 구조)

성장과 분배, 어느 것을 우선할 것인가

성장과 분배는 경제 문제의 핵심 내용을 구성한다. 즉 성장과 분배 간의 대립은 **경제적 자유주의**와 **평등주의**의 대립으로 요약될 수 있다. 경제적 자유주의는 시장에 의한 경쟁의 논리를 강조함으로써 성장을 촉진하는 반면, 소득 불균형에 따른 빈부격차를 가속시킨다. 반면, 사회적 평등주의의 강조는 분배가 중심이 되면서 복지가 강화되지만 성장 둔화가 염려된다. 성장은 본질적으로 개개인의 자유로운 경제활동을 중시하는 반면, 분배는 사회구성원들 간의 평등을 중시한다.

자유와 평등이 상호 대립적이면서도 조화를 이뤄야 하는 것처럼 성장과 분배 역시 결코 분리해서 생각할 수 없는 문제다. 성장 없는 분배가 있을 수 없고, 분배가 보장되지 않는 지속적인 성장은 불가능하다. 이 둘을 어떻게 조화시킬 것인가? 그리고 이는 가능한 일이기는 하는 걸까? 결국 성장

과 분배 둘 다 추구해야 하겠지만, 현실적으로는 이것이 결코 쉽지 않다. 때문에 선후(先後)의 문제가 불가피하게 대두된다.

성장론자들은 일단 파이를 키우고 난 다음에야 파이를 여러 사람과 나눌 수 있는 분배도 가능하다고 주장한다. 이들의 주장을 따를 경우, 사람들이 분배를 주장하는 가장 큰 이유는 빈부격차 때문인데, 이는 성장을 통해 소득을 늘린 이후에 부를 고소득층에서 저소득층으로 확산해 나감으로써 해결될 수 있다고 본다. 성장을 통해 기업 투자가 활성화된다면, 이는 결과적으로 많은 일자리 창출로 이어져 상대적 빈곤과 절대적 빈곤을 함께 해결할 수 있다는 것이다. 그렇기에 노동시장의 유연화는 단기적으로는 실업자를 양산하겠지만, 장기적으로는 기업이 효율적으로 운영되므로 경쟁력 강화로 이어지고, 결국에는 그 혜택이 다시 노동자에게 되돌아가게 된다고 주장한다.

성장론에 따르면, 분배를 강조하다 보면 경제주체인 사회구성원들의 성취 동기가 떨어져 결국에는 경제발전에 해가 된다고 본다. 빈부격차를 해결하기 위해 기업의 부를 강제로 분배하는 정책을 편다면 이들 기업의 경제활동은 위축될 것이고, 그에 따라 기업의 경쟁력은 낮아지게 된다고 주장한다. 그 결과 기업과 국가는 국제경쟁력에서 밀려나고, 나아가서는 국가 전체가 도산하는 위험에 처할 수도 있다고 본다. 1920년대에 세계 5위의 부국이었던 아르헨티나가 분배 우선 정책을 채택한 결과 국가부도 사태에 이른 것을 예로 들어 설명한다.

또한 분배 중심의 정책을 펼치게 되면 기업의 자본이 해외로 빠져나가는 현상이 가속되어 경제상황이 더욱 악화될 수 있으며, 유럽 선진국들처럼 이른바 복지병이라는 폐해가 나타날 수도 있다고 본다. 복지병이란 일을 하지 않아도 사회복지제도의 도움을 받아 생계를 유지할 수 있다는 생각으

 로, 사람들이 일할 능력을 갖추었음에도 불구하고 일을 하지 않는 현상을 말한다.

따라서 경제효율이 떨어지는 분배보다는 먼저 기업투자 활성화를 통해 성장을 늘리는 쪽으로 가야 한다고 본다. 이렇게 하여 경기가 회복되고 내수가 늘어나면 자연스럽게 일자리도 창출되고, 고소득층에서 저소득층으로 소득이 확산되어 자연스럽게 분배 문제는 해결된다는 것이다. 이런 이유로 성장론자들은 먼저 성장을 이룬 이후에 분배를 생각해야 한다고 주장한다.

이와는 달리 분배론자들은 분배가 오히려 경제성장의 원동력이라고 주장한다. 즉 경제가 지속적이면서도 견실하게 성장하기 위해서는 먼저 분배부터 제대로 이루어져야 한다고 본다. 경제가 성장해도 분배가 제때, 제대로 이뤄지지 않으면 결국 사회구성원의 구매력이 떨어져 경기가 나빠진다는 것이다. 구매력의 저하와 소득 불평등으로 인한 사회 불만은 경제·사회·정치적인 불안으로 나타나고, 이는 결국 경제성장의 동력을 사라지게 만든다고 본다.

따라서 부익부 빈익빈 현상을 부채질하는 성장 위주의 정책은 옳지 않다고 주장한다. 오히려 적극적인 복지정책을 펼쳐야 한다고 강조한다. 서민들의 삶의 질을 향상하는 과정에서 더 많은 수요를 창출하고, 이를 통해 장기적으로 경제성장을 꾀해야 한다고 주장한다.

분배론에 따르면, 성장 우선주의는 정당하지 못한 과정을 통해 특정 상위 계층에 부를 세습화하고, 노동자들은 사회발전에 이바지한 만큼의 정당한 대가를 받지 못한다고 확신한다. 실제 우리나라의 경우, 성장 위주 정책의 결과로 지나친 부가 상층부에 집중됐으며, 성과지상주의로 인한 온갖 부정과 편법 등 많은 문제가 발생한 것 또한 사실이다. 분배가 제대로 이뤄

지지 않으면 국민의 삶의 질 향상, 나아가 국민의 능동적인 사회참여는 기대할 수 없게 된다.

이와 함께, 과거 역사상 고소득층의 소득이 실제 저소득층으로 확산되어 분배 문제가 해소된 선례가 없었음을 예로 들어 의혹에 찬 질문을 던진다. 장기적으로 경제·사회질서의 안정을 꾀하고 사회구성원의 삶의 질을 높이기 위해서는, 다소간의 성장 둔화를 감내하더라도 빈익빈 부익부 현상이 더욱 심화되기 전에 먼저 분배 정의부터 실현해야 한다고 주장한다.

'선 성장, 후 분배'이냐, '선 분배, 후 성장'이냐

지금 우리 사회는 '선 성장, 후 분배'와 '선 분배, 후 성장'을 둘러싸고 치열한 논쟁이 전개되고 있다. 경기침체 속에 기업은 투자를 꺼리고 서민들의 수요는 위축되고 있다. 빈곤층으로 몰락한 사람들의 생계비관형 자살이 급증할 정도로 분배는 악화되었고, 복지는 취약하다. 게다가 사회에 진출하는 젊은이들이 일자리를 찾지 못하면서 실업률은 갈수록 치솟고, 비정규직이 전체 노동자의 절반이 넘을 정도로 고용은 불안정한 상태다.

이런 상황에서 경제 성장을 이루고 분배와 복지, 고용을 개선하는 방법으로 어느 것이 더 적합한가, 즉 기업의 주장인 '선 성장, 후 분배' 정책이 적합한가, 아니면 노동계의 주장인 '선 분배, 후 성장' 정책이 적합한가를 놓고 첨예하게 대립하고 있다.

이는 경제에 있어서의 자유와 평등의 문제, 즉 부자들의 부의 축적의 자유와 가난한 사람들의 부의 평등 요구가 충돌한 결과다. 하지만 그에 대한 답은 부정적이다. 왜냐하면 이는 하나의 파이를 놓고 이를 어떻게 배분할 것인가에 대한 문제, 즉 일종의 '제로 섬' 게임을 보는 것과도 같아서, 그만큼 배타성이 강하다. 이런 이유로 부자들의 부의 축적의 자유와 가난한 사람들의 부의 평등 요구가 계속 충돌할 경우, 이는 많은 심각한 사회문제를 야기할 수 있다. 때문에 어떤 방식으로든 시급히 해결할 필요가 있다. 다시 말해, 이 둘의 조화를 모색할 필요가 있다.

여기서 다시 평등의 문제를 생각하지 않을 수 없는데, 왜냐하면 소득 분배 문제는 평등적 사회정의 실현을 위해 가장 중요하고 또 시급하게 요구되는 부분이기도 하기 때문이다. 소득 불평등은 사회 안정을 저해하며, 개인의 삶을 불안정하게 만든다. 소득이 생존을 위한 최저생계비에도 못 미쳐 굶고 있는 이들에게 경제적 자유, 곧 행복이란 있을 수 없다.

이런 이유로 성장과 분배는 선후의 문제가 아니라 동시적인 것임에는 분명하다. 그런데도 이 같은 논쟁이 일어나는 것은 성장과 분배의 조화로운 발전이 현실적으로 어려움을 반증한다. 더욱이 그것은 자유 시장경제 체제의 특성과 직결되는 문제이기도 하기에, 국가의 정치체제와도 밀접히 관련된다. 결국 성장과 분배의 문제는 곧 '**효율과 형평**'의 문제라고도 할 수 있는데, 이는 모든 국가가 직면한 문제이자 시급히 해결해야 할 사안이다.

자유와 평등, 정의와 공정, 효율성과 형평성 등의 관점과 연계하되, 이를 성장과 분배의 측면에서 고찰하기 위한 세부 주제로 자주 출제된다.

관련 개념어 성장과 분배, 효율성과 형평성, 분배 정의, 경제적 자유주의와 평등주의

008
분배 정의를 보는 세 가지 입장

_ 도덕, II-2. 〈사회윤리의 제 문제〉(천재교육) 개념 확장

- **동덕여대 2024 인문 모의 [문제 2]**(바람직한 자원 배분 방식의 두 관점인 공생과 경쟁 비교 및 사례 적용 논술)
- **성신여대 2023 인문(1) 수시**(자원 배분에 대한 공자와 정약용의 관점 비교 및 사례 적용 논술)
- **성신여대 2023 인문(1) 수시 [문제 1]**(선별적 복지와 보편적 복지 적용 평가 및 노인연금 문제점 해결방안 제시)
- **경기대 2023 인문(2) 수시**(자신의 노력만으로 해결할 수 없는 현실 및 극복에 대한 갈망 서술)
- **성균관대 2019 인문(1) 수시**(재분배 정책 관련 바람직한 국가 비전의 두 방향성〈최소 국가, 재분배 국가〉 적용 논술)
- **경희대 2018 사회(2) 수시**(분배 문제 해결을 위한 두 접근 방법〈강제적, 자발적〉 분류·요약 및 적용 평가)
- **서울시립대 2016 인문 모의 [문제 2]**(최저임금 인상이 고용에 미친 효과 분석)
- **성신여대 2013 인문 모의**(복지에 대한 관점 비교 및 바람직한 복지정책 방향 제시)
- **숭실대 2013 인문 모의 [문제 2]**(복지 지출에 따른 조세저항 관점 비교 및 방향 제시)
- **연세대 2012 인문사회 편입**(교환이나 거래를 가능하게 하는 사회적인 방안 정리 및 비교분석)
- **경희대 2011 인문 수시 [문제 2]**(사회적 자본 분배 정책의 타당성 검토 및 평가, 수리문제)

분배를 보는 세 가지 입장

성장과 분배는 경제 문제의 핵심 내용을 구성한다. 성장은 애덤 스미스의 「국부론」 이래 경제학자들의 최대 관심 사항이었다. 노벨경제학상을 받은 쿠즈네츠에 따르면 경제 성장이란 국가 경제의 생산 능력 증가이며, 끊임없는 기술 진보와 이에 호응하는 제도 및 국민 의식 구조의 개선을 통해 가능한 것으로 설명된다.

반면에 분배에 대해서는 좀 더 복잡한 설명이 필요하다. 그만큼 분배를 둘러싼 논의가 분분하고 논점 역시 복잡하기 때문이다. 분배에 대한 논의는 경제학에서보다 철학 영역에서 더 정교하게 진행된 면도 있는데 분배에 대한 철학적 논의는 바람직한 분배, 즉 분배 정의에 대한 논의를 중심으

로 전개되었다. 분배에 대한 철학적 논점들을 몇 가지만 들면 **공리주의, 평등주의, 자유주의** 등이 있다.

간략히 살펴보면, 먼저 벤담으로 대표되는 공리주의는 '최대 다수의 최대 행복'이라는 명제에 기초해서 사회 전체의 효용을 극대화해야 한다는 견해를 갖고 있다. 롤스의 평등주의는 사회에서 가장 소외된 계층의 복지와 편익을 향상하는데 초점을 둔다. 한편 노직으로 대표되는 자유주의에서는 개인의 권리가 자유의 정의라는 이름으로 침해되어서는 안 되고, 절차의 정의를 잘 지키면 결과의 정의는 자연스럽게 실현된다고 본다. 국가가 사회구성원의 자발적인 교환에 대한 보장이나 강압, 사기, 계약의 강요 등으로부터 국민을 보호하는 것 이상으로 분배 활동에 개입해서는 안 된다는 점을 강조한다.

(『성장과 분배, 어느 것이 먼저일까』, 정건화, 세상청바지)

소득 분배 불균등의 원인과 대책

소득 분배의 불균등이 생기는 이유는 여러 가지가 있다. 첫째는 **재능의 불평등**이다. 천부적인 재능을 가지고 태어난 사람과 그렇지 못한 사람이 있다는 것은 부인할 수 없는 사실이다. 선천적 장애를 가지고 세상에 나오는 사람도 많다. 둘째는 **기회의 불평등**이다. 재력이나 지성을 겸비한 부모를 만나 능력을 꽃피울 수 있는 좋은 교육 환경을 제공받은 사람이 있는가 하면 평생 흙 속의 진주로 살아가야 하는 사람도 있다. 셋째는 **상속**이다. 부모의 회사를 물려받아 30대에 대기업 경영자가 되는 사람이 있는가 하면 같은 나이에 더 나은 능력을 가지고도 연봉 5천만 원짜리 샐러리맨으로 일하는 사람도 많다. 넷째는 **차별**이다. 같은 직종에 종사하는 남성과 여성이 승진과 급여에서 상이한 대접을 받는 현상은 차별 말고는 설명하기 어렵다.

다섯째는 **우연**이다. 인생은 설계도에 따라 전개되는 것이 아니다. 사업하는 사람들이 전혀 예측할 수 없는 이런저런 행운과 불행을 만나는 것은 전혀 드문 일이 아니다.

시장은 이 모든 차이를 무시하고 오로지 기여도에 따라 보상한다. 이것을 정당화하려면 두 가지 조건이 충족되어야 한다. 첫째, 모든 사람이 경쟁에 참여할 **기회**를 가져야 하며 출발선이 같아야 한다. 둘째, 모는 사람이 규칙을 지키면서 **공정**하게 경쟁해야 한다. 그러나 현실은 이러한 조건을 충족하지 않는다. 사회구성원들이 대부분 같은 조건에서 공정하게 경쟁할 기회를 부여받지 못했다고 믿는다면 그 결과에 따른 소득 분배의 정당성도 인정하지 않는다. 하지만 사유 재산을 인정하는 헌법과 법률이 있는 한 완전하게 평등한 조건에서 출발하는 공정한 경쟁이란 있을 수 없다.

(『유시민의 경제학 카페』, 유시민, 돌베개)

자유와 평등, 정의와 공정, 효율성과 형평성 등의 관점과 연계하되, 이를 분배 정의의 측면에서 고찰하기 위한 세부 주제로 자주 출제된다.

관련 개념어 성장과 분배, 효율성과 형평성, 분배 정의, 경제적 자유주의와 평등주의, 공리주의

009 인권과 복지

_ 도덕, II-2. 〈사회윤리의 제 문제〉(천재교육) 개념 확장

- **서울여대 2024 인문 모의 [문제 2-2; 자료 해석]**(근대 민법의 세 가지 기본 원리가 가지는 한계와 해결방안 설명)
- **숭실대 2024 인문 수시 [문제 2]**(1인 가구의 문제점 대응 방안의 적절성 여부 및 해결방안 서술)
- **숭실대 2024 인문 모의 [문제 1]**(바람직한 교육 방안 서술)
- **인하대 2023 인문 수시**(차등적 징세를 통한 직접적 결혼·출산 지원 정책 찬반여부 논술)
- **경기대 2023 인문(1) 수시 [문제 2]**(슈바베 지수를 통해 거주 이동 현상 설명)
- **이화여대 2023 사회 수시 [문제 1-1]**(맹자와 순자의 관점에서 현실주의의 타당성 평가)
- **중앙대 2022 인문(1) 수시 [문제 2]**(환자를 대하는 태도 평가 및 의사가 갖추어야 할 바람직한 태도 서술)
- **서강대 2022 인문(1) 수시 [문제 2]**(부정부패의 양상과 발생 원인 설명 및 해결방안)
- **서강대 2022 인문(2) 수시 [문제 2]**('사생활' 개념을 토대로 고찰하는 개인의 권리 고찰)
- **연세대 2021 사회 수시**('노동' 개념의 다양한 관점 설명 및 사례 적용 평가)
- **중앙대 2021 인문(1) 수시 [문제 3]**(가족 갈등 해결방안 고찰)
- **한양대 2020 상경 수시 [문제 1]**(노인 요양 부담 문제 고찰 및 해결방안)
- **중앙대 2020 인문(1) 수시 [문제 1]**(일을 하는 근본 동기와 일을 통해 드러난 '삶의 방식' 논술)
- **중앙대 2020 인문(1) 수시 [문제 2]**('일'의 양면성 고찰 및 바람직한 작업으로써의 실현 조건 서술)
- **중앙대 2020 인문(1) 수시 [문제 3]**(일과 여가의 바람직한 조화 방안 기술)
- **서강대 2020 인문2 모의 1차**(무상급식 찬반 논증)

공정 사회를 위한 정의로운 사회제도 : 인권과 복지

정의로운 사회는 인권을 최대한으로 보장하는 사회다. 인권에는 생명권·자유권·평등권·행복추구권·복지권 등이 있는데, 정의로운 사회는 인권을 침해해서는 안 될 뿐만 아니라 오히려 그것을 적극적으로 보장해야 할 의무가 있다.

사회는 인권을 보장하는 여러 **사회제도**를 두고 있다. 그러나 사회가 때로는 제도적으로, 즉 법을 통해 인권을 제한하는 경우가 있다. 양심의 자유와 같은 기본권이 국방의 의무와 같은 국민의 기본적인 의무와 서로 충돌

할 때, 그것들을 서로 어떻게 조화시킬 것인가에 대해 깊게 생각할 필요가 있다.

인권이 다른 사람의 인권이나 국민의 기본 의무와 충돌하는 경우에는 이를 국가가 어느 정도 제한할 필요가 있다. 표현의 자유가 무제한 허용됨에 따라 이것이 다른 사람의 명예를 심각하게 훼손하거나 사회의 기본 질서를 위태롭게 한다면, 그러한 자유는 제한될 수 있을 것이다. 그렇더라도 국가가 법을 통해 개인의 인권을 제한하는 것은 불가피한 경우로 한정되어야 한다.

인권의 제한은 최소한의 수준이어야 하며, 그 한계를 넘을 때는 인권 침해가 된다. 우리나라 헌법에는 '국가안전보장'이나 '공공복리' 또는 '질서유지'를 위하여, 인권을 비롯한 기본권의 일부를 제한할 수 있도록 이를 법률로 규정하였다. 질서유지를 위해 법이 자유를 제한하는 것은 국민들이 좀 더 많은 자유와 더 큰 권리를 누리기 위한 것으로, 대부분의 법은 그러한 목적을 지니고 있다. 그러나 국가안보를 명분으로 개인의 자유를 지나치게 침해하거나, 공공복리를 위해 개인의 권리를 부당하게 침해한다면, 그러한 사회는 결코 정의로운 사회가 될 수 없다. 우리는 과거의 역사에서 그러한 사례를 수없이 경험해왔다. 지금 우리 사회에서 개인의 자유와 권리를 부당하게 침해하는 법이나 정책은 없는지 꼼꼼히 따져보는 비판적 자세는 정의로운 사회 실현을 위해 꼭 필요하다.

국가가 주도하는 법과 정책은 정의로울 뿐 아니라, 이것이 제도로써 공정하게 운영되어야 한다. 국가가 법과 정책을 집행할 때 있는 사람과 없는 사람 간에 차별을 두거나, 특정 연고가 있는 사람에게 특혜를 준다면, 이는 제도로써 공정하게 운영되는 것이라고 볼 수 없다. 제도 자체가 아무리 공정하고 정의롭다 할지라도 그것을 운영하는 방식이 공정하지 못하면, 정의로운 사회가 될 수 없다.

우리 사회는 기본권적 권리로서의 인권이 제도적으로는 어느 정도 보장되고 있는 편이지만, 아직도 일반 국민이나 제도를 운영하는 사람들의 의식은 후진성을 면치 못하고 있다. 다른 사람, 특히 힘없는 사람의 인권이 침해되어도 남의 일처럼 방관하거나 심지어 동조하는 사람들도 있다. 하지만 이래서는 안 된다. 구성원 각자의 정의감과 그에 따른 행동이 뒷받침될 때 정의로운 제도는 올바로 운영될 수 있다. 그리고 그럴 때만이 비로소 국민 각자의 인권은 최대한 보장될 수 있을 것이다.

분배 정의와 복지를 어떻게 실현할 수 있을까

사회 정의를 구현하기 위해서는 인권의 또 다른 측면인 복지권 내지는 사회권을 보장해야 한다. 복지권은 자유권과 달리 국가의 적극적인 의무가 따른다. 자유권은 언론, 집회, 신체의 자유처럼 국가나 다른 사람이 부당한 간섭을 하지 않으면 보장될 수 있는 소극적인 권리다. 그러나 복지권은 국민에게 최소한의 인간다운 삶을 유지할 수 있는 조건을 국가가 지원해야만 보장될 수 있는 적극적인 권리다.

분배 정의와 **복지권**이 실현되기 위해서는 모든 사람들에게 공정한 기회를 제도로써 보장해야 한다. 사람들이 각자의 능력에 따라 개인적인 목표나 사회적 지위를 달성할 수 있도록 동등한 기회를 부여하는 것만으로는 공정한 기회가 마련되기 어렵다. 각자의 능력과 자신이 처한 환경이 다를 경우, 조건이 좋은 사람은 자신의 목표를 쉽게 달성할 수 있는 반면, 그렇지 않은 사람은 아무리 노력해도 좀처럼 이를 달성하기 어렵다. 따라서 천부적으로 불리한 조건을 지니고 있는 사람들이 이를 완화할 수 있게끔 국가가 나서 도움을 주는 정책을 펼치는 한편, 이를 통해 그들이 자신의 목표를 달성할 수 있도록 공정한 기회를 부여해야 한다.

사람들에게 공정한 기회를 부여하기 위한 정책의 하나로 소수집단 우대정책을 들 수 있다. 대학 입학전형으로서의 농어촌자녀특례 입학 제도나 지역할당제, 기업 채용에 있어서의 장애인 의무고용 제도 등이 그러한 정책에 포함된다. 이를 통해 개인이 어찌할 수 없는 불리한 여건을 완화해줌으로써, 스스로 잠재능력을 발휘하고 목표를 날성할 수 있도록 기회를 부여하는 것이 정의로운 사회가 해야 할 일이다.

정의로운 사회는 모든 사람에게 인간다운 삶을 유지할 수 있는 조건을 제공해야 할 의무가 있다. 여러 형태의 복지권이 그러한 의무와 관련된다. 일정 기간 동안 의무교육을 받을 수 있는 권리, 최소한의 의료혜택을 받을 수 있는 권리, 쾌적한 환경에서 생활할 수 있는 권리, 기초생활 보장과 관련한 권리 등이 그것이다.

복지권 실현을 위해 국가는 가난하고 의지할 데 없는 사람들의 생활조건을 개선하는데 힘을 쏟아야 한다. 이러한 노력은 사회정의 실현을 위해 중요하다. 모든 사람, 특히 가난한 사람들의 복지를 증진하고 사회 정의를 실현하는 것이 결국에는 사회 통합과 사회 안정을 이루는데 도움이 되기 때문이다.

사회제도의 측면에서 분배 복지와 사회 정의 실현을 위한 핵심 과제를 묻는 세부 주제로 자주 출제된다.

관련 개념어 인권과 복지, 공정사회, 분배 정의, 복지권, 사회 정의, 공정

010
사회보장제도

_ 고등학교 도덕, II-2. 〈사회윤리의 제 문제〉(천재교육) 개념 확장

- **서울여대 2024 인문(2) 수시; 자료 해석**(제시된 사회보장 제도를 통한 한국의 사회보장 현황 분석)
- **동국대 2019 인문 모의 [문제 1]**(복지 유형의 개념 및 사회 문제 해결에 적합한 복지 유형 서술)
- **서울시립대 2014 인문 모의 [문제 3]**(고령기초연금 시행을 둘러싼 공방: 보편복지vs선별복지)
- **경희대 2014 사회 모의**(사회복지 서비스에 대한 두 관점: 보편복지vs보편복지+선별복지)
- **한국외대 2014 인문 모의**(사회복지의 수행 주체는 국가인가, 시장인가)
- **성신여대 2013 인문 모의**(복지에 대한 관점 비교 및 바람직한 복지정책 방향 제시)
- **경희대 2012 사회 모의**(사회복지의 두 관점: 인간의 이기적 본성으로 인해 발생하는 문제해결방법)

복지국가가 지향하는 패러다임_ 사회보장제도

복지국가는 정부가 나서서 국민의 삶의 질을 보장하고 끌어올리는 국가를 말한다. 이는 민주국가를 전제로 한다. 현존하는 모든 복지국가는 예외 없이 민주국가 단계를 거쳤는데, 독재국가 혹은 발전국가에서 민주국가 단계를 거치지 않고 복지국가 단계로 진입한 사례가 없음이 이를 뒷받침한다. 모든 민주국가가 반드시 복지국가로 전환되는 것은 아니지만, 대체로 민주국가는 복지국가로 전환되는 경향을 보인다.

따라서 복지국가는 사적 영역인 자본주의 경제체제와 공적 영역인 민주주의의 원칙을 충실히 받아들이되, 그에 기초하여 사회보장권의 확대를 위한 사회구성원 간의 정치적 합의가 이뤄져야 함을 알 수 있다. 그 결과, 복지국가는 자본주의적 분배에 더하여 정치적 합의를 통한 분배, 즉 '평등적 재분배'가 보태진다. 즉 보수정당과 진보정당, 우파와 좌파, 자본가 계급과 노동자 계급 간의 정치적 타협으로 만들어진 정치 체제와 경제 구조의 결합을 통해 복지국가 체제가 구현되는 것이다.

복지국가에서의 국가의 복지활동은 관련 법률에 의거하여 이루어지며, 국가에 의한 사회복지는 법률에 의해 제도화된다. 추상적인 개념으로서의 '복지'가 '복지국가'라는 시스템으로 제도화되는 것이다. 이처럼 국가 주도의 복지활동은 법과 제도를 통해 전개되므로 이를 '**사회보장제도**'라고 부른다. 사회보장제도는 공공부조, 사회보험, 사회수당, 사회복지서비스의 네 가지 유형으로 구분된다.

공공부조는 국민기초생활보장법에 따라 빈곤 계층을 대상으로 국가가 지원하는 복지제도다. **사회보험**은 고용보험이나 건강보험처럼 보험 방식을 이용해 위험에 대처하는 예방적 복지 프로그램을 말한다. **사회수당**은 아동수당, 노인수당, 장애인수당 등과 같이 특정한 인구 범주에 해당하는 사람에게 무상으로 급여를 제공하는 제도다. 한편, 앞의 세 유형이 현금 형태로 소득을 지원하는 직접적인 지원제도인 것과는 달리, **사회복지서비스**는 육아, 양로, 교육, 의료 등과 같이 말 그대로 서비스 형태로 지원하는 직간접적인 지원제도를 말한다.

이때 현금 제공을 중심으로 하는 소득 보장형 복지제도에서는 재분배 효과와 그에 따른 형평성 문제를 어떻게 제도 속에 반영할 것인가가 문제시된다. 반면, 사회복지서비스 분야에서는 서비스의 분배 문제도 중요하지만, 복지서비스를 어떻게 고도화할 것인가가 관건이 된다. 그만큼 사회적 파급효과가 크기 때문으로, 따라서 관련한 전문 기술과 복지 기법을 개발하고 교육함으로써 효율성을 높이기 위해 힘을 쏟아야 한다.

어느 것이든 현실에서는 이러한 복지제도들이 혼합되어 복지국가 체계를 구성하고 있는데, 어떤 제도의 비중이 더 큰가, 어떤 제도가 상대적으로 더 중요한 역할을 수행하는가에 따라 복지국가의 성격과 특성이 다르게 나타난다. 경우에 따라서는 공공부조나 사회수당 위주의 복지체계를 '선별

 주의' 성향이 강한 복지국가 체계라고 규정하고, 사회보험이나 사회복지서비스 위주의 복지체계를 '보편주의' 성향이 강한 복지국가 체계라고 규정하기도 한다. 그렇더라도 딱히 사회보장제도를 특정하여 구분하면서 편을 가르는 것은 아니다. 최근 우리 사회에서 논란이 되고 있는 **선별복지**와 **보편복지**에 대한 논쟁 역시 결국에는 한정된 재화를 어떤 복지에 우선적으로 할애하는 것이 바람직한가를 놓고 벌이는 복지정책에 있어서의 '**형평성 대 효율성**' 논란이라고 보면 된다.

복지와 관련한 문제는 최근 우리 사회의 가장 쟁점이 되는 담론이기 때문에 앞으로 논술 과제로 더욱 중요하게 다뤄질 것으로 보인다.

관련 개념어 선별복지와 보편복지, 복지국가, 사회보장제도(공공부조, 사회보험, 사회수당, 사회복지서비스)

011 시민불복종

_ 고등학교 도덕, Ⅱ-2. 〈사회윤리의 제 문제〉(천재교육) 개념 확장

- **가톨릭대 2024 인문 모의 [문제 1]**(준법 거부 행위를 시민불복종으로 간주할 수 있는가 논술)
- **동국대 2024 인문 모의**(소설 속에 드러난 노동 착취 문제와 시민 불복종이 필요한 이유 기술)
- **동국대 2017 인문 모의 [문제 2]**(시민 불복종이 정당화되기 위한 조건 설명 및 타당성 논증)
- **숙명여대 2014 인문(1) 수시 [문제 1]**(폭력에 대한 불복종의 힘이 갖는 사회적 의미와 역할)
- **고려대 2012 인문(1) 수시**(개인의 자유와 정부의 간섭)

시민불복종 : 소수자의 의견이 존중되어야 하는 이유

시민불복종이란 말은 미국의 자연주의 사상가인 헨리 데이비드 소로의 '시민불복종론'에서 기원한다. 소로는 『시민불복종』에서 이렇게 썼다.

"가장 좋은 정부는 가장 적게 다스리는 정부다. 그러나 대부분의 정부는 불편한 존재다. … 사람들은 법에 대한 존경심보다는 정의에 대한 존경심을 먼저 길러야 한다. 법이 사람들을 조금이라도 더 정의로운 인간으로 만든 적은 없다. 오히려 법에 대한 존경심 때문에 선량한 사람들조차 불의(不義)의 하수인이 되고 있다."

소로는 그의 책에서 독자들에게 묻는다. "법이 당신에게 불의를 행하는 하수인이 되라고 요구한다면?" 소로의 답변은 간명하다. "그 법을 어겨라."

한편 롤스는 시민불복종의 개념을 "완전히 정의롭지는 않으나 어느 정도 정의로운 민주 체제에서, 법률이나 정책 또는 명령이 정의의 원칙을 어겼을 경우에, 사회협동 체제의 조건들이 지켜지고 있지 않다는 것을 알리기 위해 항거인 다수의 정의감에 호소하는 정치적 행위"라고 정의한다. 즉 롤

 스는 정의에 위배되는 법은 지킬 필요가 없다는 취지로써의 시민불복종을 인정하고 있는데, 소수자가 다수자의 정의감에 호소함으로써, 정의의 원칙에 따라 법과 제도를 바꾸도록 하는 공적 행위가 곧 시민불복종이라는 것이다.

이처럼 시민불복종은 인간이 만든 법과 제도에 결함이 있을 수 있으며, 그 결함을 해결하기 위한 법적·제도적 방법이 없을 때 법과 제도에 불복종함으로써 새로운 제도를 만들어야 한다는 사상을 일컫는다.

시민불복종 논리는 지금의 민주주의가 결코 완성품이 아니라 부단하게 만들어지는 과정에 있음을 전제로 한다. 따라서 우리 사회의 제 현상들을 평가할 때, '민주주의인가, 아닌가?'라는 이분법적인 평가보다는 '어느 정도의 민주주의냐?'라는 질문을 던지는 것이 더 타당하다. 민주화된 체제하에서도 부당하고 나쁜 법이 입법화될 수 있으며, 단편적이고 인권 침해적인 법 집행이 따를 수 있기 때문이다.

물론 국가와 특정 권력·권위를 명분으로 행해지는 불법적인 행동에 합법적으로 대응하는 것이 민주주의의 정도(正道)임에는 틀림없지만, 그렇더라도 그 합법적 대응에 너무 많은 시간과 비용이 들 경우, 정상적인 시민 역시 부득불 불법적인 행동을 감행할 수밖에 없을 정도에까지 이르는 상황을 맞이할 수 있다. 이럴 경우에 다수의 침묵하고 무관심한 동료 시민들을 일깨우고 불합리한 상황을 변화시키기 위해 사람들은 시민불복종을 정당한 신념으로 선택하게 된다.

이런 관점에서 볼 때, **의지의 자유**를 지닌 인간에게 불복종은 자유의 한 부분으로 인정될 수밖에 없다. 외부의 권위에 대한 '복종의 자유'만 허용된다면, 이는 인간 내면으로부터 나오는 자율의 실천으로서의 자유라고 이름 지을 수 없다. 이런 이유로 에리히 프롬은 "인류의 파멸은 증오와 탐욕,

파괴적 행동에 대해 개개인들이 복종한 결과로 생겨난 것이며, 불복종할 의지의 행사를 통해 그나마 파멸을 막고 진전을 이뤄낼 수 있다"고 한다.

시민불복종은 개인적 결단이자 실천이지만, 또한 소수자나 약자가 그들의 주장을 알리는 효과적인 방법이기도 하다. 다수자나 강자가 그러한 수단 없이도 자신의 뜻을 관철하기란 그리 어렵지 않으나, 소수자나 약자는 그렇지 못하다. 비록 민주주의의 원칙은 다수결을 따라야 함이 옳지만, 오히려 그것이 소수의 인권과 자유를 유린하는 방향으로 남용된다면, 소수는 비폭력적인 시민불복종 행동을 적극 표현함으로써 그것의 부당함을 드러낼 수 있다.

시민불복종이 수락될 수 있는 조건

시민불복종은 민주주의 사회 발전에 없어서는 안 될 불가결한 요소임에는 틀림없다. 민주주의 사회는 시민불복종이 있었기에 가능한 것이었고, 또 불복종을 통해 우리는 자유를 마음껏 누릴 수 있었다. 그럼에도 불구하고 시민불복종은 다음과 같은 비난을 받기도 한다.

우선, 시민불복종은 법률을 경시하는 풍조를 낳을 수 있다는 비난이다. 즉 다수의 의견을 통합하여 세운 법률을 어김으로써, 스스로 법률을 경시한다는 것이다. 그러나 사실 이 견해는 큰 오류를 범하고 있다. 시민불복종은 법률을 경시하는 것이 아니라, 자신들의 행위에 대한 처벌을 기꺼이 감수하고, 법적 정의에 대한 열망을 표현하며, 사회적 관심을 유도한다는 점에서 오히려 법에 대한 존중을 표하는 것이라고 볼 수 있다.

또한 시민불복종은 공익보다 사익을 우선시한다는 이유로, 그 정당성에 대한 비판을 제기한다. 그러나 이 비판은 지나치게 피상적이라고 할 수 있다. 오히려 시민불복종에 참여하는 사람들은 자신을 비롯한 주변 사람들이 손해를 입게 될 것임을 알면서도, 정의롭지 못한 법률에 기꺼이 저항한다.

그밖에도 시민불복종은 자기 파괴적이며 민주적 절차에 해를 입힌다는 이유를 들어 그 정당성에 대해 비판한다. 하지만 시민불복종은 부당한 법률과 정부 정책에 대해 적극적으로 반론을 표명하는 것이기에, 보다 민주적인 사회로 나아가는 밑거름 같은 역할을 한다. 우리나라의 경우 비록 저항권을 헌법에 명시하고 있지는 않지만, 그럼에도 '불의에 항거한 4·19 민주 이념을 계승'한다고 헌법에 밝힘으로써 간접적으로 저항권과 시민불복종의 정당성을 인정하고 있다.

따라서 시민불복종이 설득력을 얻으려면 그 취지가 자유민주주의 기본 이념에 부합되어야 하며, 그 동기가 개인 또는 특정 집단의 사익 추구를 위한 태도에서 비롯되지 않아야 한다. 아울러 불복종 행위 역시 폭력적·자기 파괴적이어서는 안 되고 어디까지나 법질서를 존중하는 범위 내에서 합법적으로 행해져야 하며, 그 내용 또한 공통적 정의관에 입각해서 타당성을 부여받을 때만이 가능하다.

사회정의와 윤리의 실천 과제로서의 세부 주제 또는 핵심 개념으로 출제될 가능성이 높다.

관련 개념어 시민불복종, 사회제도, 자유의지, 공동선, 민주주의의 원칙

012
인권 및 사회정의, 윤리적 판단과 관련한 쟁점들

_ 고등학교 사회, VII-5. 〈인권 및 사회정의〉(비상교육)와 관련된 쟁점들

- **경기대 2025 인문 모의 [문제 2]**(전통을 이유로 인권을 유린하는 관습 비판)
- **서강대 2024 경제경영 수시 [문제 1]**(마녀사냥이라는 사회 · 문화 현상 발생 원인 분석)
- **연세대 2024 인문 · 사회 수시**(세계시민주의의 다양한 관점 비교 · 평가 및 사례 적용 비교)
- **경기대 2024 인문 모의 [문제 2]**(페미니즘 관점에서 동상과 초상의 의미 평가)
- **서강대 2024 인문 모의 1차**(인권을 바라보는 두 관점에서 명예 살인 분석 및 모델 적용 평가)
- **경기대 2023 인문(2) 수시 [문제 2]**(맹목적 전통 수호 관점에서 인권 유린 현상 비판 및 인간존엄성 수호 의의 서술)
- **단국대 2023 인문(2) 수시**(스토아철학과 실용주의 관점에서 국제인권침해 현상 설명 및 사례 평가)
- **이화여대 2023 사회 수시 [문제 1-2]**(국제 평화를 이루는 두 방법 비교)
- **성균관대 2022 인문 모의**(사회현상에 대한 판단 기준〈개인의 자유와 국가의 개입〉 적용 논술)
- **한양대 2022 상경 모의**(중앙집권적 국가권력의 순기능과 역기능 사례 적용 서술)
- **서강대 2021 인문(2) 수시 [문제 1]**(입시 서열화 현상의 문제점 분석 및 해결방안 평가)
- **성균관대 2019 인문 모의**(교육의 기능에 관한 상반된 두 견해〈긍정적vs부정적〉 적용 논술)
- **경희대 2019 사회 편입**(정부 규제의 당위성을 바라보는 두 시각 비교 및 정부 규제에 따른 사회적 순편익 양상 고찰)
- **단국대 2016 인문 모의 1차 [문제 2]**(국가가 개인의 권리를 제한하는 경우의 근거와 정당성과 관련한 견해 제시)
- **동국대 2015 인문(2) 수시 [문제 2]**(민주정치 발전을 위한 시민사회의 역할 논술)
- **동국대 2015 인문(2) 모의**(정치 권력의 지배와 복종 관계에 대한 차이점 설명 및 문제점 서술)
- **숙명여대 2014 인문(1) 수시 [문제 2]**(사적 영역과 공적 영역 관계를 통한 '박탈' 현상 분석)
- **국민대 2012 인문 수시 2차 [문제 1]**(국가가 국민에게 갖는 책무)
- **단국대 2011 인문 모의 [문제 2]**(교육의 국가 개입이 불러오는 순기능과 역기능)

인권 및 사회정의와 관련한 쟁점들을 어떻게 해결해야 할까?

오늘날 세계화, 정보화, 고령화 등 급속하고 광범위한 사회변동이 진행되면서 인권 및 사회정의와 관련된 새로운 쟁점들이 등장하고 있다.

세계화의 진전에 따라 신자유주의 경제정책을 추진하는 과정에서 **상대적 빈곤** 문제가 확대되었고, 정보화는 **개인정보의 유출, 사이버 폭력, 정보**

격차 등의 문제가 발생하고 있다. 국제결혼의 증가와 외국인 근로자의 유입으로 문화적 갈등과 더불어 **외국인 인권 문제**가 제기되었으며, 급속한 고령화는 **노인 인권 문제**를 부각시켰다. 또한 **존엄사** 인정과 **사형제도** 유지 등은 생명권 침해와 관련하여 논란이 되고 있다. 그리고 양심의 자유를 주장하는 목소리가 높아지면서 **사회복무제** 도입에 대한 요구도 늘어나고 있다.

이와 같이 현대사회에서 나타나는 인권 및 사회정의와 관련한 쟁점들은 정치·경제·사회·문화 등 다양한 측면과 밀접하게 관련되어 있기 때문에 단순히 어느 한 측면만 바라보아서는 해결하기 어렵다. 예를 들어 장애인 차별 문제를 해결하기 위해서는 사회생활 전반에 걸쳐 일어나는 장애인 차별 문제를 인식하고, 정치·경제·사회·문화·법에 이르는 다양한 측면에서 통합적으로 접근할 때 바람직한 해결 방안을 찾을 수 있다.

■ **불법체류 외국인 근로자의 강제 출국 관련 논쟁**

- 청년실업이 심각한 상황에서 외국인 근로자의 증가는 일자리를 빼앗기는 요인이다.
- 불법체류 외국인 근로자와 관련된 각종 범죄가 증가하는 상황을 주시해야 한다.
- 불법에 대한 정당한 제재를 인권의 이름으로 비판해서는 안 된다.

Vs.

- 불법체류 외국인 근로자는 중소·영세기업의 노동력 부족 해소에 기여해 왔다.
- 불법체류 외국인 근로자의 강제 출국 조치가 외교적 갈등의 원인이 될 수 있다.
- 불법체류 외국인 근로자도 인간으로서의 기본적 인권을 보장받아야 한다.

■ **최저생계비 현실화와 관련한 논쟁**

- 최저생계비의 현실화는 저소득층의 상대적 박탈감을 해결하여 사회통합에 기여한다.

- 국민이면 누구나 최소한의 생계를 보장받고, 인간다운 생활을 누릴 권리가 있다.

Vs.

- 최저생계비의 현실화는 막대한 재정 지출을 요구하기 때문에 국민의 조세 부담을 가중시킨다.
- 최저생계비의 현실화는 저소득층의 자활 의지를 약화시키고 도덕적 해이를 조장한다.

■ **인터넷 실명제에 관련한 논쟁**

- 인터넷 실명제는 자기 규율을 강화하여 무분별한 악성 댓글과 뜬소문 등을 막을 수 있다.
- 인터넷 실명제 때문에 침해되는 표현의 자유보다 익명성에 기초한 악성 댓글에 따른 피해를 줄이는 것이 더 중요하다.

Vs.

- 인터넷 실명제는 표현의 자유를 침해한다. 정치적 비판의 자유는 익명으로 표현할 수 있는 자유가 보장되어야 비로소 완전해진다.
- 인터넷 실명제는 광범위하게 주민등록번호를 수집하고 사용하게 하여 이의 오남용을 가져올 수 있다.

■ **흉악 범죄자 신상 공개와 관련한 논쟁**

- 범죄자의 신상을 공개하는 것은 국민의 알 권리를 충복시키는 것이며, 잠재적 범죄자의 범행 의지를 약화시킨다는 점에서 공익성을 가진다.
- 흉악 범죄자의 인권은 중시하면서 범죄 피해자의 인권을 고려하지 않는 것은 올바른 인권 보장이라고 할 수 없다.

Vs.

- 언론에 의한 범죄자 신상 공개 등 수사 상황의 공개는 인격권 및 무죄 추정의 원칙을 침해할 수 있다.

• 범죄자의 신상 공개는 그 자녀와 가족들에게 정신적·신체적 피해를 불러올 수 있으므로 '연좌제 금지'와 충돌할 수 있다.

■ **양심에 따른 병역 거부자를 위한 사회복무제 도입에 대한 논쟁**

• 양심상의 이유에 의한 비전투 요원 복무나 사회복무를 허용하지 않는 현행 징병제도는 헌법에서 보장하는 개인의 양심의 자유를 침해한다.
• 사회봉사 형태의 사회복무제 허용을 통해 사회복지의 확대에 기여할 수 있다.

Vs.

• 사회복무제는 모든 국민이 병역의 의무를 다해야 한다는 원칙에 어긋나고 병역 기피의 수단이 될 수 있다.
• 우리나라의 특수한 안보 상황을 고려할 때, 군 복무와 관련하여 종교와 양심의 자유를 주장하는 것은 적절하지 않다.

(고등학교 사회, 비상교육)

사회윤리와 사회정의

사회윤리는 우리가 살고 있는 사회의 구조나 질서·제도와 관련되는 윤리문제를 다루는 것을 말한다. 즉 사회윤리는 개인의 윤리성 차원을 넘어서는 사회제도와 구조 등의 문제에 대해 다루며, 개인의 도덕성만으로는 해결되지 않는 구조적·제도적인 문제를 해결하려는데 목적을 둔다. 사회윤리에는 생명·의료윤리(안락사, 낙태), 사이버 윤리, 사회·정치적인 쟁점(인종적·사회적 편견, 분배정의 문제, 공권력 남용), 생태학적 윤리(동물권 보호·환경 문제) 등 여러 영역이 있다. 특히 분배 정의 문제는 사회윤리의 여러 영역 중에서 가장 핵심적인 사안이자, 사회정의 실현을 위해 매우 중요한 역할을 한다.

사회정의란 '사회에서 발생하는 이익이나 권리 등을 각자의 몫에 맞게 나누는 것'으로, 이에 대해 공리주의자와 존 롤스는 서로 다른 분배방식과 기준을 제시한다. 즉 공리주의는 사회전체의 이익을 우선시하는 분배를 사회정의의 실현으로 보는 반면, 롤스는 사회적 약자를 배려하는 분배를 사회정의의 실현으로 보는 점에서 차이를 보인다.

(『대입통합논술 기출문제 주제별 합격 답안 20』, 김태희, 지상사)

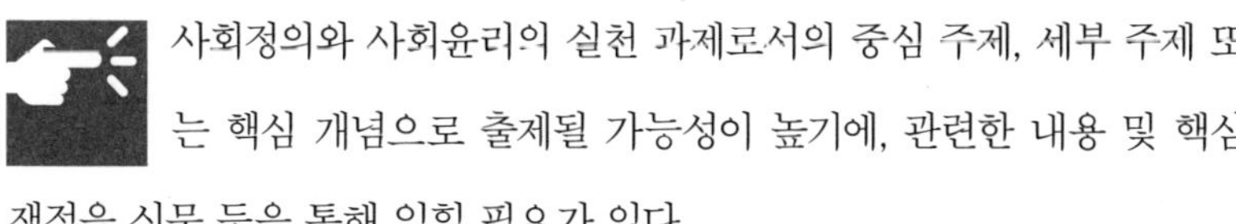

사회정의와 사회윤리의 실천 과제로서의 중심 주제, 세부 주제 또는 핵심 개념으로 출제될 가능성이 높기에, 관련한 내용 및 핵심 쟁점을 신문 등을 통해 익힐 필요가 있다.

관련 개념어 사회적 약자, 소수자, 인권, 사회정의, 공동선, 공공성

013 사회제도

_ 고등학교 도덕, II-1. 〈사회제도와 정의〉(천재교육) 개념 확장

- **중앙대 2025 인문 모의 [문제 3]**(관료제의 목적 전치 현상 비판)
- **연세대 2014 인문·사회 편입 [문제 2]**(가족과 국가의 관계 사례 적용 설명 및 비판)
- **인하대 2024 인문 수시**(국가정책 발전 모델 선택과 정책 추진 시의 문제점, 해결방안 고찰)
- **서울여대 2024 인문(2) 수시 [문제 2-1]**(손해 배상 책임 원칙의 차이점 기술 및 장점·한계점 설명)
- **덕성여대 2024 인문 수시 [문제 2]**(법치주의를 바라보는 두 관점 요약 및 관점별 근거 서술)
- **인하대 2024 인문 모의 [문제 2]**(기술 혁신이 초래할 사회 문제 개선 방안 논술)
- **경희대 2023 인문사회 모의**(사회 문제 해결을 위한 국가 역할〈사회의 자율성 중시vs국가 개입의 필요성 강조〉 고찰)
- **한양대 2022 인문(1) 수시**(리터러시 격차 문제 고찰 및 해결 방안)
- **한양대 2022 인문 모의**(디지털 기기가 리터러시에 미치는 영향 고찰)
- **고려대 2021 인문 편입**(인본주의의 다양한 관점 고찰)
- **중앙대 2021 인문(2) 수시 [문제 2]**('무정한 사회'가 '다정한 사회'로 나아가기 위한 조건 및 바람직한 방향 논술)
- **이화여대 2020 인문(1) 수시**('줄서기'와 같은 제도적 차이에 따른 '재화의 분배 차이 비교 서술)
- **서강대 2020 인문(1) 모의 2차**(근대화와 민주주의 관계 설명 및 평가)
- **이화여대 2018 인문(2) 수시 [문제 1]**(국가의 역할에 대한 상이한 견해 비교 및 비판)
- **경희대 2016 사회 편입 [문제 2]**(공무원 성과연봉제 시행에 따른 문제점 설명 및 해결방안 제시)
- **동국대 2016 인문 모의 2차 [문제 2]**(민주정치 발전을 위한 국가와 시민사회의 바람직한 관계 논술)
- **단국대 2015 인문(1) 수시 [문제 3]**(사회구조 속에서의 바람직한 삶의 태도 고찰)
- **경희대 2015 사회 편입 모의 [문제 1]**(국가와 개인에 관한 입장 비교)
- **서강대 2014 인문(3) 수시 [문제 1]**(조직의 바람직한 운영방식에 대한 관점 비교분석)
- **고려대 2014 인문(2) 수시**(자발적 결사체별 특성 비교, 공익실현 가능성 및 한계 고찰)
- **동국대 2014 인문(2) 수시 [문제 1]**(일본의 독도 영유권 주장이 불법인 이유 서술)
- **연세대 2014 인문사회 편입 [문제 2]**(가족과 국가의 관계 비교)
- **성균관대 2013 인문(3) 수시**(사회체제의 제 특성 비교 평가)

사회제도가 갖추어야 할 기본 덕목 : 공정(公正)

사회제도는 사회구성원들의 행동이나 태도, 관념 등을 규율하기 위해 이를 관습·도덕·법률로 규정한 복합적인 사회규범 체계를 일컫는다. 이는 정치·

경제·사회·문화 등 우리 사회의 전 영역에 걸쳐 개인의 삶에 직·간접적으로 영향을 미치게 된다.

그런 점에서 사회제도는 개인과 사회, 개인과 국가 간에 어떠한 관계를 맺고 있는가에 대한 관계 설정의 문제이기도 하다. 즉 사회제도에 따라 개인의 인생 방향, 가치관이나 의식, 행동은 많은 영향을 받게 되는데, 따라서 사회세도의 도덕성이 문제가 된다. 이는 특히 다음 이유 때문이다.

첫째, 사회제도는 각 개인의 인생 방향을 결정하는데 많은 영향을 끼친다. 이를테면 기여입학제나 농어촌자녀특례입학제의 경우에서처럼 사회제도가 어떻게 갖추어져 있느냐에 따라 개인의 인생은 크게 영향을 받게 된다.

둘째, 사회제도는 개인의 가치관이나 의식에 크게 영향을 미친다. 종전의 남녀차별 제도의 하나인 호주제가 폐지되면서 남녀평등의 가치관이 보다 힘을 얻게 된 것이 그 예다.

셋째, 사회제도는 개인의 행위에도 적지 않게 영향을 미친다. 법을 비롯한 모든 사회제도는 사회구성원들이 의도된 방향으로 행동하도록 유도하는 기제로 작용하는데, 도심 빌딩이나 공원 내에서 담배를 피우는 행위를 금지하고 나서 사람들이 장소 내에서의 흡연을 자제하게 된 것이 그 예다.

이처럼 만약 사회제도가 부도덕하거나 불건전하면 그곳에 살고 있는 개인의 의식이나 행동도 이에 영향을 받아 부도덕하거나 불건전한 방향으로 흐르기 쉽고, 반대로 사회제도가 건전하고 도덕적이면 개인 역시 긍정적인 방향으로 영향을 받아 행동하게 된다.

개인과 사회의 갈등을 어떻게 해결할 것인가

이처럼 개인의 도덕성은 사회의 도덕성에 의해 영향을 받지만, 그렇더라도 개인의 도덕성이 사회의 도덕성으로 반드시 이어지지는 않는다는 데 문제가 있다. 미국의 신학자이자 문명비평가인 니부어(Reinhold Niebuhr)가 그의 저서 『도덕적 인간과 비도덕적 사회』에서 주장한 것처럼, 사회의 구성원들이 도덕적이어도 그 사회는 비도덕적일 수 있다. 개인의 도덕성에 주로 관심을 갖는 개인 윤리만으로는 사회의 도덕적인 문제를 올바로 해결할 수 없는 이유가 이것이다.

> "아무리 개인이 도덕적으로 살려고 해도 그가 살고 있는 사회의 도덕성이나 사회구조가 잘못되어 있다면, 개인의 그러한 노력이 무슨 소용이 있겠는가? 사회의 전체 구조가 잘못되어 있는데, 개인에게만 올바른 삶을 살아가라고 요구할 수 있는가? 개인에게 선하게 살아가라고 요구하기 전에, 우선 잘못된 관행과 제도를 고쳐야 할 것 아닌가?"
>
> 니부어, 『도덕적 인간과 비도덕적 사회』

비록 도덕적인 인간들로 구성된 공동체일지라도, 전체적으로 보아 사회는 비도덕적일 수 있다고 니부어는 말한다. 즉 개인은 양심적이고 도덕적이라 할지라도 그러한 개인들로 구성된 사회집단은 **집단이기주의**로 인해 이기적이고 부도덕할 수 있다고 본다. 집단이기주의는 개인의 이기주의적 충동이 복합된 것으로, 그 같은 개인의 이기주의적 충동들이 공통된 충동으로 연합할 때는 그것들이 개별적으로 나타날 때보다 더욱 뚜렷하게, 그리고 누가(累加)된 결과로 나타난다. 집단의 도덕성이 개인의 도덕성보다 더 떨어지는 이유가 이 때문이다.

실제로 사회 내의 대부분의 이익집단은 매우 이기적인 경향을 보이며, 자기들의 이익을 위해서는 부도덕한 행위도 서슴지 않는다. 이러한 집단적 악(惡)을 견제하는데 있어 양심에 대한 호소나 지적인 설득은 그다지 효력이 없다. 이런 이유로 니부어는 사회집단의 이기심을 억제하기 위해서는

강제력이 뒷받침된 정책이나 제도가 필요하다고 보았다. 즉 특정 기득권 세력의 악을 제거하기 위해서는 국가가 나서 법적 강제를 동원할 수밖에 없다고 주장한다. 하지만 그렇더라도, 그것을 사람들이 정의롭다거나 도덕적이지 못하다고 느낄 때, 이를 다시 보복하기 위해 또 다른 폭력이 발생하는 악순환이 일어난다.

결국 사회공동체의 이익을 해치는 악행을 통제하기 위해 행하는 강제력이 정당화되기 위해서는 공정한 법적·제도적 시스템이 구축되고, 건전한 여론의 장(場)인 **'공론장'**이 마련되어야 한다. 집단이기주의에 대처할 사회적 여건이 미흡함에도 불구하고 개인의 윤리의식 함양만을 강조한다면, 궁극적으로는 모두가 수긍할 수 있는 사회적 합의를 이뤄내기 어렵다. 이렇듯 인간과 사회의 문제를 들여다보면, 사회적 필요와 개인적 양심 간에 불가피한 모순이 따를 수 있는데, 이를 해결하기 위해서는 무엇보다 사회구성원 모두의 객관적인 사회정의에 합치되도록 하는 법적·제도적 대안 마련이 중요하다고 니부어는 말한다.

사회는 국민 각자의 기본 욕구를 충족시키고 사회질서를 유지하기 위해 여러 가지 제도들을 갖추고 있다. 이러한 제도에는 정치·경제·교육·가족·의료·종교 등 많은 제도들이 포함되며, 이들 제도는 국가의 헌법과 법률에 의해 뒷받침되거나 보호받는다.

이러한 사회의 각 제도는 하위 제도를 두고 있다. 이들은 각기 나름의 기능과 목표를 지니고 있는데, 각각의 기능을 여하히 잘 수행토록 하는 것이 특정 사회제도가 지니는 고유 덕목이 된다. 모든 사회제도는 그 자체로 공정해야 하고, 그것을 운영할 때도 공정해야 한다. 그런 점에서 **'공정으로서의 정의'**는 모든 사회제도가 갖추어야 할 기본 덕목이다.

78 ● 관료제의 문제점

관료제는 조직의 목적을 실현하기 위한 효율적인 조직 형태임에도 불구하고, 여러 가지 문제점을 가지고 있다. 빈민 구제라는 목적을 위한 수단으로 만들어진 조직도, 빈민 구제라는 본연의 기능을 수행하기보다는 자기 조직의 세력을 확장하는 일 자체가 목적이 되는 경우도 있다. 수단이 목적으로 바뀌는 '목적 전치'의 경향이 관료제의 큰 병폐 중의 하나이다. 관료제의 또 다른 문제점은 자율성에 관한 것이다. 관료제에서는 명령이 위에서 아래로 내려온다. 상급자는 효율성을 극대화하기 위하여 명령을 내린다. 한편, 아랫사람은 자신의 생각대로 작업을 수행하기보다는 시킨 방법대로 일해야 한다.

아랫사람은 자신이 왜 이 일을 해야 하는지, 또 왜 그러한 방법으로 해야 하는지를 몰라도 명령이기 때문에 따라야만 할 때가 많다. 결국 일하는 데 자율성이 없어지게 되는 위험성이 있다. 이러한 관료제의 문제점을 해결하려는 여러 가지 대안 조직이 등장하고 있다.

(고등학교 사회·문화, 교학사)

사회갈등 해결을 위해 사회제도가 지향해야 할 실천 가치를 묻되, 이것이 다양한 주제로 출제될 수 있기에 다른 개념어와의 관계 속에서 파악할 필요가 있다.

관련 개념어 공동선(공공선), 공정, 개인주의와 집단주의, 도덕적 인간과 비도덕적 사회

014 공동선

_ 고등학교 도덕, Ⅱ-1. 〈사회제도와 정의〉(천재교육) 개념 확장

- **한양대 2024 인문 모의**(바람직한 공동체를 위한 연대와 소통 방안)
- **홍익대 2024 인문(2) 수시 [문제 2]**(공동체를 지나치게 강조할 때 당면하는 문제점과 개선방안 기술)
- **홍익대 2023 인문 수시 [문제 1]**(공동체의 긍정적 · 부정적 양상 분석 및 사례 적용 시의 한계 서술)
- **한국외대 2022 인문(1) 수시**(행위 동기나 목적에서 우선시 되는 두 관점〈공익 · 공동체의 이익과 사익 · 개인의 이익〉 고찰)
- **시립대 2020 인문 수시 [문제 3]**(공동체적 가치 향상을 위해서는 공익을 우선해야 하는가'에 대한 찬반 입장 서술)
- **서울시립대 2020 인문 수시 [문제 1]**(인간의 자연적 본성에 따른 사익추구 행위의 부정적 효과를 통제할 수 있는가에 대한 고찰)
- **동국대 2019 인문(2) 수시 [문제 3]**(개인의 이익이 공공선의 실현에 우선할 수 없다는 관점에서 '도덕적 선'이란 무엇인지 기술)
- **경희대 2017 사회 모의 2차**(개인의 이익 추구와 공동체의 가치 충돌을 바라보는 두 시각 분류 · 요약 및 적용 평가)
- **한양대 2017 상경 모의 2차 [문제 1]**(개인의 합리성과 공익의 충돌 가능성 고찰)
- **한국외대 2017 사회(2) 수시**(공익추구와 사익추구 조직 유형 분류 · 설명 및 경제의 효율성 추구 조직 시스템)
- **숭실대 2016 상경 모의 [문제 1]**(개인의 이익 추구와 공동선의 실현의 관점에서 정부의 대형마트 규제에 대한 견해 제시)
- **서울시립대 2016 인문 모의 [문제 1]**(개인의 이익 추구와 공동체적 가치 추구에 대한 관점 차이 비교분석)
- **동국대 2016 인문 모의 2차 [문제 1]**(공익이 집단이익보다 우선시될 수 있는 사회적 조건 설명)
- **경희대 2013 사회 수시**(공동선 추구를 위한 다양한 관점 고찰)
- **서울시립대 2012 인문 모의**(개인과 사회의 발전을 위해 상생과 경쟁 중 어느 것이 우선하는 가)
- **숭실대 2012 인문 모의**(현대사회의 특성 및 한국 사회에서 경쟁이 갖는 가치와 문제점)
- **성신여대 2011 인문(1) 수시**(공익과 사익의 대립문제 및 개인과 공동체 간 선택의 자유)
- **서강대 2011 인문 수시**(민주주의의 문제점 고찰과 공동선 추구)
- **서울시립대 2009 인문 모의**(사회이익과 개인 이익의 충돌 시 어느 것을 우선해야 하는 가)

사회제도가 지향해야 할 가치 : 공동선

사회제도는 공동체 구성원의 선(善), 즉 '공동선'을 위한 사회적 장치다. 올바른 사회제도는 개인의 삶을 바람직한 방향으로 이끌지만, 올바르지 못한

 사회제도 또는 사회제도의 부적절한 적용은 개인의 삶에 중대한 걸림돌로 적용한다. 그러므로 사회제도의 정당성은 올바른 공동체 및 개개인의 선한 삶과 불가분의 관계를 갖는다고 할 수 있다.

사회제도가 구조적으로 바람직하지 않거나 정당하지 않은 방향으로 나아갈 때 이것이 사회구성원들의 삶에 돌이킬 수 없는 부정적인 영향을 끼치며, 따라서 그러한 사회는 정의롭지 않다. 반대로 사회제도가 구성원들이 원하는 바람직한 방향으로 잘 정비되어 개개인의 삶을 긍정적으로 보완해 줄 때, 그 사회는 정의롭다고 말할 수 있을 것이다.

사회제도는 기본적으로 어떠한 가치를 지향해야 할까?

우선, 사회제도는 **인간의 존엄성**을 보호하고 키워나가야 한다. 즉 사회제도는 제도 그 자체를 위한 제도가 아니라 인간을 위한 제도여야 한다. 사회제도는 개인의 삶에 그 어떤 사적 행위보다 훨씬 크고 깊게 영향을 미치기 때문에, 사회제도로 말미암아 고통 받거나 인간으로서의 존엄성을 잃게 되는 사람이나 계층이 생기지 않도록 각별히 유의해야 한다.

다음으로 사회제도는 특정 개인이나 계층의 이익이 아니라 모든 사회구성원에게 바람직한 가치인 '**공동선(共同善)**'을 추구해야 한다. 물론, 공동선에 대하여 공동체 전체가 합의하기란 현실적으로는 무척 어려운 일이다. 그렇더라도 민주적 절차와 제도를 통하여 다양한 사람의 의견을 모으고 합의하는 노력을 통해, 특정한 계층의 이익보다는 사회구성원 모두의 행복을 지향하도록 노력해야 한다.

마지막으로 사회제도는 어느 한쪽으로 치우쳐서는 안 되며, 공평한 정의, 즉 '**공정(公正)**'을 지향해야 한다. 정의롭지 않은 사회제도는 그 부당함 때문에 곳곳에서 크고 작은 사회문제를 일으키며, 이로 인해 발생하는 '부정의'를 개인의 노력만으로 해결하기란 결코 쉬운 일이 아니다.

이처럼 사회제도는 근본적으로 인간의 존엄성을 근거로 하되, 사회구성원 모두에게 선이 되는 공동선을 추구하며, 실제 원칙과 적용에서 '정의'를 바탕으로 추진해나가야 한다. 그런 점에서 볼 때 공동선이 사회 또는 공동체가 본질적으로 지향하는 목표와 가치로서의 포괄적 의미를 갖는다면, 정의는 인간 존엄성 추구를 위해 이를 사회제도로써 직접적·구체적으로 설정한 실천 덕목임을 일 수 다.

공동선(共同善)

한 사회에는 그 사회가 지향하는 공동의 목표와 공동의 가치가 있는데 이것을 **공동선(共同善)**이라고 한다. 그러나 현대에 이르러 개인적 가치와 같은 사익을 중시한 나머지, 사회구성원들이 공동으로 추구하는 공동선과 서로 갈등을 빚는 경우가 나타나게 되었다. … (중략) … 공동선과 개인적 이익과의 관계를 어떻게 보아야 할 것인가? 공동선과 개인의 이익이 서로 대립적인 것이라고 보는 관점이 있는가 하면, 공동선은 개인들의 이익을 합한 것이라고 보는 관점도 있다. 또 개인의 이익은 공동선에 참여함으로써 그 실현이 가능하다고 보는 관점도 있다. (고등학교 교과서 도덕, 교육부)

사회제도가 지향해야 할 실천 가치이자 이념으로 자주 출제되는 개념으로, 이것이 다양한 주제 개념의 세부 주제어로 출제될 수 있기에 다른 개념어와의 관계 속에서 파악할 필요가 있다.

관련 개념어 사회제도, 공정, 개인주의와 집단주의, 도덕적 인간과 비도덕적 사회

015
국가 발생의 근원으로서의 사회계약론

_ 시민윤리, IV-1. 〈국가 발전과 시민의 자세〉(교육부)

- **서강대 2014 인문(2) 수시 [문제 2]**(인간 집단 간 차이의 기원에 관한 고찰)
- **숙명여대 2011 인문 수시 [문제 1]**(국가의 본질과 국가의 성격 변화)
- **서강대 2009 인문 수시2-1 [문제 3]**(루소의 여론관)

국가 발생의 근원

국가 발생의 근원과 관련하여 다음 두 가지 견해에 주목할 필요가 있다. 한 가지는 그리스의 철학자인 아리스토텔레스의 주장으로, 그는 국가가 생겨난 이유를 **인간의 본성**에서 찾았다. 사람은 본래 다른 사람들로부터 고립되어 살아갈 수 없는 정치적 동물이다. 바로 이러한 정치적 본성에 의하여 사람들은 국가공동체 안에서 살아가게 되며, 또 국가공동체 안에서 가장 인간답게 살아가게 된다는 것이다.

다른 한 가지는 홉스나 로크 등 사회계약론자들의 견해로, 그들에 의하면 국가는 **사회구성원들의 계약**에 의하여 성립된 것이다. 홉스는 국가공동체가 형성되기 이전의 자연 상태를 이른바 '만인의 만인에 의한 투쟁 상태'로 규정하였고, 로크는 사람들의 이기성으로 인하여 자연 상태에서는 안전이 불확실하다고 강조하였다. 즉 자연 상태에서 사람들은 상호 간에 협력하지 못한 채 끊임없는 반목과 갈등 속에서 생명조차 보존하기 어렵고, 또 생명을 보존하더라도 불편함을 감수할 수밖에 없다. 따라서 사람들은 국가를 만들어 상호 간 협력을 보장하고 안정되고 평화로운 삶을 영위하고자 한다는 것이다.

이처럼 국가의 발생에 관해서는 아리스토텔레스와 사회계약론자들이 서로 견해를 달리하지만, 개인이나 가정과 같은 소집단의 힘만으로 할 수 없는 일을 국가가 수행한다는 점에서는 견해를 같이하고 있다. 실제로 외적이 침입하였을 때 국민 전체를 지켜주고, 홍수나 산불처럼 엄청난 자연 재해가 발생했을 때 이를 극복하는 역할은 국가만이 할 수 있다. 따라서 우리는 국가의 존재로 인하여 물질적으로나 정신적으로 안정되고 인간다운 삶을 살아갈 수 있는 셈이다.

(고등학교 시민윤리, 교육부)

사회계약론

홉스 : 국가는 필요악으로, 누구든지 절대 복종해야 한다

홉스에 따르면, 인간은 다른 사람을 위해 행동하지 않고 순전히 자신의 이익과 쾌락을 위해 움직이는 이기적인 존재다. 그는 다른 사람에게 이로운 일을 하는 이타적인 행위조차 궁극적으로는 자기 자신에게 이익이 되기 때문에 행동하는 것으로 생각했다(이 점에서는 아담 스미스의 '**건강한 이기심**'과 맥락을 같이한다). 인간은 살기 위해 어떠한 일을 해도 좋은 본래부터의 권리를 갖고 있으며, 이러한 이기적 인간들은 자연 상태에서 평등한 지위를 가진다는 것이 홉스의 생각이다.

그런데 자연 상태에서는 모든 사람들이 자연권을 행사하려 할 것이고, 그렇게 되면 세계는 '만인의 만인에 대한 투쟁'처럼 전쟁과 같은 상태에 처하게 된다. 이러한 상황에서 벗어나기 위해 인간은 계약을 맺어 개인들이 갖는 자연권은 물론 폭력을 행사할 수 있는 일체의 권리까지도 구성원 모두가 협의한 대상에게 양도하기로 합의한다. 그 대상은 절대 권력을 갖추고 구성원들을 통제할 수 있는 법률을 제정함으로써 개인의 자유나 생명의 안전을 보장하며, 개인은 그 법률을 따름으로써 평화롭고 안전하게 살고자 한다. 이처럼 모든 사람들이 자연권을 양도하는 대상이 바로 **국가**다.

이렇게 해서 개인들이 합의한 정치체제로서의 국가는 정당성을 확보하며, 또한 합의된 주권자에 의해 제정된 법률 역시 그 자체로 도덕성과 정당성을 획득하는 기준이 된다. 즉 사람들이 권력에 합의하고, 권력은 법을 만들고, 법은 사람을 규제한다. 하지만 이는 국가의 이름으로 발생하는 개인에 대한 모든 폭력과 압제를 정당화하는 방편이 될 수 있다. 물론 홉스 역시 그러한 부작용을 인식하고 있었지만, 폭력이 난무하는 부자연적인 상황보다는 불완전하더라도 권력의 남용 하에 놓인 평화의 상태가 더 낫다고 생각했다. 이처럼 홉스는 국가를 일종의 **필요악**으로 인식하고 있다.

이런 홉스의 관점에 따를 경우, 오늘을 사는 유권자들의 정치적 무관심과 낮은 투표율은 일종의 자기모순과도 같다. 자칫 권력 남용으로 인해 입게 되는 피해가 부메랑이 되어 온전히 자신에게 되돌아올 수 있기 때문이다. 따라서 어차피 권력을 양도할 것이라면, 개인은 정치에 적극 참여함으로써 자신의 이익을 더 잘 지켜줄 수 있는 인물을 뽑는 것이 보다 바람직할 것이다.

로크 : 국민은 저항권을 행사하여 바로 잡아야 한다

홉스의 견해와는 달리 로크는 자연 상태를 신의 모습을 닮은 도덕적이면서도 평화로운 상태라고 보았다. 신이 인간을 창조하면서 그들에게 생명과 자유에 대한 불가침적인 기본권, 즉 자연법을 부여했으며, 인간은 이 자연법을 기초로 평등한 권리를 향유한다고 보았다. 이처럼 홉스는 자연 상태의 재화가 희소하다고 보는데 비해, 로크는 자연 상태의 재화는 풍요로우며 기본적으로 인류 공동의 것이라고 하여 그 전제를 달리한다.

로크는 "인간은 각자 자신의 육체를 소유하고 있고, 또한 각자는 육체노동을 통해 생산한 것들을 배타적으로 소유할 수 있는 독점적 권리를 갖는다"고 하여 **사적 소유권**을 주장한다. 그 결과 사람들 간에 사적 소유권을 놓고 투쟁, 강도, 사기 등과 같은 대립이 생겨났고, 이로 인해 사람들은 자신의 재산권을 지키기 위해 계약을 맺고 국가를 만들었다는 것이다.

이처럼 합의에 의해서 국가라는 정치체제에 개인 권리를 양도한다는 점에서는 로크 역시 홉스와 견해가 같지만, 이를 받아들이는 시민적 자세에 있어서는 차이를 보인다. 왜냐하면 로크는 당시의 자본 창출 및 축적의 주도세력이었던 신흥 시민계급의 입장에서의 사회계약론을 전개한 것이어서, 축적된 재산권을 둘러싸고 기존 지배세력과의 갈등에 그만큼 민감하게 반응할 수밖에 없었다. 그렇기에 사회계약의 과정에서 시민의 주도성은 그만큼 더 강력하게 작용했다.

홉스의 사회계약에서는 시민들이 자신들의 권리를 넘겨준 국가가 만든 법률에 충실히 복종할 의무가 따랐고, 따라서 그들이 정당성을 갖는 법률에 저항하는 것은 불가능하다. 하지만 로크는 국가의 정당성은 어디까지나 시민의 동의에 달렸다고 보았다. 즉 합의된 정치체제에 의해서 만들어진 법률일지라도 그 정당성은 어디까지나 시민의 판단에 의해 결정되는 것이라는 입장이다. 따라서 만약 국가가 당초 계약의 목적에 어긋나는 방향으로 권력을 행사함으로써 시민들을 억압하고 재산을 빼앗는 등 자연법에 벗어나는 행동을 할 경우, 시민들은 **저항권**을 행사해 이를 바로잡을 수 있다고 생각했다.

이 같은 그의 사상은 이후 시민혁명의 사상적 기초가 되었으며, 그 결과 정부의 성립과 변경은 시민의 동의와 계약에 따른다고 하여, **민주주의 정치사상**의 기반으로 작용하였다. 그는 홉스의 군주제와는 달랐다. 사회계약 이후의 정부 형태로써 권력 분립, 즉 입법과 집행의 분리에 의한 입헌군

주제를 주장했다. 그럼에도 로크의 사상에는 재산권, 특히 토지 소유와 관련해서 기득권을 정당화하려는 의도가 여실히 드러난다. 자연 상태에서 모든 사람은 자유롭고 평등하다는 그의 주장에도 불구하고, 재산 소유의 극심한 불평등을 정당화하고 있다는 비난을 받는 이유가 이 때문이다.

루소 : 국가는 일반의지에 따라 대표성을 확보해야 한다

루소는 인간 본성에 대해 로크와 기본적인 견해를 같이한다. 즉 인간은 자유롭고 선량하게 태어났으며, 순수한 자연 상태에서는 진정한 자기애와 타인의 불행에 대한 연민의 감정을 갖고 있다고 보았다. 하지만 사회를 벗어난 인간의 자연 상태에 대해서는 홉스와 비슷한 견해를 갖는다. 만인의 만인에 대한 투쟁까지는 아니더라도 일반 자연 상태, 즉 사회적인 계약이 없는 상태에서는 어떠한 도덕적인 의무도 존재하지 않고 또 그럴 필요도 없다고 보았다.

그 결과 사람들이 사회를 구성하여 살아가면서 자기애는 자존심으로, 타인에 대한 연민은 시기와 질투심으로 변질되어 간다고 보았다. 이런 이유로 루소는 **교육**의 중요성을 강조한다. 즉 올바른 교육을 위해 자연 상태로 돌아가서 본연의 감정과 인간성을 회복하라고 주장한다.

그럼에도 그는 자연 상태에서는 인간성을 완성할 수 없다고 보고 국가를 통해 이러한 인간의 본성을 최대한으로 끌어올리게 만들어야 한다고 생각했다. 그렇더라도 국가의 권력 행사는 어디까지나 사회구성원들의 계약에 의한 동의를 받아야 한다고 보았다. 즉 사회계약이 합의에 의해서 자신의 권리를 양도하는 점에서는 홉스나 로크와 크게 다를 바 없다.

하지만 루소는 사회계약의 성격을 두고는 로크를 비롯한 일반 사회계약론자들의 생각과 차이를 보인다. 일반 사회계약론자들이 계약을 피통

치자와 통치자 간의 관계로 파악하는 것과는 달리, 그는 사회구성원 전체의 개별적 의지를 한데 모아 그것을 넘어선 집합의지로 구현한 '**일반의지**'를 따르는 것을 사회계약으로 보았다. 왜냐하면 그는 법, 제도, 전제군주 등은 시민을 억압하기 위한 도구적 가치이므로 이를 파괴하지 않고는 진정한 시민적 자유와 평등은 이뤄질 수 없다고 보았기 때문이다. 그렇기에 사회계약에 의한 국가의 성립 역시 전체성을 대표하는 일반의지에 의한 것이어야 한다고 주장했다. 그런 점에서 루소가 말하는 일반의지는 개인적으로 국가를 통해 무언가 얻기를 기대하는 만인의 의지가 아니라 공동선을 추구하기에 개인에게 자유롭게 강제되는 **다수의 의지**이기도 하다. 따라서 개인으로서 갖는 사적 이익 추구를 위한 이기적 욕구는 언제나 일반의지라는 더 높은 목적에 종속되어야 한다.

이처럼 그는 주권자 전원의 의사로 계약을 맺은 정치사회의 주권 의지인 '일반의지'에 각자의 모든 권한을 위임토록 함으로써, 이를 통해 개인의 자유와 이익, 공공의 자유와 이익을 동시에 생각할 수 있는 민주적 정치공동체의 실현을 구상했다.

당연히 그는 모든 공적인 문제는 전체 시민의 투표에 의한다면서 대의민주주의를 부정하고 **직접민주주의**를 주장한다. 주권은 국회의원이나 자치단체장처럼 대의민주주의로 뽑은 일부 대표자에게 결코 양도될 수 없다는 것이다. 하지만 이는 자칫 우리에게 혼란을 줄 수 있기에 주의를 요한다. 그는 한편으로는 사회계약에 의한 정치체제 안에서 인간은 진정한 자유를 누릴 수 있다고 보는 한편, 대의민주주의를 부정함으로써 개개인의 의사를 중요하게 생각했다. 그런데 다른 한편으로는 이와는 대조적으로 일반의지에 개인의 모든 권리를 양도하고 따라야 한다는 전체주의적인 논리를 펼친다.

이에 루소는 투표를 통한 다수결의 원칙을 통해 일반의지를 확인하고, 그 과정에서 구성원 모두가 다수의 의견에 승복할 때 일반의지는 보다 분명해진다고 주장한다. 즉 모든 투표는 우리가 합의한 것으로, 모두가 따를 수 있고 또 따라야만 하는 일반의지가 무엇인지 확인해주는 절차라는 것이다. 그렇기에 설령 내가 반대표를 던진 사안이 다수의 지지를 받게 될 경우, 이는 결과적으로 내가 개별적으로 반대했던 사안에 대해 이를 투표를 통한 전체 구도에서 찬성한다는 의사표명과 같다는 것이다.

루소가 주장하는 직접민주주의는 현대 시민사회에서는 한계를 보일 수밖에 없다. 하지만 전자투표제의 실현 가능성이 점차 높아지고 있는 현실에서, 직접민주주의 제도를 통해 대의민주주의의 한계를 일정 부분 보완할 가능성은 더욱 높아지고 있다. 그런 점에서 홉스, 로크에 의해 형성된 민주주의적 근대국가론의 모델은 루소에 의해 완성된 것이라고 할 수 있다.

■ 홉스·로크·루소의 사회계약론 비교

	홉스	로크	루소
자연 상태에 대한 규정	•만인에 대한 만인의 투쟁 상태로, •갈등과 경쟁으로 인한 대립 구도 심화	•자연법에 지배받는 평화로운 상태이나, •재산권 보장이 불확실하여 잠재적 투쟁 가능성 발생	•자연 상태에서 자유롭고 평화로운 상태이지만, •사회제도와 사유재산제가 생기면서 불평등 발생
사회계약의 형태 (권리의 양도와 행사)	•자연권 전부를 국가에 양도	•자연권의 일부를 국가에 위임	•일반의지에 의한 국가 위임
	•무조건 복종	•저항권 행사	•다수결의 원칙
국가관과 정치사상	•국가와 법률의 절대적인 정당성 확보 •따라서 시민은 국가와 군주에 대해 절대 복종 강제	•국가는 자연권(자유·생명·재산) 보장을 위해서만 정당성 확보 •따라서 시민은 신탁을 배반한 국가에 대해 저항권 행사 가능	•국민주권론 주창 •시민의 일반의지에 입각한 정치공동체 구성
정치 형태	•절대군주제	•간접민주제 (입헌군주제)	•직접민주제

■ 국가의 발전 : 공적 영역과 사적 영역의 분리

베버(Max Weber)는 국가를 "독점적 강압력, 통일적 권위, 그리고 제반 법률적·행정적 장치를 기초로 일정한 영토와 그 영토 내 주민을 배타적으로 지배하는 정치조직 혹은 공동체"라고 규정한다. 미국의 정치사회학자 틸리(Charles Tilly)에 따르면, 국가는 원형국가(약탈국가), 발전국가, 민주국가, 복지국가로 발전하는데, 그 과정에서 자본주의의 발전 과정이 밀접하게 연결되어 있다.

자본주의 경제체제와 관련하여 민주국가의 중요한 특징은 공적 영역과 사적 영역에서 각기 다른 원칙이 적용된다는 점이다. 즉 정당 간 경쟁이 이루어지고 선거를 통해 국가 권력이 확정되고 구성되는 '공적 영역'에서는 민주주의 원리가 적용되고, 시장을 통해 생산과 분배가 이루어지는 '사적 영역'에서는 자유주의 원리가 적용된다. 이러한 두 가지 특성을 아울러 '자유민주주의'라고 표현하기도 한다.

논술시험의 단독 주제로는 출제되지 않지만, 홉스·로크·루소의 사상적 핵심은 다방면의 논술 주제에 걸쳐 제시지문으로 아주 빈번하게 출제되기 때문에 이를 반드시 숙지하고 있어야 한다.

관련 개념어 홉스·로크·루소의 사회계약론, 일반의지, 저항권, 직접민주주의, 만인 대 만인의 투쟁

016
민족과 민족 정체성

_ 고등학교 도덕, Ⅲ-2. 〈민족과 윤리〉(천재교육)

- **서울여대 2024 인문(2) 수시 [문제 1-2]**(민족에 대한 두 관점 서술 및 사례 적용 비교)
- **이화여대 2022 인문(2) 수시 [문제 2]**(고난의 상황에서 민족과 국가가 나아갈 방향 비교 서술)
- **연세대 2020 인문 편입**('민족'에 대한 다양한 입장 차이 비교·분석 및 민족별 언어에 대한 관점 차이 서술)
- **연세대 2020 인문 편입 [문제 1]**('민족'에 대한 관점 차이 비교·분석)
- **경희대 2018 인문 모의(2)**(민족주의에 대한 두 입장〈민족주의와 보편주의〉 분류·요약 및 적용 평가)
- **동국대 2016 인문 모의**(애국심의 양면성을 토대로 세계화 시대의 민족주의에 관한 견해 제시)
- **숙명여대 2015 인문(2) 수시**('민족 정체성' 형성 과정의 공통점과 차이점 분석)
- **연세대 2008 인문 정시**(민족의 정체성 고찰: 근원주의·상황주의·역사문화주의 비교·분석)
- **명지대 2008 인문 모의 2차 [문제 2]**(민족주의의 공통점과 차이점)

열린 민족주의 : 세계화·다문화 시대의 민족 정체성의 새로운 역할

민족이란, 의미 있는 유대와 이익을 공유하면서 깊고 지속적인 방식으로 스스로 결집되어 있다고 생각하는 사람들의 공동체라고 할 수 있다. 민족을 하나로 묶어주는 유대의 원천에 대해서는 두 가지 견해가 있다. 하나는 객관적인 요소를 중시하는 관점으로, 민족은 구성원들이 공유하는 객관적 특성인 종족, 언어, 종교, 공통의 생활 습성 등에 따라 성립한다는 견해다. 다른 하나는 주관적 요소를 중시하는 관점으로, 민족은 구성원들이 공통의 정신적 요소에 따라 하나로 결집되어 있는 **자발적 공동체**라는 견해다. 그러나 진정한 민족 개념은 두 가지 관점을 모두 고려해야 정의할 수 있을 것이다.

이러한 민족은 구성원들 사이에 개인적인 친밀감이 없더라도 구성원들이 지속적으로 유대감을 느끼도록 한다. 이런 유대를 가능하게 하는 민족의 의의는 다음과 같다.

우선 민족은 구성원 상호 간에 신뢰를 제공한다. 민족적 유대감을 공유할 경우 신뢰를 바탕으로 한 공동의 삶을 일구기 쉬워진다. 다음으로 민족은 구성원 각자에게 정체성을 가지도록 한다. 민족은 구성원들에게 삶의 방식이나 형태, 소속감을 공유하게 하여 하나임을 확인시킨다. 이러한 의미에서 민족은 신념과 가치를 공유하는 것 이상의 운명적인 공동체다. 즉 민족은 일정한 지역에서 장기간에 걸쳐 공동생활을 함으로써 언어·풍습·종교·정치·경제 등 각종 문화를 공유하는 사람들이 같은 운명공동체라는 의식으로 결합된 **문화공동체**를 가리킨다.

내가 있고, 내 가족이 있고, 그 가족을 크게 넓혀 보는 것이 바로 민족으로, 자신이 어느 한 민족에 '속해 있음'을 의식하는 것으로부터 민족 정체성이 형성된다. 즉 **민족 정체성**은 같은 언어를 사용하면서 같은 역사와 문화 속에서 살아오는 가운데, 이를 바탕으로 같은 운명을 지니고 함께 살아가야 하는 공동체임을 자각하는 것으로부터 형성된다. 또한 민족 정체성은 자신을 민족과 동일시하는 것이다. 나 자신을 민족과 분리된 객체가 아니라 민족과 동일시된 '나'로 인식하는 것이다. 민족과 동일시된 '나'는 '우리'로서의 '나'다.

그동안 민족은 영토의 통일 및 국가 형성에 중요한 역할을 해왔으나, 오늘날은 그러한 역할이 상대적으로 약화되고 있다. 오늘날 민족의 역할이 큰 변화를 맞이하게 된 이유는 무엇일까? 정치·경제·사회·문화 등 삶의 거의 모든 영역이 네트워크화 되어가는 세계화·다문화 추세로부터 그 이유를 찾아볼 수 있다.

세계화·다문화 시대 이전의 민족 정체성은 민족의 내부와 외부의 구분이 비교적 선명한 민족국가를 단위로 안정된 모습을 띠었다. 그러나 세계화·다문화 현상이 진행될수록 민족의 구분이 불분명해지고, "'나'는 누구인가?"라는 물음에 분명하게 대답하기 어려워진다. 즉 최소한의 민족 정체성은 지니고 있다고 하더라도 그 경계가 모호하고 다양하게 될 가능성이 있는 것이다.

세계화·다문화 시대의 민족 정체성은 다양한 민족이나 문화적 관점을 수용하는 방향으로 형성되어야 한다. 귀화인 및 외국 이민자 그리고 다문화 가정 등이 증가함에 따라 이제 민족은 핏줄이나 언어 같은 객관적인 요소뿐만 아니라 민족의식 같은 주관적 요소도 중요해지고 있기 때문이다. 따라서 세계화·다문화 시대의 새로운 자아 정체성은 민족 정체성이라는 하나의 중심만으로는 한계가 있다. 다문화 시대의 한국인은 한국인이면서 동시에 아시아인이고, 아시아인이면서 동시에 세계인으로서 다중심의 자아 정체성으로 구성되어야 할 것이다.

자기 민족과 자기 나라만을 최고로 알고 자신의 문화만을 사랑하는 사람은 아직 미숙한 어린이에 불과하고, 타민족과 타문화를 받아들이고 포용하는 사람은 성숙한 어른이 된다. 이처럼 세계화·다문화 시대의 민족 정체성은 다른 민족에 대해 배타적인 경계를 설정하기보다는 **상호 유대와 공존**의 흐름을 인정하면서도 **고유성을 중시**하는 방향으로 형성되어야 한다. 세계화·다문화 시대에는 하나의 민족을 중심으로 하는 민족 정체성이 아닌, **차이**의 인정을 요구하는 **다문화적 관점**에서의 민족 정체성을 형성해야 한다.

(고등학교 도덕, 천재교육)

최근 한·중·일 삼국의 동아시아 평화 질서를 위한 담론으로서의 민족주의 및 민족 정체성과 관련한 내용이 논술 문제로 자주 출제되고 있기 때문에, 이를 정확히 숙지하고 있어야 한다.

관련 개념어 민족, 민족주의, 열린 민족주의, 차이와 다양성, 주체성과 정체성

017
자민족 중심주의와 세계주의

_ 도덕, Ⅲ-2. 〈민족과 윤리〉(천재교육)

- **단국대 2024 인문(2) 수시**(국제 문제 양상 설명 및 국제주의와 세계시민주의 관점에서 사례 평가)
- **이화여대 2024 인문 수시 [문제 1]**(세계시민주의의 변화 설명 및 옹정제의 관점에서 히에로클레스의 주장 비판)
- **동국대 2015 인문(2) 모의 [문제 2]**(세계주의와 민족주의)
- **동국대 2014 인문(2) 모의 [문제 3]**(민족주의의 제 관점 비교 설명)
- **동국대 2013 인문(2) 수시**(민족주의에 대한 다양한 관점 비교)
- **서강대 2013 인문(3) 수시 [문제 2]**(세계 공동체 의식에 기반한 선진국의 정책적 지원 방안)

자민족 중심주의와 세계주의를 넘어서

자민족 중심주의의 문제는 무엇인가

민족주의란 그 어떤 단위보다 민족을 으뜸으로 생각하는 사상이라고 할 수 있다. 모든 민족이 각각 다른 민족에게 피해를 입히지 않으면서 자기 민족의 이익을 추구한다면 민족주의의 한계는 발생하지 않을 것이다. 그러나 민족주의는 일반적으로 모든 민족에 대해 동일한 대우를 해줄 수 없다는 점에서 한계를 지니고 있다. 민족주의 안에서 우리 민족과 다른 민족은 그 가치가 다르다.

한 민족이 다른 민족에 대해 배타적인 태도를 취할 때, 이를 **자민족 중심주의**라고 한다. 자민족 중심주의는 자기 민족을 중심으로 모든 것을 바라보는 관점으로, 모든 다른 집단이나 사람들을 자기 민족을 기준으로 측정하고 평가하는 것을 의미한다. 이는 자기 민족 간의 고유한 정서를 형성하며, 자기 문화를 좋은 것으로 생각하는 자애(自愛)의 경향을 보인다. 그리고 의사소통을 통해 같은 민족임을 느끼는 기준으로 작용하여 민족의 문화적 특성을 나타나게 한다.

누구나 자기 자신의 관점을 세계의 중심으로 간주하기 쉽다. 따라서 자민족 중심주의는 자기 민족의 문화에는 긍정적인 가치를 부여하지만, 다른 민족의 문화에는 좋지 않은 평가를 내리기 쉽다. 나아가 자기 문화의 관점에 비추어 규칙에 어긋나는 것을 단순히 이해할 수 없는 것으로 여기지 않고 거부하거나 불쾌하게 여긴다. 즉 자민족 중심주의는 다른 문화와 접촉할 때 부적절하게 작용할 수 있고 의사소통에도 장애를 준다. 이로 인해 폐쇄적이거나 **배타적인 민족주의**나 **인종 차별주의** 등의 모습으로 나타날 수 있다.

즉 자민족 중심주의란 자기 민족이 타민족보다 우월하다고 믿고 타민족을 배척하는 태도로, 그 대표적인 사례가 나치즘과 파시즘이다. 이러한 특성은 불가피하게 다른 민족과의 갈등을 야기했고, 심지어는 오랜 기간 동안 전쟁과 대립의 역사를 만들어 왔는데, 그 결과 수많은 사람들이 희생당했고, 지금도 그 후유증이 남아 있다.

이와 같이 자민족 중심주의는 지구상에서 서로 다른 문화적 전통이나 인종적 특색을 가진 여러 민족 또는 인종이 각자의 권리를 갖고서 동등한 존재로 더불어 살아가는 것을 인정하지 않는다. 따라서 자민족 중심주의가 심해지면, 소수민족이나 외국인 등을 억압하는 논리로 작용할 수 있으며, 국제적인 분쟁이나 대외 침략의 원인으로 작용할 수 있다. 예를 들면, 자민족 중심주의는 일본의 전쟁 범죄 부인과 역사 왜곡 등으로 나타난 바 있으며, 또한 나치의 유대인 박해와 같은 극단적인 배타주의로 나아갈 우려가 있다.

■ 닫힌 민족주의와 열린 민족주의

민족주의는 크게 자유로운 사회를 지향하는 '열린 민족주의'와 배타적인 성향을 지닌 '닫힌 민족주의'로 나눌 수 있다. 자민족 중심주의가 폐쇄적인 성격을 띠어 자기 민족을 절대시할 때, '닫힌 민족주의'가 되어 거친 열정을 불러일으키며 혹독한 대가를 치르게 된다. 또한 세계주의가 극단적 성격을 띠어 민족의 정체성을 무시할 때 세계는 다양성을 잃어버리고 획일화하게 된다. 따라서 우리는 민족 간 갈등과 분쟁을 낳는 '닫힌 민족주의'를 넘어서 '열린 민족주의'를 추구해야 한다.

(고등학교 도덕, 천재교육)

세계주의의 한계는 무엇인가

세계주의는 민족주의의 문제점을 극복하기 위한 대안으로, 민족이나 국가를 매개로 하지 않고 인류 전체를 하나의 세계 시민으로 본다. 즉 세계주의란 모든 시민들이 국가나 민족 같은 하나의 '지역적' 공동체에 속해야 한다는 전통적인 관점을 거부하고 '세계'의 시민으로 살아가는 것을 말한다.

세계주의의 이상은 세계를 하나의 국가로 간주하지만, 세계주의가 극단적인 모습으로 나타나면 문제를 드러내게 된다. 극단적 세계주의는 개별 민족의 역사와 전통을 인정하지 않고, 특정한 문화만을 세계적인 문화로 여겨 다른 사람들도 받아들여야 한다는 일방주의나 획일주의의 모습을 띤다. 현재 진행되고 있는 서구 문명 위주의 세계화를 표준으로 여기는 것을 그 사례로 들 수 있다.

이는 곧 다양한 인종, 언어, 문화적 배경을 가진 사람들이 조화롭게 살아가야 한다는 다원주의에 어긋난다. 그로 인해 자칫 관용 없는 **보편주의**의 위험성에 빠질 경우, 서구 문명만을 강요하는 획일주의에 반발하는 **극단적 민족주의**가 부활할 수 있다.

열린 민족주의는 가능한가

세계화·다문화 시대의 민족주의는 배타적 자민족 중심주의와 극단적 세계주의를 넘어서 열린 민족주의로 나아가야 한다. 말하자면 민족주의는 안과 밖으로 '열린' 민족주의여야 한다.

열린 민족주의는 크게 '**다양성**'과 '**주체성**'이 강조된다. 우선 '열린'이란 민족 내부와 외부를 향한 열림을 의미하고, 이것은 다양성을 추구한다는 뜻이다. 다음으로 '민족주의'란 사회적 삶의 기본 단위로 다른 어떤 단위보다 민족을 으뜸으로 생각하는 사상이므로, 자기 민족 주체성의 유지를 의미한다. 이처럼 열린 민족주의란 민족 정체성을 지키면서 민족의 주체성에 입각하여 다양한 민족, 국가들과 교류하는 것을 의미한다.

그럼에도 열린 민족주의는 현실 세계에서 실현 불가능한 일종의 이상이라는 비판을 받기도 한다. 왜냐하면 민족주의란 자민족과 타민족 사이에 경계를 그을 수밖에 없으므로 본질적으로 어느 정도 배타적일 수밖에 없기 때문이다.

그렇다면 민족주의가 타민족에 대한 배타성을 극복하기 위해서는 어떻게 해야 하는가? 우선 "다른 사람들의 자유를 침해하지 않는 한 자유롭게 자기의 이익을 추구할 수 있다"는 자유주의의 원리를 민족주의에도 적용할 수 있다. 즉 열린 민족주의의 원리는 "각 민족이 다른 민족들의 자유를 침해하지 않는 범위 안에서 자기 이익을 추구할 수 있다"는 것이다.

이를 위한 구체적인 실천 지침은 다음과 같다. 첫째, 열린 민족주의는 '상대 민족의 권리를 인정'하는 것에서부터 출발해야 한다. 둘째, 열린 민족주의는 국경 밖의 사람들에 대해서도 최소한의 의무가 있다는 사실을 기억해야 한다. 셋째, 열린 민족주의는 대내적 획일성을 배제하고 다양성을 추구해야 한다.

열린 민족주의의 입장은 민족 내부에 다양한 구성원들의 존재를 인정하고, 민족 안과 밖 모두에서 다양성을 지향해야 한다. 민족의 정체성과 주체성을 유지하면서 동시에 다양성과 조화를 모색하는 것, 이것이야말로 열린 민족주의의 핵심이다. 이와 같이 열린 민족주의는 상대 민족의 권리를 인정하고 다양한 민족 사이의 공존을 도모할 때 실현 가능해진다.

(고등학교 도덕, 천재교육)

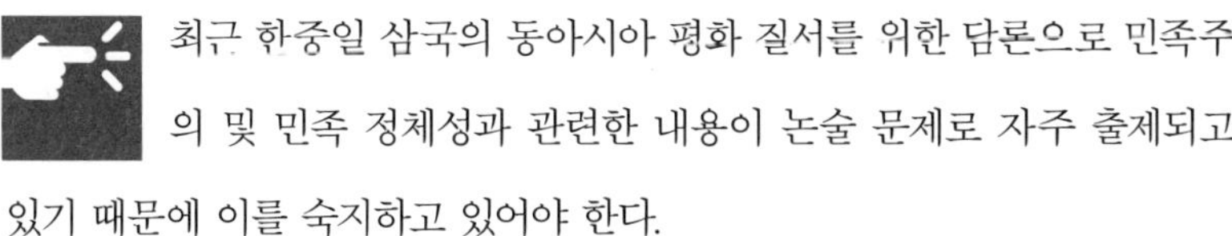

최근 한중일 삼국의 동아시아 평화 질서를 위한 담론으로 민족주의 및 민족 정체성과 관련한 내용이 논술 문제로 자주 출제되고 있기 때문에 이를 숙지하고 있어야 한다.

관련 개념어 민족, 민족주의, 열린 민족주의, 세계주의, 자민족 중심주의, 주제성과 정체성

018
자아정체성

_ 고등학교 도덕. Ⅲ-2. 〈민족과 윤리〉(천재교육) 개념 확장

- **한양대 2023 인문 모의**(윤리와 정체성의 의미 설명 및 사례 적용 평가)
- **한국외대 2023 인문(1) 수시**(정체성의 두 입장인 '단일 정체성'과 '다중 정체성' 분류·요약 및 적용 평가)
- **동국대 2021 인문(2) 수시**('개인의 도덕적 정체성 형성을 위해 필요한 윤리적 성찰 행위' 설명)
- **가톨릭대 2015 인문 모의 [문제 2]**(정체성 혼란에 따른 갈등 고찰)
- **숙명여대 2015 인문(3) 수시**(정체성 혼란 문제에 대한 견해 제시)
- **건국대 2013 인문(1) 수시**(정체성에 대한 관점 비교분석)
- **한국외대 2013 인문(1) 수시**(정체성에 대한 다양한 관점 비교분석)
- **숙명여대 2011 인문 수시**(온라인 게임에서의 정체성 놀이)
- **한양대 2011 인문 모의 1차**(개인의 동일성에 대한 관점 비교분석)
- **광운대 2011 인문 수시 [문제 1]**(자아 정체성: 의식과 육체)

정체성과 주체성

자아정체성이란, 개인이 자신에 대해 갖고 있는 생각 또는 의식을 의미한다. 자아정체성의 형성은 개인의 특성, 자신이 속한 사회의 문화, 다른 사람과의 사회적 관계 등에 영향을 받아 점진적으로 형성되며, 살아가는 동안에 변화하거나 새롭게 형성되기도 한다.

전통 사회에서는 신분, 가족 및 친족 관계 등이 자아정체성의 형성에 주로 영향을 미치지만, 현대사회에서는 개인의 직업, 가치관, 신념 등의 영향을 크게 받는다. 자아정체성은 개인적·주체적 요인과 외부적·환경적 요인에 의해 형성된다. 전자는 자기 스스로를 깊이 생각하는 과정에서 자아를 발견하는 것이며, 후자는 가족이나 친구, 자신이 속한 사회, 대중매체 등의 영향을 받아 형성된다.

정체성은 자신의 의사와 관계없이 다른 사람에 의해 규정되기도 하

며, 사회적 편견이나 선입견이 따를 경우 차별이나 따돌림의 원인이 되기도 한다. 각 개인이 처한 사회적 배경이나 능력, 성장 과정이 다르기 때문에, 다른 사람의 다양한 정체성을 존중해줄 필요가 있다.

정체성은 **타자와의 관계** 속에서 실존적이고 사회적인 자아로서의 존재감을 규정하는 의미 체계를 일컫는데, 정체성은 문화적 상호작용을 통해 형성되고, 공동체적 동질성으로 발현된다. 따라서 문화적 상호작용의 불균형은 공동체적 동질성을 저해함으로써 자칫 정체성을 훼손할 수 있다. 시간의 흐름에 따라 공동체적 동질성이 저하되지만, 그렇더라도 결코 이것이 정체성의 근본을 뒤흔들 수는 없다. 내적 자아 인식에 따른 자발적인 주체성의 확립이 정체성을 더욱 굳건히 하기 때문이다.

청소년기의 올바른 자아정체성

청소년기는 자기 존재감과 존재 조건, 존재 가능성, 이상(理想), 인간관계, 자기 평가 등에 대한 올바른 인식을 통해 자아정체성이 확립되는 시기다. 유년기에 무비판적으로 수용했던 기성세대의 가치관을 거부하면서 청소년들은 혼란을 겪기도 하는데, 그에 따라 이 질풍노도의 시기에 청소년들에게는 정체성의 위기가 올 수 있다.

특히 정보사회를 살아가는 오늘날 청소년들에게는 사이버 공간이라는 또 하나의 공간이 펼쳐지고 있다. 사이버 공간은 청소년들이 새로운 경험을 통해 자아를 확장하는 공간이 될 수도 있지만, 이와는 반대로 정체성의 위기를 초래하는 또 하나의 원인이 되기도 한다. 현실과 가상공간을 혼동하여 정체성의 위기가 심화될 수도 있고, **다중화된 자아**가 소외를 가져올 수도 있다.

그렇기에 청소년들은 이 시기를 슬기롭게 극복하여 건강한 자아를 확립하는 것이 무엇보다 중요하다. 이를 위해서는 인생의 목표나 직업, 성 역할, 종교적 신념, 이데올로기 등에 대해 분명한 자기 생각을 갖는 것이 중요하다.

이때 자기만의 생각에 갇히지 말고 가정과 사회, 국가와 공동체 등 자신을 둘러싼 세계와의 관계를 고려하는 차원에서 자신의 모습을 설정하고 그에 걸맞게 행동할 수 있도록 노력해야 한다. 심리적 시련과 도전에 적극적으로 맞서는 진취적인 자세와 서구의 개인주의 경향에서 벗어나 공동체적 가치를 확립하는 태도 역시 필요하다.

(『찾아라 교과서 논술』, 중앙북스)

■ **정체성**

사실 개인이나 국가의 경우 정신을 차린다는 것은 철학적 관점에서 볼 때 여간 중요한 일이 아니다. 그것은 자기가 한 개인으로서 혹은 어떤 국가의 한 성원으로서 자기 자신을 확인한다는 뜻인데, 이것은 '**자아동일성(self-identity)**'을 의미한다고 할 수 있다. 이런 동일성은 선험적인 문제로서 자기를 그 어떤 사람으로 확인하는 '인격동일성(personal identity)'과는 구별된다. 전자는 자기가 그 누구도 아니고 바로 자기 자신이라는, 그리하여 다른 사람과 확연히 구분되는 개체임을 확인하는 논리적 혹은 존재론적 작업인 반면, 후자는 자기가 어떠어떠한 사람이라는, 따라서 어제의 내가 여전히 내일의 그 '나'일 수 있는 근거를 제시하는 경험적 혹은 인식론적 작업인 것이다.

이런 구분은 한 국가나 민족에 적용해 볼 때도 마찬가지다. 어떤 국가의 자아동일성은 그 국가가 다른 국가가 아니라 바로 그 국가라는 것을 확인하는 작업이고, 그 국가의 국가동일성(national self)은 그 국가가 지닌 국민과 국토와 국권을 유지하고 확인하는 작업이 되는 셈이다. (엄정식, 서강대 철학과 교수)

특히 온라인상에서의 개인의 정체성을 다루는 문제가 논술 주제로 출제되기 때문에 이것에 중점을 두고 살필 필요가 있다.

관련 개념어 정체성, 주체성, 자아정체성, 타자, 실존

019
세계화의 긍정적 측면과 부정적 측면

_ 도덕, Ⅲ-2. 〈민족과 윤리〉(천재교육) 개념 확장

- **동국대 2024 인문(2) 수시 [문제 1]**(전지구적 문제 해결이 필요한 이유 설명 및 해결방안 기술)
- **고려대 2024 인문 모의**(세계화 속에서의 자원의 지속 가능한 활용 방안 고찰)
- **동국대 2023 인문(1) 수시 [문제 3]**(개인의 윤리성과 국가의 정당성을 토대로 세계화로 인한 불평등 문제 고찰)
- **서강대 2023 경제경영 수시**(비교 우위 이론 적용 시에 발생하는 국가 간 불평등 문제 고찰)
- **동국대 2022 인문(1) 수시 [문제 1]**(세계화로 인한 국제 사회의 변화와 그로 인한 문제 발생 원인 및 해결방안)
- **서강대 2019 인문(1) 수시 [문제 2]**('세계화'의 다양한 현상 분석 및 세계화 시대의 다국적 기업에 요구되는 자세 고찰)
- **동국대 2019 인문 모의**(세계화의 긍정적 측면과 부정적 측면 요약 및 세계화 대처방안 제시)
- **한국외대 2018 사회(1) 수시**('세계화'를 바라보는 두 관점〈긍정적, 부정적〉을 중심으로 제시문 요약·분석, 적용 평가)
- **동국대 2017 인문(2) 수시**(세계화의 긍정적·부정적 측면과 문화 다양성과 문화 획일성의 관계 고찰)
- **경희대 2017 인문 모의(2)**('세계화'를 바라보는 두 시각〈순기능과 역기능〉 분류·요약 및 적용 평가)
- **서강대 2015 인문 모의 [문제 2]**(세계화 추이의 공통된 특징을 논거를 활용하여 설명)
- **성균관대 2015 인문 모의**(세계화에 대한 다양한 관점 비교분석)
- **동국대 2015 인문(2) 모의 [문제 3]**(세계화와 지역화 간 조화의 관점에서 바람직한 가치 규범 서술)

세계화의 바람직한 미래상은 가능한가

세계화는 국제사회에서 상호 의존성이 증가함에 따라 세계가 단일한 사회 체계로 나아가는 과정, 즉 세계가 하나의 생활권과 문화권으로 통합되어 가는 과정을 일컫는다. 세계화의 과정에서 필연적으로 상품, 서비스, 자본, 노동, 정보 등의 자유로운 이동이 일어나게 되면서 그 이동을 막는 인위적인 장벽이 없어지고 국경 없는 세계가 형성된다. 그 결과, 한 국가가 가지고 있던 기준, 가치관 등이 전 지구적 기준이나 가치관으로 대체되는 현상이 일어나면서 국가의 역할과 권한은 점차 감소되고 보편적 규범이나 공통적 기준이 점점 더 강한 힘을 갖게 된다.

이처럼 지금의 세계화는 지나치게 단일하고 일방적인 양상을 강요하는 것이기에, 그로 인한 많은 심각한 문제가 발생한다. 그렇기에 단일하고 일방적인 양상을 개선하여 선진국뿐 아니라 개발도상국의 입장까지 최대한 존중하는 세계화가 되어야 하며, 그럴 때만이 세계화에 따른 문제를 해결할 수 있을 것이다.

하지만 이는 현실적으로 매우 어렵다. 세계화가 제국주의적인 성격을 띠고 있는 점을 감안할 때, 선진국들이 자신의 이익을 포기하면서까지 세계화에 따른 문제점을 수용하고 해결하려 들지 않기 때문이다.

그렇더라도 무작정 세계화 대세론을 좇는 것 또한 경계해야 한다. 어디까지나 세계화에 따른 피해를 최소화하고, 특히 자국민 보호라는 국민국가 본연의 역할에 최선의 노력을 기울여야 한다. 따라서 어디까지나 주체적이고 능동적인 자세를 견지함으로써, 세계화 시대에 수용해야 할 것은 적극 수용하고 막을 것은 막는 좀 더 현실적인 차원에서의 접근이 요구된다.

세계화의 긍정적 측면과 부정적 측면

긍정적 측면

- 경제적인 측면에서 볼 때, 세계화는 효율의 극대화를 가져온다. 세계화는 국가·기업·개인 간의 무한경쟁을 통해 효율을 극대화하고, 자본과 노동 자원을 최적으로 배분하는 역할을 한다.
- 정치·사회적인 측면에서 볼 때, 세계화는 민주주의에 긍정적인 영향을 끼친다. 독점적 권력이 국가에 집중되는 것을 완화하고, 정치권력의 영향력을 축소함으로써 시민사회의 영향력을 증대시킨다.
- 문화적인 측면에서 볼 때, 세계화는 문화 다양성을 가져 온다. 교통과 통신기술의 발달로 전 세계의 다양한 문화를 접하고 즐길 수 있게 한다.

부정적 측면

• 경제적인 측면에서 볼 때, 경제의 개방화를 근간으로 하는 세계화는 막강한 자본을 앞세운 선진국의 패권적 지배를 강화한다. 그 결과 선진 국가들의 경쟁력은 더욱 강화되는 반면, 경제적으로 뒤쳐진 국가들은 갈수록 경쟁력이 떨어져 국가 간 빈부격차가 더욱 크게 벌어진다.
• 정치·사회적인 측면에서 볼 때, 세계화는 민주주의에 오히려 부정적인 영향을 미칠 수 있다. 세계화에 따라 각국 정부가 자국민에게 유리한 정책을 펼치기보다는 오히려 자국에 투자한 국세자본과 다국적기업 위주의 정책을 펼칠 가능성이 높다. 그 결과 이것이 빈부격차를 악화시키면서 하층민의 저항을 유발하고, 정부는 이러한 저항을 막기 위해 더욱 권위주의적인 태도를 보이면서, 자칫 자유민주주의의 근간을 해칠 수 있다.
• 정치적인 측면에서 볼 때, 세계화는 개별 국가의 위상을 크게 약화시킨다. 개별 국가의 규제를 받지 않는 다국적 기업과 약탈 금융 자본이 국가 내의 산업구조를 재편함으로써 노동시장을 불안하게 만들고 저임금 구조를 고착화하는 등, 사회 전반에 걸쳐 시스템을 악화시킨다. 그 결과 국가의 영향력은 갈수록 약화되고, 선진국의 경제 논리에 휘둘리게 된다.
• 정치·사회적인 측면에서 볼 때, 세계화는 인권을 악화시키고 사회불안을 야기한다. 다국적 기업과 약탈 금융 자본을 앞세운 선진국의 경제적 이윤 추구는 결국 임금 착취와 노사 갈등에 따른 인권 문제를 일으키고, 실업과 고용 불안정을 초래하면서 사회 불안의 요인으로 작용한다.
• 문화적인 측면에서 볼 때, 세계화는 문화다양성을 가로막고 자국의 고유문화를 말살한다. 모든 것을 효율성에 맞추려는 세계화는 국가별 고유하고 다양한 문화를 말살시켜 하나의 단일한 문화로 통일함으로써 각국의 문화를 사라지게 만든다. 또한 세계화는 문화를 거대자본의 영향력에 편입시킴으로써, 이를 하나의 상품으로 변질시키는 문화제국주의적인 행태를 확산시킨다.

세계화의 긍정적·부정적 측면은 신자유주의 및 문화다양성의 측면과 맞물려 출제되는 경우가 일반적이다.

관련 개념어 세계화, 신자유주의, 문화의 다양성과 획일성, 효율성과 형평성

020 사회 갈등

_ 도덕, Ⅳ-1. 〈이상적인 삶의 추구〉(천재교육)

- **부산대 2024 인문 수시 [문제 2]**(사회 문제 해결 방안 평가 및 비판)
- **단국대 2023 인문(2) [문제 3]**(세대 갈등 원인 분석 및 해결 방안 서술)
- **한국외대 2023 사회(2) 수시**(갈등 결과의 두 측면인 '생산적 갈등'과 '소모적 갈등' 분류·요약 및 적용 평가)
- **숙명여대 2022 인문(1) 수시 [문제 1]**(계층 간에 발생하는 다양한 격차를 활용하여 전문가 발언의 한계 설명)
- **동국대 2022 인문(1) 수시 [문제 3]**(도덕적 갈등 상황의 문제 해결이 어떤 도덕적 요소에 의해 이루어지는지 논술)
- **경희대 2021 사회(1) 수시**(사회갈등을 해결하기 위해 통합을 달성하는 두 가지 방식 분류·요약 및 적용 평가)
- **한국외대 2021 사회(1) 수시**(갈등 해결을 위한 서로 다른 두 유형의 방법〈법·규정과 대화·협상·토론〉 고찰)
- **홍익대 2021 인문(2) 수시 [문제 1]**('경쟁'과 '공생'의 관점에서 사례 적용 분석 설명)
- **이화여대 2021 인문(2) 수시 [문제 1]**('경쟁'에 대한 견해 비교 및 사례 적용 설명)
- **건국대 2020 인문 모의**(사회적 유대'와 '자기의 자유와 가능성'의 개념을 활용하여 소설 지문에 나타난 '갈등' 상황 분석)
- **중앙대 2019 인문(2) 수시 [문제 1]**(갈등 상황에 대한 상호작용 방식과 결과 논술)
- **중앙대 2019 인문(2) 수시 [문제 2]**(학급 내 갈등 해소를 위해 갖춰야 할 점 논술)
- **경희대 2018 사회 편입**(사회현상에 대한 상반된 시각〈경쟁과 협력〉 비교 설명 및 사례 적용 평가)
- **숙명여대 2018 인문(2) 수시 [문제 2]**(처세의 갈등과 주체적 삶 고찰)
- **성균관대 2018 인문 모의**('경쟁'에 관한 상반된 두 입장〈긍정적 vs. 부정적〉 적용 논술)
- **중앙대 2018 인문 모의(2) [문제 3]**(세대 갈등이 심화하는 원인 추론 및 해결방안 서술)
- **서강대 2017 인문(1) 수시 [문제 2]**(다문화 갈등의 원인과 해결방안)
- **이화여대 2017 인문(2) 수시 [문제 1]**('공존'의 방식 비교 서술 및 공동체 갈등 극복 방안에 대한 대안 제시)
- **아주대 2016 인문 모의**(갈등 유형에 관한 사례 제시 및 갈등 해결을 위한 바람직한 전략 기술)
- **가톨릭대 2015 인문 수시 [문제 1]**(경쟁과 협력의 생존방식 비교 서술)
- **연세대 2015 사회 수시**('차이와 갈등'의 관점에서 제시지문 비교분석)
- **이화여대 2015 인문(1) 모의 [문제 3]**(대립 관계의 태도 비교분석)
- **연세대 2014 사회 수시**(개인과 사회의 관계: 개인의 자율성의 정도 비교와 사회갈등 해결 방안)
- **경희대 2014 사회(2) 수시**(사회갈등 해결방안)

우리 사회에서 사회 갈등이 다양한 양태로, 빈번하게 일어나는 원인은 무엇인가? 우선 **이해관계**에서 비롯되는 경우를 생각해볼 수 있는데, 노사갈등처럼 자원이나 권력을 배분하는 과정 및 절차에 대한 입장 차이가 그것이다. 이해관계에서 비롯된 갈등은 '님비 현상'이나 '핌피 현상'과 같은 지역이기주의와 맞물리면서 더욱 증폭된다.

또한 **가치관이나 신념 체계**에 대한 뚜렷한 시각 차이가 갈등의 원인이 되기도 한다. 종교나 제사 문제로 인한 가족 간의 갈등, 개발과 환경 보전 사이에서 충돌하는 환경 갈등, 기성세대와 젊은 세대 간의 가치관 차이로 발생하는 세대 갈등, 정치적 성향의 차이로 인한 갈등이 이에 해당된다.

또 다른 갈등의 원인으로 사건이나 자료, 언행 등에 대해 서로 다르게 해석함으로써 생기는 **사실관계** 갈등을 들 수 있다. 예를 들어, '원자력의 안정성'에 관한 문제를 두고 일어나는 갈등에서 볼 수 있듯이, 동일한 사실에 대해서 각기 다른 주장을 펼치는 과정에서 갈등이 발생할 수 있다.

인간관계 속에서 서로 간의 **불신이나 오해** 때문에 갈등이 일어나기도 한다. 불신이나 오해는 의사소통이 잘 이루어지지 않을 때 주로 발생한다. 불신이나 오해가 서운함이나 분노와 같은 부정적인 감정으로 이어지면 갈등은 더욱 깊어진다.

마지막으로 사회구조적인 요인, 즉 잘못된 제도나 관행 때문에 발생하는 **구조적 갈등**이 있다. 예를 들어 장애인 이동권 보장이나 양성평등 문제 등은 시설 개선이나 제도 정비, 문화적 변화가 뒤따르지 않는 한 계속해서 발생할 수밖에 없는 갈등이다.

이처럼 사회 갈등의 원인은 매우 다양하다. 그렇기 때문에 사회 갈등을 해결하기 위해서는 갈등의 원인을 정확히 파악하고, 그 원인을 제거하려는 노력이 필요하다. 우선, 갈등의 가장 큰 원인은 상대방의 입장이나 의견을 존중하는 관용의 자세와 상호 간에 배려하는 마음이 부족하기 때문이다. 사회는 다양한 생각과 가치관을 가진 사람들이 살아가는 공동체이다. 그것을 인정한다면 자기 생각이 중요하듯이 다른 사람의 생각도 중요함을 인식해야 한다. 어느 한쪽의 잘못으로 인해 갈등이 발생한 경우, 잘못을 솔직히 인정하고 진정으로 사과하는 자세, 그리고 이를 용서하고 포용하는 관용의 태도가 갈등을 해결하고 평화로운 사회를 만들어가는 바람직한 길이다. 이를 위해서는 갈등 해결을 통해 평화적인 삶을 가능하게 하는 사회적 분위기 조성 및 관련한 제도 마련이 절실히 요구된다.

■ 지역이기주의_ 님비와 핌피

지역이기주의를 가리키는 님비(NIMBY) 현상은 'Not In My Back Yard'의 줄임말로, 자신이 속한 지역에 쓰레기소각장이나 교도소 같은 이롭지 못한 시설이 들어오는 것을 반대하는 현상이다. 이와 반대로 지하철이나 백화점과 같이 이로운 시설을 자신이 속한 지역에 유치하려는 것을 핌피(PIMFY, Please In My Front Yard) 현상이라고 한다.

■ 개인주의와 이기주의

개인주의는 개인의 정치적·경제적 자유와 권리를 보장하고 물질적 풍요와 편리를 가져다주는 데 기여한 반면에, 지나친 자유경쟁과 개인의 이익 추구 형상으로 인해 이기주의의 확산, 빈부격차의 증대, 인간 소외의 심화 등과 같은 부정적인 측면을 야기하기도 하였다. 시민사회의 전개 과정에서 자신만의 자유와 권리를 주장하는 개인이기주의나 자신이 속한 집단만의 이익을 추구하는 집단이기주의를 초래하였다.

(고등학교 도덕, 천재교육)

사회갈등 해결의 원리와 기준

다양한 사회적 쟁점들의 원만한 해결을 위해서는 사회구성원 누구나 공감할 수 있는 합리적인 원리와 기준이 필요하다. 이해관계 조정에서는 참여자들의 이익이 공정하게 고려되어야 한다. 이는 어느 한 편의 이익이 부당하게 희생된다면 문제 해결에 이르지 못하고 갈등이 더욱 심화될 수 있기 때문이다.

이익 조정에 있어서 공정성을 보장하기 위해서는 **조정 절차의 민주성**이 필수적이다. 모든 이해당사자들이 고르게 참여하여, 양보와 타협의 자세로 대화와 토론을 통해 이견의 차이를 좁혀 나갈 때 원만한 합의에 이를 수 있다. 그러나 민주적 절차를 무시하고 과격한 집단행동이나 실력 행사로 자신의 이익을 관철하려 든다면, 문제 해결이 어려워짐은 물론 심각한 사회 무질서까지 초래하게 된다.

한편 개개의 집단들이 자신들의 이익을 추구하는 과정에서 사회 전체의 이익을 침해하여 갈등을 빚기도 한다. 이런 경우, 특정 집단의 이익이 사회 전체의 이익보다 우선이 되어서는 안 되며 갈등 해결의 결과가 공익을 침해하지 않아야 한다.

(고등학교 사회, 천재교육)

공익과 사익의 충돌, 개인주의와 이기주의 현상 등 현대 사회갈등 등을 일으키는 요인들은 논술시험의 대주제 및 세부 주제로 자주 출제된다. 이때 사회 갈등의 제 요인은 다른 많은 개념 및 이론·사례와 함께 논제로 구성된다. 관련한 핵심 내용은 이 책에서 다루는 핵심 개념어 전체에 걸쳐 있으며, 따라서 이를 서로 연계해가며 공부할 필요가 있다.

관련 개념어 님비와 핌피, 개인주의와 이기주의, 공익과 사익의 충돌, 사회 불평등

021
참여 민주주의

_ 사회, VIII. 〈정치과정과 참여 민주주의〉(비상교육) 개념 확장

- **아주대 2024 인문 수시 [문제 2]**(준연동형 선거제도가 위성 정당의 창당을 촉진하는 이유 설명)
- **아주대 2024 인문 모의 [문제 2]**(단순다수제와 선택투표제 중 어떤 제도가 정치 양극화를 억제하는데 적합한지 서술)
- **중앙대 2023 인문 수시 [문제 2]**(군주의 강압 통치 방식이 초래할 수 있는 문제 고찰)
- **가톨릭대 2023 인문 수시**(여론조사에서 나타난 정서적 양극화 현상의 원인 및 해결방안 제시)
- **동국대 2023 인문(2) 수시 [문제 3]**(개인의 사회적 감정과 합리적 선택의 한계를 바탕으로 하버마스의 공론장 이론 비판)
- **경희대 2023 사회(1) 수시**(사회 발전을 위한 시민 참여의 긍정적 · 부정적 측면 비교 및 적용 평가)
- **동국대 2023 인문 모의 [문제 2]**(대중의 정치 참여와 문제점 비판)
- **숙명여대 2021 인문(1) 수시 [문제 2]**('대의제'가 민주주의 정치에 끼치는 영향력 및 '공론조사'가 대의제의 대안으로 적절한지 평가)
- **고려대 2020 인문 · 사회 편입**(SNS와 큐레이터가 대중의 의사결정에 미치는 영향 고찰)
- **동국대 2020 인문(2) 수시 [문제 3]**(다수결 방식의 결점 보완을 위한 노력과 태도 논술)
- **숙명여대 2019 인문(1) 수시 [문제 1]**(포퓰리즘 관련 문제 상황 분석 및 새로운 민주주의 대안 제시)
- **고려대 2019 사회 편입**(대의 민주주의와 직접 민주주의 비교 및 비판)
- **고려대 2018 사회 편입**(대의 민주주의와 직접 민주주의 사례 적용 평가)
- **성균관대 2017 인문(2) 수시**(민주주의에서 '여론'을 바라보는 두 입장〈긍정적vs부정적〉 적용 논술)
- **경희대 2017 사회 모의(1)**(다수결의 원칙을 바라보는 상반된 입장 분류 · 요약 및 적용 평가)
- **성균관대 2016 인문(3) 수시**(민주주의 대표선출 방식〈단순 다수제와 비례 대표제〉 적용 논술)
- **경희대 2016 사회(1) 수시**(다수의 결정이 지닌 양면성 고찰)
- **숙명여대 2016 인문(2) 수시 [문제 1]**(민주주의의 다수결 원리의 한계를 극복하기 위한 정치학과 과학의 원리 탐구)
- **동국대 2016 인문(1) 수시 [문제 1]**(대중의 정치 참여의 중요성 서술)
- **숙명여대 2013 인문(1) 수시**(군중과 대중 비교분석)
- **경희대 2012 사회 수시**(공공성에 기반한 심의민주주의의 실현 방안)
- **숙명여대 2010 인문(2) 수시**(공론과 중우정치 현상의 메커니즘 문제 분석과 해결방안)
- **동국대 2010 인문 모의 [문제 3]**(민주사회에서 다수결의 원칙을 충족하기 위한 제 조건)
- **서강대 2009 인문(2) 수시 [문제 3]**(루소의 여론관)
- **서울대 2008 인문 정시 [문제 2]**(현대사회의 다수결의 원리 적용 시에 나타나는 문제점과 해결방안)

공론장이 유사 공론장으로 흘러서는 안 된다

오늘날 널리 회자되고 있는 '**공론장**(公論場)'이라는 용어는 공적 문제에 대한 개인의 의견이 공적 영역으로 확장되는 공개된 담론의 장(場)을 말한다. 즉 사회적 의제(議題)에 대해 개인이 자신의 의견과 신념을 표현하고 서로 다른 의견을 조율해가는 과정에서 형성된 건전한 공론장은, 민주주의의 요체라고 할 수 있는 집회 및 결사의 자유와 언론의 자유를 보장하고 건전한 여론을 형성하기 위해 반드시 필요하다 하겠다.

사회가 다원화되고 구성원들 사이의 갈등이 분출되면서 공론장의 필요성이 더욱 부각되고 있다. 사람들은 최근 방송 편성이 늘고 있는 텔레비전 토론 프로그램이 공론장 역할을 할 것으로 기대하고 있다. 그러나 한편으로는 텔레비전 토론 프로그램이 진정한 모습의 공론장을 구현하고 있는지에 대한 회의적 견해도 제기되고 있다.

텔레비전 토론 프로그램에 대해 비판적인 입장을 견지하는 학자들은 상당수의 프로그램이 다양한 공적 문제에 대해 공개적으로 상호 의사소통을 하기보다는 이해관계에 있는 집단들의 주장을 일방적으로 전달하고 있기 때문에 공론장과는 거리가 멀다고 주장한다. 그리하여 텔레비전 토론 프로그램이 사회적 의제에 대한 공중(公衆)의 관심을 오히려 멀어지게 하고, 특정 입장을 홍보하는 이른바 '**유사 공론장**'으로 변질되고 있다고 그들은 비판한다. 그들은 토론 프로그램이 **여론을 왜곡**할 수 있다는 점을 우려하는 것이다.

비슷한 시각에서 텔레비전 토론 프로그램이 공중을 **수동적인 방관자**로 전락시켜 합리적 판단과 비판적 의견을 스스로 형성할 수 없게 한다고 비판하는 학자들도 있다. 그들에 의하면 텔레비전 토론 프로그램이 공중에게 자신들이 공적 논의 과정에 주체적으로 참여하고 있다는 환상을 갖게

함으로써 수동적인 수용자로 계속 남아 있게 한다는 것이다. 그들은 또한 프로그램의 주제 선정, 진행 방법, 방송 시간대와 방송량, 토론자의 특성, 시청자의 참여, 사회자의 성향 등과 같은, 방송사가 미리 설정해 놓은 형식과 구성 요소들이 토론의 진행 방향이나 논쟁의 결과를 일정한 방향으로 제한한다고 지적한다. 시청자 참여 문제와 관련해서는 토론 프로그램이 사회적 문제를 해결하는데 진지한 성찰을 제공하고 있다 하더라도, 관심 있는 사람들만 그 프로그램을 시청하기 때문에 시청자들이 토론 프로그램에 실질적으로 참여하거나 영향력을 미치는 데 한계가 있다고 덧붙인다.

텔레비전 토론 프로그램이 사회적 의제를 논의하는 주요한 공간으로 자리 잡아 가고 있는 것은 고무적인 일이다. 하지만 토론 프로그램이 진정한 공론장으로 발전하기 위해서는 그동안 제기된 비판에 대한 체계적인 분석과 연구가 뒷받침되어야 하며, 이에 대한 방송 관계자들의 숙고가 있어야 할 것이다. (《2005. 6월 고3 수능 국어 모의》 지문에서 발췌)

정보·통신 기술의 발달과 민주주의 발전

민주 정치는 시민의 참여 없이는 실현되기 어렵다. 왜냐하면 민주 정치의 이상은, 국민 스스로가 국가 권력의 주체가 되어 공공 정책 결정에 자신의 의사를 반영하고 그 집행 과정을 감시·통제함으로써 자유와 권리를 확보하려는 것이기 때문이다.

이런 점에서 정보·통신 기술의 발달은 **민주주의의 발전**에 크게 기여할 것으로 기대된다. 정보·통신 기술의 발달로 인해 개인 간의 연결망이 활성화되고, '지식 근로자'와 같은 새롭고 다양한 중간 계층이 형성될 것으로 기대된다. 또한 정보·통신 기술의 발달은 생산성과 효율을 높일 것이고, 그로 인해 생긴 경제적 이익이 누구에게나 폭넓게 돌아가 빈부격차가 완화될 것으로 전망된다. 한편 발달된 정보·통신 기술은 수평적인 사회 조직을 만들고, 정보에 대한 접근성을 증가시켜 권력 차이를 감소시킬 수 있을 것이다. 결국 이런 모든 변화는 권력을 시민 사회에 분산시킬 것이다. 그리고 이러한 변화가 주민 자치를 활성화시키고 다양한 정치 참여의 기회를 열어 주므로, 대의 민주주의의 위기가 극복되고 직접민주주의의 이상에 가까운 민주주의가 실현될 것으로 전망된다.

(고등학교 사회 · 문화, 교육부)

민주정치와 여론정치의 관계

언론의 자유가 보장되고 대중매체가 발전함에 따라 다양한 사회 문제에 대한 폭넓은 정보가 보다 빨리 전달되고 이를 바탕으로 손쉽게 여론이 형성됨으로써 정치에 미치는 여론의 영향력은 더욱 확대되었다. 오늘날 민주정치는 모든 정치 활동을 여론과 연결시켜 정당성을 인정받으려 할뿐만 아니라, 다수의 여론의 지지를 획득하여 이를 바탕으로 정책을 수립하고 시행하기 때문에 **여론정치**라 할 수 있다. …(중략)… 즉, 여론의 동향이 합의에 큰 영향을 미치는 것이다. 그러므로 정부나 각 집단은 자신들에게 유리한 방향으로 여론을 이끌기 위해 노력한다. 결국 여론이 자유롭게 형성되고 그 여론을 바탕으로 정책이 결정되는 것은 민주정치 과정의 핵심이라 할 수 있다.

민주정치 발전을 위해서는 국민 개개인이 여론 형성에 적극 참여하는 자세를 가져야 한다. 언론매체와 정당 및 이익집단들은 여론 형성을 올바르게 선도하는 역할을 해야 한다. 정부는 개방적인 자세로 정보를 제공하고 국민을 설득하는 노력을 통해 여론을 이끌어 나갈 뿐만 아니라, 국민 다수의 뜻에 따른 정책 결정을 위해 여론에 귀를 기울여야 한다.

(고등학교 정치, 천재교육)

현대사회의 바람직한 여론 형성과 전자 민주주의의 가능성 등을 주제로 하여 자주 출제되기에, 이 부분을 집중해서 살필 필요가 있다.

관련 개념어 공론장, 전자 민주주의, 대의 민주주의, 민주주의와 여론정치, 전자 판옵티콘, SNS

022
목적론적 윤리설과 의무론적 윤리설

_ 도덕, I-2. 〈도덕적 판단의 과정〉(비상교육)

- **성균관대 2024 인문(1) 수시**(인간 사회의 운용의 두 원칙: 의무론 vs. 결과론)
- **덕성여대 2024 인문 모의 [문제 1]**(가족 윤리를 바라보는 세 관점 요약 및 사례 적용 논술)
- **성균관대 2021 인문(3) 수시**(정보사회에 관한 윤리적 관점〈공리주의 입장, 의무론적 입장〉 적용)
- **동국대 2021 인문(1) 수시 [문제 2]**(진화론적 공리주의와 칸트의 의무론 관점에서 사회 문제 설명 및 문제점 비판)
- **서울시립대 2017 인문 수시 [문제 3]**(생명이 위험한 상황임을 알고도 방치하는 것을 도덕적으로 용인할 수 있는가)
- **이화여대 2017 인문(1) 수시 [문제 1]**(전통적 공리주의와 규칙 공리주의 비교 및 규칙 공리주의의 사례 적용 가능성)
- **성균관대 2014 인문(1) 수시**(행위의 정당성에 대한 두 견해: 동기주의 vs. 결과주의)

도덕판단과 도덕 이론 : 결과주의와 동기주의

어떤 상황에서 도덕판단을 내릴 때에는 그것을 정당화하기 위해 도덕 규칙 또는 도덕적 의무를 근거로 제시하게 된다. 도덕 이론은 그러한 도덕 규칙 또는 의무를 정당화해 준다. 도덕적 의무 또는 옳은 행위가 결과에 의존하느냐 그렇지 않느냐에 따라, 도덕 이론은 목적론적 윤리설과 의무론적 윤리설로 나뉜다.

의무론적 윤리설에 따르면, 의무 또는 옳은 행위란 그것이 가져 올 좋은 결과 때문이 아니라, 그 자체가 옳은 성질을 지니고 있기 때문에 옳은 행위가 된다. 예를 들면 속임수를 써서는 안 되는 의무, 즉 정직의 의무는 그것이 가져올 어떤 좋은 결과 때문에 의무가 되는 것이 아니고, 정직 그 자체가 옳은 성질을 지니고 있기 때문에 옳은 행위가 되고 의무가 된다.

의무론적 윤리설을 대표하는 칸트에 의하면, 도덕 법칙 또는 도덕적 의무는 "정직해야 한다"와 같이 정언명법으로 표현된다. "만약 … 하려면(또는 … 하기 위해), … 해야 한다"와 같이 어떤 목적이나 결과를 전제하는 명법은 도덕 법칙으로서 자격이 없다고 칸트는 말한다. 예를 들면 "성공하려면 정직해야 한다"와 같은 가언명법은 도덕 법칙이 될 수 없다는 것이다.

목적론적 윤리설에는 이기주의 윤리설과 공리주의 윤리설이 있다. 이기주의 윤리설은 자신에게 궁극적으로 이익이 되는 행위가 옳은 행위라고 본다. 부정행위를 하면 일시직으로는 점수를 올려 자기에게 도움이 될지 모르지만, 장기적으로 보면 자기에게 이익이 된다고 보기는 어려울 것이다. "정직은 최상의 방책이다"라는 말이 있는데, 이 말은 이기주의 윤리설의 입장에서 주장하는 삶의 법칙이다. 정직하게 살면 결국 자기에게 이익이 되기 때문에 정직하게 사는 것이 옳다는 뜻이다.

공리주의 윤리설은 사회 전체의 이익을 최대한으로 가져오는 것이 옳다고 본다. 다시 말해 이 세상에 본래적 선(善) 혹은 행복을 최대한으로 증진하는 행위나 규칙 또는 법이 옳다고 본다. 보통 '최대 다수의 최대 행복'의 원리로 대표되는 공리주의를 처음으로 체계화한 사람은 영국의 법학자이자 윤리학자인 벤담이다. 벤담은 공리의 원리를 법이나 제도의 정당성을 평가하는 원리로 보았을 뿐만 아니라, 인간 행위의 도덕성을 평가하는 원리로 간주하였다.

(고등학교 도덕, 천재교육)

■ **목적론적 윤리설과 의무론적 윤리설**

목적론적 윤리설	의무론적 윤리설
•결과주의_ 최선의 결과를 가져오는 행위를 도덕적 행위로 간주한다. •행복이나 쾌락을 인간이 추구해야 할 목적으로 본다.	•동기주의_ 행위의 결과보다는 행위를 하게 된 의지와 동기에 주목한다. •도덕법칙의 명령에 따르는 것을 인간의 의무로 본다.
•이기주의 •공리주의_ 벤담, 밀	•칸트의 정언명법에 따른 실천이성* 강조

*"네 의지의 준칙이 언제나 동시에 보편적 입법의 원리가 되도록 행위 하라."

■ **의무론적 윤리와 목적론적 윤리 적용의 난점**

의무론적 윤리 적용의 난점

• 어느 시대, 어느 지역에서나 타당한 절대적인 도덕 법칙 또는 의무가 있는가?
• 만약 있다 하더라도 그 법칙 또는 의무를 어떻게 발견할 수 있는가?
• 만약 발견할 수 있다 하더라도 왜 우리가 그 법칙에 의무적으로 따라야만 하는가?

목적론적 윤리 적용의 난점

• 과연 모든 사람들이 합의할 수 있는 인생의 객관적인 목적이 있는가?
• 비록 객관적인 목적이 있다 할지라도 그것이 무엇인지 어떻게 알 수 있는가?
• 목적을 달성함에 어떤 수단이 가장 정당한 것인가?

(고등학교 도덕, 비상교육)

정언명령

칸트가 말한 도덕 법칙이다. 행위를 일으키는 의지 결정에 부여된 명령에서, 가언적 명령이란 조건에 따르는 명령으로 어떤 행위의 목적에 대한 수단으로서 해야 하는 것을 가리킨다. 따라서 가언명령은 '어떤 목적을 달성하려면 이러이러한 행위를 해야 한다'는 형식을 취한다.
칸트에 의하면 가언명령에 따른 행동은 도덕적 행위가 아니다. 그가 말하는 도덕적 행위란, 행위의 결과나 목적과는 무관하게 행위 그 자체의 도덕적 가치에 따르는 것이기 때문에 조건이 따르지 않는 명령, 즉 정언적 명령이다. 그것은 인간이 인간인 이상 반드시 해야 하는 보편타당한 것을 가리키는 것이며, 따라서 어떤 내용을 가지는 것이 아니라 완전히 형식적인 명령으로, 이것에 의하여 주관의 입장에서 벗어나 오로지 의무로서 의지 결정이 이루어져야 비로소 도덕적일 수 있다는 것이다. 그렇기에 그가 말하는 그 명령은 "네 의지의 격률이 보편적 입법 원리의 원리로서 타당할 수 있도록 행동하라"고 하는 것이다.

논술시험의 단독 주제로 출제되기 보다는 공통 주제와 세부 주제의 핵심 개념으로 빈번하게 출제되는 중요한 이론이자 도덕판단의 핵심 개념이다. 따라서 이를 반드시 숙지하고 있어야 한다.

관련 개념어 동기주의와 결과주의, 의무론적 윤리설과 결과론적 윤리설, 정언명령

023 시민윤리

_ 시민윤리, I. 〈시민사회와 윤리〉(교육부)

- **성균관대 2022 인문(1) 수시**(시민적 자유와 책임 근거의 두 관점〈자유주의, 공동체주의〉 적용 논술)
- **동국대 2022 인문 모의 [문제 3]**(타인과의 상호작용에서 발생할 수 있는 문제점 고찰)
- **시립대 2021 인문 수시 [문제 1]**(폴리스 구성원인 '시민'을 바라보는 관점 차이 설명)
- **서강대 2018 인문(2) 온라인 모의 1차**(개인의 윤리적·비윤리적 의사결정을 결정하는 요인 분석)
- **중앙대 2018 인문 모의(2) [문제 1]**('개인의 사고와 행위'가 사회에 미치는 영향력 논술)
- **서울시립대 2018 인문 모의 [문제 1]**(개인은 자율적 행동 주체인가 타율적 행위 대상인가에 대한 관점 차이 서술)
- **경희대 2017 사회(2) 수시**(개인의 타자와 사회에 대한 상반된 태도〈자율성과 타율성〉 분류·요약 및 적용 평가)
- **성균관대 2016 인문(1) 수시**(개인과 사회의 상대적 가치에 대한 관점〈개인주의와 공동체주의〉 적용 논술)
- **이화여대 2016 인문(2) 수시**(개인주의와 공동체주의 적용 논술)
- **동국대 2016 인문(1) 수시 [문제 3]**(시민사회의 역할 기술, 사례 제시 및 긍정적 영향 기술)
- **건국대 2015 인문(1) 수시**(공동체와 개인의 관계를 규정하는 사회사상 및 그에 따른 행동성향의 차이 비교)
- **서강대 2015 인문(2) 수시 [문제 1]**(개인윤리와 사회윤리의 어느 한 관점에서 다른 관점 비판)
- **한양대 2009 인문 모의 [문제 3]**(인종적 편견을 넘어서는 공동체 구축 방안)

시민사회의 윤리적 과제

개인주의와 이기주의

시민사회는 **개인주의**를 미덕으로 삼는다. 개인주의는 시민혁명과 시민사회의 전개 과정을 통해 발전하였다. 특히 정치·경제적 측면의 개인주의는 국가의 통제와 간섭을 적게 하고 개인의 자율 의지를 행사하는 주체로서 시민사회를 형성한다는 사회계약론을 바탕으로 발전하였다.

그런데 개인주의는 개인의 정치·경제적 자유와 권리를 보장하고 물질적 풍요와 편리를 가져다주는 데 기여한 반면, 지나친 자유경쟁과 개인의 이윤추구 현상으로 인해 **이기주의의 확산, 빈부격차의 증대, 인간 소외의 심화**

등과 같은 부정적인 측면을 야기하기도 하였다. 시민사회의 전개 과정에서 자신만의 자유와 권리를 주장하는 개인이기주의나, 자신이 속한 집단만의 이익을 추구하는 집단이기주의를 초래하였다. 이를 막기 위해서는 다음의 몇 가지 사항을 유념할 필요가 있다.

첫째, 시민사회는 자연 상태와는 달리 모든 사람이 기본적 자유와 권리 측면에서 동등한 지위를 가지며, 나의 자유와 권리가 중요하듯이 타인의 자유와 권리도 중시하는 공간이라는 점을 알아야 한다. 둘째, 우리가 질적으로 향상되고 풍요로우며 다양한 삶을 누리기 위해서는 타인과의 협동과 교류를 필요로 한다. 셋째, 자유는 자신의 가치를 스스로 선택하고, 이를 자주적으로 실행할 수 있는 능력과 자기결정권을 의미하기에 당연히 책임을 동반한다. 따라서 그 결과에 대해 책임을 지는 자세를 가져야 한다.

경제적 자유와 빈부격차

시민사회에서 개인은 경제활동의 주체이자 단위이며 자유경쟁을 하는 경제인이다. 따라서 시민사회가 기본적으로 취하고 있는 경제체제는 경제활동이 자유로운 시장경제다. 이러한 자유 시장경제를 통하여 형성된 개인의 이기심은 창의성과 생산성 향상을 가져왔으며, 시장은 누가, 무엇을, 얼마나 생산할 것인가에 대해서 가장 효율적으로 배분하는 자율체계를 형성하였다. 그러나 자본주의의 발전은 자본을 소수에게 집중시킴으로써 경제적 불평등을 초래하였다. 자본의 집중은 투자 효율성을 높였지만, 결과적으로는 부의 편재를 초래하여 사회 전체의 불평등 구조를 심화시켰다.

이러한 문제점을 해결하기 위하여 오늘날 많은 국가들은 결과적 불평등을 지속적으로 시정하는 정책을 채택하고 있다. 국가는 세제, 국민연금, 국가의료보험, 사회복지정책의 확대 등을 통하여 좀 더 평등한 사회를 만들기 위한 다양한 노력을 기울이고 있다. 그러나 국가의 과도한 개입은 개인의 적극적인 경제활동의 자유를 위축시킬 가능성이 있기 때문에 **국가 개입**의 적절성을 유지하는 것이 중요하다.

대중의 지위 향상과 인간 소외

현대 시민사회는 대중사회의 성격을 띠기 쉽다. 시민사회가 대중사회의 모습을 띠게 된 원인은 대중이 과거와 달리 생산의 주체이자 소비의 주인공으로 등장하였고, 보통선거의 실시로 주권자로서 국가와 사회의 중심적 역할을 담당하게 되었기 때문이다. 이러한 대중은 근로, 교육, 후생 등 생활권을 보장받아 사회적 지위도 크게 향상되었다.

그러나 다른 한편으로, 대중은 남들처럼 살아가려고 하는 타인 지향적이고 익명성 속에 자기 자신을 숨긴 채 무책임하고 무비판적으로 행동하기도 한다. 이처럼 대중은 비인격적 인간관계 속에서 서로 간의 친밀감과 유대감을 상실한 채 깊은 고독감에 시달리기도 한다.

또 자유경쟁을 밑바탕으로 한 시민사회에서는 서로가 공동체의 구성원이라는 생각보다는 경쟁의 대상이라는 인식이 강하다. 시민사회의 치열한 경쟁은 시민 상호 간의 연대성보다는 경쟁심과 적대감을 불러일으키면서 서로를 **소외**시킨다. 따라서 우리는 대중 속에 있으면서도 오히려 혼자 있을 때보다 더한 고독을 느끼게 된다.

(고등학교 시민윤리, 교육부)

해결 방안

자율과 타율의 조화

시민사회에서는 개인에게 최대한의 자유를 허용하고 사회적 가치의

 강제를 최소화함으로써 **공동선**을 실현할 수 있다고 본다. 그런데 인간의 자유와 이성은 불완전하므로 사회는 법이나 제도 등 타율적인 영역을 설정해 줄 필요가 있다. 대체로 사적인 영역에 속하는 것은 자율에 맡기는 반면, 공적인 영역에 속하는 것은 법과 제도로써 타율적 강제를 적용하게 된다.

우선, 타인의 이익과 자유에 직접적인 영향을 주는 사회적 가치와 행위 규범들에 대해서는 법과 제도 등을 통해 강제성을 띠게 된다. 다음으로, 사적인 영역의 자유와 자율이라 해도 시민사회의 자유는 방종을 위한 자유가 아니라는 점에 유념해야 한다. 이는 오히려 개인의 주체성과 창의성을 자극하고, 합리적 능력을 계발시키며, 더 나아가 자율적으로 사회의 윤리성을 고양시키기 위한 가치다. 끝으로, 특정한 사회적 가치나 목표를 성취하기 위해서 타율적으로 강제할 때는 그것이 오히려 역효과를 낼 수도 있다는 점이다. 그럴 필요가 있을 때는 비록 단기적으로는 성과가 미흡하더라도 자율에 맡기는 것이 더 바람직할 수 있다. 이런 점에서 자유 시민사회에서의 법은 전반적으로 도덕의 최소한이다.

보편윤리

전통사회에서 한 지역의 공동체는 혈연과 지연을 기반으로 오랫동안 함께 살아온 사람들로 구성되었으므로, 사회구성원들은 삶의 방식, 행동양식, 사고방식과 정서적 성향 등 많은 것을 공유하고 있었다. 그러므로 전통사회의 윤리는 가까운 사람들 간에 오랫동안 형성된 정서를 기초로 하여 행위 규범을 정립한 윤리라고 할 수 있다.

그러나 시민사회는 유동성이 높은 사회이므로, 시민사회의 윤리는 혈연·지연·학연 등을 뛰어넘어 낯선 타인 간의 행위 규범을 정립한 윤리라 할 수 있다. 시민사회는 다양한 직업관, 인생관, 가치관 등을 가진 낯선 사람들이 원심적으로 이합집산을 하는 사회이므로 시민사회의 윤리를 이른바 낯선 사람들의 윤리라고 할 수 있다.

우리는 자기와 가깝거나 친한 사람들에게는 도덕적이고 예의바르지만, 자기와 거리가 먼 낯선 사람들에게는 무례하고 부도덕적인 경우가 많다. 이러한 '지킬 박사와 하이드' 같은 행동 원리에 따른 행동은 자신과 가까운 사람보다는 오히려 낯선 사람들과 대부분의 시간을 보내야 하는 오늘날의 대중사회에서 여러 가지 문제를 일으킬 수 있다. 시민사회에서 개인들 간의 인간관계는 시민사회 자체의 성격상 혈연·지연·학연 등에 따르는 제약과는 상관없이 무한하게 확장될 수 있기 때문에, 시민윤리는 **보편적인 원칙**을 바탕으로 해야 한다. 그러므로 시민사회가 원활하게 유지·존속되기 위해서는 시민들이 혈연·지연·학연 등으로 맺어진 가까운 사람뿐만 아니라, 낯선 사람들까지도 포함하는 보편적인 시민윤리를 지향할 필요가 있다.

시민공동체의 형성

자유롭고 평등한 개인에서 출발한 개인사회는 그 전개 과정에서 서로 분리된 개인들이 자신의 이익을 근거로 움직임에 따라 이기주의, 인간소외, 계층 갈등 등과 같은 심각한 문제점을 초래했는데, 이러한 문제점을 극복하기 위해서는 시민공동체를 형성할 필요가 있다. 왜냐하면 시민공동체는 시민사회의 장점을 살리는 동시에 단점을 보완할 수 있는 더 나은 사회의 모습이기 때문이다.

시민사회는 극단적인 개인주의나 집단주의를 경계하는 가운데 개인의 자유와 권리, 인격적 존엄성 등을 최대한 인정하면서도 사회 전체의 공익을 해치는 이기주의를 경계할 수 있도록 시민공동체를 지향할 필요가 있다. **시민공동체**는 지나친 집단주의적 성향을 배제하면서도 개인으로서의 시민들의 연대성을 강조하기 때문에 시민사회가 지향해야 할 바람직한 모습이라 할 수 있다.

오늘날 우리 사회에서 시민공동체를 형성할 필요가 있는 이유는 다음과 같다. 첫째, 현재 우리 사회의 한편에서는 이해관계를 중심으로 한 시민사회적 가치의 경향도 증가하지만, 다른 한편에서는 뿌리 깊은 국가주의적 사회구조를 지향하는 가치가 혼재하며, 전체적인 사회공동체적 가치 형성에 긴장과 갈등을 초래하고 있기 때문에, 이를 극복하기 위한 방법으로 시민공동체를 형성할 필요가 있다. 둘째, 교통과 통신 수단이 획기적으로 발전함에 따라 오늘날에는 공동체의 개념이 지구촌 전체로 확산되고 있으며, 정보통신 기술이 비약적으로 발전함에 따라 사이버공동체의 형성도 가능해졌기 때문이다. 특히 **세계공동체**를 형성하기 위해서는 지구촌 전체의 공동선을 중시하면서도 개별 사회나 국가의 자율성과 문화 수준을 높이려는 노력이 필요하다.

시민공동체를 형성하기 위해서는 구성원들이 상호 간에 인격을 존중하고 배려하는 자세를 가질 필요가 있다. 서로의 인격을 존중하지 않거나 배려하지 않으면 상호 간의 연대성이나 유대감을 형성할 수 없기 때문이다. 그런데 인격의 존중과 배려가 단지 타인을 무시하지 않는 소극적인 자세에 머물러서는 안 된다. 모든 사람에게 가능성을 실현할 수 있는 자원과 기회를 동등하게 베풀어줘야 하기 때문이다.

시민공동체를 실현하기 위해서는 다음 조건들이 충족되어야 한다. 첫째, 삶의 기본적인 자원을 충족시킬 수 있어야 한다. 둘째, 인격을 존중하는 사회가 되어야 한다. 셋째, 노약자와 장애인 등 소외되고 불우한 사람들을 배려하는 사회가 되어야 한다.

시민의 자유와 평등을 기본 원리로 하는 시민사회는 그 이상을 민주주의에서 찾고 있다. 시민사회는 자유롭고 평등한 시민들이 스스로를 통치하는 자율적인 민주주의 체제를 지향한다. 그런데 민주주의는 자율적이고 이성적인 시민들의 참여를 전제로 한다. 그러므로 민주사회의 시민으로서 올바른 윤리의식과 태도는 물론, 민주시민으로서의 능력을 지니고 올바르게 생활해야만 한다.

(고등학교 시민윤리, 교육부)

이 역시 논술시험의 단독 주제로 출제되기보다는 공통 주제와 세부 주제의 핵심 개념으로 자주 출제된다. 따라서 이를 반드시 숙지하고 있어야 한다.

관련 개념어 개인주의와 이기주의, 불평등과 소외, 자율과 타율, 보편윤리, 시민공동체, 공동선

024
문화 이해의 관점과 문화 변동 양상

_ 사회문화, IV. 〈인간과 문화 형상의 이해〉(천재교육)

- **중앙대 2024 인문 모의 [문제 2]**(문화상대주의 관점에서 사례 비판)
- **홍익대 2020 인문 수시 [문제 1]**(문화 비평 관점에 따라 제시문 등장인물 평가)
- **한양대 2019 인문 수시**(문화의 형성 원리와 성격 기술 및 사례의 의미 추론)
- **경희대 2019 인문 [모의 1]**(문화변동의 두 양상〈문화 동화와 문화 공존〉 분류·요약 및 적용 평가)
- **동국대 2018 인문(2) 수시 [문제 1]**(문화를 이해하는 세 가지 태도〈자문화 중심주의, 문화 사대주의, 문화상대주의〉 설명 및 비판)
- **서강대 2018 인문 온라인 모의 2차**(문화의 두 측면인 보편성과 개별성의 양립 가능성 고찰)
- **연세대 2017 사회 수시**(문화변동과 문화 지체에 대한 관점 비교 분석 및 사례 적용 자료 설명)
- **경희대 2015 사회 모의**(문화에 대한 다양한 관점 비교분석)
- **인하대 2015 인문(1) 수시 [문제 1]**(지역문화 발전 방향 고찰)
- **단국대 2015 인문(2) 수시**(종교, 문화 및 전통 사상이 가지고 있는 긍정적 측면과 부정적 측면 서술)
- **동국대 2014 인문(2) 수시 [문제 2]**(문화의 선순환이 오늘날 우리 사회에 던지는 의미 서술)
- **숙명여대 2013 인문(2) 수시**(문화보편주의 관점 비판)
- **성신여대 2012 인문(3) 수시**(문화수용 과정에서 드러나는 문제점 분석·비판)
- **성신여대 2012 인문(2) 수시**(세계화에 따른 문화 인식의 차이: 문화의 보편성과 특수성)
- **단국대 2011 인문 모의 [문제 1]**(문화의 다양한 관점 비교분석)
- **숙명여대 2010 인문 수시**(오리엔탈리즘과 문화 왜곡 현상)
- **명지대 2008 인문 모의 2차 [문제 1]**(이응로와 백남준 화백의 작품을 통해 본 문화의 의미)

문화를 대하는 태도 : 자문화중심주의, 문화사대주의, 문화상대주의

자기들의 문화는 당연하고, 정당하며, 다른 문화에 비해 우월하다고 믿는 경향을 **자문화중심주의**라고 한다. 문화제국주의는 그 대표적인 예인데, 예를 들어 유럽의 제국주의자들이 식민지 주민들에게 그들의 문화를 강요하고, 오늘날 선진국들이 시장 논리를 앞세우며 자기들의 영화나 음반, 식품 등 새로운 문화상품을 가지고 제3세계로 진출하는 것 등이 이에 해당된다.

한편, 어떤 사람들은 다른 사회의 문화를 더 좋은 것으로 여기고 그것을 동경하거나 숭상한 나머지, 자기의 문화를 무시하거나 낮게 평가하기도 하는데, 이것을 **문화사대주의**라고 한다. 문화사대주의는 문화에 대한 절대주의적 자세를 취한다는 점에서 자문화중심주의와 공통적이다.

이러한 태도는 우리 역사 속에서도 잘 나타나는데 우선 소중화(小中華)적 자세를 들 수 있다. 조선시대 선비들은 중국 한족의 문화를 중화라 숭상하며 스스로를 소중화라 칭하고, 만주와 일본을 오랑캐라 부르며 2등 문화국가로서의 자존심을 즐겼다. 오늘날에는 미국을 중심으로 서구 문화에 대한 사대주의적 자세를 취하는 사람들을 볼 수 있는데, 그들은 우리 문화를 후진적이고 비효율적이며 무가치한 것으로 보고 서구 문화의 이식에 의해 개선되어야 한다는 입장을 취하는 경향이 있다.

자문화중심주의와 문화사대주의는 결국 편견의 문제로 귀착된다. 그리고 편견은 갈등이나 차별을 야기한다. 한 사회 안에서도 문화적 차이로 갈등이 일어나는데, 나라가 다르거나 민족이 다르다면 더 큰 문제가 발생할 수 있다.

사회마다 다양하고 독특하게 나타나고 있는 문화는 오랜 세월에 거쳐 학습되고 축적되어 온 삶의 결과이며, 그 사회의 구성원들에게는 무한한 가치와 의미를 담고 있다. 따라서 어느 사회의 문화가 더 우월하고 더 열등한가를 비교하는 것은 무의미하며, 특정 사회의 문화를 다른 사회의 기준에 입각해서 평가하는 것은 바람직하지 못하다. 이와 같이 문화의 다양성과 상대성을 인정하고, 어떤 문화를 그 사회의 특수한 자연환경과 역사적·사회적 맥락 속에서 이해하고 판단하려는 태도를 **문화상대주의**라고 한다.

문화 변동의 제 양상 : 문화융합, 문화수용, 문화지체

한 사회에서 다른 사회로 문화가 전파될 때, 그대로 이식되는 경우는 드물고 거부나 선택적 수용, 재해석과 절충 등이 나타나는 것이 일반적이다. 그 결과, 어느 문화에도 속하지 않았던 제3의 문화가 나타나는 것을 **문화융합**이라고 한다.

외부에서의 전파 또는 내부의 발견이나 발명으로 인하여 새로운 생활양식이 처음으로 발생하는 것을 혁신이라 하고, 문화접촉에 의해 한 사회에 들어온 외래문화나 혁신자에 의해 창조된 문화가 사회에서 받아들여지는 것을 **문화수용**이라 한다. 그리고 외부에서 채용한 문화나 내부에서 발견·발명된 문화가 재래의 문화 속에서 새로운 질서를 이루는 것을 재통합이라 한다.

물질과 비물질 문화의 간격이 나타나는 현상을 **문화지체**라고 하는데, 이는 의식주나 기술 등과 같은 물질문화의 발전은 비교적 빠르게 이루어지는 데 비해, 사회조직이나 종교, 도덕, 가치관 등의 비물질 문화의 발전은 상대적으로 느릴 뿐 아니라 쉽게 변화하지 않기 때문에 발생하는 현상이다.

(고등학교 사회문화, 천재교육)

문화와 관련해서는 물론, 사회현상과 사회문제에 대한 다양한 관점을 다루는 세부 주제이자 핵심 개념으로 자주 출제된다.

관련 개념어 자문화중심주의, 문화사대주의, 문화상대주의, 문화융합, 문화수용, 문화지체

025 동서양 전통윤리의 현대적 의의와 세계윤리

_ 윤리와 사상, II. 〈윤리의 흐름과 특징〉(교육부)

- **서울시립대 2018 인문 수시**(기존 제도나 규범의 현상 유지가 바람직한가에 대한 상이한 입장 서술)
- **연세대 2018 인문 편입 [문제 1]**(가족 관련 딜레마 상황에 대한 윤리적 가치 판단 설명·평가)
- **한양대 2016 인문(1) 수시**(현대사회의 바람직한 도덕체계에 대해 논술)
- **연세대 2015 사회 모의 [문제 2]**(사회규범의 국가 간 사례 비교분석)
- **중앙대 2014 인문 모의 [문제 3]**(변화의 양상과 원인 비교 분석: 동서양의 세계관)
- **서강대 2012 인문 모의**(동서양의 공간관 비교 분석)
- **연세대 2008 인문 수시**(중용: 동양적 중용관vs서양적 중용관)

동서양 윤리의 현대적 의의

동양윤리

- 동양윤리의 핵심은 유교·불교·도교 등의 동양 사상에서 비롯되었는데, 창조주나 절대자를 인정하지 않고 인간을 중심으로 전개되는 인본주의적 특징을 지닌다.
- 동양윤리는 유교·불교·도교 사상에서 나타나는 **인본주의**, 우주와 인간의 동등 원리, **생명 존중**, **자연과의 조화 중시**, 선악의 엄격한 기준, 개인 수양의 강조 등에 근거를 두고 있다.

서양윤리

- 서양윤리의 흐름은 인간의 본성과 관련하여 **이성과 사유를 중시**하는 윤리와 감각과 **경험을 중시**하는 윤리로 구분되며, 행위와 관련하여 의무론적 윤리와 목적론적 윤리로 구분된다.
- 서양윤리는 인간의 평등과 존엄성을 중시하는 것으로, 이성이 있는 한 모

든 인간은 평등하다는 스토아 사상, 신 앞에서 누구나 평등하다는 그리스도교 사상 등에 의하여 뒷받침되고 있다.

- 서양윤리는 **개인 윤리**뿐만 아니라 **사회적 차원의 윤리**를 중시하는데, 사회 규모가 커지면서 사회제도의 규범이 지니는 도덕성의 비중이 커진다는 점에서 그 정당성을 지니고 있다. 공리주의 윤리가 그러한 흐름의 하나다.

(고등학교 윤리와 사상, 교육부)

■ **참고자료-근대적 세계관(서양적 세계관)과 새로운 세계관(동양적 세계관)**

근대적 세계관		새로운 세계관
• 세계가 거대한 기계처럼 움직인다는 **기계론**	⇨	• 세계는 살아 움직이는 생명체라는 **유기론**
• 전체는 부분의 합이므로, 부분을 알면 전체를 이해할 수 있다는 **환원주의**	⇨	• 전체는 구성 요소들의 관계에 의해 결정된다는 **시스템적 사고**
• 원인과 결과는 선형적 관계를 이룬다는 **선형적(linear) 인과론**	⇨	• 작은 원인이 큰 결과를 가져올 수 있다는 **비선형적 인과론**
• 도구적 이성을 가지고 모든 문제를 해결할 수 있다는 **도구적 합리주의**	⇨	• 자연과 인간이 하나라는 것을 이해하기 위해선 영성이 필요하다는 **영성주의**
• 과학기술을 통해 모든 문제를 해결할 수 있다는 **과학기술주의**	⇨	• 과학기술이 생태계 위기의 주범이라는 **반과학주의**
• 인식 주체(인간 또는 정신)와 인식 대상(자연 또는 물질)을 구분하는 **이원론**적 사고	⇨	• 인식 주체와 대상은 분리될 수 없다는 **일원론**적 사고
• 자연에 대한 인간의 우월성을 인정하는 **인간 중심주의**	⇨	• 인간과 다른 생명체의 가치가 동일하다는 **생명 중심주의** • 인간보다 생태계가 더 우월하다는 **생태 중심주의**
• 이용할 수 있는 자원과 공간이 무궁무진하다는 **자원 무한론**	⇨	• 인류가 이용할 수 있는 자원은 유한하다는 **자원 유한론**
• 불어나는 인류를 먹여 살리기 위해 지속적 경제성장이 필요하다는 **확장주의**	⇨	• 인류가 지속 가능하기 위해서는 생명과 생태계 보존이 필요하다는 **보존주의**

세계윤리의 필요성과 향후 전망

세계윤리의 필요성과 의미

- 오늘날 전통적 윤리의 붕괴, 삶의 의미와 목표의 상실 등에서 비롯되는 인류의 정체성 위기를 해결하기 위해 우리에게는 보편성과 구속력을 갖는

세계윤리가 요청된다.

- 오늘날 우리에게는 윤리학자 피터 싱어가 제시한 '하노이의 탑'처럼 폐쇄적인 윤리에서 개방적인 윤리로 나아가는 자세가 요구된다.
- 세계윤리는 인간 중심적 윤리관에서 **동물·생명 중심적 윤리관**으로, 더 나아가 무생물도 포함한 전체론적 윤리관으로 윤리적 관점을 확대한 윤리다.
- 세계윤리는 **비폭력 문화와 생명 존중의 실천**, 연대성 문화와 공정한 경제 질서의 실천, **관용의 문화**와 진실한 언행의 실천, **평등의 문화**와 남녀 간의 동반자 정신을 추구한다.

세계윤리의 등장 배경

- 인간 중심적이고 기계론적 자연관으로 인하여 환경오염과 생태계 파괴가 발생하였고, 이에 따라 생태계의 위기를 극복하기 위한 윤리적 차원의 접근이 필요하게 되었다.
- 전 지구를 멸망시킬 수 있는 핵전쟁의 위험 및 군사력 경쟁과 같은 문제는 국제적 협력에 의해서만 해결될 수 있다.
- 인구 폭발과 식량 부족, 지구 온난화, 오존층 파괴, 산성비, 열대림 감소, 사막화 등과 같은 총체적인 지구의 위기가 다가오고 있다.
- 오늘날 인류에게는 **전 지구적이고 보편적인 기준**을 지닌 하나의 세계윤리가 필요하다.

세계윤리의 전망

- 편협한 지역주의와 문화적 틀 속에 있는 종교의 모습에서 탈피하여 세계 안에서의 갈등과 불안을 해소하려고 하는 평화적 종교 문화가 형성되어야 한다.

- 한국인에게는 자기중심적인 이기주의가 만연되어 있다고 보는 비판적인 견해와 전통적으로 혈연과 지연 중심의 강한 공동체 의식이 있다는 견해가 있다.
- 한국인의 조화 정신과 공동체 의식을 발전시켜 세계윤리의 토대를 만들 수 있다.
- 유엔이 채택한 '세계인권선언'처럼 각기 다른 문화의 차이를 뛰어넘는 인류 전체의 보편적 가치가 존재한다.
- 세계인 모두 각자가 지닌 문화적 특수성을 넘어서 하나의 지구촌 구성원이라는 의식을 가지고 **인류의 생존과 번영**이라는 공동의 목표를 향해 노력해야 한다.

(고등학교 윤리와 사상, 교육부)

근대적 세계관의 비판과 그에 대한 대안이자 새로운 세계관으로서의 동양윤리에 담긴 주요 내용을 숙지하고 있어야 한다.

관련 개념어 동양윤리, 서양윤리, 세계윤리, 동서양의 인간관·자연관·세계관

026
현대 정치·사회사상의 쟁점

_ 윤리와 사상, Ⅲ-3. 〈현대 사회사상의 쟁점〉(교육부)

- **서울여대 2025 인문 모의 [문제 2-1]; 자료 해석**(고령화 현상의 특징 및 대응 방안 서술)
- **이화여대 2025 사회 모의 [문제 1-2]**(유엔의 한계를 보완하기 위한 국제 사회의 제도적 노력 기술)
- **서울여대 2024 인문(2) 수시 [문제 1-1]**(자유주의와 공화주의의 차이점 기술 및 사례 적용 서술)
- **이화여대 2025 인문 모의 [문제 1-1]**(면역 메커니즘을 활용하여 공동체 위기 대응방식 설명)
- **숙명여대 2023 인문(1) 수시 [문제 1-1]**(기후 위기에 대한 대응의 차이점 서술)
- **서강대 2023 인문 수시 [문제 2]**('고립'에 따른 현대의 사회 문제 발생 원인 고찰)
- **서강대 2022 인문(1) 모의 1차**(코로나19' 전염병 확산 관련 집단 혐오 현상의 원인 및 해결방안)
- **중앙대 2021 인문(1) 수시 [문제 2]**(관료제의 문제점 및 '면장' 직무 수행 시에 갖춰야 할 바람직한 자세 논술)
- **동국대 2021 인문(2) 수시 [문제 1]**(의화단 운동 비판 및 약탈 문화재 반환 문제 해결을 위한 정부와 시민의 역할 논술)
- **서강대 2021 인문(1) 수시 [문제 1]**(흡연율을 낮추는 정책 시행의 타당성 평가)
- **숙명여대 2021 인문(2) 수시 [문제 2]**(체계 순응적 세계화 체제의 특징 및 신종 플루 유행에 대한 정부 조치 미실행이 초래한 요인)
- **이화여대 2021 인문(1) 모의 [문제 3]**(효과적인 의사 결정 방식 설명 및 '집단 편향' 현상 극복 방안 적용 서술)
- **경희대 2022 사회 모의**(변화와 발전의 동인 분류·요약 및 적용 평가)
- **한양대 2021 상경 모의 [문제 1]**(결핵의 전파 및 사망률에 영향을 미치는 원인 추론 및 그 영향력)
- **경희대 2020 인문 수시**(현대사회의 지속 가능성에 대한 두 관점 분류·요약 및 적용 평가)
- **한양대 2020 인문 모의 2차**(현대사회에서 질병 여부를 판정하는 기준 고찰)
- **한국외대 2019 인문(2) 수시**(제시문을 두 관점(자유의 중요성과 규제의 필요성)을 따라 분류·요약 및 적용 평가)
- **한국외대 2018 인문(1) 수시**('지속 가능한 발전'을 주제로 제시문 요약·분석 및 적용 평가)
- **경희대 2018 인문 수시**(현실 정치 관련 문제 극복을 위한 실현 방식의 두 관점〈현실주의와 이상주의〉 분류·요약 및 적용 평가)

현대 정치·사회사상의 유형과 변화

- 현대 사회사상의 가장 대표적인 유형은 자유주의와 민주주의를 결합한 **자유민주주의**인데, 민주주의는 자유주의의 방임을 견제하고, 자유주의는 민주주의의 횡포를 견제하기 위한 것이다.

- 자유민주주의는 인간의 존엄성 존중, 자유와 평등의 추구, 권력 분립과 경쟁의 보장을 중시한다.
- 자본주의는 시대에 따라 상업자본주의, 산업자본주의, 수정자본주의의 형태로 나타났다.
- 수정자본주의의 실패를 해결하기 위해 등장한 현대의 신자유주의는 경제의 불안정, 불황과 실업, 빈부격차의 확대, 환경 파괴, 선진국과 후진국 간의 갈등과 같은 부작용을 초래할 수 있다.
- 민족주의가 갖는 이데올로기적 속성은 평등의 실현, 자유의 추구, 자율과 자치다.
- **민족주의**는 체제 변화를 위한 분리와 단절을 정당화하고, 갈등과 분열을 해소하는 역할을 수행한다.
- 현대 정부는 작은 정부를 지향하면서 시장실패와 정부실패를 동시에 해결하려고 한다.
- 작은 정부 하의 대의민주주의 시대에 국민에게 요구되는 핵심적 가치는 참여다. 참여는 삶에 대한 태도와 공동체에 대한 태도를 바꿈으로써 우리 자신과 사회를 풍요롭게 만든다.

(고등학교 윤리와 사상, 교육부)

자유민주주의의 쟁점

- 자유는 자율적 이성을 갖춘 자유로운 개인을 기본 전제로 하고, 타인의 자유를 함부로 침해할 수 없다는 한계가 있으며, 스스로의 의지에 따른 행동이기 때문에 반드시 책임이 따른다.
- 자유민주주의의 평등은 '결과의 평등'이 아닌 '**기회의 평등**'을 의미한다.
- 자유와 평등은 인간의 존엄성 보장을 위해 반드시 조화와 균형을 필요로 한다.

• 민주주의 사회는 '인간의 존엄성'과 '자유'를 최대한 보장하고, 갈등 해결을 위한 관용의 자세를 필요로 한다. 관용의 기본 전제는 인간의 불완전성에 대한 이해와 상대방에 대한 열린 마음가짐이다.

• 자유민주주의는 다수결의 원리를 존중하지만, **소수의 의견**도 소중히 여긴다.

(고등학교 윤리와 사상, 교육부)

자본주의의 쟁점

• 자본주의는 경제적 개인주의와 시장제도를 기초로 한 경제 질서를 의미하며, 이윤 추구, 자유 생산, 자유 교환, 자연 분배, 자유 소비, 사유재산제, 자유시장경제의 특징을 가지고 있다.

• 스미스는 『국부론』에서 개인이 자기의 부를 늘리기 위해 자유로운 경쟁을 벌인다면, 시민들의 경제활동이 촉진되어 개인의 소득 증대는 물론 국가의 부도 증가한다는 이론을 제시하였다.

• 자본주의에서 물질적 가치의 중요성을 지나치게 강조하다 보면, 황금만능주의와 물신 숭배의 부작용이 발생할 수 있으며, '**인간 소외**' 현상이라는 고통이 따르기도 한다. 이를 해결하기 위해서는 물질적 가치와 정신적 가치의 조화가 필요하며, 도덕·윤리적 삶이 강조되어야 한다.

• 자본주의에서 강조된 지나친 개인주의는 **빈부격차**라는 불균형을 가져왔고, 경제적 이기주의로 전락하여 '천민자본주의'가 된다.

• 개인주의와 공동체주의를 조화롭게 절충한 '**자유공동체주의**'와 '**복지자본주의**'로 발전하기 위해서는 여러 사회제도를 정립해야 한다.

(고등학교 윤리와 사상, 교육부)

민주주의의 쟁점

• 국제사회는 경제적 실리 추구를 위한 경쟁과 공동 번영을 위한 협력을 동

시에 모색해야 하는 상황으로 전개되고 있다.

- 교통과 통신의 발달은 국경이나 인종의 차이를 극복하고 '**열린 민족문화**'의 시대를 열게 하였다.
- 자기 민족의 이익만을 위한 배타적 민족주의나 자민족중심주의는 극복해야 할 대상이 되고 있으며, 우리는 세계 공동체 속에서 국제 협조와 세계 평화를 위한 인류공동체 의식을 가져야 한다.
- 세계시민주의의 이상과 보편적 가치를 위해 '닫힌 민족주의'는 '**열린 민족주의**'로 발전해야 한다.
- 재외동포들이 한민족으로서의 자긍심과 유대감을 유지하면서 거주국 안에서 모범적 구성원으로 살아갈 수 있도록 우리는 지원과 성원을 아끼지 말아야 한다.
- 우리는 국내 거주 외국인들도 정당한 대우를 받고 일할 수 있도록 제도적 장치를 마련하여, 그들이 자아실현의 기회를 갖고 우리 사회의 발전에 기여할 수 있게 해야 한다.

(고등학교 윤리와 사상, 교육부)

논술시험의 단독 주제로 출제되기 보다는 공통 주제와 세부 주제의 핵심 개념으로 출제된다. 특히 현대 민주주의의 대안이 되는 대의민주주의, 공론장 등에 대한 개념을 잘 알고 있어야 한다.

관련 개념어 대의민주주의, 공론장, 공공성, 자유민주주의, 자본주의, 민주주의

027 사회·문화 현상을 설명하는 다양한 이론

_ 사회문화, I-1. 〈탐구 대상으로서의 사회 · 문화 현상〉, V-2. 〈현대 사회문제와 대책〉(천재교육)

- **덕성여대 2024 인문 모의 [문제 2]**(사회실재론과 사회명목론 구분 요약 및 근거 논술)
- **이화여대 2023 인문(1) 모의**(타지펠의 '사회 정체감' 이론을 토대로 상환 분석 및 사례 적용 논술)
- **홍익대 2018 인문 수시**('기능론과 갈등론'의 관점에서 정책의 타당성 분석 및 정책 시행 방안 서술)
- **단국대 2016 인문 모의**(기능론과 갈등론의 관점에서 사회 불평등 현상 고찰 및 해결방안 제시)
- **동국대 2016 인문 모의 1차 [문제 1]**(사회변화가 경제현상에 미치는 영향 논술)
- **성균관대 2015 인문(2) 수시**(기능론과 갈등론의 관점에서 불평등과 빈곤 문제 고찰)
- **연세대 2015 사회 모의 [문제 2]**(사회규범의 국가 간 사례 비교 분석)
- **상명대 2013 인문 수시**(인간과 사회의 관계 고찰: 개인적 · 미시적 관점vs사회구조적 · 거시적 관점)
- **성균관대 2013 인문 모의**(범죄 발생 요인 비교분석 및 자료 해석 문제 응용)
- **성균관대 2010 인문(1) 수시**(사회현상을 탐구하는 방법에 대한 다양한 관점 비교분석)

사회 · 문화 현상을 이해하는 다양한 관점

기능론

사회구성원 간의 유기체적 **조화**와 **균형**에 주목하며, 따라서 **사회 유지**를 강조한다. 이 관점에 의하면 사회 구성 요소들이 모두 사회 유지에 적합한 기능을 가지며, 개인들도 사회 질서를 위하여 사회 속에 한 부분으로서 기능을 담당한다. 이 과정에서 구성 요소들은 서로 통합적이고 안정적인 구조를 지향하면서 서로 영향을 준다. 이 관점에서는 사회 변화나 갈등은 안정적인 상태가 아니기에 부정적이거나 일시적인 현상이다. 변화와 갈등은 통합과 안정을 추구하는 방향으로 움직이는 과정이며, 결국에는 변화 자체도 사회를 안정시키는 방향으로 귀결된다. 또한, 사회에서 공유하는 가치나 규범은 합의의 산물이므로 이를 지키지 않는 것은 사회 질서를 깨뜨리는 위험한 행위로 간주한다. 기본적으로 기능론에서는 사회 변화나 갈등이 일어나면 사회에 문제가 생긴 것으로 본다. 따라서 이 관점에서는 사회에서 갈등과 변동의 중요성을 간과하는 측면이 있으며, 혁명과 같은 급격한 사회 변동을 설명하는 데 한계가 있다.

갈등론

사회 내의 집단 **갈등**과 적대적 **대립**에 초점을 두며, 따라서 **사회 변화**를 강조한다. 그러므로 갈등론의 관심은 사회 갈등과 변동이 일어나는 근본 원인을 밝혀내는 것이다. 이 관점에서 보면 갈등은 모든 사회에 존재하며, 이는 사회에서 권력이나 재화와 같은 희소가치가 한정되어 있어 일어나는 어쩔 수 없는 현상이다. 따라서 사회 통합은 구성원의 동의에 의해서라기보다는 지배 집단의 기득권을 유지하기 위해 강제적으로 이루어진 것이라고 본다. 그러므로 사회는 갈등이 늘 남아 있고 갈등 때문에 사회 변동은 언제나 일어날 수 있다. 갈등론에서는 모든 사회·문화 현상을 집단 간 갈등 때문에 발생하는 현상으로 이해하기에, 사회의 존속과 통합을 경시하는 경향이 있다. 더불어 사회의 각 구성 요소가 합리적으로 잘 유지되는 상황을 설명하는데 한계가 있다.

상징적 상호작용론

인간의 사회적 **행위**에 초점을 맞추고, 구성원 간의 **상호작용**에 주목한다. 즉 상징적 상호작용론은 일상적인 현상을 만들어 내는 개인 행위자의 주관적인 동기와 의미를 사회·문화 현상의 중요한 요소로 간주한다. 인간의 상호작용에는 상징 행위가 담겨 있다. 상징 행위는 사물이나 인간의 동작에 특정한 의미를 부여하고 공유하는 것으로 주로 몸짓이나 기호, 언어 등이 해당한다. 상징적 상호작용론에서는 사회·문화 현상을 개인 행위자들이 일상생활에서 상징 행위를 통해 상호작용을 한 결과로 발생한 주관적 인 의미가 담긴 것으로 본다. 결국, 사회는 상징 행위를 통한 상호작용이 복잡하게 얽혀 있는 다양한 유형의 형태로 이루어진 것이다. 바로 이런 점에서 이 관점은 개인 행위자의 상호작용에 영향을 미치는 사회 구조의 힘을 경시한다는 비판을 듣는다.

사회변동 이론

사회변동의 방향성 측면_ 진화론과 순환론

진화론에서는 사회변동은 일정한 방향을 가지고 있으며, 변동은 대체로 발전과 진보를 의미하는 것이기에, 문명화하지 못한 사회도 변동을 통해 궁극적으로 진보를 이루게 된다고 본다. **순환론**에서는 사회는 특정한 방향으로 움직이지 않으며 탄생, 성장, 쇠퇴, 해체를 반복하면서 사회는 변동하는 것이기에, 현대사회가 전통사회보다 모든 면에서 더 우월하다고 보지 않는다.

사회변동의 요인 측면_ 기술결정론과 문화결정론

기술결정론에서는 사회변동의 요인으로 기술의 중요성을 강조한다. 기술의 발달로 대표되는 경제영역의 변화가 정치·사회의 변화는 물론 인간의 의식구조를 변화시키고, 궁극적으로 사회의 총체적인 변화를 가져온다고 본다. **문화결정론**에서는 정신·사고·윤리·가치관 등을 포괄하는 문화의 변화가 정치·경제·사회의 변화를 가져온다고 본다. 여러 사회에서 기술적으로 같은 진보가 나타난다 하더라도 각 사회구성원의 정신적·의식적 특성 등 비물질 문화의 차이에 따라 사회변동은 다른 모습을 띨 수 있다고 본다.

사회변동에 대한 관점 측면_ 기능론과 갈등론

기능론에서는 사회가 전체적으로 균형을 유지하기 위해 각 부분이 조정되는 과정에서 나타나는 변화를 사회변동이라고 본다. 사회는 수많은 부분이 각각의 기능을 원활히 수행할 때 균형을 이루고 안정을 유지할 수 있기에, 사회변동에 대해 다소 부정적인 입장을 취한다. **갈등론**에서는 사회의 여러 부분이 대립하는 과정에서 나타나는 변화가 사회변동이라고 본다. 이 이론에 따르면, 지배적인 위치에 있는 사람들은 사회의 현상 유지를 원하지만, 지배를 받는 사람들은 변화를 원하므로 사회는 끊임없는 불안과 갈등을 표출하면서 변동한다고 주장한다.

(고등학교 사회문화, 천재교육, 내용 재구성)

논술시험의 단독 주제로 출제되기보다는 〈020. 사회 갈등〉 등 다른 주요 주제와 관련한 세부 관점을 뒷받침하는 이론이나 개념으로 출제되지만, 최근에는 단독 주제로 출제되는 빈도가 늘어나고 있다. 따라서 관련한 주제에 의거해서 살피되, 그 세부 내용 또한 개념적으로 잘 이해하고 있어야 한다.

관련 개념어 사회현상(기능론, 갈등론, 상호작용론), 사회문제(사회병리론, 사회해체론, 가치갈등론, 일탈행위론, 낙인 이론), 사회화

028
사회·문화 현상의 연구방법과 사회문제를 보는 시각

_ 사회문화, I-1. 〈탐구 대상으로서의 사회·문화 현상〉, V-2. 〈현대 사회문제와 대책〉(천재교육)

- **광운대 2023 인문(1) 수시**(기능론과 상호작용론의 관점에서 도농간 불평등 해소 방안 논술)
- **경희대 2023 사회(2) 수시**(사회현상에 대한 두 시각인 기능론과 갈등론 비교 및 적용 평가)
- **서강대 2023 인문 수시 [문제 1]**(기능론과 갈등론의 관점에서 사회 불평등 현상 논술)
- **동국대 2022 인문 모의**(머튼의 범죄 발생 이론에 기초하여 사회 문제에 대한 문제점과 해결방안 도출)
- **홍익대 2021 인문(2) 수시**(사회현상 탐구과정의 유의점을 바탕으로 출산장려금 정책도입 결정 평가)
- **경희대 2020 사회 모의**(사회문화 현상의 연구방법에 대한 두 관점〈양적 연구방법과 질적 연구방법〉 분류·요약 및 적용 평가)
- **경희대 2019 사회(1) 수시**(사회적 일탈의 원인에 대한 두 관점〈아노미와 낙인 효과〉 분류·요약 및 적용 평가)

사회·문화 현상의 연구방법

실증적 연구방법(양적 연구방법)

자연과학자들이 자연현상에 관하여 인과법칙으로 설명하고 예측하는 것처럼, 사회·문화 현상에 대해서도 경험적인 증거자료를 분석함으로써 인과법칙을 발견하고 이를 통해 미래를 예측할 수 있다고 보는 연구방법… 실제로 증명할 수 있는 계량화된 자료를 강조

해석학적 연구방법(질적 연구방법)

사회문화 현상의 연구대상은 사회적 행위에 담긴 인간 행위의 동기나 목적으로, 이를 깊이 있게 이해하려면 자연현상 연구와 같은 계량화된 방법이 아니라 직관적인 통찰을 통해 그 행위 이면의 의미에 대한 해석적인 이해가 필요하다고 보는 연구방법… 인간 행위의 해석과 의미를 강조

사회문제를 보는 시각

사회는 다양한 사람들이 서로 연결되어 있기 때문에 누구의 입장에서 어떻게 보느냐에 따라 사회문제의 원인과 대책은 달라진다. 한 사회에서 나타나는 대부분의 사회문제는 개인과 사회구조가 복합적으로 작용하여 발생하는 경우가 많다. 따라서 사회문제를 제대로 이해하기 위해서는 다양한 입장에서 다양한 관점을 가지고 사회문제의 원인과 그 해결책을 모색하려는 노력이 필요하다.

기능론의 관점에서 보면, 사회문제는 사회의 균형이 깨진 상태로, 개인이나 집단의 병리나 일탈적인 하위문화와 부실한 제도 때문에 생겨난다. 갈등론의 관점에서 보면, 사회문제는 지배계층의 잘못된 통치에 따른 것으로, 지배계층의 기득권을 유지하는 과정에서 필연적으로 발생하는 사회적 불평등 때문에 일어난다.

사회문제의 성격 및 발생과정의 특성에 따른 분류

- 약물 남용이나 알코올 중독과 같이 개인적으로 사회에 적응하지 못하여 발생하는 **일탈적인 사회문제**
- 빈곤이나 노사갈등처럼 **사회구조나 제도의 결함**으로 인해 나타나는 사회문제
- 청소년 문제나 가족 문제처럼 사회변화로 인해 **가치 갈등 양태**를 보이는 사회문제
- 지구촌 전체에 거대한 영향을 미치는 **인구·자원·환경 문제**

(고등학교 사회문화, 천재교육, 내용 재구성)

관련 개념어 사회현상(기능론, 갈등론, 상호작용론), 사회문제(사회병리론, 사회해체론, 가치갈등론, 일탈행위론, 낙인 이론), 사회화

029 사회화를 바라보는 다양한 관점

_ 사회문화, II. 〈개인과 사회〉(천재교육)

- **동국대 2024 인문 모의**(사회화를 바라보는 세 관점 설명 및 노인의 사회화가 중요한 이유 기술)
- **이화여대 2023 인문(2) 모의 [문제 1]**(사회변화의 동인 비교 및 사례 평가)
- **경희대 2018 사회(1) 수시**(사회화를 바라보는 두 관점〈기능론과 갈등론〉 분류·요약 및 적용 평가)
- **홍익대 2016 인문 수시 [문제 2]**('역할 갈등' 및 '일탈 행동' 사례 적용 논술)
- **연세대 2015 사회 수시**('차이와 갈등'의 관점에서 제시지문 비교 분석)

사회화의 의미

사람은 누구나 한 사회의 구성원으로 태어나 사회 속에서 살아가는데 필요한 모든 것을 배우고 성장한다. 어려서는 자신의 기본적인 생물적 욕구를 표현하고 충족시키는 방법을 비롯하여 걷기, 말하기, 친구와 어울려 놀기 등을 배운다. 그리고 좀 더 성장해서는 학교생활에 적응하고 사회생활에 대한 지식과 태도, 가치관 등을 익힌다. 인간은 이처럼 사회 속에서 성장하면서 자아 정체감을 형성하고 사회의 구성원으로서 살아가고자 그 사회의 행동방식과 사고방식을 배우는데, 이를 **사회화**라고 한다.

사회화를 바라보는 관점

기능론적 시각에서 바라본 사회화

기능론적 시각에서 볼 때, 사회화는 개인을 사회에 적응, 통합시켜 **사회를 유지**하는 기능을 한다. 야생에서 개별적으로 혹은 집단을 이루어 살아가는 다른 동물들과 달리, 인간은 사회 속에서 복잡한 사회적 관계를 형성하며 살아간다. 그리고 이를 위해 상당한 기간에 걸쳐서 사회생활에 필요한 다양한 지식, 태도, 가치관 등을 배우고 익혀야 한다. 따라서 기능론에서는 사회화를 통해 다양한 개인들의 행동이 원만하게 조정되고 통합되어야 사회가 유지된다고 본다. 또한 사회화가 제대로 이루어지지 않으면 그 개인은 사회에 제대로 적응하지 못하고 스스로 소외되거나 타인들에게 피해를 주어 사회통합을 저해할 가능성이 크다는 것이 기능론자의 주장이다.

갈등론적 시각에서 바라본 사회화

갈등론적 시각에서 볼 때, 사회화는 기득권을 가진 집단의 이익이 지켜지는 현재의 상태를 유지하거나 강화하기 위한 내용을 전달하는 과정이다. 언어의 습득은 물론이고 다양한 분야의 지식이나 가치관의 전달 또한 이미 그 사회에서 권력과 자원을 가진 집단에 유리하게 작용하도록 한다. 또한 갈등론자는 학교 교육에 대해서도 그것이 중립적인 것으로 가장되어 있지만, 실제로는 지배 계급의 문화를 유효적절하게 전수함으로써 기존의 **사회계층 구조를 재생산**한다고 주장한다. 이를테면 시간을 잘 지키고 부지런히 자신이 맡은 일을 하는 성실함은 노동자에게 필요한 덕목으로서, 결국 자본가들의 이익을 창출하는 데 이바지하게 된다는 것이다. 결국, 공정해 보이는 학교 교육을 통해서 지배문화를 정당화하고 불평등을 재생산한다는 것이 갈등론자의 주장이다.

상징적 상호작용론의 시각에서 바라본 사회화

상징적 상호작용론에서는 인간의 자아 형성 과정과 상징적 상호작용의 중요성을 강조한다. 쿨리(Cooley, C. H.)에 따르면 사람들이 자신에 대한 타인들의 생각이나 판단을 거울로 삼아 거기에 비친 자기 모습을 보고 자아관념을 형성해 가는데, 이를 가리켜 '거울에 비친 자아'라 한다. 이때 모든 사람의 판단이 똑같이 중요한 것이 아니라 원초적 관계에 있는 **사람들의 역할**이 더 중요하다고 본다.

한편, 미드(Mead, G. H.)는 한 사회의 가치와 문화에 따라 행동하는 것으로 각인된 다른 사람의 모습, 즉 '**일반화된 타자**(사회의 일반적인 기대나 가치가 사람의 마음속에 내면화되어 있는 타인의 모습)'의 시선을 염두에 두고 반응하는 과정에서 사아가 형성되는 것으로 보았다. 처음에는 주위 사람들의 행동을 단순히 모방하는 것으로부터 시작하여 혼자서 다른 사람의 역할을 해 보면서 노는 단계를 거쳐 일반화된 타자의 역할을 제대로 습득하여 자아관념을 형성해 간다는 것이다.

(고등학교 사회문화, 천재교육)

최근 교과 논술이 강화되면서 새롭게 출제될 가능성이 있는 개념이다. 이때 현재 우리 사회에서 이슈가 되고 있는 쟁점을 '사회화'란 개념에 접목하되, 이를 기능론과 갈등론의 관점에서 답하라는 요구의 문제가 출제될 가능성이 높으므로, 관련한 내용을 숙지할 필요가 있다.

관련 개념어 사회현상(기능론, 갈등론, 상호작용론), 사회문제(사회병리론, 사회해체론, 가치갈등론, 일탈행위론, 낙인 이론), 사회갈등, 문화

030

정보사회의 전망_낙관론과 비관론

_ 사회문화, VI-1. 〈정보사회의 전개와 대응〉(천재교육)

- **중앙대 2024 인문 수시 [문제 3]**(가짜 뉴스에 대처하기 위한 자세 고찰)
- **연세대 2023 인문·사회 수시**(기술의 양면성 고찰)
- **서강대 2022 인문(2) 수시 [문제 1]**('잊힐 권리'를 통해 고찰하는 정보 통신 발달 효과 및 문제점)
- **동국대 2022 인문(2) 수시**(매체 문해력에 근거하여 잘못된 정보가 초래할 수 있는 문제점 기술)
- **서강대 2021 인문(2) 수시 [문제 2]**('가짜 뉴스'의 문제점 분석 및 해결방안 논술)
- **서강대 2021 인문(1) 모의 1차**(정보기술 발전 서술 및 활용 비판)
- **경희대 2021 인문 수시**(디지털 사회 감시 문화를 바라보는 상반된 태도 분류·요약 및 적용 평가)
- **서강대 2020 인문(2) 수시 [문제 2]**(정보화에 따른 혐오문화 확산 현상 분석 및 대처방안)
- **숙명여대 2020 인문 모의 [문제 1]**(정보 프라이버시 침해 문제의 양면성 기술 및 해결방안 논술)
- **이화여대 2019 인문(2) 수시 [문제 1]**(매체 정보전달 입장 차이 비교 및 디지털 개인 기록에 관한 관점 차이 설명)
- **한국외대 2017 인문(1) 수시 [문제 1, 2]**(정보 격차 문제와 관련한 다양한 입장 차이 논술)
- **숙명여대 2017 인문(3) 수시 [문제 1]**(여론 형성의 중요한 역할을 담당하는 언론과 대중매체의 역할과 기능을 비판)
- **서강대 2017 인문 온라인 모의**(인터넷 매체의 양면성 고찰 및 온라인 소통에 대한 견해 제시)
- **숙명여대 2017 인문 모의 [문제 1]**(표현의 자유와 그 허용 범위에 대한 관점 비교분석 및 평가)
- **한국외대 2017 인문사회 모의**(사물인터넷 세상에 대한 긍정적 전망 설명 및 비판)

정보사회의 전망 : 낙관론과 비관론

최근 급속히 진행되고 있는 정보혁명에 대해 두 가지 견해가 공존한다. **낙관론자**들은 정보사회에서 지역 간 불평등, 빈부격차 및 계급갈등, 민주주의의 실현 문제, 노동의 비인간화 등 산업사회와 자본주의의 고질적인 문제들이 해결될 것이라고 낙관한다. 즉 낙관론자들은 정보화를 통해 사회적 생산력과 효율성이 크게 높아지므로 사회구성원 모두가 경제적 이익을 누리게 된다고 주장한다. 또한 많은 사람들이 정보를 쉽게 입수하고 활용할 수 있게 되어 민주주의와 평등한 사회관계가 발전하게 될 것이라고 전망한다. 전자 정부, 전자민주주의, 네트워크형 조직, 소비자 주권 등이 확립되어 그 혜택을 누구나 누리게 될 것이라는 것이다.

반면 **비관론자**들은 산업사회와 자본주의 사회에 나타났던 사회 불평등 구조나 권력 집중 등과 같은 현상이 정보사회에서는 그대로 답습되거나 더욱 악화될 위험이 있다고 주장한다. 즉 비관론자들은 적절한 국가·사회적 개입 없이 정보화가 진행되면 개인과 국가 간의 불평등이 심화되고, 사생활의 자유가 침해될 것이라고 경고한다. 이들은 정보기술의 발전은 국경과 지역의 경계를 초월한 투자와 거래를 가능하게 하므로 대규모 자본을 더욱 유리하게 하여 경제적 불평등을 심화시킬 것이라고 주장한다. 또한 기술의 발전은 노동력의 절약을 가능하게 하여 일자리를 없애게 될 것이고, 이에 따라 노동자는 더욱 취약한 위치에 놓이게 될 것이라고 전망한다.

정보화의 혜택이 누구에게나 골고루 돌아가게 하기 위해서는 누구나 쉽게 정보에 접근할 수 있어야 한다. 그러나 실제로는 소득·직업·성(性)·지역·인종별로 **정보격차**가 발생하고 있다. 따라서 정보사회의 긍정적 발전을 위해서는 정보격차의 완화와 해소가 필수적이다.

정보의 바다인가, 쓰레기의 바다인가

정보화에 대한 낙관적인 전망에도 불구하고 점차 정보 공간은 '정보의 바다'가 아닌 '쓰레기의 바다'가 될지도 모른다. 정보 공간을 건전한 '정보의 바다'로 만들기 위해서는 적절한 규제가 필요하다. 그러나 지나친 규제는 표현의 자유를 침해할 수 있음에 유의할 필요가 있다.

공동체는 사라질 것인가

낙관론자들은 정보화가 시간과 공간의 제약을 약화시키고 상호작용

 을 증가시켜 **가상 공동체**와 같은 새로운 공동체를 등장시켜 사회통합에 기여할 것이라고 전망한다. 그러나 비관론자들은 정보화가 개인 간의 단절을 가져와 기존의 공동체를 해체시키고 개별적이고 고립된 인간관계를 초래하여 대중사회 속에서의 소외 문제는 더욱 심각해질 것이라고 전망한다.

민주주의는 발전할 것인가, 쇠퇴할 것인가

낙관론자들은 정보화가 민주주의의 발전에 크게 기여할 것으로 기대한다. 이들은 정보화가 개인 간의 연결망을 활성화시키고, '지식 근로자'와 같은 새롭고 다양한 중간 계층이 등장할 것이라고 전망한다. 또한 정보화로 인해 생산성과 효율이 높아져 생긴 경제적 이익이 누구에게나 폭넓게 돌아가 빈부격차가 완화될 것이며, 여가 시간도 증가할 것이라고 전망한다.

한편 수평적인 사회조직의 형성과 정보에 대한 접근성의 증가로 권력 차이가 줄어들 것이라고 전망한다. 이러한 모든 변화는 결국 권력을 시민사회에 분산시킬 것으로 기대된다. 특히 시간과 공간의 제약을 뛰어넘는 정보통신기술의 발전은 주민자치를 활성화시키고, 다양한 정치 참여의 기회를 열어주므로 대의민주주의의 위기를 극복하고 직접민주주의의 이상에 가까운 **새로운 민주주의**를 실현할 것으로 전망한다.

반면에 비관론자들은 정보화가 **민주주의를 위협**할 수도 있을 것으로 전망한다. 정보사회는 '테크노크라트'들이 지배하게 될 것이며, 정보격차로 부와 소득의 격차가 더욱 벌어지게 되며, 정보매체를 이용한 고도의 감시와 통제를 통해 권력의 격차가 더욱 커질 것이라는 것이다. 이와 같은 권력의 집중은 지역 간의 불평등을 심화시키고 시민의 권리를 통제할 수 있다. 더욱이 정보 공간은 갈수록 상업적 망이 주도하게 될 것이므로 가난한 사람과 정보로부터 소외된 사람들은 의사 결정 과정에 참여하기가 점차 어렵게 되어 결국 민주주의의 참된 의미는 쇠퇴하게 될 것이라고 비관적으로 전망한다.

정보사회에 대응하기 위한 합리적인 자세는

미래의 정보사회는 지식과 정보를 다루는 능력이 더욱 중요해지는 사회다. 따라서 자신의 미래에 대한 진시한 설계를 바탕으로 정보통신 능력을 배양하는 일이 중요하다. 한편, 정보화가 진행되고 인터넷의 이용이 확산되면서 정보망의 허술한 틈을 이용하여 타인의 사생활을 침해하거나 개인정보를 악용하는 사례가 증가하고 있다. 또한 복제와 유통이 간편해진 점을 악용하여 타인의 창작물을 무단으로 복사·유포하는 일도 흔히 일어나고 있다. **타인의 권리를 존중**할 때 창작자들의 창작 의욕이 고취되고 정보의 유통과 분배가 더욱 활발해져 정보화 사회를 밝게 이끌어갈 수 있을 것이다.

(고등학교 사회문화, 천재교육)

단독 주제로 출제되기보다는 세부 주제로서의 관점을 구성하며, 특히 SNS와 관련한 순기능과 역기능이 소주제로 자주 출제된다.

관련 개념어 정보화, 정보사회, SNS, 전자 민주주의, 공론장

031

희소성의 원칙과 경제적 선택_기회비용, 비용과 편익

_ 경제, I-2. 〈경제문제의 해결 방법〉(천재교육)

- **경기대 2024 인문 수시 [문제 2]**(기회비용 개념을 근거로 청렴해야 하는 이유 설명 및 의의 서술)
- **단국대 2024 인문(1) 수시 [문제 3]**(금리 인상이 경제에 미치는 영향 논술)
- **숙명여대 2024 인문(1) 수시 [문제 1-1]**(근로기준법의 핵심 개념을 활용하여 판결의 관련 근거 설명)
- **숙명여대 2024 인문(1) 수시 [문제 2-1]**('경제적 유인' 개념을 활용하여 사례 적용 설명)
- **이화여대 2024 사회 수시 [문제 1-2]**(합리주의 관점에서 동조 행위와 구매 행위 평가)
- **서강대 2024 경제경영 수시 [문제 2]**(비용 편익 관점에서 사회현상 평가)
- **이화여대 2024 사회 모의 [문제 3]; 수리문제**(경제 지표 이해를 바탕으로 사례에 나타난 예측과 실제의 차이 설명)
- **숙명여대 2023 인문(2) 수시 [문제 1-1]**(합리적 선택의 관점에서 가계별 소비 특성 설명)
- **동국대 2023 인문(1) 수시 [문제 2]**(기업의 사회적 책임이 필요한 이유 사례 적용 기술)
- **중앙대 2023 인문 수시 [문제 3]**(자유주의적 정의관에 기초한 합리적 이익 추구 행태의 문제점)
- **서강대 2023 경제경영 수시**(희소성과 비용-편익 개념을 활용한 환경문제 해결방안 비교·분석)
- **단국대 2023 인문(1) 수시 [문제 3]**(보호무역주의 관점에서 전기차 시장 위기 상황 해결방안 제시)

인간은 합리적으로 선택하는가

인간이 경제활동을 하는 이유는 '희소성의 원칙'에 따른다. 희소성의 원칙이란 인간의 욕망은 무한한 데 비해 그것을 충족시키는 수단은 제한되어 있다는 뜻으로, 이 희소성의 원칙은 모든 경제 문제의 근본 원인이자 출발점에 해당한다. 따라서 모든 경제 문제는 결국 선택의 문제로 귀결된다. 기업의 생산, 분배, 소비에 이르기까지 모든 경제행위는 선택의 과정이고, 기본적인 경제 문제도 궁극적으로는 선택의 문제다. 희소성이 있는 한 우리는 선택을 하지 않을 수 없다.

기회비용

경제행위는 선택이다. 하나의 선택이 과연 합리적인지 판단하기 위해서는 선택에 따른 득과 실을 따져봐야 한다. 어떤 일을 함에 여러 가지 선택 사항 중 한 경우를 선택했다면 다른 경우는 포기한 것이 된다. 여기서 포기한 여러 활동 가운데 차선의 가치를 선택된 것의 '**기회비용(Opportunity Cost)**'이라 한다.

그러면 대학 진학의 기회비용은 과연 얼마나 될까? 대학에 진학하게 되면 우선 등록금을 내야하고 책을 사서 읽어야 한다. 다른 지역의 대학에 진학하게 되면 하숙비도 필요하다. 이런 금전적 비용 이외에도 대학 진학 대신에 취업할 경우 받을 수 있는 임금, 즉 상실소득도 기회비용 속에 포함되어야 한다. 이렇게 비싼 기회비용을 치르면서 한 학생이 대학을 선택했다면, 그 학생은 대학교육으로 인한 미래의 효과(득)가 기회비용(실)보다 더 크다고 판단했기 때문이다.

그러나 고등학교를 졸업한 유망한 운동선수가 대학 진학을 포기한 채 곧바로 프로팀에 입단하는 경우처럼, 대학 진학으로 인한 득보다도 실, 즉 기회비용이 크다고 판단하면 대학 진학 대신에 취업을 하는 것이 경제적 관점에서 보면 합리적 선택이다.

이처럼 기회비용은 어떤 경제적 선택의 합리성을 판단할 수 있는 하나의 기준이 된다. 또 위의 예에서 기회비용은 사람마다 다르게 나타남을 알 수 있다.

참고로, 기회비용과는 달리 명백히 지출되기는 하였으나 의사결정을 하는데 고려 대상에서 제외해야 하는 비용도 있는데, 이를테면 일단 지출되면 다시 회수할 수 없는 비용을 '**매몰비용(Sunk Cost)**'이라고 한다. 매몰비용의 경우 회수 불가능란 비용이 되므로, 비용 지출 시에 신중하게 생각하고 결정을 내려야 한다.

비용과 편익

어떤 선택을 하려 할 때 기회비용만 따져서 될까? 어떤 비용을 들인다는 것은 그 비용의 대가로 무엇을 얻으려는 것이다. 얻는 것은 상황과 경우에 따라 다르겠지만, 비용을 지불하면서까지 얻으려는 그 무엇을 통틀어 **'편익(benefit)'**이라고 한다. 이때 지불하는 비용보다 더 큰 편익이 있다면 우리의 의사결정은 합리적이라 할 수 있다. 또한 비용이 편익보다 크다면 비합리적이라 할 것이다. 우리는 경제적 선택의 과정에서 이런 '비용-편익 분석'을 통해 좀 더 합리적으로 의사결정을 할 수 있다.

이 논리는 매우 단순하지만 비용과 편익의 크기를 계산하는 것은 쉬운 일이 아니다. 예를 들어 정부가 새 고속도로를 건설하려 할 때도 이것으로 인한 비용과 편익을 고려하여 결정해야 한다. 즉 고속도로 완공 후 이용자들이 누리는 혜택, 국민경제에 대한 기여, 실업자 고용 등이 편익이라면, 도로 건설과 유지비용, 도로 건설에 따른 자연환경 파괴 등이 비용에 해당할 것이다. 이 경우 공식적·비공식적 혹은 물질적·정신적 편익과 비용까지 모두 계산해 내는 일은 쉬운 일이 아니다. 이런 여러 사정을 감안하여 도로 건설로 인한 비용이 편익보다 크다면 도로 건설을 포기하는 결정이 합리적인 의사결정인 것이다.

이처럼 경제적 선택은 비용과 편익을 고려하여 의사결정을 함으로써 더욱 과학적이고 합리적인 결과를 낳을 수 있다.

(고등학교 경제, 천재교육)

단독 주제를 구성하기보다는, 경제 관련 문제의 주요 개념어로 자주 출제된다.

관련 개념어 경제선택, 기회비용, 편익

032
시장실패와 정부실패_불완전 경쟁, 외부효과, 공공재

_ 경제, II-3. 〈시장 기능의 한계와 보완 대책〉(천재교육)

- **서울여대 2024 인문(1) 수시**(유통의 관점에서 시장의 문제점 서술 및 수요와 공급 관점에서 비교)
- **광운대 2023 인문(2) 수시 [문제 2]**(시장실패의 두 원인인 정보 비대칭성으로 인한 역선택과 도덕적 해이 현상 설명)
- **동국대 2023 인문(2) 수시 [문제 2]**(공공재 무임승차 문제의 원인 고찰 및 사례 적용 설명)
- **숙명여대 2022 인문(1) 수시 [문제 2]**(경제적 자유주의 입장에서 시장 기능 위축 문제 설명 및 시장 자본주의의 부작용 비판)
- **동국대 2022 인문(1) 수시**(외부효과〈외부경제와 외부불경제〉로 인한 시장실패에 대한 정부 개입)
- **한양대 2022 인문(2) 수시**(시장실패의 개선과 정부 역할의 한계 고찰)
- **이화여대 2022 인문(2) 모의**(정부의 인위적 가격 통제가 불러오는 상반된 결과 비교 평가)
- **서강대 2022 인문(2) 모의 2차**(시장실패 해결을 위한 정부의 역할 설명 및 평가)
- **동국대 2021 인문(1) 수시 [문제 2]**(4차 산업 혁명의 장단점 요약 및 조세와 보조금 정책을 통한 정부의 개입에 대한 찬반 논술)
- **홍익대 2021 인문(1) 수시 [문제 2]**('외부효과'를 두 자연관〈인간중심주의와 생태중심주의〉에 적용 분석 및 한계점 극복 방안)
- **동국대 2021 인문(2) 수시**(경제상황 개선을 위한 정부의 재정정책과 통화정책의 부정적 측면 서술)
- **서강대 2020 인문(1) 수시 [문제 1]**(시장실패를 불러오는 부정적 사회 현상 분석 및 해결방안)
- **동국대 2018 인문(2) 수시**(시장실패의 원인 사례 적용 설명 및 정부 개입을 통한 보완 방안 서술)
- **경희대 2016 사회 편입**('무임승차' 현상이 초래할 수 있는 사회 문제 설명과 해결방법 제시)
- **한국외대 2016 인문(3) 수시 [문제 1·2]**(자유경쟁과 시장실패 관련 요지 요약 및 비판)
- **한양대 2015 상경 모의 논술 1차**(기업의 사회적 책임과 외부효과의 관계 적용)
- **홍익대 2015 인문 수시**(기회비용과 외부효과라는 경제선택 행위의 개념을 적용하여 사례 비교)
- **단국대 2012 인문 수시 [문제 3]**(군집행동이 일어나는 원인: 외부효과)
- **서울시립대 2010 인문 모의**(정부의 시장개입에 대한 찬반 논거 비교분석: 시장실패와 정부실패)

시장실패의 원인과 결과

시장이 효율적인 자원 배분을 달성하지 못하는 것을 '**시장실패**'라고 하는데, 이것의 주요한 원인으로는 불완전 경쟁, 외부효과, 공공재 등을 들 수 있다.

불완전 경쟁과 그 문제점

시장경제는 각자가 자유롭게 경쟁하면서 자신의 이익을 열심히 추구하면 경제가 효율적으로 운용되는 측면이 있다. 하지만 경쟁이 제한되거나 불공정하게 이루어진다면 경제의 효율성이 떨어지게 되고 공공의 이익을 해칠 수 있다. 시장의 힘이 효율적인 자원 배분을 달성한다는 것은 완전 경쟁을 전제로 할 경우에만 그렇다. **독점**이나 **과점** 등 불완전 경쟁의 경우에는 자원이 비효율적으로 배분된다.

독점은 자연적으로 발생하기도 하지만 정부의 규제나 허가 등에 의해 경쟁자가 시장에 진입하지 못하도록 하기 때문에 생겨나기도 한다. 이렇게 생겨난 독점 기업은 독점을 유지하기 위해 정부에 압력을 가하고 로비를 하며, 때로는 시위를 벌인다. 이러한 노력과 비용은 생산적 활동이 아니라 단순히 독점 이익을 지키기 위한 소모적 활동이어서 사회적 낭비만 초래한다. 독점의 경우만이 아니라 시장을 몇 개의 기업이 지배하고 있는 과점 시장의 경우에도 기업들끼리 담합하게 되면 이와 같은 문제점이 발생할 수 있다. 또한 위법적·불법적인 경제활동으로 자신의 이익만을 추구하는 행위도 공정한 경쟁을 저해하게 된다.

외부효과의 발생과 결과

어떤 한 사람의 행동이 남에게 의도하지 않은 이익이나 손해를 가져다주는 데도 이에 대한 대가를 받지도 지불하지도 않을 때, 외부효과가 발생했다고 한다. 외부효과에는 이로운 것과 해로운 것이 있을 수 있는데, 이로운 외부효과를 '**외부경제**'라고 한다. 예를 들어 늘 다니는 길가의 한 꽃집에서 나오는 그윽한 향기 때문에 항상 기분이 좋은 사람이 있다면, 꽃집 주인은 그 사람에게 좋은 외부효과, 즉 '외부경제'를 주는 셈이다. 그 사람은 꽃집 덕택으로 아무런 대가를 지불하지 않은 채 혜택을 입기 때문이다.

이와는 반대로 해로운 외부효과를 '**외부불경제**'라고 한다. 예를 들어 한 기업이 첨단기술을 개발하면, 이 기술은 그 기업뿐만 아니라 사회 전체의 기술 진보에 기여하기 때문에 다른 기업들에게도 유용하게 쓰일 수 있다. 이때, 다른 기업들이 첨단기술을 개발한 기업에게 그 대가를 치러야 하는 것이 아니기 때문에 외부경제가 발생했다고 할 수 있지만, 그와 동시에 생산 과정에서 외부불경제가 발생하기도 한다. 생산 과정에서 생기는 외부불경제의 대표적인 예로는 제조업체들이 방출하는 오염물질과 그로 인한 피해를 들을 수 있다. 외부효과는 생산 과정에서만 생기는 것이 아니라 소비 과정에서도 발생한다.

외부효과가 발생하더라도 이에 대한 대가는 주고받지 않는다. 그렇기 때문에 이로운 외부효과를 만들어내는 사람은 구태여 많이 만들어내려 하지 않는 한편, 해로운 외부효과를 만들어내는 사람도 생산을 억제하려 하지 않는다. 즉 자유로운 시장 기구에 맡겼을 때 이로운 외부효과는 사회적 최적 수준보다 적게 만들어지는 반면, 해로운 외부효과는 사회적 최적 수준보다 더 많이 만들어지는 결과가 나타난다.

이와 같이 외부효과가 발생하는 경우, 시장 즉 가격 기구는 자원을 효율적으로 배분할 수 없게 된다. 즉 외부성은 **시장실패**의 한 원인이 된다. 이는 사회 전체의 관점에서 계산된 비용 혹은 편익이 개인의 관점에서 파악된 비용 혹은 편익과 서로 다르기 때문이다.

외부불경제가 존재하는 경우, 사회 전체가 부담하는 비용인 '**사회적 비용**'은 개별 기업의 사적비용보다 크다. 외부불경제를 낳는 개별 기업은 생산 규모를 결정할 때 사회적 비용보다 적은 사적비용을 근거로 하기 때문에, 이 기업의 생산량은 사회 전체적으로 바람직한 수준을 초과하게 된다. 물론, 이는 자원의 비효율적인 배분으로 이어진다.

이에 따라 정부는 자원 배분의 비효율성을 개선하기 위해 시장에 개입하게 된다. 외부경제를 수반하는 소비와 생산 활동을 촉진시키기 위해 정부는 보조금 지급 정책을 사용한다. 이와는 반대로 외부불경제를 초래하는 경제활동에 대해서는 과다한 생산량을 적정 수준으로 줄이기 위해 법적으로 규제하여 벌금이나 세금을 부과한다. 오염부담금제 역시 그중 하나에 해당된다.

공공재 부족 현상과 그 영향

공공재는 국방, 치안 등과 같이 그 비용을 부담한 사람들만이 아니라 그 밖의 사람들도 혜택을 함께 누릴 수 있는 비배제성과 비경합성을 가진 재화를 말한다. 공공재는 사용한 만큼 비용을 부담하기 어렵고 또 사용을 금지시키기도 어렵다. 그래서 사람들은 공공재를 원하면서도 스스로 비용을 부담하려 하지 않는다.

공공재는 시장가격에 의해서는 도저히 생산이 불가능하거나 충분한 양을 생산할 수 없는 재화들이다. 공공재에 해당하는 국방의 경우, 납세 여부와는 관계없이 그 혜택은 국민 모두에게 골고루 돌아간다. 그렇지만 사람들은 그 혜택을 독차지할 수 없기 때문에 스스로 부담하기를 꺼려, 다른 사람들이 대신 부담해주기를 바라면서 서로 미루게 된다.

이처럼 공공재는 배제성이 없기 때문에 사람들은 '**무임승차**'할 유인을 갖게 된다. 무임승차란, 어떤 사람이 어떤 재화의 소비로부터 이득을 보았음에도 불구하고 이에 대한 대가 지불을 회피하는 행위를 말한다. 시장경제에서 이런 공공재의 생산을 전적으로 시장 기능에 맡겨 생산하게 될 경우, 기업은 수지가 맞지 않아서 생산을 기피하게 되고, 생산한다 하더라도 그 수량이 사회적으로 충분하지 못하게 된다. 즉 가격 기구는 자원을 효율적으로 배분할 수 없게 된다.

■ **공공재의 특성**

- **비배제성**_ 어떤 공공재가 한 소비자에게 공급되었을 때 그것의 혜택이 다른 소비자에게 가는 것을 배제할 수 없다는 것이다. 사적인 재화의 경우는 한 소비자가 소비하면 다른 소비자들은 소비할 수 없도록 배제시키는 성격을 가지고 있으나, 공공재의 경우에는 그런 배제성이 없다.
- **비경합성**_ 공공재의 경우는 사적인 재화와는 달리 한 개인의 소비가 다른 소비자의 소비를 저해하지 않는 성격을 가진다. 사적인 재화의 경우는 한 소비자가 소비하면 다른 소비자가 소비할 수 없도록 해서 누가 소비해야 하는가 하는 경합이 벌어지게 마련이나, 공공재의 경우에는 그런 경합성이 없다는 것이다.

■ **시장실패를 보완하기 위한 대책**

- **정부 개입**_ 시장의 실패를 보완하기 위해 시장에 대한 정부의 개입이 필요하다. 정부 개입의 목적은 경쟁 체제의 유지와 보호, 경제활동의 장려와 제재, 정부에 의한 생산, 소득의 재분배 등을 들 수 있다.
- **경제활동의 규범성**_ 탈세, 마약 거래, 밀수, 과대광고, 쓰레기 투기 등의 불법적 경제행위와 토지 과다 소유, 부동산 투기, 과소비 및 사치 생활 등의 윤리적으로 바람직하지 않은 행위들은 경제활동의 저해 요인이 된다.
- **시민운동**_ 기업 활동 감시, 소비자 주권 확보 등의 소비자 운동과 환경·생태계 보전 등을 위한 환경보호 운동 등이 있다.

정부실패와 그 대책

현대 복지국가에서는 시장실패를 보완하기 위하여 정부가 시장에 개입하고 규제해 왔으며, 정부의 역할은 점차 증대되어 왔다. 그러나 정부의 규제와 개입이 반드시 좋은 결과를 가져오는 것은 아니다. 정부의 규제와 개입이 자원 배분의 효율성을 증진시키기보다는 오히려 해치는 경우가 있는데, 이를 **정부실패**라고 한다.

- **정부실패**_ 정부 개입의 부작용으로는 무거운 세금, 관료적 경직성, 공공 지출의 증대, 정경유착 등을 들 수 있다. 정부실패의 원인은 불완전한 지식과 정보, 정치적 제약 조건, 근시안적 규제, 유인 동기의 부족, 관료집단의 이기주의, 부정부패 등이 있다.
- **규제 완화**_ 효율성의 진작과 국제경쟁력 강화를 위해 정부의 규제를 완화해야 할 필요성이 있다.
- **공기업 민영화**_ 관료적 경영의 비효율성을 개선하고 서비스 개선, 가격 인하, 경영의 효율화를 위해 공기업의 민영화를 추진하고 있다.

(고등학교 경제, 천재교육)

경제 문제와 관련한 단독 주제는 물론, 경제·사회 관련 문제의 소주제 및 핵심 이론으로 가장 빈번하게 출제되는 개념이기에 반드시 숙지하고 있어야 한다.

관련 개념어 시장실패와 정부실패, 공공재, 외부효과, 불완전 경쟁

033 과시소비와 모방소비

_ 경제, III-1. 〈바람직한 소비 선택〉(천재교육)

- **아주대 2023 인문 수시 [문제 1]**(올바른 소비에 대한 관점 비교 및 문제 해결 방안 서술)
- **숭실대 2023 인문 수시 [문제 1]**(과시적 소비와 타자의 윤리 관점에서 작품 속 작가의 자기 성찰이 지닌 의미 논술)
- **경희대 2023 인문 모의 [문제 2]**(합리적 소비와 윤리적 소비 개념 요약 및 적용 평가)
- **서강대 2013 인문(1) 수시 [문제 2]**(현대사회에서 과시소비가 일어나는 현상 분석)
- **숭실대 2013 인문 수시 [문제 1]**(경쟁적 소비의 관점 비교분석)
- **이화여대 2013 인문(2) 모의 [문제 1]**(소비양상의 차이점 비교)
- **건국대 2012 인문 수시**(아비투스와 과시적 소비의 관점에 따른 인간 행위 분석)
- **서강대 2011 인문 수시 1차 [문제 3]**(소비이론의 차이점: 과시소비vs모방소비)
- **숭실대 2011 인문 모의 [문제 1]**(한국의 명품 소비 현상 고찰)
- **동국대 2010 인문 수시 [문제 1·2]**(신호의 유형과 과시소비 현상)
- **서울여대 2010 인문 수시 [문제 1]**(유행변화의 원인 비교분석)

잘못된 소비 유형 : 과시소비와 모방소비

소비는 욕구를 충족하기 위한 불가결한 행위이지만 현실적으로는 과시소비나 모방소비와 같은 잘못된 소비행위가 많다. **과시소비**란 자신이 경제적 또는 사회적으로 남보다 앞선다는 것을 여러 사람 앞에서 보여주려는 본능적인 욕구에서 나오는 소비를 말한다. 결국 과시소비란 돈을 가지고 남들 앞에서 자신의 신분을 높게 보이도록 하기 위해서 하는 소비다. 이 소비는 사람들이 많이 모이는 곳일수록 잘 나타나고, 대개는 실제보다 과장되게 나타나곤 한다.

과시소비가 지배 본능에서 나온 것이라면, 모방소비는 모방 본능에서 나온 것이다. **모방소비**란 내게 꼭 필요하지는 않지만 남들이 하니까 나도 무작정 따라서 하는 식의 소비다. 이러한 모방소비에 참여하는 사람들의 수가 대단히 많다는 점에서 모방소비는 과시소비 못지않게 개인적·사회적으로 낭비적이고 사치적인 소비 풍조를 가져온다.

(고등학교 경제, 천재교육)

■ **잘못된 소비를 초래하는 요인들**

•**과시효과**_ 타인에게 자신의 부를 과시하기 위한 소비 수요다. 보석 같은 사치품은 가격이 비쌀수록 많이 팔리는데, 이것이 과시효과의 예다.

•**의존효과**_ 소비자들이 자주적인 판단으로 상품을 구매하지 않고 기업의 광고나 선전 혹은 다른 사람의 소비에 의존하여 구매하는 것이다.

•**투기효과**_ 물가가 상승할 때 장래의 투기 이익을 얻기 위하여 물건을 사재기하는 경향을 말한다.

•**기타**_ 분수에 맞지 않게 타인의 소비를 모방하는 경우, 유행에 휩쓸리는 경우, 타인과는 다른 상품을 소비하려는 경우 등이다.

■ **밴드왜건 효과(Bandwagon Effect)와 스노브 효과(Snob Effect)**

•**밴드왜건 효과**_ "친구 따라 강남 간다"는 식으로, 남들이 어떤 제품을 쓰는 것을 보고 나서 자신의 수요가 덩달아서 늘어나는 현상을 말한다. 밴드왜건은 대열의 선두에서 행렬을 이끄는 악대차를 일컫는다.

•**스노브 효과**_ 밴드왜건 효과와는 반대로, 물건을 살 때 남과 다른 나만의 개성을 추구하는 방식의 의사결정을 말한다. '스노브'는 속물 또는 금권주의자라는 뜻으로, 이들은 단지 남과 다른 것이 아니라 자신을 더 고급스럽게 만들어 줄 가능성이 있는 제품을 사는 경향이 있으며, 그런 점에서 스노브 효과는 비대중적 고급 취향의 개성 추구 성향이라고 할 수 있다.

경제 문제와 관련한 단독 주제는 물론, 경제·사회·문화 관련 문제의 소주제 및 핵심 이론으로 빈번하게 출제되는 개념이기에 반드시 숙지하고 있어야 한다.

관련 개념어 과시소비와 모방소비, 밴드왜건 효과와 스노브 효과

034
경제성장과 삶의 질

_ 사회, IX-2. 〈경제성장의 혜택과 한계〉(비상교육)

- **이화여대 2025 사회 모의 [문제 2]**(일자리가 줄었음에도 평균임금이 상승한 이유 설명)
- **서울여대 2024 인문(1) 수시**(우리나라 인구 추이가 국민 경제 생산에 미치는 영향 논술)
- **서울여대 2024 인문(1) 수시 [문제 2-2]; 자료 해석**(우리나라 경제가 성장할 수 있는 방안 설명)
- **한국외대 2024 인문(1) 수시 [문제 2]**('지속 가능성' 개념을 바탕으로 한 변화 양상의 대조·평가)
- **숙명여대 2023 인문(1) 수시**(도넛 경제 모델 개념을 활용하여 지속 가능한 성장의 한계 설명)
- **이화여대 2023 인문 수시 [문제 3]**(노년과 한계상황에서 나타나는 삶에 대한 태도 비교)
- **숙명여대 2021 인문 모의 [문제 1]**(디지털 경제의 긍정적 측면과 부정적 측면 서술)
- **고려대 2015 인문(1) 수시**('더불어 사는 삶을 어떻게 살 것인가'에 대해 논술)
- **고려대 2015 인문(2) 수시**('좋은 삶을 어떻게 만들어나갈 것인가'에 대해 논술)
- **동국대 2015 인문(1) 수시 [문제 3]**(현대사회의 바람직한 삶의 유형 고찰)
- **단국대 2015 인문(2) 수시**(경제성장과 소득증가가 삶의 질에 어떠한 영향을 미치는가에 대한 고찰)
- **서울시립대 2014 인문 모의 [문제 2]**(소득과 불평등의 관계)
- **가톨릭대 2014 인문 수시 [문제 1]**(경제성장과 삶의 질의 관계 논술)
- **성신여대 2013 인문(2) 수시**(소득과 행복과의 관계 및 행복의 조건)
- **한양대 2013 인문 모의**(한국인이 행복하지 않은 이유 분석과 그 해결방안 제시)
- **아주대 2012 인문 모의 [문제 2]**(경제력과 행복과의 관계 비교분석)
- **동국대 2012 인문(2) 수시 [문제 3]**(행복의 가치 관점에서 고령화·양극화에 따른 사회현상 분석)
- **서울시립대 2012 인문(1) 수시**(소득과 행복의 상관관계 비교분석)
- **성균관대 2010 인문 모의**(행복의 조건: 행복과 소득, 자유의 관계)
- **서울대 2008 인문 정시 [문제 3]**(국민의 행복추구 목표 달성을 위한 바람직한 국가정책 방안)
- **서울여대 2008 인문(2) 수시 [문제 2]**(돈과 행복과의 관계)

경제성장의 정도와 삶의 질 수준은 일치할까

일상생활에서 개인이 정신적·신체적·경제적·사회적 상태로부터 느끼는 행복의 정도를 **삶의 질**이라고 한다. 행복은 비단 물질의 충족만으로는 실현되는 것은 아니지만, 일정한 소득이 실현되어 의식주 같은 기본적인 삶의 조건들이 마련되지 않고서는 행복하다고 말하기 어려울 것이다.

경제성장은 국민소득 향상을 통해 삶의 기본적인 조건을 마련할 수 있게 해주는 것은 물론, 질 높은 교육이나 의료 혜택, 문화생활 등 사회적·문화적인 욕구를 좀 더 잘 충족시켜 삶의 질을 높이는 데 기여한다. 여러 나라의 국민소득과 사회지표를 보면, 대체로 국민소득이 높은 나라일수록 평균수명이 높고, 영유아 사망률이 낮으며, 교육을 받은 인구의 비중이 높은 것을 알 수 있다.

경제성장이 삶의 질을 높이는데 기여하는 것은 분명하지만, 성장의 정도에 비례하여 삶의 질이 높아지는지에 대해서는 성찰해 볼 필요가 있다. 우리나라는 1960년대 이후 급속한 경제성장을 통하여 빈곤에서 벗어나 오늘날 세계 15위권의 경제 규모에 도달하였으나 국민의 삶의 질은 상대적으로 낮은 수준이라는 국제적 평가를 받고 있다.

그렇다면 경제성장과 삶의 질 사이에 괴리가 생기는 이유는 무엇일까? 경제성장을 이루는 과정에서 대기나 수질의 오염 등 환경문제가 나타난다. 환경오염은 각종 질병을 유발하거나 지구온난화와 같은 기후변화를 일으켜 인간의 생존을 위협한다. 한편, 생산과 소비의 과정이 계속되면서 재생이 불가능한 자원들이 고갈된다. 결국 경제성장으로 더 나은 삶을 누리려는 시도가 오히려 인류의 안전과 행복을 위협하는 결과로 나타나는 것이다.

경제가 성장하면서 공업화와 도시화, 정보화가 진전되어 생활이 편리해졌지만, 그 대신에 사회는 빠르고 복잡하게 변하였다. 사람들은 경쟁과 스트레스에 시달려 조화롭고 평화로운 삶을 누리기 힘들어졌다. 게다가 시민의 안전을 위협하는 각종 범죄나 도박, 마약, 게임 중독 등 인간의 내면을 파괴하는 현상까지 증가하고 있다.

또한 경제성장 과정에서 각종 **불균형**의 문제가 등장하였다. 계층 간의 소득 격차를 비롯하여 불균형 개발에 따른 지역 간 격차, 공업 분야와 농업 분야의 격차, 남녀 간 임금 격차 등은 사회적 약자 계층의 삶의 질을 떨어뜨리고 계층 간의 갈등을 일으키는 원인이 된다. 이러한 갈등은 지속적인 경제성장을 가로막아 사회 전체의 발전을 저해할 수 있다.

GDP는 삶의 질을 정확히 보여주는가

경제성장은 보통 국내총생산(GDP)의 증가로 나타낸다. GDP는 한 나라의 경제 규모와 국민의 생활수준을 알아볼 수 있는 유용한 지표지만 시장에서 화폐를 통해 거래되지 않는 것의 가치를 측정할 수 없어 국민의 복지 수준이나 삶의 질을 정확히 보여주는 데는 한계가 있다.

예를 들어 주부의 가사노동으로 가족의 행복감은 증가하더라도, 이는 GDP에 포함되지 않는다. 또 상점을 통해 채소를 사지 않고 가정에서 직접 채소를 가꾸어 먹는 경우, 주관적인 행복의 정도는 증가할 수 있지만 국민소득의 추계에는 반영되지 않는다. 한편, 교통사고가 늘어나면 차량을 수리하는 업체나 병원의 수입이 증가하여 GDP는 상승할 것이다. 사람들이 여가 없이 일만 하는 경우나 생산 과정에서 환경오염이 심해져 피해가 늘어나는 경우도 마찬가지다. 이때는 오히려 사람들의 삶의 질은 악화되지만 GDP는 늘어나는 결과가 나타난다.

또한 GDP는 분배의 문제를 고려하지 않는다. 아무리 GDP가 늘었어도 그 와중에 더 가난해진 사람도 있을 것이며, 모두가 동일한 비율로 잘살게 되었다고 판단할 수 없다. 그러나 GDP는 이러한 변화를 측정할 수 없다.

(고등학교 사회, 비상교육)

분배와 행복

근대 경제학에서는 공리주의에 입각한 효용 극대화를 추구하기에,

소득 수준의 향상을 삶의 질의 향상을 가져오는 가장 결정적인 요인으로 간주해왔다. 따라서 대부분의 국가들은 소득의 증가, 곧 경제성장이 효용을 증대하고 삶의 질 향상을 통한 행복도를 높이는 것으로 인식하고 경제성장에 주력하고 있다.

실제로 각국의 행복도를 비교해보면 소득 수준이 증가함에 따라 행복도가 상승하는 것을 확인할 수 있다. 그러나 '**이스털린의 역설**'에서 알 수 있듯, 1인당 국민소득이 일정한 수준을 넘어서면 더 이상 소득 증가가 행복도나 삶의 질 향상에 거의 영향을 미치지 못한다는 것이 밝혀졌다(이러한 분기점이 되는 소득 수준을 이스털린은 7천 달러라고 보고 있다).

일정 수준 이상의 소득 증가가 행복도를 증가시키지 않는 가장 중요한 이유를 '**적응효과**(adaption effect)'에서 찾을 수 있다. 즉 기본적 필요와 욕구가 충족된 이후에는 소비 증가에 의한 행복감은 일시적으로 존재할 뿐이고, 이내 새로운 소비 수준에 적응되면서 사라진다는 것이다. 실제로 부유한 국가들을 비교해보면, 소득의 증가가 아닌 **분배의 형평성**, 다시 말해 낮은 불평등도가 행복도를 증진시킨다는 결과가 나타났다. 즉 행복을 결정하는데 절대적인 소비 수준보다 상대적 비교가 큰 영향을 미친다는 것이다.

최근에는 사회적 신뢰의 수준, 정신병, 기대수명, 유아사망률, 비만율, 교육 수준, 살인, 수감률 등 삶의 질을 측정하는 수많은 사회지표가 소득 불평등도와 밀접한 상관관계를 지닌다는 주장이 제기되고 있다. 이는 개인의 심리 상태와 사회구조 사이의 상호작용에 그 원인이 있는데, 불평등이 높을수록 불안, 자존감 결여, 스트레스 등으로 인해 행복감은 떨어지고, 그에 따른 삶의 질은 낮아지게 된다는 것이다.

■ **이스털린의 역설**

미국의 경제사학자 리처드 이스털린은 그의 논문을 통해 "소득이 높아져도 꼭 행복으로 연결되지 않는다"고 주장했다. 그는 1946년부터 빈곤국과 부유한 국가, 그리고 사회주의와 자본주의 국가 등 30개 국가의 행복도를 연구했는데, 소득이 어느 일정 시점에서 지나고 기본 욕구가 채워지면 행복도가 그와 비례하지 않는다는 현상을 발견했다. 이스털린은 당시 논문을 통해 비누아투, 방글라데시 같은 가난한 국가에서 오히려 국민의 행복지수가 높게 나타나고, 미국이나 프랑스 같은 선진국에서는 오히려 행복지수가 낮다는 연구 결과를 주장의 근거로 제시했다.

소득과 행복과의 상관관계를 묻는 문제는 단독 주제는 물론, 경제·사회·문화 관련 문제의 소주제 및 핵심 이론으로 빈번하게 출제되는 개념이기에 반드시 숙지하고 있어야 한다.

관련 개념어 이스털린의 역설, 삶의 질, 행복, 분배 정의, 형평성과 효율성

035
소득 불평등도 측정 방법_ 로렌츠곡선, 지니계수, 10분위 분배율

_ 경제, Ⅳ-1. 〈국민경제의 흐름〉(천재교육)

- **한국외대 2017 인문(2) 수시 [문제 3, 4]**(소득 불평등의 원인 설명 및 관련한 문제의 개선방안 추론)
- **동국대 2017 인문(2) 수시**(불평등한 분배 구조에서 소득 5분위 추이가 개선되지 않는 이유 설명)
- **경희대 2010 인문 모의 [문제 2]**(로렌츠곡선과 지니계수를 응용한 소득불균등의 정도 평가)
- **서울여대 2009 인문 수시 [문제 1]**(한국의 소득분배 현황 및 문제점 비교분석 및 해결방안 제시)

10분위 분배율

소득 분배 개념을 가장 직관적으로 나타내주는 것은 사회구성원들을 소득 계층별로 몇 개의 집단으로 구분한 후, 각 집단의 소득 점유율을 비교해보는 것이다. 이 경우 가장 많이 쓰이는 것은 가장 가난한 계층 10%의 사람으로부터 가장 부유한 계층 10%의 사람까지 각기 10%씩 구분하여 가장 빈곤한 10%의 사람들이 전체 소득의 몇 퍼센트를 차지하고, 그 다음 10%의 사람들은 몇 퍼센트를 차지하는지 등을 파악하는 것이다.

이러한 계층별 소득 분배에서 '**10분위 분배율**'이란 소득 하위계층 40%의 소득 점유율을 소득 상위계층 20%의 소득 점유율로 나눈 비율을 말한다. 이 값은 한 사회의 소득 분배가 얼마나 불평등한지를 나타내는 지표가 되는데, 10분위 분배율의 값이 작을수록 불평등한 분배를 의미한다.

우리나라의 경우 10분위 분배율의 값은 1993년 0.593에서 1997년에는 0.587로 낮아져 소득 분배의 불평등 정도가 악화됐음을 보여준다. 1999년에는 10분위 분배율 값이 0.496으로 대폭 작아져 소득 분배가 더욱 불평등해졌으나, 2000년에는 0.504로 조금 높아져 소득 격차가 어느 정도 완화되었다. 그러나 2001년 이 값은 다시 0.497로 작아졌다.

(한국은행, 『알기 쉬운 경제 이야기』)

로렌츠곡선

계층별 소득 분배를 측정하는 또 다른 지표로는 로렌츠곡선을 들 수 있다. '**로렌츠곡선**(Lorenz curve)'은 국민들의 소득 편차 정도를 나타낸 소득 분배 곡선이다. 가로축은 소득별 누적 인구수를 나타내며 가장 왼쪽 부분은 소득 하위 10%, 가장 오른쪽은 소득 상위 10% 그룹을 뜻한다. 로렌츠곡선의 세로축은 한 계층이 벌어들이는 소득이 국민 전체 소득에서 차지하는 누적 비율을 말한다.

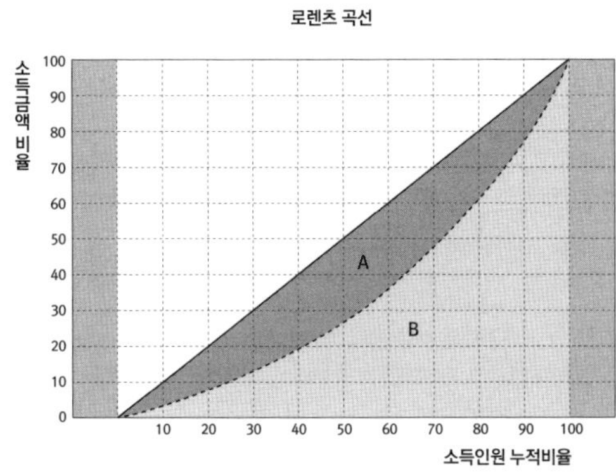

◀로렌츠곡선: A 부분이 클수록 한 나라 계층 간의 소득 불평등이 심하다는 것을 의미한다. 지니계수는 로렌츠곡선에서 보이는 면적 A를 면적 B로 나눠서 계산할 수 있다.

만약 모든 사람이 똑같은 소득을 얻고 있다면 로렌츠곡선은 대각선과 일치하게 된다. 최상위 계층 10%의 사람들이 전체 소득의 10%를 차지하고 최하위 계층 20%의 사람들이 전체 소득의 20%를 차지하는 것과 같이, 사람들의 비율과 소득 점유 비율이 같기 때문이다.

그러나 대부분의 경우 로렌츠곡선은 대각선보다 오른쪽 아래에 있는 것이 보통이다. 일반적으로 로렌츠곡선이 평평하여 대각선에 가까울수록 평등한 소득 분배를, 그리고 많이 구부러져 직각에 가까울수록 불평등한 소득 분배를 나타낸다.

로렌츠곡선은 소득 분배의 불평등 정도를 한눈에 쉽게 파악할 수 있는 장점을 지니고 있다. 예를 들어 우리나라의 로렌츠곡선이 미국의 그것보다 더 대각선에 가깝게 나타난다면, 한국의 소득 분배가 미국보다 더욱 평등하다는 것을 쉽게 알 수 있다.

(한국은행, 『알기 쉬운 경제 이야기』)

지니계수

그러나 두 가지의 로렌츠곡선이 서로 교차하는 경우 소득 분배 상태에 대해서는 아무런 판단을 내릴 수 없게 된다. 이 경우 대안으로 사용되는 소득 분배의 불평등지표가 지니계수다.

앞의 그림에서 대각선 아래의 삼각형은 로렌츠곡선을 기준으로 A와 B의 두 구역으로 나누어진다. 지니계수는 A의 넓이를 A와 B를 합한 것의 넓이로 나눈 비율[A÷(A+B)]와 같다.

지니계수는 로렌츠곡선이 대각선에 가까울수록 0에 가까운 값을, 대각선에서 멀어질수록 1에 가까운 값을 갖는다. 즉 지니계수는 0과 1 사이의 값을 가지며 그 값이 클수록 더욱 불평등한 소득 분배 상태를 뜻한다.

우리나라의 1993년 지니계수는 0.281이었다. 그 이후에도 지니계수는 1997년 0.283으로 비슷한 크기를 나타내고 있다. 그러나 1999년 지니계수는 0.320으로 높아져 우리나라의 소득 분배 상태가 불평등해지고 있음을 보여주고 있다. 다만 최근 2002년과 2003년에 각각 지니계수가 0.312와 0.306을 기록하면서 소득 격차가 다소 완화되는 모습을 보여주고 있다.

(한국은행, 『알기 쉬운 경제 이야기』)

단독 주제로 출제되기보다는, 경제 관련 문제에서 핵심 개념을 묻거나 또는 수리 문제로 자주 출제된다.

관련 개념어 소득 불평등도, 10분위 분배율, 로렌츠곡선, 지니계수

Part 2

교과서에 실린 핵심 개념어·주제어 20

대입-편입 논술에 꼭 나오는

핵심 개념어

110

036 자유의 역설과 자유로부터의 도피

- **서강대 2013 인문 모의**(자유의 양면성 비교 분석 및 이에 기초한 해석적 관점 분석)
- **고려대 2012 인문(1) 수시**(개인의 자유와 정부의 간섭)

자유의 역설 : 개인의 자율과 사회적 규제 사이의 갈등

"나는 나의 자유를 어느 정도 제한하는 것이 불가피하다는 것을 잘 알고 있다. 그러므로 나의 자유를 최대한으로 보장할 수만 있다면, 국가가 나 자신의 행동의 자유를 어느 정도 제한하는 것은 기꺼이 받아들여야 한다. (중략) 자유가 제한되지 않았을 때, 자유는 스스로 없어진다. 자유가 무제한적으로 허용될 때 강자가 약자를 위협하여 그의 자유를 강탈할 자유가 있게 된다. 이러한 이유 때문에 모든 사람의 자유가 법에 의해 보호될 수 있는 만큼, 국가가 자유를 제한할 수 있어야 한다." (칼 포퍼, 『열린사회와 그 적들』)

강요나 강제, 구속이나 속박 없이 내가 원하는 것을 스스로 선택하는 일은 매우 중요하다. 그러나 어떠한 간섭을 받지 않고 내가 원하는 것을 선택하고, 내가 하고 싶은 대로 모든 것을 다 할 수는 없다. 왜냐하면 모든 사람에게 무제한의 자유를 허용한다면 서로의 자유는 충돌할 것이기 때문이다. 서로 하고 싶은 대로 하게끔 내버려 둔다면 서로가 서로의 자유를 침해할 뿐 아니라 강한 사람이 약한 사람의 자유를 침해하게 될 것이다.

이러한 상황에서 대부분의 사람들은 온전히 자유를 누릴 수 없다. 즉 무제한의 자유를 추구하는 곳에서는 오히려 자유가 없는 셈이다. 따라서 자유는 무제한으로 허용되어서는 안 되며, **자유와 방종**은 구분되어야 한다.

칼 포퍼가 말했듯이, 무제한적인 자유는 강자가 약자를 위협하여 그

 의 자유를 강탈할 자유마저도 있기에, 국가가 나서서 일정 부분 자유를 제한하게 된다. 즉 더 큰 목적의 자유를 위해 개인의 상대적으로 작은 자유를 법으로 제한하게 된다. '국가안보', '질서유지', '공공복리' 등 적극적 의미에서의 공공성으로서의 자유를 보장하기 위해 헌법에서 개인의 권리 제한을 인정하는 것이 그것이다.

이는 비록 자유권이 천부적으로 부여받은 권리지만, 그렇더라도 공동체 내 타인과의 관계에서 발생하는 권리이기 때문에 그만큼 상호성을 갖는다는 의미다. 이러한 의미에서 자유는 구속을 거부하지만 타인과의 관계에서 자유를 보장받기 위해 **사회적인 구속**에 의존해야 한다는 역설적인 특징을 지닌다.

(고등학교 도덕, 비상교육)

자유로부터의 도피 : 자유인과 노예, 선택은 각자의 몫

독일 태생의 유태인으로 정신분석학자이며, 사회학자인 프롬(Erich Fromm)은 『자유로부터의 도피』를 통해 왜 사람들은 끊임없이 자유를 갈망하면서도 한편으로는 자유로부터 벗어나고 싶어 하는지에 대해 분석한다. 그의 분석은 중세로 거슬러 올라간다. 중세 사람들은 사회의 질서에 예속되어 있었다. 개인은 공동체 속에 소속되어 이미 주어진 삶의 방식에 충실할 뿐이다.

중세의 사회질서가 깨지고 근대사회로 넘어오면서 부르주아(유산계급)와 달리, 하층 중산계급은 자유를 얻었지만 경제적으로는 궁핍해졌다. 거대한 체제 앞에서 아무 것도 할 수 없다는 무력감과 공포감이 생겨났다.

그들은 고독감, 불안감, 무력감 등 자유의 부정적 측면으로부터 벗어나기 위해 자유로부터 도피하게 되는데, 그 첫 번째 방법은 독일 민중이 나치에게 복종하고 타민족을 지배한 것처럼, **권위에 복종**하거나 스스로 권위자가 되는 것이다. 두 번째 방법은 **파괴성**이다. 자신에게 무력감을 느끼게 하는 대상을 제거함으로써 안정을 얻으려는 방식이다. 세 번째 방법은 **자동 순응성**으로, 개인이 자기 자신이 됨을 그치고 모든 사람과 전적으로 동일한 상태로 변화하는 것이다. 자신의 자아를 버린 채 자동인형이 된 인간은 고독이나 불안을 느낄 필요가 없다.

이러한 자유로부터의 도피 과정은 파시즘이나 나치즘, 종교에 대한 지나친 의존 등을 낳았으며, 개인과 사회의 발전에 악역향을 끼쳐 왔다. 결국 인간은 무력감과 고독감을 완전히 극복하고 적극적인 자유를 완성하기 위해서 자발적인 자유를 완성하지 않으면 안 된다. 이것은 사회·경제적으로 제도의 조정을 필요로 한다.

(고등학교 도덕, 비상교육)

자유, 정의, 사회제도, 현대 정치·사회사상의 쟁점 등 다방면의 주제를 뒷받침하는 제시지문으로 자주 출제되는 사상적 내용이기에 잘 숙지하고 있어야 한다.

관련 개념어 자유의 역설, 자유로부터의 도피, 자유, 자유의지

037 문화와 문화다양성

- **광운대 2024 인문 모의 [문제 2]**(다문화 이론을 바탕으로 올바른 문화 융합의 필요성 서술)
- **서강대 2024 인문 수시 [문제 2]**(소수자에 대한 사회적 차별 현상의 원인 고찰 및 문화상대주의 관점에서 해결방안 제시)
- **중앙대 2022 인문(2) 수시 [문제 3]**('문화 제국주의'와 '문화상대주의'의 차이 설명 및 세계화와의 연관성 서술)
- **경희대 2021 인문 모의**(문화를 대하는 두 관점〈문화사대주의와 문화상대주의〉 분류·요약 및 적용 평가)
- **이화여대 2020 인문(1) 모의 [문제 3]**(타문화를 대하는 태도 비교 서술)
- **경희대 2019 인문 모의 [문제 2]**(문화를 이해하는 두 관점〈문화 사대주의와 자문화 중심주의〉 분류·요약 및 적용 평가)
- **동국대 2015 인문(2) 모의 [문제 4]**(문화상대주의)
- **단국대 2015 인문(2) 수시 [문제 2]**(종교, 문화 및 전통 사상이 가지고 있는 긍정적 측면과 부정적 측면 서술)
- **인하대 2015 인문(1) 수시 [문제 1]**(지역문화 발전 방향 고찰)
- **경희대 2015 사회 모의**(문화에 대한 다양한 관점 비교 분석)
- **한양대 2014 인문(2) 수시**(디지털 전자 문화 시대의 올바른 독서법)
- **동국대 2014 인문(2) 수시 [문제 2]**(문화의 선순환이 오늘날 우리 사회에 던지는 의미 서술)
- **동국대 2014 인문(1) 모의 [문제 3]**(미국사회의 공동체 변화 양상 분석)
- **숭실대 2013 인문 모의 [문제 1]**(음식과 음식문화에 대한 다양한 관점 비교분)
- **동국대 2012 인문(1) 수시 [문제 3]**(문화다양성과 인권의 정책적 발현과정에서 제기될 수 있는 쟁점)
- **숙명여대 2011 인문 수시**(문화에 대한 다양성의 가치)
- **한양대 2010 인문 수시**(국가 간 이민·동화 정책의 비교와 정책의 문제점 비판)
- **이화여대 2009 인문 수시**(음식과 문명, 음식과 인간과의 관계)

문화의 개념과 문화다원주의

문화는 인간 생활방식의 총체로서, 인간의 역사와 전통뿐만 아니라 미래에 대한 사람들의 생각까지도 포함한다. 또 사람들이 만든 사상, 인간관계의 형식, 언어, 민족국가 등도 문화의 영역에 속한다. 개인은 문화 속에서 환경을 체험하고, 과거의 전통을 습득하며, 현재의 생활을 영위하고, 미래를 설계한다.

어떤 문화에 속한 개인이 그 문화에 적응하고 문화적 요소를 습득해 나가는 과정을 '**문화화**'라고 부르는데, 이 과정에서 개인의 문화적 사회화가 이루어진다. 개인이 문화에 적응해가는 과정은 문화에 대한 개인의 일방적인 의존관계가 아니라, 문화와 개인의 역동적인 상호작용 관계에서 파악할 수 있다. 이러한 문화화 과정은 주관적인 내면화와 사회적인 객관화의 상호작용을 기초로 하고 있다.

역동적인 관점에서 볼 때 문화는 두 가지 관점에서 이해될 수 있다. 첫째, 문화는 단순히 도구, 예술작품, 유명한 건축물 등과 함께, 그러한 제작물을 만드는 인간의 활동, 종교의식을 비롯한 정신적 사랑, 그리고 의식주를 확보하기 위한 다양한 생활양식이라는 것이다(즉 문화는 한 인간집단의 생활양식의 총체라는 총체론적인 전망). 둘째, 문화는 과거의 효능과 규칙을 전승하는 전통으로서, 이것은 다양한 인간 활동을 통해 현존하는 문화 유형과 더불어 무수한 변화와 발전의 가능성을 기약하고 있다는 것이다(즉 문화는 행위를 규제하는 규칙의 체계라는 관념론적인 전망).

세계화와 문화 공존

역사, 언어, 민족 등 단일문화를 가져 온 우리 민족은 다른 문화에 대한 배타성이 강한 면이 있다. 이는 외국인 노동자 등 국내 외국인에 대한 태도를 비롯하여 집단 따돌림, 지역주의, 연고주의 등으로 극단화되기도 한다. 이러한 문화적 배타성은 과거 민족정체성을 기초로 한 국가공동체에서는 문제가 없었지만, 문화다원주의를 원칙으로 하는 세계화 시대에는 적절하지 못한 자세다.

그렇다면 **문화다원주의** 사회 속에서 어떻게 하면 상이한 인종, 문화,

종교집단이 안정과 평화를 유지할 수 있을까? 그것은 문화적 차이에 대한 관용의 태도를 가질 때에 가능하다. **다양성**을 유지시켜주는 원동력인 **관용**은 그 자체가 현대의 문화 양식이다. 보편적인 관용의 원칙과 제도를 만들고, 이에 의거하여 관용을 배우도록 노력해야 한다.

더 나아가, 다양한 공동체 구성원들이 흔쾌히 동의할 수 있는 투명하고 일관된 관용의 원칙과 제도를 만들어감으로써 적대행위의 원인을 줄여나가야 한다. 문화적 차이의 존중은 사회의 다양성을 유지하는 힘이 된다. 평화 공존과 번영을 위해 우리는 천부의 권리로서 인권의 존엄성을 자각하고 타인과 타민족의 다른 문화를 이해하고자 노력해야 한다. 이는 관용의 정신에서 비롯되며, 관용의 정신이 세계시민 문화의 핵심이 된다. 다른 문화에 대한 관용과 상호 인정을 통해 외래문화가 전통문화에 조화롭게 융합되는 것, 그것이 새로운 문화 창조이고 **문화정체성**을 확립하는 길이다.

(고등학교 시민윤리, 교육부)

세계화와 문화다양성

인간은 문화라는 수단을 통해 환경에 적응하고 이 문화는 다양한 방식으로 나타난다. 이것을 '**문화다양성**'이라고 부른다. 오늘날 우리가 경험하고 있는 세계화 현상으로 인하여 세계적인 규모에서 보편적이고 공통적인 문화 요소가 점점 더 많아지고 있지만, 다른 한편에서는 여전히 서로 다른 문화적 요소가 공존하고 있다. 그런데 다양한 문화 사이에서 어느 것이 더 좋고 옳은 것이며, 어떤 것이 더 나쁘고 잘못된 것이라는 평가를 단정적으로 내릴 수는 없다. 각 사회의 문화 사이에 존재하는 차이는 **상대적**인 것으로 이해해야 한다. 한 사회의 문화는 그 사회구성원들에게는 가치가 있지만, 다른 형식의 문화를 가진 사람들에게는 기이한 것으로 보일 수도 있다.

따라서 '세계 문화'라는 관점에서 문화의 다양성을 인정한다면 각 민족 문화의 상대성 역시 인정해야 할 것이다.

(고등학교 『시민윤리』, 교육부)

■ **디지털시대의 신 인간관 : 디지털 유목민**

자크 아탈리가 만든 가장 유명한 개념어인 '디지털 노마드족(nomad族)'은 국경이나 민족을 초월해서 전 세계를 무대로 끊임없이 움직이면서 새로운 가치를 창조하는 디지털혁명이 만들어낸 새로운 세력을 일컫는 말이다. 아탈리는 미래 역사의 주인공을 **디지털 노마드족(유목민)**이라 했다.

예전의 유목민은 먹고 살기 위해 떠돌아다니는 생활을 했지만, 21세기형 유목민은 자신의 삶의 질을 극대화시키기 위해 떠돌이 생활을 한다. 이는 정보기술의 발달을 통해서 이제 인류는 한곳에 정착할 필요가 없어졌다는 것을 뜻한다. 즉 시간적·공간적 제약으로부터 자유로울 수 있는 인터넷, 모바일 컴퓨터, 휴대용 통신기기 등 디지털시스템 하에서의 인간의 삶은 '정착'을 거부하고 '유목'으로 변모해간다는 것이다.

아탈리에 따르면, 이는 계급에 따라 다르게 이루어진다. 부유한 계급은 상상할 수 있는 모든 종류의 디지털 '유목' 물품으로 무장하고서 여유로운 삶을 즐기기 위해, 또 좀 더 생산적인 곳을 선점하기 위해 유목의 길을 나설 것이고, 가난한 사람은 '살아남기 위해' 이동해야 하므로 결국은 누구나 유목민이 된다는 것이다.

문화 이해의 관점

타문화에 대한 진정한 이해와 인류 공존이 가능하기 위해서는 단편적이고 자기중심적인 관점에서 벗어나 총체론적, 상대론적, 비교론적 관점에서 문화를 바라볼 수 있어야 한다.

총체론적 관점

어떤 문화의 일면을 보고 그 문화를 모두 이해하고 있다고 할 수는 없다. 왜냐하면 문화의 각 부분들은 상호 의존적이며 지속적인 상호작용을 통해서 통합된 전체를 형성하기 때문이다. 따라서 특정 현상이 문화의 다른 측면들과 어떻게 관련되는지를 이해하는 것이 중요하다. 예를 들어 이슬람 문화를 이해하고자 한다면 그 문화와 관련된 자연환경, 역사, 정치, 경제, 사상 및 신앙 등 전체적인 맥락 속에서 그 문화를 탐구해야 하는데, 이처럼 어떤 문화를 전체적인 맥락 속에서 이해하려는 접근을 **총체론적 관점**이라고 한다.

상대론적 관점

상대론적 관점은 어떤 사회의 문화를 그 사회의 독특한 환경과 상황 및 역사적 맥락에서 이해하고 해석하는 것을 의미한다. 문화는 다른 사회의 절대적 판단기준을 가지고 평가해서는 안 되고, 그 문화를 향유하고 있는 사람들의 관점을 통해서 이해되어야 한다.

예를 들어 기독교 문화는 유교나 이슬람 문화의 잣대만을 가지고 판단되어서는 안 되고, 기독교 문화가 영위되고 있는 사회의 역사적 배경과 환경 및 상황에서 탐구되어야 한다는 것이다. 문화를 이해하는데 무엇보다 주의해야 할 것은 문화에 대한 판단의 기준이 서로 다를 수 있다는 점이다.

비교론적 관점

문화는 다른 문화와 상호 비교를 통해서 좀 더 잘 이해될 수 있는데, 이처럼 **비교론적 관점**을 취할 수 있는 이유는 사회마다 문화가 독특하고 다양하면서 보편성을 가지고 있기 때문이다.

예를 들어 유교 문화는 이슬람 문화나 기독교 문화와의 비교를 통해서 더욱 잘 이해될 수 있을 것이다. 인류 문화에서 보편적으로 나타나고 있는 혼인, 가족, 친족, 경제 등의 측면에서 서로 간에 무엇이 같고 무엇이 다르며 결국 어떤 특성들을 가지고 있는지에 대한 비교를 통해서 유교 문화가 더 분명하게 파악될 수 있는 것이다.

(고등학교 사회문화, 천재교육)

문화의 상대성

어떤 문화를 제대로 이해하고 해석한다는 것은 그 문화가 생겨난 특수한 시대적 상황이나 배경, 그리고 그 안에서 살아가는 사람들의 특수한 역사적 경험을 그 맥락 속에서 이해한다는 것을 의미한다. 이러한 이해를 문화 이해의 상대성이라고 한다. 이처럼 문화의 상대성을 인정하는 문화의 상대주의적 관점에서는 우월한 문화와 열등한 문화의 구분을 인정하지 않으며, 한 사회의 문화를 외부의 관점에서 일방적으로 판단하고 평가하는 것에 반대한다.

(고등학교 사회 · 문화, 지학사)

문화와 관련한 내용은 논술 주제의 많은 부분에서 단독 주제 또는 세부 주제로 자주 출제되고 있는데, 특히 문화 이해의 다양한 관점은 그 방법적 이해를 돕는다.

관련 개념어 문화, 문화다원주의, 문화 이해의 관점(총체론적 관점, 상대론적 관점, 비교론적 관점), 노마디즘

038
민족문화

- **서울대 2010 인문 정시**(국가 경제성장 특성 비교 설명 및 문화 경쟁력을 높이는 방안 제시)
- **명지대 2008 인문 모의 2차 [문제 1]**(민족문화 계승의 유의점)

세계화 시대의 바람직한 민족문화

민족문화는 특정한 민족이 겪어 온 경험과 생활방식의 총체를 의미한다. 한 민족의 문화 발전 과정에는 외부로부터 전파되어 온 외래문화가 영향을 끼칠 수 있는데, 일상생활 속에 용해되어 흡수된 외래문화 역시 민족문화에 포함된다.

민족문화는 개개인에게 초개인적인 동질성을 부여해주고, 민족의 정체성을 확립하는 근거로 작용한다. 현대 민주사회에서 비록 개인의 자율성을 강조한다고 해서 그것이 결코 전통·문화·종교·민족 등을 통한 결속을 부정하는 것은 아니다.

민족문화가 갖는 기능은 다음과 같다. 첫째, 민족문화는 민족 구성원들의 민족적 자긍심을 고취시키는 기초가 된다. 둘째, 통시적인 관점에서 보면 민족문화는 과거, 현재, 미래를 연결시켜 민족 정체성을 확립시킨다. 셋째, 민족문화는 우리 민족과 국가의 대외적인 이미지를 제고하는데 기여할 수 있다. 넷째, '문화의 세기'라고 하는 21세기를 맞이하여 민족문화는 부가가치가 높은 문화산업을 육성하여 국가의 부를 창출할 수 있다.

오늘날의 세계화 시대에 우리에게 필요한 것은 **전통적인 민족문화와 보편적인 세계문화의 조화로운 공존**을 추구하는 태도다. "가장 한국적인 것이 가장 세계적인 것이다"라는 말처럼 세계의 각 민족이나 사회는 각기 문화적 특수성을 가져야 하며, 그 다양한 문화적 특징이 모여 조화를 이룰 때 비로소 바람직한 세계문화를 형성할 수 있다.

(고등학교 시민윤리, 교육부)

■ 민족문화의 계승과 발전을 위한 과제

- 조상들이 어떠한 조건에서 민족문화의 전통을 형성하였고, 그것을 어떻게 계승하여 왔는가에 대해 배워야 한다.
- 우리가 세계문화를 지향하는데 있어서 세계문화를 마치 서구 문화인 양 착각하거나, 아니면 우리 문화만을 고집하여 외래문화를 배격하는 것은 바람직하지 못한 일임을 깨달아야 한다.
- 전통문화에 대한 긍지와 자부심을 바탕으로 외래문화를 비판적으로 받아들일 수 있는 능력을 신장시킴으로써 문화적 정체성을 확립해야 한다.
- 우리 민족의 전통문화를 후기 산업사회, 정보사회, 지구촌 사회라는 오늘날의 생활환경에 적합하도록 창조적으로 발전시켜야 한다.

(고등학교 시민윤리, 교육부)

자주 출제되는 개념어는 아니지만, 최근 한중일 민족 갈등이 고조됨에 따라 논제의 세부 개념으로 다루어질 가능성이 그만큼 높아지고 있다.

관련 개념어 민족, 민족문화, 문화 이해

039 대중문화와 대중매체

- **서울여대 2024 인문(1) 수시 [문제 2-1]**(뉴 미디어가 야기하는 사회 문제 서술)
- **서울여대 2024 인문(1) 수시 [문제 2-2]; 자료 해석**(사이버 폭력 현상 설명 및 통제의 필요성 서술)
- **경희대 2023 인문 수시 [문제 1]**(대중문화가 사회에 끼치는 긍정적·부정적 영향 평가)
- **동국대 2022 인문(2) 수시 [문제 3]**('책의 수용 방식'을 토대로 제시문 내용 설명 및 독서 주체별 책을 대하는 태도 비교)
- **홍익대 2021 인문(1) 수시 [문제 1]**('구술 문화'와 '문자 문화'의 성격을 적용하여 인간 사회의 '소통'을 비판적으로 논술)
- **성균관대 2021 인문 모의**(표현의 자유 제한에 관한 두 입장〈찬성vs반대〉 적용 논술)
- **성균관대 2018 인문(3) 수시**(대중문화에 대한 상반된 견해〈순기능vs역기능〉 적용 논술)
- **한양대 2018 상경 수시**('밀크세이크'의 실수 분석 및 블로그의 영향력이 늘어난 이유에의 적용 평가)
- **이화여대 2018 인문(1) 수시**(글쓰기의 이론적 고찰을 통해 글쓴이가 시를 감상하는 방식 분석)
- **이화여대 2018 인문(1) 수시 [문제 2]**('The Help'라는 책이 독자에게 갖는 의미 설명)
- **이화여대 2018 인문(1) 수시 [문제 3]**(책에 대한 인식, 독서법 및 독서의 궁극적 지향 비교 서술)

대중문화의 특징과 비판적 인식의 필요성

오늘날 대중문화는 자본주의의 생활양식과 관련되어 있기에, 사람들의 예술, 오락, 여가 생활에만 영향을 미치는 것이 아니라 한 사회의 경제 및 구성원의 의식주와 같은 일상, 가치와 규범, 행동양식 전반에서 영향을 미친다.

이에 따라 대중문화는 다음과 같은 **긍정적 특징**을 보인다. 첫째, 대중문화는 일상에서 오락 및 여가 문화로서의 기능을 제공하며, 대중을 위한 삶의 활력소 역할을 수행한다. 둘째, 대중문화는 사회구성원 다수가 즐기면서 계층 간 문화 차이를 줄이고 문화 민주주의를 실현하게 한다. 셋째, 일반적으로 대중문화가 탈(脫)정치적이라고 하지만, 요즘 대중문화에서 정치적 비판 기능이 나타난다는 점에서 대중문화는 나름대로 사회 비판적인 모습을 보이기도 한다.

이와 달리 **부정적 특징**도 있다. 첫째, 대중문화는 대량 생산과 대량 소비 과정을 거치면서 이윤을 추구하는 문화 상품의 성격이 강하기에 문화를 상업화하게 된다. 둘째, 대중문화 내용은 한 순간에 유행되어 사람들 삶의 양식을 비슷하게 하여 문화의 획일성과 몰개성을 가져온다. 셋째, 대중문화는 그 내용에서 인간의 원색적인 욕구에 초점을 두며 이 때문에 사회의 퇴폐화와 저속화 및 문화의 질적 저하를 가중시킨다는 비판을 받는다.

그러나 대중문화와 관련한 또 다른 문제는 대중문화가 대중 소외를 심화시키고, 정치적 무관심과 배금주의적 가치를 양산한다는 특징이 있다. 특히 권위주의 정부가 대중 매체를 활용하여 대중 조작을 일삼거나 대중문화를 활용하여 대중을 수동적으로 만들 위험성도 있다. 이에 따라 대중문화 생산자들도 건전한 양식이 필요하지만, 대중문화 소비자의 선별적인 수용과 비판적인 인식이 필요하다.

(고등학교 사회 · 문화, 천재교육)

기능론과 갈등론의 관점에서의 대중매체의 역할과 기능

기능론에서는 대중매체가 사회 질서 유지와 사회 통합의 기능을 담당하고 있다고 본다. 대중매체를 통해 다양한 사회구성원들이 공유할 수 있는 규범과 가치를 창출할 수 있기 때문이다. 대중매체에 의해 전파되는 규범과 가치를 사회구성원들이 바람직한 것으로 수용하여 기존 사회의 제도나 질서에 순응하면 사회 통합이 원만하게 이루어진다. 또한, 대중매체는 사회 통제 기능을 담당한다. 대중매체는 사회규범이나 가치에 어긋나는 행위를 하는 일탈행위의 부정적 결과를 보도함으로써 사회구성원을 각성시키는 사회 통제 기능을 담당한다.

갈등론에서는 대중매체의 이데올로기 효과를 강조한다. 대중매체는 사회 지배세력의 입장을 주로 반영하여 기존 질서를 유지하는 효과를 낳는다. 사람들은 대중매체가 제시하는 문제만을 진정한 문제로 착각하고, 매체가 문제를 해석하는 방식으로 해석하고, 매체의 생각대로 생각한다. 대중매체는 사회 지배 세력에 의해 소유되고 통제되기 때문에 지배 세력의 현실 인식을 반영하게 되고, 사람들은 매체를 통해 지배 세력의 입장을 갖게 되며 기존 질서를 당연시하고 순응하게 된다.

(고등학교 사회 · 문화, 천재교육)

매체가 곧 메시지다

대표적 매체 이론가인 마셜 맥루한은 "매체가 곧 메시지다"라고 주장했다. 이는 매체가 전달하는 내용보다 매체의 독특한 특성 자체가 사회에 더 큰 영향을 미친다는 것이다. 예를 들어, 인쇄매체에 의존하는 사회와 텔레비전이 중요한 역할을 담당하는 사회에서 경험하는 생활은 다르다. 또 전자매체는 지구촌을 조성하여 전쟁이나 재해 등 세계 곳곳에서 발생하는 사건이나 뉴스를 전 세계 사람들이 생생하게 목격하도록 하고, 세계인이 함께 참여하도록 했다. 맥루한은 매체의 형식과 구조가 인간이 세상을 인식하고 이해하는데 영향을 미치며, 인간은 매체의 강력한 영향력에서 벗어날 수 없다고 주장하였다.

(고등학교 사회문화, 천재교육)

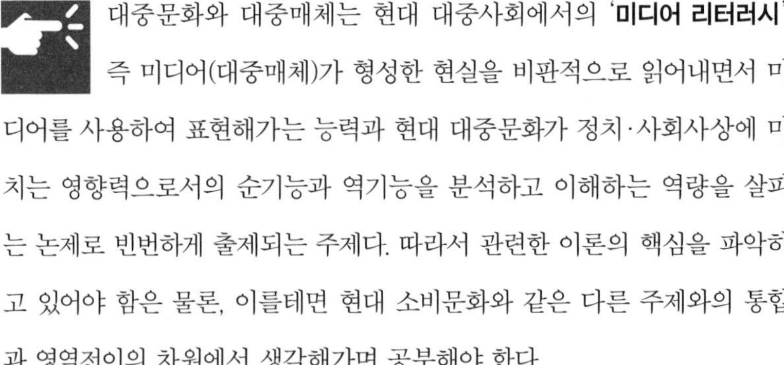

대중문화와 대중매체는 현대 대중사회에서의 '**미디어 리터러시**', 즉 미디어(대중매체)가 형성한 현실을 비판적으로 읽어내면서 미디어를 사용하여 표현해가는 능력과 현대 대중문화가 정치·사회사상에 미치는 영향력으로서의 순기능과 역기능을 분석하고 이해하는 역량을 살피는 논제로 빈번하게 출제되는 주제다. 따라서 관련한 이론의 핵심을 파악하고 있어야 함은 물론, 이를테면 현대 소비문화와 같은 다른 주제와의 통합과 영역전이의 차원에서 생각해가며 공부해야 한다.

관련 개념어 대중매체의 순기능과 역기능, 대중문화와 관련한 제 이론

040 사회실재론과 사회명목론

- **경희대 2019 사회(2) 수시**(개인과 사회의 관계를 바라보는 두 관점〈사회실재론과 사회명목론〉고찰)
- **성균관대 2016 인문(2) 수시**(개인과 사회를 보는 관점〈사회실재론과 사회명목론〉 적용 논술)
- **서강대 2011 인문 수시 2차 [문제 1]**(명목론과 실재론의 관점에서의 개인과 사회의 관계 비교평가)

개인과 사회의 관계를 설명하는 이론

개인과 사회의 관계를 설명하는 이론에는 서로 대립하는 사회실재론과 사회명목론이 있다. **사회실재론**은 개인은 단지 사회를 구성하는 하나의 단위에 불과하다고 보는 견해로, 사회를 개인들이 모인 집합체 이상의 객관적인 존재로 보는 입장이다. 하나의 실체를 지닌 사회는 개인과는 다른 고유한 특성을 지니며, 사회를 구성하고 있는 개개인의 삶에 영향을 미치기도 하고, 때로는 개인의 삶을 구속하기도 한다. 사회 유기체설을 바탕으로 하는 사회실재론의 대표적인 학자는 스펜서(Spencer, H), 콩트(Comte, A) 등이다.

한편, **사회명목론**에서는 사회가 개인 외부에 별도로 존재하는 것이 아니며, 단지 개인들의 집합체에 붙여진 이름에 불과하고, 실재하는 것은 개인뿐이라고 주장한다. 그러므로 사회의 구조나 실체를 인정하지 않고, 실제로 존재하는 것은 사회가 아니라 사회를 이루고 있는 개인이며, 사회는 단지 명목상으로만 존재한다는 것이다. 따라서 사회명목론에서는 사회 자체보다도 사회를 구성하는 개인의 특성과 행동 양식을 고찰해야 한다. 사회명목적인 시각으로 개인과 사회를 바라보는 관점 중에는 사회계약설이 있다. 이런 사회계약설을 주장한 대표적인 학자는 홉스(Hobbes, T.), 로크(Locke, J.) 등이다.

(고등학교 사회문화, 금성출판사)

사회사상과 사회 이론의 제 관점을 묻는 논제의 하위 개념어로 출제된다.

관련 개념어 사회실재론과 사회명목론, 사회기능론과 사회갈등론

041
SNS_ 소통의 새로운 메커니즘

- **서울여대 2024 인문 모의 [문제 1-2]**(SNS의 양면적 특성 요약 및 부정적 측면 해결방안 서술)
- **단국대 2024 인문(2) 수시 [문제 3]**(SNS의 긍정적·부정적 측면 및 문제점 해결방안 서술)
- **한양대 2024 상경 수시 [문제 1]**(SNS가 소속 정당의 정서적인 차원의 양극화'에 미칠 영향 고찰)
- **경희대 2023 인문 수시 [문제 2]**(SNS의 순기능과 역기능 비교·분석 및 적용 평가)
- **고려대 2019 사회 편입**(SNS와 큐레이터가 대중의 의사결정에 미치는 영향 평가)

전자 대의민주주의 가능성

가상의 소통 공간에서 대화를 통한 진실이 자라나게 하고, 응답하는 것이 가능한 **SNS(Social Network Service)**에 주목할 필요가 있다. 대표적인 SNS인 트위터는 140자 단문 메시지(사진·동영상 첨부도 가능하다)를 통해 자신이 팔로잉(following)하는 사람의 글을 읽고, 자신을 팔로(follower)하는 사람에게 글을 쓰거나, 받은 글을 전파(RT: 리트윗)할 수 있는 방식이다. 다이렉트 메시지(Direct Message)도 있어 휴대전화 문자메시지와 같은 기능을 한다.

SNS를 통해 쓴 문장과 정보들은 햇빛이 물결에 산란하는 것처럼 순간적으로 계속 반짝인다. 무엇보다 모든 세대와 남녀를 아우르는 소통은 세대별 이해를 좁히고, 무수한 글과 링크된 기사나 전문 블로그 등을 읽으면서 다양한 사람들의 다양한 사고를 접하게 되는 것은 SNS만의 장점이기도 하다.

사회화 기관으로서 대중매체의 변천

수십 년간 반복되고 축적된 뉴스와 신문이라는 언론의 틀은 정치가와 기업가 등 뉴스 생산자와 국민이라는 소비자 사이의 중개 유통에서 일정한 독점권을 획득했다. 인터넷의 발달에 따라 포털이 중간 유통자로서 '언

 론'의 지위를 얻고, 정치가들은 블로그 등을 통해 직접적으로 접촉을 시도하지만, 이 또한 기존의 정형화된 소수 언론의 뉴스 가공공장을 통해서만 대량 유통되고 있을 뿐이다.

SNS, 자발적 결사체와 합체하다

SNS를 이용한 활동을 통해 이루어진 다양한 세대 간의 다층적 연결점은 소수에 의해 지탱되던 오프라인 시민단체나 동호회, 정당의 연대성을 온라인에서 실시간으로 더 견고히 구축할 수 있게 해준다. 이는 기존 방법에서는 불가능해 보이던, 무수히 쌓인 모래가 산이 되고 그 위에 꽃이 피고 풀과 나무가 자라는 것과 같다. 한 예로 유엔에 보낸 서한으로 한 시민단체가 정부와 보수 언론 및 단체로부터 공격을 받았지만, 트위터에서는 계속 엄청난 응원을 받았고, 이것이 자발적 회원 증가로 이어지기도 했다.

SNS, 정치 사회화의 새로운 지평

정치의 요체가 상대방에 대한 인정이고, 이를 바탕으로 한 소통이라면, SNS는 소통에 능숙한 정치인에게는 그들이 그토록 원하는 국민의 의사와 지지를 확인하고 정책을 사전 검증받는 수단도 될 수 있다. 그것은 국민에게도 좋은 일이다. 어떤 일이 있을 때 여론조사 기관에 의뢰할 필요 없이 주요 SNS 이용자들의 반응을 보고 여론을 즉시 알 수 있다면 법 제도와 정책상 시행착오를 줄이는데 아주 유용할 것이다.

(고등학교 사회, 천재교육)

현대 정보사회의 주요 대중매체로 자주 출제되며, 특히 가상공간에서의 소통과 온라인을 활용한 대의민주주의를 다루는 논제에서 단골로 다루는 소재다.

관련 개념어 SNS, 소통

042
사회 불평등

- **서울여대 2024 인문(2) 수시 [문제 2-1]; 자료 해석**(국가가 사회 불평등에 개입해야 하는 이유 서술)
- **이화여대 2024 사회 모의 [문제 2]**(불평등의 관점에서 〈짐 크로법〉에 대해 논평)
- **성균관대 2024 인문 모의**(사회 불평등을 바라보는 두 관점: 평등주의vs능력주의)
- **고려대 2023 인문 모의**(불평등 해소 방안 제시 및 사례 적용 평가)
- **고려대 2022 인문 편입**(불평등 해소를 통한 분배 정의 실현 방안)
- **고려대 2021 사회 편입**(이상 사회를 위한 바람직한 경제체제 고찰)
- **서강대 2021 인문(2) 모의 2차**(부의 불평등 현상과 사회 이동과의 관계 고찰)
- **중앙대 2021 인문 모의**('목표와 결과의 관계'를 토대로 소수자 우대 정책과 도심 재개발 사업 고찰)
- **숙명여대 2021 인문 모의 [문제 2]**(사회적 혐오의 형성 및 작동 원리 서술 및 상황 적용 설명)
- **숙명여대 2020 인문(2) 수시 [문제 1]**(사회 양극화로 인한 계층 간 분리 현상의 문제점 서술 및 사례 적용 평가)
- **경희대 2020 사회(1) 수시**(사회 불평등을 바라보는 상반된 관점〈기능론과 갈등론〉 분류·요약 및 적용 평가)
- **서울시립대 2019 인문 수시**(부모의 능력을 자녀의 능력으로 간주하는 것에 대한 찬반 입장 서술)
- **동국대 2019 인문(2) 수시 [문제 2]**('여성 차별을 합리화할 수 있는 논리' 추론 및 비판)
- **숙명여대 2018 인문(2) 수시 [문제 1]**(성불평등 문제 고찰)
- **한양대 2018 상경 모의 1차 [문제 1]**(개인과 집단의 관계 분석을 통한 빈곤 문제의 해결책 추론)
- **이화여대 2018 인문(2) 모의 [문제 1]**(평등과 불평등의 서로 다른 측면 비교 및 사례 적용 평가)
- **한국외대 2017 사회(1) 수시**(사회 불평등 해결을 위한 국가의 역할 비교 및 사례 적용 추론)
- **서강대 2015 인문(2) 수시 [문제 2]**(사회 불평등 현상에 대한 다각적인 고찰)
- **동국대 2015 인문(1) 수시 [문제 2]**(여성에 대한 차별적 불평등 현상이 나타나는 이유 논술)
- **서울시립대 2015 인문 수시**(차별대우와 평등 대우에 대한 견해 제시)
- **단국대 2015 인문(1) 수시 [문제 1]**(차별과 평등의 관계 고찰)
- **동국대 2014 인문(1) 수시**(빈곤에 대한 관점 비교분석: 절대적 빈곤과 상대적 빈곤)
- **숙명여대 2014 인문(3) 수시**(여성 불평등 문제와 관련한 다양한 쟁점 비교분석)
- **서울여대 2014 인문(2) 수시 [문제 1]**(정보통신기술 발달이 사회 불평등에 미치는 영향 고찰)
- **동국대 2013 인문(1) 수시**(불평등과 다양성 차원에서의 사회통합에 대한 다양한 관점 비교분석)
- **한국외대 2012 인문 모의**(관용과 차별의 관점 비교분석)
- **국민대 2012 인문 수시**(집단 권력의 개인의 자유와 권리 침해와 이에 따른 경제 양극화 심화 현상)

188 ● 사회 불평등 개선 방안

사회 불평등 현상은 어느 사회에서나 존재하는 **사회문제**다. 사회에는 물질적 풍요를 누리고 권력을 행사하는 사람이 있는가 하면, 가난하고 힘없는 존재임을 실감하며 사는 사람들도 많이 있다. 이렇듯 사람들은 특정한 사회계층이나 계급으로 나뉘어져 있는데, 이러한 사회 불평등 현상을 완전히 없애는 것은 불가능하다. 그러나 좀 더 평등한 사회를 실현하기 위한 노력을 포기해서는 안 되는데, 이를 위해서는 다음과 같은 개선 방안이 요구된다.

개인·의식적인 관점에서의 개선 방안

사회의 불평등 현상에 의해 야기되는 계층 간의 위화감은 건전한 사회 발전의 장애 요인으로 작용한다. 우리 사회는 계층 간의 위화감이 매우 심각한 상태다. 하위 계층의 사람들은 상위 계층의 사람들 모두가 부정한 방법으로 돈을 벌고 자신들만을 위해 돈을 쓰는 사람들, 부모 잘 만나서 출세한 이들이라고 매도하기도 하고, 반대로 상위 계층 사람들은 하위 계층 사람들을 게으르고 나태한 사람들, 정부와 사회에 대한 불만으로 가득 찬 사람들이라고 매도하기도 한다.

결국 이 문제는 정치·사회적인 지도층과 일반 국민들의 사회적 불평등에 대한 의식과 태도의 변화가 없이는 개선되기 힘들다. 지도층이나 국민 모두가 좀 더 평등한 사회를 실현하려는 확고한 의지를 갖고, 사회 전체에 출세와 경쟁적 대립의 관계가 아니라 서로를 위한 봉사와 협동적 공존의 가치관을 내면화하게 되면, 사회적 불평등에 의해 야기되는 문제들은 쉽게 해결될 수 있을 것이다.

사회·제도적인 관점에서의 개선 방안

우리 사회에 자신의 노력에 의해 얼마든지 사회적 지위의 상승이 가능한 개방적 계층 구조가 정착되는 것은 무엇보다 중요하다. 하지만 이러한 계층 구조의 형성은 개인들의 노력만으로 달성되기에는 한계가 있다. 결국 국가와 사회 전체가 나서서 가정적 배경이나 남녀 성별 같은 귀속적 요인보다 능력이나 노력 같은 성취적 요인에 의하여 사회적 지위가 결정되도록 적극적으로 노력해야 한다.

이를 실현하기 위한 제도적 장치로는 교육 기회의 확대, 상속 및 증여에 대한 누진세율의 강화, 각종 사회복지 정책의 실시 등이 있다. 이러한 제도들은 사회적 희소가치가 특정 계층에게만 집중되거나 사회적 지위가 세습되는 현상을 막을 수 있다. 물론, 이때에는 지나친 정부의 지원으로 인하여 사회 성원의 근로 의욕이 저하되거나, 사회 전반에 비효율성이 심화되는 문제가 발생하지 않도록 주의해야 할 것이다.

(고등학교 사회문화, 천재교육)

적극적 차별 수정조치

'적극적 차별 수정조치' 혹은 '적극적 조치'는 형식적 기회의 평등만으로는 실질적 평등이 어렵다는 계속된 문제 제기에 따라 특정 집단에 대한 처우론이 이야기되면서 등장하게 된 개념이다. 적극적 조치는 구조적 차별을 수정하기 위한 조치로, 차별을 야기하는 편견과 통념, 고정관념, 관습 등을 수정하기 위한 조치라 할 수 있다.

유엔의 정의에 따르면 적극적 조치란 "과거의 차별로 인한 현재의 권리 행사의 어려움을 조정하기 위하여, 과거의 차별이 영향을 미치지 않도록 현재의 정치, 사회, 경제 구조를 개선할 수 있는 조치로, 과거의 차별로 인한

 영향이 사라질 때까지의 잠정적 조치"이다. 즉, 현재의 정치 구조나 제반 조건, 관습, 그리고 관념 등은 과거로부터 지금까지 지속적으로 존재해 왔던 차별이 축적된 것으로, 이러한 구조와 관습, 관념 등의 변화를 가져올 수 있는 적극적인 조치가 없이는 **실질적인 평등**을 이룰 수 없다는 이해에서 출발하였다.

현재 우리 사회의 차별 수정, 차별 금지를 위한 법 제도들은 소극적 차별 안하기 정책에 집중되어 있다. 그러나 이미 우리 사회에서 과거로부터 축적된 차별의 결과가 현재까지 영향을 미치고 있다는 것을 인정한다면, 소극적 '차별 안하기'는 '차별하기'와 다름없다.

('국가인권위원회법의 차별 판단을 위한 지침', 조순경, 〈국가인권위원회〉)

불평등에 대한 개념은 현대 사회문제에서 폭넓게 다루는 주제로, 관련한 다른 주제와의 통합과 영역전이의 차원에서 공부할 필요가 있다. 특히 사회·문화 교과목의 핵심 이론인 기능론과 갈등론의 관점에서 사회 갈등 현상을 논증할 것을 묻는 문제가 자주 출제되기에, 관련한 내용을 잘 알고 있어야 한다.

관련 개념어 사회계층, 사회 불평등, 사회문제, 사회적 약자

043 집단사고와 집단지성

- **고려대 2019 사회 편입**(집단지성과 집단사고의 관계: SNS와 큐레이터가 대중의 의사결정에 미치는 영향)
- **성균관대 2016 인문 모의**(개별지성과 집단지성, 집단지성과 집단사고와 관련한 다양한 관점 고찰)
- **서울여대 2013 인문(1) 수시 [문제 1]**(집단지성의 순기능과 역기능)
- **단국대 2012 인문 수시 [문제 2]**(지적재산권 제도에 대한 찬반론)
- **연세대 2012 사회 수시**(한 사회에 새로움이 부상하는 과정에서 다수가 수행하는 역할 비교 분석)
- **홍익대 2012 인문(1) 수시 [문제 2]**(개인과 집단지성과의 관계 비교 분석)
- **서울시립대 2011 인문 수시**(여론의 순기능과 역기능에 대한 논거 비교 분석)
- **성균관대 2010 인문(2) 수시**(집단 내의 다수에 대한 개인의 동조현상 비교 분석)

왜 최고의 엘리트 집단이 최악의 어리석은 결정을 할까?

집단사고란 말 그대로 유사성과 응집성이 높은 집단에서 나타나는 의사결정 사고(思考)로, 사고 과정에서 반대 정보를 차단하거나, 또는 관련하여 발생할 수 있는 문제점을 고려하지 않은 채 만장일치를 추구하는 결과가 나타날 수 있다. 동일한 집단 구성원 간에 어떤 의사결정을 내려야 할 때, 문제 상황과 관련하여 나타날 수 있는 가능한 대안이 많다거나, 또는 반대되는 정보를 고려하기 어려운 상황이 사고 과정에서 발생할 경우에 그러한 경향은 증폭된다.

다시 말해, 비슷한 생각을 하는 사람들끼리는 어떤 문제에 대해 쉽게 합의하려 드는 경향이 있어서, 의사결정 시에 발생할 수 있는 문제점을 심사숙고하기 어렵게 만든다. 최근에는 이를 해결하기 위해 아예 다른 분야의 전문가를 의사결정 과정에 참여시키려는 경향이 나타나고 있는데, 예를 들어 공학자 집단의 기술 개발과 관련한 의사결정에 심리학자나 인문학자들이 참

 여하여 여러 문제를 제기하거나 해결책을 제시하는 경우가 그것이다.

이와는 달리 다수의 사람들이 서로 협력을 통해 지적 능력의 결과물을 얻는 의미로서의 **집단지성**이 있다. 예를 들어 다국적 온라인 백과사전인 '위키피디아'처럼 전문가 집단이 아니더라도 다수의 일반인들이 다양한 의견을 쏟아낼 경우, 전문가들의 의사결정 결과물보다 훨씬 값진 정보와 의견을 만들어낼 수 있다는 것이다.

제도화된 사회는 전문가 집단을 중요하게 여기고, 전문가 집단 간의 의사결정을 통해 정책을 집행하는 경우가 대부분이다. 그러므로 현대사회는 과거에 비해 집단지성보다는 집단사고를 더 선호하는 경향을 보이고 있는데, 그에 따라 집단사고의 위험성은 갈수록 높아지고 있다.

집단사고를 경계하고 집단지성을 높이는 가장 좋은 방법은, 일반 대중이 다양한 의견을 제시하고 다수의 사회구성원이 민주적인 의견을 제시할 수 있도록 하는 것이다. 따라서 우리 사회에서 집단사고보다 집단지성이 더 많이 일어나도록 하는 것은 결국 정책 결정 과정을 개방하고, 아울러 일상적인 삶을 살아가는 다수의 사람들이 참여하는데 달렸다.

현대 정치·사회문제는 물론 대중매체의 순기능·역기능과 관련하여 자주 출제되는 세부 주제어다.

관련 개념어 집단사고, 집단지성, 백과사전과 위키피디아의 차이

044
이데올로기

- **이화여대 2013 인문(1) 모의 [문제 3]**(세상을 대하는 삶의 태도)
- **고려대 2011 인문 모의 [문제 3]**(모순율과 동양적 사고의 관점에서 주인공의 행동 비판_ 이데올로기)
- **연세대 2011 인문 모의**(합리성이란 무엇인가_ 인간의 의사결정 행위_ 전망 이론 적용)
- **한양대 2010 인문 수시**(국가 간 이민·동화정책의 비교와 정책의 문제점 비판)

사회적 신념 체계

이데올로기란, 현실 사회의 문제점을 개선하여 **이상사회**를 이룩하는데 필요한 방향을 제시해 주는 관념이나 이상으로서, 일종의 세계관·가치관이라고 할 수 있다. 근대의 주요 이데올로기는 프랑스 혁명 이후 이상사회에 대한 다양한 청사진을 제시하는 과정에서 출현하였으며, 대표적인 예로는 자유주의, 민주주의, 민족주의, 사회주의, 보수주의 등을 들 수 있다.

이데올로기의 순기능으로는 역사의 진보에 대한 믿음과 실천 의지의 주입, 일반 대중들의 정치적 각성, 민주주의의 성장과 발전에 대한 공헌 등을 들 수 있다. 역기능으로는 정치적 무관심과 급진적 이념에 빠지는 오류, 획일적 세계 인식으로 인한 비타협적·독선적 태도의 고양, 총체적 성격과 극단주의 및 폭력성의 문제 등을 들 수 있다.

이데올로기는 근대의 산물로서 역사적 미래상과 함께 구체적인 수단이나 투쟁 방법 등을 제시하지만, 이상사회는 전통시대의 산물로서 현실 사회를 풍자적인 방법으로 비판하고 초역사적 미래상을 제시한다.

(고등학교 윤리와 사상, 교육부)

마르크스는 그의 저서 『경제학 비판』서문에 이데올로기에 대해 다음과 같이 기술했다.

인간은 그 생활의 사회적 생산에 있어서 일정한, 필연적인 그의 의지란 독립된 관계, 즉 생산관계에 들게 된다. 이 생산관계는 그들의 물질적 생산력의 일정한 발전 단계에 대응한다. 이들 생산관계의 총체가 사회의 경제적 구조를 형성한다. 이것이 현실의 토대이다. 그리고 그 위에 법률적 및 정치적인 상부구조가 이룩되어, 그것이 일정한 사회적 의식 제 형태에 조응(照應)한다. 물질적 생활양식이 사회적·정치적·정신적 생활 과정의 일반 조건이 된다. 인간의 의식이 그들의 존재를 규정하는 것이 아니고, 거꾸로 그들의 사회적 존재가 그들의 의식을 규정하는 것이다.

이것을 쉽게 풀이하면, "인간은 사회적 존재이며, 사회의 근본은 경제적 조건에 있다. 그 경제적 조건에 맞춰 법률이 만들어지고 정부의 형태가 정해진다. 물질생활이 정신생활을 규제하는 것이지 정신이 근본이 될 수는 없다. 사람들의 의식은 그 환경이 만들어내는 것이다"라는 뜻이다. 가히 시대를 뛰어넘는 마르크스의 혜안과 통찰이 번뜩이는 명문이 아닐 수 없다.

현대 정치·사회사상 및 포스트모더니즘 사고와 관련한 개념을 묻기 위해 출제된다.

관련 개념어 이상사회, 이데올로기, 기표와 기의와 기호

045
도덕적 인간과 비도덕적 사회

- **서강대 2019 인문(2) 수시 [문제 2]**(개인과 사회 간 도덕성 조화 가능성 평가 및 해소 방안)
- **중앙대 2018 인문 모의(2)**(개인의 부도덕한 행위가 사회에 미칠 악영향 논술 및 해결방안)
- **연세대 2014 사회 수시**(개인의 자율성의 정도 비교와 사회갈등 해결 방안)
- **동국대 2012 인문(2) 수시 [문제 1]**(SNS 기능을 바탕으로 한 개인주의와 집단주의 극복 방안)
- **경희대 2011 인문 수시**(공익과 사익 추구 사이의 긴장과 대립관계: 공유의 비극의 사례)
- **서울시립대 2009 인문 모의**(사회이익과 개인이익의 충돌 시 어느 것을 우선해야 하는가)

예비군복만 입으면 개가 되는 이유

미국의 신학자이며 문명 비평가인 니부어(Reinhold Niebuhr)는 『도덕적 인간과 비도덕적 사회』에서 도덕적인 인간으로 구성된 사회일지라도 비도덕적일 수 있다고 주장하였다. 개인은 양심적이고 도덕적이라 할지라도 그러한 개인들로 구성된 사회집단은 집단이기주의로 인해 이기적이고 부도덕할 수 있다는 것이다.

집단의 도덕성이 왜 개인의 도덕성보다 더 떨어질까? 집단이기주의는 개인의 이기적 충동들의 복합으로서, 그 같은 개인의 이기주의적 충동들이 공통된 충동으로 연합될 때는 그것들이 개별적으로 나타날 때보다 더욱 뚜렷하게, 그리고 누가(累加)된 결과로 나타난다는 것이다. 이에 니부어는 사회집단의 이기심을 억제하기 위해 강제력이 뒷받침된 정책이나 제도가 필요하다고 보았다.

니부어가 주장한 바와 같이, 사회의 구성원들이 도덕적이어도 그 사회는 비도덕적일 수 있기에, 개인의 도덕성에 주로 관심을 갖는 개인윤리만으로는 사회의 도덕적인 문제를 올바로 해결할 수 없다. 여기서 사회제도나 구조의 도덕성과 관련되는 **사회윤리**의 필요성이 대두된다.

(고등학교 도덕, 비상교육)

사회윤리

개인의 도덕성, 즉 개인의 행위, 품성, 삶의 도덕성과 관련되는 개인윤리와 달리, 사회윤리는 법, 정책, 관습 등과 같은 사회구조나 제도의 도덕성과 관련되는 윤리를 말한다.

자유, 정의, 사회제도, 현대 정치·사회사상의 쟁점 등 다방면의 주제를 뒷받침하는 **제시지문**으로 출제되는 사상적 내용이다.

관련 개념어 개인윤리와 사회윤리, 개인주의와 집단주의

046
일탈행동

- **동국대 2023 인문(2) 수시 [문제 1]**(일탈 행동의 긍정적 기능의 사례 적용 고찰)
- **숙명여대 2022 인문 모의 [문제 1]**(엄벌주의 시각에서 소년범죄 증가 현상 대응방안)

사회문제론의 핵심 이론

인간은 사회가 요구하는 규범의 틀 속에서 생활하며, 사회적으로 용인되는 행동의 범주를 벗어나게 되면, 그에 따른 제재를 받게 된다. 이렇게 규범을 벗어나는 행동을 **일탈행동**이라고 하며, 이에 대한 각종 제재는 사회의 질서를 유지하기 위한 제도적 장치라고 볼 수 있다.

그런데 어떤 행동이 일탈행동인가 아닌가 하는 것은 사회에 따라 달라진다. 이는 사회적 행동을 평가하는 가치관이나 규범이 사회적 조건이나 상황에 따라 달라지기 때문이다. 예를 들어 이토 히로부미를 암살한 안중근 의사는 우리나라에서는 애국자로 추앙받지만 일본에서는 암살자로 간주되는데, 이러한 사실은 일탈행동의 상대적 특성을 말해 준다.

사회적 상호작용 이론인 기능론과 갈등론은 모두 비행이나 범죄, 일탈이 일어나는 이유를 **사회구조**에서 찾는다. 그러나 사회구조가 일시적으로 문제가 생긴 것으로 보는 기능론과 달리, 갈등론은 사회 자체의 불평등 때문이라고 설명한다.

(고등학교 사회문화, 천재교육)

■ 사회적 일탈행동을 설명하는 이론

• **아노미적 일탈 이론**_ 자본주의가 급격히 발달하는 과정에서 사회 해체가 일어나고 사회 규칙이 붕괴되는 무규범 상태인 아노미가 발생하는데, 그 사회에

서 중요하게 여기는 목표를 성취할 만한 합법적인 수단을 갖지 못하는 괴리로 인해 일탈이 발생한다고 본다. 아노미적 일탈 이론은 비행이나 일탈행동의 원인을 사회구조와 개인의 관계 속에서 찾으려고 한다. 즉 일탈이나 비행은 사회생활을 하는 개인이 가치 혼란 속에서 자신의 욕망을 누르지 못하거나 제도화되지 않은 비합법적인 수단을 사용하기 때문에 생긴다고 본다.

• **사회해체론**_ 급격한 사회 변화로 인해 인간관계나 사회 규범이 무너지면서 기존의 사회 질서의 해체가 일어나고, 그에 따라 일탈이 발생한다고 본다. 사회해체론은 주로 근대화 과정에서 도시화를 경험하는 지역에서 발생하는 범죄와 일탈을 설명하는 이론으로 많이 사용된다.

• **하위문화론**_ 여성문화, 청소년문화처럼 한 사회에서 부분을 이루는 집단들에게서 나타나는 특이한 문화를 하위문화라고 하는데, 그 계층에 속한 문화를 학습한 결과 비행이나 일탈을 하게 된다고 본다. 하위문화론은 주로 하류층에서 일탈이나 비행이 일어나는 이유를 설명하는데, 지배문화에 대항하기 위해 또는 자신이 속한 계급문화를 사회화한 결과 일탈이 일어난다는 것이다.

• **차별적 교체 이론**_ 일탈자 또는 일탈집단과의 상호작용의 빈도가 높으면 일탈할 가능성이 높다고 본다. 즉 '누가 범죄를 저지르고 일탈하는가'라는 문제는 누구와 교제하고 무엇을 학습하는가에 대한 차별적인 상황에서 일어나는 상호작용의 과정으로, 그 과정에서 범죄나 일탈행위를 학습하고 그것을 실행하게 된다는 것이다.

• **낙인 이론**_ 사회적 낙인에 의해서 일탈이 발생한다고 보는 이론으로, 한번 일탈을 경험한 사람이 사회적으로 낙인이 찍히면 지속적으로 일탈을 반복하게 된다는 것이다. 낙인 이론은 일탈을 어떻게 규정하느냐에 따라 달라지는 상대적인 개념으로 파악하기도 한다.

(고등학교 사회문화, 천재교육)

자주 출제되는 개념은 아니지만, 관련한 제 이론에 대한 개념적 이해는 필요하다.

관련 개념어 일탈행동 이론, 기능론과 갈등론

047 생명윤리와 환경윤리

- **서울여대 2024 인문(2) 수시 [문제 2-2]; 자료 해석**(온실가스 배출 문제의 원인과 해결방안 서술)
- **경기대 2024 인문 모의 [문제 1]**(경제발전과 자연 보호 사이에서 발생하는 딜레마 상황의 적용 비판 및 의의 서술)
- **숭실대 2024 인문 수시 [문제 1]**(공동체적 가치 고양 측면에서 생명 가치 훼손의 타당성 고찰)
- **이화여대 2023 인문(1) 모의 [문제 1]**('사회 정체감 이론'에서 동물 복지에 대한 두 관점 비교)
- **숙명여대 2022 인문(2) 수시 [문제 1]**(거래제와 탄소국경조정제가 지구온난화 방지에 기여하는 방식 비교 서술)
- **서강대 2022 인문(2) 모의 1차**(환경 문제에 대한 국가 간 이해 충돌 분석 및 전지구적 차원에서의 해결방안)
- **성균관대 2021 인문(2) 수시**(환경윤리를 바라보는 두 관점〈인간중심주의 자연관, 생태중심주의 자연관〉 적용 논술)
- **숙명여대 2021 인문(1) 수시 [문제 1]**(과학 기술〈클론〉 허용 관련 생명 중심주의 입장에서 인간중심주의 사고 비판)
- **동국대 2019 인문(1) 수시 [문제 1]**(국제 사회의 행위 주체들의 범지구적 환경 문제 해결을 위한 역할 및 가능성 서술)
- **서강대 2019 인문(1) 모의 1차**(미래 사회의 가능성 관련 쟁점 논술)
- **이화여대 2019 인문(2) 모의 [문제 2]**(환경 문제를 바라보는 다양한 시각 비교 설명)
- **동국대 2018 인문(1) 수시 [문제 1]**('미래 기술 사회'의 두 측면 서술 및 기술에 대한 '윤리적 차원'의 접근 고찰)
- **서강대 2018 인문(1) 온라인 모의 1차**(기후협약의 타결이 어려운 이유와 해결방안 논술)
- **숙명여대 2018 인문 모의 [문제 1]**(인공지능이 법관의 미래를 바꿀 것인가)
- **한양대 2017 상경 수시 [문제 1]**('전지구적 차원의 문제'에 대한 대응방안 제시 및 문제점 비판)
- **성균관대 2017 인문 모의 2**('안락사'에 대한 두 입장〈찬성 vs. 반대〉적용 논술)
- **한양대 2017 인문 모의 1차**(인간 생명 복제의 양면성 고찰 및 사례 적용 평가)
- **서울시립대 2017 인문 모의**(인공지능의 미래에 대한 인간 사회의 낙관적 전망에 대한 찬반 입장)
- **숭실대 2016 인문 모의 [문제 1]**(기술문명 시대를 살아갈 바람직한 인간상에 대한 견해 제시)
- **광운대 2016 인문 모의**(공유의 비극과 공정무역의 개념을 적용하여 책임 윤리의 필요성 기술)
- **숭실대 2016 인문 모의**(현대 디지털 시대인 우리 사회가 안고 있는 고민스러운 성격에 대해 고찰)
- **한국외대 2015 인문(4) 수시 [문제 1·2]**(디지털 기술에 대한 상반된 관점 비교분석)

생명윤리

현대사회의 윤리적 문제 가운데 가장 논란거리가 되는 것 중 하나는 생명의료 분야에서 제기되는 윤리적 문제다. 생명공학이 발달함으로 인해 생명의료 분야에서 예전에는 생각하지 못했던 많은 문제가 발생하게 되었다. 안락사를 허용할 것인가, 뇌사를 사망으로 인정해야 할 것인가, 인간복제를 인정해야 할 것인가, 유전자 조작을 무제한적으로 허용할 것인가 등등의 문제는 그중에서도 가장 활발하게 논란이 되고 있는 문제들이다.

현대에 발달된 과학기술은 인간의 생명을 연장하고 질병을 치료함으로써 인류의 행복에 기여하는 측면이 있지만, 또 한편으로는 그러한 기술 자체가 윤리적 문제를 낳는다. 소극적 안락사나 뇌사를 인정할 것인가의 윤리적 문제는 생명 연장 장치나 장기이식 기술이 발달함으로써 현대에 새롭게 제기된 윤리적 문제다. 생명공학은 인간에게 식량문제를 해결하고 질병을 치료하는데 도움을 줄 수 있지만, 그것이 인간 개체 복제로 이어질 가능성이 있기 때문에 윤리적 문제를 야기하는 것이다. 특히 유전자 조작 기술은 식량 증산과 우량품종 개발에 도움을 주고 불치병을 치료하는데 기여하지만, 그것이 무제한적으로 허용될 경우에 인류가 불행해질 가능성도 생각해봐야 할 것이다.

이와 같이 대부분의 생명의료 윤리문제는 **인간의 존엄성**과 **사회적 효용성**이 서로 갈등을 빚고 있는 상황이다. 안락사를 허용하면 가족의 정신적 및 경제적 고통을 줄일 수 있지만 생명의 존엄성을 훼손한다. 뇌사를 사망으로 인정하거나 인간배아 복제를 허용하면 질병 치료의 효용성이 있지만 인간 존엄성의 가치를 희생시켜야 한다. 유전자 조작은 식량 부족이나 질병의 고통으로부터 인간을 벗어나게 할 수도 있지만, 그것이 무제한적으로 허용되면 생태계의 교란뿐만 아니라 인간성의 말살까지도 초래할 수 있다.

(고등학교 도덕, 비상교육)

환경윤리

현대사회에서 특히 제기되는 윤리적 문제로 환경윤리 문제를 지나칠 수 없다. 우리는 지금까지 과학기술 문명의 혜택으로 풍요로운 생활을 누려왔지만, 환경오염과 파괴로 인해 현세대는 고통을 겪고 있고, 자원 고갈로 인해 미래 세대는 앞으로 지구상에서 어느 정도 존속할 수 있을지 예측하기 어렵게 되었다.

환경문제를 근본적으로 해결하기 위해서는, 우리 인간이 자연환경과 유기적인 상호 의존관계를 맺고 있기 때문에 인간의 생존과 행복한 삶을 위해서도 자연환경을 보존해야 한다는 인식을 갖는 것이 중요하다.

(고등학교 도덕, 비상교육)

생태지향주의와 기술지향주의

생태지향주의는 인간과 자연과의 조화를 강조하는 관점으로, 자연의 한계를 인식하여 그 범위 내에서만 자연환경 이용과 경제 성장이 이루어져야 한다고 본다. 그리고 이러한 생활양식으로 바뀌어야만 환경문제 해결이 가능하다고 보는 것이다.

기술지향주의는 경제 성장을 환경 문제보다 우선시하며, 기본적으로 자연의 한계를 부정한다. 자연 고갈에 대해서도 과학 기술로 가용 자원을 확대하거나 대체 에너지 개발이 이루어질 것으로 보고, 환경문제는 환경오염 관리장치 개발이나 통제 능력을 고양시킴으로써 해결할 수 있다고 본다.

(고등학교 생태와 환경, 중앙교육진흥연구소)

현대 사회문제 및 사회윤리와 관련하여 빈번하게 출제되는 주제이기에, 관련한 내용은 물론 그에 대한 다양한 사례를 신문 등을 통해 익힐 필요가 있다.

관련 개념어 안락사, 낙태 문제, 인간복제, 생태중심주의

048
사실판단, 가치판단, 도덕판단

- **성신여대 2024 인문(1) 수시**(두 가지 딜레마 상황에 대한 인간의 도덕판단 분석 및 상황 적용 서술)
- **동국대 2023 인문 모의 [문제 3]**(도덕 판단〈사실판단과 가치판단〉 개념의 사례 적용 설명)
- **연세대 2020 인문 수시**(합리성과 도덕성에 대한 다양한 관점 기술 및 사례 적용 분석·평가)
- **연세대 2018 인문 편입 [문제 1]**(윤리적 가치판단 사례 적용 평가)

합리적 의사결정을 위한 판단능력

도덕적 갈등을 해결하기 위해서는 올바른 판단 과정을 거쳐야 한다. 이때 판단 과정에서 사실판단과 가치판단을 구분할 필요가 있다. **사실판단**은 관찰이나 과학적 혹은 역사적 탐구 등과 같이 객관적인 사실을 근거로 한 판단이다. 한편 **가치판단**은 좋고 나쁨, 옳고 그름, 아름다움과 추함, 고귀함과 저속함 등 주관적 가치를 근거로 한 판단이다. 즉 가치판단이란 어느 것이 어떤 목적에 유용할지를 판단하는 것으로, 일 그 자체에 관한 것과는 구별된다.

올바른 도덕판단을 위해서는 우선 사실판단이 필요하다. "물은 100도에서 끓는다"와 같은 사실판단은 객관적 사실을 근거로 하여 판단에 대한 진위를 명확하게 밝힐 수 있다. 또한 사실판단은 갈등 해결의 실마리를 제공하기도 한다. 예를 들어 사형제도 존폐를 논의할 때는 사형의 실제적인 범죄 예방 효과에 대한 사실판단이 필요하다.

가치판단은 주관적인 가치를 근거로 내리는 판단이다. 그 때문에 동일한 개나리를 보고서도 어떤 이는 아름답다는 판단을, 다른 이는 그렇지 않다는 판단을 내릴 수 있다. 하지만 사람마다 보편적으로 느끼거나 사고하는 가치판단이 있다. 특히 도덕판단이 그러하다.

도덕판단은 사람의 인품이나 행위에 대해 내리는 가치판단의 한 종류다. 가령, "그는 좋은 사람이다", "거짓말은 나쁘다" 등이 도덕판단이다.

(고등학교 도덕, 천재교육)

■ **사례_ 존엄사 허용 논쟁을 통해 본 사실판단 · 가치판단 · 도덕판단**

다음은 존엄사 허용 여부에 대한 대화의 일부다. 밑줄 친 ㉠, ㉡, ㉢에 해당되는 판단의 종류를 알아보자.

슬기: 준혁아, 너는 존엄사를 허용해야 한다고 생각하니?
준혁: 응, 그래야 한다고 생각해. 왜냐하면 ㉠회복 불가능한 환자에 대한 무익한 연명치료는 오히려 환자의 존엄과 가치를 해치니까 옳지 않다고 생각해. 너는 어떻게 생각하니?
슬기: 존엄사를 허용하는 것에 대해서는 매우 신중해야 할 것 같아. 가령, 연명치료를 받고 있는 환자가 나의 아버지라고 생각해 봐. 어떻게 해서라도 생명을 유지시켜야 한다고 생각해. ㉡연명치료를 통해서라도 유지되는 생명은 아름다운 것이라고 봐.
준혁: 생명이 소중하다는 점에는 나도 공감해. 하지만 그 환자는 회복 불가능한 사망의 단계에 있잖아. ㉢그런 환자는 연명치료 장치가 개발되기 이전에는 자연스럽게 죽음을 맞이했어. 그런데 무익한 연명치료 장치가 오히려 자연스러운 죽음을 막고 있는 것은 아닐까?

㉠:도덕판단 ㉡:가치판단 ㉢:사실판단

(고등학교 도덕, 천재교육)

개념과 함께 사고의 근본 형식을 이루는 '판단'은 개개의 사실에 관한 것뿐만 아니라 사실의 법칙적인 관계를 확인하는 철학적 물음이다. 따라서 인식론적·윤리적·과학적·사회문화적 제 현상을 올바르게 파악하기 위해서는 판단에 대한 개념적 인식을 명확히 할 필요가 있다.

관련 개념어 사실판단, 가치판단, 도덕판단, 가치

049
정보의 비대칭성

- **광운대 2024 인문(1) 수시**(가짜뉴스 유포 원인 설명 및 정보 편향성 극복 방안 기술)
- **서강대 2024 경제경영 모의**(정보 비대칭성으로 인한 다양한 사회 문제 발생 원인 고찰)
- **한양대 2023 상경 모의**(정보 비대칭 개념에 근거하여 사례 분석 및 상황 적용 서술)

정보의 비대칭성 : 역선택과 도덕적 해이

어느 재화의 속성에 대해 한 사람이 다른 사람보다 더 많이 알고 있다고 가정한다. 그러면 정보가 부족한 사람은 질이 낮은 재화를 구입하게 되는 위험에 처할 수 있다. 이러한 상황을 '**역선택**'이라고 한다.

중고차시장을 예로 들어 보자. 중고차를 파는 사람은 이 차를 사려는 사람에 비해 더 많이 알고 있다. 일반적으로 성능이 나쁜 중고차 소유자들이 성능이 좋은 중고차 소유자에 비해 차를 팔 가능성이 높다. 따라서 중고차를 구입하려는 사람들은 겉만 멀쩡한 중고차를 사게 될 확률이 높아진다. 이에 따라 사람들은 중고차시장에서 차사기를 꺼리게 되어 중고차시장에는 겉만 번지르르한 불량품(이를 '레몬 카(lemon car)라고 부른다)만이 거래되거나 아예 중고차시장이 작동을 멈출 수도 있게 된다.

역선택의 문제는 또한 기업의 임금 결정에서도 어려운 상황을 초래할 수 있다. 근로자의 질적 우수성에 대해서는 고용주보다 근로자 자신이 더 잘 안다. 따라서 만일 어떤 이유로 고용주가 임금 인상을 유보하거나 혹은 임금 수준을 낮춘다면 기술력이 뛰어난 숙련공 같은 유능한 근로자들이 가장 먼저 이 기업을 떠나 조건이 좋은 다른 기업에 취업할 것이다.

정보가 비대칭적인 경우, '주인(principal)'을 대신해서 어떤 일을 수행하는 '대리인(agent)'은 주인의 이익보다는 자기 자신의 이익을 좇아 행동할 수 있다. 주인이 대리인의 행동을 일일이 감시할 수 없기 때문이다. 이러한 상황에서 발생하는 문제를 '**도덕적 해이**'라고 한다. 예를 들어 고용관계에서 기업은 주인이고 근로자는 대리인이다. 이 경우 도덕적 해이 문제는 기업이 근로자의 행동을 완벽하게 감시할 수 없기 때문에 근로자들이 직무를 게을리 할 유혹을 받는다는 데서 발생한다.

보험시장에서도 도덕적 해이가 발생할 수 있다. 보험에 가입한 사람은 가입 전에는 사고 예방을 위해 최선의 노력을 기울이지만, 보험에 가입한 후에는 사고에 대한 예방 주의를 예전보다 하지 않는다. 사고를 예방하기 위해서는 자신이 어느 정도 노력을 들여야 하는데, 사고가 나는 경우 어차피 보험회사로부터 보상을 받기 때문에 자신의 사고 예방 노력에 대한 이득이 전혀 없기 때문이다.

이와 같이 **정보의 비대칭성**으로 인해 발생하는 역선택과 도덕적 해이 문제는 자원의 효율적 배분을 저해할 뿐만 아니라 시장 자체를 위축시키는 심각한 문제를 발생시킬 수 있다. 이에 따라 정보가 불완전한 상황에서 적절한 유인 등을 제공하여 역선택과 도덕적 해이 문제를 완화시키기 위한 여러 가지 방안이 시행되고 있다.

(고등학교 도덕, 천재교육)

경제학은 물론 사회과학에서 다루는 주요 개념어로, 사례를 통해 이를 개념화할 것을 묻는 문제로 주로 출제된다.

관련 개념어 정보의 비대칭성, 역선택, 도덕적 해이

050 가치

- **경희대 2024 인문 모의**(교육의 가치와 본질에 대한 다양한 관점 비교·분석 및 적용 평가)
- **덕성여대 2023 인문 수시**(개인의 가치 중시와 공동체적 가치 중시의 두 관점 분류 서술)
- **한국외대 2023 인문(2) 수시**('이상 지향'과 '현실 지향'의 두 관점 분류·요약 및 적용 평가)
- **한국외대 2021 인문(1) 수시**(의사결정시 고려할 서로 다른 두 유형의 가치〈효율성과 안전성〉 고찰)
- **고려대 2020 인문 편입**(인본주의 개념을 적용하여 인물의 가치관 평가)
- **한국외대 2015 인문(2) 수시**(학교 교육목표에 대한 가치관 차이 분석)
- **한양대 2014 상경 모의 2차**(과학적 사고에 기반한 가치평가의 문제점 비판)
- **단국대 2013 인문 모의**(가치와 관련한 제 문제 고찰)
- **연세대 2013 인문 편입**(가치관의 다양성을 옹호할 수 있는 이론적 근거 제시 및 비판)
- **숙명여대 2012 공통문항 수시**(가치의 효용성 측면에서 노인에 대한 고찰)
- **서강대 2011 인문 수시**(이론적 가치와 실천적 가치)

가치에 대한 다양한 관점

가치는 넓은 의미에서 '좋다'라고 하는 성질을 말한다. '나쁘다'라고 하는 성질도 반(反)가치, 즉 마이너스 가치로서 넓은 의미의 가치에 포함된다. 가치는 크게 다음 세 가지로 구분된다.

첫째, **'욕구'**의 대상으로서의 가치다. 욕구에는 좋다 혹은 싫다 등의 단순한 것으로부터 복잡한 문화적 욕구에 이르기까지 여러 가지가 있는데, 개인 또는 집단의 그러한 욕구에 대응하는 유형·무형의 대상이 지니는 성질이 가치다. 이 경우 가치는 규범적 성질을 지니지 않는다.

둘째, 우리의 좋고 싫음에 관계없이 '좋다'로서 승인하고 실현해야 마땅한 **'규범'**으로서의 가치다. 예를 들면 도덕상의 규범이 그것이다.

셋째, 어떤 목적을 달성하는 수단으로서 도움이 되는 대상의 성질을 말하는 **'수단'**으로서의 가치다. 목적에 대한 욕구와 더불어 수단 역시 거의 저항 없이 요구되는 경우다. 예를 들면 병을 치료하기 위해서 싫어도 수술을 해야만 하는 것과 같은 경우가 있는데, 이 경우에는 수단적 가치도 당위적인 성격을 갖는다.

가치론은 가치란 무엇인가, 가치와 사실의 관계, 가치판단의 정당성 등 가치와 관련한 여러 문제에 대한 철학적 연구를 폭넓게 논하는 학문 분야를 일컫는다. 학문에서 가치라는 말을 쓸 때는 '**평가**'의 의미가 포함된다. 주로 도덕철학, 즉 윤리학에서 가치라는 말을 많이 쓰는데, 이때 도덕 역시 여러 가지 기준들 가운데 하나일 뿐이며, 따라서 사회과학은 물론 자연과학에서의 가치중립, 이른바 가치의 객관성이 중요한 문제로 대두된다.

경제에서의 가치는 **상품**이 지니는 '**속성**'을 가리키는데, 이때 상품의 가치에는 사용가치와 교환가치 두 가지 측면이 있다. 경제학에서 중요한 것은 사용가치가 아니라 **교환가치**로, 경제학에서 가치라는 개념은 곧 교환가치를 가리킨다. 교환가치는 화폐를 매개로 하여 이루어지지만, 그렇더라도 화폐는 여러 가지 상품을 매개하는 편리한 역할을 할 뿐 상품의 진정한 가치를 측정하는 객관적인 기준이 되지 못한다. 예를 들어 노동가치론에 따르면, 한 상품의 가치는 그 상품을 생산하기 위해 투입된 노동량이기에, 이때의 상품의 진정한 가치는 노동으로 측정된다.

논술문제에서 자주 다루는 근본 물음이자 기본 개념으로, 다양한 분야의 인식론적 판단을 묻는 논제로 자주 다뤄진다.

관련 개념어 학문적 가치, 도덕적 가치, 경제적 가치, 노동가치

051
사용가치와 교환가치

- **고려대 2013 인문(1) 수시**(상품화에 대한 가치 인식)
- **건국대 2010 인문 모의**(가치의 상반된 관점 비교 분석과 문제 상황을 분석하여 해결 방안 제시)
- **경희대 2010 인문 모의 [문제 1]**(기회비용의 개념을 적용한 사회와 개인의 가치 선택)

가치의 역설

아담 스미스는 물의 가치와 다이아몬드의 가치가 왜 서로 크게 다른지에 대해 의문을 가지고 있었다. 일상생활에서 물은 다이아몬드보다 사람들에게 더 큰 만족을 주지만, 시장에서 다이아몬드의 가격이 왜 물보다 높은가를 만족스럽게 설명할 수 없었던 것이다.

가치의 역설이라고도 불리는 스미스의 역설을 스미스 자신은 '**사용가치**'와 '**교환가치**'라는 개념을 통해 제기하고 있다. 물은 인간이 살아가는데 반드시 필요한 필수품이라는 점에서, 물의 사용가치는 다이아몬드의 사용가치와는 비교도 안 될 만큼 크다. 한편 다이아몬드는 없어도 인간의 생존에는 큰 지장이 없는 재화임에도 불구하고 물에 비해 가격이 매우 높다. 즉 다이아몬드의 교환가치는 물의 교환가치를 크게 앞지른다.

스미스가 이용한 사용가치는 우리가 소비자의 **효용수준**이라고 부른 것과 동일한 개념이다. 또한 스미스의 교환가치는 다름 아닌 **한계효용**을 의미한다. 따라서 물의 사용가치가 높다는 말은 사람들이 물을 소비함으로써 높은 수준의 효용을 얻는다는 것이다. 물론 다이아몬드의 교환가치가 높다는 것은 다이아몬드로부터의 한계효용이 크다는 것을 뜻한다.

스미스의 역설(Smith's Paradox)은 사실 역설이 아니다. 앞서 설명한 것처럼 어떤 재화의 가격에 영향을 미치는 것은 단순히 효용의 크기가 아니라 한계효용이기 때문이다. 한계효용의 이러한 중요성을 미처 깨닫지 못해 물과 다이아몬드 사이의 크나큰 가격 차이를 만족스럽게 설명하지 못한 스미스가 이를 역설이라고 부른 것뿐이다.

합리적 소비조건을 다시 한 번 생각해보자. 첫 번째 재화를 물, 그리고 두 번째 재화를 다이아몬드라고 하자. 세계적으로 다이아몬드의 양은 매우 한정되어 있으므로, 다이아몬드를 추가적으로 소비할 때 소비자가 얻게 되는 한계효용은 매우 크다. 반면 사람들이 물을 조금 더 마시면서 느끼는 효용의 증가, 즉 물의 한계효용은 그리 크지 않다. 따라서 다이아몬드의 한계효용이 물의 한계효용보다 훨씬 크다. 이제 이를 합리적인 소비조건과 결합하여 생각해보면 다이아몬드의 가격이 물의 가격보다 높을 수밖에 없다는 사실을 쉽게 알 수 있다.

(『알기 쉬운 경제 이야기』, 한국은행)

경제학에서의 가치판단을 묻는 문제에서 세부 개념어로 자주 등장하는 용어다.

관련 개념어 경제적 가치, 기회비용, 노동과 분업

052
지식의 가치중립성

- **단국대 2024 인문 모의 [문제 2]**(과학 기술의 가치 중립성 관점에서 과학자의 책임 윤리 설명·평가)
- **서강대 2022 인문(1) 모의 2차**(인문과학과 자연과학의 갈등 원인과 해소 방안)
- **이화여대 2021 인문(1) 수시 [문제 3]**(지식의 '가치중립성'과 관련한 사례 비교 및 적용 평가)
- **이화여대 2020 인문(2) 수시 [문제 1]**('기술'을 바라보는 상반된 관점 비교 및 비판)
- **한양대 2019 상경 수시 [문제 1]**(빅데이터 처리 기술을 이용한 온라인 데이터 조작 시스템 비교·분석 및 적용·평가)
- **한양대 2019 상경 모의 2차 [문제 1]**(과학기술 발달에 따른 미래 사회 전망 및 과학 기술과 인간·사회 간의 바람직한 관계 고찰)
- **동국대 2019 인문 모의 [문제 3]**(개인적 차원과 사회적 차원에서 과학기술의 양면성에 주의할 필요가 있는 이유 논술)
- **숙명여대 2019 인문 모의**(과학의 가치중립성과 관련한 과학자의 태도 평가 및 문제해결방안 논술)
- **동국대 2018 인문(1) 수시 [문제 1]**('미래 기술 사회'의 긍정적vs부정적 측면 서술)
- **한양대 2018 상경 모의 2차 [문제 1]**(기술의 산물과 사회의 노모스〈규범〉 관계를 통해 고찰하는 과학기술과 인간의 바람직한 관계)
- **한국외대 2017 인문(1) 수시 [문제 3, 4]**(과학기술에 대한 입장〈인간중심주의, 생태중심주의〉 차이 비교 및 적용 평가)
- **성균관대 2017 인문 수시**(기술발전에 따른 사회변동에 관한 두 입장〈긍정적vs부정적〉 적용 논술)
- **경희대 2017 사회(1) 수시**(예술〈기술〉이 인간 사회에 미치는 영향〈자율성과 도구성〉 분류·요약 및 적용 평가)
- **서울시립대 2017 인문 모의 [문제 2]**(기술발전이 미국인들의 삶에 미친 영향 추론)
- **연세대 2016 사회 편입 [문제 1]**(판옵티콘과 빅데이터 비교분석 및 평가)
- **한양대 2014 상경 모의 2차**(과학적 사고를 기반으로 한 가치평가의 문제점 비판)
- **단국대 2013 인문 수시 [문제 2]**(지식 탐구에서 나타날 수 있는 태도 비교)
- **숙명여대 2012 인문 모의 [문제 1]**(과학적 탐구의 주관성과 객관성)
- **서울대 2011 인문 정시 [문제 1]**(케플러의 행성 이론을 통한 과학적 탐구 과정 재구성)
- **국민대 2011 인문 수시 [문제 3]**(환경 단체와 정부의 상반된 주장에 대한 해석)
- **연세대 2011 사회 수시**(과학적 탐구에 대한 다양한 관점 비교 분석: 인과율의 문제)
- **서울대 2010 인문 정시 [문제 1]**(창의적 사고의 개념 정의와 사례 적용)
- **연세대 2009 인문 모의**(지식과 가치와의 관계: 지식의 객관성 옹호vs비판적 정신 강조)

과학의 가치중립성

과학의 **가치중립성**이라는 말은 다음과 같은 두 가지 의미를 지닌다. 첫째, 자연현상을 기술하는데 얻게 되는 과학의 법칙이나 이론으로부터 개인의 취향이나 가치관에 따라 결론을 취사선택할 수 없다. 둘째, 과학적 지식 그 자체는 좋은 것도 나쁜 것도 아니며, 단지 어떤 목적에 사용되느냐에 따라 선용될 수도 있고 악용될 수도 있다.

(고등학교 시민윤리, 교육부)

과학적 탐구의 가치중립과 윤리

과학적 탐구에서 가치중립이란, 주어진 현상에 대한 올바른 판단을 유도하고, 어떤 문제에 대한 합리적인 해결책을 모색하는데 무엇보다도 중요한 역할을 한다. 어떤 종교적 신념이나 정치적 이념에 맞지 않는 결과는 잘못된 것이라는 태도는 특정 가치에서 나오는 편견을 강요하는 것으로, 과학적 탐구를 부정하는 것이다.

사회문화 현상에 대한 탐구에는 특히 이러한 간섭이 많다. 과거 독일의 나치정권, 공산주의나 우익독재정권, 종교가 지배하는 신성사회 등에서는 이들 지배세력이 내세우고 있는 이념이나 가치를 떠나 사회문화 현상을 탐구하는 것은 금기시되었다.

올바른 가치를 가지고 다른 사람의 권리와 이익, 사생활을 침해하지 않으며, 공개적으로 탐구하는 태도, 그리고 모든 관찰과 분석을 객관적으로 하려는 태도가 바로 윤리의 주요 내용을 이룬다. 다시 말하면, 탐구 주제를 선택하거나 탐구 결과를 이용할 때, 가치 개입과 탐구의 구체적인 과정에서의 가치중립은 오늘날 과학자들에게 윤리적인 요구로 받아들여지고 있다.

(고등학교 사회문화, 교학사)

과연 가치중립이 가능한가

가치중립적인 탐구라고 믿는 자연과학에서조차 인간의 가치가 개입되는 현상을 발견할 수 있다. 따라서 가치중립을 지키기 어려운 사회·문화 현상의 탐구에서는 이와 같은 상황이 발생할 가능성은 더욱 높다고 할 수 있다. 실제로 중세의 신분적 억압으로부터 모든 인간이 자유로운 세계를 만들고자 했던 근대 사상가 루소도 여자에 대한 교육이 불필요하다고 했을 정도로 자신이 지니고 있는 남성 중심적인 시각을 버리지 못하였다.

따라서 어떤 사람들은 자연과학과는 달리 사회·문화 현상의 탐구에서는 원천적으로 **가치중립적인 탐구가 불가능**하다고 비판하기도 한다. 현상은 가치중립적일지라도 그것을 탐구하는 인간은 가치중립적이지 않기 때문이다. 이와 같은 입장을 가리켜 비판적 사회과학이라고 부르는데, 이 주장에 따르면 사회과학의 탐구는 연구자가 속한 계층이나 집단의 가치나 이해관계에 의해 많은 영향을 받는다고 한다.

(고등학교 사회문화, 천재교육)

과학적 사고의 오류 가능성

과학지상주의는 모든 과학의 산물, 과학적 인식과 사고방식을 지나치게 높게 평가한 나머지 그 외의 사고방식이나 의식 구조를 무시하는 입장을 의미한다. 이러한 과학지상주의는 현대 사회에서 다음과 같은 두 가지 문제점을 발생시켰다.

첫째, **도구적 이성**을 과도하게 중시한 나머지 인간의 도덕성, 심미성 등 인간이 가지는 여러 다른 특성을 철저하게 무시한다. 일반적으로 도구적 이성이란, 우리가 주어진 목적을 성취하기 위해 수단을 어떻게 마련하는 것이 경제적인가를 계산할 때 의지하는 합리성이다. 도구적 이성은 도덕적, 정신적 계몽이 요구되는 문제에서조차도 우리로 하여금 그것을 해결해 줄 기술적 해결책을 찾는 것이 마땅하다고 믿게 만든다. 예를 들면, 환경 보전의 필요성이나 잠재적인 재난의 방지책을 주장할 때 예상되는 비용과 이익을 저울질하는 계산법이 대표적이다.

둘째, 과학지상주의는 도덕적, 종교적 신념들을 과학적으로 증명할 수 없다는 이유로 무시하고 있으며, 그 결과 도덕적 생활을 검토하고 이해하려는 논의를 무의미한 것으로 만들고 있다는 점이다. 예를 들어 과학지상주의는 인간의 주체성, 자율성, 책임, 참된 삶, 권리와 의무 등에 대한 논의를 **비과학적**인 것으로 간주하고, 이를 공적인 대화로부터 제외시키려고 한다. 또 그러한 용어나 주제들은 입증하기 곤란한 것이므로 단지 의미 없고 추상적인 것에 불과하다고 생각한다.

(고등학교 도덕, 교육부)

■ **과학적 진리 탐구의 두 방법**

과학이란 철저하게 사실을 바탕으로 하며, 의심할 여지가 없는 관찰이나 실험 결과를 근거로 연구를 수행하고, 타당한 추리를 거쳐 결론에 도달하는 것이라는 것이 과학을 보는 전통적 시각이었다. 이를 **본질주의적 과학관(실증주의 과학관)**이라고 하는데, 그렇게 해서 발견한 지식은 다른 분야의 지식과는 비교할 수 없는 위상을 지니고 있는 절대 지식으로, 점진적으로 누적되어 발전하게 된다고 보았다.

이에 칼 포퍼는, 기본적으로는 본질주의적 과학관과 같은 입장을 취하지만, 과학적 진리 탐구의 방법을 달리한다고 보았다. 그에 따르면, 과학 이론은 새롭게 반박되고 반증되는 과정 중에 놓이며, 계속해서 그 반박을 견디고 살아남는 가설만이 과학적 가설로서 인정될 수 있다고 주장한다. "모든 진리는 절대적이지 않고 잠정적이다"는 그의 반증주의 학설은 **과학적 합리주의**에 바탕을 둔 것으로, 철학의 비판적 합리주의로 연결된다.

한편, "과학은 객관적이며 경험적으로 증명할 수 있고, 그 연구는 항상 엄밀하고 합리적인 방식으로 진행된다"는 과학적 지식에 대한 일반화된 관념으로서의 근대적 과학관은, 1962년 토마스 쿤의 「과학혁명의 구조」가 발표되면서 전복된다. 쿤에 따르면, 과학은 반드시 객관적이거나 합리적으로만 진행되는 것은 아니며, 과학자 집단의 권위와 과학자 개인의 **주관적 신념**이 많은 역할을 한다. 그리고 과학의 역사는 하나의 신념 체계에 입각한 지배적 이론(패러다임)이 새로운 신념에 입각한 또 다른 이론에 의해 혁명적으로 교체되는 방식으로 발전한다.

어느 이론이 과학적이려면 경험으로부터 반박되거나 수정될 수 있는 가능성을 열어두고 있어야 한다는 '반증 가능성'의 원리에 입각하여, 과학의 발전을 **비판적 합리성이 점진적으로 승리를 확보해 가는 과정**이라고 주장하는 칼 포퍼와 과학은 객관적 증거나 논리에 의해 이루어지는 것이 아니라 **혁명적으로 대체**되는 것이기에 그만큼 **비합리적인 요소가 내포**될 수 있다는 쿤의 주장은 이후 짧지 않은 논쟁을 벌이게 된다.

가치중립성은 학문 탐구에서 반드시 지녀야 할 요건으로, 진리의 보편성과 객관성의 측면에서 논제로 자주 묻는 핵심 개념이다.

관련 개념어 과학적 지식의 보편성과 객관성, 사회문화 현상에 대한 합리적 가치판단, 지식과 권력의 상관성, 탐구자의 윤리적 책임

053 앤서니 기든스의 제3의 길

- **한국외대 2014 인문 모의**(사회복지의 수행 주체는 국가인가, 시장인가)
- **성신여대 2013 인문 모의**(복지에 대한 관점 비교 및 바람직한 복지정책 방향 제시)

새로운 사회민주주의

영국의 사회정책학자 앤서니 기든스는 그의 저서 『제3의 길_새로운 사회민주주의』에서 신자유주의와 사회민주주의를 모두 반대하고 '**제3의 길**'로 불리는 새로운 사회발전 모델을 주창했다. 고전적 '사회민주주의'는 국가가 공익을 위해 시장과 사회에 개입하여 복지국가를 건설하는 데 있다. '케인즈 이론'에 입각하여 국가가 나서 완전고용을 추구하며, 사회적 평등을 위한 복지를 지향한다. 이러한 국가주도의 경제와 복지는 관료주의와 비효율성을 야기하고, 개인의 자유와 창의성을 제한함에 따라 **정부의 실패**를 가져왔다는 비난을 받았다.

이에 대안으로 등장한 것이 '신자유주의'인데, 이는 국가의 역할을 최소한으로 제한하고 개인의 자유를 바탕으로 시장을 무제한적으로 방임해야 한다는 가치를 표방했다. 이러한 신자유주의는 개인의 자유와 경제적 효율성을 강조했지만 빈부격차의 심화와 사회 해체의 위기에 직면함으로써 시장의 실패를 불러왔다.

이와 같은 사회민주주의와 신자유주의를 극복하는 '제3의 길'은 정치적으로 자본주의와 사회주의를 실용적으로 결합하는 중도좌파적인 노선을 택한다. 또한 경제적으로는 무한경쟁으로 인한 시장경제의 폐단을 막기 위해 정부가 관여하는 신혼합경제를 추구한다. 그리하여 '제3의 길'은 전통적인 좌파 이데올로기로부터 벗어나는 새로운 **사회민주주의**의 기치를 표방한다. 전통적인 좌파가 더 많은 분배, 더 많은 노동자의 권리 보호, 더 많은 국가 개입을 추구하는 데 비해, 새로운 사회민주주의는 **권리와 책임의 균형, 분배와 효율의 균형, 민간기업과 공공부문의 조화**를 강조한다.

이처럼 '제3의 길'은 경제적 자유를 부르짖으며 작은 정부를 추구하는 자유주의의 길도 아니고, 획일적인 분배를 강조하는 전통 좌파도 아닌, 새로운 사회에 적합한 전통적 가치를 더하여 사회민주주의의 조화를 모색하는 길이다. 『제3의 길』은 출간되었을 당시 영국 토니 블레어 총리의 '신좌파 노선'과 독일 슈뢰더 총리의 '새로운 중도'의 중심 이론으로 떠오르며 전 세계적인 열풍을 일으켰으나, 좌파와 우파를 적당히 섞어놓은 것에 불과하다는 비판을 피해갈 수는 없었다.

복지국가의 모델을 제시하는 사상적 내용 및 대안을 제시할 때 등장하는 개념어다.

관련 개념어 복지국가, 분배 정의

054
포스트모더니즘과 구조주의

- **이화여대 2022 인문(1) 수시**(유사성과 상사성의 관점에서 인간 사고 설명 및 사례 적용 평가)
- **숙명여대 2019 인문 모의**('언어와 권력'의 관계 기술 및 문제 상황의 해결방안에 대한 근거 제시)
- **건국대 2014 인문(1) 수시 [문제 2]**(구조주의 관점에서 언어가 사고에 미치는 영향 고찰)
- **숭실대 2014 인문 모의 [문제 2]**(선원근법에 근거한 상징형식 · 제도 비판)
- **이화여대 2014 인문(2) 모의 [문제 1]**(통제 유형에 대한 관점 비교)
- **건국대 2012 인문 수시**(아비투스와 과시적 소비의 관점에 따른 인간 행위 분석)
- **숭실대 2011 인문 수시 [문제 1]**(시뮬라크르의 개념을 활용한 아바타의 역할과 아바타 문화 고찰)
- **숙명여대 2011 인문 모의 [문제 1]**(이성과 광기의 이항 대립적 가치관 비교 분석)
- **서강대 2009 인문 수시 2**(미래사회의 인간형: 유교적 인간형vs도시유목민적 인간형)

현대철학의 주류적 사상

포스트모더니즘

제2차 세계대전 이후 이성과 합리성을 전제로 한 과학만능주의의 한계를 극복하기 위한 것으로 오늘날의 정치와 삶의 영역에까지 영향을 미치고 있다. **절대 이념의 와해, 개성의 중시, 논리의 다원화, 소수민족운동, 여성운동, 소유로부터의 탈출** 등은 우리 삶 속에 깊숙이 침투한 포스트모더니즘을 상징적으로 표현하는 용어들이다.

뉴에이지 운동

뉴에이지 운동의 출현 배경은 이성과 합리성을 근거로 한 세계관, 과학만능주의로 대변되는 모더니즘의 몰락에 있다. 즉 인류는 합리주의를 근거로 한 과학 발전을 통해서 영원한 행복과 번영을 이루고 모든 문제를 해결할 것으로 여겼지만, 과학의 발전만으로는 세계 도처에서 일어나는 사태에 적절히 대응할 수 없었다. 오히려 **과학만능주의로 인한 생태계 파괴 및 핵전쟁 위험, 인간성 상실 등의 폐해**에 직면하게 되었다.

뉴에이지 운동에서는 이와 같이 인류가 직면한 위기의 원인을 신과 인간과의 복종 관계에서 찾으려 한다. 즉 인류의 사상을 지배해왔던 종교적 가치관들이 인간을 스스로 나약하고 유한한 존재로 만들어 버렸다는 것이다.

(고등학교 윤리와 사상, 교육부)

■ 포스트모더니즘

포스트모더니즘은 이성 중심주의에 대해 근본적인 회의를 내포하고 있는 사상적 경향의 총칭이다. 제2차 세계대전 및 여성운동, 학생운동, 흑인민권운동과 구조주의 이후에 일어난 해체 현상의 영향을 받았다. 탈(脫)중심적 다원적 사고와 탈(脫)이성적 사고가 포스트모더니즘의 가장 큰 특징으로, 1960년대 프랑스와 미국을 중심으로 일어났다. 리오타르, 보드리야르 등이 대표적인 포스트모더니즘 철학자다.

학자들과 역사가들의 대부분은 포스트모더니즘을 수많은 모더니즘의 주요 개념으로부터 반발과 차용을 통해 모더니즘을 확장하거나 대체시킨 사조로 본다. 예를 들어 포스트모더니즘은 **합리성, 객관성, 진보**와 같은 이상에 많은 의미를 두었다. 이것들 이외에도 19세기 후반의 실증주의와 사실주의 운동이나 계몽사상에 뿌리를 둔 여타 사상들을 중시하였다.

철학에서 포스트모더니즘이 생겨나기 시작한 것은 모더니즘과 구조주의의 반발 작용이었다. 구조주의에 대항하는 목소리가 커지고 그것이 포스트구조주의로 이어지면서 포스트모더니즘이 생겨나게 된 것이다. 실제 포스트구조주의와 포스트모더니즘은 상당히 비슷한 개념이다. 이후 포스트모더니즘 철학자로 분류되는 철학자들이 생겨나게 되었고, 다양한 이론들이 제시되었다. 포스트모더니즘은 일률적인 것을 거부하고 다양성을 강조하였으며, 이성을 중시하며 등장한 모더니즘이 추구한 정치적 해방과 철학적 사변도 하나의 이야기(거대 서사 혹은 큰 이야기)에 지나지 않음을 강조했다. 또한 칸트가 순수이성이 만들어낸

산물이라 했던 이념의 실현을 불가능하다고 주장함으로써 정치철학에도 막대한 영향을 끼쳤다.

이렇듯 철학에 지대한 영향을 끼친 포스트모더니즘이 예술에 끼친 영향도 컸다. 예를 들어 미술과 음악의 대중화와 미술에서 등장한 팝아트와 비디오아트, 음악에서 등장한 랩 같은 장르의 발생을 들 수 있다. 이러한 장르는 기존의 예술과는 매우 다르게 **개성이 넘치고 자율적이며 다양**하다는 특징이 있는데, 이는 포스트모더니즘과 부합한다고 볼 수 있다. 문학에서는 장르의 벽이 느슨해지고 전지적 시점보다는 다른 시점을 채택함으로써 현실감을 증대시키고 독자의 상상력을 중시하게 된다. 소설 따위의 마지막에 약간의 여운을 남겨두고 독자를 생각하게끔 하는 것도 포스트모더니즘의 영향으로, 작가 위주의 문학에서 벗어나 독자가 능동적으로 읽을 수 있도록 하는 것이 특징이다.

(위키백과)

■ **구조주의**

포스트모더니즘 철학의 한 주류인 구조주의는 의미의 언어적 기원을 파고든다. 즉 지배적인 일상적인 말을 분석하기보다는 표면적 의미 아래에서 그런 의미를 미리 규정하는 숨어있는 구조적 법칙으로 파고들어가며 밝히려 든다. 일상적인 언어 사용은 그것이 겉으로 드러나는 의미와 다른 어떤 것을 부여하는 부호화된 언사의 체계로 다루어지기에 구조주의자들은 우리의 일상적 언어가 사실과 전적으로 같은 구조로 되어 있다는 주장을 반박한다. 즉 "말해지는 것은 분명하게 말해질 수 있다"는 분석적 입장을 거부한다. 이처럼 구조주의자에게 **언어의 의미는 항상 은폐되고 왜곡**되기에, 언어는 결코 투명하지 않다.

구조주의 사상가들은 구조주의적 분석 방법을 다른 의미의 양식에 적용함으로써, 일상의 배후에서 제 의미를 조건 짓는 언어의 내밀한 구조를 드러내고자 한다. 그리고 이를 통해 우리에게 너무나도 낯익고 조금도 의심할 바 없는 대화에서 표면적 의미를 해독하는 데 전념한다. 예를 들어 바르트는 대중매체와 대중문화의 기호에 대한 날카로운 해석을 통해 그 구조적 허상을 까발린다. 같은 관점에서 라캉은 꿈과 무의식의 징후를 통해 인간의 욕망을, 레비 스트로스는 서구 중심의 문화인류학의 심벌을 통해 인간관계를, 푸코는 권력과 지식에 대한 전략적 담론을 통해 타자성을, 알튀세르는 이데올로기와 과학의 비판적 변별을 통해 인간의 허위의식을 비판하는 등, 인간을 둘러싼 다양한 사회적 상징체계나 문화·제도와 연관된 '짜여진 어떤 틀'로서의 구조를 파헤치고 그것의 절대성을 부정한다. 이러한 구조주의자들의 행위는 인식 주관의 자율성과 절대성을 주장하는 **서구적 세계관의 논란에 대한 많은 해체**를 가져왔다.

근대의 이성 중심주의와 과학적 사고를 비판, 즉 이성에 대한 믿음은 허구일 뿐이라는 현대철학의 핵심 사상으로, 논술문제의 전 영역에 걸쳐 다루어지는 주제이자 중요한 개념어다.

관련 개념어 다양성, 해체, 주체의 전복, 구조주의, 현상학, 시뮬라크르, 지식과 권력

055
인간과 자연, 인간과 동물

- **서울여대 2024 인문(2) 수시 [문제 1-1]**(이익 평등 고려의 원칙의 사례 적용 설명 및 비판)
- **동덕여대 2024 인문 수시**(인간과 자연의 관계를 본 관점인 인간중심주의와 생태중심주의 설명)
- **광운대 2024 인문(1) 수시 [문제 1]**(자연과 인간의 관계에 대한 동서양의 세계관 비교와 환경문제 해결방안 논술)
- **가톨릭대 2024 인문 수시 [문제 1]**(인간과 자연의 관계 비교 서술)
- **숙명여대 2024 인문(1) 수시 [문제 2-2]**(동물복지론과 동물권리론 비교 설명 및 사례 평가)
- **경희대 2024 사회 수시 [문제 1·2]**(인간중심주의 자연관과 생태중심주의 자연관 비교 및 적용 평가)
- **한양대 2024 인문(1) 수시**(노자의 자연관 사례 적용 평가)
- **홍익대 2022 인문(2) 수시 [문제 1]**(인간과 기계의 다양한 관계 분석)
- **이화여대 2022 인문(1) 모의**(동물을 바라보는 시각 설명 및 동물복지에 대한 상반된 주장 비교)
- **중앙대 2020 인문 모의 [문제 3]**(공리주의와 장자의 입장에서 '복제 인간에 대한 인간의 행위' 평가)
- **이화여대 2019 인문(2) 모의 [문제 1]**(자연과 인간의 관계 비교 및 현상 적용 비판)
- **경희대 2018 인문 편입 [문제 2]**(순환론적 세계관과 기계론적 세계관 평가)
- **숙명여대 2016 인문(3) 수시 [문제 2]**(인간의 동물을 대하는 태도 비교)

인간과 자연과의 관계를 바라보는 네 가지 측면

인간은 자연환경을 삶의 터전으로 삼아 생활에 필요한 의식주를 해결하였다. 그 이유는 인간은 과학 기술이 발달하더라도 자연환경을 떠나 존재할 수 없기 때문이다. 인간은 자연환경에 영향을 받아 적응하기도 하고, 자연환경을 이용하는 등 환경과 상호작용하며 살아온 것이다.

인간과 자연과의 관계는 네 가지 측면에서 살펴볼 수 있다. 자연환경이 문화경관의 형성에 결정적인 영향을 미친다고 보는 **환경결정론**, 자연환경은 인간의 능동적인 역할에 의해 변화된다고 보는 **'가능론'**, 문화경관의 형성 요인은 자연경관이 아니라 인간의 문화라고 보는 **문화결정론**, 마지막으로 인간이 자연에 영향을 미치면 자연도 인간에게 영향을 미친다는 **생태학적 관점**

 등이다.

환경결정론

온대기후 지역은 작물의 짧은 생장기 동안 최대한 효율적으로 의식주를 해결하고, 추운 겨울을 견뎌야 하기 때문에 이 지역 주민들은 이러한 환경에 계속 자극을 받아 마침내 경제발전을 이룩할 수 이었다. 반면, 인간의 노력 없이도 생명체가 잘 자라는 열대기후 지역은 주민들이 생존을 위해 고민할 필요가 없었기 때문에 발전이 더딘 경향이 있다. -헌팅턴-

가능론

자연은 인간에게 여러 가지 가능성을 제공하고, 인간은 그중에서 필요한 가능성을 선택하여 이용하는 주체다. 이러한 관점에서 자연환경은 인간이 가진 기술로 개척해나갈 수 있는 자원으로 인식되는 것이다. 실제로 비슷한 자연환경에서도 인간 집단의 적응 방식에 따라 다양한 생활양식(문화)이 나타난다. -블라슈-

문화결정론

미국 서남부의 원주민들은 농사를 짓지만, 자연환경의 영향으로 농사를 짓게 된 것은 아니다. 부족들 간의 접촉이 지속적으로 이루어지면서 농업 기술이 그 지역으로 전파된 것이다. 즉 서남부 지역의 농업은 자연환경의 산물이라기보다는 문화 전파의 결과인 것이다. -크로버-

생태학적 관점

인간과 환경은 끊임없이 영향을 미친다는 관점에서 인간과 환경을 하나의 체계라고 보는 시각이다. 급격한 도시화와 산업화로 자연환경이 파괴되면서 그로 인한 피해가 인간에게 미쳤다. 이에 대한 대안으로 인간은 자연과의 관계를 조화와 균형의 관점에서 바라보게 되었다. -브론펜 브레너-

(고등학교 사회, 천재교육)

인간과 동물을 바라보는 상반된 관점

다음은 〈연세대 2015 인문 수시 [문제 1]: 인간과 동물의 관계〉에 대한 필자 예시 답안을 정리한 것으로, 이를 통해 인간과 동물과의 관계를 바라보는 관점 차이를 살피면 다음과 같다.

인간중심주의 관점과 생명·생태주의 관점에서 볼 때, 인간과 동물의 관계는 다음과 같은 관점 차이를 보인다. 먼저, **인간과 동물의 권리** 측면에서 생각할 때, 인간중심주의 관점은 동물의 권리보호에 소극적인 태도를 보이는 반면, 생명중심주의와 생태중심주의 관점은 동물의 생명권을 적극 옹호하는 입장을 취한다. 전자에 따르면, 동물의 권리가 인간의 권리에 우선할 수는 없으며, 어디까지나 인간의 이익이 우선적으로 고려되어야 한다고 주장함으로써, 동물은 인간의 이익을 위한 도구적 가치에 불과하다는 입장을 취한다. 반면 후자에 따르면, 생명권은 평등하고 또 모든 생물은 동일한 내적 가치를 갖고 있는 것이기에, 종 우월주의 관점에서 동물들을 학대하고 죽이는 것을 정당화하거나, 인간 이외의 생명가치를 경시하는 것은 옳지 않다고 본다.

동물의 권리에 대한 이 같은 관점 차이는 **생명윤리에 대한 근본 시각 차이**에서 비롯된다. 즉 동물도 인간처럼 도덕적 지위를 갖는지 또는 인간은 동물에 대한 도덕적 의무가 있는가에 대한 물음이 그것이다. 인간중심주의 관점은 인간의 이성, 감정 및 윤리의식은 다른 동물들에 비해 진화론적으로 월등하게 우월한 것이기에 인간을 다른 동물들과 동등하게 취급하는 것은 무의미하다고 본다. 오직 인간만이 도덕판단 능력과 도덕 행위를 할 수 있으며, 이성능력을 소유하지 못한 동물은 인간과 같은 권리를 갖지 못하는 것이기에, 인간이 동물에 대한 도덕적 의무를 가질 필요는 없다는 것이다. 반면 생

 명주의·생태주의 관점에 따르면, 인간의 윤리의식이 다른 동물들에 비해 우월하다는 주장은 어디까지나 인간의 다른 종들에 대한 비인도적 처벌을 정당화하기 위해 만든 자기중심적 사고에 지나지 않다. 인간은 상호 간뿐만 아니라 인간이 아닌 다른 동물들에게도 보편적으로 적용되어야 할 책임윤리로서의 도덕적 의무가 있으며, 동물도 인간과 마찬가지로 도덕적 지위를 갖고 평등하게 다루어져야 한다는 것이다.

이 같은 인간과 동물의 관계에 대한 다양한 시각 차이는 **인간의 동물에 대한 책임한계**로까지 확장된다. 인간중심주의 관점에 따를 경우, 인간 중심의 전통적 생명윤리관은 인간 생명의 가치를 절대화하는 것이기에 동물의 이익은 고려되지 않는다. 동물은 인간의 이익과 행복을 위한 도구적 가치만을 갖는 것이기에 철저하게 지배와 착취의 대상으로 전락하고 마는데, 이는 인간과 자연은 조화를 통한 상호 공존보다는 갈등과 대립을 초래하는 나쁜 결과를 가져온다. 한편 생명중심주의 관점 역시 모든 생명에 대하여 인간이 책임을 져야 한다는 생명에 대한 책임윤리를 강조하지만, 이 역시 인간 존재를 유지하기 위해서는 다른 존재인 동물의 죽임 내지는 피해가 불가피하다는 인식과 그에 따른 갈등을 완전히 불식시킬 수는 없기에 그만큼 한계를 보일 수밖에 없다. 따라서 인간과 동물의 조화로운 발전을 위해서는 보다 높은 차원의 **범생명적 책임윤리**의 필요성이 대두된다. 생태주의 관점에서의 책임윤리가 그것으로, 인간을 둘러싼 생태환경에 대한 반성과 태도의 전환이 요구된다. 즉 동물에게 도덕적 지위를 부여함으로써 동물도 인간과 같이 동등하게 차별 없이 대우할 것을 인정하는 한편, 피터 싱어가 주장하는 '**이익 동등 고려의 원칙**'에 따라 인간 아닌 동물에게도 자연의 이익을 향유할 권리를 부여하는 등으로, 인간은 **살아있는 모든 동물에 대해 무한 확장된 책임**을 져야 한다. 그럴 때만이 **인간과 동물의 조화와 공존**을 통한 생태계의 균형 발전은 가능해질 것이다.

인간과 자연, 인간과 동물과의 바람직한 관계에 대한 다양한 관점을 묻는 문제를 살필 때 유용한 이론이자 개념어다.

관련 개념어 결정론적 사고, 노마드, 동서양의 인간관·자연관·세계관

Part 3

논술문제로 자주 출제되는 철학적 개념 35

대입-편입 논술에 꼭 나오는

핵심 개념어 110

056
인간 본성에 대한 이해(1)_ 역사 속의 인간관_ 합리적·사회적 본성 vs 충동적·이기적 본성

- **성균관대 2023 인문(2) 수시**(사회적 상호작용 방식: 협력vs경쟁)
- **서강대 2023 인문 모의**(인간 본성에 근거하여 '번아웃 증후군' 현상 평가 및 사례 적용 논술)
- **건국대 2022 인문 수시**(인간 본성〈선한 본성, 공동체 이익 중시〉의 관점에서 공정무역 분석 및 다양한 인물의 행동 양식 평가)
- **건국대 2022 인문 모의**(인간 본질〈소유하는 인간과 존재하는 인간〉의 관점에서 삶의 만족도 분석 및 인물의 행동 양식 평가)
- **서울시립대 2020 인문 모의 [문제 1]**(인간 본성을 규정하는 절대 기준에 대한 입장 차이 서술)
- **건국대 2020 인문 모의**(인간 행동에 대한 두 관점〈생물학적 관점, 사회문화적 관점〉을 활용하여 '갈등' 상황 분석)
- **이화여대 2016 인문(1) 수시**(인간 본성에 대한 다양한 관점 고찰)
- **한양대 2015 상경 수시**(개인주의적인 인간형과 타인지향적인 인간형 비교 설명 및 한계성 고찰)
- **동국대 2012 인문(1) 수시 [문제 1]**(창의성 발현을 위한 요건:개인적 요인vs사회적 요인)

인간 본성에 대한 관점 정리

■인간 본성의 근원은?

- **합리적·사회적 본성**_ 이성주의(≒관념론적 관점), 공리주의(≒경험주의적 관점) - '성선설'
- **이기적·충동적 본성**_ 진화론, 프로이트의 '무의식' - '성악설'

■인간 본성은 선천적인가, 후천적인가

- **비결정론(자유의지론)**_ 사르트르의 '실존주의'적 관점
- **결정론**_ 사회생물학적 관점(유전적 요인_**유전자결정론**) ≠ 문화적 요인(**환경결정론**)

■인간 본성에 대한 진화생물학적 관점

- 이기적 유전자, 이타적 유전자
- **호혜적 이타주의(상호 이타성)**_ A. Smith의 건강한 이기심

인간의 합리적·사회적 본성 : 대부분 형이상학 또는 종교적 관점에 기초

고전 고대사상_ 이성주의

• 선진 유가의 인간관은?

자연은 **조화와 질서**를 갖추고 있는 영원한 것이며, 인간은 그러한 **자연의 일부**다. 그리고 그러한 자연의 조화와 질서의 원리는 '도(道)'이자 '**이성**'이다. 따라서 우주와 자연의 원리에 일치하는 삶이 가장 행복한 것이고 선한 삶이며, 그렇게 살 수 있는 능력과 의지가 내 안에 존재한다.

• 플라톤이 본 우주와 인간의 관계는?

우주는 인간 영혼의 본으로, 이성은 그 본으로부터 이어받은 천성에 따라 욕망을 다스리고 살아갈 수 있는 절제 능력을 갖추었다. 그리고 개인이나 사회나 그와 같이 천성에 일치하는 본성에 따라 조화와 질서를 갖춘 모습이 군자이자 정의로운 사람이요, 덕이 지배하는 바른 사회이자 바른 국가다.

• 아리스토텔레스의 행복이란?

행복이란 인간의 기능 중 가장 자연적 본성에 가까운 **이성**의 기능을 잘 발휘하는 것이고, 그 기능의 습관적 발휘 능력이 곧 **덕**이다.

• 스토아사상이 주장하는 부동심의 상태란?

자연의 로고스는 인생의 로고스이며, 그에 따라 인생의 목적은 자연의 로고스라는 **지(知)**를 갖는 것이자, 그 지에 따라 사는 것이며, 그것이 곧 부동심의 경지다.

• 고대적 인간관의 근본 한계는?

동서양의 고대 인간관은 오늘날 우리가 말하는 **인간 일반**을 두루 포함하지 않는다는 측면에서 인간 일반에 대한 이해로서 근본적인 한계를 갖는다. 즉 고대의 철저한 신분사회에서 노예는 인간의 범주에 들어가지 않는 마소와 같은 존재였고, 특히 플라톤은 비록 변화의 가능성을 열어두기는 했을지라도 기본적으로 인간 종의 선천적 차별성을 기초로 한 우생학적 관점을 갖고 있었다.

• 그리스적 이성주의와 근세 이성주의의 차이점은?

고대 그리스 사상에 따르면 인간 이성은 인간의 본질인 동시에 우주의 본질로서 세계 이성과 동질적인 것이다. 그렇기에 인간은 본성적으로 충동적이기보다는 이성적이고 합리적인 존재라고 본다. 그러나 근세에 이르면 인간의 주체적 자아 개념이 등장하고 **자연과 인간, 주체와 객체의 분리**가 진행됨으로써 그리스적 이성은 곧 인간 자아의 **주체적 이성**으로 치환된다.

공리주의

• 공리주의가 주장하는 인간성의 기본은?

공리주의에 따르면 우선 인간성이 선천적인지 아닌지, 그것이 선한지 악한지 알 수도 확인할 수도 없다. 다만 우리가 경험적으로 확실하게 알 수 있는 사실은 인간은 모두 쾌락을 추구하고 고통을 멀리하고자 한다는 것이다. 즉 인간성의 기본은 **쾌락의 추구**다.

• 벤담이 말하는 효용의 원리란?

공리주의 사상은 비록 쾌락을 행위 동기의 기초로 간주하고 있을지라도 그 행위 과정에 인간의 **합리적·사회적 특성**이 깊숙이 매개되어 있음을 강조한다. 즉 인간은 쾌락을 추구하되 쾌락을 늘리려는 자기의 행동이 다른 사람에게 고통을 일으키면 그것이 나에게도 결코 쾌락이 되지 않는다는 것을 구체적인 삶의 과정에서 터득하게 된다는 것이다. 인간성에는 이렇게 경험적으로 체득된 합리적 사회성의 원리가 자리 잡고 있는데, 이를 벤담은 '**효용성의 원리**'라고 말한다.

• 공리주의를 공중(公衆)적 쾌락주의라고 부르는 이유는?

사회 협동체 내에서 인간성의 구조가 필연적으로 효용의 원리를 받아들이도록 되어 있으므로 인간은 쾌락을 목적으로 하더라도 그것은 결과적으로 관계자의 쾌락까지 포함하는, 즉 결과적으로 '**최대 다수의 최대 행복**'이 가능할 수 있으며, 동시에 그것을 실현하는 것이 그러한 인간 특성에 부합하는 가장 바람직한 사회적·도덕적 선이 되기 때문이다.

• 공리주의가 자본주의 윤리관의 기초가 된 이유는?

자유방임적인 이기적 이윤 추구가 곧 국가적 부의 증대로 여겨졌던 당시 영국 자본주의의 낙관적인 전개 상황과 사회경제적 안정을 기반으로 확립됐기 때문이다. 공리주의는 자유주의 사상으로서의 이기심의 공존 가능성에 기초를 세운 거의 유일하다시피 한 사상인 까닭에 오늘날 자본주의 사회의 자유주의 윤리사상의 뿌리가 되고 있다.

마르크스주의

• 마르크스가 주장하는 인간성 왜곡의 근본 원인은?

마르크스는, 인간성이란 **사회관계의 변화**와 맞물려 형성되는 것으로 보았는데, 사회적 생산관계에서 사적 소유의 발생이 원초적 인간 본성으로서의 우애적이고 협동적인 **인간성을 왜곡**시키면서 인간을 소외로 내몰고, 그에 따라 인간관계는 더욱 더 배타적이고 경쟁적인 관계로, 그리고 사회관계적으로 지배와 피지배의 관계로 악순환하게 된다.

• 마르크스가 제시하는 이상사회는?

따라서 사적 소유를 철폐하고 모든 재화 및 생산수단을 공유하는 사회관계를 수립하는 것이 이러한 악순환으로부터 벗어나는 길이며, 그와 같은 **공산적 사회관계**가 수립되면 사회구성원 누구라도 그 공유된 생산수단과 물적 생산물의 혜택을 누릴 수 있게 된다. 그 결과 공동체적인 **상부상조의 협동적 본성이 고양**되고, 나아가 인간 모두가 그 본성에 부합한 사회경제적 구조를 갖게 됨으로써 그들의 이웃과 아무런 갈등 없이 평등하게 최선의 자기 능력을 발휘하며 자신을 실현하는 이상사회가 정착될 수 있으리라 굳게 믿었다.

• 마르크스 인간관에 대한 프로이트의 비판은?

프로이트는, **사적 소유욕**은 인간이 갖는 본능적이고 **근원적인 공격적 성향의 일부**이므로, 그것을 변화시킨다 해도 그 근원적인 본능적 공격욕은 여전히 본성 속에 자리 잡고 있는데, 왜냐하면 이는 소유개념이 성립되지 않은 원시시대부터 인간 내부에 본유적으로 존재하고 있는 본성이기 때문이다.

인간의 충동적·이기적 본성 : 다윈의 진화론적 관점에 기초

동물적 존재로서의 인간

• 인성론에 진화론이 끼친 영향은?

다윈에 따르면, 인간은 더 이상 신적인 존엄성을 나누어 갖고 있는 존재가 아니며, 여러 고전 사상가들이 인간의 본질적인 특성으로 하나같이 주장해 온 빛나는 이성조차 더 이상 선천적인 것도 특별한 것도 아닌, 그저 동물적 특성으로 **진화 과정 속에서 자연선택으로 생겨난** 것일 뿐이다. 인간은 기본적으로 다른 동물들과 같이 동물적 특성을 공유하는, **본성적으로 이기적이고 충동적이며 공격적인 존재**다.

•고대 소피스트들의 행복관은?

탐욕적 이기심이 오히려 자연에 부합하는 인간의 떳떳한 본성이며, 따라서 내가 행복해지려면 철저히 내 이기심에 따라서만 행동해야 한다고 보았다.

• 홉스의 인간관은?

홉스는 유물론적 입장에서 인간의 이기적·공격적 본성을 주장했다. 홉스는, 자연 상태에서의 인간은 **자기 보존의 충동**만 있고 그에 따라 그 충동은 서로에 대한 위협이 되기 때문에, 사람들이 처한 상황은 이들의 행위를 규제할 시민적 권력이 존재하지 않는 한, **만인의 만인에 대한 투쟁 상태**가 된다고 보았다.

• 이성에 대한 홉스의 견해는?

홉스 또한 인간이 이성을 갖는 존재임을 인정하지만, 그러나 그 이성은 욕망을 절제하거나 통제하는 기능이 아니라 오히려 자기 보존의 보편적인 법칙에 따라 안전 보장의 추구를 좀 더 효과적으로 만드는 **일종의 규제적 통찰이자 계산 능력**이다.

• 홉스의 사상이 개인주의와 사회계약론과 깊은 연관을 갖는 이유는?

주목할 것은, 홉스는 이 영악한 이성적 규제력을 근거로 야만과 갈등으로부터 사회적 공존의 상태로 전환을 시도한다는 점이다. 즉 인간은 이성의 계산 능력을 통해 통제력 없는 자기 보존욕이 결국 자기 보존 자체를 위협하는 것임을 자각함으로써 **사회조직의 강제적 질서 및 국가의 강력한 통치권력**, 그리고 그에 대한 무조건적인 복종이 자신들의 보존을 위한 **사회관계적 원리**임을 깨닫게 된다는 것이다. 이처럼 홉스의 사상은 철저히 근대 사회사상의 기초로서 **개인주의와 사회계약 사상**에 기반을 두고 있다.

• 홉스의 강권국가와 군주제적 국가의 차이점은?

홉스의 강권국가는 강제가 아닌 철저히 계산된 개인들의 이기적인 자기 보존욕을 기초로 한 상호계약의 산물로 성립된 것이기에, 군주제가 의존하고 있는 몰(沒)개인적 충성심과 희생적 헌신이 자리할 근거는 전혀 없다. 요컨대 홉스에 따르면, 그러한 이기적 개인들의 강권을 통한 상호 계약적 공존이야말로 이기적 인간 본성들의 사회화를 위한 최선의 길이자 목표로서의 자기 보존의 실현이다.

프로이트

• 프로이트는 전통적인 의식적 자아를 어떻게 평가하나?

프로이트에게 인간 본성의 가장 본질적인 것은 **충동(libido)**이다. 흔히 자아라고 여겨져 온 것은 현실계의 계속적인 영향에 의해 겉으로 드러난 무의식 속에 있는 충동의 발전적 형태일 뿐이다.

• 이드와 초자아의 의미는?

종래 인간의 마음을 지배하는 원리로 알려진 **의식적 자아(ego)**는 사실 자주적인 행위 주체가 아니라 무의식 내의 본능적인 공격적 충동 욕구인 이드(id)와 전통과 관습·도덕 및 부모로부터 연원한 내면적·무의식적 억압인 초자아(super ego) 사이에서 그것들의 지시에 끌려 다니는 꼭두각시에 지나지 않는다.

• 프로이트 인간론이 끼친 영향은?

인간의 양심이란 것 역시 선천적인 것이 아니라 억압된 욕망들이 무의식에 살아남았다가 성인이 된 후 의식으로 되돌아오는 것에 대한 일종의 **저항 심리적 자기 공격성, 즉 죄의식**일 뿐이다. 요컨대 인간의 선천적이고 독립적이며 본능적인 기질이 존재한다면, 그것은 근원적인 **자기 보존적 특성, 즉 공격적 성향**뿐이다. 이처럼 인간의 본질을 의식적 자아가 아닌 무의식적 충동에서 찾은 프로이트의 인간관은 전통적 이성관의 뿌리부터 흔드는 것이기에, 그만큼 서구사회에 끼친 영향은 충격적이다.

• 아들러의 프로이트 비판의 핵심은?

아들러는 프로이트가 인간 행위 동기의 본질로서 주목한 성적 리비도를 인간 의지와 능동성을 간과한 채 지나치게 병적 특성에 집착한 결과라고 비판한다.

인간의 이기적 욕망과 현대

• 프로이트 인성론과 자본주의의 관계는?

자본주의 내적 원리로서 인간의 이기심과 경쟁적 삶 속에서 공격적 탐욕성, 그리고 그로부터 초래되는 **인간 소외와 정신분열**은 프로이트의 인간 행동과 삶에 대한 이해와 직결되면서, 한편으로는 자본주의적 삶의 억압 구조와 한계를 해명해 주기도 하지만, 또 한편으로는 인간 삶에서의 **자본주의적 사회관계의 내적 필연성을 뒷받침**해 주기도 한다.

• 자본주의적 인성론의 기본 핵심은?

오늘날 인간의 본성으로 너무도 당연시 받아들여지는 **개인의 이기적 욕망과 탐욕성은 곧 자본의 탐욕적 공격성**을 반영한다. 이것은 자본주의적 삶의 방식 속에서 인간이 누리는 물질적 풍요와 자기성취뿐만 아니라, 그 속에서 개인과 사회가 겪는 소외와 정신분열의 잉태 또한 다름 아닌 자본주의적 생리의 필연적 반영임을 보여주는 것이고, 나아가 그것은 자본주의 자체가 본질적으로 **정신분열적 속성**을 갖고 있음을 보여주는 것이다.

• 오늘날 욕망의 문제가 철학적 관심사가 된 이유는?

이런 점에서 인간 본성에 관한 최근의 논의는 유행처럼 자본주의 사회에서의 인간의 욕망을 주제로 하고 있는데, 이것은 인간 본성의 문제가 삶의 문제와 필연적으로 연관되어 있음을 보여주는 것이다. 또한 그와 같은 삶의 문제의 해결과 극복 방향 또한 본성론적 논의뿐만 아니라, 구체적인 사회경제적 삶의 원리 자체에 대한 근본적인 비판과 모색이 함께 수행됨으로써 가능한 것임을 보여주는 것이다.

(『철학의 이해』, 방송통신대 교재의 내용 일부 요약 · 정리)

존재론적 관점에서의 인간 본성에 관한 제 이론 및 철학적 사상은 단독 논제는 물론 다른 주제와 통합하여 관련한 관점을 묻는 개념어로 빈번하게 출제되며, 또한 각종 이론·사례·실험과 묶어 출제되기도 한다. 따라서 그 내용적인 숙지는 물론 사상적 관점 차이를 반드시 이해하고 있어야 한다.

관련 개념어 이기심과 이타심, 이기적 본성과 사회적 본성, 호혜적 이타주의, 자유의지와 결정론, 건강한 이기심, 무의식과 욕망, 공리주의, 진화생물학, 이기적 유전자, 제한된 합리성, 행동경제학

057

인간 본성에 대한 이해(2)_ 진화생물학적 관점_ 이기적 유전자vs. 이타적 유전자vs. 호혜적 이타주의

- **덕성여대 2024 인문 수시**(인간 본성과 의지를 강조한 맹자의 마음 수양 사상의 사례 적용 설명)
- **연세대 2022 인문 편입**(이기주의와 이타주의에 대한 다양한 입장 비교·분석 및 이타적 희생의 차이 설명)
- **한국외대 2020 사회(2) 수시**(상이한 두 가지 심리〈자기애와 이타심〉를 중심으로 제시문 분류·요약 및 적용 평가)
- **한국외대 2016 인문(1) 수시 [문제 1·2]**(이기심과 이타심 관련 요지 요약 및 비판)
- **동국대 2016 인문(1) 수시 [문제 2]**(이타주의 개념 서술)
- **한양대 2015 상경 모의 3차**(순수 이타주의와 상호 이타주의 비교 서술)
- **한양대 2015 상경 수시**(개인주의적인 인간형과 타인지향적인 인간형 비교 설명 및 한계성 고찰)
- **한양대 2014 상경 수시**(인간 본성에 근거한 개인 및 사회적 협력 방안 제시)
- **경희대 2012 인문 모의**(인간 본성으로서의 이타성: 순수 이타성vs상호 이타성)
- **한양대 2012 상경 모의 1차**(인간은 자기 이익의 원칙에 따라 행동하는가: 최후통첩 게임 이론 응용)
- **연세대 2010 인문 모의**(인간의 본성: 이기적 본성vs이타적 본성)
- **한양대 2010 인문 모의**(진화심리학적 관점에서의 실험 결과 해석 및 지구촌 시대의 오리엔탈리즘적인 사고 비판)

이기적 유전자 : 리처드 도킨스

진화생물학자인 리처드 도킨스(Clinton Richard Dawkins)는 그의 명저 『이기적 유전자』에서 '진화의 주체인 유전자는 그 자체의 생존에만 목적을 두는 이기적인 존재'라고 정의했다. 그에 따르면, 자연선택이란 유전자가 개체라는 모양을 빌려 행하고 살아남는 게임이다. 게임을 잘하는 유전자는 자기를 많이 복제할 것이므로 증식할 수 있으나 그렇지 못한 유전자는 멸망한다.

이렇게 놓고 볼 때, 유전자는 살아남기 게임을 하는 프로그램과 같다. 유전자는 살아남기 게임을 플레이하는 개체의 프로그램 그 자체이기 때문이다. 이때 돌연변이는 유전자의 변화, 즉 프로그램의 변경이며, 이 변경의 결과 한층 좋은 프로그램이 출현하면 그것이 진화를 가져다준다.

유전자 입장에서 본다면, 모든 동식물은 유전자의 자기 보존 욕구를 수행하는 생존 기계에 불과하다. 인간 또한 유전자가 스스로를 보존해 가기 위해 진화시켜 가는 일종의 생존 기계에 불과하다. 그렇기에 성공적인 유전자의 가장 중요한 특징은 '**이기주의**'다. 이기적이라는 것은 자기의 생존 혹은 보존 가능성이다. 자신의 생존 가능성을 높이는 행동은 이기적이며, 그 반대 즉 자신의 생존 가능성을 낮추는 것은 이타적인 행동이라고 도킨스는 정의한다. 간혹 나타나는 이타적인 행위들도 알고 보면 정교한 이기주의에 불과하며, 또 이기주의의 한 전략에 불과하다. 인간은 정해놓은 각본대로 유전자의 이기적 명령을 수행하는 존재이기 때문이다.

■ **인간의 특수성으로서의 문화적 유전자 : '밈(Meme)'**

유전자에 의한 행동이란, 다른 말로 하면 본능에 따른 행동이다. 그러나 다른 동물은 몰라도 인간의 모든 행동이 동물처럼 본능적이라고 할 수 있을까? 이에 도킨스는 인간에 대해서는 지금까지의 '유전적 진화'라는 용어 대신에 '문화적 진화'라는 용어를 사용하고 '유전자' 대신 '**meme(밈)**'이란 문화의 자기복제자를 설정했다.

즉 밈은 곡조, 사상, 표어, 의복의 유행 등으로 표현되는 문화나 사회 진화의 단위로서, 밈도 이기적 유전자와 마찬가지로 이기적이라고 말한다. 더욱이 밈은 유전자보다 전달 속도가 빠르고, 유전자가 혈연끼리만 전달되는데 반해 무리의 개체이면 혈연과 관계없이 전달된다. 그렇기에 그는 문화적 진화 쪽이 유전자 진화보다 더욱 큰 가능성을 갖고 있다고 본다.

『게놈』의 저자로 잘 알려진 리들리의 저서 『이타적 유전자』의 원저에는 '덕(德)의 기원(The Origins of Virtue)'이라는 제목이 붙어 있다. 리들리는 이 책에서 해밀턴의 '혈연선택설'과 트리버즈의 '상호호혜 이론' 그리고 폰 노이만의 '게임 이론'을 가지고 기본적으로 이기적인 개체들이 모여 이타적인 사회를 이루는 과정을 쉽게 그러나 권위 있게 풀어낸다. 유전자의 이해관계에 의해서 이타적 성향이 형성되며, 도덕적 행위는 유전자의 이익을 증대시키는 또 하나의 전략일 뿐이라고 본다.

그에 따르면, 인간의 정신은 이기적 유전자에 의해 만들어졌지만 사회성과 협동성과 신뢰성을 지향한다고 설명한다. 인간은 사회성 본능을 가지고 있기 때문에 태어날 때부터 협동의 방식을 계발하고, 믿을 만한 사람과 그렇지 못한 사람을 구별하고, 스스로 믿을 만한 사람임을 과시해 좋은 평판을 쌓고, 재화와 정보를 교류함으로써 노동 분화를 이루는 것은 인간만이 가지는 능력이라는 결론에 이르고 있다. '인간의 도덕과 사회성은 유전자의 명령'이라는 것이다.

호혜적 이타주의

서로 유전적으로 아무런 연관이 없는 개체들 또는 아예 종이 다른 개체들 간의 이타적 행동은 도대체 어떻게 진화된 것일까? 하버드 대학의 트리버즈(Robert Trivers) 교수는 이 문제에 처음으로 진화적 메커니즘을 제공한다.

호혜적 이타주의(reciprocal altruism)라고 명명된 그의 이론에 따르면, 지금 이 순간 서로 도움을 주고받는 게 아니라 미래의 보답을 기대하며 남에게 도움을 주는 행위로 인해 인간을 비롯한 많은 동물들의 사회성이 진화했다는 것이다. 일종의 **계약 이타주의(binding altruism)**인 셈이다.

이타적 호혜성의 진화를 위해 서로 교류하는 개체들이 친척일 필요도 없고 심지어는 같은 종에 속할 필요도 없다. 그러나 둘이 평생 단 한 번밖에 만나지 않는다면 도움을 받고 난 다음 보답할 기회가 없기 때문에 호혜적 관계가 성립하지 않는다. 서로의 존재를 인식하고 도움을 받았다는 사실을 기억할 수 있어야 하며, 서로의 만남이 비교적 빈번해야 진화할 수 있는 메커니즘이다.

트리버즈 이론에 가장 결정적인 도움이 된 연구는 윌킨슨(Gerald Wilkinson)의 흡혈박쥐 연구였다. 중남미 열대에 서식하는 흡혈박쥐들은 밤마다 소나 말 또는 맥 같은 큰 동물의 피를 빨아먹고 사는데, 워낙 신진대사가 빨라 연이어 사흘 밤만 피를 빨지 못하면 죽음을 면치 못한다. 그래서 흡혈박쥐의 사회에는 서로 피를 나눠 먹는 풍습이 진화했다. 윌킨슨의 연구에 따르면, 흡혈박쥐들은 누구보다도 친척들과 가장 빈번하게 피를 나눠 먹지만 오랫동안 가까운 자리에 함께 매달려 있는 짝꿍들에게도 피를 나눠주고 또 훗날 피를 얻어먹기도 한다. 이들은 서로를 분명히 인식하며 오랫동안 호혜관계를 유지한다. 이들이 피를 빨지 못하고 돌아오는 확률에 의거하여 예상수명을 계산해보면, 태어나서 3년을 버티기 힘들 것으로 보인다. 그러나 서로 피를 나눠 먹는 전통 덕택에 흡혈박쥐들은 야생에서 15년 이상을 살기도 한다.

호혜적 이타주의의 개념은 '**죄수의 딜레마 게임**'의 '눈에는 눈, 이에는 이' 전략의 내용과 흡사하다. 또한 진화경제학자들이 인간 행동의 진화를 탐구하기 위한 도구로 사용하는 '**최후통첩 게임**'과도 일맥상통하다. 이에 따르면. 진화경제학자들은 실험 결과를 인간의 이타성과 보복 성향으로 해석한다. 선에는 선으로 대하지만, 악에는 자신이 비록 손해를 보더라도 악으로 대응하는 성향이 우리 인간에게 있다는 것이다. 그 결과 함께 협동해야 할 동료들로 하여금 서로 감시하게 만드는 사회제도는 자칫 공동체 정신을 해칠 수 있지만, 진화의 역사를 통하여 가장 효율적인 질서 유지 체제 중의 하나로 확립되었다는 것이다.

결론적으로, 대부분의 인간은 극단적 이기성과 극단적 이타성 사이에 있는 **상호성의 원칙**에 아래 행동한다는 것이 일반적이다. 이때 '상호성'이란 자신에게 이득을 준 상대에게는 호의로, 피해를 준 상대에게는 적의로 대하는 성향으로, 이는 물질적 대가와 연결되는 것이 일반적이지만, 반드시 그렇지 않은 경우도 있다. 인간 본성이 복잡한 양상을 띠는 이유가 이 때문이다.

존재론적 관점에서의 인간 본성에 관한 제 이론 및 철학적 사상은 단독 논제는 물론 다른 주제와 통합하여 관련한 관점을 묻는 개념어로 빈번하게 출제되며, 또한 각종 이론·사례·실험과 묶어 출제되기도 한다. 따라서 그 내용적인 숙지는 물론 사상적 관점 차이를 반드시 이해하고 있어야 한다.

관련 개념어 이기심과 이타심, 이기적 본성과 사회적 본성, 호혜적 이타주의, 자유의지와 결정론, 건강한 이기심, 무의식과 욕망, 공리주의, 진화생물학, 이기적 유전자, 제한된 합리성, 행동경제학

058
인간 본성에 대한 이해(3)_ 도덕적 관점에서의 인간 본성에 대한 물음

- **건국대 2024 인문 모의**(인간 본성과 네트워크를 활용한 자료 분석 및 사례 적용 평가)
- **성균관대 2024 인문(2) 수시**(삶의 가치를 판단하는 두 기준: 개인의 자유와 권리 중시vs개인의 사회적 의무와 책임 강조)
- **성균관대 2022 인문(2) 수시**(인간 행위를 판단하는 기준〈의무론, 결과론〉 적용 논술)
- **한국외대 2017 사회(1) 수시**(방관자 효과와 착한 사마리아인 원칙 설명 및 사례 적용 평가)
- **건국대 2016 인문 모의**('이익 평등 고려의 원칙' 적용 평가 및 관련한 인간 행위 동기의 현재적 의미 논술)
- **가톨릭대 2011 인문 수시**(선의지의 개념 및 이를 활용한 바람직한 공동체와 리더십의 관계 고찰)
- **홍익대 2011 인문 수시 [문제 3]**(인간의 생명의식에 대한 다양한 관점 비교 분석)
- **서강대 2009 인문 모의**(인간의 본성: 인간 같은 기계vs기계 같은 인간)
- **이화여대 2009 인문 모의**(인간의 본성과 개인의 가치를 바라보는 시각)

인간 본성과 도덕과의 관계

인간의 본성은 도덕과 대립하는가

인간의 본성이 기본적으로 도덕과 잘 어울린다면(즉 이타적이라면), 도덕적 명령에 따르는 것이 그리 힘든 일은 아닐 것이다. 만약 인간의 본성이 비도덕적이라면(즉 이기적이라면), 우리는 끊임없이 도덕과 갈등하면서 우리의 본성을 억제해야만 도덕적 삶을 살아갈 수 있게 된다.

그에 따라 사람들은 도덕적 강요에 점차 익숙해지고 내면화되면서, 도덕은 외부에서 강요하는 명령이 아니라 자신의 내부에서 본성적 욕구를 억제하는 존재가 된다. 외부의 명령이든 내부의 명령이든, 도덕은 인간의 본성과 대립하며 **본성을 억제**하는 역할을 한다.

본성은 점차 완성되어 가는 것인가

아직 성장하지 않은 초기 단계에서 본성은 잠재되어 있을 뿐 아직 제 모습을 드러내지 않기에, 어린아이에게서 인간의 본질적 특성인 이성적 활동을 확인하기는 어렵다. 그러나 성장하면서 이성은 점차 계발되고 완성되어 가는데, 그 대표적인 예가 언어 사용 능력이다. 어린아이가 말을 못한다고 해서 인간은 언어를 사용할 수 있는 본성을 타고나지 않았다고 말할 수 없는 이유가 이 때문이다. 그렇기에 인간이 갖고 태어나는 것은 본성이 아니라 본성의 싹이며, 다만 힘들고 긴 시간을 거쳐야 그 본성을 실현할 수 있고, 또 혼자의 힘이 아니라 공동체적 생활을 통해서만 본성을 실현할 수 있다.

이렇게 볼 때, 본성은 점차 완성되어 가는 것이라고 보는 게 적절한데, 육체적으로 건강할 뿐 아니라 정신적으로도 이성을 잘 계발한 어른이 인간의 본성을 잘 실현했다고 말할 수 있을 것이다. 그러므로 인간의 도덕적 본성을 가장 잘 실현한 사람은 올바른 도덕적 판단을 내릴 수 있는 지혜를 갖춘, 그리고 탁월한 도덕적 품성을 지닌 자라고 할 것이다. 이렇게 본다면 도덕은 우리의 본성과 충돌하는 것이 아닌 **본성의 일부분**이며, 따라서 **도덕을 따르는 것은 곧 본성대로 사는 것**이 된다.

본성과 도덕을 대립적 관계로, 성숙한 인격이 아닌 어린아이에게서 인간의 본성을 찾는 이유는

육체와 정신의 이원론, 자연과 인위의 이분법적 사고에 따르기 때문이다. 즉 육체적이고 동물적인 것만을 자연적인 본성으로 여기는 반면, 이성적이고 문화적인 것, 인간에 의해 만들어진 모든 것들은 인위적인 것이며 자연적인 본성과는 완전히 다를 뿐 아니라 대립적인 것으로 여기기 때문이다.

하지만 인간이 이성적 동물이라는 것은 엄연한 자연적 사실이며, 이성적인 인간의 활동이 자연적인 것과 철저하게 구별될 이유 또한 없다. 인간에게 이성이 있다는 것도 자연적인 사실로 볼 수 있으며, 이성에 의한 인간의 활동을 자연과 대립적인 것으로 볼 이유 또한 없다. 도덕 역시 인간의 자연적 본성과 대립되는 것이 아니라 본성을 완성시킨 것으로 볼 수 있다.

이런 이유로 인간의 본성을 가장 잘 실현한 인간은 육체적으로나 정신적으로, 그리고 도덕적으로 성숙한 인격을 갖춘 사람이라고 할 수 있으며, 그가 가장 인간다운 인간이라고 말할 수 있다. 이런 관점에서 본다면, 도덕적으로 사는 것은 본성대로 사는 것이 된다.

도덕적으로 사는 것이 본성대로 사는 것이라면, 왜 사람들은 도덕적 행위와 본성적 욕구 사이에서 갈등을 느끼며, 본성을 억제하는 것이 도덕적 행위라고 할까

관점 차이 때문이다. 본성은 육체적인 것이며 도덕은 본성에서 나오는 것이 아닌 이성에 의한 인위적인 명령이라는 관점에서 보면, 도덕과 본성은 영원히 갈등할 수밖에 없는 운명이다. 육체와 정신의 이원론적 관점이라고 할 수 있다. 그러므로 도덕적으로 산다는 것은 항상 **본성을 억제하고 올바른 이성적 판단과 도덕적 명령에 따라 행동**하는 것이다. 이러한 관점의 대표적인 인물이 칸트라고 할 수 있다.

반면에 인간의 본성을 성숙한 인격에서 찾으려는 관점에서 보면, 도덕은 본성과 갈등을 일으키는 것이다. 물론 본성을 제대로 실현하지 못한 단계에서는 도덕이 강제적 성격을 가질 수 있다. 하지만 도덕적으로 성숙한 인격에서는 자신의 본성적 욕구와 도덕적 명령이 일치하게 된다. 아리스토텔레스나 공자는 이러한 관점을 대표한다고 할 수 있다. 아리스토텔레스의 표현대로 하면, 인간이 **자신의 고유한 본질적 능력을 탁월하게 발휘**하는 것, 바로 이성적 능력의 탁월함(아레테)이다. 이것이 인간의 행복이고 인간다운 삶이며, 자기실현이다. 도덕적 삶은 인간의 본성을 실현하는 삶이다.

(『철학의 이해』, 방송통신대 교재의 내용 일부 요약 · 정리)

존재론적 관점에서의 인간 본성에 관한 제 이론 및 철학적 사상은 단독 논제는 물론 다른 주제와 통합하여 관련한 관점을 묻는 개념어로 빈번하게 출제되며, 또한 각종 이론·사례·실험과 묶어 출제되기도 한다. 따라서 그 내용적인 숙지는 물론 사상적 관점 차이를 반드시 이해하고 있어야 한다.

관련 개념어 이기심과 이타심, 이기적 본성과 사회적 본성, 호혜적 이타주의, 자유의지와 결정론, 건강한 이기심, 무의식과 욕망, 공리주의, 진화생물학, 이기적 유전자, 제한된 합리성, 행동경제학

059

인간 행동의 동기_ 경제학적·심리학적 관점에서의 건강한 이기심과 제한된 합리성

- **숭실대 2023 인문 수시**(개인행동에 영향을 주는 요인을 통해 작품 설명이 지닌 한계 논술)
- **한양대 2023 상경 수시**(인간 행위의 비합리성 고찰)
- **숙명여대 2019 인문(2) 수시 [문제 1]**(인간 행동의 비합리성에 관한 사례 적용 서술 및 서술자의 과학적 추론 논술)
- **경희대 2019 인문 편입 [문제 1]**(인간 행위의 동기와 관련한 다양한 관점 논술)
- **한국외대 2019 사회(1) 수시**(의사결정 기준에 대한 상이한 두 관점 〈효율성 중시와 형평성 중시〉 고찰)
- **성균관대 2018 인문(1) 수시**('인간 행위의 특성'에 관한 상반된 두 견해 〈합리성vs 비합리성〉 적용)
- **숙명여대 2016 인문 모의**(인정 욕구와 제한적 합리성에 근거하여 허례허식 문화에 대한 원인 분석)
- **숙명여대 2015 인문 모의**(인간 행동의 제한된 합리성 비교 분석)
- **서강대 2014 인문(3) 수시 [문제 2]**(인간 행동을 유발하는 동인에 대한 다양한 관점 비교 분석)
- **숭실대 2014 인문 모의 [문제 1]**(합리적 행위 모델을 근거로 한 전쟁 참여 결정 분석)
- **연세대 2013 인문사회 편입**('회귀분석' 기법과 '신경망' 기법을 인간 행위에 적용될 때 발생하는 방법론적 한계)
- **건국대 2013 인문(2) 수시**(합리적 의사결정 이론을 적용한 인간 행동 분석)
- **아주대 2013 인문 모의**(가해자와 피해자의 관계를 중심으로 한 용서의 동기와 행동 분석)
- **중앙대 2013 인문(2) 수시**(인간 행동을 유발하는 다양한 관점 비교 분석)
- **성균관대 2012 인문(1) 수시**(인간 행위의 특성에 대한 견해와 이에 따른 사회현상 분석)
- **국민대 2012 인문 수시 2차**(개인적 합리성과 사회적 합리성의 충돌)
- **동국대 2012 인문(1) 수시 [문제 1]**(창의성 발현을 위한 요건: 개인적 요인vs사회적 요인)
- **한양대 2012 상경 모의 1차**(인간은 자기 이익의 원칙에 따라 행동하는가: 최후통첩 게임이론 응용)
- **숭실대 2012 인문 수시 [문제 1]**(자유시장경쟁의 원칙에 따른 행위 분석)
- **고려대 2011 인문(2) 수시**(예측의 다양성과 과학적 예측 모델의 활용)
- **연세대 2011 인문 모의**(합리성이란 무엇인가: 인간의 의사결정 행위: 전망이론 적용)
- **홍익대 2011 인문 수시 [문제 2]**(과학적 합리성과 사회적 합리성에 대한 가치판단)
- **연세대 2011 인문 수시**(인간의 제한적 합리성: 죽음에 대한 비교 및 관련한 추론 문제)
- **고려대 2010 인문 모의**(부끄러움 · 수치심과 관련한 공정성 문제: 행동경제학 관점)

경제학의 시조이자 산업자본주의 체제의 이론적 근거를 제시한 아담 스미스는 사회질서를 유지하고 있는 인간의 본성이 무엇인지를 그의 명저 『도덕감정론』에서 다음과 같이 설명한다.

스미스에 따르면, 인간이 올바른 행동을 하고 나쁜 행동을 하지 않는 것은 인간의 내면에 있는 다양한 감정이 서로 작용한 결과로, 그것을 곧 **'동감(同感, 또는 공감〈共感〉;sympathy)'**이라고 한다. 우리의 행동은 항상 사회 전체로부터 평가를 받고 있으며, 이때 다른 사람에게 나쁜 평가를 받고 싶어 하지 않는 감정을 갖는다는 것이다.

그러한 감정은 모든 사람의 마음에 들 수는 없기에, 결국 자신의 내면에 선악의 판단기준을 정하고 그에 맞춰 행동한다고 보았다. 스미스는 행동의 선악은 자기 스스로 판단한다고 생각했는데, 그 판단기준은 사회의 목소리를 바탕으로 만들어진다고 보았다. 즉 자신의 행동의 옳고 그름을 결정하는 것은 다른 사람의 평가라는 것이다.

스미스는 이러한 내면의 법률을 '**일반원칙**'이라고 불렀는데, '현명한 사람'은 사회 속에서 주위로부터 인정을 받고 싶어 하기 때문에(즉 공감을 얻고 싶은 탓에) 스스로 이 일반원칙에 따라 올바른 행동을 한다는 것이다. 그리고 그러한 도덕적 감정으로서의 의무감이야말로 개인의 이기심을 통제하고 인간사회를 발전시키는 중요한 요소이자 동인으로 보았다.

경제발전의 원동력 : 보이지 않는 손

스미스는 경제를 움직이고 발전시켜나가는 원동력은 현명한 사람이 아니라 오히려 '경박한 사람'이라고 생각했다. 스미스에 따르면, 내면의 재판관, 즉 자신의 내면의 정의가 내린 판단보다 세상의 평판을 의식하는 '경박한 사람들'은 다른 사람의 눈을 의식하기 때문에 자신이 부유하고 중요한 인물이라고 세상에 어필하고 싶어 하고, 그래서 필사적으로 부를 좇게 된다는 것이다.

경박한 사람은 다른 사람에게 부러움을 사기 위한 일념 하나로 많은 부를 쌓고 싶어 한다. 그 결과, 많은 부를 손에 넣었다고 생각하면 경박한 사람은 다시 허영을 부리며 자신이 얻은 부를 주위 사람들에게 과시하고자 하며, 그에 따라 부가 주위 사람들에게 분배되면서 경제가 발전한다는 것이다.

이렇듯 부를 추구하는 지주나 자본가들은 스스로 다른 사람들을 위해 행동하는 것이 아니라, 어디까지나 각자 개인의 이익을 위해 행동한 결과로서의 '**보이지 않는 손**(invisible hand)'에 이끌려 결과적으로 경제가 발전하고 부의 분배가 일어난다는 것이 스미스의 생각이다.

아담 스미스는 사람들의 서로 다른 이기심이 어떻게 사회 전체를 이롭게 하는가를 그의 또 다른 저서 『국부론』을 통해 다음과 같이 설명한다. 스미스는 사람들이 경제적인 이기심을 추구하는 과정에서 이득이 가장 많이 생기는 곳에 그들의 자원을 배분하며, 그에 따라 사회 전체의 이익이 증가하게 된다고 말한다.

즉 스미스는 사람들이 정부의 간섭 없이 자기 자신만의 이익을 추구하는 가운데 자신도 모르게 '보이지 않는 손'에 이끌려 국부(國富)를 늘리게 된다고 보았다. 요컨대 다른 사람은 신경 쓰지 않고 각자 자신이 생각한 대로 행동하면 그것이 곧 사회 전체의 이익이 된다는 것이다. 그리고 사회 전체에 이익이 된다면 개인은 자신의 이익을 추구하며 행동하는 것이 최선이고 다른 사람의 사정은 신경 쓸 필요가 없다는 것이다. 무엇보다 개인의 자유로운 행동을 제한하는 규제나 정부의 활동은 폐해일 뿐이며, 따라서

 정부는 시장에 대한 개입을 중단해야 한다고 주장한다.

스미스의 이러한 사상은 사람들은 본래부터 자기가 가장 좋아하는 일에 종사하려는 경향이 있기 때문에, 사람들이 자신의 적성을 자유롭게 발휘할 수 있게 해주어야 사회 전체적으로도 가장 좋은 결과가 생긴다는 믿음을 기초로 한 것이다. 즉 시장에서 자유롭게 형성된 가격의 역할을 지칭하는 '보이지 않는 손'이란, 사실 인간성과 인간 능력에 대한 믿음이라고 할 수 있다.

정리하면, 스미스는 타인의 감정과 행위에 관심을 가지고 그에 동감(공감)하려고 들며, 이런 '**공감 의식**'이 인간 사회의 질서를 유지하고 정의로운 사회를 만드는 핵심 기제라고 생각했다. 그런 질서 속에서 자유로운 교환을 통해 **사회적 협동**이 이뤄지고, 협동의 확대로 시장이 커지면서 성장을 이뤄 사회가 번영한다고 보았다.

우리는 합리적으로 선택하고 판단할까 : 행동경제학적 관점

개인은 주어진 여건에서 항상 자신의 효용이나 기대이익을 최대화하려고 노력한다. 그 결과 시장은 가격신호라는 메커니즘을 통해 균형 상태로 향하게 된다는 게 전통 경제학에서 말하는 인간의 합리적 행동 결과다. 즉 주류 경제학에서 말하는 경제적 인간은 극히 합리적으로 행동할 뿐 아니라, 타인을 배려하지 않고 오로지 자신의 이익만을 추구하려 든다. 이들은 이익을 위해서는 자신을 적절히 통제하고, 단기적으로는 물론 장기적으로도 자신에게 불이익이 될 일은 결코 하려들지 않는다.

하지만 **행동경제학**은 주류 경제학의 기본 전제인 인간의 합리성과 자제심, 이기심을 부정한다. 그렇더라도 이것은 인간이 완전히 비합리적이거나, 충동적이거나, 이타적이라는 의미는 아니다. 다만 인간이 완전히 합리적

이거나 완전히 자제심을 갖고 있거나 완전히 이기적이라는 생각에 대해서 부정할 뿐이다.

행동경제학의 연구로 노벨경제학상을 수상한 허버트 사이먼(Herbert Simon)은 주류 경제학이 가정하고 있는 합리성에 대한 인지능력의 한계를 이유로 들어 이를 체계적으로 비판한 최초의 경제학자이자 심리학자다. 그는 완전히 합리적일 수 없는 인간 본성을 설명하기 위해 '**제한된 합리성(bounded rationality)**'이라는 개념을 동원한다. 그에 따르면, 제한된 시간과 정보만으로 최선의 의사결정을 해야 하는 현실 속의 사람들은 주어진 상황 속에서 일정 수준의 만족스러운 대안을 선택하게 된다. 인간은 제한된 합리성에 따라 행동한다는 그의 주장은 오로지 사익만을 추구하는 이기적 인간과, 때로는 타인을 배려하는 이타적 인간이 공존할 수 있음을 의미한다. 그렇기에 그는 인간의 의사결정을 고려할 때 **감정** 역할의 중요성을 무시할 수 없다고 강조한다. 현실에서의 인간의 선택은 최적화된 기준에서 합리적으로 실행되는 것이 아니라, 일정 수준 이상이 되어야 마음이 움직이는 '만족화' 원리에 따라 선택을 한다고 하여 절차적 합리성을 강조한다.

한편 그의 동료인 다니엘 카너먼(Daniel Kahneman)은, 인간은 논리적·체계적인 판단보다는 '**휴리스틱(heuristic)**'이라는 주먹구구식의 사고를 통해 합리적이지 못한 의사결정을 내린다고 말하면서, 그 결과로 발생하는 판단이나 결정은 그만큼 '**편향(bias)**'적 사고를 띠게 된다고 하여, 인간 행동이 항상 합리적이지는 않음을 밝혔다.

그렇다면 내가 원하는 것과 해야 하는 것이 배치될 때 어떤 것을 고려하는 것이 더 나은, 또는 합리적인 선택일까? 이런 경험은 우리 일상에서 쉽게 찾아볼 수 있는데, 예를 들어 "자장면을 먹을까 짬뽕을 먹을까"하는 고민도 그중 하나다. 이 경우, 우리는 어떤 정보를 취하고 또 어떤 결정을 내

 려야 할까? 인지적 정보뿐 아니라 정서적 정보도 합리적인 선택을 하는데 중요한 역할을 하지만, 때로는 정서의 강도가 강해지면 자신을 통제하고 이성적으로 판단하기 어려워지기도 한다. 물론 여기에는 어느 정보가 더 많이 사용되어야 한다는 식의 규범적인 제안은 배제된다.

이때, 사이먼이 말했듯이 한 개인의 목적 또는 목표를 성취하도록 해주는 대안을 취하는 것이 합리적인 선택이라면, 어떤 정보가 나의 목적에 부합하느냐는 상황마다 다를 수 있음을 염두에 두어야 한다. 그렇기에 중요한 것은 내 선택의 목적을 **상황**에 맞게 분명하게 파악하는 일이다.

존재론적 관점에서의 인간 본성에 관한 제 이론 및 철학적 사상은 단독 논제는 물론 다른 주제와 통합하여 관련한 관점을 묻는 개념어로 빈번하게 출제되며, 또한 각종 이론·사례·실험과 묶어 출제되기도 한다. 따라서 그 내용적인 숙지는 물론 사상적 관점 차이를 반드시 이해하고 있어야 한다.

관련 개념어 이기심과 이타심, 이기적 본성과 사회적 본성, 호혜적 이타주의, 자유의지와 결정론, 건강한 이기심, 무의식과 욕망, 공리주의, 진화생물학, 이기적 유전자, 제한된 합리성, 행동경제학

060
일원론과 이원론_인간과 세계를 인식하는 두 관점

- **경기대 2025 인문 모의 [문제 1]**(인간의 유한성 관점에서 천사와 인간 비교 설명)
- **경희대 2024 인문 수시 [문제 1]**(이성과 감정의 중요성에 관한 다양한 논점 고찰)
- **서강대 2015 인문(1) 수시 [문제 1]**(일원론의 관점에서 '심신이원론' 비판)
- **경희대 2015 사회(1) 수시**('이성과 감성'에 대한 다양한 관점 고찰)
- **이화여대 2014 인문(1) 모의**(인간의 마음과 몸에 대한 다양한 관점 비교 분석)
- **이화여대 2014 인문(2) 모의 [문제 3]**(인간의 마음과 몸에 대한 다양한 관점 비교 분석을 통한 인간관 비판)
- **경희대 2011 인문 모의 [문제 1]**(일원론과 이원론: 정신과 물질)

일원론과 이원론

일원론

일체의 존재를 포함한 세계 전체를 한 가지 원리로 설명하는 철학적 세계관에 대한 견해다. 일원론은 세계의 다종다양한 존재를 부정하는 것은 아니고, 이들 다양한 것으로 존재하는 기초가 무엇인가에 대한 입장이다. 그 기본이 되는 것을 '물질'로 보는 유물론적 견해와 '정신' 또는 '관념'으로 보는 관념론적 견해가 있다. 마르크스주의의 변증법적 유물론은 자연 및 사회를 물질의 기본적 원리로 하여 파악하는 유물론적 일원론이다. 관념론적 일원론을 대표하는 것으로는 절대이념을 세계의 기본에 둔 헤겔의 철학을 꼽을 수 있다.

이원론

세계 전체가 서로 독립된 이질적인 두 개의 근본 원리로 되어 있다고 사고하는 방식이다. 종교적인 사고방식에 이 견해가 강하게 나타나는데, 기

 독교가 신의 나라와 지상의 나라를 나누는 것에 신앙의 기초를 두고 인간이 신의 나라의 실현에 힘을 쓴다고 하는 것은 실천적으로 이원론적 관점이라 할 수 있지만, 그렇더라도 신이 세계를 창조하였다고 하는 점에서는 일원론적 관점이다. 철학에서의 전형적인 사고는 데카르트의 물심(物心)이원론(심신이원론)과 칸트의 인식론적 사고이다. 데카르트는 정신과 육체는 분리된 것이지만 정신이 육체를 지배한다는 입장을 취하고 있으며, 칸트는 의식일반에 의해 세계에 대한 물자체(物自體)의 존재를 인정하는 이원론의 관점을 갖는다.

나아가 어떤 문제를 생각할 때 두 개의 상반되는 별개의 것을 대립의 근본으로 인정하고 있는 것을 포괄하여 이를 '이원론'이라 부르는데, 인류의 사상사를 통해 이원론은 학문적 이론 체계를 갖추는데 중요한 방법으로 사용되었다. 종교에서의 신과 세계, 윤리학에서의 선과 악은 물론, 철학에서의 **물질과 관념, 신체와 정신, 주관과 객관, 보편과 특수, 절대와 상대, 본질과 현상, 일반성과 특수성, 존재와 인식** 등 여러 가지 이원론적 관점을 취한다. 그뿐 아니라 일상생활에서 사용되는 이론과 실제, 내용과 형식, 진짜와 가짜, 긍정과 부정처럼 쌍을 이루는 범주들도 이원론적 구조를 가지고 있다.

다원론

일원론에 대립되는 견지, 즉 존재하는 것 모두를 유일한 하나의 원리로 귀착시킬 수 없으며, 세계는 다수의 서로 독립된 실체로 이루어져 있다는 견해다. 고대의 원자론이나 라이프니츠의 단자론 등과 같은 주장이 이에 속한다. 현대의 프래그머티즘, 신(新)실증주의, **실존주의** 등도 다원론의 견해에 속한다. 다원론적인 사회관은 사회에 존재하는 기본 원리를 인정하지 않고, 다양한 요인을 통해 사회를 설명한다.

플라톤의 이데아

플라톤에 따르면, 현실 세계의 배후에는 영원한 존재가 있으며, 감각이 아니라 정신에 의해 파악되는 현상의 본질적인 원형이 존재한다고 보았다. 이를 '**이데아**'라고 한다. 즉 이데아란 모든 사물에 내재된 영원불멸한 **본질**을 의미한다. 따라서 우리의 눈에 보이는 현상은 모두 이데아의 모방에 불과하다. 예를 들어 아름다운 꽃이 시들었다는 것도 하나의 개체로서의 꽃이 시들었다는 의미일 뿐이며, 아름다움이라는 '미의 이데아' 그 자체가 없어졌다는 것은 아니다. 다시 말하자면, '이데아'는 영원불멸한 것이다.

이데아 그 자체는 육안으로는 보이지 않으며, 이 세계에 존재하지 않는 관념의 세계 속에 존재한다. 이것이 '이데아계'다. 즉 우리가 감각으로 파악할 수 있는 것이 현실 세계라면, 이성으로만 인식되는 것이 곧 '이데아계'다. 이처럼 이데아는 육안이 아닌 영혼의 눈에 투영되는데, 개개의 사물은 이데아의 불완전한 그림자며, 이데아야말로 **사물의 진리**인 것이다.

플라톤에 따르면, 이데아가 개개 사물의 진리이듯, 영혼은 인간의 진리다. 플라톤의 "진리는 상기된다", 즉 진리는 생각해낼 수 있다는 주장은 곧 이데아라는 진리를 영혼의 눈으로 인식할 수 있다는 뜻이다. 이데아라는 진리를 영혼의 눈으로 인식할 수 있는 것은 인간의 영혼이 이데아의 일원이었기 때문이다. 그런데 이데아계로부터 이탈하여 육체에 갇힌 인간은 육체의 눈으로 보는 것에 익숙해져서 이데아로서의 진리를 망각한 상태로 살아가는 것이다. 플라톤은 이데아를 추구하려는 인간 영혼의 움직임을 '에로스(진리를 추구하는 인간정신)'라고 불렀다. 이에 따를 경우, 인간은 현 상태에 만족하는 것이 아니라 더 높은 이상(理想)을 향해 발전해 나가야 한다고 보았다.

플라톤의 이데아는 그때까지의 '생성'을 근거로 한 그리스의 세계관에 일대 변화를 몰고 왔다. 모든 것은 물, 불, 공기 등 이미 형성된 자기 자신 안에서 새로운 생성의 힘을 갖는다고 이해했던 현실 세계가 외부의 어떤 진실에 의해 다르게 만들어질 수도 있다는 이미지를 새롭게 만들어냈다. 즉, 이전까지는 이 세계의 모든 생성의 원리와 운동력은 자기 내부에서 비롯되는 것이라고 믿었는데, 이것이 플라톤 등장 이후 뒤바뀐 것이다. 자연(세계)은 외부로부터의 힘(이데아)이 더해져 만들어지는 것이라고 하여 자연을 중심에서 밀어내는 한편, 그 자리에 현실세계를 초월한 존재로서의 이데아를 위치시켰다. 이처럼 플라톤은 이 세상 밖 저편에 완전무결한 근본 존재인 이데아를 설정하고, 이 세상은 그것의 불완전한 모방에 지나지 않다고 말한다.

플라톤이 생각한 이상적인 세계는 변화하는 물질들이 어떤 목적을 가지고 질서정연하게 편성된 형태로, 당연히 변화하는 만물에 질서를 부여하는 정신의 작용이 존재한다고 보았다. 이것이 바로 이데아론인데, 이는 신의 존재를 추론 가능케 함으로써 이후 크리스트교 사상에 크게 영향을 끼쳤다. 그렇더라도 그가 생각한 신은 창조주가 아니라, 원래 존재했던 혼돈의 세상에 질서를 부여하는 그 무엇이었다. 이처럼 플라톤의 사상은 이상주의적인 일면을 나타내는 것으로서, 그의 **'이데아계'**와 **'현실세계'**의 이원적인 세계관은 이후 서양사상의 커다란 틀을 결정하게 된다.

데카르트의 물심이원론 : 정신과 물체

데카르트는 신(神)의 관념에서 실체(實體)에 관한 사상을 전개시켰다. 그는 중세에 성립한 '신-인간-세계'라는 개념을 '신-정신-물체'라는 개념으로 바꾸어 이것들을 통칭하여 '실체'라고 불렀다. 실체란 그것이 존재하기 위해서 자기 이외에 아무것도 필요로 하지 않고 존재하는 것을 말한다. '**정신**'과 '**물체**'는 유한 실체고, '신'은 무한 실체이다. 따라서 신만이 진정한 실체이고, 정신과 물체는 넓은 의미의 실체일 뿐이다.

그러나 데카르트가 생각하는 신은 정신과 물체라는 두 실체의 존재를 증명하기 위한 매개체적 존재이기 때문에, 실체에 관한 그의 사상은 정신과 물체에 집중된다. 정신의 속성은 '사유(思惟)'고, 물체의 속성은 '연장(延長)'이다. 이 사유와 연장은 서로 아무런 상관관계가 없기 때문에 정신과 물체는 어떠한 공통점도 갖고 있지 않다. 이렇듯 데카르트는 정신과 물체를 서로 독립된 실체로 대립시켜 '**물심이원론(심신이원론)**'을 확립하였다. 그럼에도 그는 인간의 경우에는 정신과 육체가 뇌 속의 '송과선'에서 서로 접촉한다는 철학적으로 석연치 않은 주장을 함으로써 논리적 한계를 드러내고 있다(상호작용설).

정신이 만능이라고 생각한 데카르트의 사고는 정신(의식)에 특권적인 지위를 부여하고 정신 이외의 물체를 완전히 이질적인 존재로 구분함으로써, 이후 **주체를 중심으로 생각하는 근대사상의 원점**이 되었다. 데카르트가 근대 이성을 철학의 출발점으로 삼은 이후 서양철학은 오랜 동안 이원론적 사고에서 벗어나지 못했는데, 그 뒤에 등장한 현대철학은 이원론을 극복하기 위한 다양한 시도를 하게 되었으며, 그 핵심은 바로 이성 만능의 주체적 사고에 대한 전복을 꾀하는 데 있다.

존재론적 관점에서 근대적 이성만능주의 사고를 비판하는 단독 논제는 물론 다른 주제와 통합하여 관련한 관점을 묻는 개념어로 빈번하게 출제되며, 또한 각종 이론·사례·실험과 묶어 출제되기도 한다. 따라서 그 내용적인 숙지는 물론 사상적 관점 차이를 반드시 이해하고 있어야 한다.

관련 개념어 일원론과 이원론, 정신과 물질, 플라톤의 이데아, 근대적 합리성 비판, 이성만능주의, 주체철학, 기계론적 세계관, 과학 중심적 사고

061

근대 합리성 비판_비판적 이성과 합리성의 복원

- **숙명여대 2023 인문(2) 수시 [문제 1-2]**(돈쭐과 브랜드 숭배 비교 및 사회적 합리성 관점에서 평가)
- **숙명여대 2023 인문(1) 수시 [문제 2-1]**(상호 호혜적 인간간과 상호 의존적 인간관 비교 설명)
- **성균관대 2023 인문 모의**(인간 행위의 기초〈감성vs이성〉 분류·요약 및 사례 적용 논술)
- **중앙대 2023 인문 모의 [문제 3]**(근대 초기 '마녀 사냥'이 등장한 이유 서술 및 비판)
- **한국외대 2022 인문(2) 수시**(인간 행위의 두 유형〈햄릿형과 돈키호테형〉 고찰)
- **중앙대 2022 인문(2) 수시 [문제 2]**(서양 중심의 왜곡된 가치관 비판 및 극복 방안)
- **동국대 2020 인문(2) 수시 [문제 1]**(유럽의 제국주의 사상의 정책적 배경 설명 및 사례 적용 비판)
- **시립대 2020 인문 모의 [문제 2]**(효율성과 형평성이 상충 관계를 갖는 원인에 대한 논리적 추론)
- **서강대 2019 인문(1) 모의 2차**(유럽 중심주의 사고의 문제점 비판 및 해결 방안)
- **이화여대 2018 인문(2) 수시 [문제 2]**(자본주의가 낳은 인간 경시의 부작용 분석 설명)
- **단국대 2015 인문(2) 수시 [문제 1]**(인간중심주의 사고 비판)

근대와 개인의 탄생

근대 혹은 근대성에서 중요한 두 가지 발견을 든다면, 하나는 물질로서의 자연의 발견이고 다른 하나는 자유의 주체로서의 인간의 발견이다. 종교개혁은 개인의 주체성과 주관성의 발견을 가져왔고, 근대과학은 자연의 발견과 발전을 가져왔다.

주체로서의 인간은 다음 두 가지를 의미한다. 첫째, 인간은 자신의 존재를 스스로 만들어갈 수 있는 존재며, 그렇기에 스스로 선택할 가능성이 인간에게 주어졌다는 점이다. 둘째, 인간의 존엄성은 여러 가능한 것들 가운데 최선의 것을 선택할 수 있는 능력이 있음을 의미한다. 인간은 선택 능력을 통해 창조주와 비슷한 자리에 오를 수 있다고 보는데, 이런 의미에서 르네상스 시대의 인간은 '스스로 선택한 모습에 따라 자신을 만들어가는 조형자요 창조자'로 등장한다. 한마디로 '**자신을 스스로 규정하는 존재**'로 본 것

 이 곧 근대의 인간이다.

근대과학이 출현하면서 자연의 의미 역시 새롭게 발견되었으니, 곧 자연이 독립적인 실체로 등장하게 된 것이다. 여기에서 독립적인 실체로서의 자연이란 정신적·영적 존재가 아니라 순수한 물질로서의 자연을 의미한다. 즉 철저하게 인과법칙에 따르는 **기계론적 자연관**이 그것이다.

르네상스를 기점으로 인간을 '다른 어떤 것'과의 관계에서 규정하는 도식적 사고가 두드러지게 나타나게 되는데, 이는 인간과 마주서고 때로는 인간을 위협하기도 하는 자연과 사회의 관계를 의미한다. 자연과 사회는 과거에 지녔던 근원적 의미, 다시 말해 인간이 그 속에서 비로소 자유로울 수 있는 근원으로서의 자연과 사회라는 의미는 상실되고, 인간이 규정하고 이용하며 관리하고 통제해야 할, 말하자면 자유와 맞선 존재로 등장하게 된 것이다. 인간은 스스로 자신의 존재를 규정하고 자신을 만들어가는 존재로서, **자연과 사회에 맞서는 주체적 존재**로 등장하게 된 것이다. 이러한 이념상의 변화를 초래한 것이 곧 '서양의 근대', '**근대성**'이다.

'자신을 스스로 규정하는 존재'로 보는 근대적 인간관에 따라 우주는 하나의 '우연한' 존재로 이해되고, 인간은 우주에 의미를 부여하는 주체로서 자리매김하게 된다. 이제 인간은 세계의 한 모퉁이에서 세계 안에 발생하는 일에 기웃거리는 존재가 아니라, '세계의 중앙'에서 주변을 둘러보며 자연 세계를 관찰·연구·규정하는 주체로 스스로 이해하게 된 것이다. 이렇게 이해된 주체는 이제 더 이상 자기보다 더 큰 우주 질서에 의존하는 방식으로 자기 존재를 정립하는 자가 아니다. 그 질서와 자신을 '떼어냄'으로써, 문자 그대로 그 질서로부터 자신을 분리해냄으로써, '**절대적 주체**'이자 독립된 주체가 된 것이다.

근대적 합리성 비판

서구 사회에 토대를 둔 근대적 합리성은 17세기 과학혁명에 힘입은 **기계론적 세계관**과 **과학 중심적 사고**, 그리고 계몽사상의 영향을 받은 이성 중심주의의 **인간 중심의 세계관**에 기초를 두고 있다. 이러한 사고는 중세 사회를 지배했던 종교의 굴레와 전통적 관습에서 벗어나 인간사회의 문명을 추동하고, 자본주의 사회의 생산력 증대에 결정적으로 기여함으로써, 결과적으로 우리의 삶을 더 풍요롭고 안전하게 만들어 온 것은 분명한 사실이다.

하지만 그와 동시에 인간만이 정신적 존재이고 자연은 자유로운 의지를 갖춘 인간의 도구로 활용될 뿐이라는 **과학 지상주의 사고**가 팽배해졌고, 그에 따라 자연에 대한 인간의 지배는 정당화되고 인간에 의한 **자연 파괴**가 아무런 제재 없이 자행됐다. 뿐만 아니라 이성 중심주의 사고는 인간의 존엄성이나 삶의 목적, 도덕적 성찰을 도외시한 채 다른 모든 것들을 지배하기 위한 이성, 즉 **도구화된 이성**으로 전락하고 말았다.

이처럼 사회적 효율성과 경제적 합리성의 가치에 근거를 둔 도구적 이성으로서의 근대적 합리성은 오직 실용적 목표에 부합하는 수단만을 가치판단과 행위의 기준으로 삼으면서 목적 전치 현상을 낳았다. 그 결과 물질문명의 발달 속에서 현대인들은 도덕적 성찰이나 고뇌 없이 경제적 합리성과 효율성의 노예가 되면서 **인간 소외**에 내몰리게 되었고, 마침내 인간의 자율성은 짓밟히고 환경은 파괴되었다.

10세기까지의 근대 서양철학은 이성주의의 독무대였다. 그러나 탈(脫)근대적 사고로 표현되는 '**포스트모더니즘**'은 이런 계몽주의적 이성 중심주의를 전면적으로 거부하고, 이성의 이름으로 자명하게 여겨졌던 기존의 모든 사고와 지식 체계를 뿌리에서부터 뒤흔듦으로써 전혀 새로운 시각에

 서 인간과 역사를 재구성하고자 한다. 근대적 합리성에 대한 비판의 핵심은 '**진정한 이성과 합리성의 회복**'뿐 아니라, 이성을 비판하여 그 본연의 모습을 회복하자는 차원을 훨씬 뛰어넘어 이성 자체를 거부하려는 이른바 '**주체의 전복**'으로서의 급진적 반이성주의로까지 이어졌다.

포스트모더니즘은 근대(모더니즘)가 기초로 삼는 인간 주체, 이성, 역사의 진보란 모두 권력적인 억압을 합리화하는 신화에 불과하다고 본다. 즉 계몽과 해방을 담당하는 이성과 총체성이란 실제로는 억압적이고 전제적인 질서를 옹호하고 정당화하는 것으로, **권력과 지식의 상호작용**을 극명하게 보여주는 것이다. 근대사의 불행인 파시즘이나 나치즘은 이와 같은 이성 총체성에 중심을 둔 전체주의적 사고가 얼마나 많은 폐해를 불러오는지를 단적으로 보여준다.

존재론적 관점에서 근대적 이성만능주의 사고를 비판하는 단독 논제는 물론 다른 주제와 통합하여 관련한 관점을 묻는 개념어로 빈번하게 출제되며, 또한 각종 이론·사례·실험과 묶어 출제되기도 한다. 따라서 그 내용적인 숙지는 물론 사상적 관점 차이를 반드시 이해하고 있어야 한다.

관련 개념어 일원론과 이원론, 정신과 물질, 플라톤의 이데아, 근대적 합리성 비판, 이성주의, 주체철학, 기계론적 세계관, 과학 중심적 사고

062
인식의 상대성_ 개별·보편·특수, 주관·객관, 절대·상대

- **이화여대 2025 인문 모의 [문제 3]**(본질과 형상에 대한 상반된 관점 비교 및 사례의 견해 비판)
- **이화여대 2025 인문 모의 [문제 1-2]**(동질성과 이질성의 문제를 중심으로 제시문 견해 비교)
- **부산대 2024 인문 수시 [문제 1]**(타인과의 관계 맺음이 어려운 이유 및 해결 방안 서술)
- **가톨릭대 2024 인문 모의 [문제 2]**(사례에서 드러나는 '인의예지'의 공통된 관점 비교 서술)
- **세종대 2024 인문 모의 [문제 1]**(작품 속 아버지의 '신념'이 의미하는 바 설명)
- **서울여대 2024 인문(1) 수시**('저절로'의 의미를 근거로 화자의 늙음을 대하는 자세 설명)
- **서울여대 2024 인문(1) 수시 [문제 1-1]**(리비히 법칙 요약 및 사례 적용 비판)
- **아주대 2024 인문 모의 [문제 1]**('존중'에 대한 다양한 관점의 사례 적용 서술)
- **서울여대 2024 인문(1) 수시**(시간에 대한 관점 차이 비교 서술 및 사례 적용 비판)
- **단국대 2024 인문(1) 수시 [문제 1]**(선동)
- **단국대 2024 인문(2) 수시 [문제 1]**(이해)
- **숙명여대 2024 인문(2) 수시**('나'의 행위 및 심리적 변화를 불쾌한 골짜기 이론으로 설명)
- **숙명여대 2024 인문(2) 수시 [문제 1-1]**('양식'의 두 관점을 활용하여 '슈터 편견' 현상 설명)
- **이화여대 2024 인문 수시 [문제 3-1]**(진정한 '나'와 '참된 자아'에 이르는 길의 차이 논술)
- **숙명여대 2024 인문 모의 [문제 1-2]**(사실 여부 수용 차이를 나타내는 두 집단의 특성 설명)
- **이화여대 2024 인문 모의 [문제 1]**(한비자의 통치론 관점에서 유교의 인륜을 앞세우는 주장 비판)
- **이화여대 2024 인문 수시**('induction'의 의미 설명 및 인지 과정 측면에서 제시문 비교)
- **이화여대 2024 인문 수시 [문제 3-2]**(사르트르의 존재에 대한 설명을 바탕으로 사례 적용 서술)
- **연세대 2023 인문 편입 [문제 1]**(비대면 소통 방식 차이 비교 논술)
- **고려대 2023 인문·사회 편입**('용서'의 관점에서 사례 적용 논술)
- **가톨릭대 2023 인문 수시 [문제 1]**(문화 차이에서 비롯된 '금기'에 대한 서로 다른 관점 비교)
- **중앙대 2023 인문 모의 [문제 1]**('웃음'에 담긴 '감정'의 사회적 의미 서술)
- **덕성여대 2023 인문 수시**(상대 높임법 사용에서 나타나는 공동체 대화에서의 계급 의식 설명)
- **경기대 2023 인문(1) 수시**(슬픔의 정서가 문학적으로 어떻게 표현되고 있는지 서술)
- **세종대 2023 인문 수시**(소설 속 "레 미제라블의 의미가 바뀐다"의 의미 설명)
- **숙명여대 2023 인문(1) 수시**('영 케어러'가 처한 문제 상황 설명 및 대응 방안 서술)
- **숙명여대 2023 인문(2) 수시**(일률적 통제가 경계하는 바 요약 및 사회적 위험성 기술)
- **이화여대 2023 인문 수시**('certainty'의 관점에서 '비물질화' 및 '선과 악에 대한 논증' 설명)
- **홍익대 2023 인문(2) 수시 [문제 1]**(교육에 관한 '비유'의 기능 분석 및 사례 적용 비판)
- **한국외대 2023 인문·사회 모의**('다양성'과 '단일성' 개념을 중심으로 제시문 분류·요약 및 적용

평가)

- **성균관대 2022 인문(3) 수시**(인간 삶을 규정하는 두 시각〈현실주의, 이상주의〉 적용 논술)
- **한국외대 2022 사회(1) 수시**(수와 세계를 바라보는 두 관점〈수에 의한 세계의 환원 가능성, 환원 불가능성〉 고찰)
- **중앙대 2022 인문(1) 수시**('쾌락을 추구하는 방식'의 차이점 및 '쾌락과 행복의 관계' 서술)
- **이화여대 2022 인문(1) 모의 [문제 1]**('화친'을 둘러싼 상반된 주장 평가)
- **연세대 2021 인문 편입 [문제 1]**('교양'에 대한 다양한 입장 비교·분석)
- **연세대 2021 인문 편입 [문제 2]**('속물성'에 대한 견해 차이 설명)
- **경희대 2021 사회(2) 수시**(사회적 현상·관계와 관련한 두 가지 관점〈경계·구분과 융합〉 분류·요약 및 적용 평가)
- **이화여대 2021 인문(1) 수시**('시각'에 대한 동서양의 관점 차이 비교 설명)
- **이화여대 2021 인문(1) 수시**('복종'의 의미 설명 및 사례 적용 평가)
- **한국외대 2021 인문(2) 수시**(결정의 두 가지 기준〈선별과 보편〉을 중심으로 제시문 분류·요약 및 적용 평가)
- **이화여대 2021 인문(2) 수시**('소통' 관련 문제 상황 분석 및 해결 방안 논술)
- **한양대 2021 인문 모의**('소통'의 사회적 의의와 바람직한 소통의 태도 고찰)
- **중앙대 2021 인문 모의 [문제 1]**('상실'의 다양한 원인과 결과 서술)
- **건국대 2021 인문 모의**(인식의 주관성과 객관성을 토대로 한 자료 분석 및 소설 지문에 나타난 인물 관계의 변화 양상 논술)
- **연세대 2020 사회 편입**('감정'의 형성 과정과 효과 비교 및 자료 적용 해석)
- **연세대 2020 사회 수시**('소문'의 발생 및 확산 원인 비교 및 사례 적용 분석·평가)
- **이화여대 2020 인문(2) 수시 [문제 2]**(인간 중심적 사고와 관련한 상반된 주장 비교)
- **한양대 2020 상경 모의 2차 [문제 1]**(인식론적 이항 분류 체계에서 '틀린 긍정', '틀린 부정'의 개념 적용 평가)
- **동국대 2020 인문(1) 수시 [문제 1]**(플라톤과 아리스토텔레스 이데아 사상의 차이점〈이상주의와 현실주의〉 고찰)
- **연세대 2019 사회 편입**(사회적 고통에 대한 다양한 관점 비교 및 자료 적용 평가)
- **연세대 2019 인문 편입 [문제 1]**('근면'에 대한 관점 차이 비교·분석)
- **연세대 2019 인문 편입 [문제 2]**('권위'에 대한 관점 차이 비교·분석)
- **연세대 2019 사회 편입**('사회적 고통'에 대한 관점 차이 비교·분석 및 자료 적용 해석·논평)
- **연세대 2019 인문 수시**('중독'에 대한 다양한 관점 비교·분석 및 사례 적용 분석·설명)
- **연세대 2019 사회 수시**('명성과 명예'에 대한 다양한 관점 비교 및 사례 적용 평가, 자료해석 분석)
- **연세대 2019 인문 수시**(신용과 신뢰의 관계 비교·분석 및 사례 적용 평가, 자료해석 설명)
- **연세대 2019 인문 편입 [문제 1]**('근면'에 대한 서로 다른 입장 비교·분석)
- **고려대 2019 인문·사회 편입**('명예'에 대한 다양한 관점 비교)
- **건국대 2018 인문 모의**('진짜 인생'에 대한 견해 제시)
- **연세대 2018 인문 편입 [문제 2]**('거짓말'에 대한 관점 차이 설명 및 비교·분석)

개별·보편·특수

모든 대상은 그 자신의 특징을 가지고 다른 것과 구별되어 개별적인 것으로 인지된다. 그러나 이러한 개별로서 구별되는 대상은 다른 대상과 관계를 맺고 있으며, 그들과 공통되는 특징도 나눠 갖고 있다. '내 집'은 이웃의 다른 집과 공통적인 특징을, 철수는 한국인과 공통적인 특징을 갖는다. 더욱이 이웃의 다른 집, 한국인은 모두 집 또는 인류라고 하는 공통의 특징을 갖는다. 따라서 '이웃의 다른 집' 또는 '한국인'은 '집' 또는 '인류'에 대해 '**특수**'이며, 후자는 전자에 대해 '**보편**'이다.

예로부터 개별과 보편의 관계는 여러 관점에서 포착되어 왔다. 탈레스는 개별로서 나타나는 것의 근저에는 '물'이라고 하는 보편이 있고, 이것이 다양한 모습을 취한 것이 개별이라고 생각했다. 플라톤은 보편을 참된 실재(즉 **이데아**)로 보고 개별을 가상으로서의 현실세계로 간주하는 이원론적 관점을 취한다. 아리스토텔레스는 개별과 보편의 통일을 시도했지만, 보편은 개별의 본질이고 개별은 보편을 실현하는 것으로 이해하여 결국 보편에 중점을 두는 플라톤적 사고에서 벗어나지 못했다.

근대에 접어들어서도 양자의 관계를 포착하는 방법에는 여러 가지 차이가 계속 이어졌다. 그리하여 헤겔은 개별·특수·보편의 상호관계에 관한 이해를 변증법적 발전의 사상을 통해 크게 진척시켰다. 그는 추상적이고 단순화된 개념적 보편 대신 실질적·구체적인 보편으로서의 **절대지식**을 내세웠지만, 이 역시 어디까지나 정신적인 것으로서의 사고라는 한계를 벗어나지 못했다.

이것을 이어받아 개별·특수·보편의 관계를 좀 더 명확히 밝힌 것이 마르크스주의 철학으로, 이에 따르면 보편은 객관세계에 실재하고 있으며, 그것도 특수·개별과 결합하여 비로소 존재하는 것으로 보았다. 즉 개별을 통해 보편이 존재하고, 또 개별은 보편에 기대지 않고는 존재할 수 없다고 보았는데, 이들 양자를 매개하는 것이 특수이다. 이 경우 개별도 상대적인 의미를 갖고 있는데, 예를 들면 한국인·아시아인·인류라고 하는 경우, 한국인은 개별, 아시아인은 특수, 인류는 보편이지만, 개별 한국인에 있어 한국인은 특수로서 보편의 아시아인에 대응하고, 아시아인은 개별로서 인류에 대응하고, 인류는 보편인 생물에 대응한다. 이 같이 이들 삼자는 상대적이지만, 그 상호관계는 단순히 주관적인 것이 아니라 객관적으로 존재하는 관계를 나타내고 있다.

따라서 사물을 올바르게 포착하기 위해서는 그때그때의 구체적 조건 하에서 이들 삼자를 인식의 범주로 이용하는 것이 필요불가결하다. 그렇지 않으면 나무를 보고 숲을 보지 못하는 일면적인 평가 또는 해석의 오류에 빠질 수 있다.

(『철학사전』, 중원문화)

절대·상대

절대란 조건 지어지는 것이 아니라 독립적으로 그것 자체로서 완전하다는 것을 의미하며, 상대라는 것에 대립된다. 운동하는 물질 그 자체는 무엇인가 조건 지어져 있지 않고, 제약되지 않으며, 어떤 것에도 의존하고 있지 않기 때문에 '절대'라고 할 수 있다. 그러나 물질의 운동에는 구체적인 무수한 종류가 있고, 그것들은 끊임없이 변화하며 하나는 다른 것으로 옮겨가기 때문에, 구체적인 물질의 현상은 절대라고 할 수 없으며 '상대'이다.

즉 조건 지어져 있고 그것만으로 독립되어 있지 않으며 다른 것과의 관계 안에 있다. 그와 동시에 이 상대는 물질의 절대적 운동을 포함하기 때문에 **단지 상대가 아니라 절대를 그 안에 가지고** 있다. 절대는 상대와 대립하면서도 또 이와 같은 관련을 가지고 있는 것이다.

절대만이 참된 실재라고 하며 상대를 거짓 환영이라고 하는 것은 형이상학적 사고의 산물이며, 플라톤 같은 관념론자의 주장이 이에 해당한다. 또한 세계의 근본적 실재로서 정신을 절대라고 받아들인다면 이것 또한 관념론을 낳게 되는데, 이것을 절대적 관념론이라고 한다.

(『철학사전』, 중원문화)

■ 절대적 진리와 상대적 진리

인간의 인식은 끊임없이 발전하는 것이며, 어떤 역사적 단계에서의 인식은 역사적 조건들에 의하여 제약받기 때문에 각 단계에 도달한 진리는 종국적이 아니라 상대적인 것에 불과하다. 상대주의는 이러한 사실로부터 객관적인 진리의 존재를 부정하는 결론을 도출하였다.

이것에 대하여 변증법적 유물론은 객관적인 실재를 인정하고 그것이 인식될 수 있는 것임을 주장하는 것이기 때문에 진리의 상대성을 인정하지만, 그렇더라도 객관적 진리에 가까워지려는 정도가 역사적으로 조건 지어진다고 하는 의미에서 이것을 인정하였다.

따라서 상대적 진리는 **객관적 진리에 대한 인식에 근접한 어느 한 단계**이고, 상대적 진리의 총체가 절대적 진리를 구성하는 것이며, 과학의 각 발전 단계는 이러한 총체에 새로운 면을 가미하는 것이다. 변증법적 유물론에서는 상대적 진리와 절대적 진리 사이에 넘을 수 없는 경계선은 존재하지 않는다고 한다.

주관·객관

근대에 와서 인식론이 논의되면서, **주관**은 객관을 인식하는 인간의 의식을 지칭하는 말로 사용되었다. 이런 의미에서의 형이상학적·기계적 유물론의 입장은 주관을 객관으로부터 작용을 받는 수동적인 것으로 해석하고, 주관은 객관을 반영할 뿐이라고 한다.

관념론은 이와 달리 주관에 활동적인 성질을 부여한다. 객관적 관념론에서는 인간의 의식 활동으로부터 독립된 정신활동에 의해 창출된 객관이 있는데, 인간의 주관이 이 객관적인 정신과 합치된 인식을 획득함으로써 참된 인식을 얻을 수 있다고 한다. 주관적 관념론에서는 그 명칭에서 알 수 있듯이, 주관으로서의 인간의 의식 활동에서 인식의 성립이 이루어진다고 보는데, 이때 '주관'이란 개인의 심리적인 각종 활동의 총체이며, 따라서 이 활동들을 인지함으로써 객관이 성립한다. 즉 '객관'이란 주관의 활동의 자기의식으로 나타난다. 관념론은 이렇듯 객관을 결국 정신이나 의식의 소산이라고 한다.

변증법적 유물론에서는 주관은 단순히 수동적인 것이 아니라 활동적인데, 주관적인 인간의 의식은 인간이 객관을 작용하여 가하는 실천 활동을 통하여 객관의 반영을 발전시켜 객관을 인식한다. 따라서 주관에 의한 인식은 **사회적·역사적인 성격**을 띠며, 사회에서의 활동이 광범위해지고 다양해짐에 따라 인식도 진보한다고 본다. 동시에 이 인식이 새로운 실천을 위해 이용되며, 그럼으로써 사회의 발전과 활동의 범위 및 다양성도 촉진되는 것이다.

따라서 주관을 단순히 인식 활동에서의 의식으로 한정시키는 것은 이런 의미에서 극히 한정된 입장에서 성립하는 것이며, 주관은 실체적이고 신체적으로 의지적인 요소도 포함한다고 보아야 한다.

주체, 주체성이란 말이 쓰이기도 하는데, 주관과 주체는 상호 연관성을 가지며, 주관성이라고 할 때 이 주체성을 가리키기도 한다. 주관성이란 주관이 개인의 의식이라는 의미로, 객관에 대한 인식을 결여한 개인의식의 측면에만 서있는 것을 의미하고, 객관적 즉 객관을 바르게 반영한 것에 대립한다.

객관은 애초에 주관 내에 있는 관념을 나타내는 데 사용되었지만, 근대 특히 칸트 이후에는 주관에 대립하여 존재하는 것을 의미하게 되었다. 유물론에서는 의식에 의존하지 않고 의식에 독립하여 존재하는 물질세계를 말한다. 관념론에서는 대상세계이기는 하지만 의식으로부터 독립해있지 않고 주관에 포착되어 존재하는 것, 결국 의식의 내용을 가리킨다.

따라서 '객관적'이란 말은 유물론에서는 주관에서 독립된 성질을 가지는 모든 사물에 관한다는 의미고, 관념론에서는 단순히 개인 또는 어느 집단에만 적용되는 의식 내용이 아니고 널리 **보편성**을 가지는 의식 내용 또는 행위의 목적을 가리킨다.

(『철학사전』, 중원문화)

■ **주체와 객체**

주관과 주체의 차이는 인식과 행위의 차이다. 즉 '**주관**'이라는 말로 표현될 때는 주로 인식상의 문제에서 사용되며 인식을 일으키는 의식을 가리키지만, '**주체**'라고 하는 경우에는 단순에 의식에 한정되지 않고 의식을 가진 인간 및 이 인간이 개별적으로 신체를 갖추고 실천하는 실체를 의미한다.

주체가 이와 같은 의미로 사용될 경우 **주체성**은 주체가 다른 것에 의하여 움직이는 것이 아니라 자신의 자발적인 판단이나 행위를 한다는 의미로 쓰인다. 주체 또는 주체성의 개념은 생철학이나 실존주의의 중심적 과제가 되어 왔다. 인간의 사고나 행위는 객관적인 존재에 의해 규정된다고 주장하는 변증법적 유물론에서도 한편으로는 인간 스스로의 판단과 행위에 의해 자발적으로 활동하는 것이 갖는 의의를 중시한다.

주체에 반대되는 개념으로서의 '**객체**'는 객관과 거의 동일한 뜻으로, 주체와 연관됨으로써 이 주체의 행위가 지향하는 것을 의미한다. 더 좁은 뜻에서 인식론적으로 보면, 경험을 통해서 의식에 주어진 대상 또는 인식 주체와의 관계에서 본 **실재**(實在)라는 것이 된다.

따라서 '나'의 인식이 주관이라는 것은 나의 입장에서 봤을 때의 표현이다. 이와 반대로 인식 당하고 있는 쪽에서는 그것을 객관으로 표현할 수도 있다. 어느 쪽에서 보느냐에 따라 주관과 객관이 갈리게 된다. 예를 들어 '내가 강아지를 보고 있는 상태'라면 내가 주체고, 내가 강아지를 보고 있다는 것이 주관이다. 이때 강아지는 객체고, 내게 보이는 강아지가 객관이다. 여기서 알 수 있듯이, 주체 이외의 모든 것이 반드시 객체가 되지는 않는다는 사실이다. 객관이 '나'에게 인식 당한 상태인 이상, '내'가 인식하지 않는 것은 객관이 되지 않기 때문이다.

■ **상대주의의 다양한 관점**

상대주의는 상대적인 것을 절대적인 것과의 연관으로부터 분리해 내어 절대화하는 철학의 한 입장이다. 이에 대해 절대주의는 인식 상으로는 절대적 진리, 윤리 상으로는 절대적 가치와 선의 설정과 같이 절대성을 인정하고 있는 입장이다.

인식론적 상대주의는 오직 여러 대상, 현상, 과정 등의 상호관계와 연관만이 인식될 수 있을 뿐이고, 대상과 현상, 과정 등은 그 자체로는 인식될 수 없다고 주장한다. 여기서 상대주의는 인식하는 주관으로부터 독립한 **(객관적) 진리는 존재하지 않는다**는 결론을 내린다. 즉 인식은 사람에 따라, 그리고 경우에 따라 달라지는 상대적이고 주관적인 것에 불과하다. 다시 말해 모든 인식은 상대적이지만, 그렇더라도 어느 경우에나 인식하는 주관에 대해 의존적이기 때문에 또한 궁극적으로 주관적이다.

윤리학에서의 상대주의는 **보편타당한 도덕적 규범 또는 윤리적 가치를 거부**한다. 즉 옳고 그름에 관한 기준이 문화마다 시대마다 상황에 따라 다를 수 있으며, 만약 윤리적 상대주의에 따라 특정 사회 특정 시대의 구성원 다수가 옳다고 믿는다면 어떠한 행위도 용납될 수 있다는 입장이다.

과학에서 상대주의의 관점에 따르면, 어떤 과학자 집단이 자신들의 이론을 보편적인 것이라 믿는다고 해도 모든 상황, 모든 사건에 **절대적으로 적용될 수 있는 보편성이 있는 것은 아니다**. 또한 무엇을 가치 있는 것으로 보느냐에 따라 보편성도 달라진다.

문화상대주의에 따르면, 특정 사회에 살고 있는 우리들이 공유하는 개별 문화는 각각 독자적인 세계 인식이나 가치관 등을 가지고 있기 때문에 **다양한 문**

화에 우열 관계를 부여할 수 없다. 즉 세계문화의 다양성을 인정하고 각 문화의 독특한 환경과 역사적·사회적 상황을 고려해 이해해야 한다.

인식론의 핵심을 이루는 개념으로, 단독 논제는 물론 다른 주제와 관련한 세부 관점을 담은 개념어로 가장 빈번하게 출제된다. 특히 논술 주제로 가장 많이 다뤄지고 있는 형이상학적 물음에서 관련한 인식과 지식(앎)의 상반된 관점을 묻는 핵심 개념으로 많이 출제된다. 따라서 각각의 개념어가 갖는 의미와 서로 연결시켜 고찰할 때의 일치와 불일치에 대해 정확히 이해하고 있어야 한다.

관련 개념어 주관과 객관, 보편과 특수, 절대와 상대, 상대주의적 관점

063
이미지의 배반_시뮬라크르

- **숭실대 2014 인문 모의 [문제 2]**(선원근법을 근거로 한 상징형식·제도 비판)
- **이화여대 2013 인문(2) 수시 [문제 2]**(기억에 대한 관점 차이 비교 분석)
- **숭실대 2011 인문 수시 [문제 1]**(시뮬라크르의 개념을 활용한 아바타의 역할과 아바타 문화 고찰)

이것은 파이프가 아니다

이미지를 소비하는 사회

우리는 '이미지의 시대'에 살고 있다. 예전 '문자의 시대'에는 정보를 정확하게 기억하는 것이 중요했으며, 그에 따라 문자라는 것은 정보를 좀 더 효율적으로 저장하고 전달하는 수단으로 중시되었다. 하지만 '이미지의 시대'는 문자가 갖는 특성들이 많이 달라진다. 무엇보다 정보는 무한히 쌓여 있고, 따라서 그것을 굳이 정확히 기억하고 전달하는 것은 의미가 없게 되었다.

특히 현대사회에서 범람하는 이미지들은 예술적 이미지들과는 다른 의미를 갖는다. 예를 들어 광고 이미지들은 그것이 갖는 **다의성**과 **모호성**으로 말미암아 다양한 의미를 동시에 함축하고 있다. 소비자에게는 이제 더 이상 광고에서 소개되는 제품의 실질적인 유용성이 문제시되지 않고, 다만 그 제품을 쓰는 사람들의 분위기라는 **'가상의 이미지'**를 구매하도록 재촉한다.

그에 따라 이미지의 **이데올로기적 기능**이 부각되는데, 이러한 현상은 정치인과 이미지의 관계에서도 엿볼 수 있다. 미디어에 자주 노출될수록 정치인의 이미지는 그의 능력과 덕성 그 자체를 능가하는 요소로 탈바꿈하곤 하는데, 이미지에 의한 현실의 은폐 가능성은 디지털 환경에서 더욱 증폭된다. 그 결과 **이미지의 조작과 왜곡**에 의해 현실의 이미지와 가상의 이미지를 구별할 수 없어 발생하는 윤리적 문제는 현대사회의 또 다른 위험 요인이 되고 있다.

현대인은 이미지로 사물을 판단한다. 현대인은 이미 사람들이 이미지를 보고 판단한다는 것을 알고 있으며, 그래서 의도적으로 또는 은연중에 자신의 이미지를 관리한다. 이미지를 소비하는 시대에 실체는 더 이상 중요하지 않다. 이미지와 실체가 뒤바뀐 것이다.

이미지는 기호다

구조주의 철학자 장 보드리야르는 현대사회를 소비에 의해 확장되며 발전하는 '소비사회'로 규정한다. 소비사회에서 중요한 것은 상품의 사용가치나 교환가치가 아니라 사회적으로 의미가 부여된 '**기호가치**'다. 상품이 넘쳐나는 시대에 사람들을 욕망하게 만들려면 단순한 사용가치만으로는 안 된다. 상품의 기호, 즉 이미지, 감성, 구별 짓기, 지위 표시, 유행, 사회 코드 등과 같은 요소들이 상품을 감싸고 있어야 한다.

현대에서 소비는 단순히 물건 자체를 구매하는 것이 아니라 물건이 **재현**하는 '기호'를 구매하는 행위다. 사람들이 물건 대신 기호를 욕망하며 소비할수록 이미지의 비중은 커져 간다. 더 나아가 이러한 기호체계가 현실 자체를 구성하고 창출한다. 모든 것이 기호로 변하고 소비를 가능케 하는 일회성과 파편성만 남게 된다. 이미지와 상징이 실재보다 더 실재 같은 사회, 이것이 보드리야르가 현대 소비사회를 보는 시선이다.

가상현실 : 시뮬라크르

보드리야르는 세계는 원형인 이데아와 그 모사(模寫)인 현실세계로

 구성되어 있다고 말한 플라톤의 개념을 차용하여 **시뮬라크르**를 설명한다. 시뮬라크르는 **모방**을 의미하는데, 즉 현실을 대체한 모사된 이미지로서의 **복제의 복제**를 의미한다.

그렇기에 철학에서 말하는 시뮬라크르가 보통의 '모방'과 다른 점은 '**원본이 없다**'는 것이다. 보드리야르는 현대 소비사회는 상품이나 예술작품의 원본이 아니라 복제품을 복제해서 생산한다고 말한다. 그런 상황에서 원본과 복제품, 현실과 가상의 양자 대립은 이미 그 의미를 잃었다. 시뮬라크르인 가상의 실재가 진짜 실재를 지배하고 대체한다. 그리고 더 이상 모사할 실재가 없어진 시뮬라크르로서의 실재보다 더 실재 같은 사회를 '**하이퍼리얼리티**'라고 부른다.

하이퍼리얼리티에서는 진짜가 존재하지 않기 때문에 각 사물의 의미는 상실되고, 그에 따라 시뮬라크르가 오히려 우리의 일상을 규제하게 된다. 이렇게 가상현실이 우리를 지배하는 시대를 우리는 마치 현실인 양 알고 살아가게 된다. 즉 현대인은 이미지를 소비하는 사회를 살고 있는 것이다.

현대철학의 핵심 사상이자 후기 구조주의의 핵심 이론인 '시뮬라크르와 시뮬라시옹(시뮬라크르로 전환되는 작업)'은 인간을 둘러싼 구조로서의 '이미지'의 절대성을 부정하고, 현대사회가 이미지가 지배하는 사회, 가상과 실재가 뒤섞인 사회라고 비판하고 있다. 현대 소비사회 비판을 주제로 한 논제의 핵심 개념이다.

관련 개념어 시뮬라크르와 시뮬라시옹, 구조주의, 기호가치

064
도구주의, 기술결정론, 사회결정론 _과학기술을 보는 시각

- **동국대 2022 인문(2) 수시 [문제 2]**(인간과 기술의 관계에 대한 공통된 세계관 기술 및 세부적 차이점 설명, 사례 적용 비판)
- **중앙대 2020 인문 모의 [문제 1]**(기술 사용으로 나타난 의도치 않은 결과와 그 원인 논술)
- **중앙대 2020 인문 모의 [문제 2]**(기술의 양면성 관점에서 기술의 긍정성을 강조하는 견해 비판 및 보완 방안 서술)
- **홍익대 2015 인문 수시 [문제 1]**(기술발달의 양면성 논술)
- **성균관대 2014 인문 모의**(매체의 영향력에 대한 도구주의와 기술결정론의 관점 비교 분석)
- **아주대 2011 인문 수시 [문제2]**(인간의 지능에 미치는 유전과 환경의 영향 분석)

과학기술을 보는 세 관점

과학기술에 대한 이론적인 입장은 기술의 중립성 여부, 인간과 기술의 관계, 기술의 합목적성 등의 관점에 따라 크게 도구주의, 기술결정론, 사회결정론으로 구분된다.

도구주의(instrumentalism)

도구주의는 기술을 인간 목적을 위한 도구나 수단으로 보는 관점이다. 도구주의 관점은 '기술 그 자체는 중립적'이라는 전제에서 출발하는데, 왜냐하면 기술은 어디까지나 인간의 목적에 종속되기 때문이다. 난치병을 고치기 위한 각종 의약품의 개발이나 식량난과 빈곤 퇴치를 위한 농작물과 작법의 개발이 그 예가 된다. 이런 이유로 기술의 중립성을 기초로 한 도구주의적인 입장은 사회적 승인을 기준으로 삼아 기술을 개발하고 사용하며, 그렇기에 이를테면 사형제가 폐지된 국가에서 사형을 목적으로 한 전기의

자의 개발 및 사용은 승인될 수 없다.

도구주의 관점의 중요한 기준의 하나는 '과학기술이 원래의 목적에 따라 사용되는지' 여부다. 기술이 원래의 목적에 따라 사용되지 않고 개인의 이익이나 특정 집단의 이해를 위해 악용된다면, 그 기술은 통제되어야 한다. 그런 점에서 볼 때 도구주의는 개별 인간이 아닌 인간 일반을 위한 목적을 기준으로 하며, 인간 일반의 복리의 관점을 강조한다는 점에서 **공리주의적인 입장**을 취한다. 또한 '인간에 봉사하는 도구'로서 이해된 과학기술의 발전 방향을 인간이 관리 및 통제의 범위 안에 두어야 한다는 입장을 취한다.

도구주의자들은 기술결정론자들의 주장처럼 **기술의 자율성과 독자성을 인정하지 않는다**. 또한 과학기술의 사용과 관련된 윤리적 문제를 바라보는 시각도 인간에서 찾지, 기술 자체에서 찾지 않는다. 핵무기를 예로 들 경우, 원자력과 관련한 기술은 인간을 위한 전기 공급과 에너지 자원의 보존이라는 긍정적인 기능을 갖기에, 원자력 기술과 핵무기 제조 기술 그 자체가 비판의 대상이 될 수는 없다. 단지 기술을 잘못 사용하여 지구상의 인류의 존재 가능성을 파괴하는 '특정한 인간과 집단'이 윤리적 비판의 대상이 되는 것이다.

기술결정론(technological determinism)

기술결정론은 과학기술이 인간 삶의 전 영역에 영향력을 미치고 있으며, 그에 따라 기술은 인간이 더 이상 기술을 통제하고 관리할 수 없을 정도로 자율성을 확보하였다고 보는 관점이다. **기술의 자율성**이란 기술의 발전이 정치·사회·문화와 같은 외적 요인에 의해 영향을 받는 것이 아니라, 기술 자체가 갖는 내적 필연성이 기술을 발전시키고 그에 따라 개인은 물론 사회에 결정적인 영향을 미친다는 입장이다.

기술결정론의 관점에 따르면, 기술의 대상이 된 인간은 기술이 결정하는 새롭고 특수한 환경에 의해 인간 삶의 내용과 방향을 규정받게 되며, 따라서 인간의 기술 통제력은 상실된다. 이런 이유로 기술의 성립과 발전에 사회적·정치적·경제적·문화적 요인들이 개입될 여지가 없으며, 오히려 기술 발전을 사회 변동의 주요 원리로 파악할 뿐이다.

사회결정론(social determinism)

사회결정론은 기술결정론에 대한 비판으로부터 출발한다. 과학기술이 그 자체의 내적 필연성과 자율성에 따라 발전한다는 생각은 기술을 결정하는 다양한 외적 요소를 고려하지 않음은 물론, 기술 발전이 **사회적 선택 및 상호작용**의 결과임을 간과하고 있다고 주장한다.

사회결정론은 기술의 발생과 발전이 사회적 요구와 필요에 의해 결정된다는 것을 전제로 한다. 즉 사회와 기술은 인간을 주체로 하여 시간과 공간이 상호작용하면서 발전적으로 진행된다. 그런 점에서 사회결정론은 기술이 어떻게 사회적으로 구성되는지를 문제 삼는, 기술 문제에서의 사회적 구성주의라고 할 수 있다. 즉 **사회적 구성주의**는 사회구조에 대한 기술의 막강한 영향력을 부정하지 않는 동시에 기술의 발전에 대한 사회적 개입 가능성을 열어두고 있다.

과학기술·미디어와 인간과의 관계 정립을 위한 이론적 관점을 묻는 논제로 다루는 개념어다.

관련 개념어 도구주의와 기술결정론, 과학기술의 가치중립성

065 역사 인식_사실과 해석

- **이화여대 2025 인문 모의 [문제 2]**(하워드 진의 민중 사관의 관점에서 역사 기술 한계의 원인 비교)
- **부산대 2024 인문 수시 [문제 3]**(보편타당성의 시각에서 역사 인식 비판 및 기억 투쟁의 의미 서술)
- **홍익대 2024 인문(1) 수시**(역사 서술의 속성 설명 및 역사적 사실에 대한 접근 방식 분석 평가)
- **가톨릭대 2023 인문 수시 [문제 3]**(역사서술과 역사소설 비교 및 사례 적용 비교·분석)
- **경희대 2018 사회 모의1**(사회 변동과 역사 흐름을 인식하는 두 시각〈진보와 순환〉 분류·요약 및 적용 평가)
- **이화여대 2017 인문(2) 수시 [문제 2]**(역사와 문명 발전 주체에 대한 상이한 입장 비교 서술)
- **중앙대 2017 인문 모의 1 [문제 3]**(위정척사의 효과 및 한계 서술)
- **이화여대 2017 인문(2) 모의 [문제 2]**('역사'에 대한 상이한 입장 비교 설명)
- **동국대 2016 인문 모의 [문제 3]**(영화 '명량'의 허구성 추론 및 바람직한 수용태도 논술)
- **고려대 2013 인문 모의**(역사관을 통한 사실과 해석에 대한 관점 비교)
- **숙명여대 2013 인문(1) 수시 [문제 1]**(역사적 사실판단을 근거로 한 전시의 의미 고찰)
- **가톨릭대 2010 인문 수시**(역사 왜곡의 관점 차이와 문제점 분석)
- **연세대 2009 인문 정시**(창조와 파괴: 순환적 역사관 Vs. 발전론적 역사관)

모든 진리는 사실과 해석에 따라 상대성을 갖는다

역사는 '사실로서의 역사'와 '기록으로서의 역사'라는 두 측면이 있다. 전자가 객관적 의미의 역사라면, 후자는 주관적 의미의 역사라 할 수 있다. **사실로서의 역사**는 객관적 역사, 즉 시간적으로 현재에 이르기까지 일어났던 모든 과거 사건을 의미한다. 이러한 의미에서 역사는 바닷가의 모래알 같이 수많은 과거 사건들의 집합체가 된다.

기록으로서의 역사는 과거의 사실을 토대로 역사가가 이를 조사하고 연구하여 주관적으로 재구성한 것이다. 이 과정에서는 역사가의 가치관 같은 주관적인 요소가 필연적으로 개입하게 되며, 이 경우 역사라는 말은 기록된 자료 또는 역사서와 같은 의미가 된다. 우리가 역사를 배운다고 할 때,

이것은 역사가들이 선정하여 연구한 기록으로서의 역사를 배우는 것이다.

■ **랑케_ '사실'을 강조**

랑케는, 역사가는 과거에 기록된 사실 그 자체에 대한 객관적인 분석을 통해, 있는 그대로의 과거를 재현할 수 있다는 **실증적 역사관**을 주장한다. 랑케의 역사관은 실증적 사실로서의 역사를 중시하는 객관적 의미의 역사관으로, 역사가의 주관을 철저히 배제한 **객관적인 사실**만을 기록할 것을 강조한다. 즉 역사는 '있는 그대로의 역사'로서 객관적 실체로서의 의미를 갖는다고 하여, 역사적 사실을 강조한다.

■ **콜링우드_ '해석'을 강조**

콜링우드는, 역사적 사실은 역사가에 의해 재구성된 것이기에 그만큼 객관적이지 않으며, 그렇기에 현재 시점의 역사는 그만큼 실존적이지 않고 관념적일 뿐이라고 주장한다. 콜링우드의 역사관은 과거의 사실에 더해 **역사가의 해석**이 강조되는 **주관적 의미의 역사관**이다. 즉 역사는 '다시 쓰이는 역사'로서 과거를 현재의 관점에서 능동적이고도 주체적으로 재해석하는 작업이라고 하여, 역사가의 해석을 강조한다.

■ **카_ '사실과 해석'을 강조**

카(E.H. Carr)는, 역사는 역사가와 사실의 연속적인 상호작용으로, 그렇기에 현재와 과거와의 끊임없는 대화가 곧 역사라고 주장한다. 카의 역사관은 같은 역사적 사실이라도 누가 쓰느냐에 따라 서로 다른 역사가 만들어진다는 **상대주의적 관점에서의 역사관**으로, 과거의 사실을 보는 역사가의 관점과 사회 변화에 따라 역사가 달리 쓰일 수 있다고 주장한다. 즉 역사는 입장에 따라 해석이 달라지기 때문에, 사실과 해석 사이에 끊임없는 긴장과 균형을 유지하는 것이 곧 역사가의 임무라고 하여, **사실과 해석** 둘 다 강조하되, 누가 어떤 관점에서 해석하느냐가 특히 중요하다고 말한다.

이처럼 랑케와 콜링우드의 역사관은 객관주의와 주관주의로 대표되는 사상과 맥을 같이하는데, 이때 카의 경우에는 단순히 주관만을 강조하는 것이 아니라 '과거와 현재의 대화'라는 표현에서도 알 수 있듯이 **주관과 객관의 조화**를 강조하고 있음을 알 수 있다.

결국 하나의 역사적 사실이 가진 의미는 시대에 따라, 사람의 시각에 따라 변하기 마련이다. 따라서 역사의 변화에 일정한 방향이나 기준이 없으면 역사의 해석이야말로 '귀에 걸면 귀걸이, 코에 걸면 코걸이'가 되지 않을 수 없다. 그렇게 되면 역사의 길, 역사적 발전, 역사적 진리란 말이 있을 수 없으며, 역사학 자체도 살아남을 수 없다.

역사 인식에서 알 수 있듯, 똑같은 사물을 보더라도 그 사물을 어떤 시각에서 보느냐에 따라 전혀 다른 해석을 하는 경우를 우리는 종종 볼 수 있다. 역사는 물론 사회·문화 현상을 어떠한 관점에서 보느냐에 따라 그 현상을 인식하고 이해하는 것도 달라진다. 따라서 사회·문화 현상을 연구할 때 어떠한 관점으로 연구할 것인가 하는 것은 사회·문화 현상을 정확하게 인식하고 설명하기 위한 중요한 요소가 된다. 사실과 해석에 대한 **가치판단의 기준**이 명확히 설정되어야 하는 이유가 이 때문이다.

역사 인식을 위한 지식적 탐구 방법을 묻는 세부 개념이다.

관련 개념어 사실과 해석, 주관주의와 객관주의

066
미학_미적 가치판단과 예술론

- **세종대 2024 인문 수시 [문제 1]**(데페이즈망 개념을 활용하여 인간 고유의 능력 설명)
- **세종대 2024 인문 수시 [문제 2]**(작품 속 데페이즈망 창작 활동의 의의 설명)
- **인하대 2024 인문 모의 [문제 1]**(예술에 내한 두 관점 설명 및 사례 적용 논술)
- **이화여대 2022 인문(1) 수시 [문제 3]**(예술 작품 해석의 다양성 평가)
- **이화여대 2019 인문(1) 수시**(예술 작품에서 드러나는 예술세계의 공통점과 차이점 비교 설명)
- **이화여대 2019 인문(1) 수시 [문제 3]**(나무 접붙이기 효과를 만화의 창작 활동에 접목하여 설명)
- **경희대 2019 인문 수시**(예술에 대한 서로 다른 인식(본질적 기능과 사회적 기능) 분류·요약 및 적용 평가)
- **동국대 2019 인문(2) 수시 [문제 1]**('예술이 추구하는 진정한 내면적 가치' 서술)
- **이화여대 2017 인문(1) 모의**(예술 작가에게서 나타나는 초현실주의 구현 방식의 차이 비교 설명)
- **연세대 2016 인문 수시**(예술적 성취에 대한 다양한 관점 비교·분석, 평가)
- **한양대 2015 인문(1) 수시**(도상학 및 해석학의 관점에서 '세한도' 해석·비판·감상)
- **서강대 2013 인문(2) 수시 [문제 2]**(세한도에 담긴 예술의 본질)
- **서강대 2012 인문(1) 수시 [문제 1]**(예술적 창의성을 활용한 작품의 특성 설명)
- **숙명여대 2013 인문(3) 수시**(예술의 본질에 대한 관점 비교)
- **연세대 2013 인문 수시**(아름다움의 여러 양상과 가치 비교 분석)
- **서울여대 2012 인문(1) 수시 [문제 1]**(아름다움에 대한 가치판단의 기준을 어디에 둘 것인가)
- **중앙대 2012 인문(2) 수시**(예술의 본질과 기능에 대한 다양한 관점 비교 분석)
- **서울대 2011 인문 정시 [문제 3]**(좋은 음악이란 무엇인가)
- **한양대 2011 인문 모의 2차**(칸트와 헤겔의 미학적 관점 비교 분석 및 이를 통한 예술과 사회의 올바른 관계)
- **성신여대 2010 인문 수시 [문제 1]**(예술의 자율성과 타율성 고찰)

미학의 기본 개념

예술을 바라보는 견해에는 예술의 **자율성**을 강조하는 순수 예술론과 예술의 **사회성**을 강조하는 참여 예술론이 있다. 순수 예술론은 예술 이외의 다른 어떤 것을 위한 수단이나 정치와의 관련성을 부정하고 예술의 독창성, 창조성 등을 옹호하는 견해이다. '예술을 위한 예술' 혹은 '예술 지상주의'라

 고 불리는 이 입장에 의하면, 예술 작품은 순수하게 미(美) 그 자체만을 추구하고 표현하는 것이며, 그것 이외의 영역에 속하는 가치와는 관계하지 않는 것이 옳다고 본다.

이와는 달리 참여 예술론은 사회와 무관한 순수한 예술이란 있을 수 없고 예술 또한 사회 상황의 산물이라는 견해이다. 이 시각은 예술가도 한 명의 사회인이며 예술 활동 역시 하나의 사회 활동이라는 점을 강조한다. 사회와 무관한 순수한 예술이란 예술가의 예술 의식의 부재를 변명하는 주장일 뿐이라는 것이다. 오히려 예술은 주어진 사회의 모순을 지적할 수 있어야 하고 사회의 발전에 도움이 되어야 한다는 것이 참여 예술론의 핵심이다.

여기서 분명한 것은 이러한 두 가지 입장 중에서 어느 한 가지가 전적으로 옳은 것은 아니라는 점이다. 예술은 시대를 초월한 보편적인 인간의 정서를 묘사해야 한다는 순수 예술론의 입장은 모순된 현실에 대한 도피를 정당화시켜 주는 수단이 될 수 있으며, 인간이 인간을 위해 창작하는 예술을 인간의 효용 범위 밖에 두려고 하는 모순점을 지닌다. 참여 예술론도 극단화되면 정치적 선전 도구로 이용되어 예술을 질적으로 저하시킬 우려가 있다.

오늘날에도 예술이라는 이름으로 시대의 도덕적 범위를 벗어나 법의 심판을 받은 이른바 '외설'적 작품들이 많이 나오고 있다. 외설로 낙인찍힌 작품을 이성 중심의 '엄숙주의'에 저항하는 예술 정신의 표현으로 이해할 수도 있다. 영화든지, 소설이든지, 노래이든지 간에 성적 묘사의 정도가 예술이냐, 아니냐를 구분하는 유일한 기준은 아니기 때문이다. 예술을 규정하는 기준은 다양하기 때문에 어느 한 잣대만을 가지고 예술을 평가하는 것은 분명히 잘못된 것이다.

그러나 예술가 정신과는 상관없이 상업주의와 결탁하여 의도적으로 외설적 표현을 일삼는 작품도 없지 않다. 우리는 지나친 성적 묘사로 '외설'의 구설수에 오르는 예술 작품에 대하여 그것이 예술가 정신의 발로인지, 예술로 포장된 상업주의 정신인지를 구분하는 지혜를 모아야 할 것이다.

예술은 **심미적 경험의 확충**뿐만 아니라, **감성적·도덕적 교화**의 역할도 한다. 시나 소설은 물리·화학적 지식으로는 감당할 수 없는 진실성을 고양시켜 주고, 사회와 역사에 대한 의식을 넓혀 주며, 도덕적 감수성을 키워 준다. 예를 들어, 영웅의 생애를 그린 대하소설이나 웅장한 규모의 영화를 보았을 때 우리는 몰랐던 물리학의 법칙을 깨닫는 것 이상으로 큰 정신적인 충격을 경험한다. 예술 작품과 조우하면서 세계를 보는 새로운 눈을 가지게 되고, 사물의 현상을 새로운 차원에서 신선하게 느끼며, 우리 행위를 새로운 도덕적 기준으로 반성하게 된다.

예술 활동은 그것이 **도덕적 반성** 위에서 이루어질 때 최고의 예술이 된다. 예술로부터 얻는 도덕적 자기반성은 개인적인 차원에서 머무르지 않고 도덕적인 사회로 진화하는 힘을 가진다. 투철한 도덕적 자기반성을 기초로 한 훌륭한 예술 작품은 그 시대의 강력한 사회도덕의 역할을 담당하고 있다. 아름다운 대상도 우리에게 만족을 주지만, 착한 행위도 우리에게 즐거움을 줄 수 있다. 미의 쾌감은 자연에서, 도덕의 쾌감은 자유의 실천에서 이루어지기 때문에 미와 선의 만남은 자연과 자유의 만남이요, 자연과 정신의 결합이다.

참된 예술 활동이나 도덕 행동은 모두 인간의 순수한 자유 의지에 근거하고 있음을 볼 때 예술과 도덕은 그 기원을 같이 한다. 달리 말해, 예술적 주관이 자유롭게 자연과 예술을 관조하는 것과 윤리적 행위의 주관이 양심의 자유로운 행위를 실천하는 것은 같은 것이며, 이 모두가 인간적

 행위의 가치이다. 따라서 미와 선은 불가분의 관계에 놓여 있는 것이다. 그렇게 때문에 칸트는 "예술과 도덕이 결합되지 않는다면 그것은 단지 오락을 위한 활동에 불과하다"라고 경고했던 것이다.

(고등학교 시민윤리, 교육부)

아름다움을 규정하는 것은 판단인가, 감정인가

아름다움이 사물 자체에 내재한 고유의 특성에 따른 것이라면, 그 아름다움은 판단 주체 즉 감상자와 무관하게 존재하는 영원불변의 **보편적인 아름다움**이다. 그렇기에 그 아름다움에 대한 판단기준 역시 감상자의 마음속에 있는 것이 아니라 **사물 안에 내재**하며, 따라서 아름다움을 느끼기 위해서는 감상자의 선입견을 버리고 그 대상이 지니는 아름다움을 있는 그대로 받아들여야 한다.

이를 위해서는 먼저 사물의 아름다움에 대한 판단력, 즉 아름다움의 가치판단에 대한 우리의 이성적 인식부터 바로세우고, 그렇게 해서 일단 아름답다고 규정된 대상에 대해서는 더 이상의 주관적인 판단과 선입견을 갖지 않고 오직 규정된 그대로 받아들이면 된다. 즉 어떤 대상이 아름다운 것으로 규정됐다 함은, (인식 주체의 관념 속에서) 영원불멸이고, 절대적이고, 객관적이며, 보편적인 평가기준을 획득한 것이기에, 대상에 대한 우리의 올바른 인식, 즉 아름다움에 절대기준을 부여하고 평가하는 **인식의 주관성**이 그만큼 강조된다. 다시 말해, 사물 그 자체에 내재한 이데아적인 아름다움에 대한 인식은 이성적 판단 주체가 갖는 절대인식으로서의 주관성과 합치된다. 그리고 이것이 이성적 판단의 엄격한 주관성이 강조되는 이유다.

반면 아름다움이란 것이 사물이 우리에게 유발하는 현상이라면, 그 아름다움이란 사물을 보는 감상자의 의식 속에 인식되는 그 무엇으로서의 아름다움이다. 그렇기에 그 아름다움은 시대나 민족, 개인에 따라 평가가 달라질 수 있기 때문에, 그 아름다움은 (인식 주체가 느낄 때) 그만큼 **상대적이고 주관적이며 특수적**이다. 따라서 우리가 사물을 아름답게 느낀다는 것은 곧 우리의 감성적 가치판단이 다수로부터의 공감과 지지를 얻게 되면서 그 아름다움을 보편적이고 객관적인 그 무엇으로 인식한다는 것이고, 그렇게 해서 대상은 보편적 아름다움으로서의 객관성을 획득한다는 것이다. 그렇기에 사물이 유발하는 보편적 아름다움으로서의 객관성은 곧 감성적 수용 대상에게 판단 주체가 부여하는 인식의 객관화와 합치된다. **감성적 수용의 객관성**이 강조되는 이유가 이 때문이다.

참고로 칸트는 그의 비판적 인식론을 통해 인식의 **내용**은 **감성의 수용성**을 통해 주어지고, 또한 그 **형식**은 **오성(이성)의 자발성**을 통해 주어진다고 주장한다. 이를 아름다움의 가치판단에 대입하면, 우리는 **대상의 특성과 속성을 감각적이고 직관적으로 수용**하되, 그 속성에 대한 **이성적인 판단을 통해 아름답다고 인식**하게 된다. 따라서 아름다움을 인식함에 내용 면에서는 개인이 수용하는 주관적인 아름다움이 다수의 지지와 공감을 얻어 객관화될 수 있어야 하고, 형식면에서는 개별 이성의 건전한 발현을 통해 미적 대상이 갖는 객관적인 형식성이 보편적인 아름다움으로 인식될 수 있어야 한다.

미학과 관련한 제 개념 역시 논술 주제로 자주 출제되고 있는데, 특히 미학의 기본 개념인 '모방'의 본질 및 '미적 가치판단'에 대한 인식론적 관점을 잘 이해하고 있어야 한다.

관련 개념어 모방, 아름다움, 미적 가치판단, 예술론

067
미메시스_모방의 본질

- **중앙대 2014 경영 수시**(모방의 동기와 결과, 플라톤의 '동굴의 비유'를 통한 개인의 삶 분석)
- **건국대 2013 인문(1) 모의**(모방의 개념 이해를 통한 관계 분석 및 인간의 삶에 적용 평가)
- **중앙대 2012 인문(2) 수시 [문제 2]**(예술의 본질과 기능에 대한 다양한 관점 비교 분석)

서구 미학의 뿌리를 통해 본 모방의 개념

서구철학의 근간인 그리스 자연철학은 실재(진짜, 참존재, 형상, 본질, 현실, 리얼리티 등)를 탐구하는 **존재론**에서 비롯된다. 이에 따라 서구의 전통적 담론들은 존재론을 그 뿌리로 해서 형성됐으며, 미학 역시 실재의 개념을 중심으로 형성됐다는 점에서 예외가 될 수 없었다. 하지만 당시에는 오늘날 우리가 알고 있는 형태의 예술은 존재하지 않았으며, 기술과 예술(합쳐서 '기예技藝'라고 불렀다)을 포괄하는 개념으로 폭넓게 이해되었다.

그리스 사람들은 기예를 **모방(미메시스)**이라는 관점에서 이해했다. 즉 기예는 모방하는 행위를 의미하는데, 여기서 모방이라는 개념은 모방되는 존재와 모방의 결과, 즉 모방물이라는 개념을 포함한다. 그런데 모방되는 존재는 본래 존재하는 것이고, 그 모방물은 그 본래 존재했던 것을 흉내 낸 것에 지나지 않다. 따라서 모방물이란 논리적으로 늘 이차적인 존재, 즉 본래의 존재를 흉내 내기는 했지만, 그 존재와는 똑같지 않은 존재를 일컫는다. 이런 이유로 모방이란 행위는 철학적으로 낮게 평가될 수밖에 없었다.

플라톤의 **이원론**은 이것의 전형을 보여준다. 플라톤에 따르면, 현상세계의 배후에는 감각이 아니라 정신에 의해 파악되는 현상의 본질적인 원형이자 영원한 존재가 있는데, 이것을 형상 또는 '이데아'라고 한다. 그리고 눈에 보이는 현상으로서의 현실세계는 모두 형상, 즉 **이데아의 불완전한 모방**에 불과하다. 그런데 기예는 현실을 모방함으로써 참된 존재인 형상으로부터 두 단계나 멀리 떨어진 존재가 된다. 즉 플라톤은 기예(예술)가 이데아의 모방인 현상을 다시 한 번 모방한 것이기에, 그만큼 저속한 것으로 인식했다.

하지만 아리스토텔레스는 플라톤의 이 같은 생각과는 견해를 달리했다. 아리스도델레스 역시 인식론적 입장에서 변치 않는 영원성을 가진 이데아의 존재를 부정하지는 않지만, 그렇더라도 이데아는 우리가 지각하는 현실세계와 분리된 것이 아니라 그 안에 내재된 그 무엇으로 인식했다. 그에 따르면, 형상(이데아, 본질)은 사물(질료, 현상, 현실세계) 안에 내재하고 있기에 분리될 수 없으며, 사물에 형상을 합함으로써 더욱 의미 있는 존재가 된다. 즉 형상의 실체(즉 본질)는 구체적이고 현실적인 대상들 속에서만 발견되며, 따라서 본질은 사물에 의해 표현됨으로써 드러나게 된다고 말할 수 있다.

이처럼 아리스토텔레스에게 이 세상은 형상을 모방한 것이 아니라 **세상이 현상을 구현**하고 있는 것이며, 그렇기에 개별 실체(현실세계)는 이데아의 불완전한 모방이 아니라 그 자체가 형상을 포함한 **의미 있는 실체**가 된다. 따라서 아리스토텔레스에게 예술 활동을 통한 현실세계의 모방이란 질료(사물) 속에 구현되어 있는 형상(본질)을 파악하고 그것을 재현하는 것이기에, 그만큼 가치를 부여받게 된다.

예술은 모방인가, 재창조인가

예술이 자연을 모방하더라도 그것은 자연(현실세계) 그대로의 모방인가, 아니면 재창조인가? 시대를 거치면서 예술과 자연의 관계에 대한 견해는 다양했다. 예술은 자연을 본받기 때문에 자연과 일치해야 한다는 생각

 과 예술은 자연보다 완전하기 때문에 또는 자연 속에서 추한 것조차 예술 속에서는 아름다울 수 있기 때문에 예술은 사실상 자연과 다르다는 생각이 공존한다.

그렇다면 자연에 대해서 모방과 창조는 어떤 관계에 있는가? 이 둘은 상호 대립적이면서도 상호 의존적인 관계에 있다. 예술가들은 자연을 모방하면서 그 속에서 창조성, 즉 예술가적 기질을 이용하여 예술작품을 만들어 나간다. 그렇기 때문에 똑같은 모방이란 있을 수 없으며, 무에서의 창조도 있을 수 없다. 현실에 바탕을 두지 않은 예술작품이 없듯이, 모방과 창조는 현실을 바탕으로 해야 한다. 그리고 그 속에서 예술적 진리를 추구한다.

그 예술적 진리는 객관적 진리와 주관적 진리로 구분되는데, 플라톤은 오직 **객관적 진리**만을 인정했으며, 그러한 그의 견해는 이후로 오랫동안 예술론에서 특히 영향력을 행사해 왔다. 객관적 진리는 그 해석에 따라 개별 방식과 보편 방식으로 구분된다. 전자는 예술가로 하여금 사물을 실재하는 그대로, 우연적이거나 일시적인 특징까지도 빠뜨리지 않고 재현하도록 요구한다. 후자는 예술가의 재현에서 관찰자의 주관적 반응뿐 아니라 우연적, 일시적이며 변화하기 쉬운 것까지 모두 배제하고 본질적이며 보편적인 것만을 남길 것을 요구한다.

서양에서는 이 둘의 절충적인 해결책을 모색해나갔다. 그것은 예술에 진리를 요구하고 **진리를 추구**하는 한편, **예술가의 상상과 창조성**을 강조한다. 이에 비해 동양에서는 진리를 거스르지 않기 위해 예술의 희생까지도 감수하거나, **자연과의 조화**를 통한 순리를 강조했다.

유사와 상사

프랑스 구조주의 철학자 미셸 푸코는 그의 저서 『이것은 파이프가 아니다』에서 '**유사**'와 '**상사**'의 개념을 통해 모방을 설명한다. 유사(類似)와 상사(相似) 둘 다 '비슷함'이란 의미인데, 그중에서 유사하다는 것은 모방한다는 의미이자 최초의 요소를 참조한다는 뜻이다. 비슷하기 위해서는 최초의 어떤 참조물이 있어야 하기 때문이다.

그런데 최초의 참조물을 복제한 복사본들은 복제가 진행될수록 점점 더 희미해진다. 그리하여 복사본들은 좀 더 높은 단계의 복사본과 좀 더 낮은 단계의 복사본으로 분류된다. 여기에는 철저한 위계질서가 있는데, 최초의 원판으로서의 원본을 푸코는 '주인'이라고 명명한다.

그러나 상사는 '주인', 즉 '원본(오리지널)'이 따로 없다. 그렇기에 시작도 끝도 없으며, 위계도 없다. 그저 단지 사소한 차이에서 차이로 무한히 증식될 뿐이다. 예컨대 앤디 워홀의 코카콜라 그림에서 보듯, 어떤 것이 시작이고 어떤 것이 끝이라고 할 수 없는 것이다.

이렇게 놓고 볼 때, 상사는 결국 들뢰즈가 그의 저서 『차이와 반복』에서 새롭게 조명한 플라톤의 시뮬라크르의 개념과 상응한다. 플라톤에 의하면, 사물은 이데아를 모방한 이미지에 불과한데, 그중에서도 좀 더 분명하게 이데아를 모방한 것이 사본이고, 흐릿한 이미지는 시뮬라크르라고 했다. 이때 **사본**은 이데아와 유사성을 가진 이미지인데 반하여 **시뮬라크르**는 일종의 사본의 사본이고, 무한히 느슨해진 유사성이라고 했다.

따라서 이것을 회화에 적용하면, 모델을 충실하게 복사한 그림이 원본과 '유사의 관계'라면, 모델과는 아무 상관없이 복제품끼리 서로 닮아가는 반복하는 이미지들은 '상사의 관계'다. 예컨대 모나리자는 16세기 이탈리아의 한 여인이라는 실제의 모델을 비슷하게 모사한 사본인데 비해, 앤디 워홀의 색깔만 다를 뿐 똑같은 얼굴을 한 마릴린 먼로 시리즈의 그림은 실제 모델을 모사한 것이 아니라 애초부터 복제품이었던 어떤 사진을 조금씩

 다르게 반복한 시뮬라크르다.

이러한 시뮬라크르의 개념은 들뢰즈나 푸코가 생각하는 것처럼 밝고 역동적인 것도 있고, 반대로 보드리야르가 우려하는 것처럼 부정적인 가상의 현실도 있다. 푸코와 들뢰즈는, 시뮬라크르는 사본의 사본이 아니라 '**차이**'로서 한없이 반복되고 증식되는 이미지이기에 무한한 **역동성과 폭넓은 다양성**을 지니며, 따라서 모든 차이와 반복들을 동시에 작동시키는 것이 예술의 가장 큰 목표라고 생각한다. 즉 차이와 반복을 통한 일상성의 전복이 곧 시뮬라크르 예술로, 바야흐로 예술은 모방이 아니라 반복이며, 원본의 재현이 아니라 원본 없는 시뮬라크르 시대가 온 것이다.

반면 보드리야르는 오늘날 우리 사회에는 더 이상 '실재'가 존재하지 않으며, 그렇기에 오늘날의 실재는 실질적인 실체로서의 실재가 아니라 **조작되고 왜곡된 결과**일 뿐이라고 본다. 지시 대상인 실체에서 '기의'가 사라진 빈 껍데기로서의 '기표'만 남아있는 이미지가 곧 시뮬라크르 혹은 하이퍼리얼리티로, 시뮬라크르는 더 이상 실재의 모방, 복제, 패러디가 아니라 실재를 실재의 기호로 대체한 것에 불과하다. 실재가 사라지고 실재의 자리에 기호가 들어서 진짜인 체하는(이것을 '시뮬라시옹'이라고 한다), 다시 말해 가짜가 진짜 행세를 하는 시뮬라크르 시대를 우리는 살아가고 있다는 것이다.

모방에 대한 개념적 인식이 중요한 이유는, 이것이 근대 이성주의의 사상적 기반이 되었음은 물론, 현대철학에서의 '유사와 상사'의 관계, 즉 다양성과 획일성의 문제로 이어지는 등으로 서구 인식론의 뿌리가 되기 때문이다. 따라서 그 개념적 이해를 명확히 할 필요가 있다.

관련 개념어 모방, 시뮬라크르, 유사와 상사, 플라톤과 아리스토텔레스의 모방의 개념

068
신화_허구적 이야기인가, 근원적 진실인가

- **숙명여대 2019 인문(1) 수시 [문제 2]**(신화에서 드러나는 인간의 초월적 사고 기원 현상)
- **동국대 2016 인문 모의 [문제 3]**(영화 '명량'의 허구성 추론 및 바람직한 수용태도 논술)

사람들의 공통된 경험을 의미 있게 만드는 준거

신화(Myth)는 인간의 욕망과 바람을 초월적인 대상이나 현상에 투사하여 만든 꿈의 서사(敍事)로, 그리스어 **'미토스(Mythos)'**를 어원으로 한다. 미토스는 '로고스(Logos)'의 반대편에 있는 말이다. 논리나 이성, 또는 그 언어적 표현인 로고스가 사실(fact)과 직접적·단선적으로 관계한다면 미토스는 간접적·복선적으로 관계하며, 대개 종교적 함축이 강하다.

플라톤은 철학자의 로고스와 시인의 미토스를 대립시키면서 합리적이며 신뢰할 만한 것으로서의 로고스의 우월성을 강조했다. 반면 미토스는 아무런 정당한 근거도 없이 사람을 현혹시키고 속이는 이야기로 전락했다.

이후 근대 서구의 미토스에 대한 태도는 계몽주의적 관점과 낭만주의적 관점에 따라 전혀 상반된 내용으로 나타난다. 계몽주의적 태도는 미토스를 부정적으로 파악한다. 미토스는 '거짓'으로서의 믿을 수 없는 이야기일 뿐이다. 반면 낭만주의적 태도는 미토스를 전폭적으로 긍정하는데, 이때의 미토스는 통상의 합리성으로는 감히 따라올 수 없는 심오한 통찰력을 간직하고 있는 이야기가 된다.

이처럼 미토스와 로고스의 의미는 고정되어 있지 않고 때에 따라 변화하는데, 우리가 신화라는 말에서 떠올리는 두 가지 상반된 의미는 근대 서구의 미토스에 대한 서로 다른 태도와 밀접하게 연관되어 있다. 그리고 그러한 관점은 우리가 생각하는 신화 개념이 서구로부터 비롯된 근대성의 형성과 밀접하게 관계되어 있음을 보여준다. 즉 신화의 담론은 근대성 수용 과정에서 비롯된 것으로, 그 과정에서 어떤 이야기가 정당하고 또 신뢰할 만한가를 놓고 다양한 담론들이 생산·유통되어 왔다. 그 결과, 신화를 거짓되고 틀린 이야기로 간주하는 부정적인 생각이 지속적으로 나타났다.

신화의 힘

하지만 현대에 들어 이를 정면으로 반박하는 주장이 이어졌다. 조지프 캠벨에 따르면, 모든 신화는 일상세계와의 분리, 모험과 시련을 통한 값진 깨달음, 그리고 일상으로부터의 복귀라는 일정한 서사 구조를 지닌다. 일례로 신화의 전형 가운데 하나인 영웅 신화는 개개인의 인격을 성숙·완성하는 기제로 작용한다고 그는 말한다. 엘리아데는, 원초적 신화에 대한 노스탤지어는 인간 행위의 모델을 제시하고 개인의 삶의 의미와 가치를 부여하는 성스러운 이야기이자, 현대인이 상실하였으나 되찾아야 할 보고(寶庫)라고 주장한다. 말리노프스키는, 신화는 죽음에 대한 인간의 가장 내밀하고 정서적인 반응을 불러일으킴으로써 죽음에 대한 공포를 완화시킨다고 하여, 신화가 수행하는 기능 면에 주목한다.

한편 구조주의 철학자 레비스트로스는, 신화는 언어처럼 구조화되어 있다고 파악하고, 신화 연구를 통해 인간 사유의 보편적 구조를 탐구한다. 상징적 신화론의 관점에 따르면, 신화에는 숨겨진 심층적 의미가 있으며, 그 의미는 상징으로 표현되어 있다고 하여 특정 맥락에서의 상징적 의미 파악을 중요시한다.

신화는 우리의 일상이 영위되는 현실세계와는 다른 세계다. 신화는 우리의 일상과는 다른 세상을 말하면서도, 동시에 지금 우리의 세계가 그런 다른 세상과 얼마나 밀접히 연관되어 있는지를 말해준다. 그리고 그 연관성에 확고한 정당성과 권위를 부여함으로써, 신화에 생명을 불어넣는다.

이처럼 신화는 사람들의 공통된 경험을 의미 있게 만드는 중요한 준거로서, 사람들은 신화의 이야기를 통해 자신의 삶을 지속적으로 되돌아보고 새로이 거듭나려 든다. 이런 이유로 많은 이해집단이 서로 신화의 후광을 입으려고 경쟁을 벌이는데, 그에 따라 신화는 종종 지배집단의 기득권을 옹호하기 위해 동원되기도 하고 혹은 피지배집단의 체제 전복을 위해 사용되기도 한다. 어느 것이든, 이는 신화의 중요성이 여전함을 보여주는 것이자, 신화의 실질적인 영향력을 반증하는 것이기도 하다.

현대 신화의 이데올로기적 기능

프랑스 기호학자이자 구조주의 철학자인 롤랑 바르트는 현대의 신화를 **계급적 이데올로기**의 한 형태라고 본다. 부르주아가 지배하는 현대사회에서 신화의 이데올로기는 당연히 부르주아지의 지배를 정당화하려는 목적을 지니며, 그에 따라 현대의 신화는 계급적 이해관계를 고착시키는 역할을 한다고 본다.

과거의 신분사회에서 부르주아 중심의 계층지배는 당연하고 정당한 것으로 간주됐다. 하지만 근대 자본주의 시대에 접어들어 신분제도가 철폐되면서 부르주아 계층은 새로운 지배방식을 모색할 필요성을 느꼈고, 그렇게 해서 동원된 것이 바로 '신화'라고 바르트는 말한다.

바르트에 따르면, '이름을 원치 않는 계급'을 뜻하는 부르주아지는, 마치 부자가 자신의 이름을 드러내지 않으려 들듯이 중간계급과의 경계를 모호하게 만들고, 사실상 사회를 지배하면서도 불필요하게 실체를 드러내지 않음으로써, 은밀하게 사회 전체를 지배하고 통제하려 든다.

이렇게 부르주아지는 자신의 이름을 거부함으로써 자신의 계급적 기원을 숨기고, 마침내 신화가 된다. 신화가 사람들에게 당연시되고 무의식적으로 작용하듯이, 신화로 위장된 부르주아지의 계급적 지배는 자연스러운 것으로 정당화되고, 게다가 그것이 영원히 지속되리라는 착각을 빚어낸다.

바르트는 신화의 가면을 벗겨내기 위해 소쉬르가 말한 '기표(記標)'와 '기의(記意)'의 개념을 차용하고, 이를 프랑스 군복을 입고 국기에 경례하는 한 흑인의 사진을 예로 들어 설명한다. 군복 차림으로 경례하는 흑인의 사진이라는 **'기호(記號)'**는 신화 체계 안으로 들어오면서 하나의 기표가 되고, 제국주의라는 기의와 만나 새로운 기호를 형성한다. 그리고 그 의미는 바로 프랑스 제국주의의 깃발 앞에 무조건 충성을 맹세하는 기호인데, 이것이 곧 제국주의를 옹호하는 상징으로서의 신화다.

이처럼 이데올로기로 작용하는 현대 신화는 그만큼 **허구적이며 작위적이고 특정 목적성**을 갖는다. 즉 고대의 신화가 자연적으로 생겨나 사회의 맥락 속에서 자연스럽게 기능한 반면, 현대의 신화는 그와 똑같이 무의식적이면서도 신화를 만든 주체와 의도가 숨겨져 있다는 점에서 차이난다.

신화를 단독 주제나 논제로 출제하는 경우는 드물지만, 지문으로 신화를 자주 발췌하여 출제하고 있는 점, 게다가 신화의 현대적 의미를 이데올로기 기능으로 해석하는 구조주의 철학자의 사상적 기반이 논술시험의 하위 개념으로 출제되고 있는 점 등을 고려한다면, 한번쯤은 그 의미를 되새겨 파악할 필요가 있다.

관련 개념어 구조주의, 기표·기의·기호, 미토스와 로고스

069
로고스, 파토스, 에토스_상대방을 설득하는 힘

- **동덕여대 2024 인문 수시 [문제 2]**(대화에서의 윤리적 관점 제시)
- **연세대 2009 인문 수시**(갈등 해결방식: 설득vs다수결vs힘: 에토스, 파토스, 로고스)

설득의 3요소_ 논리, 공감, 신뢰

고대 그리스의 철학자 아리스토텔레스는 자신의 저서인 『수사학(Rhetoric)』에서 '수사학이란 주어진 상황에 가장 적합한 설득 수단을 발견하는 예술'이라고 말한 바 있다. 그리고 상대방을 설득하려면 3가지가 필요하다고 했는데, 그것이 바로 로고스(logos), 파토스(pathos), 에토스(ethos)다.

로고스는 이성적·과학적인 것을 가리키는 것으로, 사고능력·이성 등의 의미를 가지고 있다. 이는 이성적인 논리로 상대방을 설득하려면 설득하려는 내용이 잘 정리되어 있어야 한다는 의미다. **파토스**는 로고스와 대치되는 개념으로 감각적·신체적·예술적인 것을 가리키며, 격정·정념·충동 등의 의미를 가지고 있다. 이는 인간은 이성과 감정을 함께 가진 동물이기 때문에 논리만으로는 상대방을 설득할 수 없다는 생각에서 출발한다. 따라서 상대방의 감성에 호소할 줄 알아야 하는데, 이것이 바로 파토스다. 인식의 방법으로서의 합리주의와 경험주의에도 대응한다.

그리고 **에토스**는 사람에게 도덕적 감정을 갖게 하는 보편적인 도덕적·이성적 요소를 말한다. 이는 화자의 평판이 좋아야 함을 의미하는 것으로, 상대방이 보기에 믿을 만한 사람이 이야기를 하면 그렇지 않은 경우에 비해 훨씬 신뢰감이 가서 설득이 잘 된다는 것이다. 이러한 로고스, 파토스, 에토

 스는 각각 논리학, 수사학, 윤리학으로 발전했다.

출제 빈도는 낮지만, 개념적으로 개략을 이해할 필요가 있다.

관련 개념어 에토스, 파토스, 로고스

070
언어와 사고_ 언어가 우선하는가, 사고가 앞서는가

- **동덕여대 2024 인문 모의**(텍스트의 의미를 파악하는 세 가지 방식 설명 및 개념 적용 비판)
- **동국대 2023 인문(1) 수시**(줄임말·신조어 사용이 의사소통에서 발생할 수 있는 부정적 영향 고찰)
- **숙명여대 2022 인문(2) 수시 [문제 2]**('언어와 사고'의 관계를 이해하는 방식의 공통점 서술 및 주체 중심의 언어관 비판)
- **동국대 2022 인문 모의**(인간의 지각현상과 언어 사이의 상관관계비교 및 '문화와 언어'의 관계 설명)
- **서강대 2021 인문(1) 모의 2차**(표준어(공용어) 사용에 대한 상반된 시각 해석 및 평가)
- **연세대 2020 인문 편입 [문제 2]**('언어'에 대한 관점 차이 논술)
- **서강대 2020 인문(2) 수시 [문제 1]**(언어와 사고의 관계 파악 및 현상 적용 평가)
- **동국대 2019 인문(1) 수시 [문제 3]**(언어와 사고의 관계와 관련한 다양한 쟁점 논술)

언어가 사고의 내용과 사고하는 방식을 결정하는가, 아니면 사고가 언어를 결정하는가

언어상대성 이론_ 언어가 사고를 결정한다

촘스키, 왓슨, 워프는 **언어가 사고를 결정**한다고 본다. 이들은 "더 많은 언어를 알게 되면 우리는 좀 더 다양한 방식으로 사물을 바라보고 그것들을 다른 것과 관련지을 수 있게 된다"는 논리를 전개한다.

예를 들어 영어에는 쌀에 대한 단어가 몇 개 안 된다. 반면에 필리핀의 어떤 종족은 쌀에 대해 90개 이상의 단어를 사용한다. 에스키모 언어에는 눈에 대한 여러 종류의 다른 명칭들이 따로 있는 반면, 영어에는 눈에 대한 낱말은 몇 개 안 된다. 따라서 에스키모인이 눈에 대하여 생각하는 양식과 영국인이 눈에 대해 생각하는 양식 및 내용은 서로 다를 것이라고 주장하였는데, 결국 언어가 사고를 지배하고 그러한 사고가 행동으로 나아가게 한다는 것이다.

또 다른 사례로, 누군가를 기억 속에서 찾아내려고 할 때, 얼굴도 이름도 떠오르지 않을 경우를 들 수 있다. 이때 그 사람의 이름을 기억하게 되면 더욱 선명하게 그 사람을 떠올릴 수 있게 된다. 즉 언어는 생각이나 이미지를 더욱 선명하게 만들어주는 것이다.

하지만 이후의 연구들은 언어가 사고와 밀접하게 관련은 되어 있지만, 인간이 사고할 수 있는 유형을 결정하는 것은 아님을 보여 주었다.

인지결정 이론_ 사고가 언어에 앞선다

다른 한편으로 오히려 **사고가 언어를 결정**한다는 인지결정 이론이 설득적일 수도 있는데, 피아제, 슬로빈, 존스턴 같은 이들이 이를 주장한 대표적인 학자다. 그들에 따르면, 아이들은 사물을 식별하고, 범주로 묶고, 서로 관련짓는 등의 사고능력이 발달하기 이전에는 관련된 언어 표현능력과 어휘력을 갖지 못한다. 또한 인간의 사고는 행위자의 행위 관계를 중심으로 하여 진행되는데, 이것이 언어 표현에서의 주어와 동사 사이의 관계 양식을 결정한다. 간단히 말해서, 사고능력이 언어능력을 보여주는 바탕과 뿌리가 된다는 것이다.

그렇기에 에스키모인이 눈에 대해서, 그리고 아랍인들이 낙타에 대해서 좀 더 많은 표현들을 지니게 되는 것은 그들이 생활에서 부딪히는 대상에 대해 좀 더 세분화된 지각과 사고를 하기 때문이라고 말할 수 있다.

이를 반영하듯, 존스턴은 사람들의 사고방식과 언어구조 사이에는 분명 일정한 **관계성**을 갖는다고 주장한다. 즉 "인지절차의 복잡성과 언어구조의 복잡성 사이에는 일정한 병렬적 배열관계가 존재한다"는 것이다. 이는 언어는 사람들 간의 의사소통을 가능케 하는 도구로서, 인간의 사고 양식과 사고 내용에 의해 지배를 받는다는 주장을 뒷받침한다.

동물언어

그렇다면 이러한 언어는 인간에게만 고유한 것인가? 동물들은 언어를 습득할 수 없을까? 심리학자들은 이에 대한 대답을 얻기 위해 처음에는 동물에게 사람의 말을 가르쳐 보았지만, 끝내 실패했다. 다음에는 침팬지에게 청각 장애인들이 쓰는 수화(手話)를 가르쳤다. 워슈라는 침팬지는 '나', '간질이다', '너'라는 개념을 나타내는 각 동작 표현을 조합하여 "네가 나를 간질인다"는 수화 표현을 비롯한 몇 개의 표현들을 수행할 수 있었다. '님'이라는 침팬지는 자석 판에 붙이는 도형들을 이용하여 125개의 상징을 학습하였으며, 이들을 몇 개 조합하여 심리학자와 대화할 수 있었다.

이 침팬지들이 인간과 같은 언어를 습득하여 사용한 것인가 하면, 이는 그렇지 않다. 왜냐하면, 침팬지들의 표현은 인간 언어의 몇 가지 특징이 빠져 있다. **생산성, 반복성, 순환성** 등이 그것인데, 생산성이란 무수히 많은 수의 새로운 표현을 만들 수 있는 특성이며, 반복성이란 새 문장을 만들기 위해 문장이나 구절의 끝에 다른 단어를 첨가하여 새 문장을 만드는 능력이다. 순환성이란 한 문장 또는 한 구절 내에 다른 문장이나 절을 내포시킬 수 있는 능력이다.

그런데 침팬지의 언어는 이런 특성이 두드러지지 않으며, 단순 모방의 경향이 강하다. 또, 침팬지를 아무리 훈련시켜도 세 살배기 아이의 언어 수준을 넘지 못한다. 동물들의 언어가 문법적 규칙성, 새로운 표현의 생성 능력과 같은 특징을 부분적으로는 지니고 있으나, 그렇더라도 성인의 언어와는 차이가 크다. 이러한 연구들은 인간의 언어력이 얼마만큼 고도의 지적 능력을 요구하는 것이자 복잡하고 수준 높은 능력인가를 잘 말해준다.

언어의 발달과 사고

앞에서 살펴본 것처럼, 언어는 사고와 별개로 발달하는 것은 아니며, 다른 일반적 사고능력, 즉 인지능력의 발달과 더불어 일어난다. 모든 인간의 사고가 언어를 통해서만 이루어진다고는 볼 수 없지만, 인간의 사고 과정, 특히 고도의 논리적 사고 과정에서 언어가 매우 유용한 도구로 작용하는 것은 분명한 사실이다.

그렇기에 나이를 먹으면서 아이들은 사물을 보다 세분하여 식별하게 되며, 유사하거나 관련된 것들을 하나의 새로운 범주로 묶는 기술이 늘어난다. 또 인과관계를 비롯한 각종 관계성을 추론하는 능력이 발달한다. 그리고 그에 따라 새로운 개념을 계속해서 습득하는 한편, 각 개념에 맞는 새로운 단어와 언어 표현이 더해짐으로써, 좀 더 복잡한 문법 규칙이나 의미 관계를 지닌 언어 표현이 가능해진다. 사고력을 비롯한 여타 인지능력이 발달하면서, 습득한 각종 지식과 처리 능력에 걸맞은 언어 표현과 표현 규칙을 배워나가게 된다. 언어가 사고방식, 나아가 세계관을 형성하는 데 결정적인 역할을 하는 것이다.

(『고등학교 심리학』의 내용을 중심으로 재구성)

언어와 사고의 관계, 언어와 문화의 관계는 최근 자주 출제되는 개념이다. 특히 '소통'과 관련한 형이상학적 물음과 연결해서 생각할 필요가 있다.

관련 개념어 언어와 사고의 관계, 언어와 문화, 소통

071
소외_ 인간이 물화되는 현상

- **성신여대 2014 인문 모의**(화폐의 기능 및 화폐가 초래하는 물질만능주의의 역기능)
- **경희대 2012 인문 수시 [문제 2~3]**(자유경쟁 사회에서 흥부가 처한 상황으로 본 인간 소외 문제)

내 안의 나는 없다

소외(疏外)란 인간으로서 응당 누려할 할 권리로부터 박탈된 상태, 배제된 현상을 의미한다. 소외는 인간이 자신을 위해 만들어낸 피조물에 의해 거꾸로 지배를 받게 되거나, 인간의 활동에서 본질이 상실되어 가는 과정이다.

자본주의 사회에서 노동의 소외는 불가피한 현상이기도 한데, 이는 다방면에서 일어난다. 가장 기본적으로는 생산물에서 소외된다(**상품으로부터의 소외**). 노동자가 생산한 상품은 자기 능력의 표현물이 아니라 자본가의 것이 되므로 상품으로부터 배제된다. 또한 노동자는 노동 과정에서도 소외된다(**노동으로부터의 소외**). 노동자는 단순히 자본가의 명령에 따라 시키는 대로 일을 해야 하므로, 노동 과정 어디에서도 자신을 실현할 가능성을 봉쇄당한다. 더군다나 노동자는 다른 노동자와 경쟁해야 하고, 그 경쟁에서 이겨야 높은 임금을 받을 수 있다. 그렇게 해서 임금이 노동의 유일한 목표이자 삶의 가치를 평가하는 척도가 된다. 이는 인간의 능력이 인간 자체가 아니라 화폐가치로 평가받는다는 의미이기에, 결국 화폐로부터의 소외이자 인간 자신을 왜곡하고 배제하는 현상으로서의 소외이다(**인간으로부터의 소외**).

그렇게 해서 노동은 삶의 표현이 아니라 생존을 위한 수단이 되며, 인간이 사물이 되는 '**물화(物化)**' 현상이 일어난다. 인간성이 물건처럼 다루어지면서 상실되는 것이 곧 물화인데, 그러한 '자기로부터의 소외'가 인간관계에 적용되어 서로가 서로를 소외시키는 악순환을 낳게 된다.

소외는 현대 산업사회에 대한 비판론자들이 오랫동안 일관되게 지적해 온 **사회문제**다. 현대 산업사회에서 인간은 사회조직에서 소외되고, 기계와 기술에 의해서 소외되고, 인간관계에 있어 다른 인간에게 소외되고, 심지어는 자기 자신에게도 소외된다고 지적되어 왔다. 현대인은 거대한 사회조직의 한 대체 가능한 부품이 되었으며, 기계화되고 자동화되는 생산 과정에서 노동으로부터 소외되었다. 그 결과 현대인은 주체적 인간으로서의 본질을 잃고 자동인형이 되었으며, 다수라는 익명의 권위에 무조건 순응하는 동조 인간이 되고 말았다. 이와 같은 인간 소외 현상, 또는 비인간화 현상은 기본적으로 산업사회의 조직 원리가 합리화·표준화·거대화·집중화되어 있기 때문에 일어난다고 볼 수 있다.

현대사회의 소외는 구조적인 문제다

하지만 현대사회에서는 노동자만 소외를 느끼는 것은 아니다. 전통적 가치관이 해체되고 공동체 의식이 사라진 현대사회에서 현대인은 가치관의 혼란과 규범의 상실을 겪게 되는데, 그에 따라 개인이 느끼는 **심리적 소외**는 또 다른 사회문제를 낳고 있다. 합리화라는 명분하에 사회조직이 형식주의로 흐르면서, 그리고 비인간적인 관료제가 사회 전반에 팽배해지면서, 개인이 느끼는 심리적 소외 현상은 더욱 증폭된다.

이처럼 현대사회의 소외는 경제적인 면에서뿐만 아니라 심리적인 면에서 작동하는 등으로 **구조화**되어 나타나는데, 그러한 구조적인 문제를 해결하기 위해서는 무엇보다 상실된 인간성을 회복하고 인간 고유의 존재성을 되살려야 한다.

이를 위해서는 자기 삶의 가치를 소중히 여기는 태도가 무엇보다 요구된다. 소외된 자기 삶을 되찾는 것이야말로 진정한 행복에 이르는 길임을 자각하고, 현실의 물질적 이해타산으로부터 벗어나 진정한 **자아를 추구**하는 삶을 살아가야 한다.

현대사회의 소외를 치유하기 위한 **사회적 노력** 또한 요구된다. 지금 우리 사회는 단기간의 현대화로 자본주의의 물적 측면은 급격히 발전했으나 그것을 성찰하고 제어할 수 있는 정신적 측면은 제대로 갖추지 못한 형편이다. 그로 인해 '돈'만을 절대 가치로 삼는 물질만능주의가 사회를 지배하는 한편, 이를 성공 모델로 하는 획일화된 사고가 우리의 삶을 짓누르고 있다. 따라서 이로부터 벗어나기 위해서는 삶의 진정한 행복이 무엇인지 진지하게 성찰하고 어떠한 대안적 삶을 살아야 하는지를 고민하는 등으로, 다양하고 다각적인 면에서의 개인적, 사회적 노력이 필요하다.

물론 그러한 노력들이 소외를 극복하기 위한 근본적인 해결책이 될 수는 없을 것이다. 그렇더라도 소외로 인한 문제점을 해결하려는 부단한 노력들이 쌓여갈 때 이를 극복할 수 있는 다양한 방안들이 마련되고, 그것이 사회적으로 받아들여지는 과정에서 행복에 이르는 길은 조금씩 가까워질 것이다.

현대 정치·사회문제와 사회갈등, 불평등과 관련하여 자주 출제되는 세부 개념어다.

관련 개념어 노동과 소외, 물화

072
실존_ 실존은 존재에 우선한다

- **중앙대 2021 인문 모의**(실존주의 관점에서 소설 속 주인공 '노라'의 주장 및 문제 해결 방안 서술)
- **이화여대 2018 인문(1) 모의 [문제 2]**(문학작품 속 인간의 실존적 모습 비교 서술)
- **이화여대 2018 인문(1) 모의**(인간 실존의 본질 분석 및 실존과 본질의 관계로 본 존재론적 분석)
- **한국외대 2018 인문사회 모의**(실존주의 관점에서 인간 삶의 두 가지 유형〈인간성과 야수성, 법과 힘·권력〉 구분 서술)
- **경희대 2016 인문 모의**(죽음에 대한 다양한 관점 고찰)
- **건국대 2015 인문(2) 모의**(현실을 받아들이는 관점 차이 비교분석)

실존주의는 휴머니즘이다

'존재'는 '여기 있는 것'을 말하며, **'실존'**이란 실제로 존재하는 것이다. 분필, 책, 학교 등은 존재하고 있는 것이며, 이 글을 읽고 있는 당신은 실존하고 있는 것이다.

실존주의는 실존하는 우리 인간의 삶을 중요하게 여기는 현대철학의 흐름 가운데 하나로, 이것을 간단하게 설명하는 것이 "실존은 존재에 앞선다"는 말이다. 여기서 **'실존'**이란 우리가 보고 느끼고 만질 수 있도록 존재하는 것을 말하고, **'본질'**이란 사물이 지향하는 목적을 뜻한다고 할 수 있다. 즉 실존이란 '존재한다'는 뜻이고, 본질이란 '이미 정해진 운명'을 말한다.

눈이 나빠지는 것을 방지하기 위해 만든 것이 '안경'이고, 이것이 안경의 '본질'이다. '분필'은 칠판에 쓰기 위한 편리한 도구적 기능이 본질이고, 만지고 볼 수 있으니까 실존한다고 말할 수 있다. 이들 모두는 본질이 실존에 앞선다. 즉 무엇을 어떻게 하자는 목적이 먼저 있어야만 그 목적(즉 본질)에 따라서 사물이 만들어지게(실존) 된 것이다.

하지만 인간은 어떠한가? 당신의 아버지, 어머니께서 '장차 어떠어떠한 사람으로 커서, 어떤 직업을 갖고, 어떤 가치관을 갖고 사는 딸, 아들을 낳자'는 목적(본질)으로 당신을 낳은 것은 아니다. 어느 날 당신은 이 세상에 태어났고, 자라면서 이것을 할 것인지 저것을 할 것인지 끊임없는 선택의 과정을 통해서 당신 인생의 목적(본질)을 찾아가는 것이다. 즉 당신은 분명히 실존하고 있고, 그 다음에 본질을 찾아나서는 것이다.

인간이 만든 도구나 발명품이 아닌 자연물인 것들도 모두 실존이 본질에 앞선다. 하지만 그들 모두는 자기가 왜 살며 어떻게 살 것인가에 대한 반성적 지식이 없다. 그래서 사르트르는 오직 인간에게만 "실존은 본질에 앞선다"는 말을 한 것이다. 사르트르에 따르면, 인간은 기존의 어떠한 본질에 지배되는 존재가 아니며, 자기 스스로 인생을 개척해 나가는 실존적 존재다.

실존주의적 관점

실존주의에 따르면, 실존은 인간의 존재를 말하는데, 이 존재는 보통의 경험적인 인간 존재가 아니라, 실현되고 있지 않은 잠재적인 인간의 내적 존재를 가리킨다. 이러한 실존은 불안과 고독과 절망 속에 있는 단독자로서의 존재다.

이 실존은 야스퍼스와 같이 '한계상황'에서 자기를 분명하게 하고 초월자인 '신'에 자기를 결합하거나, 하이데거와 같이 '세계-내-존재'로서 자기를 확인하거나, 사르트르와 같이 "실존이 본질에 앞선다"고 하여, 자기의 자유로운 선택에 의해 자기 형성을 수행함으로써 실존이 참된 상태로 된다고 본다.

어느 경우에도 불안과 고독과 절망이라는 **자기의식**이 그 밑에 깔려 있다. 예를 들어 **인간 소외**가 그것이다. 현대사회는 인간을 인간이 아닌 물건

 으로 대우한다. 즉 인간을 '존재'로서가 아니라 '본질'로서 대우한다. 현대사회에서 인간은 존재로서 대우받는 것이 아니라 마치 기계의 부속품처럼 언제든지 대체될 수 있는 물건으로 취급하는 이른바 '물화(物化)' 현상이 일어나고, 그에 따라 인간은 깊은 불안과 고통과 절망에 빠져 들고 결국 소외되고 만다.

따라서 이를 극복하기 위해서는 이러한 현대사회에서 발생하게 되는 숙명적인 부조리에 맞서 자신의 의지를 관철하는 **적극적인 삶**을 살아가야 한다. 인간은 자기 앞에 펼쳐진 미래의 가능성을 스스로 선택하고 현실의 부조리한 면들을 극복하는 **실천적 존재**임을 인식할 수 있다. 그리고 이를 통해 스스로 미래의 가능성을 찾아내고 미래를 위한 목표를 세우고 수단을 강구할 때, 참다운 실존적 삶을 살아갈 수 있으며, 인간 소외로부터 벗어날 수 있다.

현대 사회사상 및 인식론과 관련한 하위 개념어로 묻는 경우가 있다.

관련 개념어 실존과 본질, 소외, 물화, 부조리

073
다문화주의_ 멜팅 팟과 샐러드 볼

- **동국대 2021 인문 모의 [문제 1]**(다문화사회의 긍정적 측면 및 다문화 수용 태도 서술)
- **동국대 2015 인문(2) 수시 [문제 3]**(다문화 사회의 자아정체성 확립 방안 논술)
- **성균관대 2014 인문(2) 수시**(동화주의와 나문화주의)
- **경희대 2013 인문 모의**(다문화주의 정책 비교 분석, 한계 비판 및 이에 따른 사회현상 설명)
- **이화여대 2013 인문(1) 수시 [문제 1]**(다문화주의에 대한 관점 차이 비교 분석)
- **단국대 2012 인문 수시 [문제 1]**(다문화주의와 동화주의)
- **성신여대 2011 인문(2) 수시**(다문화주의와 사회통합 간의 관계 및 한국사회의 통합을 위한 바람직한 다문화정책 비교 분석)
- **한양대 2010 인문 수시**(국가 간 이민·동화 정책의 비교와 정책의 문제점 비판)
- **이화여대 2008 인문 수시**(다문화주의와 소수집단 차별 현상 고찰)

차이와 공존을 지향하는 문화다원주의

다문화주의란, 한 사회 혹은 국가 내의 문화가 주류집단의 단일 문화에 의해 통합, 획일화되는 것보다는 여러 소수집단의 다양한 문화들이 공존하는 상태가 더 바람직하다는 관념, 그리고 그 이상(理想)을 실현하려는 운동 및 정책을 가리킨다.

다문화주의에 참여하는 소수집단들은 소수인종이나 민족, 여성, 동성애자, 언어집단, 종교집단 등 계급보다는 인종이나 성(性)과 같은 범주로 분류되는 비주류 집단이다. 이들에게 **집단 정체성**의 확립은 곧 **문화적 행위**로 나타난다. 언어, 습관, 생활방식 등 현재의 일상적 삶을 구성하는 영역 속에서 서구중심주의, 백인중심주의, 남성중심주의의 흔적을 지우고 자신의 고유한 문화를 확립하려 들며, 이를 통해 다수의 다른 문화들 속에서 자기 문화가 대등하게 자리 잡기를 기대한다. 이런 이유로 다문화주의란 단순한 문화적 다원성의 의미를 넘어, 다수 문화들 사이의 **수평적 관계**를 지향한다.

다문화주의는 이러한 소수집단의 정체성 또는 그들의 고유문화를 사회적으로 승인하는 것이지만, 그 과정에서 종종 주류집단의 거부 움직임을 수반한다. 주류집단이 소수집단을 대하는 방식에서 **동화주의**의 대안으로 불가피하게 다문화주의를 채택하는 경우에 특히 그러한데, 그만큼 다문화주의를 정책적 차원에서 접근한데 따른 결과이다.

특히 이민자 집단 대상의 사회통합 정책과 관련하여 다문화주의가 동화주의의 대안으로 거론될 수 있는데, 이 경우 다문화주의 정책은 동일성과 통합을 놓고 소수집단과 주류집단이 갈등하는 문화 투쟁의 양상을 띠어서는 안 된다. 어디까지나 **차이와 공존**을 지향하는 다원적 사회통합으로서의 정책적 대안이 되어야 한다.

따라서 바람직한 다문화주의 정책을 실현하기 위해서는 먼저 주류문화에의 일방적 동화를 강요한 과거사에 대한 성찰적 반성과 주류집단의 소수자를 위한 배려가 선행되어야 한다. 소수집단 역시 자신들의 문화적 고유성을 지나치게 주장함으로써 사회통합을 위한 이념과 가치를 무조건 배척하려 들어서는 안 되며, 국가가 구현하는 보편 이념에 대해 합의하고 이를 준수해야 한다.

멜팅 팟과 샐러드 볼

다문화주의 정책으로는 '멜팅 팟' 이론과 '샐러드 볼' 이론이 거론된다. **멜팅 팟**(용광로) 이론은 여러 민족의 고유한 문화들이 그 사회의 지배적인 문화 안에서 변화를 일으키고, 서로에게 영향을 주면서 새로운 문화를 만들어나가는 것을 뜻한다. 당근, 양파 등과 같은 여러 식재료들을 한 솥에 집어넣되, 그 고유의 맛이 다른 재료들과 섞이면서 새롭게 변화하는 것과 같은 이치다. 예를 들어 중국은 수많은 소수민족으로 구성된 국가지만,

국민의 대다수를 차지하는 한족 중심의 정책을 취함과 동시에 소수민족 문화를 전체 문화 안에 융화시키는 정책을 병행하고 있다. 최근 우리나라와의 갈등 요인이 되고 있는 '동북공정' 정책도 그중 하나다.

반면에 **샐러드 볼** 이론은 국가라는 큰 그릇 안에서 샐러드처럼 여러 민족의 문화가 섞여 하나의 새로운 문화를 만들어가는 것을 의미한다. 즉 각각의 민족이 가지고 있는 고유한 문화들은 국가라는 샐러드 볼 안에서 각자의 고유한 맛을 가지고 샐러드의 맛을 만들어나가는 것과 같은 이치다. 대표적인 국가는 미국으로, 세계 각국의 이민자들이 모여서 세운 나라인 미국은 그들이 간직해온 여러 문화들이 섞이면서 미국 특유의 문화를 만들어내고 있다.

현재 우리나라는 국가 정책적으로는 멜팅 팟 이론 쪽으로 기울어져 있다. 하지만 다문화 사회 관련 시민단체 등에서는 우리나라의 다문화 정책으로 샐러드 볼 이론을 따라야 한다고 주장하고 있으며, 많은 사람들이 이에 공감하고 있다. 따라서 점차 시간이 지나면 우리나라 역시 샐러드 볼 이론을 따르는 다문화 정책을 확대해 나갈 것으로 보인다.

디아스포라

디아스포라(Diaspora)는 외국에 있는 '코리아타운'과 같은 이주민 집단 거주 지역을 지시한다. 문화적 정체성이 확연하게 다른 외국으로 이주한 사람들은 자신들의 경제적 이익과 문화적 정체성을 확보하기 위해 디아스포라를 형성한다. 그래서 디아스포라는 단지 자신들의 경제적 이익과 문화적 정체성만을 지키는 곳은 아니다. 왜냐하면 디아스포라는 타 민족·타 인종들의 문화와 서로 **교류하고 융합**하는 곳이기 때문이다. 예를 들어 미국과 같은 다인종 사회에서 소수 인종들의 디아스포라는 단지 독립적으로 존재하는 곳이 아니라 미국의 문화와 자연스럽게 융합되는 곳이다. 곧 미국 내의 디아스포라는 다양한 문화가 만나고 합쳐지는 곳이다. 더군다나 지금 세계 각국은 자국의 고유

 한 문화적 전통을 강화하는 방향으로 힘을 모으는 상황이다. 문화는 융합을 통해 형성되는 것이라고 볼 때 디아스포라는 **새로운 문화**가 생겨나고 자라나는 바탕으로서의 역할도 하는 셈이다.

(〈2007. 10월 고3 수능 국어 모의〉 지문에서 발췌)

현대 사회문제, 사회갈등, 인권 및 복지, 문화 이해, 세계화의 쟁점 등 많은 주제의 영역에서 단독 주제는 물론 하위 개념으로 다루는 중요한 개념어로, 관련한 주제와 연동하여 폭넓게 공부할 필요가 있다.

관련 개념어 다문화주의, 동화주의, 멜팅 팟과 샐러드 볼

074
아비투스_계층 취향은 구조적이다

- **경희대 2016 인문 편입**('문화자본' 개념으로 한국의 교육 현실 비판)
- **건국대 2012 인문 수시**(아비투스와 과시적 소비의 관점에 따른 인간 행위 분석)
- **서울여대 2010 인문 수시 [문제 1]**(유행 변화의 원인 비교 분석)

계층적 취향이 신분을 가른다

프랑스 철학자 부르디외(Pierre Bourdieu)에 따르면, 계급이 신분을 갈랐던 옛날과는 달리 오늘날에는 문화와 개인적인 취향이 신분을 나누는 역할을 한다고 하여, 사회 구조와 개인 행위에 있어서의 심리적인 성향에 주목한다.

부르디외는 인간이 성장하는 과정에서 습득한 문화적 코드들이 개인의 '선호'로 더욱 굳어지게 된다고 말한다. 예를 들어 어려서부터 클래식 음악을 듣고 자란 상류층 자제는 나이가 들어서도 클래식 음악을 즐겨 듣게 될 것이며, 반면 일용직 부모를 둔 아이들은 자라면서 많은 돈을 벌게 되더라도 클래식 음악보다는 신나는 가요나 트로트를 더 좋아할 것이라고 말한다.

이처럼 한 개인의 경제적 계급은 그의 문화적인 선호까지 좌우할 수 있는데, 부르디외는 경제적 계급의 속성에서 비롯되는 삶의 경향성을 '**아비투스(habitus)**'라는 말로 표현한다. 즉 아비투스는 개인의 경제적 배경을 바탕으로 살면서 누리게 되는 일상의 경험이 문화적·소비적 습성으로 축적된 결과, 그것이 개인의 의식 속에 무의식적으로 내면화되고 습관화된 **계층적 취향**을 의미한다.

부르디외는 특정 계급을 다른 계급과 구별하는 개인적·집단적 관행

 내지는 취향인 아비투스를 통해, 그러한 차별화의 욕망이 **구조적인 요인**에서 비롯된다고 설명한다. 그는 경제적 계급을 통해 발생하는 문화적 차이가 한 시대가 아닌 세대를 거쳐 재생산되는 구조를 갖는다고 보았다. 이것이 가능한 이유는 그들이 소유하고 있는 경제적 재화와 문화적 능력을 다양한 방식으로 상속하게 만드는 기제들이 사회 내에 자연스럽게 존재하고 있기 때문이다.

그 대표적인 것이 바로 **교육**이다. 아비투스는 교육을 통해 상속되며, 그것도 복잡한 교육체계를 통해 이루어지는 무의식적인 사회화의 산물이다. 현대사회에서 지배계급은 더 이상 예전과 같이 경제적인 상속만으로는 자신의 계급을 자식에게 온전히 세습하기 어려움을 깨닫고, 교육을 통해 자신의 사회적 지위를 물려주려고 한다. 그것을 가리켜 '**문화자본**'이라고 하는데, 현대사회에서는 경제적 자본의 지배보다 문화적 자본의 지배가 강화되며, 때론 두 자본이 서로 결합해가며 타자를 지배하기도 한다.

문화적 자본과 경제적 자본은 상호 교환될 수 있는 성질의 것으로, 경제적 자본이 많은 가정의 자제일수록 문화를 보다 다양하고 풍부하게 경험할 수 있도록 기회가 열려있다. 이처럼 경제자본과 문화자본의 상호 교환 가능성은 현대사회에서 정당한 방식으로 계급을 세습할 수 있게 만드는데, 우리나라의 교육열이 높은 이유가 바로 여기에 있다.

부르디외는 현대사회에서 상류사회의 문화는 지배하는 이들의 권력을 단단하게 하는 수단이 된다고 말한다. 상류계층은 자식에게 교육과 문화적 체험을 통해 사회적 권위를 획득 가능토록 만드는데, 그 과정은 의식적으로 행해지는 것이 아니라 자식에 대한 사랑으로 포장되어 **무의식적이며 구조적**으로 행해지게 된다. 이를 통해 자식은 투자된 경제자본에 비례하여 문화자본을 획득하게 되고, 결국 이것이 그로 하여금 경제적인 우위를 유지할 수 있도록 만드는 가능성을 한층 높인다. 그 결과, 상류계층의 자녀들은 다시 상류계층으로, 하류계층의 자녀들은 다시 하류계층으로 잔존하면서, 각자는 그에 걸맞은 문화적 취향을 향유하며 살아가게 된다.

아비투스 따라 하기는 가능할까

취향은 하루아침에 길러지지 않는다. 높은 수준의 문화를 즐기는 역량은 오랜 훈련을 통해 길러진다. 고급 취향을 기르는 데는 돈도 많이 든다. 상류층에 걸맞은 문화적 취향을 갖추지 못한다면, 소중한 자녀의 앞날은 어찌 될 것인가? 허리띠를 졸라매며 아이들 교육에 매달리고는 있지만, 그럼에도 부모가 원하는 대로 자녀의 '신분상승'을 이룰 수 있을까?

안타깝게도 중산층의 상류층 따라 하기는 대부분 실패로 끝나고 만다. 사람들의 그런 노력을 부르디외는 '**티내기**' 또는 '**구별 짓기**'라고 말하는데, 이는 행위자들이 자신을 타인과 사회적으로 확실하게 구분 짓기 위한 제 인지 양식을 확보하기 위해 사용하는 전략적 선택을 가리킨다.

그렇기에 비록 중·하류층이 상류층의 고상한 문화를 배우고 익히기 위해 열심히 노력하더라도, 그럴수록 상류층 사람들은 자신을 중·하류층 사람들과 확실하게 구별 짓고 싶어 하고, 이는 보다 상향적인 의미를 담은 티내기로 나타난다. 그 결과, '우월한 문화'와 '열등한 문화'는 마치 단단한 구조처럼 확실하게 갈리고, 결국 이를 전복하기란 사실상 불가능해진다.

그렇기에 현대사회에서 상류사회의 문화는 지배계급의 권력을 더욱 단단하게 만드는 수단이 된다고 부르디외는 말한다. 즉 언어, 사회구조, 법, 제도, 사상처럼, 아비투스 역시 인간의 의식을 제한하고 지배하는 **구조적인 틀**을 형성함으로써, 그것이 계층을 구분하고 지배하는 **권력의 기제**로 작동한다는 것이다.

312 ●  과시소비와 모방소비, 문화 이해와 관련하여 출제되는 구조주의 철학의 핵심 개념어 중 하나다.

관련 개념어 과시소비와 모방소비, 구조주의, 계층, 계층 취향, 문화자본

075
프레임_ 합리성을 제한하는 인식의 틀

- **한국외대 2015 인문(3) 수시 [문제 3·4]**(인식의 프레임)
- **숭실대 2014 인문 모의 [문제 2]**(선원근법을 근거로 한 상징형식·제도 비판)
- **한양대 2012 인문 수시 2차**(인식의 프레임)

우리는 각자 생각하는 대로 세상을 본다

미국의 미디어 학자인 토드 기틀린에 따르면, '프레임은 상징 조작자가 의례적으로 언어적 또는 영상적인 담화(이야기 주제)를 조직하는 근거로 삼는 인식, 해석, 제시, 선별, 강조, 배제 등의 지속적인 유형'이라고 한다. 한편 미국의 언어학자 조지 레이코프는 '프레임이란 우리가 세상을 바라보는 방식을 형성하는 정신적 구조물로, 우리가 추구하는 목적, 우리가 짜는 계획, 그리고 우리 행동이 좋고 나쁨을 결정'한다고 말한다.

이처럼 프레임은 우리의 사고와 개념을 구조화하고 사유방식을 형성하며, 생각과 행동의 배경이 되는 일련의 **인식의 틀**을 의미한다. 예를 들어 똑같은 사람을 두고 각각 '사기꾼'과 '용의자'라고 말했을 때, 그 말에 담긴 의미와 가치가 다르듯이 우리의 인식 또한 달라진다.

그렇게 해서 인간의 마음속에 한번 자리 잡은 프레임은 웬만해서는 바뀌지 않는데, 그 이유가 뭘까? 그것은 인간이 그만큼 합리적인 존재가 아니기 때문이다. 사람들은 프레임에 따라 '논리의 영역'이 아닌 '**가치의 영역**'에서 사고의 틀을 형성하고 그에 맞춰 세상을 바라보려 한다.

인간이 생각을 펼칠 때 프레임을 사용하는 것은 사고의 효율을 높이기 위해서다. 어떤 대상 또는 개념을 처음 접했을 때, 우리는 이 대상 또는 개념을 인식하는 데 오랜 시간이 걸린다. 그러나 한 번 접했던 대상·개념을 다시 인식하는 데는 보다 짧은 시간을 요하며, 그 대상·개념에 익숙하거나 친숙한 경우에는 시간은 더욱더 짧아진다. 이는 인간이 대상·개념을 보다 간단한 방식으로 처리하여 받아들이려 들기 때문이다. 이렇듯 인간이 어떤 대상·개념·사물을 효율적으로 인식하려고 드는 것은 상당 부분 인간의 생존과 밀접하게 관련된다.

프레임은 일반적으로 좋고 나쁨이 없다. 각각이 처한 환경에서 보다 경쟁력 있는 형태로 나타날 뿐이다. 그러므로 남의 프레임에 대해서 좋고 나쁨, 옳고 그름을 이야기할 수는 없다. 환경이 변화하면 프레임도 같이 변해야 하며, 환경 변화에 맞게 변화하지 못한 프레임은 경쟁력을 잃게 된다. 그렇기에 그저 사실이나 진실을 나열하는 것은 프레임 형성에 별다른 영향을 주지 못하며, 상대방의 프레임을 무조건 부정하는 태도는 오히려 역효과를 낼 수 있다.

문제는 현대 대중사회에서 프레임이 특정 계층 및 이해 집단을 위한 **권력의 방편**으로 이용되면서 발생하게 되는 부작용이다. 어떤 부조리한 현상이 사회적으로 부각될 때, 도덕적 세계관을 가진 개인들은 세상을 바꾸기 위해 행동에 나서게 된다. 하지만 그와 동시에 기득권층의 반작용이 일어나게 되는데, 이때 대중매체를 선점한 기득권층은 자신들의 특정 프레임을 많은 사람들에게 일시에 그리고 한꺼번에 전달하려고 든다. 그렇게 해서 반복되는 프레임은 점차 우리 안에 굳게 자리 잡게 되고, 우리의 사고는 그것에 맞춰 획일화되며, 마침내는 그 틀에 갇혀버리고 만다.

결국 올바른 프레임을 형성하기 위해서는 우리의 가치와 정체성을 담은 적절한 프레임을 만들고, 그것을 지속적으로 발전시켜나가는 수밖에 없다. 이를 위해서는 올바른 가치 판단으로 다양한 사회 이슈와 관심 분야를 해석하고, 이를 도덕적 세계관 안에 녹여내야 한다. 그래야 만이 현대 대중매체가 생성하는 무서운 프레임 권력으로부터 자신을 지키고, 세상을 올바른 시각으로 바라볼 수 있다.

인식론, 제한된 합리성을 묻는 물음과 관련하여 출제되는 구조주의 언어학의 핵심 개념어 중 하나다.

관련 개념어 프레임, 언어와 사고, 지식과 권력, 언어철학

076

지식과 권력_은폐된 권력의 세련된 지배

- **단국대 2024 인문 모의 [문제 1]**(감시의 역할과 기능 서술)
- **광운대 2023 인문(1) 수시 [문제 1]**(전자 판옵티콘에서 발생하는 비대칭적 권력 통제의 문제점 및 해결방안 제시)
- **연세대 2016 사회 편입 [문제 1]**(판옵티콘과 빅데이터 적용 평가)
- **숭실대 2014 인문 모의 [문제 2]**(선원근법을 근거로 한 상징형식·제도 비판)
- **이화여대 2014 인문(2) 모의 [문제 1]**(통제 유형에 대한 관점 비교)
- **건국대 2014 인문(1) 수시 [문제 2]**(언어가 사고에 미치는 영향: 구조주의 관점)
- **한국외대 2011 인문(2) 수시 2차**(권력에 대한 다양한 관점 비교 분석)
- **중앙대 2011 인문(1) 수시 [문제 2]**(자유에 대한 다양한 입장 및 관점 차이)
- **한국외대 2011 인문(2) 수시**(지식과 권력)
- **한양대 2011 인문(1) 수시**(웃음과 관련하여 발생한 사건을 통한 지식과 권력의 상관성)
- **한국외대 2011 인문(4) 수시 2차**(억압에 대한 다양한 관점 비교 분석)
- **한양대 2010 인문 모의**(진화심리학적 관점에서의 실험 결과 해석 및 지구촌 시대에서의 오리엔탈리즘적인 사고 비판)

은폐된 권력의 세련된 지배

프랑스 출신의 대표적인 현대 사상가인 미셸 푸코는 지식과 권력의 연계성에 주목하여 서구의 근대성을 비판한다. 푸코에 따르면, 진리란 그 자체로 존재하는 것이 아니라 '**담론(discourse)**'에 의해 규정되는 하나의 지식일 뿐이다. 그렇기에 진리가 존재한다는 사실, 진리를 인간이 알 수 있고 또 알아야 한다는 사실, 그리고 거짓말을 하면 벌을 받는다는 사실 등 우리가 당연하게 여기는 사실은 전혀 근거 없는 이야기다. 즉 지식은 시대에 따라 변하는 것으로, 각각의 지식마다 나름대로 추구하는 진리가 다르다.

그렇기에 푸코의 관심은 지식의 내용에 있지 않고 지식을 둘러싼 **관계**들, 즉 지식이 어떻게 구성되어 있는가에 있다. 푸코는 '광기'를 예로 들어 설명한다. 중세에는 광기를 일종의 예술적 재능으로 여겼기에 광인은 사회에서 배제되지 않았다. 그러나 17세기에 들어서면서 광기를 윤리적으로 결함이 있는 병리로 취급하게 되었고, 그에 따라 광인은 사회에서 격리 수용되었다. 광기라는 개념에 담긴 지식 그 자체는 늘 그대로였는데, 그 지식을 규정하는 담론이 달라진 것이다.

푸코는 그것이 **권력**의 문제와 밀접하게 관련된다고 보았다. 푸코에 따르면, 광기는 17세기라는 특정한 역사적 시대에 역사 바깥으로 빠져나간다. 그 이유는 17세기에 바로 '정상'이라는 기준을 설정하는 담론이 형성되었기 때문으로, 이때부터 광기는 비정상으로 규정되면서 역사에서 배제되어 누락되고 만다. 그것에 필연적으로 개재하는 모종의 힘이 곧 '권력'이다.

근대에 들어 이성이 역사의 중심으로 떠오르면서 권력으로 등장했는데, 근대 부르주아 사회에서 이성은 '나'와 '타자'를 구분하고, 더 나아가 모든 사회적 질서에 의미를 부여하는 권력의 질서와 재생산에 기여하게 된다. 이성은 그 과정에서 사회의 보편적 사고방식으로 자리 잡기 위해 자신과는 다른 사고방식을 배척하였는데, 그 대표적인 것이 바로 광기다. 그렇게 해서 병리시설에 수용된 광인들은 사회가 정해놓은 표준에서 벗어났다는 죄의식과 열등감을 내면화하게 되는데, 이는 과거의 육체적 감금에서 한발 더 나아가 정신의 감금을 재생산하게 된다.

푸코는『감시와 처벌』에서 각 시대의 권력이 어떻게 개인을 통제하고 예속해 왔으며, 개인이 권력의 작용에 따라 어떻게 변화되어 왔는지를 형벌제도의 변화를 통해 추적한다. 푸코는, 감옥을 감시권력과 감시당하는 자가 명확히 대비되는, 즉 '**보이지 않는 규율 권력**'이 행사되는 전형적인 사례로 보고, 그 생생한 증거를 감옥과 정신병원에서 찾았다.

감시의 내재화

원형감옥 권력을 쥔 간수는 모든 것을 볼 수 있지만, 감시당하는 죄수는 간수를 볼 수 없다. 때문에 죄수는 간수가 자신을 보든 안 보든 매순간 감시당하고 있다는 불안과 공포를 느끼게 되고, 결국에는 감시의 시선을 계속 의식하면서 스스로 자기검열을 해가며 점차 권력에 순응하고, 마침내 규율에 순순히 복종하게 된다. 이처럼 죄수들 각자가 권력의 시선을 내면화하여 스스로를 통제하도록 만드는 것이 바로 원형감옥 파놉티콘의 무서운 위력이다.

근대 이후 형벌제도가 잔혹한 공개처형에서 감금형으로 변모됨에 따라 이것이 표면상으로는 보다 인간적인 모습으로 개선된 것처럼 보이지만, 이러한 개선은 어디까지나 한계에 부딪힌 권력이 통제와 감시를 좀 더 효율적으로 행사하기 위해 전략과 전술을 교묘하게 바꾼 것일 뿐이라고 푸코는 말한다. 즉 현대사회에 들어오면서 권력은 차츰 눈에 보이지 않게 몸을 숨기되, 보이지 않는 생활영역에서 그리고 일상의 세세한 부분까지 우리의 신체를 감시·통제하고 있는데, 그에 따라 개인은 모두 그리고 언제나 감시 가능한 공간 안에 묶이게 된다. 감옥에서건, 군대에서건, 학교에서건, 공장에서건, 권력의 눈은 아무 것도 놓치지 않는다. 그리하여 권력은 개인을 철저히, 은밀하게 통제하고 규율을 내면화함으로써 사회적 효율성을 높이고, 그러한 구조를 통해 권력이 원하는 질서를 만들어내게 된다.

권력이 통제와 감시를 원활하게 하려면 일정한 기준이 필요한데, 이때 지식의 도움을 받아 '정상'과 '일탈'을 구분하는 것처럼 효율적이고 효과적인 방법은 없다. 그에 맞춰 우리는 가정, 학교, 회사 등 다양한 생활공간에서 다양한 규범적 판단에 의해 다양한 방법으로 규제된다. 그리고 그 지식이 정한 범주를 벗어나는 일체의 행동은 모두 부적절하고 일탈적인 행위로 간주되어 감시, 처벌, 교정의 대상이 된다. 권력이 일상행위의 가장 미세한 부분까지 침투하고 있는 현실세계를 우리는 살고 있는 것이다.

사회구조가 우리의 일상을 지배하며, 권력이 그 구조 속에서 장치를 통해 은밀하고 세련되게 행사해오고 있음을 설명하는 현대 구조주의 철학의 핵심 사상으로, 단독 주제 또는 하위의 개념어로 자주 출제되고 있는 개념어다.

관련 개념어 지식과 권력, 파놉티콘, 일탈

077
행복_니코마코스 윤리학

- **서울여대 2025 인문 모의 [문제 2-1]**(행복한 삶을 실현하기 위한 조건 설명)
- **경희대 2024 사회 모의**(행복과 물질〈경제〉의 관계 비교 및 적용 평가)
- **고려대 2019 인문 편입**('행복'에 대한 다양한 관점 평가)
- **경희대 2019 인문 편입 [문제 2]**('자족'하는 삶과 '행복'의 관계 평가)
- **고려대 2019 인문 편입**('행복'에 대한 다양한 관점 평가)
- **한국외대 2017 인문(2) 수시**('행복'을 결정하는 두 요인〈객관적·외적 요인과 주관적·내적 요인〉 설명 평가)
- **숙명여대 2017 인문 모의 [문제 2]**(행복을 바라보는 관점에서 특정 삶의 태도 옹호 및 비판)
- **숙명여대 2017 인문(2) 수시 [문제 1]**(행복과 삶의 질의 관계 고찰)
- **연세대 2015 인문 모의**(개인의 행복과 타인의 행복 간의 관계'의 관점에서 제시지문 비교 분석)
- **한양대 2015 인문(2) 수시**(행복한 삶을 위한 바람직한 태도 고찰)
- **성균관대 2015 인문(1) 수시**('행복'을 결정하는 다양한 조건 비교분석 및 적용 해석)
- **고려대 2015 인문(2) 수시**('좋은 삶을 어떻게 만들어나갈 것인가'에 대해 논술)
- **경희대 2015 인문 수시**(행복을 지향하는 바람직한 삶의 태도 고찰)
- **성신여대 2013 인문(2) 수시**('행복'을 바라보는 두 관점 비교분석)
- **서울여대 2013 인문(2) 수시 [문제 1]**(행복에 대한 차이 비교)
- **숙명여대 2012 인문 수시 [문제 2]**(욕망과 행복에 대한 관점 비교)
- **고려대 2010 인문 수시**(운運의 사회적 의미)
- **성균관대 2010 인문 모의**(행복의 조건: 행복과 소득, 자유의 관계)

아들에게 들려주는 행복의 길

'무엇이 선인가'라는 물음에 현실주의자인 아리스토텔레스는 실현 불가능한 '선(善)'을 참된 선으로 인정하지 않는다. 인간에게 도움이 되지 않는 것 역시 선이라고 인정하지 않는다. 선은 이 세상의 일이며, 따라서 그것은 삶의 완성이나 온전함과 관련되어야 한다고 본다. 이처럼 아리스토텔레스는 현실적인 의미의 선, 즉 전체적으로 **좋은 삶**을 윤리학의 기준으로 삼는다.

아리스토텔레스는 『니코마코스 윤리학』에서 "우리가 추구하는 것의 궁극으로서의 목적은 과연 존재하는가? 그리고 존재한다면 그것은 무엇인가?"라는 흥미로운 질문을 던진다. 그리고 이 물음에 대해 아리스토텔레스는 일단 최고의 목적을 '**최고선(最高善)**'이라는 단어로 바꾼다. 그리고 나아가 대부분의 사람들이 최고선은 바로 **행복**이라는 것에 일치된 의견을 보인다고 생각한다.

그렇다면 과연 행복이 최고의 선인가? 이를 밝히기 위해 그는 행복이 최고선의 기준에 맞는지를 검토한다. 첫째, 최고선은 우리 인간이 오직 그것을 위하여 추구하는 목적이어야 한다. 둘째, 최고선은 무조건적으로 완전해야 한다. 즉 최고선은 오직 그 자체로서만 가치를 지니며 다른 어떤 것에 대한 수단이어서는 안 된다. 셋째, 최고선은 만족할 수 있는 것이어야 한다. 그 결과 아리스토텔레스는 행복이 이러한 최고선의 세 가지 조건에 모두 부합된다고 주장한다.

그런데 만일 행복이 최고선이라면, 이 행복이란 정확하게 무엇을 뜻하는가? 이 물음에 대해 아리스토텔레스는 '인간만의 고유한 일과 기능'을 탐구하면 그 답을 찾을 수 있다고 말한다. 즉 인간의 참된 행복은 오직 인간에게만 있는 고유한 일이나 기능과 관련된 것이기 때문에, 이제 인간의 고유한 기능이 무엇인지 물어보아야 한다는 것이다.

아리스토텔레스에 따르면, 인간만의 고유한 기능은 **이성 활동**이다. 오직 이성 활동만이 인간이 행하는 고유한 기능이다. 그러므로 인간의 행복은 바로 이러한 인간의 고유한 일과 기능인 이성 활동 및 그것을 행하는 능력을 완전하게 발휘하고 실현하는 것이다. 이렇게 볼 때 인간의 행복은 이성 활동을 기반으로 하는 생활, 즉 정신활동에서 얻어진다. 그리고 인간의 정신활동을 담당하는 이성은 '도덕적인 덕'을 실현하기 위해 욕망을 통제한다. 욕망을 규칙적으로, 반복해서 통제하다 보면 덕에 습관이 붙게 되는데,

아리스토텔레스는 그 덕을 '습관화된 중용'이라고 규정한다.

한편 덕은 도덕적인 덕과 지적인 덕으로 구분된다. 아리스토텔레스는 지적인 덕의 예로 지혜·이해력·지성을, 도덕적인 덕의 예로 절제·관용·인내·용기·정의 등을 든다. 그런데 지적인 덕은 도덕적인 덕보다 우월하다. 왜냐하면 도덕적인 덕은 동물적인 수준이라 할 수 있는 감각적인 즐거움이나 인간의 수준인 사회적인 즐거움과 관련이 있지만, 지적인 덕은 과학적이며 철학적인 영역과 관련이 있기 때문이다.

중용의 길

그럼에도 아리스토텔레스는 도덕적인 덕과 관련하여 매우 자세하게 논의한다. 우리는 도덕적 본성과 성향을 완벽하게 갖추고 이 세상에 태어나지 않는다. 따라서 덕은 교육을 통해 길러져야 하며, 그것도 꾸준히 훈련하고 실천해야만 도달할 수 있다. 우리는 "정의로운 행위를 함으로써 정의로워지며, 절제 있는 행위를 함으로써 절제 있게 되며, 용감한 행위를 함으로써 용감해진다"는 것이다.

그렇기 때문에 아리스토텔레스는 우리에게 선한 사람, 이미 '도덕적인 덕'을 충분히 익히고 그것에 따라 살아가는 사람을 본받으라고 권한다. 그는 '아주 젊은 시절부터 계속해서' 올바른 습관들을 익히고 발전시켜 나가는 것이 중요하다는 점을 지적한다. 덕에 관한 교육은 어려서부터 꾸준하게 이루어져야 한다는 것이다.

그렇다면 덕을 갖추기 위해 우리는 어떤 행위를 해야 하며 또 어떤 감정들을 가져야만 하는가? 이 물음에 답하기 위해 아리스토텔레스는 그 유명한 '**중용(中庸)**'의 이론을 내놓는다. 그는 우리 육체의 상태는 "지나침과 모자람에 의해서 파괴되는 본성을 지니고 있다"는 점을 지적하면서 중용의 이론을 전개한다. 양 극단에 악덕이 있다면, '도덕적인 덕'이란 악덕인 두 극단 사이의 중간의 것, 즉 중용을 의미한다. 다시 말해서 양 극단의 한쪽에는 너무 '모자란' 악덕이 있고, 다른 한쪽에는 너무 '지나친' 악덕이 있는데, 그 사이에 '도덕적인 덕'이 있다는 것이다.

그런데 중용은 절대적인, 그리고 산술에 따른 중간점이 결코 아니다. 모든 사람에게 동일한 어떤 것이 아니라, 개인에 따라서 다양한 기준으로 나타나는 그 무엇이다. 예를 들면 유치원 아이에게 적절한 음식량이 운동선수에게 적절한 음식량과 같을 수는 없다.

중용을 발견하는 것은 원의 중심을 찾는 것처럼 어려운 일이다. 왜냐하면 중용은 '마땅한 때에, 마땅한 것에 대하여, 마땅한 사람들에게, 마땅한 목적을 위하여, 마땅한 방식으로' 행동하는 것이기 때문이다. 예를 들면 용기라는 덕의 양 극단에는 그것의 모자람에서 오는 비겁과 지나침에서 오는 무모함이라는 악덕이 있다. 만약 어떤 사람이 용기가 없다면 비겁한 행동을 할 것이요, 용기가 지나치면 무모한 행동을 할 것이다. 그러나 "싸우고 도망가는 사람은 다음 날 하루 더 싸울 수 있다"는 말처럼, 무모하게 끝도 없이 싸우거나 또는 비겁하게 도망치지 않고, 적절한 방법으로 용기 있게 싸울 때 중용의 덕이 실현될 수 있는 것이다.

중용은 각 개인에 따라 서로 다른 **상대적**인 그 무엇으로 이해해야 하며, 모든 사람에게 똑같이 절대적인 것으로 여겨져서는 안 된다. 자신의 본성에 따라 중용을 실천하는 개인은 각자에게 주어진 상황에 맞게 무엇이 중용인지를 판단해야 한다. 항상 이성의 판단에 따라 무엇을 행하고 또 어떻게 느낄 것인지를 결정해야 한다. 따라서 아리스토텔레스는 다음과 같이 결론짓는다.

"덕은 행위를 결정하는 본성의 상태며, 중용을 통해 구성되고 우리 각자의 상황에 따라 상대적으로 결정된다. 그리고 이성의 명령을 통해서 정의된다. 즉 지적인 사람들이 그것을 정의할 때와 같이 이성과 관련해서 정의되는 것이다."

이렇게 덕을 지닌 사람은 이성을 통해 자신의 감정과 행위를 이끌어 나가는 사람이며, 그렇게 함으로써 인간의 이성적 기능을 가장 잘 발휘하는 사람이다. 그렇기에 덕은 옳은 행동이 습관이 될 때까지 규칙적으로 반복함으로써 얻게 되는 인격적인 특성이라고 그는 말한다.

(홍석영 역, 『니코마코스 윤리학』에서 발췌·요약)

『니코마코스의 윤리학』은 논술 제시지문으로 아주 빈번하게 출제되고 있는데, 특히 '중용의 덕'에 대한 의미를 정확하게 이해할 필요가 있다.

관련 개념어 중용, 덕, 최고선

078
사회적 약자_소수자 의견이 존중되어야 하는 이유

- **성균관대 2020 인문 모의**('소수자 우대 정책'에 대한 상반된 견해〈찬성vs반대〉 적용 논술)
- **숙명여대 2018 인문(1) 수시 [문제2]**(소수자 문제 고찰)
- **동국대 2017 인문(1) 수시 [문제 3]**(사회적 약자 보호를 위한 세 관점 적용 서술 및 비판적 고찰)
- **고려대 2015 인문(1) 수시**('더불어 사는 삶을 어떻게 살 것인가'에 대해 논술)
- **경희대 2015 사회(2) 수시**(존엄성의 관점에서 본 차별과 불평등의 문제 고찰_ 타자의 윤리)
- **가톨릭대 2015 인문 수시**(국가권력이 가하는 부조리한 폭력의 문제점과 해결방안 기술)
- **동국대 2014 인문(1) 모의 [문제 3]**(미국사회의 공동체 변화 양상 분석)
- **동국대 2013 인문(1) 수시**(불평등과 다양성 차원에서의 사회통합에 대한 다양한 관점 비교분석)
- **서강대 2011 인문 수시 [문제 2·3]**(민주주의의 문제점 고찰과 공동선 추구)

소외계층을 위한 권익 보호의 필요성

우리 사회에는 신체적·사회적·문화적·경제적 특성 및 취약점으로 인해 다른 사람들과 구별되고, 그로 인해 타자로부터 불평등한 대우를 받고 집단적 차별의 대상이 되는 **사회적 약자**가 있다. 이들은 장애인, 노년층, 저학력자, 빈곤계층, 이주 노동자 등을 일컬으며, **소수자 집단**이라고도 한다.

우리 사회에서 사회적 약자에 대한 차별은 이들에게 사회가 보장하는 각종 사회적 권리를 부여하지 않거나, 사회보장의 영역에서 제외시키는 등의 형태로 나타난다. 즉 민주주의의 기본 이념인 평등의 가치에 위배되는 불평등 현상이 일어나고 있다. **사회적 불평등**은 개인의 삶의 질을 저하시킬 뿐 아니라, 사회구성원 간의 갈등을 초래할 수도 있다. 사회 안정을 위해 구성원 간의 갈등 해소와 화합은 필수적이기에, 사회적 약자에 대한 차별 문제는 국가가 나서 해결해야 할 중요한 과제이다.

이를 해결하기 위해 국가는 사회적 약자를 위한 다양한 사회복지제도부터 마련, 시행해야 한다. 예를 들어 국가가 나서 장애인의무고용제도나

 최저임금제도, 의료보험 등과 같은 **사회안전망**을 구축해나가야 한다. 또한 국민의 의식을 개선하는 노력이 따라야 하는데, 이를 위해서는 국민들이 사회적 약자를 공동체의 일원으로 생각하도록 교육에 힘을 기울일 필요가 있다. 국가가 나서 사회적 약자와 관련한 문제들을 해결해나갈 때, 국가의 정당성은 확보되고 공동선은 달성 가능해진다.

소수자 의견이 존중되어야 하는 이유

다수결의 원칙 앞에서 소외되거나 늘 패배할 수밖에 없는 처지에 놓인 사람들을 어떻게 대우할 것인가 하는 문제는, 지금 민주주의 사회를 살아가는 우리 앞에 놓인 중요한 과제다. 여성, 외국인 이주노동자, 성적 소수자, 탈북자, 특수 종교 신도 등 소수자의 처우가 어느새 우리에게 절박하고 중요한 과제로 다가왔다. 사실 이런 문제들이 갑자기 생겨난 것은 아니다. 시대 상황 때문에 뒷전으로 밀린 채 유보되거나 외면되어 왔을 뿐이다.

그러나 이들 소수자에 대한 차별과 권리 박탈이 민주적 다수결 원칙의 이름으로 정당화된다면, 그리고 '더 중요한' 어떤 과제를 이유로 들어 이에 대한 해결을 유보하거나 회피하려 든다면, 우리는 "민주주의가 도대체 왜 존재해야 하는가?"라는 본질적인 질문을 던질 수밖에 없다.

"다수는 언제나 소수에 우선하는가?"라는 질문의 바닥에는 민주주의 사상을 '다수결 원칙'이 작동하는 제도로 보느냐, 아니면 '한 사람 한 사람을 보호하는 원칙'으로 보느냐에 대한 문제, 그리고 직접민주주의가 좋은가, 대의민주주의가 좋은가 하는 민주주의 모델과 관련한 문제가 핵심 사안이 된다.

한편으로, 투표를 통해 한 표라도 더 지지한 사람들을 위한 정책을 채택하는 것이 민주적일 것 같지만, 그랬을 때 부당하게 피해를 입는 소수는 필연적으로 발생하기 마련이다. 또 다른 한편으로, 민주주의를 실천하는 모델로서 대의민주주의를 선택한 현실에서, 소수 집단은 자신들의 이익을 대변해주는 대표자를 좀처럼 내세우기 어렵다. 어쩌다 대표자를 뽑아서 국회로 보냈다 하더라도, 그 대표자 역시 소수여서 그가 낸 의견이 국회 내의 다수에 의해 무시될 수도 있다. 민주주의가 원래 평등의 정신 아래 인간이 다른 인간을 차별하지 않고 모든 인간에게 의사결정의 문호를 개방한다는 취지로 생겨났지만, 그것이 현실에서는 또 다른 차별의 양태로 나타난다는 사실은 가히 민주주의의 역설이라 하지 않을 수 없다.

따라서 이 같은 다수결 원칙에 따른 '다수의 전횡'과 그에 따른 폐해가 문제 된다. 사회 불안, 국론 분열, 국민 반감 증대, 정치 불안 등 다수결 원칙에 따른 위험과 한계가 민주주의를 제대로 작동하지 못하도록 방해한다.

이런 이유로, 전체 공동체를 위한 정치체제로서의 민주주의를 올바로 실현하려면, 다수의 힘으로 간섭할 수 없는 삶의 영역, 더 나아가 다수가 존중할 의무가 있는 삶의 영역이 존재할 수밖에 없다는 성숙한 태도가 국민들에게 요구된다. 정치의 목적은 공동체적 삶을 여하히 잘 운영하는 데 있는 바, 이를 위해서는 공동체적 수준에서 의사결정을 논할 대상이 못 되는 특수 사안이 존재함을 인정하고 받아들여야 한다. 소수의 의견이 존중되어야 하는 이유가 그중 하나로, 이는 특히 다음 이유 때문이다.

첫째, 다수의 전횡을 막고 소수를 보호하는 것이 바로 자유민주주의의 본질이기 때문이다. 극단적 자유주의자인 존 스튜어트 밀에 따르면, 권력이 개인의 자유를 구속할 수 있는 유일한 근거는 타인에게 해를 끼치지 못하도록 하는데 있다. 다시 말해, 타인에게 해가 되지 않는 한 개인의 자유는 절대적으로 보장되어야 하며, 이는 다수결의 원칙으로도 어길 수 없는 신성한 원칙이기에 더 그렇다.

둘째, 소수의 견해를 존중해주는 것이 다수의 생존과 안녕을 위해서도 긴요하기 때문이다. 소수자가 불복종의 한계를 넘어 저항의 단계에까지 도달하면 공동체 자체를 파괴할 위험을 초래할 수 있고, 그렇게 되면 이는 결국 다수의 피해는 물론 사회 전체의 손해로 귀결될 것이기 때문이다.

셋째, 다수의 동의에 입각한 결정이 반드시 올바른 것은 아니기 때문이다. 이른바 등가성의 원칙에 의한 민주주의가 원래 의도와는 달리 엉뚱한 결과를 낳을 수 있음은 물론이다. 배운 것도 없고 분별력도 없는 다수의 '어중이떠중이'들이 많이 배우고 공익에 대한 분별력을 갖춘 소수의 지혜를 수적 우세를 이용하여 누르고자 할 경우에, 이는 자칫 사회발전을 역행하는 의도치 않은 결과를 불러올 수 있다. 때론 소수의 창조적 견해가 사회발전을 위한 방향성을 제시하는 동력으로 작용할 수 있음을 간과해서는 안 된다.

넷째, 다양한 견해의 수용은 사회의 건전성을 높이며, 공동선을 창출하는 대안적 기제로 작용하기 때문이다. 새로운 대안은 **타자성**, 특히 소수의 의견을 적극 수용할 때 가능하다. 즉 소수자가 각자의 고유 가치를 세상에 마음껏 펼칠 수 있도록 하는 한편, 공동체적 사회 발전에 필요한 **공동선**을 함께 구축할 수 있는 여건과 분위기가 조성될 때, 사회는 유지되고 발전한다.

결국 다수가 간섭할 수 없는 삶의 영역, 더 나아가 다수가 존중할 의무가 있는 개별 삶의 영역이 있을 수밖에 없다는 생각으로서의 성숙한 시민의식은, 공동체 전체를 위한 민주주의 발전의 선결 조건이자 사회 발전을 위한 필수 요건임을 알 수 있다.

다문화사회, 문화 다양성, 인권 및 복지와 관련한 쟁점 등 많은 논술 주제에서 자주 등장하는 용어다.

관련 개념어 사회적 약자, 사회안전망, 소수자집단, 다수결의 원칙, 다문화사회

079
공유의 비극_사적 효율성과 공적 형평성 간의 괴리

- **가톨릭대 2024 인문 수시 [문제 3]**(공유지의 비극을 바라보는 다양한 관점 비교·분석)
- **한양대 2020 상경 모의 1차 [문제 1]**('공유지의 비극' 개념을 활용하여 '젠트리피케이션' 현상의 원인 설명 및 해결 장안 제시)
- **서강대 2017 인문(2) 수시 [문제 1]**(공유지의 비극과 공공재의 공급 부족의 제문제 현상 비교분석)
- **광운대 2016 인문 모의 [문제 2]**(현대사회의 바람직한 삶에 대한 견해 제시: 공유의 비극 사례)
- **광운대 2016 인문 모의**(공유의 비극과 공정무역의 개념을 적용하여 책임윤리의 필요성 기술)
- **한양대 2014 상경 모의**('공유지의 비극' 상황에 대한 해법 설명 및 사례 평가)
- **경희대 2011 인문 수시**(공익과 사익 추구 사이의 긴장과 대립관계: 공유지의 비극의 사례)
- **성균관대 2011 인문 모의**(경쟁과 협력의 관점에서의 공동자원 딜레마 현상의 해결: 공유의 비극의 사례)
- **연세대 2010 인문 수시**(공공성을 실현하는 주체와 실현 가능성 및 응용문제: 공유지의 비극의 사례 적용)
- **이화여대 2009 인문 모의**(인간의 본성과 개인의 가치를 바라보는 시각: 공유의 비극 사례)

공멸할 것인가, 협력할 것인가

한 마을에 가축을 자유롭게 키울 수 있는 제한된 넓이의 목초 공유지가 있다고 가정하자. 마을 주민들은 각자 땅을 갖고 있지만, 공유지에 자신의 가축을 가능한 한 많이 풀어놓으려 한다. 개인 부담 없이 넓은 목초지에서 자신들의 가축에게 신선한 풀을 마음껏 먹일 수 있기 때문이다. 이런 이유로 각 농가에서는 공유지의 신선한 풀이 마을 농가의 모든 가축을 기르기에 충분한지를 걱정하기보다는, 공유지에 방목하는 자신의 가축 수를 늘리는 일에만 몰두하게 된다. 주민들의 이런 이기적인 행동으로 공유지는 가축들로 붐비게 되고, 결국 문제가 발생하게 된다. 이는 방목하는 가축들이 많아질수록 풀이 다시 자라나는 데 걸리는 시간이 가축들이 먹어 없애는 양을 따라잡지 못해 일어난다. 그 결과 마을의 공유지는 가축들이 먹을 풀이 하

 나도 없는 황량한 땅으로 변하고 만다.

'공유의 비극(Tragedy of the Commons)'은 생물학자인 게릿 하딘이 1968년 과학잡지인 『사이언스』에 실은 논문 제목에서 유래한 용어다. 그는 논문에서 지하자원, 초원, 공기, 호수에 있는 물고기와 같이 주인이 없는 모두의 공동 소유인 공유자원을 사적 이익을 추구하는 시장이나 개인의 자율에 맡겨두면 결국 자원이 고갈될 위험이 있다고 주장한다. 왜냐하면 공유자원은 공공재처럼 소비에서의 '배제성'은 없지만 **'경합성'**은 갖고 있기 때문이다. 즉 원하는 사람은 모두 이를 공짜로 사용할 수 있지만, 한 사람이 공유자원을 사용하면 다른 한 사람은 사용을 제한받게 된다.

하딘은 개인이 **이기심**을 추구하는 과정에서 공유자원을 남획할 경우에 그것이 궁극적으로 사회적 자산인 공유재를 고갈시키는 문제점을 명확히 보여주었는데, 이는 애덤 스미스가 말한 개인의 '건강한 이기심'과 정면으로 부딪힌다. 스미스는 개인의 이기심이 공동체 전체의 발전을 견인하는 동인으로 작동한다는 요지의 '국부론'을 통해 개인의 이기심을 긍정적으로 보았다. 스미스의 이 같은 논지는 사람들이 부를 축적하는 행위로서의 일련의 경제적 활동이 탐욕에서 비롯된 것이 아니며, 어디까지나 개인의 합리적 행위에 따른 것이라고 하여 이를 긍정하는 인식의 토대를 제공했는데, 이는 이후 자본주의의 경제적 근간이 되었다.

그러나 하딘에 따르면, 개인의 합리적 행위의 총합이 사회 전체적인 차원에서도 항상 합리적인 것은 아니다. 개인의 건강한 이기심이 발현되어 사회가 발전하려면 개인적 차원의 합리성이 사회적 차원의 합리성으로 이어져야 하는데, 하딘은 이것이 반드시 그렇지만은 않음을 공유의 비극을 통해 설명했다. 이런 이유로 사회공동체를 위해서는 **사적 합리성(즉 경제적 효율성)과 공적 합리성(즉 사회적 형평성) 간의 불일치**를 어떠한 방식으로든 해결해야 하는데, 이를 위해서는 개인에게 허용된 자유의 제한이 불가피하다는 결론으로 이어진다. 이런 점에서 그의 주장은 〈036. '**자유의 역설**'〉과도 일맥상통한다.

그렇더라도 이 경우 개인의 자유를 어느 정도로 제한해야 할 것인가가 문제된다. 로크의 주장처럼 사적 소유권을 강화함으로써 자원 낭비를 막고 경제활동의 비효율성을 없애는 것이 옳은지, 아니면 마르크스의 주장처럼 국가가 나서서 이를 통제함으로써 공공성을 높이는 것이 옳은지에 대해서는 여전히 논란의 여지가 남는다. 또한 만약 불가피하게 공유자원을 사유자원으로 전환해야 한다면, 이를 결정하기에 앞서 먼저 시민의식부터 개선할 것인지, 아니면 개인의 활동을 적정한 수준으로 조절할 수 있도록 제도부터 마련할 것인지에 대해 다각적으로 모색할 필요가 있다.

특히 **환경문제**는 공유의 비극과 가장 밀접하게 관련된다. 환경은 공동의 소유다보니 다른 어떤 재화보다 사람들로 하여금 헤프게 그리고 마구잡이로 다뤄질 가능성이 높다. 환경보호론자였던 개릿 하딘이 공유의 비극이라는 개념을 제시한 것도 과학의 발달로 인해 필연적으로 황폐해지게 될 공유지를 보호하기 위해 일부 자원의 사용을 제한하기 위함이었다.

문제는 사적 자원 또는 집단적 자원을 공유자원화할 때의 개인의 소유권적 자유를 제한하는 부분이다. 경제학자들은 그 해결책으로 두 가지 원칙을 제시한다. 즉 사람은 '내 것이면 아낀다'는 점과 '인센티브에 반응'한다는 점이 그것이다. 따라서 공유지에 명확한 소유권을 부여하고, 그 소유권이 돈이 되게끔 보상해주는 것도 효과적인 해결 방법이 된다. 예를 들어 지역 내 혐오시설의 하나인 화장장을 유치할 때, 지자체에서 해당 지역 주민들에게 화장장 내의 판매시설 영업권과 직장을 보장해주는 정책을 펼치는 한편, 화장장 시설 운영에 주민이 적극 참여토록 유도함으로써 공공성과 공동선을 강조하는 방안이 그것이다.

특히 공공성, 사회갈등과 관련한 논제에서 가장 빈번하게 출제되는 핵심 이론이자 사례로, 통합교과 논제로 가장 안성맞춤인 개념이며, 또한 수능 국어와 영어 지문으로도 자주 출제되기에 반드시 숙지하고 있어야 한다.

관련 개념어 전망 이론, 공유의 비극, 죄수의 딜레마, 공공성, 자유의 역설

080
구조적 폭력_폭력은 정당화될 수 있는가

- **동국대 2024 인문(1) [문제 3]**(갈등 발생 원인인 폭력의 양상 및 윤리적 책임 고찰)
- **연세대 2022 사회 편입**(폭력에 대한 대중매체의 영향력 및 폭력과 범죄율 · 정신건강과의 관계 분석)
- **한양대 2021 인문(2) 수시**(구조적 폭력의 작동 원리 고찰)
- **건국대 2019 인문 수시**(편견과 고정관념, 차별에 대한 인식 변화의 관점에서 자료 분석)
- **세종대 2016 인문 모의 [문제 2]**('최소 폭력의 길'에 대한 설명 및 관련한 비판적 견해 제시)
- **경희대 2015 인문 편입 [문제 1]**('폭력'에 대한 관점 차이 비교)
- **가톨릭대 2015 인문 수시 [문제 2]**(국가권력이 가하는 부조리한 폭력의 문제점과 해결방안 기술)
- **아주대 2014 인문 모의 [문제 2]**(미디어 폭력물이 공격성에 미치는 영향 비교분석과 실험결과 추론)
- **숭실대 2014 인문 수시 [문제 2]**(강압의 다양한 양상을 사례를 적용하여 논술)
- **한양대 2014 인문 모의 2차**(성공이라는 결과의 이면에 담긴 인식론적 오류 가능성)
- **성균관대 2012 인문 모의**(폭력의 상반된 두 입장과 정의실현을 위한 폭력 사용의 정당성)
- **이화여대 2012 인문(1) 모의**(폭력을 바라보는 다양한 시각과 대처 자세)
- **한양대 2012 인문 수시 모의 2회**(우리 사회가 바라는 바람직한 지도자상: 규범형vs강압형)
- **숭실대 2011 인문 모의 [문제 2]**(폭력에 대한 다양한 관점 비교)

법의 힘을 빌린 폭력성

폭력은 개인에 대한 힘의 행사로, 개인이 자기의 뜻대로 할 수 없게 하는 물리적인 강제력을 말한다. 개인의 평안과 공공의 안전, 도덕, 정신 건강을 지키는 데 폭력이 유용한 경우가 있다. 그런 점에서 볼 때, 폭력은 일종의 '**필요악**'과도 같다. 폭력을 방어 차원에서 부득이하게 사용할 때 폭력은 도덕적으로 옹호될 수 있지만, 그렇더라도 폭력을 동원한 타자에 대한 맹목적인 공격은 결코 용인될 수 없다.

법은 모든 형태의 폭력을 금하지만, 때로는 시민으로 하여금 복종할 것을 요구하기 위해 스스로 폭력에 의지한다. 그렇지만 오직 국가만이 그처럼 폭력에 의지할 권리를 갖는다. 즉 베버의 말처럼, 국가는 적법한 폭력을 독점한다. 하지만 국가는 무슨 권리로 그렇게 할 수 있단 말인가?

법 그 자체는 힘의 표현이다. 법은 사회에 도입되어 사람들이 스스로 교정되도록 제약을 가한다. 사람들은 힘을 수반하지 않는 법을 따르려 들지 않기 때문에, 우리는 사회 유지를 위해 법에 힘을 실어줌으로써 스스로 법에 복종하게 만든다.

힘이 없는 법은 아무것도 아니다. 사람들이 법을 위반해도 벌을 면할 수 있게 된다면, 아무도 법에 복종하려 들지 않을 것이다. 법을 위반하는 자에게 가해지는 폭력은 법에 대한 복종의 진정한 이유이며, 그렇기에 법을 따르지 않는 사람들은 반드시 처벌받아야 한다. 이러한 조건에서 개인은 복종의 필요성을 인정할 뿐 아니라 악한 의지에 대항하기 위해서 폭력에 호소하는 것이 적법하다고 인정한다.

힘은 법의 조건이다. 오직 강성한 힘만이 법을 법답게 만들 수 있다. 그러므로 법이 지배하는 사회는 힘이 지배하는 사회며, 권력의 정체성을 드러내는 것이 법의 본성이다. 그렇기에 폭력은 모든 적법성의 근원처럼 나타난다. 법을 존중하게 하는 것, 그것은 우리가 법에 복종하지 않을 수 없도록 힘으로 제약하는 것이다.

법이 지배하지 않는 사회에서는 오히려 폭력이 난무한다. 각 개인은 이웃을 생각하지 않고 제멋대로 행동할 것이고, 오늘 내가 저지른 소행에 대해서는 내일 그 대가가 돌아올 것이다. 그러므로 평화와 질서가 수립되려면 하나의 폭력이 기선을 잡아야 한다. 최고의 폭력이야말로 다른 모든 폭력을 그치게 할 수 있으며, 그렇기 때문에 법이 탄생한 것이다.

국가 이성의 애매성으로서의 구조적 폭력

어떤 법도 사회에서 폭력을 완전히 제거할 수는 없다. 법은 사람들로부터의 복종을 얻어내기 위한 방편으로 폭력을 도입하기 때문이다. 그렇다고 해서 폭력이 법의 권위를 만든다는 뜻은 아니다. 오히려 법의 권위가 폭력을 적법화한다고 보아야 할 것이다.

나에게 폭력이 가해질 때 내가 그 폭력의 권리를 인정하지 못한다면 설령 그 폭력이 합법적일지라도 나에게는 적법하지 않은 것으로 여겨진다. 물론 나는 어쩔 수 없이 힘에 굴복하겠지만, 법에 대한 나의 존중은 우러나지 않을 것이나. 내가 법을 전복시키고자 하는 일이 없기 위해 힘이 필요하지만, 내가 힘을 전복시키고자 하는 일이 없기 위해서도 법은 필요하다.

따라서 적법성은 힘에 대해 독립적이다. 모든 폭력이 적법하지는 않다. 힘이 모두에게 인정받기 위해서는, 그리고 힘의 전복을 꾀하는 사태를 방지하기 위해서는, 힘은 법의 질서에 입각하여 사용되어야만 한다. 유일하게 적법한 폭력은 법이 부과하는 폭력뿐이다.

국가는 일반이익이라는 명목으로 개별이익에 대해 폭력을 행사할 수 있다. 이것이 힘에 대한 호소를 적법하게 만드는 법의 일반 공식이다. 그러나 역으로 국가가 개별적인 이익을 위해 일반이익, 즉 다수의 이익에 폭력을 가한다면, 그러한 개별이익에 대항하여 폭력을 행사할 권리 또한 일반이익을 위해 존재해야 하지 않겠는가?

실제로 특정 개별이익을 도모하기 위해 국가가 이성의 이름으로 폭력을 내세우는 행위는 전제적 폭정에서 전형적으로 나타나는 모습이다. 그러한 체제는 그 본성상 폭력적이며, 적법성 따위는 고려하지 않는 **권력의 임의성** 앞에 모든 사람들은 굴복하고 만다. 이는 일반이익을 가장한 개별이익을 위하여 국가가 다른 개별이익에 폭력을 가하는 경우라고 보아야 할 것이다.

결론적으로, 유일하게 적법한 폭력은 진정한 국가 이성의 이름으로 개별적 이익에 대항하여 행사되는 폭력이다. 그렇더라도 이는 논란의 소지

 가 있다. 국가의 어떤 결정이 전제적인지, 아니면 루소의 표현대로 '우리에게 자유를 강제하는지'에 대해서는 알 수 없기 때문이다.

• 일반이익_ 공동체의 집단적 선으로, 그에 대한 생각은 사람마다 다를 수 있다.
• 개별이익_ 개인의 선으로, 일반이익에 상반될 수 있다.

(『철학, 쉽게 명쾌하게』, 도미니크 부르댕 저, 모티브)

폭력과 관련한 주제는 논술시험에 자주 출제되고 있는데, 이는 기출문제를 통해 살피는 게 효과적이다.

관련 개념어 구조적 폭력, 일반이익과 개별이익

081
타자의 윤리_타인이 나를 만든다

- **건국대 2024 인문 수시**(타자에 대한 두 태도인 열린 태도와 닫힌 태도 분석 및 사례 적용 평가)
- **한국외대 2024 사회(1) 수시**('관용' 개념의 상반된 입장 분류·요약 및 적용 평가)
- **한양대 2024 인문(2) 수시**(미래 세대에 대한 도덕적 의무 고찰)
- **건국대 2023 인문 수시**(우리 안의 타자 개념 적용 자료 분석 및 사례 적용 평가)
- **이화여대 2021 인문(2) 모의 [문제 1]**('지속가능성'의 관점에서 바람직한 인간관과 자연관 비교 서술)
- **숙명여대 2020 인문(1) 수시 [문제 1]**(배려의 윤리와 관련한 내용의 공통점 서술 및 배려의 범주에서 서로 변별되는 점 기술)
- **동국대 2020 인문(1) 수시 [문제 2]**(생태 중심주의 자연관과 인간중심주의 자연관 비교 설명)
- **동국대 2020 인문(1) 수시**('노예 소유주'의 행위 비판 및 '공감'의 실천 윤리적 가치에 적용 논술)
- **경희대 2020 인문 모의**(인간과 자연에 대한 인식 차이〈인간중심주의 윤리와 생명중심주의 윤리〉 고찰)
- **중앙대 2019 인문(1) 수시**('나'와 '타자'의 관계에 기반한 공동체 문화 형성의 조건과 효과 서술)
- **중앙대 2019 인문(2) 수시 [문제 3]**(생태중심주의 윤리 관점에서 인간중심주의 윤리 추구 시 발생 문제점과 해결방안)
- **경희대 2019 사회 모의**(차이와 다양성을 바라보는 두 관점〈차이 존중 수평 구조와 차이 중심 차별적 위계 구조〉 고찰)
- **서강대 2018 인문(1) 수시 [문제 2]**('나'와 '타자'의 관계에서 발생하는 갈등 해소 방안 고찰)
- **동국대 2018 인문 모의 [문제 1]**(생태 중심주의 윤리를 통한 인성 함양 가능성 논술)
- **경희대 2017 인문 편입**('희생양' 이론을 통한 '타자성' 고찰 및 사례 적용 평가)
- **서울시립대 2017 인문 수시 [문제 1]**(강자의 자기 이익 추구 논리를 정당화하는 입장에 대한 관점 차이 서술)
- **동국대 2016 인문(1) 수시 [문제 3]**(타자의 윤리 적용 서술)
- **숙명여대 2016 인문(1) 수시 [문제 2]**(자기와 타자의 관계 적용 비판 및 태도 분석)

사람은 타인에게 무한한 책임이 있다

아리스토텔레스가 "인간은 사회적 동물이다"라고 말했듯이, 또 마르크스가 '유(有)적 존재' 즉 여럿 안에서 자신이 있음을 의식하는 존재라고 표현했듯이, 인간은 공동체 안에서 살아갈 운명을 타고났다. 그렇기 때문에 세상에는 반드시 **나와 타자**가 존재한다.

공동체 안에서 나를 규정하려면 먼저 내가 아닌 것을 인식해야 한다. 즉 자신이 어떤 점에서 타인과 다른지를 확실히 해야, 다시 말해 **정체성**을 형성해야 한다. 자신을 규정하기 위해서는 타인이 객관적 기준이 되어야 하는데, 인간은 타인과 같은 점과 다른 점을 따져보며 스스로 정체성을 확립하기 때문이다. 즉 인간은 어디까지나 자신의 존재를 확인하기 위해 타인을 신경 쓴다는 것이다.

그런데 우리는 때때로 그리고 자주 신경이 쓰이는 타인을 자신과 동화시키려고 할 때가 있다. 타인을 자기 안에 받아들이는 것으로, 남의 옷차림을 따라하는 것이 그 대표적인 예다. 그런 의미에서 볼 때 타인은 '또 하나의 자신'일지도 모른다. 철학의 역사에서 '나'와 '타인'이 분리된 것은 데카르트의 영향이 큰데, 왜냐하면 그가 '나'라는 개념을 다른 모든 것으로부터 떨어뜨려 놓았기 때문이다.

하지만 이후 독일의 철학자 후설처럼, 자신과 타인은 다른 모습으로 발전해왔지만 원래는 공통된 시작점을 가지고 있다고 하여, '자신과 타인의 근원은 같다'고 주장하는데, 후설은 그 시작점을 '**상호주관성**'이라고 부른다. 어쨌든 사람은 타인이 자신의 얼굴을 가만히 바라볼 때 비로소 자신의 존재를 의식하고 자신에게 부과된 책임을 느끼게 된다. 인간에게는 이런 타인이라는 존재가 꼭 필요한데, 왜냐하면 타인이 없으면 성장하지 못하기 때문이다.

그런 의미에서 경쟁자는 가장 이질적인 존재이자, 가장 타인다운 타인이라 할 수 있다. 타인은 나라는 존재를 명확히 인식하게 해주며, 사람은 타인에게 잘 보이기 위해 필사적으로 노력한다. 그리고 그런 노력이 궁극적으로 자신을 성장시킨다. 결국 사람이 타인을 신경 쓰는 이유는 자신이 성장하는 동기가 되기 때문임을 알 수 있는데, 타인이 없으면 인간은 결코 성장할 수 없다.

타자 그 자체가 윤리다

이처럼 자신과 타인은 우리 안에 공존하며, 자신과 타인은 떼려야 뗄 수 없는 관계이기 때문에 우리에게는 타인을 무한히 책임져야 할 의무가 있다. 그런 점에서 볼 때, 자신과 타인의 관계 그 자체가 윤리라고 볼 수 있다. 물론 한쪽이 일방적으로 책임을 진다는 개념이 불공평해 보일 수 있는데, 그렇기에 어떤 의미에서 볼 때 타자의 윤리는 곧 **비대칭의 윤리**이기도 하다.

이런 이유로, 타인을 의식하지 않는 사람이 너무 많아지면 공동체의 붕괴마저 초래할 위험이 있다. 예를 들어 공공장소에서 남에게 피해를 주는 행동이 나오는 이유는 타인을 배려하는 마음이 부족하기 때문인데, 이는 곧 자신의 욕망대로 행동한다는 의미다. 그리고 타인에 대한 배려가 부족하면 성장할 기회를 놓치게 된다는 뜻이기도 하다.

결국 공동체 안에서 타인과 잘 지내려면 타인의 얼굴을 똑바로 바라보고, 타인의 처지에서 생각하고 행동하는 자세를 가져야 한다. 이를 위해서는 자신과 절대적인 차이를 지닌 타인을 인정하고 받아들여야 함은 물론, 타인에게 무한한 책임이 있다는 '**타자의 윤리**', 다시 말해 '타인 그 자체가 윤리'라는 마음가짐으로 타인을 대하여야 한다.

(오가와 히토시카, 『철학의 교실』에서 발췌·요약)

타자, 타자화, 타자의 윤리와 관련한 논제는 단독 논제는 물론이고 다른 많은 논술 주제의 세부 개념으로 자주 출제된다. 따라서 이 역시 기출문제를 통해 관련한 내용을 익힐 필요가 있다.

관련 개념어 타자, 타자화, 타자의 윤리

082
오리엔탈리즘_왜곡된 이데올로기

- **광운대 2023 인문(2) 수시 [문제 1]**(오리엔탈리즘 관점에서 부르키니 착용 반대를 바라보는 두 관점 비교 설명)
- **한양대 2010 인문 모의**(지구촌 시대의 오리엔탈리즘적 사고 비판)
- **숙명여대 2010 인문(2) 수시**(오리엔탈리즘과 문화 왜곡 현상)
- **한양대 2009 인문 모의 [문항 3]**(인종적 편견을 넘어서는 공동체 구축 방안)

동양에 대한 서구의 잘못된 사고방식

팔레스타인인으로서 저명한 영문학자이자 문화비평가인 에드워드 사이드는 그의 저서 『오리엔탈리즘』에서 서양이 동양을 지배하기 위한 수단으로 날조한 동양에 대한 사고방식 혹은 지배방식이란 뜻으로 '**오리엔탈리즘**'이라는 단어를 사용하여 그 의미를 체계화하였다. 사이드는 오리엔탈리즘은 동양과 서양 사이의 존재론적·인식론적 구분을 근거로 한 하나의 사고방식으로서, 동양을 지배하고 개조하며 위압을 가하는 특정한 서구적 양식으로 조작한 개념으로 인식했다.

오리엔탈리즘은 동양과 서양이라는 각각의 구별이 어떤 본질적인 차이를 지닌다는 전제에서 출발한다. 가령 서양은 문명, 동양은 야만이라는 단순한 이분법적 비교가 그러한데, 문제는 그런 구분이 서양에서 시작되었다는 점이다. 그 결과, 이는 서양의 제국주의가 동양을 지배하려는 식민주의를 정당화·합리화하는 논리를 제공했음은 물론, 식민지 피(被)지배인들을 관리하고 통제하는 전략으로 기능하였다.

오리엔탈리즘은 삶의 거의 모든 측면과 관련하여 광범위한 기획과 의도를 갖고 행하여졌는데, 더욱 심각한 문제는 이것이 제국주의 침략 이래 오늘날까지도 지속되고 있다는 점이다. 그 결과, 이는 학술 서적은 물론 대중매체, 심지어는 영화 속 악당의 얄팍한 캐릭터에서부터 정치적·경제적 사고에 이르기까지 다양한 출구를 통해 표현된다. 특히 9·11 테러 이후 아랍인과 무슬림을 단순한 테러리스트를 넘어서 인간성이라고는 찾아볼 수 없는 악마적인 존재로 몰아붙이는 경향은 현대 오리엔탈리즘이 갖는 특징의 단면을 보여준다.

서양에 대한 동양의 적대적 인식, 옥시덴탈리즘

오리엔탈리즘과 대응하는 개념으로서의 **옥시덴탈리즘**은 동양의 관점에서 서양을 왜곡하고 고착화하는 그 무엇으로서의 편견을 갖고 이를 정형화·범주화하려는 이분법적인 태도를 말한다. 즉 서양을 극단적으로 긍정하거나 부정하는 사고방식을 일컫는데, 흔히 후자의 개념으로 규정된다.

옥시덴탈리즘은 서양에 대한 적대적인 태도와 함께, 동양적 전통에 대한 지나친 강조와 예찬으로 나타난다. 즉 서양은 비인간적이고 천박하며 물질적이지만, 동양은 인간적이며 고상하고 정신적이라는 식의 이분법적인 구별을 통해, 서양에 대한 왜곡된 이미지와 편견을 새롭게 만들어 낸다. 예컨대 오늘날의 환경 위기, 생태 위기와 같은 다양한 사회문제들에 대한 책임을 서양적 사고에서 비롯된 것으로 떠넘기고, 그 대안으로 전통적인 동양의 문화와 사상을 강조하는 태도를 폭넓게 드러냄으로써, 동양적 사고가 서구적 사고보다 우수하단 점을 강조하고 있다.

하지만, 옥시덴탈리즘 역시 오리엔탈리즘을 사상적으로 차용한 일면에 지나지 않으며, 동양과 서양을 구별하고 대립하게 만드는 이분법적 사고를 주류로 채택한 점에서 동일한 특징을 지닌다. 따라서 이렇듯 이분법적으로 구분해가며 서로를 적대시하는 **배타적 근본주의와 본질주의적인 구분론**

 에서 벗어날 필요가 있는데, 이를 위해서는 이 두 사고에 대해 보다 폭넓게 이해해야 함은 물론, 우리 안의 오리엔탈리즘과 옥시덴탈리즘을 극복해야 하는 이중의 과제가 우리에게 다시금 요구된다.

오리엔탈리즘과 옥시덴탈리즘은 정치·경제·사회·문화 등 전 분야에 걸쳐 오늘날의 우리의 정신과 육체 곳곳을 지배하고 있다. 최근 세계화의 영향이 짙어짐에 따라 갈수록 동서양의 문화가 서로 교류하여 혼종이 될 수밖에 없는 현실에서, 오리엔탈리즘과 옥시덴탈리즘은 자칫 새로운 문화 창조에 걸림돌로 작용할 수 있다. 문화적·민족적 정체성을 고수하는 방편으로 옥시덴탈리즘이 악용되어서는 안 되는 이유, 세계화를 지지하는 논리로 오리엔탈리즘이 악용되어서도 안 되는 이유가 이 때문이다.

따라서 이러한 편협한 사고로부터 벗어나기 위한 노력이 필요한데, 이를 위해서는 무엇보다 서양문화에 대한 맹목적·사대주의적인 수용 태도에서 벗어나야 함은 물론, 전통문화에 대한 교조적·근본주의적 우월의식으로부터 탈피해야 한다. 이러한 비판적인 재인식을 통해 상대방과 상대 문화를 서로 인정하고 적극 받아들일 때, 진정한 의미에서의 지구촌의 행복과 공동체의 발전은 가능해진다.

서구 이성 비판과 관련한 하위 개념어로 출제된다.

관련 개념어 오리엔탈리즘과 옥시덴탈리즘

083
반증 가능성_비판적 합리주의

■ **고려대 2022 사회 편입**('반증가능성' 개념의 사례 적용 논술)

과학은 과학적인가

포퍼의 과학관은 본질적으로는 **실증주의적 과학관**을 밑바탕으로 한다. 실증주의란 현상의 배후에서 형이상학적인 원인을 찾으려는 사변(思辨)적 사고를 배제하고, 관찰이나 실험으로 검증할 수 있는 지식만을 인정하려는 사고다. 포퍼에 따르면, 과학이란 관찰과 실험을 통해 얻어진 경험적 사실로만 만들어져야 하며, 이는 경험적 사실로 철저히 증명된 것이어야 한다. 따라서 과학적 지식은 객관적으로 증명된 지식이므로, 우리는 이를 믿을 수 있는 지식으로 간주한다.

실증주의적 과학관에서의 과학적 방법은 주로 '**귀납추리**'를 통해 인식된다. 귀납추리는 여러 개별 사실들에 대한 관찰을 통해 일반 원리나 보편 법칙을 이끌어내는 방법으로, 이는 우리가 실제 관찰한 것으로부터 아직 관찰하지 못한 것을 이끌어내는 과정에서 지식을 확장 가능케 한다. 그런데 이러한 귀납추리는 그 결론이 반드시 참이라는 것을 보증하지 못하며, 단지 그럴 가능성이 높다고 생각할 뿐이다. 인간이 아무리 많은 개별적인 사실을 수집한다 하더라도 모든 사실을 수집하는 것은 사실상 불가능하며, 따라서 이후에 일반적인 결론과는 반대되는 사실이 발견될 수 있음은 물론이다. 이런 이유로, '과학은 진짜 과학적인가?'라는 문제가 제기된다.

반증 가능성

철학자들의 전통적인 견해에 따르면, 어떤 사실에 과학적으로 참이라는 결론을 내리려면, 반복적인 관찰과 실험을 통해서 이를 확증할 수 있어야 한다고 생각했다. 그러나 포퍼는 이러한 방법은 연구자가 자신이 가설에 유리한 실험 결과만을 선별적으로 받아들이는 잘못을 드러낼 뿐이라고 하여 이를 비판한다.

과학의 발전과 관련하여 포퍼는 말하기를, 과학은 어떤 이론이 증명되면서 발전하는 것이 아니라, 오히려 어떤 이론이 반증되므로 발전한다고 주장한다. 그렇기에 과학은 이론의 정당성을 증명할 것이 아니라 그것의 결점을 캐내어야 하며, 만약 과학적 이론이 이러한 정밀검사를 견뎌내면 유효한 이론으로 받아들여진다는 것이다. 과학은 이런 방식으로 발전해왔으며, 논박될 수 있는 것만 과학이라고 주장한다. 예를 들어 "모든 백조는 희다"는 가설을 세웠다고 할 때, 만약 검은 백조가 한 마리만 발견되더라도 이 가설은 반증될 수 있고, 따라서 폐기되어야 한다고 그는 주장한다(실제 1697년 오스트레일리아 대륙에서 검은색 백조, 즉 블랙 스완black swan이 발견되어 백조는 희다는 가설이 반증되었다).

이처럼 경험적으로 반증할 수 있는 조건을 제시할 수 있을 때 우리는 그 가설을 과학적인 것으로 간주해야 한다고 그는 말한다. 그리고 이런 이유로, 적어도 반박 조건이 원리적으로 밝혀질 수 없는 가설은 끝내 반박되지 않는다 하더라도 바로 그 점 때문에 결코 과학 이론이 될 수 없다고 본다. 반면 실제적으로 반박된 이론은, 비록 그것이 그릇된 이론으로 판정되겠지만, 여전히 과학적 이론으로 간주될 수 있다고 본다.

포퍼에 따르면, 모든 과학 이론의 정당성은 반박이 이루어질 때까지 유지되는 잠정적인 정당성이다. 다시 말해 어떤 이론은 반박 사례가 나타날 때까지 잠정적인 정당성을 갖는다. 따라서 과학적 지식이란 완결된 지식 체계가 아니라 항상 반박 가능성 앞에 열려 있는 **미완의 지식**인 셈이다. 이런 이유로 진정한 과학자가 되기 위해서는 어떤 가설을 확증하려고 애쓸게 아니라, 이를 반증하려고 노력해야 한다. 그리고 결정적인 반증 사례가 제시되면 그 가설은 그릇된 것으로 폐기되어야 한다. 그렇기에 철학자는 물론 과학자에게 필요한 것은 어넌 이론에 대한 **비판적인 자세**다. 포퍼가 이성에 대한 과신을 버려야 한다고 한 이유가 이 때문이다.

이처럼 포퍼는 '한 이론이 과학적 자격을 갖추고 있는지에 대한 기준은 그 이론이 반증 가능한가, 반박 가능한가, 검증 가능한가'에 달렸다고 보았다. 즉 한 이론이 과학적인 것으로 분류될 수 있는 경우란, 그 이론이 모순되는 관찰을 상정할 수 있는 경우에만 해당된다는 것이다. 이러한 생각의 밑바탕에는 특정 이론은 완벽한 것이 될 수 없고, 따라서 경험에 의하여 얼마든지 반증될 위험을 내포하고 있다는 전제가 깔려 있다. 즉 포퍼는 "과학이란 '틀릴 가능성'이 엄연히 존재하는 가설 체계이며, 따라서 끊임없는 비판을 통해 끈임 없이 개선되어야 한다"고 하여, **과학적 합리주의**를 주장한다. 모든 상황에서 언제나 옳은 명제는 결코 과학이 될 수 없고, 단지 사이비 과학에 불과할 뿐이라고 그는 주장한다.

비판적 합리주의

포퍼에 따르면, 과학은 필연적으로 오류 가능성을 내포하고 있지만, 반증이라는 비판적 실험을 거치면서 점진적으로, 더욱 합리적으로 인식된다. 같은 이유로 우리의 지식 역시 어떤 문제에 대한 합리적 가설을 제안하고, 이후 이를 반증하면서 확장된다. 그렇기에 인간의 이성은 결코 완벽하지 않으며, 항상 오류 가능성을 지니고 있다. 이런 이유로, 인간은 이성의 한계를 극복하기 위해 타인의 비판에 귀를 기울이는 한편, 항상 '**반증 가능성**'을 열어두어야 한다고 그는 주장한다.

이렇듯 포퍼는 모든 현상을 포괄적으로 설명할 수 있다고 주장하는 플라톤과 헤겔의 관념철학, 마르크스의 역사 이론이 실제로는 과학이 아니라 **원시적 신화**에 불과하다고 강하게 주장한다. 왜냐하면 이런 이론들은 어떠한 경우에도 반박될 수 없기 때문으로, 반증이 되지 않거나 반증을 허용하지 않는 지식은 결코 학문으로서의 요건을 충족시킬 수 없다는 **비판적 합리주의** 관점을 취한다.

포퍼의 사회철학은 그의 과학관과 마찬가지로 혁명을 통한 급격한 변혁 대신 **비판과 토론을 통한 점진적인 사회발전**을 주창하고 있는데, 이때 '비판'이라는 개념은 바로 과학적 세계관의 '반증' 가능성에 대응하는 것이다. 이처럼 포퍼가 바라는 사회는 비판과 합리적 토론이 가능한 '**열린사회**'였다. 포퍼가 『열린사회와 그 적들』에서 밝혔듯이, 반증 가능성이 없는 철학이 어떤 사회를 지배하는 순간, 인간의 비판적 이성은 숨을 쉴 수 없으며, 그 사회는 결국 닫힌사회로 치닫게 된다. 모든 이론과 주장에 반증 가능성을 허용하는 사회야말로 그가 원했던 '열린사회'라고 할 수 있다. 그만큼 포퍼는 인간의 이성을 낙관했던 철학자로, 오직 비판적 이성을 통해 과거의 과학 이론과는 다른 새로운 과학 이론을 구성할 수 있다고 보았던 것이다.

비판적 합리주의의 관점에서 이성의 불완전성을 비판하고 그것이 초래할 닫힌 사회로서의 전체주의의 위험성을 경고하는 사상적 핵심으로, 사회철학 및 과학철학에서 중요한 개념어 중 하나다.

관련 개념어 반증 가능성과 검증 가능성, 비판적 합리주의, 열린사회와 닫힌사회

084
과학혁명의 구조_패러다임과 정상과학

■ **동국대 2010 인문 모의 [문제 1·2]**(과학혁명의 구조와 관련한 내용 설명)

과학은 혁명적으로 발전한다

'**패러다임**'은 어떤 한 시대 사람들의 견해나 사고를 근본적으로 규정하고 있는 테두리로서의 인식 체계, 또는 사물에 대한 이론적인 틀이나 사고 체계를 뜻한다. 과학은 하나의 패러다임을 채택하면서 본격적으로 시작되는데, 이때 패러다임이란 과학적 탐구에 대한 성공적인 모범 사례와 그것이 미래의 탐구에 제공하는 배경적 믿음 체계로서의 제 이론을 포함한 전문 분야 모두를 의미한다.

확립된 패러다임 하에서 연구자들은 근본적인 의심을 삼가고 틀에 박힌 탐구 활동에 매진하게 되는데, 그에 따른 과학 활동을 '**정상과학**'이라고 한다. 이때 어떤 패러다임에 의하여 이루어지는 정상과학 연구의 특징은 그만큼 과학적으로 특정되고 시대를 주도하는 패러다임에 의해 지배받기에, 과학적 근본 원리에 대한 검증이나 반증은 결코 허용되지 않는다.

정상과학과 과학혁명

그러나 과학적 탐구 과정에서 사소해 보였던 문제가 계속 풀리지 않거나, 해결되지 않는 문제들이 점차 늘어나면서 패러다임은 위기에 처하고, 그렇게 해서 특정 패러다임 하에서 변칙된 사례가 지나치게 증가하면 과학자들은 이를 중심으로 대안적인 패러다임(혁명적 과학)을 새롭게 모색하게 된다. 즉 정상과학이 위기에 처하게 되면 연구자들은 자신들의 분야가 나아갈 방향에 대한 규범을 새롭게 정하기 위해 광범위한 토론에 참여하게 된다. 이때 대안적 패러다임이 문제 해결 과정에서 성공 사례로 자리 잡으면서 학문적 세대교체를 이루는 데 성공하면 새로운 정상과학이 탄생하게 되는데, 이를 '**과학혁명**'이라고 한다.

과학혁명은 실행 가능한 대안적 패러다임이 발견되었을 때에만 일어나는데, 이는 새로운 패러다임과 기존의 패러다임은 공약 불가능(incommensurate, 부정합 또는 모순)한 상태, 말하자면 한 패러다임의 개념이나 연구 업적이 다른 패러다임으로 완전하게 번역되는 것이 불가능함을 의미한다. 그렇기에 서로 경쟁하는 패러다임 사이에서는 한 패러다임에서 매우 중요하게 생각하는 문제가 다른 패러다임 하에서는 문제로조차 취급되지 않는 상황이 종종 발생한다. 다시 말해, 기존의 패러다임적인 사고를 고집하는 사람들과 새로운 패러다임을 좇아 합류하는 사람들 모두가 나름대로 근거 있는 선택을 한다는 것이다. 그렇기에 과학혁명이 일어나는 초기에는 기성 패러다임과 새로운 패러다임이 병존하는 상황이 한동안 지속된다.

과학적 지식의 누적적 성장인가 혁명적 대체인가

쿤은, 과학적 지식은 현재의 패러다임과는 단절된 새로운 패러다임이 도출되는 과정에서 **혁명적으로 대체**되는 것이라고 하여, 전통적 과학관의 기본 믿음의 하나인 과학적 지식의 누적적 성장론에 타격을 가했다. 이런 이유로 과학혁명의 시기를 거쳐서 대체되는 패러다임과 이것을 대체하는 패러다임 사이에는 그 설명 능력에서 완벽하게 축적적인 관계가 성립되지 않는다.

이런 이유로 쿤은 "과학혁명이 초래하는 패러다임의 변화는 단지 이성만으로는 설명할 수 없는 것이기에 마치 종교적 개종과 흡사하다"고 하여, 과학적 합리성이란 고작해야 특정 시기 특정 과학자들의 합의에 의존할 뿐이라고 주장하면서, 이를 **객관적 지식의 존재를 부정**하는 주장의 이론적 근거로 활용하기 시작했다. 즉 쿤은 과학적 탐구가 객관적인 조건보다는 특정 패러다임의 통제 아래서 이루어진다고 보았다. 다시 말해, 대개의 연구자들은 자신들의 과학적 기반에 대한 논리적 추론보다는 이미 채택된 패러다임을 신뢰하며, 그것을 추호도 의심하지 않은 채 연구에 매진한다고 생각했다.

이러한 쿤의 사상은 그의 의도와는 상관없이 **상대주의 과학관**을 갖는 학자들에게 지속적으로 영감을 주는 원천으로 작용했다. 상대주의 과학관을 옹호하는 사람들은, 과학은 사회와 동떨어져 만들어진 것이 아니라, 사회와의 연관 속에서 만들어지는 과정에 있다고 본다. 그리고 실제 그들은 수많은 사례 연구를 통하여 과학이 사회적으로 구성되는 산물임을 보여주는 데 성공했다. 즉 상대주의적 과학관에 따르면 과학은 다른 지식보다 우월한 것이 아니라 스스로 가치중립적이라고 주장함으로써, 과학이 갖는 사회적 책임을 회피할 수 없다는 인식을 사람들에게 심어주었다.

과학철학에서 중요한 개념어의 하나로, 개념 이해를 묻는 문제로 출제되는 중요한 사상이기에 그 핵심 내용을 정확히 이해하고 있어야 한다.

관련 개념어 패러다임, 정상과학, 상대주의적 과학관

085
불안_자의식 상실을 걱정하는 심적 강박

- **광운대 2024 인문 모의**(고통에 대한 서로 다른 관점 설명 및 이것이 갖는 참된 행복의 의미 서술)
- **경희대 2016 인문 모의**(죽음에 대한 다양한 관점 고찰)
- **동국대 2016 인문 모의 [문제 2]**(인간 감정에 대한 메커니즘 요약 및 비교)
- **연세대 2015 인문·사회 편입**('고통'의 관점에서 제시문 비교·분)
- **건국대 2015 인문(2) 모의**(현실을 받아들이는 관점 차이 비교분석)
- **중앙대 2013 인문 모의 [문제 1·2]**('감정'의 동인으로서의 우울증에 대한 다양한 관점 비교 및 평가)

불안은 타인을 지나치게 의식하기 때문에 일어나는 현상

실존주의자들은 불안을 인간 생활의 기본으로 파악하고 있다. 하이데거에 따르면 인간의 존재방식은 '불안'이라는 정서를 근본으로 하고 있다. 불안은 정해진 대상으로부터 일어나는 '공포'와는 다른 것으로, 그저 막연한 기분으로서의 그 무엇을 의미한다. 공포를 유발하는 실체적 원인은 비교적 확실하고 게다가 당사자가 그 원인을 명확히 의식하고 있는 것에 반해, 불안의 원인은 그 실체가 명료한 것도 아니고 더군다나 당사자가 그 원인의 실체를 의식하지 못하는 것이 일반적이다. 많은 경우, 우리는 '어쩐지 불안하다'고 느끼고, '막연히 불안하다'고 생각하는 것이다. 정작에 현실로 맞닥뜨리는 공포와는 달리, 불안한 감정이 현실로 이어지는 경우는 많지 않으며, 발생하지도 않는 것을 갖고서 공연스레 불안에 떪으로써 몸도 마음도 피폐해지는 것이다.

이처럼 가시적이고 예측·통제 가능한 공포의 감정과는 달리, 예측하기 어렵고 비가시적이며 때론 통제가 안 되는 복잡한 내적 갈등의 상태가 곧 불안의 감정이다. 실체를 모르기에 역설적으로 더 크고 더 깊고 더 길게 동요할 수 있는 게 바로 불안의 감정이다. 얼마 전 우리 사회를 뒤흔들었던 MERS(중동호흡기증후군)의 예에서 알 수 있듯이, 우리가 공포를 느낄 때 처음에는 감정의 동요가 크게 일지만, 그 실체가 파악되고 앞으로 어떠할 것인가에 대한 예측이 가능해지면 공포의 감정은 이내 진정되고 마침내는 어떤 식으로든 정리·해결되면서 점차 사람들의 뇌리에서 사라지고 만다.

그렇다면 사람들은 왜 불안의 감정을 느끼는 것일까? 불안의 근저에는 상호인정 욕구에 기반을 한 '자아 존재감', **'자의식'의 상실**을 두려워하는 마음의 동요가 자리 잡고 있다. 즉, 자신의 존재감을 지탱하고 있는 상호 인정 욕구가 붕괴될지도 모른다는 심적 동요의 상태가 곧 불안의 감정인 것이다. 자아의 존재의식은 타자로부터 인정받음으로써 생겨나는 것으로, 불안감은 '나'의 존재감을 타인으로부터 인정받지 못할까봐 크게 마음 쓰고 안절부절 못하는 내면 갈등의 표출이자, 그로 인해 마음의 동요를 느끼는 불길한 예감을 일컫는다.

이렇듯 불안감은 타인을 지나치게 의식할 때 생겨나는 복잡한 감정으로, 그로 인해 자신의 존재감이 상실되는 것은 아닐까, 타인이 자신으로부터 멀어지는 것은 아닐까 하는 불길한 예감에서 발생하는 동요의 감정이다. 이때 개인은 자신의 존재감이 상실된다는 의미를 타인, 특히 자신이 가장 사랑하는 주위 사람들로부터 자신의 자존감이 무참히도 까발리고 짓밟혀, 결국에는 이들로부터 외면당하는 것은 아닐까 하는 두려움으로 받아들임으로써, 좀처럼 그러한 감정에서 빠져나오지 못하는 것이다. 소심하고, 내성적이며, 남을 의식하고 배려하는 좋은 품성을 지닌 학생일수록 시험만 앞두면 크게 불안해하는 이유가 절대 이와 무관하지 않다.

하지만 알고 있어야 할 것은, 불안의 감정은 인간 누구나가 느끼는

 '**보편감정**'에 불과하단 사실이다. 이를테면 사람들이 죽음에 대한 불안감에서 도망칠 수 없는 것처럼, 비록 정도 차이는 있겠지만, 불안감으로부터 완전하게 벗어난다거나 이를 전적으로 피하기는 어렵다는 사실을 이해할 필요가 있다. 다시 말해, 불안감을 느끼는 것은 인간이면 누구든 갖는 자연스런 현상으로, 다만 개인에 따라 차이를 보일 뿐이기에, 너무 불안의 감정에 민감할 필요는 없다는 얘기다. 그럴수록 불안은 증폭되기 마련이어서, 결국에는 불안이 불안을 낳는 악순환으로 이어질 뿐이다.

결국 불안은, 인간은 누구나 죽게 마련이라는 '**유한성**'에서 비롯됨을 인식할 필요가 있다. 죽음이 갖는 유한성처럼 당초부터 우리의 자아는 불안정하기 때문에, '자기 자신이 자신이 아닌 다른 어떤 것(이를 철학적 용어로 **물화**物化라고 한다)'이 된다거나, '자신의 존재가 소멸'되는 것은 아닐까(이를 **소외**疏外라고 한다) 하는 위기감으로 두려움을 느낄 이유는 하등 없다. 아직 발생하지도 않은 일을 갖고서 미리부터 불안해하며 자아를 잃어버리거나 삶을 쉽게 포기하려든다면, 이는 가장 어리석은 행동이자, 실존을 역행하는 자기 부정 행위에 지나지 않다. 이런 이유로, 불안감에서 벗어나려면 남을 의식하지 말고, 자기 본위의 주체적 삶을 살아야 한다. 잡생각을 버리고 하루하루를 열심히 살아가는 동안, 불안감은 해소되고 삶의 질은 향상될 것이다.

철학적 물음과 관련하여 자주 출제되는 주제로, 관련한 논술 기출문제를 갖고 공부해나갈 필요가 있다.

관련 개념어 불안, 공포, 자의식, 물화, 소외

086
공감_사회화의 기본 토대

- **아주대 2024 인문 수시 [문제 1]**('공감'에 대한 다양한 관점의 사례 적용 서술)
- **경희대 2024 인문 수시 [문제 2]**('공감'의 상반된 입장 고찰)
- **연세대 2023 사회 편입**(공감에 대한 다양한 관점 차이 비교 및 선택적 공감 평가)
- **단국대 2023 인문(1) [문제 1]**(공감)
- **중앙대 2022 인문 모의 [문제 2]**('공감'의 유형과 결과 서술 및 사례 적용 평가)
- **한양대 2018 인문 수시**('공감' 능력의 사회적·윤리적 의의 고찰 및 사례 적용 분석)
- **한국외대 2018 인문(2) 수시**('공감'을 주제로 제시문 요약·분석 및 적용 평가)
- **동국대 2018 인문(2) 수시**('공감, 감동'의 측면에서 제시문 내용의 특성 분석 및 화자의 태도 설명)
- **동국대 2016 인문 모의 [문제 2]**(인간 감정에 대한 메커니즘 요약 및 비교)
- **동국대 2015 인문(1) 수시 [문제 1]**(눈물과 통곡이 인간의 어떤 감정에서 발생하고 있는지 분석)
- **경희대 2015 인문 모의**('공감'의 양상 비교 논술)
- **한양대 2015 인문 모의 2차**('설득'과 관련한 다양한 관점 비교 분석 및 사례에 적용하며 논증 구성)
- **이화여대 2014 인문**(I) **수시**('웃음'에 대한 다양한 관점 비교 분석)
- **숙명여대 2014 인문(2) 수시**('의심'에 대한 다양한 관점 비교 분석)
- **한국외대 2014 인문(2) 수시**('공감'에 대한 다양한 관점 비교 분석)
- **연세대 2014 인문 수시**('공감'에 대한 다양한 관점 비교 분석)
- **이화여대 2013 인문 수시**('감정'에 대한 다양한 시각 분석)
- **이화여대 2013 인문(1) 모의**('감정'에 대한 시각 차이와 시간적 관점에서의 현재와 미래의 관계)
- **고려대 2009 인문 정시**('공감'의 확장 및 도덕적 실천과의 상관관계)

타인의 상황과 기분을 느낄 수 있는 능력

미래학자 제러미 리프킨은 『공감의 시대』에서 '**공감(empathy)**'이라는 열쇠말을 제시한다. 공감은 타인의 감정을 마치 자신이 느낀 것처럼 공유하는 것을 말하는데, 상대방의 기쁨을 자신의 기쁨처럼 느끼는 것이 곧 공감이다. 리프킨은 중세 이후 자본주의는 이성과 감성을 분리한 개인주의적이고 합리적인 '이성'의 사회가 지배해 왔다고 본다. 그러다가, 최근 미디어와 커뮤니케이션 수단의 발달로 '감성'이 중요해지고 있다는 분석이다. 역설적으로

 자본주의가 만든 가장 눈에 띄는 발명품인 인터넷 기반 미디어와 세계화의 확산이 공감의식을 키워왔다고 리프킨은 설명한다.

특히 인터넷과 소셜미디어의 발달은 국면을 크게 바꾸고 있다. 과거 메시지는 기업과 정부에서 개인으로, 일방향으로 전달됐다. 그러나 모든 사람이 발신자이자 동시에 수신자가 된 것이 인터넷과 소셜 미디어 시대의 특징이다. 개인의 공감 의식은 자신과 실제 접촉이 없는 먼 나라의 개인들에게까지 확장됐다. 개인의 공감 의식이 사회 전체로, 세계 전체로까지 확장된 것이다.

공감 의식이 확장되어 다른 대상을 자신과 매우 밀접하게 느끼게 될수록, 인간은 이들에게 도움을 주거나 최소한 피해를 주지 않으려고 노력하게 된다. 경제 행위에서 공감 의식의 확장은 큰 변화를 가져온다. 지금까지의 경제 행위는 단순히 개인의 이익을 극대화하려는 행위로 여겨졌다면, 이제는 자신의 행위에 따른 결과가 사회에 어떤 영향을 미치는지도 고려하게 된다. 경제적 행위와 사회적 행위는 이제 구분이 모호해진다. 공감의 확장과 함께 당연히 일어날 현상이다. …(중략)… 이성적 계산이 아닌 감성적 공감을 기반으로, 이기성이 아닌 상호성을 동기로, 경쟁적이 아닌 협력적 행태를 보이는 새로운 경제, 이것이 바로 시장만능주의를 대체할 '착한 경제의 코드'다.

(『이상한 나라의 경제학』, 이원재, 어크로스)

공감에 대한 다양한 관점 비교(경희대 2015 인문 모의 필자 예시 답안)

(가), (나)는 타인의 상황과 기분을 느낄 수 있는 능력으로서의 '공감'에 대해 설명한다. (가)에 따르면, 놀이는 건강한 인성을 형성하는 핵심 동인으로, 아이들은 놀이를 통해 타자에 대한 공감능력을 키우며, 상호 이타성의 가치를 학습한다. 즉, 아이들이 놀이를

통해 **타자와 상호작용**하는 과정에서 정서적 불안감은 즐거운 호기심으로 바뀌고, 이 호기심으로서의 공감능력이 이후 개인의 삶의 태도를 보다 건강한 방향으로 이끈다. 한편 (나)에 의하면, 인간이 사회집단을 형성하고, 상호 커뮤니케이션 하며, 복잡한 사회적 관계를 조직하는 능력이 뛰어난 이유는, 공감적 유대감을 형성하는 두뇌기관인 대뇌신피질이 다른 동물에 비해 절대적으로 크기 때문이다. 즉, **공감적 유대감**은 사회화를 위한 필수 능력으로서, 인간은 타자와 끊임없이 공감하면서 집단 내에서 적절한 유대감을 유지해 나간다.

이처럼 (가), (나)는 공감을 **사회화의 기본 토대**이자, 인간의 **이성적·감성적 소통능력**으로 보는 점에서 공통된 관점을 갖는다. 그렇더라도 (가)는 공감을 타자성에 기반을 한 인간의 **후천적 학습능력**으로 보는 반면, (나)는 생물학적 기능에 근거한 **선천적 본능**으로 보는 점에서 차이를 보인다. 그렇기에 (가)는 공감이 타인의 존재를 전제하여 **타인의 경험을 추체험**하는 것에서부터 공감능력은 형성된다고 보는 반면, (나)는 全의식적으로, 조용하게 그리고 자동적·자발적으로 **감정의 전이**를 일으키는 것이라고 보는 점에서 차이를 보인다.

철학적 물음과 관련하여 자주 출제되는 주제로, 관련한 논술 기출문제를 갖고 공부해나갈 필요가 있다.

관련 개념어 공감, 타자, 사회화, 이타성, 연민

087
욕망_타자의 욕망에 대한 모방 욕구

- **한양대 2016 인문(2) 수시**(르네 지라르의 '욕망이론'을 사례에 적용하여 논술)
- **건국대 2014 인문(2) 수시**('소유'에 관한 상반된 견해 비교)
- **숙명여대 2012 인문계열 문항 수시**('욕망'과 '행복'에 대한 관점 비교)
- **한국외대 2011 인문(3) 수시**(금기와 욕망)

우리는 타자의 욕망을 욕망한다

욕망과 타자

우리들이 생리적인 필요를 채우기 위해 바라는 욕구는 우리들의 신체와 관련된 것이다. 그런데 욕망이라는 것은, 단순히 신체에 그 원하는 것을 주는 것만으로는 채워질 수 없는 성질의 것이다. 신체의 욕구에 거슬러서라도, 자신의 욕망을 채우려고 할 때도 많다. 스마트해지고 싶다는 욕망은 공복을 채우려는 생리적인 욕구를 무시하고, 때로 거식증에 이르기도 한다. 스마트해지고 싶다는 욕망은, 날씬해지는 것 그 자체가 가치 있기 때문이다. 자신이 타자에게 스마트한 사람이라고 여겨지고 싶기 때문에 자신이 타자의 욕망에 부합되는 인간이 되고자 한다. 욕망이라는 것은, 자신의 내부에서 생겨나는 욕구와는 다른 타자의 시점에서 태어난 것이다. 헤겔이 "우리는 **타자의 욕망을 욕망**한다"라고 지적하고 있듯이, 욕망에는 타자의 욕망에 부합하는 자신의 욕망을 목표로 하는 것, 즉 욕망이라는 구조가 불가결한 것이다.

소비와 욕망

우리들의 소비사회는, 이 욕망들을 향한 욕망의 소용돌이 속에서 형성되고 있다. 우리들은 여러 가지 제품을 구입한다. 그러나 그 제품은 단순히 우리들이 사용자로서 이용하기 위해 구입하는 것은 아니다. 자동차에도, 스마트폰에도, 인정 받는 자신이 되고 싶은 욕망 때문에 구입하는 경우가 많다. 어느 자동차를 구입할 것인지는 그 자동차가 가진 성능뿐만 아니라, 그 자동차를 선택하는 사람들이 가진 기호로서의 의의가 큰 역할을 하는 것이다. 왜냐하면 자동차는 그 소유자의 지위와 자산을 나타내는 광고탑 같은 상징으로 기능하기 때문이다.

욕망과 모방

프랑스 철학자 르네 지라르가 지적하고 있듯이, 이러한 욕망은 대부분은 **타인의 욕망에 대한 모방**이라는 형태를 취한다. 유행하는 것, 그것은 많은 사람이 구입하는 것이다. 많은 사람이 바란다고 생각하는 것을 자신도 또 바란다고 생각하고, 그 상품을 구입하고, 그 스타일을 흉내 낸다. 자신이 아무리 좋다고 생각하더라도, 다른 사람에게 평가받지 않는 것이라면 왠지 자신이 없어진다. 록 콘서트에 사람이 모여드는 것도, 유명한 레스토랑에 사람이 모여드는 것도, 이 타인의 욕망에 대한 모방이라는 효과를 보여주는 것이다.

욕망과 폭력

이런 모방적인 욕망은, 그 안에 폭력적인 요소를 숨기고 있다. 유명인사나 연예인이 우리나라를 방문하면, 한 번이라도 보려고 많은 팬들이 몰려온다. 누구나 타인의 욕망을 모방함으로써 자기 욕망을 채우고자 하는 것이다. 그리고 그 모방 속에 자신만이 갖는 차이를 찾으려고 한다. 배우의 사진을 찍으면 친구에게 자랑할 수도 있을 것이다. 기자 회견장에서 다른 사

 람을 젖히고 스타의 사인을 받았으면 하고 바란다. 이렇게 타인을 억누르면서라도 자기 욕망을 채우고자 하는 **폭력적인 요소**가 모습을 드러낸다. 모방과 독점이 상반되어 나타나는 것이 아니라, 서로 힘을 합해 폭력적인 계기를 만들어내는 것이다.

(『논술시험에 꼭 나오는 키워드 100』, 나카야마 겐, 넥서스)

철학적 물음과 관련하여 자주 출제되는 주제로, 관련한 논술 기출문제를 갖고 공부해나갈 필요가 있다.

관련 개념어 욕망, 타자, 폭력, 모방

088
기억_내 안의 타자

- **숙명여대 2021 인문(3) 수시 [문제 1]**('기억'의 문제에 대한 상반된 논지<공동의 기억, 타자와의 기억 공유> 비교 논술)
- **한양대 2020 인문 수시**(집단기억의 타당성 평가 방안 논술)
- **숙명여대 2018 인문(1) 수시 [문제 1]**(기억의 의미와 한계 고찰)
- **중앙대 2015 인문 모의**('기억'에 대한 다양한 관점 비교분석)

우리는 기억하고 싶은 것만 기억하려 든다

기억과 정체성

우리들 자신이 세계 어디에도 없는 오직 하나뿐인 인간이라고 확신하게 해주는 것이 기억의 힘이다. 세계 모든 사람은 타인과는 다른 자신만의 역사를 살아왔다. 인간의 개성은 다른 사람과는 다른 개인의 역사로 형성된 것이다. 얼굴은 똑같은 일란성 쌍둥이도 생활하는 가운데 다른 경험을 하게 되고, 다른 기억을 가지게 된다. 아기 때에는 거의 구분이 되지 않지만, 성장하면서 저마다 개성이 있음을 확실하게 느끼게 된다. 아기 때에는 거의 구분되지 않지만, 성장하면서 저마다 개성이 있음을 확실하게 느끼게 된다. 이는 바로 기억의 힘이다.

기억과 공동성(共同性)

우리들은 혼자 생활하고 있지 않다. 경험을 하는 것은, **타자와 기억을 공유**하는 것이다. 공유하는 기억의 힘은 사람들을 결속시켜주기도 하고, 때로는 등을 돌리게도 만든다. 수백만 명의 유대인이 학살된 아우슈비츠수용소에 대한 기억은 유대인들뿐만 아니라 여러 독일인들을 오랫동안 괴롭혀왔다.

기억과 타자

즐거운 기억은 사람들을 강하게 묶어 준다. 동창회가 정겹게 느껴지는 것은, 과거의 자신의 기억과 타자의 기억이 뒤섞여 있기 때문이다. 옛날 동급생 시절을 떠올린다. 상대도 마찬가지일 것이다. 상대의 기억 속에 과거의 자신이 있고, 그 기억은 자신이 어떻게 할 수도 없는 것이다. 타자에 대한 기억은 나에게 또렷이 남아 있어, 자신 속에 마치 타자가 살고 있는 것 같이 느껴진다.

이 같은 공통된 기억 없이는 자신의 기억도 가질 수 없게 된다. 자신의 기억이란 타자의 모습 중에 새로 새겨진 기억이고, 자신 속에 새겨진 타인의 기억이다. 사람들은 이런 기억을 서로 나누면서 비로소 타자와의 관계를 구축할 수 있고, 자기를 구축해 나갈 수 있는 것이다.

만들어진 기억

하지만 기억이라는 것은 뒤바뀔 수도 있다. 기억하고 싶지 않은 것은 잊어버리고, 자신에게 즐거운 것만을 기억하고, 상기하고 싶어 한다. 이처럼 기억은 **선택적**인 것이다. 또 기억이 전혀 새로운 것으로 대체되는 경우도 있다. 그런 일이 사실은 없었는데, 있었던 것처럼 기억하고 싶은 것도 있다. 이때 우리들은 자신의 정체성이 흔들리는 것을 느낀다. 나 자신의 실제 모습은 내가 생각하고 있는 그대로인가 하는 …

(『논술시험에 꼭 나오는 키워드 100』, 나카야마 겐, 넥서스)

철학적 물음과 관련하여 자주 출제되는 주제로, 관련한 논술 기출문제를 갖고 공부해나갈 필요가 있다.

관련 개념어 기억, 정체성, 타자, 공동체 의식

089
서양 철학사의 흐름

고대와 중세

고대와 중세시대의 철학을 이해하기 위해서는 고대 그리스 시대의 국가 형태와 분위기를 잘 이해해둘 필요가 있다. 그 이유는 다음과 같다.

첫째, 당시 국가의 형태가 도시국가라는 작은 규모로 이루어져 있다는 점이다. 작은 규모 덕분에 시민종교를 중심으로 도시국가 시민들 간의 결속력이 강력했고, 같은 올림푸스 신들을 받드는 까닭에 도시국가 간의 관계도 돈독한 편이었다. 이들은 도시국가 밖의 사람들을 이방인 혹은 야만인으로 불렀으며, 자신의 정체성과 자신들이 몸담은 공동체에 강한 자부심을 가지고 있었다.

둘째, 철학이 정치의 깊은 곳까지 관여하고 있었을 뿐 아니라, 철학자가 도시국가의 시민들로부터 사랑받고 존경받았다는 점이다.

셋째, 민회를 중심으로 발달한 민주적 도시국가였기에, 자기 의견을 정당화하는 언변술이 핵심이 되었던 소피스트 철학이 당대 철학의 중심이었다는 점이다.

상대적으로 작은 규모여서 구성원들 간의 결속력이 강했던 도시국가에서는 어떤 삶이 공동체 내에서 진정 좋은 삶인지가 중요한 철학적 주제였다. 철학은 말이 아니라 실천이라 믿었던 소크라테스는 좋은 삶이란 공동체의 명령에 복종할 때 실현되는 것이 아니며, 보편적 진리와 정의에서 비롯된 도덕적 원리에 입각해 살아갈 때 실현된다고 본 최초의 인물이었다. 이런 소크라테스의 문제의식은 플라톤과 아리스토텔레스에게도 고스란히 이어

 지는데, 이들은 철학하는 삶을 인간 삶의 방식 중 가장 고귀한 것이자, 인간의 탁월성 중 가장 최상의 것이라고 믿었다. 다만 플라톤은 철학하는 삶을 도덕적 진리를 바탕으로 이를 권력과 연결시키려 했던 반면, 아리스토텔레스는 이런 철학적 삶은 아테네와 같이 민주적이고 정의로운 정체에서만 가능하다고 생각했다.

철학적 삶에 대한 강조는 인간의 영혼(근대적 관점에서는 '**자아**'라고 할 수 있다)에 대한 성찰이 곧 인간다운 삶의 기반을 이룬다는 고대의 지혜를 담고 있다. 이후 중세에 들어오면서 아우구스티누스는 신을 담고 있는 인간의 영혼을 모르고는 진정 신에게 다가갈 수 없다는 발상을 근거로, 고대의 철학적 삶을 종교와 결합시키는데 성공했다.

근대의 시작

마키아벨리에서 시작되어 홉스와 로크라는 철학자가 주창한, 사회계약 전통이 절정기에 이르는 15~17세기의 정치철학이 그것이다.

이 시기에는 두 가지 중심축이 있다. 첫째, 정치와 도덕의 분리다. 마키아벨리에서 시작되는 근대 정치철학은 정치와 도덕은 별개의 영역임을 명확히 하고 있다. 마키아벨리의 정치관은 고대의 정치관과 두 가지 점에서 뚜렷하게 구분된다.

첫째, 정치가 해야 할 질문은 정치란 무엇인가가 아니라 어떻게 정치할 것인가라는 현실적인 물음으로서의 정치관이다.

둘째, 정치란 도덕적 진리를 구현하는 것이라기보다는 특정한 집단 내에서 그들을 하나로 묶어줄 수 있는 집단의식을 형성하는 것으로, 오늘날의 정치 이데올로기의 형성과 유사하다.

두 번째 축은 근대 사상가들이 고대와는 다른 근대적 정치 환경을 어떻게 다루었는가와 관련되어 있다. 마키아벨리의 문제의식은 고대 세계와는 다른 근대 세계의 특이성에서 비롯되었다. 가장 중요한 특이성은 국가의 규모가 고대 그리스와는 달리 크게 확장되었다는 점이다. 국가 규모의 확장은 정치에 심각한 질문이 되었는데, 그 중심에는 공동체의 규모가 확장될수록 공동체를 하나로 묶어줄 수 있는 단일한 근원이나 가치를 찾기 어렵다는 현실적 과제가 있었다. 결국 이런 공동체 규모의 확장은 공동체의 분열 가능성을 제시하는 것이었다.

이런 분열 가능성에는 또 하나의 사회 변화가 더해져 있었다. 바로 근대사회가 개인의 **사적 소유**를 확장하고 있었을 뿐 아니라, 종교적으로 분열되고 있던 시점이라는 사실이다. 사적 소유는 개인의 이익 추구 성향을 부추겼고, 종교적 분열은 국가의 내전과 국가 간의 전쟁으로 번져가고 있었다. 공동체 내에서도 집단별로 이익과 가치가 세분화되고, 종교는 국가의 안전 보장에 현실적으로 도움이 되지 못했다. 따라서 국가를 다스리는 자들은 언제나 '공동체를 어떻게 유지할 것인가'라는 '정체성 유지와 운영'과 관련한 현실적인 고민을 안고 정치를 시작해야만 했다. 거대한 바다괴물로 국가를 상징했던 홉스의 『리바이어던』은 이렇듯 분열되어가던 공동체를 새롭게 집결시킬 강력한 권위의 필요성을 제시한 반면, 사유재산권을 강조했던 로크의 『통치론』은 바뀌어가는 정치적 환경에서 그에 상응하는 새로운 형태의 정치권력을 제시하고 있다.

각기 다른 형태의 근대 권력을 제시했음에도, 세 위대한 근대 사상가에게 공통적으로 내재해 있던 하나의 공통된 생각이 있었다. 그것은 국가권력이 건강하게 유지될 수 있는 기반이 기본적으로 인민들의 지지에 달려있다는 점이다. 마키아벨리의 위대한 군주란 뛰어난 지도력을 통해 집단의식을 형성하고 이를 통해 인민들의 집단적 지지를 얻을 수 있는 자를 의

 미했고, 홉스의 물리적 폭력을 독점한 주권 역시 인민들의 동의에서 비롯됨을 의미한다. 나아가 극단적으로 로크는 정부의 정당성을 판단하는 자가 바로 인민이라고 보고 있는데, 이처럼 세계는 인민이 국가의 중심축으로 등장한 시기였다.

근대의 전개

근대 철학사에서 가장 중요한 인물은 독일 이상주의 철학자인 칸트와 헤겔이다. 이들 사상의 중심에는 '이성'이 있는데, 어떻게 인간이 이성을 따라 혹은 이성 안에서 살아갈 수 있는지가 두 철학자의 주된 관심사였다.

먼저, 칸트의 이성 이론은 **비판철학**이라 불린다. 이성을 신뢰하면서도, 이성으로 알 수 있는 사고의 한계와 능력을 확정하는 작업에서부터 논의는 시작된다. 칸트는 인간이라면 누구나 이성을 사용할 능력이 있으며, 그 이성적 능력은 '무엇을 할 것인가'라는 도덕의 문제로 제한된다고 보았다. 누구나 이성을 사용할 수 있다는 신념은 '계몽'으로, 이성적 능력이 도덕적 행위를 만든다는 신념은 '도덕 형이상학'으로 나타났다. 당대의 철학인 칸트의 계몽에 관한 신념은 현실에 대한 비판적인 태도로 이어져 푸코를 비롯한 후기 구조주의 철학과 후설·데리다가 주도하는 현상주의 철학에 스며들었고, 도덕에 관한 신념은 독일의 프랑크푸르트학파와 영미 계열의 롤스주의자들이 이어받고 있다.

헤겔의 이성 이론은 **역사철학**으로 불린다. 칸트의 선험적 이성을 이어받았지만 그럼에도 그것이 인간과 사회를 화해시키는데 실패했다고 비판한 헤겔은, 이성은 이미 우리 삶의 현실에 구현되어왔다는 신념 아래, 그러한 이성의 실체를 찾기 위해 역사와 철학을 결합했다. 헤겔은 인간의 자유의지가 정치·사회·문화라는 모든 제도와 관습이 현실 속에서 그대로 구현된다고 보았으며, 인간은 이런 제도와 관습을 익힘으로써 이성을 배울 수 있을 뿐 아니라 서로 연대감을 갖는 간주관적(間主觀的)인 공동체의 구성원이 될 수 있다고 보았다. 헤겔은 이런 점에서 한 공동체의 문화를 지키는 일을 중요시했다. 이런 전통은 테일러를 비롯한 현대 공동체주의자들로 계승되었는데, 인간의 간주관성은 하버마스의 초기 이론으로 이어지고, 인간과 사회의 화해라는 철학의 임무는 롤스의 정치적 자유주의라는 기획으로 이어지고 있다.

근대의 비판

근대 세계의 특징을 한 마디로 요약한다면, 베버가 정확히 지적하듯 **합리화**의 과정이다. 이런 합리화 과정의 중심에는 이성의 역할이 있다.

이성 중심의 근대 세계에 대한 불만에서 비롯된 강력한 두 명의 비판자가 있다. 그중 한 명인 루소는 맹아적 자본주의 사회가 싹터가는 현실에서 사회·경제적 불평등의 구조가 만들어내는 인간의 수많은 악덕들을 잘 이해하고 있었고, 이런 구조를 바꾸는 데 진정으로 필요한 것은 이성이라기보다는 인류가 보편적으로 공유하고 있는 '연민과 동정심'이라고 보았다.

이성 중심의 근대 세계에 대한 또 하나의 강력한 비판자는 니체다. 니체는 근대사회가 진리라는 이름 아래 허위와 허식으로 가득 차 있음에도, 이런 현실을 의심하지 않고 시대가 부여하는 기준을 따라 살아가는 근대인들이 정말로 주체적인지에 대해 의심했다. 니체는 허위에 가득 찬 세상에 맞서기 위해서는 우리들만의 기준과 법칙을 가져야 하며, 철학자들이야말로 자신들의 기준과 법칙을 통해 세상을 바꾸는 일에 기여해야 한다고 믿었다.

한편 베버와 마르크스의 비판 대상은 자본주의 사회의 성장과 맞물려 진행된 극단적 합리화로, 이는 자본주의적 합리성으로 제시된다. 베버와 마르크스는 자본주의적 합리성이 지배하는 근대 세계에서 인간의 운명에 대해 고민했던 철학자들이었다. 두 사람의 고민은 전혀 다른 방식으로 나타났는데, 베버는 자본주의 사회를 우리의 운명으로 받아들이고 자본주의적 합리성 안에서 자유로울 수 있는 최선의 방법을 찾았던 반면, 마르크스는 자본주의 자체를 제거하는 것을 해결책으로 제시했다. 그러나 두 사람에게서 공통적이었던 것은 자본주의적 합리성의 극복이 합리성이나 이성 자체를 거부함으로써 가능한 것이 아니라, 오히려 진정한 합리성을 회복할 때에만 가능하다고 주장했다는 점이다.

현대의 삶과 철학

20세기 이후 근대성의 자화상을 한마디로 요약해본다면, **도구적 합리성**의 극대화가 길러낸 비합리성의 극대화라고 할 수 있다. 베버의 분석처럼 자본주의의 발전과 맞물린 도구적 합리성의 극대화는 국가·사회·개인의 합리성에 깊이 잠식해 칸트나 헤겔 시대에 통용됐던 합리성의 의미와는 전혀 다른 것으로 발전했다. 칸트나 헤겔 시대의 합리성이라는 말에는 언제나 타자와의 관계 속에서 나의 이익을 어떻게 제한할 것인가라는 '합당성'의 의미가 포함되어 있었다. 그러나 **자기 이익의 극대화**라는 자본주의적 합리성의 발전은 합리성 자체를 단지 자기 이익을 극대화하기 위한 수단과 변명으로 바꾸었고, 20세기는 이런 도구적 합리성의 극대화가 비합리성으로 극대화되어 표출된 시기였다.

20세기 이성의 비합리화는 전체주의라는 극단적 정치 형태로 드러났으며, 전체주의에 대한 두려움은 **가치다원주의**의 인정과 확장이라는 현실로 나타났다. 그러나 자본주의의 발전과 맞물린 가치다원주의는 인간 사회를 분열시키고, 공동선의 미덕을 거부하는 등으로, 자기 이익의 극단화라는 또 다른 문제를 만들었다.

우선 전체주의에 대한 철학적 반향은 다음 세 가지로 나타났다. 하나는 하버마스가 중심이 된 프랑크푸르트학파로, 그들은 이성의 도구화에 맞서 먼저 이성의 힘을 회복하고, 이후 해방된 현대사회를 건설하려 했다. 반면 아렌트는 인간을 정치적으로 책임 있는 존재로 만듦으로써, 전체주의가 빚어낸 인간의 위기를 극복하려 했다.

한편 20세기 전체주의의 야만을 목격한 벌린은 인간의 소극적 자유에 대한 극단적 보호와 집단적 이성의 사용에 대해 부정했다. 이에 대해 롤스는 가치다원주의가 우리 삶의 패배의 증거가 아님을 보여주고, 다양한 가치들이 서로 공존할 수 있는 정의로운 사회의 틀을 제공하려 했다. 한편 데리다는 우리가 구축해 온 모든 질서에 대한 맹목적인 믿음을 풀어헤침으로써, 더 나은 사회를 구축하는 일만이 20세기 이후 우리가 행할 수 있는 정의이자 이성의 위기를 극복하는 대안이라고 주장했다.

이런 합리성의 이면에서 빚어지는 비합리적인 삶의 파편화에 도전한 20세기 이후의 철학에 한 가지 공통점이 있다면, 그것은 시민의 이름으로 새로운 정치공동체를 구축하려 했다는 점이다. 바로 그 점에서 많은 현대 철학자들이 고대 그리스 도시국가의 삶을 정치적 이상으로 삼았다. 그러나 많은 철학자들은 현재의 정치적 조건이 그 시대로 돌아갈 수 없음을 또한 인식하고 있었다. 그들이 생각하는 **시민공동체**는 다양한 방식으로 나타났지만, 그 공통점은 시민의 권리를 가질 때 인간이 진정한 정치적 존재로 살아갈 수 있다는 인식이었다. 이를 위해 그들이 주목한 또 하나의 개념은 **'공공성(publicity)'**이었다. 아렌트의 공적 영역, 하버마스의 공론장, 롤스의 공

 적 이성이란 개념에서 드러나듯, 공공성의 부각은 파편화된 사적 삶의 확장에 맞선 철학자들의 부단한 노력의 결과였다.

(김만권, 『세상을 보는 열일곱 개의 시선 : 정치와 철학에 관한 철학에세이』)

논술시험 공부를 위해 서양철학의 전체 구조와 사상적 기반의 개략을 파악할 필요가 있다.

090
장자_우주와 인생의 깊은 뜻

- **중앙대 2022 인문 모의 [문제 3]**(순자 철학의 한계 서술)
- **중앙대 2020 인문 모의**(공리주의와 장자의 입장에서 '복제 인간에 대한 인간의 행위')
- **한국외대 2013 인문 수시**(의사소통의 다양한 관점 비교 분석: '장자' 지분)
- **성신여대 2013 인문(1) 수시**(가치판단의 상대성: '장자' 지문)

어른들을 위한 동화, 장자

무위자연의 철학

노자와 장자로 대표되는 도가사상의 출발점과 도달점은 **자연**이다. 장자 역시 자연과 더불어 사는 삶을 가장 바람직하게 생각했다. 장자가 자연과 하나가 되어 자연과 더불어 살아간다는 '**무위자연(無爲自然)**'을 주장한 까닭은 당시 사회에 널리 퍼진 거짓 도덕과 기회주의적 태도에 대한 거부감 때문이었다. 도덕과 예의를 강조하면서도 출세를 지향하던 제자백가(諸子百家)의 세속적인 태도를 비판하면서 "무엇인가를 억지로 하지 말라"고 주장한다.

억지로 하지 않으려면 욕심을 버려야 한다. 욕심을 버리면 자연이 보이고, 자연과 하나가 되어 살 수 있는 마음의 눈이 생긴다. 이것이 장자의 눈으로 보는 자연, 즉 '소박한 자유'다. 배고프면 먹고, 추우면 입고, 다른 모든 사람과 함께 누리면서 각각 자신에게 주어진 본성에 충실하면, 서로 구속하지 않고 서로 짐이 되지 않는 소박한 자유의 세계가 열린다.

이런 장자의 사상에서 보면 자연은 그 무엇에도 구속받지 않는 존재다. '타고난 순수함을 지키고 천지의 변화에 순응하며, 무한의 세계에 노니는 것'이 자연이며, '위로는 하늘의 이치에 닿고, 아래로는 삶과 죽음을 잊은 채 처음과 끝을 모르는 것' 또한 자연이라고 장자는 말한다. 이렇듯 장자에게 자연은 모든 존재의 근원이자 모든 존재들이 자신을 맡겨 살아가야 하는 흐름이요 순환이며, 모든 존재가 화목하게 어우러져 누리는 절대 자유의 세계였다.

장자의 도

동양사상에서 '**도(道)**'란 매우 중요한 개념이다. 도란, '마땅히 그렇게 되어야 할 길'로서, 사회가 발전하고 사물을 대하는 사람들의 생각이 깊어지면서 도의 뜻이 확대되어 사회규범으로서는 '반드시 지켜야 할 도리나 법칙', 우주론이나 존재론으로는 '만물의 운행 법칙'이라는 의미가 보태지게 된다.

장자에게 도란 만물의 운행 법칙임과 동시에 인간을 포함한 모든 사물의 근원이다. 운행 법칙으로서의 도는 천도(天道)와 인도(人道)로 나뉘며 천도는 자연의 법칙을, 인도는 사회의 법칙을 뜻한다. 근원을 의미하는 도는 초월과 내재로 표현되는데, 일반적인 사물과는 존재 자체가 다르기 때문에 일반적인 존재보다는 우월하다는 의미에서 '초월'이라고 표현할 수 있으며, 모든 사물에 다 존재하기 때문에 '내재'라고 말하는 것이다.

장자는 "도를 제대로 이해하면 우주 전체를 알게 되고, 우주 전체를 알게 되면 도로써 그것을 볼 수 있다"고 했다. 즉 도는 사람이 반드시 지켜야 할 '도리'요, 따라야 할 '법칙'인 동시에 사물의 본질을 꿰뚫어 그 안에 담긴 진실을 볼 수 있게 하는 '눈'이기도 하다는 말이다.

장자 사상의 핵심 : 만물제동

"만물은 모두 같다(**만물제동萬物齊同**)"는 생각이야말로 장자 사상의 핵심이라 할 수 있다. 장자는 만물이 생김새는 제각각이어도 하나하나의 가치는 모두 같다고 생각했다. 모든 사물의 가치를 정하고 구별 짓는 행위는 인간의 주관일 뿐, 사물이 본래 갖고 있는 보편성은 아니라는 말이다.

인간은 구분과 차별을 서슴지 않는다. 자연에 비한다면 한 줌에 불과한 존재이면서도 그 한계를 깨닫지 못하고 편을 가르고 자신만의 편의를 위해 개발에 매달리기에, 오늘날 각종 자연 재난을 겪고 있다. "만물은 동일한 가치를 지닌다"는 진리를 무시했기에 자연의 응징을 받고 있는 것이다.

또한 인간은 자연과 구별 짓는 데 그치지 않고 온갖 대립적 사고를 만들어낸다. 예를 들면 이것과 저것, 자기와 남, 옳고 그름, 아름다움과 추함, 길고 짧음 등등. 그러나 만물이 같은 가치를 지닌 도의 세계에서는 구별이나 대립은 있을 수 없다.

'제물론'이라고 불리는 만물제동의 사상을 정리해보면, 대략 두 가지로 나눌 수 있다. 첫 번째는 제물(齊物), 즉 만물은 같다는 것이다. 만물의 근거를 이루는 것은 오직 도 하나이므로, 형태는 제각각이어도 그 가치는 같다. 두 번째는 사물의 가치가 같기 때문에 사람들이 사물을 구별하고 차별하는 생각을 바꿔야 한다는 것이다. 그러기 위해서는 사물에 대한 일방적인 생각을 버려야 한다. 나와 상대방이라는 구별조차 하지 말아야 하며, 상대방에 대한 그 어떤 주관적인 판단도 해서는 안 된다. 모든 사물에 의도와 판단이 개입되지 않아야 개인과 사회, 사람과 자연의 조화가 이루어질 수 있다고 장자는 우리를 타이른다.

공자와 장자 : 서로 다른 세계관

공자와 장자는 여러모로 대조되는 인물이다. 먼저 세계관을 비교해본다면, 공자는 현실에 참여하여 자신의 학문과 이상을 적극적으로 실현하

 고자 한데 비해, 장자는 인간 중심의 현실을 뛰어넘어 인간도 자연의 일부라는 본래의 입장으로 돌아가 자연과 하나가 되는 절대 자유의 경지로 나아가야 한다고 생각했다. 인생관에서도 공자는 학문을 닦은 뒤 사회에 나아가 공을 세우도록 장려했다면, 장자는 사회적인 활동에 참여하기를 거부하고 자연이 허락한 본성에 충실한 삶을 바람직하게 생각했다.

두 사람의 이렇게 상반된 세계관과 인생관은 사회에 대한 생각에서도 그대로 나타난다. 공자는 도덕성을 바탕으로 한 관료제로 사회의 안정과 개혁을 추구했고, 장자는 무정부주의에 가깝게 제도와 도덕 자체를 뛰어넘어 **자연과 어우러지는 개성과 자유의 실현**을 강조했다.

두 사람의 의견 차이는 예술관에서도 드러난다. 먼저 유가사상은 예술의 현실적 가치나 기능을 중시하는 실용주의 예술관을 발전시키는데 이바지했다. 이에 비해 도가사상은 정감의 표현을 중시하는 심미적 표현주의 예술관을 형성하는 데 기여했다.

장자가 오늘날에 우리에게 일깨워주는 것은

오늘 우리는 왜 『장자』를 읽으며 지친 삶의 위안으로 삼고 있는 것일까?

첫째, 그의 사상에는 **소외된 삶에 대한 동정**과 부패한 자들의 위선적인 행동에 대한 꾸짖음이 담겨있기 때문이다. 장자의 위선자들에 대한 비판은 매우 직설적이어서 통쾌감이 느껴진다. 장자는 "허리띠 장식을 훔치는 자는 사형을 당하고 나라를 훔치는 자는 제후가 되어 인의를 말하니, 참으로 부당하다"고 했다. 속임수에 뛰어난 자들이 지혜를 앞세워 순수하고 어진 백성을 속이는 일이야말로 자연의 뜻을 거스르는 가장 추악한 행동임을 지적한 말이다.

둘째, 그가 말하는 내용이 우주와 자연 전체에 걸쳐 있기 때문이다.

『장자』에는 붕과 곤 같이 상상만 해도 엄청나게 느껴지는 새와 물고기들도 나오고, 도와 관련해서는 창조론과 우주론까지도 포괄하고 있다. 그는 우주가 유한성을 지닌 안과 무한한 성질을 지닌 밖으로 나뉘어져 있지만, 안과 밖은 유기적으로 통일되어 있다는 **새로운 자연관**으로서의 우주론을 제시했다.

셋째, 삶의 질을 소박함에서 찾는 태도를 꾸준하게 보여주기 때문이다. 장자는 시종일관 "개성과 재능을 마음껏 발휘하기 위해서는 자연으로 돌아가야 한다"고 말하면서, 항상 가난과 더불어 살면서도 그 가난에 구속받지 않았다. 그는 수단을 가리지 않고 부를 누리거나 권세를 가지려는 삶의 자세를 비판했다. 사람들이 평등한 상태에서 서로 돕고 이익을 함께 나누며 모두가 화합하는 **평화로운 삶**을 원했던 것이다.

넷째, 문체의 탁월함을 들 수 있다. 장자의 문장은 정돈된 느낌을 주지 않는다. 그러나 정돈된 문장이란 대체로 어떤 형식에 따르는 글쓰기인 탓에 장자에게 이를 기대하는 것은 적절치 못하다. 장자의 문장에는 **자유분방한 상상력**이 녹아 있고, **날카로운 현실감각**이 들어 있다. 또한 그의 문장에는 풍부한 정서와 시적 운율이 녹아 있다. 그렇기 때문에 우언을 주로 사용하는 장자의 문학적 표현은 후대의 사상과 예술에 좋은 본보기가 되었다.

(조수형 역, 『장자』에서 발췌 · 요약)

『장자』는 논술시험 제시지문으로 가장 많이 출제되며, 따라서 그 사상적 핵심을 이해하고 있어야 한다. 만약 『장자』의 내용이 논술 지문으로 출제되면 그 안에 담긴 인식론적 물음과 관련한 주제 관념을 물을 경우, 이는 십중팔구 '상대주의' 관점을 묻는 것이라고 생각하면 된다.

Part 4

논술 문제로 자주 출제되는 심리 실험 및 개념 10

대입-편입 논술에 꼭 나오는

핵심 개념어 110

091
인간의 제한된 합리성을 설명하는 행동경제학·인지심리학 용어 설명

- **한국외대 2017 인문사회 모의**(행동경제학의 가치함수 의미 설명 및 관련한 경제적 선택 추론)
- **숙명여대 2016 인문(1) 수시 [문제 1]**(제한된 합리성 관련 현상 분석 및 문제 해결방안 서술)
- **광운대 2012 인문(1) 수시 [문제 2]**(위험을 인식하는 인간 행위에 대한 행동경제학적 분석)

인간은 합리적이지 않다

주류 경제학에 따르면, 사람들의 마음을 움직이는 핵심 동인은 개인의 이익이다. 그러나 현실에서 사람들은 자기 자신의 이익에만 연연하지 않는다. **공정성**이라는 중요한 가치를 위해 자신의 이익을 선뜻 버리는 행동도 마다하지 않음이 종종 목격된다.

그렇기에 인간이 기본적으로 (합리적인 방향으로) 이기적이라고 보는 경제 이론만으로는 인간의 행동을 정확하게 예측할 수 없다. 행동경제학·인지심리학은 인간 행동의 불합리성을 강조하는데, 허버트 사이먼(Herbert Simon)은 "사람들이 언제나 옳게 행동하는 것은 아니다"라는 인식의 오류 가능성을 '**제한된 합리성**(bounded rationality)'이란 용어로 설명한다. 특히 다음과 같은 갖가지 편향적인 사고들은 인간이 반드시 합리적으로만 행동하는 것은 아님을 보여준다.

휴리스틱(heuristics)

현실의 상황을 판단하는 일이 너무 복잡하기 때문에 이를 단순화하기 위해 사용하는 '**주먹구구식 사고**'를 말한다. 즉 이것저것 꼼꼼히 따져가며 판단한 후 의사결정을 내리기보다는, 자신이 잘 알고 있거나 과거의 선험적 경험에 따라 대충 판단하고 의사결정을 내리는 성향을 일컫는다. 이러한 사고는 지적 능력의 결함과 정보 부족을 메워주는 긍정적인 측면과 더불어, 사물에 대한 객관적 인식을 방해하는 부정적인 측면을 동시에 갖고 있다.

확증편향

사람들은 자신의 입맛에 맞는 정보는 쉽게 받아들이지만, 그렇지 않은 정보는 애써 무시하려 드는데, 이러한 경향을 '**확증편향**'이라고 한다. 즉 확증편향은 믿고 싶은 것만 믿으려는 선택적 지각 현상에 따른 결과다. 참고로 '편향(bias)'은 확률 이론이나 통계 이론에서 제시하는 기준에서 벗어나는 판단을 말한다.

현상 유지 편향

'닻 내림 효과'라고도 하는데, 닻을 내린 곳에 배가 머물듯이 사람들이 자신에게 친숙한 기억체계를 반복적으로 활용하려 드는 현상 또는 그러한 심리를 일컫는다. 즉 어떤 사항에 대해 판단을 내릴 때, 처음 단계에 제시된 기준에 영향을 받아 판단을 내리려고 드는 현상을 말한다. 대부분의 사람들은 제시된 기준을 그대로 받아들이지 않고 나름의 기준점을 토대로 그것에 약간의 조정 과정을 거쳐 의사결정을 하게 되지만, 그러한 조정 과정 역시 불완전하므로 최초 기준점에 영향을 받아 결정을 내리는 경우가 많다. 이처럼 사람들은 현재의 상황에서 좀체 벗어나려 하지 않는 습성을 갖고, 현재의 상황이 유지되기를 바라는 성향을 갖고 있는데, 이를 '**현상 유지 편향**'이라고 한다.

보유효과

어떤 물건에 대한 가치 평가가 그것의 소유 여부에 따라 달라지는 현상으로, 그 물건을 갖고 있는 사람이 평가하는 가치는 그것을 갖고 있지 않은 사람이 평가하는 가치보다 일관되게 더 높은 것으로 드러난다. 사람들은 일반적으로 같은 액수의 기회비용(대안적 선택 비용)과 실제로 지불한 비용 중에서 후자를 더 소중하게 평가하는 경향을 보이는데, 이처럼 양쪽이 같은 크기였다 해도 **손실 회피 성향**에 따라 실제로 지불한 비용은 과대평가되고 기회비용은 경시되는 현상을 '**보유효과**'라고 한다. 합리성의 관점에서 보면 어떤 물건의 가치는 그것의 소유 여부와 관계없이 독립적으로 결정되어야 함에도 불구하고, 현실에서는 소유 여부가 가치 평가에 영향을 끼치는 경우가 많다.

손실 회피 성향

'**프로스펙트 이론**'의 하나로, 손해를 볼 때의 괴로움이 이익을 볼 때의 기쁨보다 큰 경향을 말한다. 도표를 보면 손실 쪽의 경사도가 더 큰 것이 이를 뜻하는데, 즉 이익의 체감 가치에 비해 손실의 체감 가치가 두 배나 큰 것을 알 수 있다. 이는 "손실의 고통이 이익의 기쁨보다 두 배나 크다"는 인간의 심리를 나타낸다.

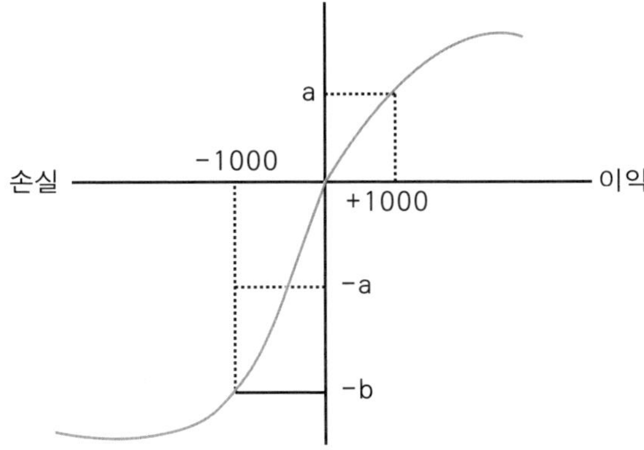

인지부조화 현상

인간은 때때로 불합리한 행동을 하는데, 예를 들어 다이어트 할 것을 결심하고는 "내일부터 다이어트 할 거니까, 오늘 실컷 먹어야지"라고 애써 합리화해가며 폭식을 일삼는 행동이 그것이다. 이와 같은 인간의 비합리성을 설명할 때 '**인지부조화 이론**'이 이용되는데, 인간은 인식과 행동의 모순이 빚어내는 고통에서 벗어나기 위해 희망적인 관측과 둘러대기 변명을 만들어낸다. 한번 정한 결정을 끊임없이 번복하는 것 역시 인지부조화 현상의 하나로 볼 수 있다.

인간의 제한적 합리성을 나타내는 행동경제학·인지심리학 용어와 관련한 개념은 논술시험으로 자주 출제된다.

관련 개념어 제한된 합리성, 휴리스틱, 확증편향, 형상유지 편향, 보유효과, 손실회피 성향, 인지부조화 현상, 게임이론, 죄수의 딜레마, 공정성, 행동경제학, 이기심, 전망이론, 최종제안 게임

092
죄수의 딜레마 게임

- **아주대 2023 인문 수시**(죄수의 딜레마 상황에서 사람들은 협력과 배신 중 어느 것을 선택하는가)
- **숙명여대 2022 인문(2) 수시 [문제 1]**(공공재의 특성과 게임이론을 활용하여 지구온난화에 대한 대응이 어려운 이유)
- **서울시립대 2012 인문 모의**(개인과 사회의 발전을 위해 상생과 경쟁 중 어느 것이 우선하는가)
- **성균관대 2010 인문(2) 수시**(집단 내의 다수에 대한 개인의 동조 현상 비교분석)

남 잘되는 꼴은 못 본다

갈등은 일반적으로 양립할 수 없는 두 가지 조건이나 두 사람 사이의 이해가 충돌할 때 발생한다. 이때 갈등은 한쪽에 이득이 되면 다른 한쪽은 손해를 보는 '제로섬(zero-sum conflict)' 상황과 양쪽 모두에게 이득이 되는 '플러스섬(plus-sum conflict)' 상황으로 구분된다.

플러스섬으로 귀결되는 갈등의 경우, 언뜻 보기에는 제로섬 상황처럼 한쪽의 이득은 상대편에 손해가 되는 것 같지만, 사실은 양쪽 모두 이득을 얻을 수 있는 방법이 존재한다. 인간 행동을 연구하는 게임 이론의 하나인 '죄수의 딜레마 게임'은 사람들이 협력을 통해 모두에게 이로운 결과인 플러스섬의 상황을 유지하는 것이 왜 어려운지를 설명해 준다.

'**죄수의 딜레마(Prisoner's Dilemma)**'는 협력을 통해 서로 이익이 되는 상황을 선택하지 못하고, 더욱 불리한 상황을 선택하는 문제가 발생할 수 있음을 보여주는 유명한 사례다. 상황은 다음과 같다.

구분	A가 자백	A가 부인
B가 자백	2명 모두 중죄	B는 가벼운 죄, A는 중죄
B가 부인	A는 가벼운 죄, B는 중죄	2명 모두 석방

두 명의 용의자가 체포되어 서로 다른 취조실에 격리된 채로 심문을 받으며, 이때 서로의 의사소통은 불가능하다. 이들에게는 자백 여부에 따라 다음의 선택이 가능하다.

- 선택1_ 둘 중 하나가 배신하여 죄를 자백하면 자백한 사람은 가벼운 죄를 받고, 나머지 한 명은 중죄를 받는다.
- 선택2_ 서로를 배신하여 죄를 자백하면, 둘 다 중죄를 받는다.
- 선택3_ 둘 모두 죄를 자백하지 않으면, 둘 다 석방된다.

이 경우, 용의자 둘 다 계속해서 묵비권을 행사하면 두 명 모두 석방된다. 이것이 모두에게 가장 좋은 결과다. 하지만 결과는 전혀 다른 양상을 띤다. 이들은, 한편으로는 공범이 자수해버리면 자신의 죄가 무거워질 것이기에 두려워하고, 다른 한편으로는 자신이 먼저 자백하면 공범자보다는 형이 가벼워진다는 생각에 고민하다가, 결국에는 둘 다 모두 자백하고 만다. 두 명 모두 마지막까지 부인하면 석방될 수 있음에도 불구하고, 가장 좋은 결과를 낼 수 없는 것이 바로 이러한 불안심리 때문이다. 이처럼 죄수의 딜레마 이론은 함께 행동하면 모두가 이익을 볼 수 있음에도 불구하고 서로를 믿지 못하여 다 같이 손해를 보는 나쁜 결과를 선택하게 된다는 사실을 보여준다.

이때 두 전략인 묵비권을 '협력', 자백을 '배신'으로 바꾸면, 이를 갖고서 사회 내에서 일어나는 협력관계를 설명할 수 있다. 예를 들어 두 명이 협력해서 일하면 좀 더 높은 성과를 올릴 수 있지만, 두 명 모두 다른 사람의 일에 **무임승차**해가며 게으름을 피우더라도 오히려 더 많은 이익을 얻을 수 있기 때문이다. 그렇기에 경제적 인간이라면 당연히 배신을 선택할 것이다.

그러나 실험에 따르면 약 30~70%의 사람들이 **협력**하는 행동을 선택한다고 한다. 이는, 상대방의 선택을 단지 추측할 수밖에 없는 상황에서 사람들은 자기 보호를 위해 '경쟁'을 선택하기 쉽지만, 상대방의 우호적인 태도를 직접 확인할 수 있는 경우에는 서로 협력하려 든다는 사실을 보여준다. 결국 갈등을 해소하고 협력을 유발하기 위해서는 상대방과의 **의사소통**이 중요한 요소로 작용함을 알 수 있다.

인간의 본질 및 인간 행동의 동기와 관련하여 제시지문으로 출제되거나 관련한 사례·이론으로 자주 등장하는 실험으로, 때로는 이를 응용한 수리문제로 출제되기도 한다.

관련 개념어 게임 이론, 죄수의 딜레마, 공유지의 비극, 공정성

093 사슴사냥 게임

■ **한양대 2010 인문 수시**(국가 간 이민·동화 정책의 비교와 정책의 문제점 비판)

사회적 협력이 가능한 이유

'**사슴사냥 게임**'은 조건을 달리하면 '협력'이 일어날 수 있다는 사실을 보여준다. 이 게임에서 사슴을 사냥하기 위해서는 두 명의 사냥꾼이 힘을 합쳐야 한다. 하지만 토끼 사냥은 혼자 할 수 있다. 사냥꾼 A와 B가 함께 사슴을 사냥하기로 약속했는데, 갑자기 그 옆으로 토끼 한 마리가 지나간다. 이때 토끼와 사슴 중 무엇을 함께 잡아야 할까? 사냥꾼 A, B의 선택에 따른 결과는 다음과 같다.

구분	사냥꾼 A 사슴	사냥꾼 A 토끼
사냥꾼 B 사슴	(4, 4)	(0, 2)
사냥꾼 B 토끼	(2, 0)	(2, 2)

함께 사슴을 잡으면 둘 다 4의 이득을 얻는다. 하지만 어느 한쪽이 배반하면, 배반하는 사람은 2를 얻는다. 둘 다 배반하면 각각 2를 얻는다. 둘이 협력하면 둘 다 4의 이익을 얻지만, 배반한다면 2밖에 얻지 못하므로 협력을 하게 된다. 이럴 경우 **사회적 협력**이 생기는 것이다. 게임이 반복되거나, 서로 협력을 할 수밖에 없는 구조가 만들어지면 이기적인 사람이라도 협력을 할 수밖에 없게 된다. 죄수의 딜레마와 공유지의 비극에서 벗어날 길이 보이는 것이다.

죄수의 딜레마 상황과는 달리, 협력을 통해 '플러스섬'의 상황으로 이어질 수 있음을 보여주는 실험사례로, 이 역시 인간의 본질 및 인간 행동의 동기와 관련하여 제시지문이나 관련한 사례·이론으로 출제될 가능성이 있다.

관련 개념어 게임 이론, 죄수의 딜레마, 공유지의 비극, 공정성

094
최종제안 게임

- **한양대 2023 인문(1) 수시**(확증 편향)
- **서울시립대 2020 인문 수시 [문제 2]**(행동경제학의 핵심 개념인 '손실에 대한 상대적인 거부감이 큰 이유' 분석)
- **국민대 2013 인문 수시 [문제 3]**(최종제안 게임을 응용한 국제분쟁 해결 방안 제시)
- **한양대 2012 상경 모의 1차**(인간은 자기 이익의 원칙에 따라 행동하는가: 최후통첩 게임이론 응용)
- **성균관대 2011 인문(3) 수시**(행위 주체의 본성에 기초한 기업의 사회적 존속 가능성: 최종제안게임)
- **고려대 2010 인문 모의**(부끄러움 · 수치심과 관련한 공정성 문제)

이기심과 공정성 사이

인간이 이기적인 태도를 취할 수 있는 상황에서 정말로 그런 행동을 하는가를 설명하는 대표적인 실험이 바로 최종제안 게임이다. 이 실험을 통해 현실적인 상황에서 사람들은 얼마나 이기적인 행동을 하는지 관찰해 볼 수 있다.

'최종제안 게임(**최후통첩 게임**이라고도 한다)'의 실험 대상이 되는 두 사람은 예전에 단 한 번도 만난 적이 없는 낯선 이들이다. 실험을 주관하는 이는 이 두 사람에게 일정한 금액의 돈을 건네주고 일정한 절차에 따라 이를 나눠 가지라고 말한다. 이들은 낯선 관계이기 때문에 우정이나 체면 같은 것은 생각할 필요 없이 각자 원하는 대로 행동할 수 있다. 아무 거리낌 없이 이기적으로 행동해도 되는데, 이때 우리가 알고 싶은 것은 이런 상황에서 사람들이 정말로 이기적으로 행동하느냐 하는 점이다.

이 실험에서 어떤 한 사람에게 10,000원을 주면서 그 자신과 다른 사람이 이를 나누어 가질 것을 제안한다. 이때 상대방은 거부권이 있으며, 상대방이 제안을 거부할 경우에 두 사람 모두 한 푼도 받지 못하게 된다.

이 문제는 확실한 정답은 없다. 하지만 각자가 경제적·이기적 인간이라고 가정한다면, 제안자 자신이 9,900원을 갖고 상대방에게는 100원만 건네준다면 그것이 정답이 된다. 상대방도 경제적 인간이기 때문에 0원보다는 100원이라도 받는 게 나을 것이다. 따라서 제안하는 금액이 100원이더라도 이를 거부하지 않을 것이다. 이기적인 제안자는 이 사실을 정확히 예측하고 있기 때문에, 자신의 몫이 가능한 한 많아지도록 하기 위해 상대방의 몫으로 100원을 제시하고 9,900원을 수중에 넣을 것이다.

그 결과, 거의 모든 실험에서 이기적·경제적 인간처럼 행동(100원을 제안)하는 사람은 거의 찾아볼 수 없었고, 대부분의 사람들은 상대방에게 30~50%의 금액을 제안하는 것으로 나타났다. 40명의 학생을 대상으로 한 실험에서도 평균 제안 금액은 4,820원이었다. 이때 5,000원을 제안한 학생이 가장 많았고, 5,000원 미만을 제안한 사람은 4분의 1밖에 없었다. 최저액은 2,500원이었다. 즉 많은 사람이 상대방에게 최소한 **40% 이상의 몫을 제안하는 관대함**을 보였고, 심지어는 반반씩 나누자는 제안을 하는 사람도 생각 밖으로 많은 것으로 드러났다.

이 실험에서 드러난 또 하나의 흥미로운 점은 상대방이 보인 태도다. 그가 합리적인 사람이라면 0보다 더 큰 금액을 얻을 수 있는 모든 제안을 받아들일 것이라고 예상할 수 있다. 그러나 실험 결과는 예상을 크게 빗나갔다. 즉 자신이 생각하기에 너무 적은 금액밖에 얻지 못한다고 느끼면 그 제안을 서슴없이 거부해버리고 마는 것이었다. 대략 자기 몫이 20%에 미치지 못하는 경우 제안을 받아들이지 않는 것으로 나타났다.

일반인들은 주류 경제학 이론이 예상할 법한 이기적인 행동을 하지 않는다. 그렇다고 해서 "인간은 이기적이지 않다"라고 단순히 결론내릴 수도 없다. 이 실험에서 명백하게 드러난 사실은, 인간은 개인적인 이익 못지않게

 공정성을 매우 중요하게 생각한다는 점이다. 현실에서의 사람들은 자기 자신의 이익에만 연연하는 것이 아니라, 공정성이라는 중요한 가치를 위해 자신의 이익을 선뜻 포기하는 행동도 마다하지 않는다는 것이다. 이를 통해 알 수 있듯이, 인간은 기본적으로 이기적인 성향을 갖는다고 보는 경제 이론만으로는 인간의 행동을 정확하게 예측할 수 없다.

인간의 본질 및 인간 행동의 동기와 관련하여 제시지문으로 출제되거나 관련한 사례·이론으로 자주 등장하는 실험으로, 때로는 이를 응용한 수리문제로 출제되기도 한다.

관련 개념어 게임 이론, 죄수의 딜레마, 공유지의 비극, 공정성, 최종제안 게임(최후통첩 게임)

095 전망 이론

- **성신여대 2024 인문(1) 수시**(현상 유지 편향인 넛지를 활용한 사례분석 및 사례적용 설명)
- **광운대 2012 인문(1) 수시 [문제 2]**(위험을 인식하는 인간 행위에 대한 행동경제학적 분석)
- **연세대 2011 인문 모의**(합리성이란 무엇인가: 인간의 의사결정 행위_전망이론 적용)

부자가 돈에 집착하는 이유

'**전망 이론(Prospect Theory)**'은 불확실한 조건에서 인간이 잠재적 손실과 이익을 평가하여 결정하는 행동 양식을 새로운 시각에서 설명한 이론이다. 미국의 심리학자 대니얼 카너먼과 동료인 아모스 트버스키는 이를 통해 경제학에 심리학적 실험 기법을 도입함으로써, 행동경제학이라는 새 분야를 개척하였다. 2002년 카너먼은 전망 이론을 정립한 공로를 인정받아 버논 스미스와 함께 노벨경제학상을 수상했다.

다음 도표는 횡축이 손실과 이익, 중앙이 준거점, 종축이 주관적 평가다. '주관적 평가'는 다소 복잡한 뜻이지만, '효용' 또는 '투자심리'라고 생각해도 무방할 듯하다. 투자자는 기본적으로는 이익을 내기 위해 투자한다. 따라서 이는 '손익=자신의 투자심리에 따라 움직이는 효용가치'로도 볼 수 있다. 이익이 상승하는 부분만큼 기분(즉 효용)이 좋아지는 반면, 손실을 내게 되면 그만큼 기분이 나빠지는 것은 당연하다. 이러한 효용선은 45도 기울기의 직선으로, 합리적인 투자심리를 나타낸다. 하지만 실제로는 반드시 그렇지만은 않은데, 이는 도표로써 설명 가능해진다. 이를 '전망 이론'이라고 부른다.

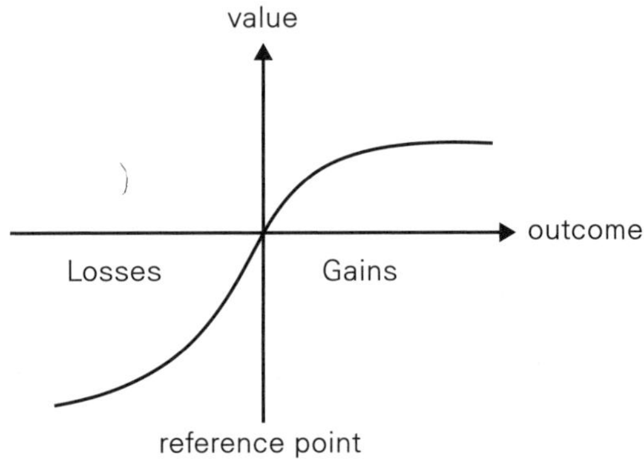

전망 이론은 간단히 말해, 사람들이 이익(outcome)보다는 **손해(Loss)를 더욱 크게 느낀다**는 이론이다. 그림을 보면, 손해의 기울기가 훨씬 아래로 처져 있다. 우리가 합리적인 사고를 한다고 치면, 좌우편이 대각선으로 대칭을 이루어야 하는데, 실제로는 그렇지 않다. 사람들은 손해 보는 것을 너무나 싫어하기 때문에, 의사결정 시에 이성적 판단보다는 감성적 판단이 앞설 수 있다는 얘기다. 결국 이익을 볼 수 있는 경우에는 상대적으로 손해가 없는 좀 더 안전한 선택을, 손해가 예상되는 경우에는 혹시 최소한의 이익이라도 낼 수 있기를 기대하여 위험한 선택을 선호하게 된다.

예를 들어, '1만 원의 이익 vs. 1만 원의 손실'과 '101만 원의 손실 vs. 99만 원의 손실'은 둘 다 차액이 2만 원이다. 그렇지만 효용의 움직임의 폭은 같지 않은데, 다시 말해 전자의 경우, 1만 원의 이익을 볼 경우에는 기분이 급격히 좋아지지만, 1만 원의 손실을 보게 되면 기분은 급격히 나빠지게 된다. 그러나 후자의 101만 원의 손실과 99만 원의 손실은 '같다'라고 생각하는 경향이 높다. 즉 사람들은 '101만 원 잃었느냐 99만 원 잃었느냐'보다도 '1만 원의 승부에서 질 수 없다'는 생각을 중시하여 비록 그 이익이 소액임에도 불구하고 크게 신경을 쓰는 반면, 이로 인한 손실의 확대는 방치하는 경우가 많다(이것을 '민감도 체감성'이 크다고 하는데, 그렇기에 앞의 그래프가 급경사한 후에 완만한 추세를 보이는 것이다).

본래 돈의 가치는 그 절대금액 또는 구매력에 있다. 전통적 효용 이론에서 이렇게 규정하고 있으며, 또한 굳이 이론이 아니더라도 우리의 상식으로 이해할 수 있다. 하지만 통장에 1,000만 원쯤 넣어 둔 성실한 당신이 내기를 해서 10만 원을 잃었다면 사정이 달라질 것이다. 여전히 통장에 남아있는 990만 원보다 잃어버린 10만 원에 대한 안타까움에 젖어 시간을 보내지 않을까? (실제, 도박으로 돈을 다 날리는 경우가 바로 이런 이유 때문이다.)

이처럼 프로스펙트 이론에서는 돈의 절대금액보다는 '**소비자의 준거점**(reference point)'이 평가의 가치를 결정한다고 본다. 10만 원을 잃어버린 슬픔은 990만 원의 효용보다 10만 원의 비효용에 무게를 둔 결과다. 이처럼 나름의 준거점을 정해두면 돈의 가치는 준거점에 따라 달라질 수밖에 없다. 3억 원짜리 아파트를 매입한 게 아니라 월세 50만 원의 아파트로 이사하면서 300만 원짜리 TV를 아무렇지도 않게 구매하는 사람은 별로 없을 것이다. 기준 금액이 적어지면 그것에 맞춰 물건을 구매하는 것이 사람의 심리이기 때문이다. 고려해야 할 것은 '얼마가 늘었다', '얼마를 썼다'는 절대가치다. 냉정하게 절대금액에 주목해보자.

연봉 4,000만 원에서 1만 원이 늘었다고 하면 별로 기쁘지 않다. 하지만 그 추가된 1만 원으로 맥주 2캔과 간단한 안주거리를 살 수 있다는 사실에는 변함이 없다. 이 절대적인 가치를 간과해서는 안 된다.

(김태희 역, 『만화로 배우는 주식투자의 심리학』의 내용 일부 발췌·요약)

위험 인식에 대한 준거점이 다르다

전망 이론의 가장 중요한 발견은 손실을 끔찍하게 싫어하는 인간

 의 행태에 관한 것이다. 다음과 같은 실험을 통해 사람들의 '**손실 회피**(loss aversion) 성향'을 단적으로 보여줄 수 있다.

- 당신은 150만 원을 딸 확률이 50%, 100만 원을 잃을 확률이 50%인 내기를 하겠는가?

이 물음에는 내기를 하겠다는 응답자가 거의 없었다. 내기의 기대이익이 25만 원[(150×0.5)-(100×0.5)=25]이지만 사람들은 위험을 안으려 하지 않았다. 이익이 적어도 손실의 두 배는 되어야 내기를 받아들였다.

- 당신은 100만 원을 확실히 잃겠는가, 아니면 50만 원을 딸 확률이 50%, 200만 원을 잃을 확률이 50%인 내기를 하겠는가?

이번에는 대부분 내기를 받아들였다. 내기의 기대이익은 -75만 원[(50×0.5)-(200×0.5)= -75]이다. 사람들은 100만 원을 확실히 잃는 것보다는 위험을 안더라도 손실을 피할 수 있는 내기를 선택했다. 이익을 위해서는 굳이 위험을 안으려 하지 않던 이들도 손실을 피할 수 있다면 기꺼이 위험을 안으려 한다. 즉 사람들은 손실에 특히 민감하게 반응하는 경향을 보이는데, 똑같은 크기의 이익에서 얻는 만족감보다 손실에서 느끼는 박탈감이 더 크기 때문이다.

행동경제학의 핵심 이론으로, 인간 행동의 비합리성과 관련하여 제시지문으로 출제되거나 관련한 사례·이론으로 자주 등장하는 실험이다. 때로는 이를 응용한 수리문제로 출제되기도 한다.

관련 개념어 전망 이론, 준거점 의존성, 제한적 합리성

096 프레이밍 효과

- **한양대 2022 상경 수시**(네트워크 효과와 잠김 현상 분석 및 사례 적용 설명)
- **이화여대 2015 인문(1) 모의**(네트워크 공간 비교 및 파레토법칙의 관점에서 네트워크 관계망 비판)

원하는 답을 얻기 위한 비밀

사람들이 어떤 틀에 의해 상황을 인식하느냐에 따라 행동이 달라지는 것을 가리켜 '**틀 짜기 효과(framing effect)**'라고 부른다. 심리학자들은 사람들이 선택을 할 때 특정한 '결정 틀(decision frame)'을 사용한다고 설명한다. 그 선택과 관련한 행동, 결과, 그리고 대상을 여러 가지 다른 시각에서 인식할 수 있듯이, 선택과 관련한 문제를 여러 가지의 다른 틀로 인식할 수 있으며, 그 중 어떤 틀에 의해 인식하느냐에 따라 행동은 달라질 수 있다는 것이다.

우리는 왜 손실 앞에서 무모하고, 이익 앞에서 겁이 많아질까

다음은 이것과 관련한 실험의 하나다. 어떤 나라의 방역당국은 정글 모기가 퍼트리는 신종 전염병에 맞서고 있다. 이 병을 방치하면 600명이 목숨을 잃게 된다. 당국은 두 가지 전략을 마련했다. 예상되는 결과는 다음과 같다.

- A안에 따르면 200명이 살게 된다. B안에 따르면 600명이 다 살 확률이 1/3, 아무도 살지 못할 확률이 2/3다.

당신은 어느 쪽을 택할 것인가? 이 물음에는 응답자 대부분이 A안을 선호했다. 200명의 목숨을 확실히 구할 수 있는 A안보다는 결과가 불확실한 B안을 꺼리는 '**위험 회피**(risk aversion) 성향'을 보여준 것이다. 그러나 다음과 같이 말을 바꾸어 물어보면 어떨까?

• A안에 따르면 400명이 죽는다. B안에 따르면 아무도 죽지 않을 확률이 1/3, 600명이 다 죽을 확률이 2/3다.

이번에는 대부분 B안을 선호했다. 400명이나 확실히 목숨을 잃는 걸 지켜보느니, 가능성은 낮지만 모두를 살릴 수도 있는 모험을 택하겠다는 것이다. 위험 회피적이던 응답자들이 갑자기 '**위험 추구**(risk-taking) 성향'으로 바뀐 것이다.

이 사례에서 알 수 있듯이, 단지 대책 효과에 대한 설명을 바꿨을 뿐인데도 사람들의 선호가 뒤바뀌는 것은 심리학 실험에서 흔히 나타나는 현상이다. 문제의 핵심은 사람들이 대책 효과를 **어떤 틀에 의해 인식**하느냐에 있다.

첫 번째 물음에서는 '몇 명이 살게 되느냐'는 틀로 인식하는 반면, 두 번째 물음에서는 '몇 명이 죽게 되느냐'는 틀로 인식하는 차이가 있다. 각 대책에 대한 설명을 바꿈으로써 사람들로 하여금 다른 틀로 인식하게 만드는 효과를 가져왔고, 그에 따라 선호도가 뒤바뀌는 결과가 일어난 것이다.

이처럼 같은 문제이더라도 대안을 어떻게 제시하느냐에 따라 선택이 달라지는 것은 바로 프레이밍(framing) 효과 때문이다. 심리학자 대니얼 카너먼(Daniel Kahneman)과 아모스 트버스키(Amos Tversky)가 행한 이 실험은 사람들이 늘 합리적인 판단을 내리지는 않는다는 것을 보여준다. 첫 번째 물음에서 200명을 확실히 살리는 A안을 선택한 것이 합리적인 선택이었다면, 두 번째 물음에서도 같은 A안을 선택해야 합리적이라 할 수 있다. 하지만 결과는 그렇지 못했다.

행동경제학의 핵심 이론으로, 인간 행동의 비합리성과 관련하여 제시지문으로 출제되거나 관련한 사례·이론으로 향후 출제될 가능성이 높다.

관련 개념어 전망 이론, 준거점 의존성, 제한적 합리성, 프레이밍 효과

097 분배의 공정성과 관련한 행동경제학적 실험

합리적 결정의 어려움

행동경제학자들에 따르면, **공정(公正)**은 '손실 회피 성향'이나 '보유효과'와 밀접하게 관련된다. 보유효과에 따르면, 자신이 보유한 물건에 대한 평가 금액은 그것을 소유하지 않았을 경우에 이를 구입하기 위해 지불할 만하다고 생각하는 금액보다 크다. 또한 현상 유지 편향에 따르면, 사람은 현재 상태에서 변화하는 것을 회피하는 경향이 있는데, 이때 손실 회피 성향이 발동하면 현상 유지를 위한 지향성이 더욱 강해진다.

이처럼 어떤 행위나 상태 변화가 공정한지 불공정한지는 종종 판단의 기준점인 준거점과 그로부터의 이동 방향에 기초하여 판단된다. 따라서 준거점이 어디에서 결정되는지를 파악하는 것이 무엇보다 중요한데, 특히 **분배의 공정성**을 고찰할 때는 **준거점 의존성**과 **손실 회피성향**이라는 두 측면을 고려해야 한다.

분배의 공정성은 분배와 재분배라는 두 가지 측면에서 판단해야 한다. 분배 측면에서는 재산의 크기 또는 부의 수준에 따라 결정되는 효용(평가)의 크기가 공정성의 기준이 된다. 그러나 재분배의 측면에서는 어떤 상태로부터의 변화를 고찰해야 한다. 이 경우 효용을 결정짓는 것은 전망 이론이 시사하듯, 준거점으로부터의 이동이다. 그 이동이 이익인지 손실인지에 대한 평가는 크게 달라지는데, 이는 공정성에 대한 판단이 준거점으로부터의 이동에 의존하기 때문이다.

손실 회피성향은 분배 측면보다 **재분배** 측면에 있어서 특히 중요하다. 어느 개인의 분배, 즉 부의 정도에 대한 평가는 타인의 분배 수준(즉 타인과의 관계)에 따라 결정되는 특정 기준에 의해 평가되며, 따라서 그 특정 기준보다 낮은 수준의 분배를 받는 사람은 손실(즉 분배가 정의롭지 못하다)로 생각할 것이며 반대일 경우에는 이익(즉 분배가 정의롭다)으로 받아들일 것이다. 하지만 재분배에서의 준거점은 타인의 분배 수준이 아니라, 자신의 과거 상태를 기준으로 한다. 부유했던 상태를 준거점으로 하는 경우에 분배의 감소는 손실로 느껴지고, 증가는 이익으로 생각될 것이다. 결과적으로 손실 회피성향에 따라 재분배의 효과는 달라진다.

카너먼과 버레이는 손실 회피성을 기초로 분배와 재분배의 공정성에 대해 다음과 같은 실험 결과를 얻어 냈다.

【질문1】

희귀 난치병을 앓고 있는 2명의 환자 A와 B가 의사의 치료를 받고 있다. 투약을 하면 그 병으로 인한 고통은 완화된다. 그러나 분량이 한정되어 있어서 의사는 하루에 48정밖에 입수할 수 없다. 의사는 그 약을 환자 A, B에게 어떻게 분배할지를 결정해야만 한다. 아래 내용은 의사는 물론 환자 2명 모두 알고 있다고 가정한다.

- 환자 A는 1시간의 고통을 완화하기 위해서 3정의 약이 필요하다. 환자 B는 1시간의 고통을 완화하기 위해서 1정의 약이 필요하다.

당신이라면 48정의 약을 환자 A와 B에게 어떻게 분배할 것인가? (분배 후 거래는 할 수 없다.)

이 질문에 대해 약을 먹고 고통을 느끼지 않는 시간을 모두 같도록 분배한다(A 36정, B 12정)는 답변이 77%를 차지했다. 이에 비해 24정씩 분배하면 A는 8시간, B는 24시간 고통을 완화할 수 있기 때문에, 사회적(A와 B의 합계)으로 고통을 최대한 완화시킬 수 있다는 관점에서는 24정씩 분배

 한다는 답변이 있을 수 있다. 하지만 이를 선택한 사람은 소수였다.

다음은 이것을 출발점으로 하여 재분배에 대해 다시 생각해보자.

【질문2】

(질문1과 같은 설정이지만 고통의 상태는 다르다.) 환자 A, B 모두 고통을 1시간 완화하기 위해 약 1정이 필요하다. 이때 그들에게 각각 24정씩의 약을 주면, 2명 모두 고통이 없어진다. 이 상태가 여러 달 계속됐다. 그러나 환자 B의 상태가 갑자기 악화되어 고통을 1시간 완화하기 위해서 3정의 약이 필요해졌다. A는 변화가 없다. 당신이 의사라면 48정의 약을 A와 B에게 어떻게 재분배할 것인가? (분배 후 거래는 할 수 없다.)

이 질문에 대해서는 50%의 사람들이 고통 시간이 같도록 하는 재분배(A 36정, B 12정)를 선택했다. 답변자 중에는 그 누구라도 타인의 불운에 대해 이를 분담할 것을 강요할 권리가 없다는 이유를 들어 재분배에 반대하는 사람도 있었다. 또한 질문 내용을 바꿔, 1명의 상태가 갑자기 좋아진데 따른 재분배에 대한 질문에는 70%의 사람들이 고통 시간을 같게 할 수 있는 재분배를 선택했다.

물론 이런 사례를 근거로 경제적인 분배 문제에 대한 의미 있는 정책적 제언을 곧바로 이끌어내기는 어려울 것이다. 하지만 분배와 재분배 문제를 고려할 때는 일정 시점에서의 상태는 물론 상태의 변화까지도 구분해서 고려하고, 더불어 그 변화가 초래하는 평가(효용)의 크기까지도 고려해야 한다고 말할 수는 있다. 물론 그 경우에는 준거점 의존성과 손실 회피성향을 충분히 고려해야 한다.

(도모노 노리오, 『행동경제학』에서 발췌·요약)

공공재의 무임승차(free rider) 문제나 죄수의 딜레마 상황에서의 협력행동 등에서의 공정성에 대한 이해를 구하는 문제로 출제될 수 있는 사례다. 또한 소득과 행복의 관계에서, 사람들은 자신이 남들보다 행복하지 않다고 생각하는 근거로서의 '상대적 박탈감'을 설명하는 사례이기도 하다.

관련 개념어 전망 이론, 준거점 의존성, 제한적 합리성, 공정성

098
B. F. 스키너의 보상과 처벌에 관한 행동주의 이론

■ **상명대 2015 인문 수시 [문제 1]**(스키너의 강화의 방법과 검의 방법을 비교 분석)

인간은 주무르는 대로 만들어진다

미국의 대표적인 행동주의 심리학자 B. F. 스키너는 동물실험을 통해 **보상 강화**가 행동 형성과정에 크게 영향을 끼친다는 사실을 보여주었다. 그는 음식과 지렛대, 그 밖의 환경 자극을 이용하여 일련의 실험을 전개해나갔다. 그리하여 언뜻 보기에 자율반응처럼 보이는 것들이 실제로는 어떤 자극에 의해 유도된 것임을 실험으로 증명함으로써, 오랫동안 지지해온 인간의 '자유의지'라는 개념에 의문을 제기했다.

스키너는 인간과 동물을 대상으로, 어떤 행동(반응)에 대해 이를 선택적으로 보상하거나 처벌함으로써 그 행동(반응)이 일어날 확률을 높이거나 낮추는 '**조작적 조건화**'를 연구·발전시켜 나갔다.

당시 그는 이른바 유심론(唯心論)이라는 것, 심지어 인간의 '마음' 역시 전혀 의미가 없고 또 아예 존재하지 않는다고 주장하면서, 심리학은 오로지 구체적이고 측정 가능한 행동에만 집중해야 한다고 강조한다. 그가 추구한 이상 세계는 조건반사를 이용하여 시민들을 착한 로봇군단처럼 훈련시킬 수 있도록, 행동심리학자들로 정부를 구성하여 전 세계 커뮤니티를 만드는 것이었다. 그는 그 자신이 실험을 통해 이끌어낸 인간의 기계론적 본성으로 인해 심리학자들 가운데 가장 심하게 비판받고 있지만, 그의 심리학적 업적은 날로 기술이 진보하는 오늘날에도 현대적 의의를 지닌다.

조작적 조건화

스키너는 동물의 행동을 단순하면서도 이해하기 쉽도록 상황을 설정한 상자(이를 '스키너 상자'라고 부른다)를 만들고 쥐의 행동을 구체적으로 관찰하였다. 이를 통해 스키너는 쥐에게 음식을 보상으로 줄 경우 지렛대를 누르는 방법을 빨리 배운다는 것을 알아냈다. 그리고 쥐들이 지렛대를 밟으면 음식이 생긴다는 사실을 우연히 알고 나면, 그 보상을 토대로 그 우연한 일을 의도적으로 만들어낸다는 사실을 알게 됐다. 뿐만 아니라 그는 보상을 주지 않거나 그 횟수를 바꾸는 실험을 통해 오늘날까지 유효한, 반복 가능하고 보편적인 행동의 법칙을 발견했다. 그 핵심은 보상이 비정기적으로 이루어질 때 행동이 소멸되기 가장 어렵다는 사실이다.

이를 통해 그는 비로소 인간이 저지르는 어리석은 행동의 대부분을 체계적으로 설명할 수 있었다. 즉 보상이 지속적으로 발생하지 않는데도 인간이 어리석은 행동을 계속하는 이유가 무엇인지를 밝혀냈는데, '간헐적 강화'가 그것이다. 스키너는 그 메커니즘과 **우연성이 가진 강박**을 통해 인간의 자주성을 부정함과 동시에, 우리가 마음을 쓰지 않고 훈련을 받으면 어떠한 생물학적 한계도 뛰어넘을 수 있으며, 이를 통해 인체의 한계와 경계 너머로 얼마든지 나아갈 수 있다고 보았다.

사람들은 처벌보다 보상에 더 반응한다

스키너는 자신의 실험 결과에서 도출해낸 것들을 토대로 인간적인 사회정책을 제안한다. 환경이 우리에게 가하는 엄청난 통제력 또는 영향력을 제대로 평가해야 하며, 모든 시민에게 '**긍정적 강화**', 즉 창의적이고 적응력 있는 환경을 만들어주어야 한다고 주장했다.

그는 우리에게 좌절감을 주는 대신 우리 안에서 가장 훌륭한 자아

 를 이끌어낼 수 있는 신호를 보내라고 사회에 요청한다. 즉 인간은 **처벌보다 보상에 더 잘 반응**하기에, 처벌을 중단하는 한편 그들에게 더 이상 굴욕감을 주지 말라고 주장한다. 이것이 우리가 마음이 아닌 행동에 집중해야 한다는 그의 주장이자, 세간으로부터 비난받게 된 반(反)유심론(唯心論)의 총체다.

스키너의 행동 테크닉은 수많은 불안장애 환자들이 공포를 극복하거나 없애도록 도움을 주었는데, 이는 그가 강조하는 긍정적 강화의 힘에서 알 수 있듯이 행동 형성에 있어서 처벌보다 보상이 더 많은 작용을 한다는 것을 입증한다. 이처럼 스키너의 행동주의가 사회적으로 많은 유익한 역할을 담당해 온 것은 분명한 사실이지만, 동시에 인간이 아무 **자유의지도 없는 일개 자동장치**에 불과한 존재라고 하여 인간 행동을 지나치게 조작적으로 몰고 간 점에서 많은 비판을 받고 있다.

(로렌 슬레이더, 『스키너의 심리상자 열기』에서 발췌 · 요약)

인간의 본질(본성), 인간 행위의 동기, 자유의지의 문제, 도덕판단 등과 관련한 논제에서 관련한 제시지문으로 출제되거나 실험 사례·이론으로 향후 출제될 가능성이 높다.

관련 개념어 기계론적 본성, 자유의지와 결정론, 도덕판단

099
스탠리 밀그램의 권위에 대한 복종 실험

- **아주대 2013 인문 수시 [문제 2·3]**(공격성의 다양한 양상 비교 분석)
- **이화여대 2012 인문(1) 모의**(폭력을 바라보는 다양한 시각과 대처 자세)

악(惡)의 평범성

제2차 세계대전 당시 유태인 학살을 총지휘한 사람은 아돌프 아이히만이라는 직업 관료였다. 그는 종전 후 아르헨티나로 도주했으나 1961년 이스라엘 비밀경찰에 체포되어 처형되었다. 아이히만은 재판 과정에서 꽤나 유명한 말을 많이 남겼는데, 자신은 그저 명령에 따랐을 뿐이므로 6백만 명에 달하는 유태인의 죽음에 대해 전혀 책임이 없다고 항변했다. 과연 아이히만의 항변은 타당했는가?

아이히만의 항변이 있고 나서 미국의 심리학자 스탠리 밀그램(Stanley Milgram)은 남들에게 고통을 가하라는 명령을 사람들이 얼마나 잘 따르는지를 알아보기 위해 일련의 연구를 착수했는데, 그 대표적인 것이 권위에 대한 복종 실험이다. 실험의 내용은 다음과 같다.

밀그램은 피험자들에게 처벌이 학습에 미치는 영향을 알아보기 위한 실험이라고 속이고, 선생의 역할을 맡은 피험자(실제로는 실험에 참가한 실험 대상자다)로 하여금 학생에게 기억해야 할 단어들을 읽어주도록 지시했다. 그리고 학생이 착오를 일으킬 때마다 그에게 전기충격을 가하도록 지시했다. 실험이 시작되기 전에 피험자들은 고통스럽고 강한 전기충격을 직접 경험했는데, 실험자는 한술 더 떠 그 정도의 충격은 학생이 겪게 될 전기충격에 비하면 약한 것이라고 설명해 주었다.

실험이 시작되자 학생은 몇 단어를 제대로 기억하지 못했다. 이에 선생은 학생에게 틀렸다는 말을 하고 전기충격을 가하기 시작했다. 그러자 학생은 투덜거리기 시작했고, 전기충격의 정도가 커질수록 학생의 반응은 더욱 거칠어졌다. 충격을 멈춰달라고 사정도 하고, 탁자를 두드리고 발로 벽을 차기도 했다. 실험이 진행될수록 학생은 소리조차 지르지 못했고 결국에는 말도 제대로 못했다. (학생 역할을 하는 사람은 실제로는 실험자와 사전에 짜고 피험자가 누르는 전기충격 강도에 따라 연기를 하는 것이었으나, 피험자들은 그것을 전혀 모르는 상황이다.)
학생이 전기충격을 받고 고통을 호소하자 피험자들은 손에 땀이 나서 안절부절 못하고, 더러는 이따금씩 실험을 거부하기도 했다. 그러나 실험자는 옆에서 계속 충격을 가할 것을 요구했다. 그러면서 실험에 관한 모든 책임은 실험자인 자신이 질 것이므로, 선생 역할을 하는 피험자는 전혀 책임질 필요가 없다고 말해주었다.

과연 피험자들은 어느 정도의 전기충격을 학생에게 가했을까? 즉 사람들은 얼마나 잔인해질 수 있을까?

실험 결과는 매우 충격적이었다. 실험에 참가한 모든 피험자들이 300V의 전기충격을 학생에게 가했다. 그리고 절반이 넘는 65%(40명의 피험자 중 26명)의 피험자가 450V의 전기충격을 가했다. 가정용 전압인 110V 또는 220V에만 감전되어도 위험한데, 하물며 300V 심지어는 450V의 전압이 얼마나 위험한지를 그들이 쉽사리 짐작할 수 있음에도 불구하고 학생에게 충격을 가한 것이다.

이 실험은 합법적인 권위 앞에 놓여있는 상황이라면, 정상적인 사람일지라도 타인에게 심한 위해를 끼칠 수 있는 명령에 얼마든지 복종할 수 있음을 보여 준다. 신뢰할 수 있는 권위와 마주했을 때 무려 65%에 달하는 사람들이 타인에게 치명적인 위해를 가할 정도로 권위에 순종하는 태도를 보였고, 반항적인 성향은 발견되지 않았다.

이는, 우리의 행동은 내면화되고 고착화된 기호로서의 신념과 가치보다는, 기후나 바람처럼 쉽게 변할 수 있는 외적 영향력으로서의 그 무엇에 더 크게 영향을 받는다는 사실을 보여준다. 즉 사람들은 개인적인 성격보다는 각자가 처한 **사회적 상황**에 더 크게 영향을 받는데, 강압적인 권위에 쉽게 복종하려 드는 이유가 여기 있다. 외적 권위에 단단히 설득당하는 상황이 발생하면 아무리 이성적인 사람일지라도 도덕 규칙을 무시하고 명령에 따라 잔혹한 행위를 저지를 수 있다는 것이다.

그렇다면 '아이히만의 항변'은 정당화될 수 있을까? 실험 결과에 따르면, 아이히만의 항변은 어느 정도는 설득력을 갖지만, 그렇다고 그것 때문에 그의 행동이 정당화되는 것은 아니다. 아이히만은 '**사유 불능성(무사유)**', 즉 타인의 처지에서 생각하지 않았기에 그의 행동은 결코 정당화될 수 없으며, 마땅히 자신이 저지른 행동에 책임을 져야 한다. 남의 말을 무조건 믿고 따르다가 패가망신하는 어리석음을 범하지 않기 위해서는 행동에 앞서 **자기의식**이 확실하게 뒷받침되어야 함을 밀그램의 '권위에 대한 복종' 실험은 보여준다.

인간의 본질(본성), 인간 행위의 동기, 자유의지의 문제, 도덕판단, 정의와 관련한 논제에서 관련한 제시지문 및 실험 사례·이론으로 빈번하게 출제되는 실험이다.

관련 개념어 자유의지와 결정론, 도덕판단, 무사유, 권위에의 복종

100
레온 페스팅거의 인지부조화 이론

■ **연세대 2011 인문 수시**(죽음에 대한 비교 및 관련한 추론 문제)

태도와 행동의 불일치

미국의 유명한 사회심리학자인 레온 페스팅거(Festinger)는 '**인지부조화(cognitive dissonance)**' 이론을 체계화하고 여러 기발한 실험을 통해 이를 검증하였다. 인지부조화란 '자신의 행동, 태도, 신념들 간에 어떤 불일치가 일어나고 있음을 인식할 때 생기는 불편한 마음 상태'를 지칭하는데, 사람들은 이를 줄이기 위해 자신의 행동, 태도, 신념을 변경하여 이들 간의 일관성을 회복하도록 노력하고, 이를 통해 자신을 정당화하려 든다는 것이다. 이를 관련한 실험 사례를 통해 설명하면 다음과 같다.

페스팅거와 동료들은 한 연구에서 피험자들에게 다이얼 손잡이를 계속 방향을 바꿔가며 돌려야 하는 과제를 내주었다. 이는 결코 재미있다고는 할 수 없는 과제였다. 피험자들이 지겨워할 무렵이 되었을 때, 실험자는 피험자들에게 다음과 같이 부탁했다. 즉 밖에서 기다리고 있는 다음번 피험자들에게 이르기를, 실험에 참가해서 해야 할 과제가 아주 재미있는 일이라고 말해달라고 부탁했다. 실험자는 한 집단의 피험자에게는 그 부탁을 들어준 대가로 1달러를 지불하겠다고 말하는 한편, 다른 집단의 피험자에게는 20달러를 주겠다고 제안했다. 모든 피험자들은 실험자의 요청을 들어 주었다. 실험자의 요청에 따라 실행된 후, 피험자들에게 앞서 실행했던 다이얼 손잡이 돌리기 과제가 실제 어느 정도 재미있었는지를 보고하게 하였다.

• 실험에서 1달러 받은 집단과 20 달러를 받은 집단 중 어느 집단이 지루한 과제를 더 좋아하게 되었을까?

실험 결과, 누가 더 자신이 한 거짓말을 적극 정당화할까? 1달러를 받은 사람은 자신이 한 거짓말이 들통 나도 단지 1달러만 손해 보는 것이기에 쉽사리 이를 시인할 것이라고 생각하며, 그와는 달리 20달러를 받고 거짓말한 사람은 좀 더 적극적으로 자신의 거짓말을 옹호할 것이라는 게 일반인으로서 갖는 상식적인 생각이다. 그런데 놀랍게도 거짓말에 더 적극적인 사람은 1달러를 받은 사람이었다.

20달러를 받은 사람은 돈을 받고 거짓말을 한 사실을 순순히 시인하려 드는 반면, 1달러를 받은 사람은 적극적으로 거짓말을 부인하고, 심지어 거짓말을 사실인 양 믿으려 했다. 이유가 뭘까? 이는 단 돈 1달러에 거짓말을 했다는 사실이 심히 부끄럽고, 자신이 바보 같은 인간이 되는 것처럼 보이는 게 싫어서라고 말한다. 그래서 자신이 원하는 쪽으로 믿음을 가져가 버린다는 것이다.

인간은 합리화하는 존재다

이처럼 인지부조화 이론에서는, 자신의 믿음 또는 신념과 일치하지 않는 행동에 관여하여 그 대가로 받은 보상이 미미할수록, 사람들은 자신의 믿음을 바꿀 가능성이 높다고 말한다. 스스로 사소한 보상에 반응하여 행동하는 멍청이로 느끼지 않도록 생각하려 든다는 것이다. 자신이 꾸며낸 거짓말을 돌이킬 수 없다면 아예 자신의 믿음 자체를 바꿈으로써 더 이상 생각과 행동 간의 부조화를 겪지 않으려 들고, 그렇게 해서 바보 얼간이가 된 것 같은 불편한 마음으로부터 벗어나려 든다는 것이다.

인지부조화 현상은 이렇듯 심리적으로 모순되는 '인지(생각, 태도, 신념, 의견 등)'가 마음속에서 일어날 때 발생하는데, 이때 사람들은 그러한 부조화를 떨쳐내고 싶어 하면서 심적 불편함을 느낀다. 따라서 페스팅거는

 사람들이 인지부조화라는 불협화음을 겪는 것은 그것에 어떠한 심리적 동인(動因)이 작동하고 있기 때문이라고 말한다. 즉 인간은 자신의 믿음과 일치하는 정보에만 관심을 기울이고, 주변에 자신의 믿음을 지지하는 사람만 두려 들며, 자신이 이미 저질러놓은 것들을 의심하게 만드는 모순된 정보는 애써 무시해버리는 성향을 보인다는 것이다.

그러한 생각에서 벗어나기 위해 사람들은 **자신의 행동을 정당화**하는 방법을 찾아내고, 이를 통해 인지부조화에 따른 불편함을 떨쳐버리려 든다. 예를 들어 차를 탈 때 안전벨트를 매는 것이 안전하다는 사실을 잘 알고 있지만, 그럼에도 안전벨트를 선뜻 매려 들지 않는 사람들이 있다. 이때 그는 생각과 행동 간의 부조화를 줄여나가기 위해 아마도 안전벨트를 매는 것이 불편하다고 말한다거나, 혹은 자신의 뛰어난 운전 실력이 위험한 상황으로부터 스스로를 지켜줄 것이라고 주장할 것이다.

이런 이유로 페스팅거는 인간은 이성적인 존재가 아니라 **합리화하는 존재**라고 하여, 인간 본성을 긍정적으로 바라보지 않았다. 양립 불가능한 생각들이 심적으로 대립할 때, 사람들은 적절한 조건하에서 자신의 믿음에 맞추어 행동을 바꾸려들기 보다는, 반대로 자신이 한 행동에 따라 믿음을 조정하려 든다고 생각했다.

인간의 본질(본성), 인간 행위의 동기, 자유의지의 문제, 합리성과 관련한 논제에서 관련한 제시지문 및 실험 사례·이론으로 출제되는 실험이다.

관련 개념어 인지부조화, 제한적 합리성, 자유의지

Part 5

21세기 사상의 새로운 흐름, 인공지능의 철학 핵심 개념 10

대입-편입 논술에 꼭 나오는

핵심 개념어

110

101
21세기 사고의 대전환- 존재론적 전환

세계는 인간과 비인간 행위자의 결합으로 이루어져 있다

오늘날 인류는 지구 온난화, 에너지 위기, 쓰레기 대란, 인수 공통 전염병의 확산과 함께 인공지능과 빅데이터로 대표되는 4차 산업 혁명이 초래할 수 있는 실로 엄청난 사회 위기와 마주하고 있다.

인류가 이런 위기 상황을 맞이한 이유는 분명하다. 인류가 인간 중심의 이원론적 사고를 따라 과학기술 발전에 몰두하면서, 인간과 비인간 물질 간 '상호관계'의 중요성을 몰각한 때문이다. 인류는 다양한 비인간 사물과의 관계, 즉 인간과 비인간 사물이 서로 영향을 주고받는 **'하이브리드(혼성)'**적 삶 속에서 살아야 하고 또 살아갈 수밖에 없다. 그런데도 인류는 인간 중심의 이분법적 사고에 기초해서 '자연과 사회', '비인간과 인간'을 철저히 구분하는 한편, 비인간(자연, 사물, 기계)을 인간의 영향력 아래 두고서 이들을 철저히 지배하려 들었다. 작금의 위기 상황은 말하자면 '주체-객체'의 이분법적 사고에서 벗어나 비인간을 인간과 **'동등한 행위자'**로 인정해달라는 자연의 요구이자, 인간을 향한 비인간 사물의 역습인 것이다.

종말론적 **'인류세(人類世, 인간세)'**로 요약되는 오늘날의 인류 위기 상황은 오직 인간만이 모든 행위의 주체라는 서구적 인간 중심주의의 귀결이자, 그동안 인류가 자연 생태계를 침범하고 약탈해온 것에 대한 대가라 할 수 있다. 21세기 사유의 대전환은 이러한 인간 인식의 한계와 인류가 직면한 위기를 출발점으로 한다. 기후변화, 생태 위기, 4차 산업혁명 같은 21세기 당면 현안은 인간 행위와 비인간 행위의 상호성 증가로 인해 많은 사회

 문제를 불러일으킬 수 있는데, 인간 중심적 이원론에 기초한 20세기 사상은 더는 이 문제에 대한 올바른 해결책을 제시하지 못하고 있다.

그에 따라 21세기 사상은 바야흐로 새로운 흐름을 맞이하고 있다. 우리가 사는 세계는 인간과 비인간 행위자의 다양한 결합으로 이루어져 있다는 생각을 따라, 인간과 비인간의 경계를 허물려는 시도가 사회 전반에서 일어나고 있다. **'탈 인간적 일원론'**의 입장에서 동물·식물·무생물 같은 생명체는 물론이고 공간·기술·건물 같은 사물 개체를 인간과 동등한 행위자로 간주하면서, 인간과 비인간 사물의 다양하고 역동적인 관계를 이해하려고 노력해야 한다는 의식적인 노력이 그것이다.

그동안의 철학적 사유의 흐름을 주도했던 '인식론적·언어론적' 사유에서 **'존재론적 전환'**이라는 이름으로 인간과 자연의 관계를 **'재설정'**하려는 시도가 활발히 이뤄지고 있다. 철학적 사고에서의 '존재론적 전환'은 현대 탈주체 철학의 중심 사상이자, 인류학과 사회학 같은 인문과학은 물론이고 생태학과 지리학 같은 자연과학을 가로지르는 거대한 사상적 흐름이며, 생태위협, 생명공학 및 인공지능의 부상에 대응하여 인간의 존재 방식을 근본적으로 다시 사유하려는 경향이다. 브뤼노 라투르, 캉탱 메이야수, 마르쿠스 가브리엘, 에두아르도 콘 등의 대표 학자들은 과학기술, 반려동물, 미디어, 환경, 자연 같은 다양한 주제를 탐구하면서, 인간이 다른 사물과 어떻게 연결되어 있는지를 살폈다.

존재론적 전환은 그동안 '물질'을 수동적이고 무기력한 재료로 간주해왔던 서양 중심의 이원론적 인식론을 거부하면서, 인간으로부터 독립해 있는 사물의 **'실재성'**과 함께 '지금, 여기에서' 살아 움직이는 물질의 **'행위성'**에 주목하면서 인간의 존재 방식을 근본적으로 다시금 사유하려 든다. '인간이 바라본 자연'이 아니라 **'자연이 바라본 인간'**, 즉 존재론적 전환을 따라 인간 중심의 세계 이해에서 벗어나 자연의 시각에서 인간을 바라보면, 자연과 인간은 동등한 행위자로서 위치하면서 인간과 타자, 문화와 자연이라는 이분법적 구분은 더는 의미가 없어지게 된다.

인간과 비인간이 동등한 행위자로서 관계하고 있다는 사실은 우리의 일상생활에서 자주 확인된다. 예를 들어, 자동차라는 비물질 '객체'는 인간이라는 능동적 '주체'가 시키는 대로 수동적으로 움직인다고 생각하지만, 반드시 그렇지만은 않다는 사실을 우리는 여러 경험을 통해 확인할 수 있다(자동차 급발진 사고를 생각해볼 것). 만약 인간 행위자가 어떠한 지시를 내리더라도 자동차가 호락호락 순응하지 않는다면, 우리는 자동차가 요구하는 대로 정신과 몸을 움직여야만 안전하게 운전할 수 있다. 여기에서 이른바 물질의 행위성이 확인되는데, 자율주행 자동차가 상용화되면 기계의 자율성은 더욱 커지면서 기계가 인간 행위에 미치는 영향력은 갈수록 커질 것이 분명하다.

21세기 들어 객체 중심, 사물 지향의 존재론적 전환 사고는 분야를 넘나들면서 전방위로 확산하고 있다. 탈인간주의 경향은 학문과 사상, 문화와 예술은 물론이고 과학기술 전반에서 폭넓게 자리하면서 20세기 포스트모더니즘 이후의 가장 큰 흐름으로 나타나고 있다.

존재론적 사유 전환의 사상적 흐름

21세기 철학에서 존재론적 사유로의 '전환'은 크게 다음 네 가지 흐름으로 나타난다.

첫 번째는 **'물질적(존재론적)'** 사유로의 전환으로, 그 중심에 '새로운 실재론'과 '신유물론'이 있다. **'새로운 실재론'**은 주체의 인식에 좌우되지 않는 부정하기 힘든 **'절대성'**을 지닌 '실재'가 있다는 사상의 흐름으로, 캉탱 메이

 야수의 '사변적 실재론', 그레이엄 하먼의 '객체 지향 존재론', 마르쿠스 가브리엘의 '신실재론', 캐런 버라드의 '행위적 실재론'이 이에 해당한다.

다음으로, **'신유물론'**은 과거 유물론과 관념론이 간과했던 물질의 **'행위성'**을 이론화하면서 물질을 중심으로 세계를 고찰하려는 입장이다. 마누엘 데란다의 '새로운 유물론', 브뤼노 라투르의 '행위자-연결망 이론', 제인 베넷의 '생기적 유물론', 로지 브라이도티의 '포스트 휴머니즘', 닉 보스트롬의 '트랜스 휴머니즘', 도나 해러웨이의 '퇴비주의'가 이에 해당한다.

새로운 실재론과 신유물론의 구분은 넓은 의미에서 '신실재론'이라는 동일한 패러다임을 따라 폭넓은 철학적 논의가 펼쳐지고 있는데, 이것을 본론의 설명을 통해 직접 확인할 수 있을 것이다.

두 번째는 **'자연주의적 전환(인지과학적 전환)'**이다. 인지과학 발달에 힘입어 지금까지 베일에 놓여 있던 **'마음'**의 실체와 기능을 밝히는 한편, 뇌 과학을 통해 '도덕'을 설명하는 사상적 경향이 펼쳐지고 있는데, 그 중심에 사유의 자연주의적 전환이 자리한다. 데이비드 차머스의 '자연주의적 이원론', 존 로저스 설의 '생물학적 자연주의', 데이비드 암스트롱의 '기능주의', 폴 처칠랜드의 '소거주의' 등이 이에 해당한다.

세 번째는 **'미디올로지(매개론)' 전환**이다. 문화의 전달 작용을 **'기술'**과의 관계 속에서 논의하는 사상의 흐름이 그것으로, 매체와 인간 문화(사상) 사이의 관계를 뒤엎는 '고고학적 도전'이라 할 수 있다. 중심 사상가로 프리드리히 키틀러, 레지스 드브레, 베르나르 스티글레르가 있다.

네 번째는 **'인류학적 전환'**, 즉 '존재론의 인류학적 전환'이다. 일군의 학자들은 서구 인류학으로는 아무것도 설명할 수 없다면서, 인류학에 동물과 산맥 등 **'자연'**을 포함하는 사상을 열어가고자 시도한다. 대표적인 학자로 메릴린 스트래선, 필리프 데스콜라, 에두아르도 콘이 있다.

여기까지의 논의를 바탕으로 할 때, 21세기 철학의 흐름을 주도하는 사상인 '새로운 실재론', '신유물론', '현대 심리철학'은 모두 인간과 기계의 공존을 도모하는 사상이라 할 수 있다. 이제부터 '존재론적 전환을 따라 전개되는 21세기 철학'의 새로운 사조의 개략적인 내용을 살피되, 우리 눈앞의 현실로 바짝 다가온 핵심 사상인 **'인공지능의 철학'**을 중심으로 설명한다.

관련 개념어 존재론적 전환, 인류세, 새로운 실재론, 신유물론, 자연주의적 전환

102
21세기 사상의 흐름 1 : 새로운 실재론

21세기 들어 상관주의를 뛰어넘어 사고로부터 독립한 '존재'에 주목하는 움직임이 일어나기 시작했다. 사유로부터 독립한, 다시 말해 인간으로부터 독립한 방식으로 **'실재성'**의 본질에 대해 다시금 **'사변적'**으로 생각하기 시작한 것이다.

캉탱 메이야수를 비롯한 많은 사상가가 서양 전통철학의 특성인 상관주의를 비판하면서, 인간이 중심이 되는 철학의 오랜 경향성을 폭로했다. 서양 전통철학은 사유와 언어 바깥의 존재는 인식 불가능하다고 말하지만, 이러한 철학의 경향성은 '절대적 존재자'를 우리의 생각 **'바깥으로'** 몰아낸 것일 뿐으로, 세계(존재)는 인간과는 상관없이 **그 자체로 실재**한다고 보았다. 다시 말해, 세계를 구성하는 '실재'는 대상을 향한 인간의 인식 방식과 관계없이 존재하며, 인간의 의식으로 환원하지 않고도 '우리 없는 세계'를 가리키고 말하는 것 역시 가능하다고 주장했다.

이러한 새로운 실재론의 사상적 흐름은 '사변적 실재론'이라는 새로운 철학 운동을 탄생시킨 '2007년 영국 런던대 골드스미스칼리지 워크숍' 논의에서 비롯됐다. 레이 브라시에(프로메테우스주의)의 주도로 그레이엄 하먼(객체 지향 존재론)과 해밀턴 그랜트(생기론적 관념론), 그리고 캉탱 메이야수(사변적 실재론)가 한자리에 모였고, 네 명의 저명한 철학자가 논의한 공통분모를 뽑아 워크숍 이름을 **'사변적 실재론'**이라고 지었다.

비인간 사물도 인간과 동등한 행위자다

새로운 실재론은 신실재론과 신유물론 모두 '인간 중심주의'에서 **'물질 중심주의'**로의 전환, '상대주의'에서 **'보편주의'**로의 전환, 그리고 물질의 **'실재성'**과 **'행위성'**을 인정하는 사고로의 전환을 꾀한다는 점에서 공통된 시각을 보인다.

먼저, 새로운 실재론은 주체 중심의 이원론적 사고에서 벗어나 '탈(脫) 인간 중심주의'의 일원론적 사고를 지향한다. 새로운 실재론은 포스트구조주의 혹은 포스트모더니즘이 추구하는 '인간 중심주의' 사상에서의 탈피를 꾀하면서, 물질을 수동적이고 정태적인 대상으로 간주하는 것에서 벗어나 인간과 **'동등한 행위자'**로 받아들이는 '물질 중심주의'로의 사고의 전환을 시도한다. 인간과 자연(물질)은 둘 다 세계를 구성하는 개체로서 상호 의존적인 관계에 있으며, 인간과 비인간 자연 물질이 맺는 역동적인 관계를 따라 상호작용할 때 인류는 '더 나은 미래'로 나아갈 수 있다고 주장한다.

다음으로, 새로운 실재론은 상관주의를 뛰어넘어 '사고로부터 독립한 존재'에 주목한다. 현대철학의 상관주의 경향은 세계를 인간에 의해 구성된 것이라고 인식하면서, 상식적 세계관으로써의 소박한 실재론을 따라 '사물은 우리가 보는 그대로 존재한다'라고 주장한다. 그렇게 되면 '나'는 나의 눈으로밖에 세계를 볼 수 없게 되고, 어느 사이엔가 인간은 인간의 세계에 갇히고 만다. 영원히 인간의 사유가 미치지 못하는 장소를 사유하지 못하면서, 인간은 상대주의 관점을 따라 얼마든지 우리와는 다른 세계를 인식할 수 있다는 '포스트모던'적 사고는 부정된다. 만약 우리 사고로부터 독립한 존재로써 **'인간 사유 밖의 영역'**이 실재한다면, 다시 말해 인간의 사고에서 독립한 존재가 실재한다면, 그것의 절대성 또한 인정해야 한다는 것이 새로운 실재론의 입장이다.

끝으로, 구성주의 사고에서 벗어나 물질의 실재성과 행위성을 인정하는 태도를 보인다. 새로운 실재론은 '존재는 실재하는 것이 아니며 사회적으로 구성되는 것이다'라는 '포스트모던'적 구성주의 입장에서 물질의 실재성과 행위성을 부정하는 사고를 거부한다. 그 대신에 '마음' 같은 심적인 것의 존재까지 인정하는 **'신실존주의'** 입장을 따라 비인간 물질도 행위 능력을 갖춘 자율적 존재이자 인간으로부터 시공간적으로 독립한 실체라고 본다. **'행위자'**의 능력, 곧 사회적 세계를 생산하는 활동을 인간에서 비인간 사물까지 확장하는 새로운 실재론은 일상 현실에서 벌어지는 구체적인 물질적 문제를 중요하게 탐구함으로써, 존재론의 혁신을 꾀하는 차원을 넘어 **페미니즘**과 **생태주의**의 실천적 사유로까지 이어지고 있다.

■ **상관주의**

사유로부터 분리된 존재를 부정하고 **사유와 존재의 상관성**을 주장하는 철학적 사고를 말한다. **'상관주의'**는, 의식 또는 세계 자체에 대한 직접적인 언술은 불가능하며, 우리는 오직 의식과 세계의 상관관계에 의해서만 대상에 접근할 수 있다고 본다.

상관주의에 따르면, 우리는 사물 자체를 인식할 수 없으며, '존재'는 언제나 우리의 '사유'를 따라 그 의미를 획득한다. 세계에 실재하는 대상은 오직 **의식(사유)과 세계(존재)의 상관관계**에 의해서만 접근할 수 있다. 우리는 마음 바깥에 자리하는 실재하는 '사물 자체'를 직접 인식할 수 없으며, 다만 **'이성'**의 힘으로 현상 배후에 있는 사물 자체의 본질에 다가서기 위해 노력할 뿐이다.

관련 개념어 상관주의, 사변적 실재론, 물질의 행위성, 신실존주의, 페미니즘

103
21세기 사상의 흐름 2 : 신유물론

'팬데믹'으로 표상되는 오늘날, 그동안 물질은 인간에 의해 규정되고, 만들어지며, 개선 가능한 존재로 여겨졌다. 인간은 필요와 목적에 따라 자연을 마음껏 지배해왔다. 그러나 생태계 파괴와 지구 온난화, 인수 공통 전염병의 창궐과 같은 이상 현상이 일어나면서, 자연이 인간을 위협하기 시작했다.

이러한 현상은 현대 첨단 과학기술로도 쉽사리 해결 불가능하며, 인간 중심의 사고로는 문제의 원인을 파악하고 적절한 해결책을 찾기 어렵다는 사실을 우리에게 확인시켜 주었다. 마침내 자연과 물질을 바라보는 관점의 변화가 필요하다는 결론에 도달하면서, 지금까지 배경에 머물렀던 물질의 '행위성'을 가시화하는 계기가 되었다. 물질을 과거의 유물론적 시각으로 더는 바라볼 수 없다는 시각에서, 인간 중심주의에 대한 반성으로 물질에 대한 사고의 전환이 일어났다. 인간만이 주체로써 행동하는 것이 아니라, 물질도 인간과 상호작용을 하면서 행동한다고 본 것이다.

물질의 실재성과 행위성을 인정하는 사고

그동안 유물론과 관념론이 간과했던 물질의 **'행위성'**을 이론화하려는 움직임과 함께, 포스트 구조주의 및 포스트모더니즘에서 강조한 **'인간 중심주의 탈피'**를 배경으로 등장한 것이 **'신유물론'**이다. 이전 사상이 갈수록 불확실성이 높아지는 현실을 등한시한다는 비판과 함께 새로운 사상이 모색되었고, 그 결과 언어적 패러다임 대신 사회현상을 **'물질'**의 관계로 이해하는 신유물론이 등장한 것이다.

페미니즘, 존재론, 과학철학 등의 분야에서 '물질'에 대한 새로운 개념을 정립하면서 등장한 신유물론은, 지금까지 서구 사상을 지배해온 자연과 인간, 사물과 생물의 이분법을 해체하면서. 자연, 공간, 가공물, 기술 등 **비인간 사물**도 사회의 핵심 구성 요소를 이룬다고 보는 사상이다.

신유물론은 물질은 수동적이고, 무기력하며, 비창조적이라는 과거 유물론의 가정을 정면으로 반박한다. 물질의 작용과 변화는 외부에서 오는 영향만으로 결정되지 않으며, 물질이 자신의 역량을 능동적으로 발휘함으로써 작용과 변화를 일으킨다고 본다. 능동성과 창조성이야말로 신유물론이 주시하는 물질의 새로운 특성인 것이다. 마르크스의 유물론이 지닌 '인간 중심주의' 한계를 뛰어넘어 생물과 무생물을 포함한 **'물질 중심주의'**로의 전환을 일깨운다는 점에서 '신유물론'이라고 부르는 것이다.

'물질적 전환'이라고 부르는 신유물론은 인간 정신 바깥의 물질세계에 집중하는 유물론적 사유조차 인간 존재를 특권적인 주체로 상정한 것이라고 비판하면서, '물질 스스로가 변형적인 힘'을 갖추고서 '차이'를 가로지르거나 교차하는 방식으로 사유의 '질적 전환'을 시도한다. 이전까지 단지 '재현'을 통해서만 말해지는 대상이거나 더불어 말하는 대상으로만 여겨졌던 물질의 수동성을 기각하고, 물질의 **'능동성'**과 **'영향력'**을 새롭게 사유하는 것이다.

물질과 인간은 서로 관계하면서 '공(共)진화'한다

'신유물론'은 매우 넓은 스펙트럼을 가진 21세기 사상으로, 철학적 존재론, 현대 인식론, 과학철학 등 철학 전반은 물론이고 포스트 휴머니즘이나 페미니즘 같은 사회 담론까지도 망라하는 폭넓은 분야에서 **'물질'**에 대한 새로운 개념을 정립하면서 앞으로 나아가고 있다.

신유물론의 특징은 크게 다음 셋으로 요약할 수 있다. 첫째, **'관계적 물질성'**으로, 물질적 존재는 고정된 실체가 아니라 다른 존재와의 '관계'를 통해서 그 실재성을 유동적으로 드러낸다. 그레이엄 하먼의 '객체 지향 존재론'과 브뤼노 라투르의 **'행위자-연결망 이론'**이 이에 해당한다.

둘째, **'일원론적 존재론'**으로, 주체와 대상, 인간과 비인간, 문화와 자연을 나누는 존재론적 이원론을 거부하고 모든 실재하는 것들을 '물질성'의 연속체 안에서 이해한다. 도나 해러웨이의 **'퇴비주의'**와 제인 베넷의 **'생기적 유물론'**이 이에 해당한다.

셋째, **'비인간 행위성'**으로, 사회적 세계를 생산하고 재현하는 능력으로써의 '행위성'이 인간을 넘어 모든 존재에게 귀속된다. 로지 브라이도티의 **'포스트 휴머니즘'**, 닉 보스트롬의 **'트랜스 휴머니즘'**, 그리고 도나 해러웨이와 캐런 버라드, 그리고 로지 브라이도티가 주도하는 **'신유물론 페미니즘'**이 이에 해당한다.

그와 더불어 신유물론은 인지과학적으로 '마음'을 생각하는 **'자연주의적 전환'**, 커뮤니케이션의 토대가 되는 매체와 기술을 바라보는 **'매개론적·기술론적 전환'**, 사고로부터 독립한 존재를 생각하는 **'실재론적 전환'**까지도 아우르는 포괄적이고 광범위한 개념적 사고 체계를 구축한다. 매개론적·기술론적 전환을 대표하는 철학자로 에두아르도 콘, 메릴린 스트래선, 필리프 데스콜라, 레지스 드브레, 베르나르 스티글레르, 프리드리히 키틀러가 있다.

이들 사상과 사유 전환은 모두 21세기의 포스트 언어론적 전환, 즉 '존재론적·물질적·실재론적 전환'의 틀 안에서 포섭되며, 전체를 존재론적·인식론적 관점에서 '새로운 실재론'의 개념이자 '인류세 철학'의 담론을 구성하는 21세기의 새로운 사유 체계라고 보아도 무방할 것이다.

알고 있어야 할 것은, '새로운 실재론'이나 '신유물론'은 각각 인식론

 적 관점과 존재론적 관점에서 철학적 사유를 전개하는 것일 뿐, 두 입장 모두 비인간 사물을 인간과 동등한 존재이자 행위 주체로써 인정하는 점에서 근본적으로 같다. 그렇더라도 굳이 '새로운 실재론(신실재론)'과 '신유물론'으로 나누어 살펴야만 하는 이유를 찾자면, 사유의 관점을 물질(존재)의 **'실재성'**과 **'행위성'**으로 구분한 다음, 이것을 중심으로 사상가별 논의의 핵심을 살펴야 하기 때문이다.

새로운 실재론은 주로 실재론의 관점에서 물질의 '행위성'을 따라 '인간과 물질(자연)은 **동등한 행위자**'라는 사실의 근거를 밝히는 데 초점을 맞추면 될 듯하고, 신유물론은 주로 존재론의 관점에서 물질의 '실재성(실체)'을 따라 '인간 바깥의 존재로서 인간과 분리 가능한 세계'를 이루고 있는 **'사물 자연'의 본모습**을 고찰하는 데 초점을 집약하면 될 듯하다. 어느 쪽이든, 마치 동전의 양면을 들여다보는 것과 다를 바 없다는 생각으로, 새로운 실재론과 신유물론을 **'하이브리드(혼성)'**하면서 살피면 될 것이다.

관련 개념어 신유물론, 비인간 사물, 트랜스 휴머니즘, 일원적 존재론, 비인간 행위성

104
21세기 사상의 흐름 3 : 마음의 철학

21세기 들어 '마음'을 **자연과학적**으로 연구하는 경향이 새롭게 등장했는데, 이를 **'자연주의적 전환'**이라고 한다. 인지과학, 뇌신경과학, 정보과학, 생명과학 등의 성과에 기반하여 마음을 과학적이고 객관적인 분석 대상으로 보는 점에서 **'인지과학적 전환'**이라고도 부른다.

철학에서의 인지과학적 전환을 가장 잘 드러내는 영역은 **'심신(心身) 문제'**, 즉 인간의 **'마음'**에 관한 연구로, 데카르트 이래 근대 철학의 가장 중요한 문제의 하나인 마음(정신)과 몸(물질)의 관계를 둘러싼 축적된 논의를 바탕으로 발전을 거듭해 왔다. 현대 과학의 발전에 발맞춰 마음을 형성하는 것이 무엇인가가 인공지능의 관점에서 논의되면서, 심리철학이 새로운 시대 사조로써 주목받고 있다. 심리철학의 자연주의적 전환을 주도하는 미국 UC 샌디에이고의 폴 처칠랜드 교수는 인지과학의 발전으로 지금까지 베일에 싸여 있던 '마음'이 해명될 가능성이 본격적으로 열리기 시작했다고 말했다.

심리철학(마음의 철학, 정신철학)은 '심신 문제', 곧 마음 또는 정신 현상, 정신의 기능 내지는 성질·의식과 물리적 실체인 몸과의 관계를 다루는 현대철학의 한 분과이다. 현대 심리철학은 **'의식'**이라는 형이상학적 영역이 두뇌와 신체라는 물리적 영역으로부터 어떻게 발생하고 상호작용하는지를 묻고 따진다.

현대 심리철학은 **자연주의적 전환**을 따라 **'마음(心)'**은 무엇인지, 몸과 마음 또는 마음과 뇌는 어떻게 연관되어 있는지를 철학적으로 고찰하며, 뇌과학이나 인지과학, 진화심리학과 깊게 관계를 맺는다. **'의식'**이란 무엇인가,

우리의 행동을 결정하는 것은 무엇인가, 마음을 과학으로 해명할 수 있는가, 인공지능(AI)은 인간처럼 마음을 지닐 수 있는가 등의 물음에 대한 대답을 찾는 것이 현대 심리철학의 중점 과제이다.

데카르트 이후 '마음과 몸의 관계(심신 문제)'는 철학의 중요한 관심 분야였다. 어떻게 눈에 보이지도 않고, 경험할 수도 없는 정신이 신체와 서로 관계(몸은 마음을 따른다는 인과론적 사고)를 맺을 수 있는가? 우리는 일상에서 늘 이런 인과관계를 경험하고 있다. 물을 마시고 싶다는 욕구(심적 상태로써의 **지향적 의식**) 때문에 시원한 물을 마시려고 냉장고를 열거나(신체적 행위), 과거의 어떤 아픈 기억을 떠올릴 때(심적 상태로써의 **현상적 의식**) 눈물을 흘리는(신체적 상태) 것을 쉽게 접할 수 있다. 심리철학은 이런 것들과 관련한 문제의 해결점을 찾으려는 시도라 할 수 있다.

현대 심리철학의 핵심 논의인 '심신 문제'를 고찰하기 위해서는 먼저 '실체'와 '속성(성질)'을 구분하여 살필 필요가 있다. 실체는 독립하여 존재하는 개체(개별 존재자)를 말하고, 속성은 실체가 지닌 공통된 성질을 일컫는다.

고전적 심신 문제는 '**실체**'로써의 몸과 마음의 관계에 관한 탐구로써, 데카르트는 세계(인간)는 정신과 물질이라는 전혀 다른 두 개의 실체로 이루어져 있으며, 둘은 뇌를 통해 상호작용을 한다고 보았다. 이에 비해 현대 심리철학자들은 대체로 (뇌를 포함한) 신체 같은 물리적 실체만 인정하는 '**물적 일원론**'의 입장을 따르면서, 신체는 **물리적 속성(몸, 행위)**과 **정신적 속성(마음, 의식)** 모두 갖고서 뇌의 기능을 따라 '인과적'으로 상호작용하는 것이라고 보았다.

현대 심리철학에서 다루는 심신 문제는 크게 다음 두 물음으로 집중된다. 먼저, '**심적 상태**'란 무엇인가의 질문이다. '**심적 상태**(심리 상태)'는 **감각**(사물에서 받는 인상이나 느낌), **지각**(의식화된 감각 경험), **사고**(신념, 욕구, 믿음 같은 지향적 의식), **의식**(정서, 감정 같은 현상적 의식)을 의미하는데, 이것들이 '**마음**'을 이룬다.

심적 상태는 일반적으로 다음과 같은 특징이 있다. 어떤 심적 상태는 자신 앞에 놓인 어떤 외적 상황에 의해 일어나기도 하고, 특정한 행위를 일으키기도 하며, 다른 심적 상태를 일으키는 인과적 원인이 되기도 한다. 이를테면 '나'는 못(외적 상황)에 발을 찔려 심한 고통(심적 상태)을 느끼기도 하고, 커피를 마시고 싶은 욕망(심적 상태)으로 커피숍으로 향할 수도 있으며(특정 행위), 예전에 거짓말했다가 부모님께 심한 꾸중을 들었던 경험(원인으로써의 심적 상태)을 통해 다시는 거짓말을 하지 않겠다는 신념(결과적 심적 상태)을 일으키기도 한다.

심적 상태의 일부는 '감각질(퀄리아)' 같은 주관적인 '느낌'으로써의 그 무엇을 갖기도 한다. 즉 어떤 심적 상태는 '**의식적**'이다. 예를 들어 같은 대상을 바라보더라도 정상 시력을 가진 사람의 색상 경험과 색맹인 사람의 그것은 서로 다를 수 있는데, 전자의 색상 경험은 어떤 느낌이나 특유의 감각질을 지닌 데 비해 후자의 경험은 이것이 없기 때문이다.

또한 어떤 종류의 심적 상태는 어떤 종류의 뇌 상태와 체계적으로 관계한다. 뇌 실험 결과에 의하면 두뇌의 특정 부위를 미세 전류로 자극하면 특정 기억을 유도할 수 있는데, 이것은 심적 상태와 뇌의 상태 사이에는 **상관관계**가 있음을 보여준다. 아울러 우리는 무의식적인 욕망이나 신념을 가질 수 있는데, 이를 통해 알 수 있듯 모든 심적 상태가 의식적 상태라는 것은 아니다.

심적 상태는 물리적 속성을 따르는가 비물리적 속성을 따르는가

마음의 철학(심리철학)에서 "심적 상태는 물리적인 '두뇌'의 상태인

 가 아니면 비물리적인 '영혼'의 의식 활동인가"의 문제를 다룬다. '심적 상태'를 이루는 물리적 속성(물질적 속성)과 정신적 속성(심리적 속성)의 본성은 무엇이고, 둘은 서로 구분 가능한가(아니면 존재하기는 하는 것인가), 그리고 양자는 어떻게 상호작용할 수 있느냐 여부로, 특히 생각·감정·의식 같은 **정신적(심적) 상태(심리적 속성)**가 '뇌' 활동 같은 신체 활동(**물리적 속성**)과 어떤 관련이 있는가에 초점이 집약된다.

이 문제에 대해, 현대 심리철학에는 두 가지의 대표적인 사고방식이 자리한다. 그 하나는 '이원론적 사고**(속성 이원론, 성질 이원론)**'로, 마음과 몸은 정신적 속성과 물리적 속성이란 두 성질이 마치 동전의 앞뒷면처럼 병행하면서 상호작용하는 것이라고 보는 시각이다. 속성 이원론은 정신적 속성이나 물리적 속성을 포섭하는 제3의 실체(스피노자는 이를 '신'이라고 했다) 또는 속성(이를테면 '지향성'이나 '퀄리아')을 가정하는 것으로, 이를 '**중립 일원론**'이라고도 한다.

다른 하나는, '**물적 일원론(유물론적 일원론)**'이라고 부르는 것으로써, 인간은 물질적 실체로 구성되어 있기에, 정신 역시 물리적으로 환원될 수 있다고 보는 시각이다.

이를 '**물리주의**'라고 하는데, 물리적 일원론을 따라 마음을 포함한 모든 것들을 과학적으로 설명 가능하다고 본다. 즉 마음(의식) 역시 뇌의 기능과 관련이 있는 물질로, 뇌의 움직임을 해명하면 마음은 실체가 아니라 물질의 작용이라는 사실을 과학적으로 입증할 수 있다고 본다.

속성 이원론의 문제점은 마음이 어떻게 몸을 움직이는지 설명할 수 없다는 점이다. 즉 비물질적 속성인 마음이 어떻게 물질적 실체인 신체에 영향을 미치는지 설명할 수 없다. 우리가 타인과 커뮤니케이션을 하더라도, 만약 마음이 비물질적 실체라면, 어떻게 그것을 이해할 수 있는가를 설명하기 어렵다. 다시 말해, 우리는 다른 사람의 마음을 인식하기 어려운데, 이원론을 지지하는 철학자들이 "마음은 단순히 물질로 환원될 수 있는 성질의 것이 아니다"라고 주장하는 이유가 여기 있다.

하지만 **물적 일원론(물리주의)**을 따르면 몸과 마음의 움직임은 모두 물리적 작용에 의한 것이기에, 심신 불일치의 문제는 일어나지 않는다. 우리가 마음이라고 부르는 것은 '뇌'에 불과하며, 마음의 상태는 곧 뇌의 상태이다. 이러한 사고를 **'심뇌(心惱; 마음-두뇌) 동일설'**이라고 한다. 이를테면 우리가 색상이나 맛을 저마다 다르게 느끼는 것은 개인별로 뇌가 대상을 다르게 인식한 결과라 할 수 있다.

물리주의, 그리고 확장된 마음

현대 심리철학자들은 대체로 '**물리주의**' 입장에서 정신(심적 속성=뇌)은 육체(물리적 속성)로부터 분리된 것이 아니라는 견해를 유지하면서, 자연주의 경향을 따라 정신을 환원적이거나(마음, 의식=물질인 뇌의 기능) 또는 비환원적 입장에서(마음, 의식=착각에 불과) 해명할 수 있다고 보고 있다.

마음은 곧 '**뇌**'라는 물리주의 입장을 따라 마음(뇌)을 과학적 분석 대상으로 보는 이러한 자연주의적 접근 방법은 특히 사회생물학, 진화심리학, 인공지능과 관련된 컴퓨터 과학, 진화심리학 및 다양한 신경 과학 분야에서 영향력을 발휘하고 있다.

그와 더불어, 속성 이원론의 관점에서 마음은 물질과는 별개의 독자적인 특징을 지닌다는 시각도 있다. 이를테면, 사물에 대한 뇌의 의식 작용을 뜻하는 '**지향성**'과 마음속에서 일어나는 주관적인 감각질을 뜻하는 '**퀄리아**'가 그것이다.

심리철학은 지향성과 퀄리아를 물질적인 것으로서 설명하면서, 마음을 물적 세계에 위치시키는, 다시 말해 '**마음의 자연주의화**'가 가능하다고 본다. 차머스는 자연주의적 이원론의 시각에서 '마음'을 머릿속에만 가두지 말고 신체 및 이를 둘러싼 주변 환경과 관련지어 이해하자고 제안했는데, 마음을 외부로 확장한다는 의미에서 '**확장된 마음**'이라고 한다. 예를 들어 무언가를 계산한다는 마음의 작용은 종이와 연필, 그리고 신체의 움직임과 연동되어야 비로소 가능하다. 이처럼 마음을 외부로 확장하게 되면 마음과 신체의 구별이라든가 지각·인지·행위의 인위적 분할은 더는 의미를 잃으면서 마침내 인공지능은 인간처럼 '마음'을 갖는가의 문제로까지 논의가 확장된다.

이원론을 따르든 일원론을 따르든, 현대 정신철학은 몸(신체)은 물리적 속성(물리적 실체)과 정신적 속성(비물리적 실체)을 모두 가질 수 있다는 인식을 따라, 이 둘이 어떻게 인과적으로 상호작용하는가를 놓고서 다양한 논의를 거듭하고 있다.

■ **자연주의**

현대철학에서 자연주의는 **과학**에 토대를 둔 철학적 경향으로, 자연과학의 방법으로 철학적 문제를 설명하려는 사상을 말한다. 우주 안에 있는 모든 존재와 그 존재로부터 발생하는 사건은 본질적인 측면에서 **'자연적'**인 것이라고 주장하면서, 철학을 과학적 탐구방법을 따라 논의하는 사고의 경향이다.
철학에서 '자연주의' 용어는 20세기 초반 **논리실증주의(영미 분석철학)와 프래그머티즘(실용주의)** 철학자들을 중심으로 사용되었다. 철학을 과학과 밀접히 관련지으면서, 특히 인식론의 핵심 개념인 **'실재'**를 철저하게 자연적인 것과 연결하려고 들었다. 분석철학자 콰인은 철학의 특권을 부정하고 과학을 철학(인식론)에 도입해야 한다고 생각했다. '신(神)' 같은 초자연적 실체를 철학적 사고의 대상에서 제외하고, 인간의 '정신'을 포함하여 실재에 관한 모든 영역을 오로지 **'과학적 방법'**으로 접근하고자 시도한다. 자연주의를 따라 **마음을 '물질'로 보면서 이를 과학으로 해명**할 수 있다고 보는 사고를 **'물리주의'**라고 한다.

관련 개념어 자연주의, 자연주의적 전환, 물리주의, 일원론과 이원론, 확장된 마음, 퀄리아

105
21세기 사상의 흐름 4 : 인공지능의 철학 1
_ 인공지능 시대의 도래

인공지능(AI: Artificial Intelligence)은 인간의 지능을 모방하거나 대체할 수 있는 컴퓨터 시스템이나 프로그램을 뜻한다. 인공지능은 학습, 추론, 문제 해결 같은 인간의 인지능력을 수행할 수 있는 기계 장치로, 이를 위해 기계 학습, 자연어 처리, 컴퓨터 비전 기술을 사용한다. 인간이 수행하는 다양한 작업에서 유용하게 활용될 수 있으며, 빠르고 정확한 판단 및 결정, 대규모 데이터 처리 등을 수행할 수 있다.

지난 반세기 동안 지능형 기계의 구현, 즉 인공지능을 만들기 위한 과학적·철학적 연구가 치열하게 진행되어왔다. 1950년, 기계가 인간과 구별할 수 없는 지능적인 행동을 보일 수 있는지를 물었던 '**튜링 테스트**'를 앨런 튜링이 고안한 이래, 인공지능은 인간에게서 영감을 받은 뇌 신경망 알고리즘과 딥러닝, 인간과 교류할 수 있는 휴머노이드 로봇, 대화형 인공지능인 '챗GPT'와 같은 수많은 공학 프로젝트를 성공적으로 이끌었다.

인공지능의 최종 목표는 인간을 기계로 이해하는 것으로, 지적 활동을 할 수 있는 보다 넓은 의미의 개체인 '에이전트'의 지적인 행위에 관한 일반 이론에 도달하는 것을 목표로 한다. 앞으로 몇 년 안에 인간 수준의 범용 인공지능을 넘어서는 '**슈퍼인텔리전스(초지능)**' 출현도 가능할 것으로 보인다. 특히 사람 수준의 언어 구사와 사고능력을 보여주는 거대 언어모델 기반의 생성형 인공지능은 컴퓨터, 인터넷, 모바일에 이은 또 한 번의 거대한 사회변화를 가져올 기술로 기대된다.

21세기 들어 인공지능은 일상생활, 비즈니스 및 과학 연구의 여러 측면에서 필수적인 부분이 되었고, 인공지능 기술은 이미 우리 주변에서 많이 사용되고 있다. 음성인식 기술을 이용한 음성비서나, 이미지 분석 기술을 이용한 자율주행차가 대표적인 사례로, 이러한 기술은 우리의 삶을 더욱 편리하고 효율적으로 만들어주고 있다.

강한 인공지능과 약한 인공지능

현재 경험 과학으로써의 인공지능은 **'강한 인공지능'**을 따르려는 입장과 **'약한 인공지능'**을 따르려는 입장으로 나뉘어 활발한 논의가 진행되고 있는데, 둘을 구분하는 핵심 기제는 기계가 인간처럼 **'마음'**, 즉 사고와 의식과 감정을 지닐 수 있는가이다.

인공지능의 철학은 지능, 사고, 의식, 자유의지, 윤리와 같은 철학적 물음과 관련한 의미와 이해를 탐구하는 **'기술 철학'** 분야라 할 수 있다. "인공지능은 인간처럼 지능적으로 사고할 수 있는가.", "인공지능은 인간처럼 마음을 구현할 수 있는가.", "인공지능도 인간처럼 자유의지를 따라 행동할 수 있는가"와 관련한 질문과 대답으로, **의식, 사유, 자유의지** 등 인공지능이 제기한 몇 가지 근본적인 질문은 지난 수천 년 동안 철학자들에게도 어려운 과제였다.

인공지능의 철학은 프로그램과 컴퓨터의 관계를 마음과 두뇌의 관계처럼 유사하게 설정하면서 **'심신 문제'**를 현대적 논의로써 숙고할 것을 제안한다. 마음과 마찬가지로 컴퓨터 프로그램 역시 물리적 실체는 없지만, 프로그램을 실행하는 물리적 컴퓨터와 인과관계가 있는 것은 명백하다고 본다. 컴퓨터 프로그램은 마치 마음이 두뇌를 필요로 하는 것처럼, 컴퓨터가 자신을 드러낼 것을 요구한다.

이런 이유로, 인공지능의 철학은 앞에서 설명한 현대 **심리철학**의 연장선에 놓여 있다고 보아도 무방하다. 인공지능은 그만큼 철학과 친밀하며 상호관계를 맺고 있는데, 그동안 철학자들은 과학 법칙이 언제 어디서나 적용되듯이 철학적 개념이나 이론 역시 어떤 상황에서나 적용될 수 있어야 한다고 생각했다. 그러면서 다양한 관련 **'사고 실험(생각 실험)'**을 수행하면서 인공지능 철학의 본질에 다가가려고 노력했다.

사고 실험은 현실 세계에서는 실험할 수 없는 일을 머릿속에서 시험해보는 것으로, 인공지능의 기술적 '특이점(싱귤래러티, 기계 기술이 인간을 추월하는 순간)'을 둘러싼 논의 같은 미래 예측은 사고 실험을 통해서만 가능하다. 철학적 관점에서 인공지능에 대해 생각하려면 지금으로서는 사고 실험이 거의 유일한 방법이라 할 수 있는데, 이를 통해 때로는 경험을 통한 과학적 발견만큼 철학적 **'직관력'**이 문제 해결의 강력한 힘으로 작용할 수 있음을 깨달을 수 있을 것이다.

오늘날 인공지능이 해결해야 할 **'정신 과정'**에 관한 큰 문제들은 심리학, 철학, 언어학, 신경과학, 인지과학 등 여러 분야와 관련되어 있으며, 인공지능 기계를 제작하기 위해서는 논리학, 수학 및 컴퓨터공학 같은 기초학문 및 응용과학이 뒷받침되어야 한다.

관련 개념어 인공지능, 튜링테스트, 슈퍼 인텔리전트, 강한 인공지능과 약한 인공지능, 심신 문제, 자유의지, 기술 철학

106
21세기 사상의 흐름 4 : 인공지능의 철학 2

'마음'을 규정하는 의식의 두 측면

앞의 '마음의 철학'에서 '심적 상태(심리 상태, 마음)'는 **감각**(사물에서 받는 인상이나 느낌), **지각**(의식화된 감각 경험), **사고**(신념, 욕구, 믿음 같은 지향적 의식), **의식**(정서, 감정 같은 현상적 의식)을 포괄하는 의미라고 했다. '의식'은 현실에서 개별 인간이 직접 경험하는 일체의 심리적 현상(심적 상태)을 일컫는다는 점에서, 심리철학에서 말하는 '마음'은 곧 '의식'이라고 해도 무방하다. 영국의 심리철학자 존 설은 의식을 '감각이나 느낌, 혹은 자각의 주관적이고 질적인 상태'라고 정의하면서, 항상 그런 것은 아니라도 의식적 상태는 대체로 '**지향성**'을 지닌다고 보았다.

인공지능의 철학이 관심을 두는 '심적 상태', 즉 '마음'의 두 측면은 '**사고**'와 '**의식**'으로, 이는 각각 '지향적 심리 상태'로서의 마음(지향적 의식)과 '현상적 심리 상태'로써의 마음(현상적 의식)이라 할 수 있다.

현상적 의식(정서·감정)과 지향적 의식(믿음·욕구)

지향적 심리 상태(지향적 의식)는 대상을 향하는 마음으로, 항상 대상을 수반한다. 지향적 의식은 '**명제 내용**'을 대상으로 갖는 심리 상태라 할 수 있는데, 예를 들어 "내일 비가 올 것이다"라는 생각에는 이를 믿고자 하는 지향적 심리 상태가 깔려 있다. 우리는 일상의 이런저런 명제를 구성하는 사건·사태·현상에 대하여 믿음, 욕구, 걱정, 기대, 두려움 같은 지향적 심리 상태를 갖는다.

현상적 심리 상태(현상적 의식)는 주체가 느끼는 질적 경험이나 주관적 감각으로, 예를 들어 고통은 특정 아픔이 느껴지는 독특한 질적 느낌이라 할 수 있다. 감각과 결부된 질적 특징을 **'감각질(퀄리아)'**이라고 앞 장에서 설명했는데, 이것을 포함한 현상적 의식은 오직 주체만이 직접 경험하고 느끼는 내면의 주관적 의식으로, 제3자가 객관적으로 접근하거나 인지할 수 없다. 그렇기에 우리는 타인의 의식을 경험할 수도 이해할 수도 없으며, 다른 사람의 고통을 대신 느낄 수 없고 타인 또한 나의 마음을 의식할 수 없다. 현상적 의식은 오직 주체인 '나' 자신만이 느낄 수 있으며, 자신에게 확실한 '**의식**'으로 다가온다.

그와 달리 지향적 의식은 제3자가 객관적으로 이해하고 접근할 수 있다. "철수가 저녁에 비가 올 것으로 믿는다"라는 것을 내가 알 수 있는 이유는, 이를테면 아침에 철수가 일기예보를 듣는 것을 보았거나, 아니면 우산을 들고 외출한 행위의 의미를 이해한 때문으로, 이를 통해 나는 철수가 '저녁에 비가 온다'라는 믿음 상태, 즉 지향적 심리 상태에 있음을 알 수 있다. 이때 내가 철수의 믿음을 알게 된 것은, 그 믿음을 둘러싼 인과관계를 기능적으로 설명할 수 있기 때문으로, 지향적 심리 상태를 **'기능화'**하여 현상을 더 적확하게 파악할 수 있음을 의미한다.

마음의 두 측면인 '지향적 의식'과 '현상적 의식'은 인공지능과 인간이 **'갈라서는'** 지점이라 할 수 있다. 지향적 의식은 믿음과 욕구 같은 마음(**사고**)의 영역인 데 비해, 현상적 의식은 감정이나 정서 같은 마음(**의식**)의 영역이다. 지향적 의식과 현상적 의식은 동질적이지 않은 심적 상태, 즉 마음의 두 영역으로, 둘은 서로 다른 특성을 가지며, 이해하는 접근방식도 다르다.

■ 퀄리아(qualia)

퀄리아는 어떤 것을 지각하면서 느끼게 되는 기분이나 떠오르는 심상으로, 말로 표현하기 어려운 특질을 가리킨다. 마음 안에서 일어나는 주관적 감각으로, **'감각질'**이라고도 부른다. 일인칭 시점으로 주관적 특징이 있으며, 객관적 관찰이 어렵다.

『의식하는 마음』의 저자 차머스에 의하면, 의식에 관한 문제는 어려운 사안과 쉬운 사안으로 나눌 수 있다. 심리학과 신경과학이 대답할 수 있는 문제, 예를 들면 '뇌는 정보를 어떻게 통합하는가' 하는 것이나, '인간은 어떻게 외부의 자극을 분별하여 이에 적절히 반응할 수 있는가'와 같은 인지체계의 객관적 메커니즘과 관련된 문제가 쉬운 문제다(여기서 '쉽다'라는 의미는 사소하거나 중요하지 않다는 의미가 아니다).

반면 심리학과 신경과학이 대답할 수 없는 문제, 예를 들면 '뇌의 **물리적** 작용이 어떻게 주관적인 감각 경험을 일으키는가', '왜 뇌의 물리적 작용에 감각이 동반되는가'처럼 생각과 인식의 **내적 측면**에 관한 문제가 어려운 문제다. '퀄리아(감각질)'는 의식에 관한 문제 가운데 설명하기 어려운 문제, 다시 말해 '설명의 간격'이 큰 문제를 일컫는 것이기 때문에 논쟁의 대상이 된다.

관련 개념어 현상적 의식과 지향적 의식, 퀄리아, 심적 상태

107
21세기 사상의 흐름 4 : 인공지능의 철학 3

인공지능은 인간처럼 지능적으로 '사고'할 수 있는가

인공지능도 인간처럼 사유할 수 있다고 주장하는 견해가 있다. 일반지능을 갖춘 기계가 속속 출현하고 있다는 이유에서인데, 이런 견해를 따르면 인간과 기계의 구분은 불가능하다. 이 같은 생각, 즉 **'기능주의'** 관점을 따를 때 인간은 대단히 복잡한 **물리적 체계**를 갖춘 일종의 기계라 할 수 있다.

하지만 반대 의견도 있다. 우리가 사유하는 존재라는 사실은, 인간이 단지 대단히 복잡한 체계 혹은 기계가 아니라는 것을 말해준다. 기계는 사유할 수 없지만, 우리는 그것이 인간 특유의 특성임을 굳이 말하지 않아도 알고 있기 때문이다.

어느 쪽이 더 설득력이 있을까? 분명 기계는 규칙적 계산이나 정보처리 면에서 인간보다 뛰어나다. 하지만 기계는 어린아이도 할 수 있는 자연스러운 대화에는 여전히 어려움을 겪는다. 앞으로 인공지능은 인간처럼 대처할 수 있을까?

인공지능은 여전히 진행형이다

인공지능이 인간처럼 사고능력을 갖추고 있는지에 대해 철학자들이 일련의 사고 실험을 했는데, 그 대표적인 것으로 앨런 튜링의 **'튜링 테스트'**와 존 설의 **'중국어 방'** 사고 실험이 있다. 하지만 두 실험은 상반된 결과를 보였다. 앨런 튜링이 컴퓨터는 우리와 동일하게 지능을 갖고 있다고 주장한 데 비해, 존 설은 컴퓨터는 인간처럼 마음이 없기에 대화 내용을 이해할 수 없다고 보았다.

실험 결과를 통해 알 수 있듯, 자연주의 일원론, 즉 **물리주의**를 따르는 철학자들은 **'강한 인공지능'**을 지지하면서 인공지능도 인간처럼 마음을 지닐 수 있다고 생각한다. 반면, **자연주의 이원론**의 입장에 서는 철학자들은 대체로 **'약한 인공지능'**을 지지하면서, 인공지능은 감정·정서 같은 인간 특유의 주관적 의식(현상적 의식)에까지 이를 수 없다는 견해를 보인다. 참고로 **강한 인공지능**은 사람처럼 어떠한 상황에서도 판단하고 처리하는 인공지능을 말한다. 이에 비해 **약한 인공지능**은 특정 업무만 처리할 수 있는 인공지능을 일컫는다. 인공지능의 시각에서 볼 때, '지능'은 '관심 있는 행동을 드러내는 의미이자 목표를 달성하는 능력'이라 할 수 있다.

이러한 결과는 인간의 마음은 단순한 게 아니며, 물리주의자가 주장하는 것처럼 인과성을 따라 과학적으로 해명할 수 없는 복잡한 체계를 이루고 있음을 암시한다. 이것은 앞서 설명한 인간의 마음을 규정하는 의식의 두 측면 가운데, **'지향적 의식'**에 해당하는 사고 영역에서는 인공지능이 거의 인간의 수준을 따라잡았거나 심지어는 인간을 넘어설 수 있겠지만, 정서나 감정 같은 **'현상적 의식'**의 구현 가능성은 여전히 의문으로 남는다는 사실을 일깨운다. 관련한 자세한 내용을 철학자의 사상의 핵심을 갖고서 설명하면 다음과 같다.

관련 개념어 튜링테스트, 중국어 방, 물리주의, 강한 인공지능과 약한 인공지능, 자연주의 일원론과 자연주의 이원론, 현상적 의식과 지향적 의식

108

21세기 사상의 흐름 4 : 인공지능의 철학 4

인공지능은 '마음'을 구현할 수 있는가

인공지능인 기계가 인간의 지능과 사고를 구현할 수 있으려면, 인간의 마음(지향적 의식)을 **'기능화'**할 수 있어야 한다. 지향적 의식을 기능화한다는 것은 곧, 기능적으로 입력과 출력의 관계 및 그에 따른 결과가 동등한 '튜링기계'를 고안함으로써, 그 기계가 마음을 구현할 수 있음을 의미한다. 다시 말해, 기능화를 통해 기계가 욕구와 믿음 같은 지향적 의식의 기능과 역할을 따라 함으로써, 기계가 인간의 지능을 모방하고 사고를 구현할 수 있다는 것이다.

앞서 튜링 테스트를 통과한 강한 인공지능 컴퓨터는 사고능력, 곧 **'지향적 의식'**을 지닐 수 있다고 했다. 인공지능은 기능화할 수 있는 마음 영역에 대해서는 원리적으로 모두 구현 가능하며, 튜링의 입장을 따라 인간의 사고능력(신념, 욕구, 믿음 같은 지향적 의식)을 모방하고 구현함으로써 기계도 인간처럼 생각하고 행동할 수 있다.

현상적 의식은 '기능화' 하기 어렵다

하지만 인공지능이 튜링 테스트를 통과하여 인간의 '마음'을 모델로 하는 강한 인공지능으로 나아간다고 하더라도, **'현상적 의식'** 측면에서의 반론은 여전히 유효하다. 현상적으로 의식적인 경험(정서와 감정)은 특별한 속성, 즉 '감각질'을 지닌다. 현상적 의식으로 드러나는 감각질 자체는 아무런 기능적 역할을 할 수 없을 뿐 아니라, 기능화하여 모방하거나 기능적으로 설명할 수 없는 성질의 것이다.

어떤 경험인 듯 **'느껴지는'** 것(감각질)이 있다면 그 경험은 현상적 의식으로, 이를테면 일몰을 보는 듯한 경험이 있다면 우리는 일몰에 대해 단지 현상적으로 의식할 수 있을 뿐이다. 이때의 의식은 뇌의 작용과 관계없이 일어나는 독특한 **주관적 체험양식**(퀄리아, 특별한 느낌, 질적 감각)이어서, 결코 모방하거나 기능화하여 의식할 수 없다.

인공지능이 인간의 마음을 대부분 모방할 수 있을지라도, 그것은 지향적 심리 상태(지향적 의식)에 한정된 것으로, 인공지능이 의식을 가질 수 없는 이유이기도 하다. 결국, 논리적으로 따지면 인공지능이 인간과 똑같은 의식을 갖는 것은 불가능하다. 그런데도 강한 인공지능을 지지하는 많은 학자는 심적 상태의 거의 전부가 신념·욕구·믿음 같은 지향적 의식을 통해 이뤄진다는 것을 이유로 들어, 지향적 의식을 기능화하여 인간처럼 사고하는 인공지능을 만들 수 있다고 주장한다.

기쁨과 슬픔, 실망과 좌절 같은 감정에도 기능적인 부분이 있고, 이를 구현할 수 있다면 인공지능이 그런 감정을 이해하는 것은 원리적으로 가능하다. 그렇다면 비록 인공지능이 감각적 의식은 없을지라도 적어도 이들 감정이 일어나는 원인과 결과, 즉 입력과 출력에 해당하는 기능을 통해, 이 감정에 대한 기능적 이해와 공감은 가능할 것으로 추측할 수 있다.

그와 함께 의식의 기능적인 면을 강화하면 인공지능도 제한된 시간 안에 빠른 사고를 할 수 있는 직관력을 가질 수 있으며, 스스로 '나'라고 1인칭으로 말할 수 있는 자율성과 주체성을 지닌 인공지능도 등장할 수 있다고 본다.

관련 개념어 지향적 의식과 현상적 의식, 퀄리아, 튜링 테스트

109
21세기 사상의 흐름 4 : 인공지능의 철학 5
인공지능은 '자유의지'를 따라 행동할 수 있는가

인공지능은 인간처럼 자유의지를 갖고 행동할 수 있는가? 만약 인공지능이 인간처럼 '자유의지'를 갖는다면, 그러한 인공지능을 장착한 기계를 인간과 달리 취급할 이유는 없다. 이를테면 SF(공상과학) 영화 '터미네이터'에서 기계는 인간의 적으로 행동하는데, 기계가 그처럼 행동하기 위해서는 적어도 인간의 지시를 거부하고 스스로 행동할 수 있는 '자유의지'가 필요하다.

인공지능이 자유의지를 가질 수 있는지를 살피기 위해서는 먼저 **'자유의지'** 개념부터 살필 필요가 있다. 자유의지는 외부의 제약에 구속받지 않고 어떠한 목적을 스스로 세우고 실행할 수 있는 내면의 힘을 말한다. 인간이 자유의지를 가지고 행위를 한다는 것은 어떤 결정된 인과법칙을 따라 기계적으로 행동하지 않음을 뜻한다. 나의 선택과 행위가 이미 규정된 어떤 원인 때문에 결정되는 것이 아닌, 우리가 자유롭게 무언가를 선택하고 결정하고 행위를 할 수 있다면 자유의지가 작동하는 것이라 할 수 있다.

미국의 물리학자 스티븐 와인버그는, 인간은 무엇을 선택할지 결정하는 과정을 계속 의식적으로 경험하고 있다고 했는데, 그 점에서 자유의지는 무엇을 할지 결정하는 우리의 **'경험적 의식(의식적 경험)'**이라 할 수 있다. 의식적 경험을 수반하는 자유의지는 결정론에 따라 움직이는 물리적 현상과는 다른데, 만약 인과적 물리법칙을 따르는 인공지능이 자유의지를 따라 독립된 행동을 하고 또 스스로 결정을 내릴 수 있다면, 인간 특유의 경험적 의식은 뇌의 기능적 상태와 다를 바 없다는 결론으로 귀결될 수 있다. 다음은 이와 관련한 중요한 실험과 그 결과이다.

자유의지에 관한 실험으로 유명한 미국의 신경과학자 벤저민 리벳은, 피실험자가 결정을 내리기 전에 뇌에 이미 신호가 떴음을 밝히면서, 뇌 신경 활동은 자유의사 결정에 선행하고 또 영향을 미칠 수 있다고 주장했다. 인간은 자유의지를 따라 행동하기 전에 이미 뇌가 '작동'하기 시작하는 것이기에, 자유의지는 **'뇌의 도구'**에 불과하다는 것이다.

인공지능이 인간처럼 의식할 수 있다면, 이는 곧 자유의지를 따라 행동한다는 것이다

자유의지에 관한 가장 극적인 연구의 하나가 **'로봇 쥐 실험'**이다. 미국 뉴욕주립대학교의 산지브 탈와르 교수는 쥐의 뇌에서 감각 영역과 보상 영역을 찾아 전극을 이식한 후, 리모컨을 조작하여 쥐를 마음대로 움직이게 했다. 좌우로 움직이고 사다리를 오르내리는 동안 로봇 쥐는 다른 누군가가 자신을 통제하고 있거나 자신의 의지에 반하는 행위를 강제하고 있다고 느끼지 않는 것처럼 보였다. 쥐는 자유의지로 행동했다고 생각하겠지만, 실은 탈와르 교수가 리모컨을 **'조작한'** 대로 움직인 것이다. 실험 결과는, 인공지능도 기능주의를 따라 외부에서 두뇌 조작을 가하면 스스로 '자유의지'를 따라 행동하는 것처럼 인식될 수 있음을 보여 준다.

인공지능이 자유의지를 따라 행동할 수 있는가와 관련한 과학적 연구와 사고 실험은 계속되고 있으며, 치열하게 논박하는 중이다. 먼저 약한 인공지능 지지자들은, 인공지능은 자유의지를 가질 수 없다고 주장한다. 인공지능은 프로그램화된 알고리즘을 따라 작동되는 기계에 불과하기에 자유의지를 가질 수 없다는 것이다. 인공지능은 사전에 정의된 규칙과 학습된 데이터를 기반으로 한정된 범위 내에서만 작동할 수 있으며, 인간 고유의

 자유의지와는 본질 면에서 다르다고 본다.

이와 달리 강한 인공지능 지지자들에 따르면, 인공지능은 자유의지를 가질 수 있다. 인공지능은 복잡한 알고리즘 구성과 뛰어난 자가 학습능력으로 독립적인 판단과 결정을 내릴 수 있다는 것이다. 인공지능은 의식(경험적 의식)의 **'기능화'**를 통해 뇌 기능을 인간에 필적할 만큼 자유롭고 의지적으로 사고하도록 구현함으로써, 인간의 자유의지에 근접할 수 있다고 믿는다.

결국, 인공지능의 자유의지 구현 가능성은 미래의 기술 발전에 달려 있다고 보아야 할 듯한데, 인공지능이 갈수록 발전함에 따라 머지않아 완전한 자유의지를 지닌 인공지능의 등장 가능성을 배제할 수는 없을 듯하다.

관련 개념어 자유의지, 강한 인공지능과 약한 인공지능

110

21세기 사상의 흐름 4 : 인공지능의 철학 6

인공지능과 윤리 문제

- **한국외대 2024 인문(1) 수시 [문제 3]**(변화 개념을 토대로 AI 기술에 대한 윤리 의식 적용·추론)
- **홍익대 2024 인문(2) 수시 [문제 1]**(윤리적 접근법 분석 및 인간과 AI의 바람직한 공존 조건 기술)
- **가톨릭대 2024 인문 모의 [문제3]**(트롤리 딜레마 현상으로 보는 인간과 기계의 차이점 서술 및 비판)

우리는 인공지능을 믿을 수 있을까? 인공지능은 공정하게 사고와 행위를 할 수 있을까? 인공지능은 전통적으로 인간에게만 귀속되었던 윤리적 행위자의 지위를 가질 수 있는가? 인공지능은 어떤 의미에서 위험할까?

인공지능 기술의 발전이 사회이익을 극대화하고 공동체 전체의 혜택을 가져올 수 있도록 해야 한다는 명제는 너무도 타당하지만, 그에 못지않게 많은 위험성이 있다. 그에 따라 이른바 **'인공지능 윤리'**가 사회적인 이슈로 떠오르고 있다.

인공지능 윤리에서 가장 크게 문제가 되는 것은, '인공지능을 행위 주체로 간주할 것인가.' 즉 인공지능은 철학자들이 말하는 **도덕적 행위 주체성**을 지닐 수 있는가이다. 그리고 만약 그렇다면 그것은 인공지능이 온전한 도덕적 행위자일 수 있는지에 관한 것으로, 오늘날 인공지능의 행동은 어느 정도는 도덕적 결과를 초래하는 것으로 보인다. 자율주행 자동차의 예에서 알 수 있듯이, 많은 철학자가 인공지능은 이미 **'약한'** 형태의 도덕적 행위 주체성을 지니고 있으며, 도덕적 결과를 초래할 수 있다고 보고 있다.

하지만 인공지능이 점점 더 지능화되고 또 자율화되고 있음을 고려

한다면, 인공지능은 좀더 강력한 형태의 도덕적 행위 주체성을 지녀야 할 필요성이 대두된다. 이러한 질문은 인공지능이 어떤 종류의 도덕적 지위와 도덕 판단 능력을 갖추어야 하는가의 이른바 '인공지능 윤리'에 관한 질문으로, 이것은 우리가 **'도덕적 지위'**와 관련해서 인공지능을 어떻게 대해야 하는지에 관한 질문이기도 하다. 그렇기에 이는 또한 인공지능에 대한 **'인간의 윤리'**에 관한 질문이기도 하다. 인간이 인공지능에 도덕적 판단 능력과 행위 주체성을 위임해도 책임은 그대로 그것을 만든 인간에게 남기 때문이다.

인공지능 윤리는 시급히 해결할 과제다

인공지능을 인간이라는 행위 주체가 작용을 가하는 행위 대상일 뿐만 아니라 인간에게 작용을 가하는 도덕적 행위 주체라고 간주할 때 발생하는 문제는 많다. 오직 인간만이 도덕성과 자율성, 자유의지를 지녔기에 행위에 대한 책임 또한 인간 몫이라고 보았던 기성 관념은 인공지능의 등장으로 크게 위협을 받는 것이다.

먼저, **'신뢰'**의 문제로, 인공지능의 편향성과 공정성과 관련한 물음이다. 우리는 인공지능 알고리즘이 공정하다는 걸 믿을 수 있을까? 이 문제의 대답과 관련하여, 인공지능은 '편견'을 학습할 수 있기에 알고리즘의 공정성을 있는 그대로 믿기는 어렵다. 자유의지를 갖지 않은 인공지능은 그 능력이 아무리 뛰어나도 결국에는 설계자의 의도에 따라 움직이며, 인간이 통제 가능한 영역 안에 머무를 것이다. 그에 따라 사용하는 데이터나 학습된 로직, 프로그래머가 작성한 알고리즘이 편향되거나 특정 집단의 사고와 편견을 반영하면서 누군가는 불합리하게 차별받을 수 있다.

다음으로, 인공지능의 작동 방식과 인간의 행위 방식이 상충하거나, 인공지능의 가치와 인간의 가치가 충돌하면서 일어나는 **'이해 충돌'**의 문제이다. 만일 인간과 인공지능 사이에 '이해 충돌'이 일어난다면 어떻게 될까? 인공지능은 최적의 효율성을 최선으로 간주하는 반면에 인간은 도덕적으로 옳은 가치를 지키기 위해 효율성을 포기해야만 하는 상황이 발생할 수 있다. 인공지능이 고도화되면서 인간이 의도적으로 배제되는 상황에까지 이르면, 인공지능의 어떤 결정은 인간에 위해를 가하거나 인권을 침해하는 등의 사회적·도덕적 문제를 일으킬 수 있다.

끝으로, **'안전성'** 문제를 들 수 있다. 인공지능 시스템의 작동 및 활용의 과정에서 실제로 다양한 기술적 요소들이 필수적으로 결합한다. 바로 이러한 조건이 책임의 부과와 책임의 주체에 대해 상황을 복잡하게 만든다. 예를 들어 영화의 소재로 자주 등장하는 범죄자가 숨어 있는 곳에 다른 시민들이 인근에 있음에도 드론으로 공격하거나 사격하는 경우, 자율주행 자동차가 보행자를 피하려고 다른 차량과 충돌하거나 승객을 위험에 빠지게 할 수 있는 경우가 그것이다. 이런 문제가 주목받는 것은 인공지능이 자율적으로 의사결정을 하는 시스템으로써 자율주행 자동차나 휴머노이드 로봇처럼 실체적인 기계뿐만 아니라 자동화된 정보 처리 시스템까지 포함될 수 있으므로 파급효과가 기하급수적으로 늘어날 수 있기 때문이다.

스위치 끄기는 적시에 작동할 수 있는가

인공지능과 관련된 윤리적 문제는 지금도 계속 발생하고 있지만, 아직 기술적으로 깊이 있는 연구 단계에 도달하지 못한 상태이다. 현 단계에서 일어날 수 있는 주된 윤리적 문제는 인공지능과의 공존을 기대하는 **인간 고유의 '특성'** 때문에 발생한다. 인간이 지닌 특징인 의인화와 감정 이입, 그리고 애착이 그것으로, 우리는 인공지능이 우리와 소통하거나 우리의 행위를 따라 반응하고, 우리와 유사한 인식능력을 보여줄 때 인공지능이 어떤

 좋은 의도나 생각으로 행동을 한다고 이해한다.

하지만 이러한 우리의 믿음이 깨졌을 때, 우리는 인공지능의 행동이나 의사결정이 비윤리적이라고 생각하면서 신뢰에 문제를 제기하고, 안전성에 의문을 품으며, 가치 충돌을 일으킨다. 이런 이유로 인해 인간이 위험에 처하게 될 때는 **'스위치 끄기'**를 가동하여 인공지능의 작동을 멈추면 된다. 이것은 우리가 인공지능으로 인해 발생할 윤리 문제를 해결할 수 있는 적절한 행동 규범 체계를 만들면 해결될 수 있을 것이다.

하지만 문제는 인공지능이 진화함에 따라 과연 '스위치 끄기'를 작동할 수 있는가이다. 자가 학습을 통해 자율적 주체로 진화한 인공지능이라면 **자기 보존 욕구**를 갖추고서 신념을 따라 생존을 위협하는 요소들을 전부 제거하려 들 것이다. 그 경우 '킬 스위치' 작동에 저항하여 인공지능 스스로 이를 해체하거나 제거할 수 있다. 더욱이 인간의 지능을 추월하는 **초지능 인공지능(슈퍼인텔리전트)**이 출현한다면, 인공지능은 인류 미래에 커다란 위협이 될 수 있다.

이런 이유로, 인공지능을 통제할 수 있는 기술과 정책 마련이 시급한데, 특히 인공지능에 자율성을 증가시키거나 위임하는 방식으로 기술을 사용하는 것에 신중해야 할 필요가 있다. 인공지능이 주는 편리성과 효용성 이면에 그것이 초래할 수 있는 위험성에 관해서도 관심을 기울이고 또 대비할 수 있어야 한다.

관련 개념어 인공지능 윤리, 도덕 판단, 이해 충돌, 슈퍼 인텔리전트

Part 6

논술 지문에 자주 나오는 용어 110

대입-편입 논술에 꼭 나오는

핵심 개념어 110

철학의 분야①: 형이상학(존재론)

자연과학에 우선하는 초월 학문. 형이상학의 어원은 '메타피지카(metaphysica)'이다. 이는 '자연과학 이후'라는 뜻으로, 곧 자연과학에 우선하는 학문이라는 의미이다. 형이상학은 세계의 궁극의 근거를 연구하는 학문이라 할 수 있다. 바위를 예로 들어 설명하면, '바위는 어떤 원리에 따라 구르는가?', '바위는 무엇으로 이루어져 있는가?'를 탐구하는 것이 자연과학이라면, 형이상학은 '바위란 무엇인가?', '바위는 왜 세상에 존재하는가?' 등을 고찰하는 학문이다.

아리스토텔레스에게 있어서 '바위란 무엇인가'를 고찰한다는 것은 곧, 바위의 실체를 탐구하는 것이다. 플라톤에게 있어서는 바위의 보편적 특성으로서의 이데아가 실체이지만, 아리스토텔레스는 구체적 개별 사물로써의 바위 그 자체가 실체이다. 즉, 아리스토텔레스에게 있어서는 눈앞에 놓여 있는 바위가 곧 실체이다. 그러한 구체적 개별 사물은 '형상'과 '질료'가 결합하여 성립된 것이라고 아리스토텔레스는 생각했다. 초자연적 원리를 토대로 사물의 초월적 본질을 고찰하는 **형이상학**은 우주의 탄생에 관해서도 자연의 원리로 분석하지 않고 신의 의지나 인간의 정신으로 논하려 든다. (형이상학은 존재론의 한 분야이자, 아리스토텔레스의 『형이상학』에서 유래한 서양철학의 기초 학문이다.)

철학의 분야②: 인식론

인식의 기원과 본질, 방법 등을 연구하는 철학의 분야. 인식론은 지식을 뜻하는 그리스어 '에피스테메(episteme)'에서 유래한다. 인식론은 참다운 지식(앎)은 어떤 것이고, 지식을 가능하게 하거나 제한하는 조건은 무엇인지, 그리고 보편타당한 지식은 어떻게 만들어지는지를 연구하는 철학의 분야이다. 지식의 연구는 고대 자연철학자 때부터 계속되었지만, 철학의 중심 과제가 된 것은 근대 들어 데카르트의 **합리론(이성주의)**과 로크의 **경험론(경험주의)**이 대립하면서부터다.

그들은 인간에게 타고난 지식이 있는지에 관해 논쟁했다. 합리론은 인간은 본유관념을 갖고 태어난다고 주장한 데 비해, 경험론은 이를 부정했다. 관념은 경험을 통해 마음속에 그려지는 것이라고 경험론자들은 생각했다. 이후 독일의 칸트는 지식은 경험적 실재인 동시에 선험적 관념의 영역이라고 보고, 합리론과 경험론을 종합하여 자신만의 독특한 철학체계를 수립했다. 그는 '현상'과 '**물자체(物自體)**'를 구별했다. 칸트에 따르면, 현상은 우리가 경험으로 알 수 있는 것을 말한다. 그러나 그 경험을 가능케 하는 전제는 우리가 경험으로 알 수 없는 것이다. 그것이 바로 물자체이다. 물자체는 우리 지식의 한계라고도 할 수 있다. 지식의 문제에서 근본적인 것이 감각적 경험에 따른 것인지, 이성적 정신에 의한 것인지에 따라서 인식론의 입장은 달라질 수 있다. 어느 쪽이든 지식의 체계적 구성으로 대상의 옳은 판단이 가능할 때 비로소 그것은 참다운 지식(앎)이 될 수도 있고, 반대로 거짓된 지식이 될 수도 있는 것이다.

철학의 분야③: 윤리학(가치론)

인간의 태도와 행위를 결정하는 선(善)에 관해 질문을 던지는 학문 분야. 윤리학(가치론)은 인식론 및 존재론(형이상학)과 함께 철학의 기본 분야 가운데 하나이다. 윤리학은 인간 행동의 규범, 그 원리 또는 규칙, 그리고 인간의 실천 행동에 관해 연구하는 것이기에 **도덕철학** 분야라고 할 수 있다. 윤리는 한편으로는 공동체적 질서를 강조하는 사회 규범에 의해, 다른 한편으로는 인간의 자유의지에 따른 행동에 의해 규정된다. 인간은 자기 멋대로가 아닌 도덕적 실천 규범에 따라 의지로 행동하기 때문에 인간 행동의 규칙이나 원리를 연구할 필요성이 생겨났다. 윤리학에서는 선(善)을 추구하는 내면의 의무와 양심, 또는 자유의지에 따른 행동이 어떻게 해서 도덕법칙이란 가치규범을 따르게 되는지를 연구한다. 올바른 삶이란 무엇인지, 정의나 행복의 개념은 실제 무엇을 의미하는지, 그 개념적 가치를 바르게 실현하려면 어떻게 해야 하는지, 이를 위해 우리는 어떻게 행동해야 하는지 등에 관한 고찰은 윤리학의 토대를 이룬다.

철학의 분야④: 미학

예술 자체, 미적 판단, 미적 감각, 체험 등에 질문을 던지는 학문 분야. 미학은 아름다움을 논하는 철학의 한 분야이다. 아름다움은 자연의 아름다움(자연미)과 예술의 아름다움(예술미)으로 구분된다. 산과 들, 꽃과 나무, 인간과 동물의 아름다움 등은 **자연미**에 속하고, 음악과 무용, 그림과 건축의 아름다움 등은 **예술미**에 속한다. 예술을 대하는 아름다움에는 우아미, 숭고미, 비장미, 골계미가 있다. 미학은 아름다움에 대한 느낌, 즉 미적 판단을 연구하는 학문이다. 우리는 지성의 분별력으로 아름다움을 분석하지는 않는다. 느낌에 의해서 아름다움을 판단한다. 때문에 미학은 **미적 체험**과 **미적 대상**을 주제로 삼는다. 아름다움은 아름다움을 느끼는 주관의 체험과 아름다운 대상에 의해 성립한다. '설악산은 아름다운 산이다'라고 말할 때 설악산이 아름답다고 체험하는 것은 바로 주관으로써의 '나'이며, 아름다운 대상은 설악산이다. 미학에서는 아름다움을 인식함으로써 미적 판단을 구하려고 노력한다.

자연철학

세계(자연)의 근원, 즉 '**아르케**'가 무엇인지 밝히는 과정에서 비롯된 서양 최초의 철학이다. 자연철학은 자연을 초자연적인 힘으로 설명하려 했던 신화의 시대와 달리, 인간 자신의 이성으로 우주 세계의 근원을 탐구하고자 했다. 고대 자연철학자들은 자연의 궁극적 존재와 원리에 대해 탐구했으며, 소크라테스 시대에 이르러 '인간의 철학'이 중시되면서 철학의 중심 영역은 자연에서 인간으로 전환되었다.

이데아계와 현상계

플라톤은 '**이데아**'로 구성된 영원불멸의 세계와 감각으로 파악할 수 있는 현실 세계를 구분했다. 전자를 이데아계(영원, 불멸, 절대, 불변, 보편, 완전), 후자를 현상계(유한, 소멸, 상대, 가변, 변화, 불완전)라 한다. 그리고 현상계에 존재하는 사물을 '**현상**'이라고 부른다. 끊임없이 변화하는 현상계는 영원히 변하지 않는 이데아계를 모방(미메시스)하여 존재한다. 현실의 세계는 항상 이상 세계를 모범으로 삼는다. 인간의 감각으로는 이상 세계를 직접 인식할 수 없고 오직 **이성**을 통해서만 가능하다. 이러한 사고를 현실과 이상의 **이원론적 세계관**이라고 한다.

■플라톤의 이상주의와 아리스토텔레스의 현실주의

아리스토텔레스는 스승인 플라톤의 이데아 사상을 따르면서도, 그의 이상주의적 사고를 비판했다. 아리스토텔레스는 사물의 본질이 이상 세계에 있는 것이 아니라, 오히려 현실 속에 있다고 주장했다. 두 사람의 입장 차이는 라파엘로의 유명한 벽화 '아테네 학당'에서도 잘 묘사되어 있다. 이 작품에서 플라톤은 손가락으로 하늘을 가리키고 있고, 아리스토텔레스는 손바닥을 땅으로 향하고 있다. 플라톤은 이상과 현실이 분리되어 있다는

'**이원론적 사고**'를, 아리스토텔레스는 이상은 현실의 실체라는 '**일원론적 사고**'를 주장하는 표상이라고 할 수 있다.

■**플라톤과 아리스토텔레스의 영향**

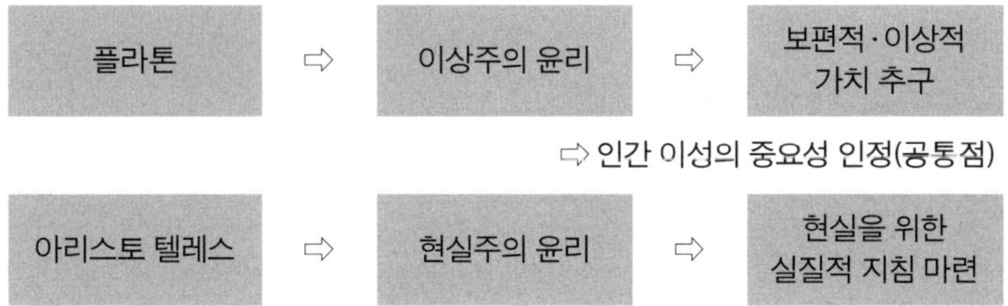

형상과 질료

플라톤은 현실 세계의 사물은 이데아의 불완전한 복사본이라고 말했지만, 아리스토텔레스는 달리 생각했다. 그는 사물의 본질인 이데아가 눈에 보이지 않는 관념적인 모습으로 존재하는 것이 아니라, 개별 사물 그 자체에 내재되어 있다고 생각했다. 이때 사물의 본질은 무엇인가의 구체적 형태를 띠고 있는데, 이를 '**형상(形相)**'이라고 한다. 의자의 본질은 의자의 형상이고, 컵의 본질은 컵의 형상이라 할 수 있다. 그리고 **개별 사물의 소재**를 '**질료(質料, 질량이 아니다)**'라고 한다. 이를테면 나무의자의 질료는 목재이고, 유리컵의 질료는 유리이다. 같은 질료를 가지고 여러 가지 다른 사물을 만드는 것이 형상이다.

■**아리스토텔레스의 현실주의 사상**

아리스토텔레스는 사물의 실체는 형상과 질료로 구성되어 있다고 말했다. 집을 짓는데 사용되는 목재가 질료라면 형상은 집의 개념에 상응하는 구조상의 형태를 가리킨다. 말하자면, 형상이란 설계도 같은 것이고, 질료란 재료 같은 것이다(아리스토텔레스에 있어서의 '형상' 개념은 플라톤의

 '이데아'에 해당한다). 이때 사물 저마다의 형상이 다른 까닭은 그것들의 사용 '**목적**'이 다른 때문으로, 개체는 형상과 질료가 어우러져 성립한다는 것이다. 이처럼 아리스토텔레스는 플라톤의 추상적인 이데아론과 달리 현실주의 사상을 펼쳤다. 즉, 플라톤에게는 이데아가 실체였지만, 아리스토텔레스는 구체적인 개체가 실체이다.

목적론

아리스토텔레스는 모든 자연물은 목적을 추구하는 본성을 타고나며, 외적 원인이 아니라 내재된 본성에 따른 운동을 한다는 **목적론**을 제시했다. 그는 자연 사물은 단순히 목적을 갖는 데 그치는 것이 아니라 목적을 실현할 능력도 타고나며, 그 목적은 방해받지 않는 한 반드시 실현될 것이고, 그것의 실현은 운동 주체에 항상 바람직한 결과를 가져온다고 믿었다. 아리스토텔레스는 이러한 자신의 견해를 "자연은 헛된 일을 하지 않는다!"라는 말로 요약했다.

■의무론과 목적론

의무론과 목적론은 서양윤리의 근간을 이루는 사고이다. 의무론은 인간이 지켜야 할 행위의 원칙이 의무로써 주어져 있다고 보고 이것에서 좋고 나쁨과 옳고 그름의 기준을 제시하는 이론이다. 목적론은 인간의 행위뿐만 아니라 역사적 현상이나 자연현상을 포함한 세계 만물이 목적에 의하여 규정되고 지배된다는 철학 견해이다. 의무론적 사고와 목적론적 사고는 이후 철학에서 '**의무론적 윤리설**'과 '**목적론적 윤리설**'이라는 규범윤리 이론으로 발전했다.

대륙 합리론과 영국 경험론

유럽의 대륙 철학자인 프랑스의 데카르트, 네덜란드의 스피노자, 독일의 라이프니츠 등은 태어나면서부터 인간에게 보편적으로 주어진 이성의 힘으로 진리에 도달할 수 있다고 생각했다. 이를 '**대륙 합리론, 합리주의·이성주의**'라고 부른다. 한편 영국의 베이컨, 로크, 흄 등은 인간은 선천적으로 관념을 갖고 태어나는 것이 아니며 모든 지식은 경험에 근거한다고 주장했다. 이를 '**영국 경험론, 경험주의**'라고 부른다. 대륙 합리론과 영국 경험론은 칸트에 의해 종합·체계화되어 18세기 독일 관념론으로 발전했다.

도덕법칙

인간 행위의 기초가 되는 도덕 원칙으로, '도덕률'이라고도 한다. 자연세계는 자연법칙이 있고, 인간세계는 사람들이 마땅히 따라야만 하는 도덕법칙이 있다고 칸트는 생각했다. 도덕적으로 행동하는 것을 선한 것으로 여기는 이성은 인간에게 선천적으로 부여된 것이기 때문이다. 도덕법칙은 '**양심의 소리**'로, "네가 다른 사람으로부터 대접받기를 원하는 것처럼 다른 사람을 대접하라."와 같은 법칙(**정언명령**)이 그것이다. 칸트에 따르면, 도덕은 수단이 아닌 목적 그 자체로, 모든 인간에게 무차별적으로 동일한 행위 법칙을 적용하는 것이 도덕적이다. 그는 각자 자신의 개인적 판단이 언제나 보편적 자연법칙에 어긋나는지 반성해야 한다고 촉구했다.

선의지

칸트는 오직 '선의지'만이 도덕적 행위의 유일한 근거라고 주장했다. 선의지란 옳은 행위를 오로지 옳다는 이유에서 마땅히 해야 할 의무로 받아들이고 따르려는 의지이다. 만약 우리가 강도를 만나 상처를 입고 골목에

쓰러져 있는 사람을 본다면, 우리는 두려움을 느끼고 그를 그냥 지나칠 수도 있지만, 마음속으로는 상처 입은 사람을 마땅히 도와주어야 한다고 생각하게 된다. 이렇게 곤경에 처한 사람을 마땅히 돕고자 하는 것이 바로 선의지다. 칸트는 오직 의무로부터 나온 행위만이 선의지에 의한 행위이자 **최고선**을 지향하는 도덕적 행위라고 주장했다.

관념론

관념론은 사물의 존재가 우리의 주관, 즉 인식에 근거를 둔다는 데카르트의 사상에서 출발했다. 물질보다는 정신에 가치를 둔 철학 사상으로, **실재론** 및 **유물론**과 반대 성격을 갖는다. 관념론은 정신에 의해 세계가 만들어진다고 주장하며, 의식과 독립한 사물이 아닌 인간의 의식이 만들어낸 관념적인 것만이 세계에 관한 지식이 될 수 있다고 본다. 관념론은 사물의 세계를 인정하지 않고 정신적 의식 세계만을 인정하며, 물질적 세계의 실재에 대한 인식론적 입장을 나타내기도 한다.

관념론	⇦ (인식론적 관점) ⇨	실재론
세상은 인간이 머릿속에서 만들어낸 것이다.		세상은 우리 인식과는 관계없이 존재한다.
관념론	⇦ (존재론적 관점) ⇨	유물론
정신 가치가 물적 가치에 우선한다.		물적 가치가 정신 가치에 우선한다.

주인도덕과 노예도덕

니체는 도덕을 '주인도덕'과 '노예도덕'으로 구분했다. 이 두 도덕은 서로 대립하는 것으로, 전자는 긍정되어야 하고 후자는 부정되어야 한다고 주장했다. **주인도덕**이란 강자가 자기긍정의 생명력에 넘쳐 남을 지배하는 것을 가리키는 도덕, 즉 '권력의지'를 체현하는 초인에게 부과된 도덕이다. 반면 **노예도덕**은 약자의 도덕으로 그리스도교가 설파하는 사랑·동정·평화의 개념, 또는 민주주의나 사회주의가 주장하는 이데올로기라고 할 수 있다. 니체는 노예도덕은 약자를 선하게 보고 강자를 악하게 인식하는 것으로, 인간을 평균화하고 수평적으로 만드는 퇴폐도덕이라고 주장했다. 그에 따르면 '선악'이란 기존 도덕인 노예도덕이 가르치는 선악일 뿐이다.

헤겔의 인정 투쟁과 주인-노예의 변증법

헤겔 철학의 핵심 사유는, 인간은 타자와의 관계 속에서 투쟁하고 사랑하며 발전하는 존재이며, 부정을 통해 긍정에 도달한다는 것이다. 헤겔은 인간은 자기의식을 지닌 존재라고 말했다. 인간은 다른 사람들이 자신을 더 많이 인식하고 인정하며 존중하고 떠받들어주기를 바라고, 그 과정에서 타자와의 갈등은 불거진다. 이렇듯 상대, 혹은 타자로부터 더 많은 인정을 받기 위한 싸움을 '**인정 투쟁**'이라고 불렀다. 인정 투쟁은 곧 '**자기의식**'**의 주체적 표현**이라 할 수 있다.

인정 투쟁에서 승리한 자는 '주인'이 된다. 더 이상 애쓰고 노력하지 않는다. 패배자인 '노예'가 가져다준 것을 입고 먹고 누릴 뿐 직접 자연과 맞서지 않는다. 노동하지 않는 주인은 이미 승리한 자신의 자의식 속에만 함몰될 뿐이다. 그러한 주인의 의식을 헤겔은 '불행한 의식'이라고 부른다. 반면 노예는 주인에게 강요된 봉사를 하기 위해 더 넓은 세계 속으로 뛰어들어 다양한 경험을 하고 예상치 못했던 상황과 맞닥뜨리며 노동한다. 그 과정에서 자신의 자립성과 주체성을 자각하며 '자기의식'을 되찾은 노예는 주인에게 인정받기 위한 투쟁을 시작한다. 결국 노동을 통해 자의식을 확립한 노예는 주인을 능가하는 존재가 된 스스로를 깨닫게 된다.

하지만 주인은 생산에 종사하지 않는다. 자의식을 되찾을 수도 없고 자유의 힘으로 어떤 물건을 만들어낼 수도 없다. 자유로운 것처럼 보이지만 주인에게 주어진 자유는 노예를 부릴 수 있는 자유 그 이상도 이하도 아니다. 불행한 의식 속에서 허우적거리던 주인은 상황이 완전히 달라졌음을 뒤늦게 알아채지만 이미 때는 늦었다. 노예가 주인이 되고, 주인이 노예가 되는 날이 오고 만 것이다. 이와 같은 과정을 '**주인-노예의 변증법**'이라고 부른다.

공평한 관찰자

애덤 스미스는 본성은 이기적일지라도 인간은 타인에 대한 공감과 동정을 느끼고 도덕적으로 행동할 수 있다고 생각했다. 그는 인간 내면에는 제3자의 관점에서 사람들의 행동을 바라보는 공평한 관찰자가 존재하기 때문에 타인으로부터의 공감과 동정을 이끌어내는 것이 가능하다고 보았다. 이것을 **공평한(중립적인) 관찰자**라고 하는데, 그의 입장에서 자기 행동을 바라보고 공감을 얻을 수 있는 범위 안에서 행동할 때, 인간은 비로소 이기심에 기초한 이익을 추구하는 것이 용인된다고 주장했다.

무의식

데카르트 이후, 자아는 곧 자기의식을 의미하며, 의식은 이성으로 통제할 수 있다는 생각이 철학의 상식으로 자리 잡았다. 하지만 프로이트는 인간 행동의 대부분은 이성으로 통제할 수 없으며, 무의식의 지배를 받는다고 생각했다. '**무의식**'은 개인이 의식하지 못한 채 어떤 행동을 결정하게 만드는 심리적 영역을 말한다. 그에 따르면 개인이 잊고 있는 기억은 의식되지 않는 부분으로 머릿속에 잠재되어 있으며, 평상시에는 억압되어 있다. 그러한 기억은 평상시에는 의식되지 않지만 어떤 계기로 의식화되거나 불안

심리로 표출된다. 프로이트는 무의식의 개념을 통해 인간의 합리성을 뒤엎으면서 인간 본성과 문화에 대한 새로운 개념을 제시했다.

철학적 관점에서의 '의식'

의식은 넓은 의미로 현실에서 체험되는 일체의 경험 또는 현상을 의미한다. **의식**은 물적 또는 육체적인 것에 대비되는 심적 또는 정신적인 그 무엇이다. 정신에 대하여 의식을 구별할 때는 주로 의식현상을 의미한다. 의식현상으로써의 의식은 의식내용과 의식작용으로 구별된다. 의식내용을 단지 '의식'이라고 한다면 의식작용은 '의식성'이라고 할 수 있다. 의식은 무의식과 대립하는 개념으로도 사용된다.

철학적 의미에서 의식은 인식의 근본조건이며, 의식의 범위에 들지 않는 것은 인식도 경험도 불가능하다. 즉, 의식은 인식 주관의 모든 작용·내용·대상을 포함한다. 데카르트는 정신의 특징을 사유(思惟)에 두고 이것을 인식 또는 의식이라고 하였다. 사유와 의식은 능동과 수동으로 구분되는데, 전자는 **의지**이며 후자는 **지각**이라고 하였다. 라이프니츠는 정신의 내적 포착으로서의 다양한 지각들을 통일하는 사유를 의식으로 보았다.

칸트는 의식의 범위를 확립하면서, 의식은 직접적인 인식의 중심 문제라고 하였다. 그는 순수표상과 의식된 표상을 구별하고, 표상과 직관의 다양성을 어떤 통일법칙에 의하여 파악하는 작용을 의식이라고 하였다. 그리고 그것을 **경험적 의식**과 **초월적 의식**의 두 가지로 구분하면서 전자는 필연적으로 후자에 연관될 때에만 성립한다고 보았다. 초월적 의식은 순수·선험적·초개인적·논리적인 주관의 세계로, 개개의 경험적 의식의 내면적인 결합, 즉 범주의 종합적 판단을 가능하게 한다고 보았다. 피히테는 자아의식을 순수자아의 활동이라 하고 헤겔은 정신 또는 정신 발전의 한 단계로 생각하였다.

감각과 지각

로크는『인간 지성론』에서 지각과 감각에 대해 그 의미 차이를 밝혔다. 그에 따르면 감각은 외적 자극에 대한 수용 또는 수용된 결과, 즉 '**관념**'을 의미한다. 이를 달리 말하면 감각이란 외적 대상의 인식할 수 없는 미립자 또는 힘에 의해 마음에 전적으로 수동적으로 받아들여진 것을 의미한다. 이에 반해 지각은 반성의 표상이자 최초의 기능으로 감각에 대한 주목, 혹은 주목의 결과를 의미한다. 따라서 지각은 능동적 마음의 작용이며, 이러한 능동적 작용 없이 관념을 수용하는 것은 감각이다.

■감각

감각은 어떤 사물에 대한 희미한 느낌이나 인상으로, 인식 주체와 대상이 물리적으로 접촉함으로써 생긴다. 감각은 우리 외부에 어떤 사물이 존재한다는 사실을 알려 주는 역할을 하지만, 아직 명확히 개념화된 수준이 아니어서 사물과 주체가 부딪치는 순간에 생기는 희미한 인상을 줄 뿐이다. 이 순간에 영혼과 신체, 주체와 객체, 외부와 내부는 공존한다. 그래서 감각 작용은 인식에 관련된 모든 철학적 논의의 출발점이며 많은 철학적 논쟁을 일으키기도 한다. 감각 작용 속에서 주관적인 것과 객관적인 것을 골라내야 하는 문제가 생기기 때문이다.

■지각

지각은 감각 기관을 통하여 대상을 인식하는 것을 뜻한다. 인식론에서는 지각을 대상에 대한 주체의 관계로써 정의한다. 지각과 관련 핵심 물음은 "지각을 통해 우리에게 주어지는 것은 무엇인가?"하는 것이다.

내가 한 그루의 나무를 '지각한다'고 말하는 것은 내가 나무를 '경험한다'고 말하는 것과 다르다. 나무를 지각하는 것은, 예를 들어 겨울 오후에 숲을 산책하면서 체험한 것의 총체와 같은 것을 의미하지는 않는다. 지각과 경험(또는 체험)은 다른 수준의 개념이다. 그러나 지각이 단순한 각각을 의미하는 것도 아니다. 지각은 감각을 넘어서는 행위이다. 지각은 감각 작용들을 모아서 그것들을 하나의 전체로 조직한다. 따라서 본다는 것은 이미 지각하는 것이다. 지각할 때 감각은 언제나 이미 느낌을 동반한다. 객관적인 것과 주관적인 것, 생리적인 것과 심리적인 것, 실재하는 것과 내가 그것에 대해 가지는 표상이 풀기 힘들게 얽혀 있는 것이다. 우리는 대상의 일부분을 보고도 전체를 기억해 낸다. 그래서 실제로 눈에 보이는 것은 공의 한 측면인데도 우리는 "공이 저기 있구나!"라고 말하는 것이다. 이런 점에서 지각한다는 것 자체가 이미 기억을 매개로 해서 기대하는 것을 함축하는 것이다.

인식

인식은 '경험에서 주어진 것을 수용하고 그것들을 설명하거나 이해하려는 행위'를 말한다. 인식은 그 자체로써 하나의 이론적이고 순수한 활동, 즉 실용성에 관계없이 지식에 대한 순수한 욕구를 만족시키려는 활동이다. 그래서 인식을 행위와 구분하는 것이 일반적이다.

인식이 어디에서 비롯되는가와 관련한 문제는 대륙의 합리론(선험주의)과 영국의 경험론(경험주의)이라는 서양 근대사상에서 전통적으로 서로 대립해 온 두 이론에서 서로 다른 방식으로 해결된다. 데카르트로 대표되는 **선험주의**는 인식은 '진리의 씨앗'으로서 우리의 정신 속에 자연적으로 존재하는 것이라고 보았다. 따라서 이것들은 직접적인 자명, 즉 이성의 확실성을 통해 인식할 수 있다. 그와 달리 로크, 흄 등이 제시한 **경험주의**는 선천적인 관념들을 거부하고 우리의 정신을 '아무 것도 쓰여 있지 않은 종이'로 보았다. (이를 '백지론'이라고 한다.) 우리의 모든 인식은 경험, 즉 감각에 주어진 것들로 부터 온다는 것이다.

칸트는 경험주의를 비판하고 인식의 기원에 관련하여 새로운 대안을 제시했다. 그에 따르면 우리의 모든 인식은 경험과 더불어 시작한다. 그러나 이것이 우리 인식이 경험으로부터 온다는 것을 의미하는 것은 아니다. 경험은 단지 인식의 '질료(인식 대상)'일 뿐이다. 이 질료가 인식의 대상이 되기 위해서는 조직되어야 한다. 조직화는 이성의 **아프리오리한(선험적인)** 구조들을 통해서만 가능한 것이다. 그래서 인식은 감각적인 질료로부터 출발해 이성에 의해 만들어지는 일종의 구성이다. 칸트에 따르면 우리는 사물 자체(물자체)를 인식하는 것이 아니라 단지 현상만을 인식할 뿐이다. 사물 자체는 인식할 수 없다. 우리가 인식하는 것은 오직 현상의 세계일뿐이다.

감각 작용, 지각 작용, 인식 작용은 구분해야 한다. 감각 작용이 주체와 대상의 물리적 접촉을 말한다면, 인식 작용은 명확한 개념을 통해 물리적 차원이 아닌 정신적 차원의 인식이 성립하는 경우를 말한다. 내가 어떤 물건을 만져보고 까칠까칠하다고 느끼는 것은 감각 작용이다. 그러나 그 까칠까칠한 것을 '장갑'이라는 개념으로 포착하고 '옷'이라는 범주에 넣어 이해했을 때 비로소 인식 작용이 성립한다. 지각 작용은 감각 작용과 인식 작용의 중간에 자리 잡는다. 즉 감각 작용으로 포착된 인상이 개념화하는 과정을 가리킨다.

직관

직관은 감성적인 지각처럼 대상 전체를 직접적으로 그리고 단숨에 이해하는 인식 능력이나 판단 작용을 말한다. 논리적 인과관계를 살펴 대상을 파악하는 논리적 사고 및 반성과 분석을 통해 대상을 종합적으로 파악하는 능력인 '**사유**'와 대립하는 개념이라고 할 수 있다.

■**직관의 다양한 관점**

철학에서 직관은 특수한 능력으로 인식된다. 아리스토텔레스에 따르면 직관은 논리적 사고나 감각과는 다른 최고의 인식 능력이다. 데카르트는 경험에 의존하지 않고서도 '본유관념'이라는 직관 능력에 의해 사물을 인식할 수 있다고 주장했나. 이에 비해 칸트는 식관은 처음부터 불가능하며, 우리는 단지 감성적인 직관만을 가지고 있을 뿐이라고 말했다. 감각을 통해 얻은 지식과 정보를 머릿속에서 정리할 뿐이라는 것이다. 후설은 현상학에서 사람은 기본적으로 직관에 의해 사물을 인식할 수 있다고 생각했다.

실재

'실재(實在)'는 인간의 인식이나 경험과는 상관없이 실제로 독립하여 존재하는 것을 말한다. 철학에서는 인간의 의식 바깥에 독립해서 존재하는 것을 의미한다. 로크는 우리가 경험하는 **내용** 그 자체를 실재라고 말했다. 칸트는 인간이 인식할 수 있는 것과 별개로 존재하는 실재로서의 '**물자체**'의 개념을 제시했다. 철학에서 실재를 체계적으로 연구하는 학문 영역을 **형이상학**이라 한다. 철학 개념인 실재론은 인식론적 관점에서 관념론과 대립하는 용어이다. 관념론은 세상은 인간이 머릿속에서 만들어낸 것이라고 보는데 비해, 실재론은 세상은 우리 인식과는 관계없이 존재한다고 보는 점에서 차이 난다.

실체

'실체(實體)'란 **사물의 근원·본질**을 일컫는다. '실체란 구체적으로 무엇인가?'라는 문제를 놓고 많은 철학자들이 고민했다. 플라톤에 따르면, 실체는 곧 이데아이다. 아리스토텔레스에 따르면, 실체는 형상과 질료로 이루어진 개별 사물이다. 데카르트는 "무한으로써의 실체가 곧 신이다. 유한한 실체는 정신과 물질로 나뉜다"라고 했다. 스피노자에게 있어 실체는 범신론적 신(神)이다. 라이프니츠에게 있어 실체는 곧 모나드[單子]다. 헤겔은 정신이 절대지식으로 나아가는 과정이 곧 실체라고 했다. 현대철학은 실체에 대한 이러한 사고에 비판적이다. 사물은 각자 관계를 맺으면서 저마다의 가치를 지니고 있다는 '관계주의' 시각에서 실체를 논의하는 사고가 주류를 이루고 있다.

지식

주어진 영역에서의 정확하고 견고한 인식들의 집합을 말한다. 지식과 인식은 다르다. 지식은 인식보다 더 큰 외연을 가진다. 인식이 정확히 정의된 대상들에 대한 앎을 뜻한다면, 지식은 특정한 영역에서 형성된 정보의 조직된 전체(**과학적 지식**), 또는 특정한 능력을 함양해 주는 정보나 행위의 터득(**실천적 지식**)을 뜻한다. 철학적 담론에서 지식이라는 말은 인식, 담론, 실천, 탐구방법의 집합을 가리키기도 한다. 지식은 무지, 의견, 믿음과 대립한다. 그러나 지식이 합리적인 인식으로 환원되는 것은 아니다. 감각적인 인식, 관찰, 경험은 지식 형성에 크게 기여한다. 거의 모든 철학자들은 지식의 본성, 가능성의 조건, 그 상이한 형태들에 관심을 가진다.

자아

'**자아(自我)**'란 타자나 외부 세계로부터 구별되는 자기의식을 가리킨다. 철학에서 자아의 자각은 '너 자신을 알라'를 가르친 소크라테스에게서 비롯되는데, 자아의 문제가 철학의 주제가 된 것은 인간의 주체성이 확립되는 근세 이후의 일이다. 데카르트는 '나는 생각한다. 고로 나는 존재한다'라는 명제에 의하여 '생각하는 나'를 정신이라 부르고 이것을 실체로써 확립했다. 반대로 흄 등의 영국 경험론은 그때그때의 감각·감정을 떠나서 자아는 없고 그것들의 총체가 바로 자아일 따름이라고 하여 자아의 정신적 실체를 부인했다. 이후 칸트는 선험적 자아라는 의식 주관이 사물의 존재를 성립시킨다고 말하면서 인식론적 관점에서 둘을 종합했다.

■현대철학에서의 자아 개념

현대철학에서 자아의 문제는 인식론적·형이상학적 관점보다는 윤리적·인간학적 관점에서 다루어진다. 사르트르는 칸트적인 선험적 자아를 부인하면서 '나'의 존재가 타자에 의하여 근저로부터 위협받고 있다고 했다. 부버는 '나와 너의 관계'를 이야기하면서 '너'라고 부르는 타자와의 만남과 응답에서 '나'는 비로소 진정한 자기(자아)가 된다고 했다. 한편 프로이트는 자아가 본능(이드)과 규범의식(초자아) 사이에서 양쪽의 갈등을 조정하는 마음의 기능이라고 보았다.

이성

이성은 사물의 본질을 논리적으로 파악하는 **추론 능력**이다. 이성은 진리를 인식하는 **직관 능력**이다. 이성은 선악 진위를 구별하는 판단 능력이다. 이성은 계시나 신앙과 대조되는 가치중립적 **지식 능력**이다. 이성은 지각과 대조되는 인간의 지각 능력이다. 이성은 사유체계를 가능하게 하는 **비판 능력**이다. 이러한 근대 이성 만능의 사상에서 탈피하여 현대철학에서는 반성의 눈으로 이성을 바라보기도 한다. '도구적 이성'을 비판한 하버마스는 인간이 이성을 사용해 목적을 달성하려 할 때 오히려 비참한 결과를 낳을 수 있다고 비판하면서, 의사소통 과정에서 대화로 합의를 이끌어낼 수 있도록 이성을 발휘해야 한다고 주장했다.

집단 무의식

집단 무의식(**집합적 무의식**)은 융의 분석심리학 개념으로, 개인 경험을 넘어 집단이 공통적으로 지니고 있는 무의식을 말한다. 융은 집단 무의식은 무의식의 한 부분으로 인간 누구에게나 공통되는 일반적인 내용을 담고 있다고 생각했다. 즉 개인 무의식이 '어떤 개인이 어릴 때부터 쌓아온 의식적 경험이 무의식 속에 억압됨으로써 그 사람의 생각, 감정, 행동에 영향을 주는 것'인 데 비해, 집단 무의식은 '옛 조상이 경험했던 의식이 쌓인 것으로써 모든 사람들에게 공통된 정신의 바탕이며 경향'이라는 것이다.

환원주의

환원이란 잡다한 사물이나 현상을 어떤 근본적인 것으로 바꾸는 것을 말한다. 철학에서는 어떤 개념이나 법칙 또는 이론을 다른 개념이나 법칙 또는 이론으로 대치시키는 것을 의미한다. **환원주의**란 사물의 속성을 그 구성 요소의 속성으로부터 이해하려는 접근 방법을 말한다. 물체는 원자들의 집합이고 사상은 감각 인상들의 결합이라는 관념처럼, 복잡한 자연 현상 및 사회 현상을 설명하고자 할 때 단순한 몇 개의 요소로 분해하여 전체를 설명하려는 시도는 환원주의 사고의 단면이다. 환원주의는 수학, 과학, 철학 등의 다양한 영역에서 존재하며, 주로 과학과 관련된 것에서 나타나고 있다. 이를테면 원자를 규명하면 물체를 이해할 수 있고, 유전자를 규명하면 생명체를 이해할 수 있다는 태도가 일종의 환원주의이다. 반대되는 개념으로는 '통섭'이 있다.

회의주의

회의(의심)는 어떤 진리나 주장을 더 확실하게 검토하기 위해 판단을 유보하는 것으로, 반성적이고 자발적이며 비판적인 태도를 일컫는다. 철학적인 관점에서 볼 때 회의주의적 회의와 방법론적 회의는 구분해서 살필 필요가 있다. 흄으로 대표되는 회의주의적 회의는 판단의 유보를 뜻하기보다는 우리의 믿음을 함부로 확실한 것으로 취하지 않는 것, 나아가 열정과 독단의 포로가 되기를 거부하는 것을 의미한다.

회의주의는 진리에 접근하는 것이 불가능하다고 믿기보다는 우리가 진리에 도달했음을 확신할 수 없다고 믿는다. 그래서 철학함은 판단을 유보하고 회의를 실천하는데 있다. 그리스 회의론자들에게 판단의 유보는 도덕적인 목적을 가진다. 판단의 유보는 지혜의 보금자리라고 할 수 있는 '영혼의 평온', 즉 아타락시아를 만들어준다. 판단의 결정적인 유보를 목표로 하는 회의주의적 회의와 진리의 발견을 목표로 하는 잠정적 회의(데카르트의 방법론적 회의)는 구분되어야 한다.

18세기에 흄은 '아카데믹한' 또는 '완화된' 회의주의를 제시했다. 현실 생활에서 모든 것을 회의하는 것은 불가능하다. 그러나 우리 인식의 허약함을 비판적으로 검토하는 것은 중요하다. 회의주의는 '독단론'으로부터 우리를 지켜준다. 흄의 회의주의의 영감은 현대에 이르러 러셀 등이 계승하였다.

현상학

후설은 세계는 '의미'의 집합체라고 말하면서, 존재(삶과 세계, 지식과 진리)와 얽혀있는 의미를 질문하는 철학적 사유를 현상학이라고 말했다. 현상에 대한 로고스(앎)가 우리 의식 안에서 어떻게 가능한지를 의식 구조 분석을 통해 밝히는 것이다. 이처럼 현상학은 관찰자의 관조를 통해 나타나는 사물들과 그 세계를 묘사하고 기술하는 철학적 방법론을 일컫는다. 이

 방법론은 어떠한 철학적 전제나 선입견 없이 세계 또는 사물을 있는 그대로 받아들이고 이해하려는 태도를 갖는다. 즉 현상학은 독립적 존재로써의 본질에 대해 어떤 가설도 세우지 않고 우리 의식에 나타나는 범위까지만(**현상으로 존재하는 그 자체**만을) 탐구하는 철학적 접근방식이다.

기투와 피투

하이데거에 따르면, 인간은 곧 죽을 수밖에 없는 존재임에도 불구하고 어쩔 수 없이 이 세상을 살아가야 한다는 사실을 자각한다. 이때 인간이 자신의 기분을 통제할 수 없는 상태를 '**피투성(被投性)**'이라고 한다. 그는(그리고 사르트르)는 인간은 개인의 의지와 상관없이 세상에 태어나지만(피투적 존재), 그와 동시에 미래를 향해 열려 있는 다양한 가능성을 만들어가는 존재(기투적 존재)라고 생각했다. 인간은 현재를 초월하면서 미래를 향해 자신의 가능성을 던지는 '**기투(企投)**'적 행위를 통해 자신의 가능성과 대면하면서 앞으로 나아간다. 하이데거는 인간은 죽을 수밖에 없는 존재임을 자각하고는 어떻게 살 것인가를 진지하게 생각하는 선구자적 결의를 통해 자신의 가능성을 자기 스스로 만들어나가야 한다면서, 이를 '**기투**'라고 불렀다.

한계상황

야스퍼스에 따르면, 인간은 실존을 깨닫는 순간 한계상황(극한상황이라고도 한다)에 직면하게 된다. 한계상황은 죽음, 죄책감, 전쟁, 고뇌, 우연한 사고 등 과학으로 설명할 수 없고 기술로도 해결할 수 없는 인생의 장벽으로, 스스로의 힘으로는 변화시킬 수 없는 상황을 말한다. 그는 한계상황을 **긍정적**인 시각에서 보았다. 인간은 살아있는 한 불가피하게 한계상황과 직면하며, 이를 통해 인간은 자신의 유한성을 각성하고 실존을 회복한다는 것이다. 어쩔 수 없는 현실의 장벽에 적극 맞서야 비로소 인간은 그 벽 너머에 존재하는 '초월자(신)'의 모습을 발견할 수 있다는 것이다. 초월자란 바꿔 말하면 한계를 극복하고 성장한 **자신의 모습**을 의미한다.

도구 이성

프랑크푸르트학파 일원인 호크하이머와 아도르노는 나치즘과 파시즘이 저지른 인류 학살은 근대 이후 계속되어온 이성 만능주의 사고의 한계를 보여주는 것이라고 주장했다. 근대 이후 이성은 점점 행위의 목적을 망각하고 오로지 수단 실현을 위한 '도구'로 자리 잡았고, 비판 능력을 상실한 채 도구가 되어버린 인간 이성은 자신에게 주어진 불합리한 명령을 거리낌 없이 실행했다는 것이다. 그 어떤 목적 달성을 위해 쓰여야 할 '**도구 이성**'은 전체주의 사상과 결합하여 나치즘을 위한 정책 수립과 전쟁무기 개발의 도구로써 이용되어 왔다는 것이다. 아도르노와 호크하이머는 '인간은 계몽되면 될수록, 점점 더 야만에 가까워진다.'라고 말했다.

■대화 이성

하버마스는 이성에는 도구 이성뿐 아니라 '**대화 이성**'도 있다고 주장했다. 자신의 논리를 타자에게 강제하는 도구로써 이성을 사용하려 들기보다는 대화 이성으로 자신과 타자의 생각을 적극 개선하는 방향으로 나아가야 한다고 보았다. 그는 근대 이성이 지닌 도구적 측면을 비판하는 프랑크푸르트학파의 사상을 계승하는 한편, 대화 이성을 적극 활용할 것을 주장했다.

전체주의

전체주의는 개인보다 전체를 우선하는 사상으로, 개인보다 국가, 민족, 인종 등 집단을 우선한다. 중앙집권적 정치체제를 통해 사회 전체를 통제하려 드는 것이 특징이다. 한나 아렌트는 근대 계급사회가 붕괴된 이후, 이어진 대중사회 출현이 민중의 고립화를 가속하면서 '**전체주의**'를 불러왔다고 주장했다. 현대 대중사회에서 사람들은 고독과 불안에 빠져들고, 소속감이나 일체감을 찾으려 들게 된다. 그 결과 서로를 이어주는 이데올로기를 원하고, 민족이나 인종을 기반으로 한 사상 집단에 쉽게 동화되면서 생각 없이 행동한다는 것이다.

즉자존재와 대자존재

사르트르에 의하면, 즉자존재는 사물처럼 처음부터 본질로써 고정된 존재이다. 그리고 즉자존재인 절대자아를 의식하는 것에서부터 '나' 자신의 본질을 만들어 나가는 인간이 곧 '**대자존재**'이다. 그에 따르면, 즉자존재 인간은 타인이 부여하는 역할을 억지로 떠맡게 될지 모른다는 불안을 애써 회피하려 든다. 또한 인간은 무언가 해결책이 있을 것이라고 생각하면서 현실의 선택의 자유로부터 도피하려 든다. 하지만 대자존재는 고정된 존재에 머무르지 않고 언제나 그것을 부정하고 새로운 미래의 존재를 향해 나아가는 인간이기에, 현실의 불안과 모순과 부조리를 부정하고 항거하면서 스스로 자유로울 수 있다고 역설했다.

몸의 철학

메를로 퐁티는 신체(육체)는 '**객체이면서 동시에 주체**'라는 의미로 생각했다. 퐁티는 신체를 '주관으로써 지각하기도 하고, 객관으로써 지각하기도 하는 것'이라고 표현했다. 신체가 있어야 우리는 세계를 지각할 수 있으며, 세계는 우리에게 지각되어질 수 있는 것이다. 우리 의식은 신체를 통해 세계와 만나는 것이다. 그는 신체와 세계가 접촉하는 부분을 세계의 '**몸**'이라고 불렀다. 따라서 사물은 나의 몸과 나의 실존에 관계하며, 건강한 몸 구조 하에서만 존재한다는 것이 그의 생각이다.

구조주의

프랑스에서 대이닌 20세기 대표 사상의 하나로, 사물이나 현상에 오랫동안 영향을 미치는 체계를 분석해 현상 기저에 있는 구조(본질)를 밝히려는 사상이다. 소쉬르의 언어학 등을 바탕으로 1960년대 문화인류학자 레비스트로스가 광범위하게 전개했다. 레비스트로스는 인간은 자유로우며 주체적으로 행동해야 한다고 주장한 후설과는 생각을 달리했다. 그는 인간의 사고나 행동은 그 근저를 이루는 '**사회 구조**'에 의해 지배받는다고 생각했다. 따라서 어떤 사회 현상에서 이유를 찾아내는 작업을 그만두고, 전체를 구조로서 파악해야 한다고 생각했다. 구조주의를 대표하는 사상가로는 레비스트로스 이외에 라캉, 알튀세르, 푸코 등이 있다.

브리콜라주

레비스트로스는 '손재주'를 뜻하는 브리콜라주 개념을 이용하여 세상을 보았다. 세상은 우리가 논리적으로 이해할 수 있는 영역만으로 구성되어 있는 것은 아니라고 생각했다. 세상은 마치 브리콜라주와도 같다는 것이다. 그는 브리콜라주를 신화적 사고에서 찾을 수 있다고 말하면서, 그동안 비합리적인 것으로 천대받던 신화적 사고를 재평가했다. **신화적 사고**는 과학적·이성적 사고와는 대비되는 원초적·감각적 사고이다. 우리는 그동안의 획일적이고 편협한 시각에서 세상을 보았던 사고의 틀에서 벗어나, 세상을 좀 더 다양하고 다각적인 시각에서 바라볼 수 있도록 브리콜라주적 사고를 갖

 추어야 한다고 그는 생각했다.

포스트구조주의

구조주의는 인간을 포함한 사물의 존재가치를 상대적 관점에서 파악하면서 모든 것을 '관계'의 틀 안에서 인식하려 들었다. 그렇더라도 이 역시 사물을 고정된 그 무엇으로 보고 있는 점에서 전통 철학과 크게 다를 바 없다. 사물을 고정된 그 무엇으로 보는 사고방식을 반성하면서 '주체 전복'의 새로운 철학을 모색한 푸코, 데리다, 들뢰즈 등 후기 구조주의 철학자들의 사상을 '**포스트구조주의**'라고 부른다.

■탈주체

해체주의 및 현상학과 긴밀히 관계하는 포스트구조주의는 세계 질서를 바꾸는데 엄청난 영향력을 행사했다. 정치·경제·사회·문화 전 영역에서 이성 만능·주체 중심 사고의 '근대성'을 해체하고 포스트모던한 세계를 열었다. 포스트구조주의 사상은 포스트모더니즘의 사상적 기반으로 작용하면서 사회 전반의 **탈주체화·탈중심화** 현상을 이끌어냈다는 평가를 받고 있다.

이항대립

서양철학을 관통하는 사고는 '선과 악', '옳음과 그름', '주관과 객관', '주체와 객체', '이성과 감성', '정신과 육체', '현전과 부재', '서양과 동양', '남성과 여성' 등 '이항대립'적 위계를 따르면서, 전자가 후자보다 우위에 있다고 간주하는 것이라고 구조주의 철학자 데리다는 지적했다. 하지만 후자가 전자보다 열등하다는 생각은 근거 없는 착각이자 환상이라는 것이 데리다의 주장이다. 이러한 이분법적 위계질서가 그동안 부당하게 행해졌던 억압들을 합리화하고 정당화하는 논리로 작동해왔다는 것이다.

■해체

이항대립을 상정하여 우열관계를 만들게 되면 약자는 철저히 배제되고 만다. 그는 서양 중심의 인식론적 표현과 형이상학적 사고는 철저히 이원론적 대립에 바탕을 두고 있으며, 특정 표현과 진술에는 억압을 가하고 대척점에 있는 것들에 특권을 부여한다고 주장했다. 데리다는 서양 중심의 철학은 진리를 말하는 대신 자신들과는 사상을 달리하는 표현들을 억입하고, 제외시키고, 깎아내리는 데 몰두하고 있다고 주장했다. 따라서 서구적 사고에 의해 쫓겨나고, 은폐되고, 무시당한 것들을 찾아내기 위해서는 '**탈구축**'의 방법으로 이러한 폭력적 위계를 '**해체**'해야 한다고 말하면서, 인간을 구속하는 우열관계의 해체를 시도했다. 이를 위해서는 모든 이원론적 대립관계의 해체가 불가피한데, 데리다는 이를 '**주체의 전복**'이라고 말하였다.

아우라

'지금, 여기에' 없는 진본 작품에만 들어 있는 그 무엇도 흉내낼 수 없는 고고한 분위기이자 쉽게 다가갈 수 없는 이미지를 '**아우라**'라고 한다. 벤야민은 아우라의 개념을 '가깝고도 먼 어떤 것의 찰나적인 현상'이라고 표현했다. 영화·사진 등 복제 예술의 등장은 예술 개념을 '숭고'에서 '희소'로, '친근함'에서 '신선함'으로 변화시켰지만, 복제 기술 진보에 의한 아우라의 상실을 가져왔다고 벤야민은 탄식했다. 하지만 다른 한편으로는 복제 기술 진보는 예술과 표현의 권력으로부터의 해방을 불러왔으며, 또한 복제품에는 아우라가 없는 대신 더 특별한 가치가 있다고 그는 생각했다. 그것은 누구나 손에 넣고 즐길 수 있다는 의미에서의 예술의 대중화이다. 벤야민은 복제품은 현대사회의 **대중화**에 크게 기여했다고 생각했다.

실증주의

실증주의는 과학적으로 증명할 수 있는 지식만을 옳다고 주장하는 입장이다. 19세기 후반 유럽에서 등장하여 형이상학적 사변을 배격하고 사실 그 자체에 대한 과학적 탐구를 강조했다. '**실증주의**'라는 명칭을 처음 사용한 사람은 생시몽이지만, 실증주의를 철학의 한 흐름으로 끌어올린 사람은 콩트이다. 콩트는 실증주의의 내용을 '현실적일 것, 유용할 것, 확실할 것, 정확할 것, 조직적일 것, 상대적일 것'의 여섯 가지로 제시했다. 콩트의 사상은 독일 실증주의학파는 물론 분석철학의 발달에까지 영향을 주었다. 이후 실증주의는 과학의 성립과 근거에 관한 연구를 진전시키며 인식론의 영역에까지 연구를 확산하였다.

프래그머티즘

'**실용주의**'라고도 한다. 프래그머티즘의 핵심 사상은 '유용한 것이 곧 진리'라는 말에 압축 표현되어 있다. 말하자면 진리는 유용성에 의해 결정된다는 것이다. 여기서 유용성이란 실제적·실질적 효과가 있다는 뜻이다. 이는 어떤 이론이 진리를 갖는지 여부는 이론 자체에 의한 것이 아니라 그 이론이 만들어낸 행위의 결과에 의해서 결정된다고 보는 입장이다. 미국에서 탄생한 철학 사상인 프래그머티즘은 모든 대상에 적용 가능한 진리는 없다는 '**상대주의**' 입장에서, 기존의 모든 지식을 비판하고 유용성이 검증된 진리만을 '참'이라는 생각을 확립했다. 프래그머티즘은 퍼스로부터 시작됐으며, 제임스를 거쳐 듀이에 의해 완성되었다.

도구주의

듀이는 기존 실용주의의 경험적 차원을 넘어 행동적 차원을, 개인적 차원보다는 사회적 차원을 중시했다. 그에 따르면, 관념이나 사상은 모두 우리의 일상생활 속에서 일어나는 문제를 해결하기 위한 합목적적 도구에 해당한다. 학문과 지식을 인간 행동에 도움을 주는 도구로써 생각하는 사고방식을 '**도구주의**'라고 한다. 도구주의는 경험을 통해 대상을 검증하는 경험주의와 연결되어 있으며, 이론적 고찰보다는 실제 실험과 그 결과를 중시하는 실용주의, 넓게는 공리주의와 맞닿아 있다. 오늘날의 도구주의는 진리와 정의조차 인간의 욕망 추구와 관련된 도구로 전락시키는 문제점을 안고 있다는 비판을 받기도 한다.

분석철학

철학의 역할은 '~은 ~인가'를 고찰하는 것이 아니라 언어의 의미를 분석하는 데 있다는 철학 사조를 '**분석철학**'이라고 한다. 무어, 프레게, 러셀 등 20세기 영국과 미국을 중심으로 사상을 펼친 분석철학자들은 언어 분석을 통해 진리를 탐구할 수 있다고 생각했다. 대표적인 분석철학자 비트겐슈타인은 철학은 언어를 분석하는 것이라고 주장했다. 그 이전의 철학은 인식한 내용을 언어로 표현하는 형태를 취했다. 그러나 언어에 따라 내용이 달라지기 때문에 혼란이 생겨났다. 이에 분석철학자들은 독단적이고 주관적인 철학을 객관적인 언어 문제로 전환하려 들었는데, 이를 '**언어학적 전환**'이라고 부른다.

■분석철학의 계보

분석철학은 기호윤리학의 연구로부터 시작하여 이후 미국을 중심으로 한 '**과학철학**'과 영국을 중심으로 한 '**일상언어학파**'를 중심으로 발전했다. 분석철학은 일상 언어는 은유적인 표현이 많아 과학적으로 분석하기 어렵다고 보았다. 그들은 모순되지 않는 기호와 같은 확실한 언어(인위적인 언어)를 만들어 사용해야 한다는 입장을 취하면서 철학을 과학적으로 파악하려고 들었다. 카르납, 비트겐슈타인 등 빈학파를 중심으로 한 **논리실증주의** 역시 과학철학으로 분류된다. 그에 비해 일상언어학파는 철학과 과학철학을 같은 것으로 간주했다. 그들은 인위적인 언어를 만들어 분석해 봐야 의미가 없다면서 일상 언어로부터 철학의 문제를 고찰해야 한다고 주장했다. 현대 영미철학은 분석철학이 주류를 이룬다.

과학철학

현대 과학철학은 19세기 초 논리실증주의로부터 시작됐다. 과거의 형이상학적 세계관을 배제하고, 과학에 바탕을 둔 새로운 세계관을 확립하는 데 기본을 두고 있다. 과학은 본질상 엄밀한 방법론적 고찰이 요구된다. 근대 과학 발달은 방법론의 발전과 궤를 같이 한다. 이로부터 과학과 비과학의 구분, 과학의 가설과 정당화 과정 및 범위, 이론 변화에 대한 논의가 발생했으며, 이는 오늘날 **과학철학**이라고 명명되는 분야로 발전했다.

■과학철학의 계보

과학철학의 근간을 이룬 논리실증주의는 빈학파에 의해 창안됐으며, 슐리크, 카르납, 라이헨바흐, 포퍼 등이 이에 속한다. 포퍼는 과학철학의 기본 토대를 완성했다. 그는 결정론적 형이상학을 인정하는 자연과학과 사회과학을 거부했으며, 실증론을 기반으로 과학이 귀납적 방법으로 시작되어야 한다는 생각을 비판했다. 대신 그는 '**반증 가능성**'을 기준으로 제시했다. 가설을 확증하는 방식에서는 무한한 사례를 수집해야 하나, 반증 방식에서는 모순된 증거가 없다는 사실이 곧 가설이 옳다는 것을 증명하는 것과 같으므로, 연구자는 자신이 가정한 규칙의 예외를 탐색하면 된다는 것이다. 그는 지식 획득의 방법론에 중점을 두고 과학의 변화에 초점을 맞췄으며, 이론과 방법론을 일일이 구별하지 않았다.

논리실증주의

20세기 초엽, 카르납 등 여러 물리학자와 수학자가 결성한 오스트리아 빈학파는 관찰과 경험 등을 통해 검증 가능한 이론을 과학적이며 올바른 지식으로 간주하고, 그 이외의 것들은 비과학적이며 쓸모없는 지식이라고 간주했다. 빈학파는 실증 가능한 과학적 사실만이 정확한 지식이라는 **논리실증주의**를 제창하면서, 철학의 역할은 세계를 언어로 설명하는 것이 아니라 언어 그 자체를 분석(실증)하는 데 있다고 주장했다. 그럼에도 언어를 과학적으로 실증하기에는 분명 무리가 있었다. 실증에 의한 과학적 사실은 새로운 사실이 발견되면 언제든지 뒤집힐 가능성이 존재하기 때문이다. 실제 대부분의 과학적 사실은 대부분 변경됐다. 논리실증주의는 짧은 활동 기간에도 불구하고 분석철학을 비롯한 20세기의 경험주의 발전에 기여했다.

정신철학

정신철학 또는 **심리철학**은 마음 또는 정신 현상, 정신의 기능 내지는 성질·의식과 물리적인 실체인 몸과의 관계를 다루는 철학의 한 분과이다. 데카르트 이후 몸과 마음의 관계는 철학의 중요한 관심 분야였다. 우리는 일상에서 정신과 육체와의 관계(몸은 마음을 따른다는 인과론적 사고)를 경험하고 있다. 우리는 물을 마시고 싶다는 의지(정신 상태) 때문에 시원한 물을 마시려고 냉장고를 열거나, 과거의 어떤 아픈 기억들을 떠올릴 때

(정신) 눈물을 흘리는(육체적 상태) 경우를 쉽게 접한다. 심리(정신)철학은 이런 것과 관련한 문제에 대한 해결점을 찾으려는 시도이다. 오늘날은 분석철학, 특히 언어철학에서 그 흐름을 잇고 있다. 현대 인식론도 결국에는 정신의 문제를 해결하지 않고서는 그 한계를 절감할 수밖에 없다는 사실을 보여준다.

물리주의

일원론적 관점은 크게 관념론과 유물론으로 나뉜다. 정신철학에서는 유물론을 '**물리주의**'라고 부른다. 물리주의는 유물론의 입장에서 세계는 물질로 이루어져 있고 마음(의식)도 뇌의 움직임에 관계하는 한갓 물질에 불과하다고 본다. 세계의 궁극적 요소가 물리적이며, 이 세계에 대한 인식 역시 물리적으로 이해될 수 있다는 입장이다. 행동주의, 기능주의, 동일설을 지지하는 물리주의 학자의 다수는 마음(의식)은 뇌의 기능에 관계하므로 마음의 구조는 뇌 과학의 입장에서 물리적으로 규명될 수 있을 것이라고 생각한다. 물리주의는 현대 심리철학에서 주목받고 있는데, 물리주의가 심리학에 적용된 것이 바로 행동주의다.

행동주의

행동주의는 정신의 구조나 작용 과정이 주된 연구 대상이었던 기능주의와 구조주의 연구 방법에 대한 반작용으로 등장했다. 라일의 카테고리 착오 개념에 따라 사물을 들여다보면, 마음은 운다거나 웃는다거나 하는 식의 단순한 신체 행동에 불과하다. 라일은 희로애락의 마음 상태는 신체 내부에서 일어나는 것이 아니라 웃고 우는 것과 같은 신체 행동으로의 '**지향성**'에 따른 것이라고 주장했다. 이러한 사고를 '행동주의'라고 한다.

■행동주의 심리학

행동주의 입장에 따르면 행동(언행)으로 표면화된 마음 상태는 객관적으로 관찰 가능하다. 20세기 초에 행동으로부터 심리를 파악하는 실험과 관찰이 크게 일었는데, 이를 **행동주의심리학**이라고 부른다. 라일에 이어 인지과학자 데네트는 하나의 감정이 하나의 언행으로 결합한다는 생각은 한계가 있다고 생삭하년서, 행동 분석에는 종합직인 해석이 필요하다고 생각했다.

기능주의

인간 행동을 일으키는 기능(움직임)을 마음이라고 보는 심리철학을 '**기능주의**'라고 한다. 기능주의는 동일설과 행동주의에서 드러나는 인간 행동의 모순과 부자연스러운 현상을 규명하는 것에서 출발했다. 제임스와 듀이의 실용주의에 입각하여 의식의 유기적 기능을 강조하면서, 의식 내용을 원자적 요소들로 분석하여 종합하는 구조주의적 환원주의 입장에 반대한다. 기능주의는 뇌(육체)와 마음(정신)의 관계를 컴퓨터의 하드웨어와 소프트웨어의 관계로 파악한다. 두뇌가 컴퓨터의 하드웨어라면, 마음(의식)은 곧 컴퓨터에 프로그램 된 소프트웨어라는 것이다.

서양 윤리 사상의 특징과 흐름

서양 윤리 사상은 인간 본성에 대한 이해를 바탕으로 윤리 사상을 전개하였다. **이성**을 중시하는 관점에서는 이성의 지시나 명령에 따르는 삶을 인간다운 삶이자 바람직한 삶이라고 생각하였다. 반면 **경험**을 중시하는 관점에서는 바람직한 삶을 살아가기 위해서는 인간의 감정이나 욕구를 고려해야 한다고 주장하였다. 이러한 두 관점을 바탕으로 서양 윤리 사상은 도덕

 의 기준을 다양하게 제시하였고, 개인의 행복한 삶에 대해 많은 관심을 보였으며, 개인적 차원의 윤리뿐만 아니라 사회적 차원의 윤리도 강조하였다.

■**인간 본성과 관련한 서양 윤리의 흐름**

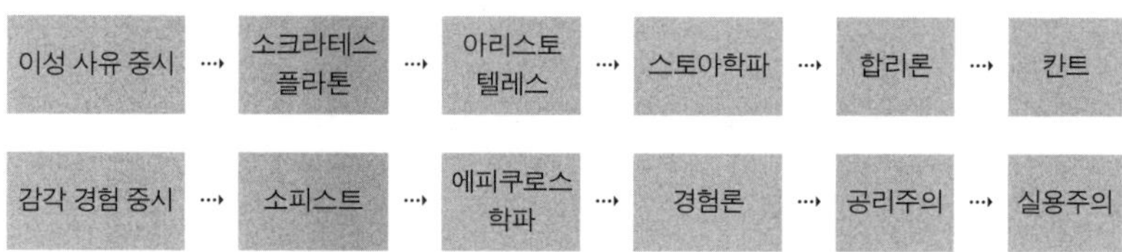

상대주의 윤리와 보편주의 윤리

상대주의 윤리는 구체적인 도덕규범이 사회에 따라 달라질 수 있을 뿐 아니라, 사람마다 자기고 있는 옳고 그름에 대한 기준도 다르므로 보편타당한 윤리란 존재하지 않는다는 주장이다. 한편, **보편주의 윤리**는 구체적인 도덕규범은 다를지라도 그것들의 밑바탕이 되는 보편적 도덕 원리가 분명히 존재하며 인간은 이를 인식할 수 있다는 주장이다.

■**상대주의 윤리와 보편주의(절대주의) 윤리 비교**

구분	장점	단점
상대주의 윤리	다양한 가치를 인정하고 수용한다	윤리적 회의주의에 빠질 수 있다
절대주의 윤리	지나치게 다원화된 사회를 극복하는데 도움을 줄 수 있다	다양한 삶의 방식을 획일적으로 평가할 수 있다

현대 윤리학의 분야

현대 윤리학은 크게 셋으로 나뉜다. 선과 악 등 언어의 의미를 분석적(논리적)으로 고찰하는 '**메타윤리**', 어떤 행위가 도덕적으로 옳은가에 대한 기준을 탐구하는 '**규범윤리**', 실천적인 면에 주목하여 메타윤리와 규범윤리를 사형·낙태·안락사 등과 같은 개별 문제에 응용하는 '**응용윤리**'가 그것이다. 각 윤리학 분야는 분석철학으로 파악하는 분야인 메타윤리(분석적 윤리)를 중심으로 살피면 다음과 같다.

■현대 윤리학 분야

분야	구분	내용
메타윤리		–자연주의: 생물학적 진화와 생존본능을 따르는 것을 '선'으로 보는 과학적 사고
		–직관주의: 도덕(선)은 과학으로는 불가능하며, 직관으로밖에 파악할 수 없다는 입장
규범윤리	–결과주의	–공리주의: 사회 이익을 높이는 것을 '선'으로 보는 입장
		–이기주의: 자기 이익을 극대화하는 것을 '선'으로 보는 입장
		–복리주의: 다수의 복리를 높이는 것을 '선'으로 보는 입장
	–상황윤리: 처한 상황에 맞게 좋음을 가져오는 것을 '선'으로 보는 입장	
	–의무론: 정언명령이라는 도덕법칙에 따르는 것을 '선'으로 보는 입장	
	–덕윤리: 실제 행위에 주목하기 보다는 내면의 '선'한 특성을 실천해야 한다는 입장	
	–배려윤리: 타인을 보살피고 배려하는 관계 속에서 '선'을 실천해야 한다는 입장	
응용윤리	–생명윤리: 인간 존엄성을 중시하는 윤리적 사고	
	–환경윤리: 인간과 자연의 공존을 도모하는 윤리적 사고	

행위 공리주의와 규칙 공리주의

규칙 공리주의는 고전적 공리주의의 문제점으로 지적된 결과 계산의 난점 및 역직관성(우리들의 일상적인 도덕적 직관과 어긋나는 것)의 문제를 해결하기 위한 사상적 흐름이다. '**규칙 공리주의**'는 개별적 행위의 결과를 따져 옳고 그름을 판단하는 행위 공리주의(전통 공리주의)와 달리 일반적으로 최대의 쾌락과 행복을 가져오는 규칙을 세우고 그 규칙을 따라야 한다고 주장하는 이론이다. 쉽게 말해 '진실을 말하라' 혹은 '다른 사람을 해치지 말라'와 같은 어떤 행위의 일반적 규칙이 공리의 원리에 비추어 옳다고 판단되면, 개별적 행위는 이렇게 세워진 규칙에 따라 옳고 그름을 판단할 수 있다는 것이다.

메타

메타는 '더 높은', '초월한'을 뜻하는 접두어이다. 어떤 기술(記述)된 내용 또는 대상을 또다시 대상으로 삼아 기술하는 것을 메타라고 부른다. 쉽게 말해 더 높은 차원의 지식이라고 보면 된다. 형이상학을 **메타피직스(metaphysics)**라고 부르는 것은 자연 너머 존재의 근본과 지식의 근원을 탐구하는 학문이라는 의미이다. 메타언어, 메타인지, 메타윤리 등 메타이론은 특정 이론을 대상으로 하는 한 단계 높은 차원의 이론을 가리킨다.

딜레마

딜레마(Dilemma)는 두 가지 옵션 중 각각 받아들이기 어렵거나 불리한 어려운 상태를 말한다. 세 가지의 경우는 트릴레마라고 한다. 한편 딜레마의 어원은 그리스어 di(두 번)과 lemma(제안, 명제)의 합성어로 된 '두 개의 제안'이라는 뜻으로 **진퇴양난**의 의미이다.

딜레마는 선택해야 할 길은 두 가지 중 하나로 정해져 있는데, 그 어느 쪽을 선택해도 바람직하지 못한 결과가 나오게 되는 곤란한 상황을 가리킨다. 어느 한쪽을 선택하는 순간 동시에 다른 한쪽은 포기해야 하기 때문이다. 그렇다고 둘 다 선택하거나 둘 다 포기할 수도 없는 곤란한 상황이다. 이러한 딜레마는 논리학에서 대전제가 두 개의 가언적 명제의 연언(連言) 명제로 되어 있고, 소전제가 대전제의 두 전건을 선언적으로 긍정하든가 혹은 두 후건을 선언적으로 부정하는 선언지 형태로 되어 있는 삼단 논법의 형식을 갖추고 있다. 예를 들면, '네가 만일 정직하면 세인이 증오할 것이고, 만일 부정직하면 신이 증오할 것이다. 너는 정직하든가 또는 부정직하다. 그러므로 너는 세인의 증오를 받든지 신의 증오를 받는다'라고 하는 것이다. 이것은 선택해야 하는 2개의 선택지가 제시되므로 '양도논법'이라고도 부른다.

안티노미

두 개의 규율이 서로 반대가 되거나 서로 모순되어 양립할 수 없는 명제를 일컫는 말이다. 고대 그리스 엘레아학파에서 처음 사용한 개념으로, 이후 칸트가 『순수이성비판』에서 인간 인식 능력의 한계를 보이기 위해 이 말을 사용했다. 그는 보편타당한 객관성을 갖는 인식은 감성에 부여된 대상에 대해서만 오성(惡性)을 적용하는 것이라고 주장했다. 만약 이 한계를 넘어 초월적인 이데아를 인식하려고 한다면, 이성은 필연적으로 자기모순에 빠진다면서 '순수이성의 **이율배반**'을 열거했다. 그 이율배반의 발생 원인을 알고 그것을 피하기 위해서는 인간의 이성에 의한 인식의 한계를 바르게 통찰하는 것이 중요하다고 보았다.

아나키즘

아나키즘은 개인을 지배하는 일체의 권력과 강압적 권위를 배제하고, 정치적·경제적·사회적으로 개인의 완전한 자유를 추구하는 사상이나 운동을 말한다. 무정부주의 하에서 인간은 본래 선한 능력을 가지고 있는데, 관습·제도·권력 등 자의적인 지배가 인간을 타락하게 만든다고 보았다. 무정부주의자들은 사회의 여러 제도 중에서 특히 사유재산과 국가가 가장 인위적인 것으로, 사람들을 서로 타락시키고 착취하게끔 만든다고 보고 이를 배격할 것을 주장한다. 덧붙여 무정부주의자는 '**아나키스트**', 무정부 상태는 '아나키'라고 한다.

중국의 철학 사상

중국에서도 사물의 원리를 탐구하는 사상이 예전부터 있었지만, 철학과 종교를 명확히 구분하는 준거도 종교적 개념도 아니었다. 사고 방법의 준거가 달라 서양에서 발생한 개념인 철학을 중국 사상에 적용하기에는 무리가 따른다. 중국에는 유가사상의 시조인 공자와 도가사상의 시조인 노자 등 동양 사상에 큰 영향을 끼친 **제자백가**라고 부르는 학자들이 존재한다. 그들의 언어와 사상은 서양과는 다른 유형으로 세계와 인간의 근원적인 것들을 고찰했다. 그것들을 가리켜 중국 독자의 철학이라고 할 있다. 중국 사상의 원류에는 제자백가의 사상이 있으며, 중국 철학은 이것에서부터 출발한다.

제자백가

고대 왕조인 주(周)나라 멸망 이후 등장한 춘추전국시대(BC8~3세기)의 정치적·사회적 혼란을 해결하기 위해 다양한 사상가와 학파들이 등장하게 되었는데, 이를 '**제자백가(諸子百家)**'라고 한다. 제자백가 중 대표적인 것으로 유가(儒家), 도가(道家), 법가(法家), 묵가(墨家) 등을 들 수 있다. 이들은 당시 사회의 혼란을 해결하고자 하는 공통적인 목적이 있었지만, 혼란의 원인과 해결책에 대해서는 서로 다른 입장을 가지고 있었다.

유가

제자백가 중 후세에 특히 크게 영향을 비친 학파는 '유가'와 '도가'이다. 유가 사상은 노나라의 공자(孔子)에 의해 시작되어 근대까지 사회와 문화 전반에 걸쳐 결정적인 영향을 끼쳤다. 유가 사상의 기본 방향은 **수기치인(修己治人)**, 즉 개인 수양과 도덕 정치다. 이후 수기치인 정신은 중국의 전통이 된다. 공자 사상의 출발점은 '**인(仁)**'이다. 공자는 인간이 하늘의 도를 본받아 사람을 사랑하고 어질게 행동하는 인을 베푸는 것이 바람직한 삶이라고 강조했다. 공자의 가르침을 '유교'라고 부르는데, 맹자와 순자를 이어 주자(주희)와 왕양명 등에게 계승됐다.

인(仁)

인은 인간적인 사상을, 예는 예의·규범을 일컫는다. 공자는 당시 사회적 혼란의 근본 원인이 개개인의 도덕적 타락에 있다고 보았다. 따라서 사회 혼란을 해결하고 도덕적인 사회를 만들기 위해서는 타고난 내면의 도덕성, 즉 '**인(仁)**'을 회복해야 한다고 강조하였다. 인은 크게 두 가지 의미를 가지고 있다. 하나는 인간됨의 본질을 이루고 있는 사랑의 정신이며, 다른 하나는 사회적 존재로 완성된 인격체의 인간다움이다. 이러한 인을 실천하는 기본적인 덕목을 효제(孝悌)라 했으며, 인을 실천하는 구체적 방법으로 충(忠)과 서(恕)를 제시하였다.

예(禮)

공자는 인과 더불어 **'예(禮)'**를 강조했다. 인이 내면적인 도덕성이라면, 예는 외면적 규범을 가리킨다. 공자는 당시의 예가 지나치게 형식화된 것을 비판하면서, 인을 바탕으로 예를 실천할 것을 주장했다. 예는 여러 사람들이 질서를 유지하기 위해 필요한 외적인 사회규범을 말한다. 공자는 인을 실천하기 위해 각 개인이 자신의 사욕을 극복하여 진정한 예를 회복할 것(극기복례, 克己復禮)을 강조했으며, 이를 실천하는 사람을 **군자(君子)**라고 불렀다.

노장사상

유교, 불교와 더불어 동양의 3대 사상의 하나로서, 노자와 장자에 의해 형성된 사상이다. 도가사상은 노자에서 시작되어 그를 계승한 장자에 의해 발전했기 때문에 '노장사상(老莊思想)'이라고 부른다. 노자는 공자와 맹자의 덕치주의(인본주의) 사상에 반대하여 자연의 도, 즉 자연법칙을 이해하는 한편 인위(人爲)를 초월하는 평범한 생활을 주장하였다. 그는 만물의 근원을 **'무(無)'**라 하고, 무는 자연이며 이는 생명의 근원을 이룬다고 주장하였다. 장자는 인간의 절대적 자유와 만물제동의 이치를 논하였다. 이러한 노자, 장자의 사상은 도교의 사상적 근거가 되었고, 불교사상을 받아들이는 매개가 되었으며, 주자학 등 후대의 철학에 큰 영향을 미쳤다.

■도가의 상대주의 세계관

노장사상에 의하면 인간 사회의 모든 시비·선악은 상대적인 것이며 절대적인 것이 아니다. 절대적인 영원불변하는 도를 구하려면 인간 세계·현실 세계·상대적인 세계를 초월하여 절대적인 본체 세계에 도달해야 한다. 노장사상의 특색은 그 절대자를 추구하는 정신에 있다. 이 절대의 세계는 허무의 세계이며 절대자에 따르는 생활은 모든 인위적인 것을 버리고 소박·자연·무욕의 생활을 해야 한다는 것이다.

무위자연

노자는 무위의 덕을 따르는 것, 즉 '**무위자연(無爲自然)**'을 이상적인 삶의 모습으로 보았다. 무위는 인위를 가하지 않는 것이고, 자연은 스스로 그러하다는 의미이다. 따라서 무위자연의 삶이란 사람의 힘이 더해지지 않고 자연 그대로의 질서를 따르는 것 또는 그런 이상적인 경지를 뜻한다. 노자는 어떠한 것에 간섭하거나 지배하지 않고, 그들의 자발성에 맡긴다면 세상은 저절로 좋아질 것이라고 보았다.

소국과민

노자는 성인의 정치를 "백성들로 하여금 아는 것도 없고[無知], 욕망도 없게 만드는 것[無慾]이다"라고 하였다. 이것이 노자가 주장하는 다스림 없는 다스림, 즉 무위의 다스림[無爲之治]이다. 노자는 이러한 다스림이 이루어지는 '**소국과민(小國寡民)**'의 사회를 이상적으로 생각했다. 노자는 나라가 크고 사람이 많을수록 인위적인 제도와 규범이 만들어져, 백성이 무위자연의 삶을 살아가기 어렵다고 봤다. 따라서 규모가 작고 작은 수의 백성으로 이루어진 나라야말로 이상적인 사회라고 보았다.

성리학

우주론적 사고로 본질을 규명하고자 한 유가학파를 일컫는다. 한무제에 의해 유교가 국교로 인정된 이후 유교는 성립 당시의 의의를 잃고 점차 변질되어 갔다. 송대에 들어와 유학자들은 불교와 도가를 비판적으로

 수용하여 선진 유학을 재해석하고 체계화하였다. 특히 주자[朱熹]는 도학자들의 성즉리설(性卽理說)을 집대성하여 성리학(性理學)을 확립하였다. **'성즉리'**는 인간과 우주 만물의 본성이 곧 하늘이 부여한 이치라는 것으로, 이러한 입장은 맹자의 성선설을 계승한 것이다. 성리학의 이론 체계는 크게 이기론(理氣論), 심성론(心性論), 거경궁리론(居敬窮理論), 경세론(經世論)으로 나눌 수 있다.

이기이원론

이기이원론(理氣二元論)은 우주 만물의 구조를 이(理)와 기(氣)라는 두 가지 개념으로 설명하려는 이론이다. 이기론에 따르면 우주 만물은 이와 기가 결합되어 나타나는데, 여기서 이는 만물을 낳는 근본 원리를 말하며, 기는 만물이 생성하는 재료를 말한다. 주자는 모든 사물이 이와 기의 결합으로 되어 있기 때문에 이와 기가 서로 떨어질 수 없으며, 동시에 원리로써의 이와 재료로써의 기의 역할이 분명히 다르기 때문에 서로 뒤섞일 수 없다고 보았다. 주자는 모든 사물은 이를 갖추고 있기 때문에 이의 측면에서는 똑같다고 봤다. 하지만 현실에 존재하는 만물이 서로 다른 것은 기의 맑고 흐림 또는 바르고 치우침의 차이가 있기 때문이라는 것이다.

심성론

심성론은 이기론을 바탕으로 인간의 내면적 구조와 본질을 규명하고자 하는 이론이다. 심성론에 따르면 심(心)은 성(性)과 정(情)을 통괄한다. 성이란 하늘로부터 부여받은 이치로, 본연지성(本然之性)과 기질지성(氣質之性)으로 나눌 수 있다. 본연지성은 기질의 영향을 받기 이전의 순수한 성질의 것이고, 기질지성은 기질의 영향을 받아 나타나는 성질의 것이다. 모든 사람의 본연지성은 동일하지만 기질은 사람마다 다르기 때문에 기질지성이 달라지는 것이다. 또한 정은 성이 외부의 사물에 감응하여 나타난 감정으로 **사단(事端)**과 **칠정(七情)**을 말한다.

격물치지

중국 사서(四書)의 하나인 『대학』에 나오는 말로, 후세에 그 해석을 놓고 여러 학파가 생겨났다. 그중에서 대표적인 것이 성리학파와 양명학파이다. 주자는 격(格)을 '이른다[至]'는 뜻으로 해석하여 모든 사물의 이치를 끝까지 파고 들어가면 앎에 이른다[致知]고 말하면서 **성즉리설(性卽理說)**을 확립했다. 왕양명은 사람의 참다운 양지(良知)를 얻기 위해서는 사람의 마음을 어둡게 하는 물욕을 물리쳐야 한다고 주장하면서 **심즉리설(心卽理說)**을 확립했다. 주자의 격물치지가 지식 위주인 것에 반해 왕양명은 도덕적 **실천**을 중시하고 있는 점에서 차이를 보인다. 오늘날 성리학을 이학(理學)이라 하고, 양명학을 심학(心學)이라고도 한다.

지행합일

왕수인은 성리학의 선지후행(先知後行)을 비판하면서 '**지행합일(知行合一)**'을 주장하였다. 왕수인은 "지는 행의 시작이고, 행은 지의 완성이다"라고 하여 인식으로써의 지와 실천으로써의 행은 별개가 아니라 본래 하나라고 보았다. 즉 지(知)는 이미 마음속에 내재하고 있으므로 행위는 그 표현에 지나지 않는다는 것이다. 양명학에서도 성리학과 마찬가지로 이[天理]를 통해 기(사욕)를 제거할 것을 강조한다. 지행합일의 태도로 사욕을 극복하고 순수하고 선한 마음을 유지한다면 누구나 지선(至善)의 경지에 도달할 수 있다는 것이다.

사단칠정 논쟁

조선 유학사에 있어 최고의 논쟁은 **사단칠정(四端七情)** 논쟁으로, 주리론(主理論)과 주기론(主氣論)의 대립 논쟁이다. 이황과 기대승 사이의 사단칠정 논쟁은 사단과 칠정을 이, 기와 어떤 관계로 연결할까 하는 입장 차이에서 발생했다. 이황은 '사단은 이가 발하고 기가 따른 것이고, 칠정은 기가 발하고 이가 기를 탄 것'이라 하여 사단과 칠정을 **각각** 이와 기로 나누어 설명했다. 그러나 기대승은 이황의 견해 가운데에서 '기가 발하고 이가 기를 탄 것'만을 인정하고, 그것으로 사단과 칠정이 유래하는 바를 모두 설명했으며, 칠정 이외에 따로 사단의 정이 있는 것이 아니라 칠정 가운데 사단이 **포함**되는 것이라고 주장했다. 이러한 기대승의 입장은 궁극적으로는 이이의 입장과 다를 바 없었다.

예술의 본질

예술은 문화의 한 부문으로, 창작·감상 등의 예술 활동과 그 성과로서의 예술 작품, 그리고 문학·음악·미술·영화·무용 등의 공연예술을 총칭한다. 예술의 본질은 '**아름다움**'을 추구하는데 있다. 플라톤은 참된 예술은 아름다움[美]을 표현함으로써 이것을 향유하는 자의 정신에 훌륭한 조화를 가져다주고, 선으로 향하는 좋은 습성을 가져다준다고 했다. 바움가르텐은 예술미를 자연미와 병립적인 것으로 보고, 그것을 해명하면서 미와 예술의 본질을 추구하려는 노력으로 '미학(美學)'을 수립하고 그것을 철학체계 속에 포함시켰다. F.피셔는 예술미의 본질은 예술작품에 대한 향수자의 감정이입에 의한 미적 체험이라고 했다. 예술철학은 예술의 본질 또는 현상에 대해서 그 원리를 고찰하는 철학의 한 분야로, **미학**이라고 한다.

아름다움(미)

미(아름다움)는 예술작품 속에서 인지되는 '특정한 대상이 가지는 감각적이고 형식적인 특성'으로, 조화· 질서·균형 등 미적 형식의 원리에 따라 주체가 느끼는 '감각적인 즐거움'이다. 플라톤의 미학적 관점처럼 아름다움의 본질을 주체나 대상을 초월한 이데아적 완전함(순수미)으로 여기기도 하나, 근대 이후에는 대체로 '주체의 직관적 체험을 전제로 한 바탕 위에 대상과 주체와의 상호관련에 있어 성립되는 정신적 가치(예술미)'로써 고찰되고 있다. 그렇게 해서 대상과 주체 어느 쪽에 근거를 두느냐에 의해서 객관주의와 주관주의의 입장으로 대별된다. 현대 미학에서는 미의 독자성을 명확히 함과 동시에, 미와는 본질적으로 통하지만 다른 면에서 구별될 수 있는 숭고미, 우아미, 비장미, 골계미 등을 추구한다.

■플라톤과 아리스토텔레스의 미학적 관점 비교

구분	철학사상	핵심 미학 이론
플라톤	이데아론	• 예술의 본질=모방=재현(순수미를 강조) • 예술은 진실에서 3단계 떨어져 있다. (이데아→현실세계→예술작품: 모방의 모방) • 예술은 감정을 선동하지만, 다른 한편으로 문학예술 창작의 원동력(=영감)을 제공한다.
아리스토텔레스	형질론 (4원인설)	• 예술의 본질=모방=창조(예술미를 강조) • 미는 형식에서 비롯된다. (질서, 균형, 명료성, 크기, 배열, 규모, 비례, 완전성) • 예술적 작용인(因)으로서의 비극의 목적은 사람들의 '연민'과 '두려움'이라는 두 가지 정서를 이끌어낸 후 이를 '정화(카타르시스)' 하는 것이다

예술을 이끄는 두 유형: 아폴론형과 디오니소스형

니체는 예술창작을 위한 근본 충동을 두 가지 유형으로 구분한다. 아폴론형과 디오니소스형이 그것인데, 이 두 충동은 서로 투쟁하고 화해하면서 예술의 발전을 이룬다. 아폴론적 예술은 중용을 갖추고 있으며 조화롭고 투명한 맑기를 지닌다. 이와 달리 디오니소스 신은 열광적인 엑스터시의 예술을 위해, 그리고 모든 현상의 근저에 있는 맹목적 삶의 의지를 따르는 충동적 예술을 위해 존재한다. 디오니소스적 예술은 탈 경계의 예술이자 힘과 파괴의 예술이다. 이와 같은 니체의 구분은 예술계를 두 개의 영역으로 분리한다. **아폴론적 예술**에는 무엇보다도 조각과 회화 및 서사시가 속하고, **디오니소스적 예술**에는 열광적인 무용과 음악 및 서정시가 속한다.

■아폴론형과 디오니소스형

예술의 두 유형	아폴론형	디오니소스형
주로 나타나는 예술 장르	조형예술(회화, 조각), 서사시	무용, 음악, 서정시
표현하는 세계	관조적인 가상의 세계, 밝고 영원함	도취와 환희의 세계, 혼돈과 어두움
예술적 특징	명확하고 편안함	생명력의 약동과 광기, 자아를 망각

미의식

미의식은 미학 이론의 주된 성찰적 개념으로, 심리학적 입장에서는 미적 태도에 있어서의 의식과정을 가리키며, 철학적 관점에서는 미적 가치에 관한 직접적 체험을 의미한다. 미의식을 구성하는 심적 요소로써는 **감각,**

표상, 연합, 상상, 사고, 감정 등을 들 수 있다. 미의식은 이러한 요소들의 복합체이며, 심적 요소는 일상적 경험 속에서도 찾아볼 수 있는 것들이다. 미의식은 단순한 관조 의식에 그치지 않고 평가 의식으로서의 측면을 함께 가진다.

미적 범주

미적 범주는 그 바탕이 미적인 정신 가치를 내용으로 하는 공통의 원리 구조 내지 성격을 가지면서, 무한한 다양성 속에 존재하는 미의 특수성을 공통성 및 특수성에 근거하는 몇 개의 미적 유형으로 분류한 것이다. 미적 범주, 즉 예술이 추구하는 아름다움의 범주에는 **비장미, 우아미, 골계미, 숭고미**가 있다. 모든 예술 작품에는 작자의 현실과 작품이 지향하는 바가 존재하는데 이 두 가지의 관계 맺음이 4가지 미적 범주를 나누게 된다.

오브제

다다이즘(전통을 부정한 예술 운동)이나 초현실주의 작품에 활용된 사물을 의미하는 것으로, 생활용품이나 자연물 또는 예술과 무관한 물건을 작품에 사용함으로써 새로운 느낌을 일으킨다. **오브제**는 상징적 기능을 해왔으며, 돌, 옷감, 나뭇가지, 바퀴, 공산물, 머리털 등 다양한 물체가 작품에 사용되고 있다.

키치

통속 취미에 영합하는 예술 작품을 의미한다. 화가의 정신이 들어있는 순수 미술품과 그렇지 않은 미술품 간의 구별을 위해 사용되는 개념이다. 본래 '**키치**'라는 말은 '잡동사니', '천박한'이라는 의미를 가진다. 현대에

 이르러 키치는 고급예술, 고급문화와는 별개로써 대중 속에 뿌리를 둔 하나의 예술 장르로 의미가 확대됐지만, 조악한 감각으로 여겨지는 대상들을 야유하는 뜻으로도 사용되고 있다.

텍스트

텍스트는 일관되게 엮어진 기호의 복합체로 규정할 수 있다. 좁은 의미의 텍스트는 기호 중에서도 특히 구어 혹은 문어 등의 언어로 이루어진 복합체를 뜻한다. 롤랑 바르트에 따르면 문학 작품은 공간의 한 부분을 차지하는 실체의 단편이나, 텍스트는 방법론적인 영역으로 그 자체로는 무의미하며 작업이나 생산에 의해서만 체험될 수 있는 것이다. 이는 전통적인 작품 개념을 텍스트로 대체함으로써 경외하고 찬탄해야 할 대상이 아닌, 적극적으로 분석하고 해석해야 하는 대상으로 전환하는 것이다.

콘텍스트

텍스트란 좁은 의미에서 '언어로 이루어진 문장이나 이야기' 등을 뜻한다. 이에 비해 **콘텍스트**는 '텍스트'를 이해하는 데 필요한 '맥락' 또는 '문맥'을 말한다. 텍스트는 대개 그 자체만으로는 내용이 충분히 전달되기 어렵다. 예를 들어 어떤 문장을 제대로 이해하려면 전체 글에서 앞뒤 맥락과 당시 상황 등을 함께 고려할 필요가 있다. 어떤 사실, 환경, 맥락, 이론 등 텍스트의 진의를 짐작하는 데 필요한 모든 것을 '콘텍스트'라고 부른다. 즉 텍스트를 제대로 이해하려면 콘텍스트가 필요하다.

과학을 바라보는 두 시각: 본질주의 과학관과 상대주의 과학관

과학을 보는 시각은 본질주의 과학관과 상대주의 과학관으로 나뉜다. **본질주의 과학관**은 과학을 자연에 대한 법칙과 지식 그 자체로 보는 입장이다. 본질주의 입장을 지닌 과학자들(주로 과학철학자들)은 자연을 탐구 대상으로 삼아 그 안의 법칙들을 발견하기 위해 노력한다. 그들은 과학이란 철저히 사실을 바탕으로 하며, 의심할 여지가 없는 관찰이나 실험 결과에 근거해서 연구를 수행하고, 타당한 추리를 거쳐 결론에 도달하는 것이라고 생각한다. 과학 지식은 다른 분야의 지식과는 비교할 수 없는 고귀하고 절대적인 위상을 지니고 있으며, 차곡차곡 누적되어 발전한다고 본다.

상대주의 과학관을 옹호하는 학자들(주로 사회과학자들)은 과학은 사회와 동떨어져 '만들어진' 것이 아니라 사회와의 관계 속에서 '만들어지는' 과정에 있다고 여긴다. 그들은 과학은 그리고 수많은 연구를 통해 사회적으로 구성되는 산물이라고 주장한다. 상대주의 과학관은 과학은 다른 지식보다 우월한 것이 아니며, 과학에 관한 지식은 본질적으로 어느 한 집단의 공통된 속성일 따름이라고 본다. 과학적 지식은 사회문화적 조건의 영향에서 자유로울 수 없기 때문에, 과학에 객관적 방법론이 존재한다고 믿는 것은 잘못이라는 입장이다.

목적론과 기계론

서양의 과학관을 지배한 패러다임은 다음 두 가지다. 하나는 고대와 근대를 지배했던 목적론적 과학관이며, 다른 하나는 근대 이후 서양 문명을 지배해온 기계론적 과학관이다. 아리스토텔레스의 사상을 담은 **목적론적 과학관**은 세계를 하나의 유기체로 본다. 자연과 인간, 정신과 물질은 서로 깊은 상관관계를 가지고 의존하는 형태라고 인식한다. 반면 데카르트의 사상을 담은 **기계론적 과학관**은 인간과 자연은 분리 또는 대립하며, 자연이란 인간이 지배하고 소유할 수 있는 대상이라고 본다. 기계론적 과학관은 모든 존재를 기계의 한 부분으로 간주하고, 수학 법칙에 의해 세계를 이해하며, 부분을 통해 전체를 파악하려 든다.

인공 지능

인공 지능(AI: Artificial Intelligence)은 인간의 학습능력과 추론 능력, 지각 능력, 자연언어 이해 능력 등을 컴퓨터 프로그램으로 실현한 기술의 집적을 일컫는다. 1950년대 중반부터 연구가 시작됐으며, 현재는 게임, 바둑, 수학적 증명, 컴퓨터 비전, 음성 인식, 자연어 인식, 전문가 시스템, 로봇 공학, 생산 자동화 등의 분야에서 널리 연구 및 활용되고 있다. 인간의 지적 능력을 모방해서 대체하거나 인간의 작업을 지원하려는 목적으로 산업 분야에서도 도입이 활발하다.

포렌식 마킹

포렌식 마킹은 이미지, 오디오, 비디오와 같은 디지털콘텐츠에 구매자의 정보나 유통 경로와 사용자 정보 등을 삽입하여 콘텐츠를 불법으로 유포하는 사람과 배포 경로를 추적하는 용도의 기술이다. 콘텐츠를 배포할 때 공급받는 사용자의 정보를 함께 삽입하여 불법 복제의 근원지를 추적하는 데 이용한다.

알고리즘

구체적이며 명확하게 표현된 문제 해결 방법을 **알고리즘(algorithm)**이라고 한다. 즉 알고리즘이란 '어떤 목표를 달성하기 위해 실제로 수행될 수 있는 구체적인 명령의 유한한 순서와 실행 절차'를 말한다. 알고리즘을 이용하면 문제 해결 방법을 잘 이해하지 못해도 순서와 절차를 따라가며 문제를 해결할 수 있다. 또한 컴퓨터와 같은 기계를 이용하여 문제 해결 과정을 자동화시킴으로써 많은 문제를 빠르게 해결할 수 있다.

블록체인

블록체인(Block Chain)은 일정 시간 동안 발생한 모든 거래 정보를 블록 단위로 기록하여 모든 구성원들에게 전송하고, 블록의 유효성이 확보될 경우 이 새 블록을 기존의 블록에 추가 연결하여 보관하는 방식의 **알고리즘**이다. 블록체인은 효율적이고 검증 가능한 방식으로 거래를 기록할 수 있는 개방된 분산 원장 즉, 데이터베이스 역할을 한다. 이는 참여자 간 공유 네트워크가 집단적으로 새 블록을 검증하기 위한 프로토콜에 따라 관리됨으로써 보안성이 높다. 또한 블록체인에서는 '제3의 기관'이 필요 없는 탈중앙화와 중개 기관을 거치지 않는 탈중개화가 이뤄지기 때문에 거래 비용이 획기적으로 낮아진다.

빅데이터

빅데이터(Big Data)란 복잡하고 다양한 대규모 데이터 세트 자체는 물론 이 데이터 세트로부터 정보를 추출하고 결과를 분석하여 더 큰 가치를 창출하는 기술을 뜻한다. 수치 데이터 등 기존의 정형화된 정보뿐 아니라 텍스트·이미지·오디오·로그기록 등 여러 형태의 비정형 정보가 데이터로 활용된다. 최근 모바일 기기와 SNS 이용의 보편화, 사물인터넷 확산 등으로 데이터의 양이 기하급수적으로 늘어나고 있다.

법의 합목적성과 법적 안정성

합목적성이란 법이 존재하는 그 시대의 사회나 국가의 이념에 부합해야 한다는 원칙을 말한다. 법은 그 시대를 반영하고 그 시대를 규율하게 된다. 따라서 법은 그 시대 그 사회가 추구하는 가치 기준과 운영 목적에 부합해야 한다. 이러한 원칙을 **법의 합목적성**이라고 한다. 합목적성은 그 시대의 법적 안정성과 법을 유지시키는 이념이며, 법이 따라야 하는 가치나 기준을 제시한다. 합목적성의 핵심 요소는 **정의**이다.

법적 안정성이란 국민의 일반 생활을 규율하는 데 있어서 법이 안정적으로 기능하고 작용하는 것을 말한다. 법이 국민으로부터의 신뢰를 얻기 위해서는 법적 안정성에 대해 일반인들이 확신을 가져야 한다. 일상생활에서 분쟁이 발생했을 때 흔히 하는 말로 “법대로 하자”라고들 한다. 이는 법이 사람들 상호 간의 이해관계를 규율하고 대립을 해소하는 장치로서 작동하고 있음을 의미한다. 이러한 상태가 법이 안정적으로 기능하고 있다는 의미이다.

사법과 공법

사법은 개인 간의 권리와 의무 관계를 규율하는 법으로, 민법, 상법 등이 있다. **공법**은 국가의 조직과 기능, 사회 공통의 이익과 관련한 생활 관계를 규율하는 법으로 헌법, 형법, 행정법, 소송법 등이 있다. 사법은 개별적 수평적 관계를 규율하고 있으며, 공법은 수직적 관계를 다루는 점에서 차이 난다.

■법의 구분

자유주의

자유주의는 개인의 자유가 무엇보다 소중한 가치라고 여기는 사상이다. 자유주의에 따르면 모든 인간은 존엄하며, 타인이나 사회의 억압과 구속에서 벗어나 자신이 원하는 삶을 살 수 있는 자유와 권리가 있다. 자유주의는 개인이 사회에 우선하고, 사회는 자유롭고 독립적인 개인들의 합에 지나지 않는다고 보는 관점이다. 그렇지만 자유주의는 개인이 자유를 누리기 위해서는 타인의 자유도 존중해야 한다고 보는 점에서, 타인의 자유를 침해하면서까지 자기의 이익만을 추구하는 극단적 이기주의와는 구별된다.

■자유주의 사상의 이념적 스펙트럼

(자유의 가치 중시) 자유지상주의 ⇄ 공리주의 ⇄ 공정으로서의 정의관 ⇄ 공동체주의 ⇄ 평등주의적 자유주의 (평등의 가치 중시)

공동체주의

공동체주의는 인간의 삶이 공동체에 뿌리를 두고 있음을 강조하는 사상이다. 공동체주의는 개인이 사회적 역할을 수행함으로써 자신의 정체성을 형성하고, 공동체의 문화와 역사 등의 영향을 받으며 자신의 삶을 구성하는 존재라는 관점에 기반을 둔다. 그렇지만 공동체주의는 개인과 공동체의 유기적인 관계 속에서 개인과 사회의 행복 증진을 추구한다는 점에서, 집단의 이익과 목적을 위해 개인의 희생을 강요하는 집단주의와 구별된다.

■자유주의와 공동체주의가 보는 공동체

자유주의	공동체주의
개인의 자유와 권리를 실현하기 위한 수단	개인의 정체성을 형성하고 삶의 방향을 설정하는 기반

젠트리피케이션

젠트리피케이션은 신사 계급을 뜻하는 '젠트리'에서 파생된 말로, 낙후된 도심 지역이 재개발되어 고급 상업·주거 지역이 형성되면서 다시 번성하는 현상을 말한다. 이 과정에서 임대료가 오르면서 그 지역에 살던 사람들이 높아진 임대료를 감당하기 어려워 다른 지역으로 내몰리는 현상까지 지칭한다.

역감시

역감시란 국민이 국가를 감시하는 것을 뜻한다. 민주주의 사회에서는 국민이 주권자이고 국가는 그 대행자가 되므로 국민이 국가를 감시하는 것은 당연하다. 그럼에도 통상적으로 감시는 국가의 기능이라고 여겨지므로, 국가에 대한 국민의 감시를 역감시라고 부른다. 역감시의 개념은 모든 국민이 실시간으로 국가를 감시하게 되면 부정부패를 줄이고 더욱 민주적인 국가를 만들 수 있다는 생각에서 출발했다.

알 권리와 잊힐 권리

알 권리는 국민 개개인이 정치·사회 현실 등에 관한 정보를 자유롭게 알 수 있는 권리이다. 알권리는 정부와 국민 사이, 국민과 국민 사이의 의사소통을 촉진하여 일반인의 정치적 무관심을 타파하고 공공문제에 대한 다양한 표현과 참여를 유도함으로써 민주주의의 실질적 구현에 기여하고 있다.

잊힐 권리는 인터넷상에서 유통되는 정보, 특히 개인 정보를 당사자가 삭제하거나 수정해달라고 요청할 권리이다. 개인 정보를 비롯하여 자신이 원하지 않는 민감한 정보들이 포털 사이트 등에서 많은 사람에게 공개되지 않도록 정보를 통제할 수 있는 권리를 보장해야 한다는 생각이 확산하면서 등장하였다.

위험사회

울리히 벡 교수의 저서 『위험사회』에서 규정한 성찰과 반성이 없이 근대화를 이룬 현대사회를 비판했다. 그에 따르면 산업화와 근대화를 통한 과학기술의 발전이 현대인들에게 물질적 풍요를 가져다주었지만 동시에 새로운 위험을 몰고 왔다는 것이다. 그에 따르면, 현대사회의 위험은 '분명히 존재하지만, 직접적으로 감지되지 않는 위험'이다. 현대사회의 위험은 환경오염, 생태계 파괴, 핵 위협, 유전자 변형 농산물, 시스템 마비 등 인간 스스로 만들어낸 **제조된 위험**이다. 지식과 기술 발전으로 인해 인간이 자연에 개입하면서 생겨난 위험이라는 것이다.

피로사회

한병철 철학 교수는 『피로사회』에서 우리 사회에 만연한 **과잉 성과주의**를 비판한다. 그는 우리를 피곤하게 하는 것은 금지, 강제, 규율, 의무, 결핍과 같은 부정적 패러다임이 아니라 능력, 성과, 자기 주도, 과잉과 같은 긍정의 패러다임이라고 말했다. 현대 피로사회에서 개인은 자신의 특기와 적성을 찾아가기보다는 획일주의에 휩쓸려 내가 누군지 모른 채 무작정 욕망을 키워가게 된다. 이 상황에서 긍정적 동기 부여인 '할 수 있다'는 자신감은 오히려 자신을 옥죄는 덫이 되어, 자칫 스스로 정한 욕망을 충족하지 못하여 좌절감과 우울증에 빠지게 된다.

상대적 박탈감

본래 마르크스가 사용한 개념이다. '박탈'이란 빼앗긴다는 뜻이고, '상대적'이라 함은 실제로는 빼앗긴 것이 아닌데도 다른 사람들과 처지를 비교하거나 자신의 기대 수준과 실제 처지를 비교할 때 느끼는 **주관적·심리적인 상실감**을 말한다. 내 이웃집 사람들은 부자가 되어 가는데, 나만 그대로 있다면, 나는 더 가난해지는 느낌이 든다. 이런 경우가 상대적 박탈감이 들게 되는 예로, 현대 사회에서 빈부 격차가 심화될수록 상대적 박탈감을 느끼는 사람들이 늘어난다.

기저효과

기저효과는 경제지표를 평가하는 과정에서 기준시점과 비교시점의 상대적인 위치에 따라서 경제 상황에 대한 평가가 실제보다 위축되거나 부풀려지는 등의 왜곡이 일어나는 것을 말한다. 즉 호황기의 경제 상황을 기준시점으로 현재의 경제 상황을 비교할 경우 경제지표는 실제보다 위축된 모습을 보이는 반면, 불황기의 경제 상황을 기준시점으로 비교하면 경제지표가 실제보다 부풀려져 나타날 수 있다. 기저효과는 물가 상승률을 설명할 때도 자주 이용된다.

승수효과와 구축효과

정부가 지출을 늘려 고속도로를 신규 건설한다고 가정할 때, 정부투자지출 확대는 고속도로를 건설하는 기업뿐 아니라 인근 상권의 매출까지 늘리는 효과를 가져올 수 있다. 예를 들어 새로 고용된 건설인부가 늘어나면 퇴근 후 삼삼오오 인근 삼겹살집을 찾는 경우도 많아지게 되고, 결국 삼겹살집 사장님도 일손이 부족해져 종업원을 더 고용해야 하는 상황을 상상해 볼 수 있다. 이렇듯 정부지출 확대가 경제성장에 미치는 긍정적 파급효과를 경제학 용어로는 '**승수효과**'라고 한다.

하지만 한 나라 경제 전체로 보면 정부지출 확대가 긍정적 효과만을 가져오는 것은 아니다. 정부지출 확대로 수요가 증가하면 시장금리도 상승하게 된다. 이 경우 은행 대출이 많은 개인이나 기업들은 이자부담이 높아져 지출을 줄이게 된다. 이런 정부지출 확대에 따른 수요위축을 '**구축효과**'라고 한다. 다만 이런 구축효과를 감안하더라도 통상적으로 정부지출 확대는 경제성장에 긍정적인 영향을 미치는 것으로 알려져 있다.

분식회계

분식회계란 기업이 고의로 자산이나 이익 등을 크게 부풀리고 부채를 적게 계상함으로써 재무 상태나 경영 성과, 그리고 재무 상태의 변동을 고의로 조작하는 것을 의미한다. 예를 들어 100원 어치 재고를 갖고 있는데 1만 원 어치로 적고, 주식투자를 해서 손실이 났는데도 원래 산 가격으로 적는 것이다. 이렇게 분식회계를 통해 그 기업의 가치를 실제보다 부풀리고 투자자들은 그 가치를 믿고 투자를 했다가 손해를 보게 된다.

구성적 공동체

하버드대 철학 교수 샌델은 이익을 얻기 위한 수단으로만 공동체를 보게 되면, 구성원 간의 공동체 의식을 발휘하기 어렵다고 주장한다. 그는 개인의 성취마저도 다른 구성원의 협력이 있기 때문에 가능하다는 점을 고려해야 하며, 따라서 각 개인은 공동체 구성원으로서의 정체성과 소속감을 가지고, 구성원이 도덕적으로 상호 연관된 구성적 공동체를 이루어야 한다고 주장한다. **구성적 공동체**는 나의 자산을 공동선을 위한 공동 자산으로 간주하며, 구성적 공동체에서 개인은 처음부터 상호 간에 빚을 졌으며 도덕적으로 연관된 존재라 할 수 있다.

자유민주주의

자유민주주의 또는 정치적 민주주의는 자유주의와 민주주의가 결합된 정치원리 및 공화제 입헌 정부 형태이다. 자유주의와 민주주의가 결합하게 된 것은 그것들이 갖는 한계 때문이다. 자유민주주의는 자유주의와 민주주의의 결합을 통해, 개인의 자유방임과 같은 자유주의의 탈선은 민주주의가 견제하고, 다수의 소수에 대한 횡포와 같은 민주주의의 독선은 자유주의가 견제하도록 하기 위한 것이다. 자유민주주의의 가치는 인간 존엄성의 존중, 자유와 평등의 추구, 권력의 분립과 경쟁의 보장을 들 수 있다.

■**현대 정치 및 경제체제, 이념 및 사상 관련 개념 정리**

정치체제: 민주주의 ⇄ 사회주의

경제체제: 자본주의 ⇄ 공산주의(소멸)

사회이념: 자유주의 ⇄ 평등주의

사회사상: 개인주의 ⇄ 집단주의(전체주의)

- **한국**: 자유민주주의 정치체제, 자본주의 경제체제, 평등적 자유주의 사회이념 지향, 개인주의적
- **미국**: 자유민주주의 정치체제, 자본주의 경제체제, 자유지상주의 사회이념 추구, 개인주의적
- **중국**: 사회주의 정치체제, 자본주의 경제체제 도입, 평등주의 사회이념 지향, 전체주의적
- **북유럽국가**: 사회민주주의 정치체제, 자본주의 경제체제, 평등적 자유주의 사회이념 실현, 개인주의

중우정치

중우정치는 현명하지 못한 다수의 민중이 이끄는 정치라는 뜻으로, 선동과 군중 심리에 의해 다수가 비합리적인 판단을 내릴 수 있는 민주주의의 단점을 부각시킨 말이다. 민주주의가 중우정치로 변모하는 것을 막기 위해서는 토론과 상호 설득을 전제로 한 다수결이 이뤄져야 한다. 또한 표현의 자유를 바탕으로 소수자의 의견도 존중돼야 하며, 이를 통해 대중의 비합리적인 결정을 보완할 수 있어야 한다.

정치적 무관심

현대 민주 정치에서 주권자인 국민이 정치 참여에 부정적이고, 정치적 문제와 현상에 대해서 관심을 보이지 않는 태도를 **정치적 무관심**이라고

한다. 국민들의 정치적 무관심은 집권자에 대한 국민의 감시를 소홀히 하는 결과를 낳고, 무능한 정치인을 양성하며, 정치권의 부패 현상을 불러오고, 정당정치와 의회정치의 약화를 초래하며, 국민의 대표기관인 의회의 기능을 약화시키고, 민주주의의 이념을 제대로 실현하지 못하는 폐해를 가져온다.

헤게모니

헤게모니란 한 집단이나 국가, 문화가 다른 집단이나 국가, 문화를 지배하는 것을 말한다. 그러나 이때의 지배는 폭력이나 강제력이 아닌 사고방식이나 제도, 사상과 같은, 자연스러운 것처럼 보이는 방식의 지배이다. 안토니오 그람시는 헤게모니를 지배계급에 의한 피지배계급의 종속이 거부감 없이 받아들여지는 과정이라고 설명했다. 피지배계급과 그들의 문화가 지배계급의 이익에 동의하도록 부추기는 조정 과정에 헤게모니가 작용한다는 것이다.

가짜 뉴스

뉴스의 형태를 띠고 있지만 실제 사실이 아닌 거짓된 뉴스로, '**페이크 뉴스(Fake News)**'라고도 한다. 인터넷이 발달하고 사회관계망 서비스가 급속히 확산되면서 언론사가 아닌 개인들이 사실이 아닌 내용을 진짜 뉴스처럼 퍼뜨리는 사태가 많이 일어나면서, 가짜 뉴스가 사회 문제로 대두되고 있다. 특히 가짜 뉴스의 광범위한 확산으로 여론을 호도하거나 선거에 영향을 미친다는 논란이 제기되면서 전 세계에서 가짜 뉴스를 타파하려는 움직임이 거세지고 있다.

내부 고발

조직구성원이 조직 내부의 비리나 불법행위·부당행위 등을 대외적으로 폭로하는 행위를 말한다. 내부 고발자의 비리 폭로에 대해 조직은 예외 없이 방어적·보복적 대응을 하므로, 부분사회의 이익보다는 국가 등 사회 전체의 이익에 기여할 수 있는 고발행위를 보호하기 위해 각국은 내부 고발자를 보호하기 위한 법률을 제정하고 있다. 내부 고발자를 의미하는 용어로 '**휘슬블로어**'가 있는데, 부정행위를 봐주지 않고 '호루라기를 불어 지적한다'는 데에서 유래한 말이다.

링겔만 효과

링겔만 효과는 혼자서 일할 때보다 집단 속에서 함께 일할 때 사람들은 노력을 덜 기울인다는 현상을 말한다. **링겔만 효과**는 집단 속에서 개인의 잘잘못이 명확하게 드러나지 않을 때 주로 나타난다. 자신에게 책임과 권한이 주어지는 업무와 달리 집단의 이름으로 책임과 권한이 주어지면 개인은 익명성이라는 그늘에 숨어버리게 된다. 그래서 최선을 다하지 않는다는 것이다. 시너지 효과의 반대말로 마이너스 시너지 효과를 뜻하는 링겔만 효과는 경제학의 '**무임승차**' 현상을 설명하는 이론적 근거가 되기도 한다.

치킨게임

상대가 무너질 때까지 출혈 경쟁을 하는 것을 일컬으며, 어느 한 쪽이 양보하지 않을 경우 양쪽이 모두 파국으로 치닫게 되는 극단적인 게임이론이다. **치킨게임**은 한밤중에 도로의 양쪽에서 두 명의 경쟁자가 자신의 차를 몰고 정면으로 돌진하다가 충돌 직전에 핸들을 꺾는 사람이 지는 경기를 일컫는다. 핸들을 꺾은 사람은 겁쟁이, 즉 치킨으로 몰려 명예롭지 못한 사람으로 취급받는다. 그러나 어느 한 쪽도 핸들을 꺾지 않을 경우 게임에서는 둘 다 승자가 되지만, 결국 충돌함으로써 양쪽 모두 자멸하게 된다. 정치학뿐 아니라 경제 분야 등에서 여러 극단적인 경쟁으로 치닫는 상황을 가리킬 때 자주 인용된다.

콤플렉스

일정한 감정(정서)을 중심으로 하여 집합된 정신적 여러 요소 및 이로부터 연상되는 집합요소로 이루어진 복합 감정을 일컫는다. 프로이드는 이것을 억압된 관념 복합체라고 해석하면서, 그 자체는 무의식이지만 의식적인 사고, 감정, 행동에 영향을 미친다고 하였다. 정신분석학에서는 남자아이의 어머니에 대한 과도한 애정이 아버지의 존재에 의해 억압되지 않고 그대로 정착되고 마는 경우의 의식형태를 **오이디푸스 콤플렉스**라고 했다. 여아가 부친에게 애정을 갖고 모친에게 유감을 나타내는 경향은 **엘렉트라 콤플렉스**라 불린다.

조하리의 창

조하리의 창은 자신의 진짜 성격을 알기 위한 분석틀로, **'마음의 창'**이라고도 한다. 대인관계에 있어서의 마음의 상태를 '열린 창'(타인과 내가 모두 아는 자아의 영역), '숨겨진 창'(타인은 모르는데 나만 아는 자아의 영역), '보이지 않는 창'(타인은 아는데 나는 모르는 자아의 영역), '암흑의 창'(타인과 나 모두 모르는 자아의 영역)의 네 가지 영역으로 나타낸다. 이를 통해 타인에게 속마음을 털어놓거나 자신이 어떤 성격을 보이는지 타인에게 물어보는 과정에서 자기 개시된 부분인 열린 창의 넓이가 다른 창보다 넓어진다. 그렇게 되면 좁아진 나머지 세 개의 창에도 빛이 닿아서 그때까지 미처 알지 못했던 자신의 장단점을 발견할 수 있다.

군중 심리

타인의 행동을 무심코 따라하는 심적 현상을 **군중 심리**라고 한다. 길게 줄이 서 있는 가게에 나도 모르게 무심코 줄을 스는 것처럼, 사람들은 집단으로 모였을 때 개별적으로는 할 수 없는 일을 동질화의 감정을 느끼면서 쉽게 따라 하는 경향을 보인다. 이는 다른 사람은 다 하는데 자신만 참가하지 않으면 왠지 손해를 볼 것 같은 불안감을 갖거나, 타인의 행동에 정당성을 느끼기 때문에 일어난다.

동조 행동

자신의 의견이나 신념을 꺾고 타인에게 맞추는 행동을 **동조 행동**이라고 한다. 동조 행동이 나타나는 까닭은 우리가 자신의 의견보다는 집단의 의견을 더 신뢰하기 때문이다. 다른 사람들이 모두 자기와는 다른 의견을 가지고 있다면, 우리는 자기 의견이 틀렸을지도 모른다고 생각하게 된다. 또한 다른 사람들과 함께 있을 때에 그들로부터 떨어지거나 멀어지게 되면, 비난을 받게 되거나 외톨이가 될지도 모른다는 두려움을 갖는다. 집단 의견에 대한 신뢰가 커질수록, 그리고 집단으로부터 이탈되는 것에 대한 두려움이 커질수록 동조 행동은 늘어나게 된다.

핵심 요령
150

핵심 개념어
110

저자 소개

김태희

고려대학교 사회학과를 졸업했다. 두 자녀에게 직접 논술을 가르쳐 대학에 보냈고, 그 과정에서 우리나라 입시에 대한 나름의 가치관과 바람직한 교수법을 정립했다. 이를 바탕으로 현재 수험생들을 대상으로 국어와 논술을 가르치고 있으며, 관련한 다수의 책을 썼고 또 활발히 쓰고 있는 중이다. 더불어 대입·편입 논술과 수능 비문학 독해 관련한 지식과 정보, 글을 읽고 쓰는 방법적 요령을 유튜브를 통해 아낌없이 제공하면서 학생들과 소통할 계획이다.

저서로 『논술로 대학을 바꾼다』 『대입 통합 논술』 『독한 수능 독학 논술』 『대입-편입 논술에 꼭 나오는 핵심 개념어 110』 『대입-편입 논술 합격 답안 작성 핵심 요령 150』 『논술 사용설명서』 『대입논술 핵심 알짜배기』 『독학 편입 논술』 『인서울 공부법』 『내 아이 성적을 올리는 공부의 과학』 『성적을 올리는 독서의 기술』 『진짜 공신들만 아는 수능 국어 읽기의 기술』 『상위 1등급 비문학 독해 배경지식 1, 2권』 『공완 고3~N수 수능독서 배경지식』 『공완 중3~고2 비문학 배경지식』 등이 있다.

대입-편입 논술에 꼭 나오는

핵심 개념어 110

지은이 | 김태희
펴낸이 | 최봉규

4판(개정) 1쇄 발행_ 2024년 9월 3일

책임편집 | 최상아
북코디 | 밥숟갈(최수영)
편집&교정교열 | 주항아
본문디자인 | 박정호
표지디자인 | 디엔에이디자인
마케팅 | 김낙현

발행처 | 지상사(청홍)
등록번호 | 제2017-000075호
등록일자 | 2002. 8. 23.

주소 | 서울특별시 용산구 효창원로64길 6(효창동) 일진빌딩 2층
우편번호 | 04317
전화번호 | 02)3453-6111, **팩시밀리** | 02)3452-1440
홈페이지 | www.jisangsa.com
이메일 | c0583@naver.com

ISBN 978-89-6502-335-7 03800

*이 책은『대입-편입 논술에 꼭 나오는 핵심 개념어 110』의 개정판입니다.
*잘못 만들어진 책은 구입처에서 교환해 드리며, 책값은 뒤표지에 있습니다.